Heaven, Texas
by Susan Elizabeth Phillips

ロマンティック・ヘヴン

スーザン・エリザベス・フィリップス
数佐尚美［訳］

ライムブックス

HEAVEN, TEXAS
by Susan Elizabeth Phillips

ロマンティック・ヘヴン

主要登場人物

グレイシー・スノー……………映画制作プロダクションのアシスタント
ボビー・トム・デントン…………プロフットボールチーム〈シカゴ・スターズ〉の元ワイドレシーバー
スージー・デントン……………ボビー・トムの母
ブルーノ・メトゥッチ…………ボビー・トムの友人
ウィロウ・クレイグ……………ウィンドミル・スタジオ社の経営者
ウェイランド・ソーヤー………ロザテック社の経営者
バディ・ベインズ………………ボビー・トムの友人で自動車修理工場経営者
テリー・ジョウ・ベインズ……バディの妻でボビー・トムの友人
ルーサー・ベインズ……………テキサス州テラローザの町長でバディの父
ナタリー・ブルックス…………女優
ジンボ・サッカリー……………テラローザの警察署長
コニー・キャメロン……………ボビー・トムの元ガールフレンド
フィービー・ケイルボー………〈シカゴ・スターズ〉のオーナー
ジャック・エイキンズ…………ボビー・トムの弁護士

1

「ボディガードだって！　そんなもの、俺には必要ない！」

　ボビー・トム・デントンは、カーペット敷きの部屋を大またで横切って自分が雇った弁護士の机に歩みよると、両手の握りこぶしを叩きつけて言った。元フットボール選手、ボビー・トムの足を包むカウボーイブーツは紫色のトカゲ革。銀色の金具で覆われたブーツのつま先が、窓から差しこむ日光を受けてきらめく。

「それが、ウィンドミル・スタジオの考えでは必要だって言うんですよ」ジャック・エイキンズ弁護士は彼をじっと見つめながら言った。

「あいにく俺は、連中の考えなんか気にしてられないんでね。まったく、南カリフォルニアの奴らはどいつもこいつも常識のかけらもないんだから」と言ってからボビー・トムは訂正した。「まあ、農場経営者の中にはまともな感覚の奴もいるだろうけど、それぐらいのものだな」彼は長身を折りまげるようにして革製のいすに腰かけると、ブーツを履いた足を机の上に投げだし、足首を交差させた。

　ジャック・エイキンズは、自分にとって最も重要なクライアントであるこの男を観察した。

今日の彼の服装は控えめと言っていい。白い麻のズボン、ラベンダー色のシルクのシャツ。それに紫色のトカゲ革のブーツを合わせている。ライトグレーのカウボーイハットはステットソン製だ。プロフットボールチームでワイドレシーバーだったボビー・トムは、どこへ行くにもステットソンのカウボーイハットをかぶっている。セックスするときもかぶっていた、と証言するガールフレンドが何人かいたほどだが、そんなことを信じるジャックではなかった。ボビー・トムは、プロのフットボール選手として過去一〇年間の大半を、シカゴで生活せざるを得なかったが、テキサス人であることを今でも誇りにしている。

雑誌の表紙を飾るにふさわしい魅力的な容貌と、女性をたちまちとりこにしてしまうほほえみをもち、ちりばめられたダイヤが人目をひく栄光のスーパーボウル・リングを二個はめたボビー・トム・デントンは、プロフットボールの世界でもきわだってセクシーな男だった。プロ生活を始めた当初から、テレビ視聴者は彼の言動にみられる田舎育ちの気取りのなさをこよなく愛した。しかし対戦相手の選手たちは、そんな彼の気さくな南部人ふうの魅力にだまされはしなかった。頭が切れ、つねに気迫に満ちた、きわめて手ごわい選手であることを承知していた。ボビー・トムはNFL(プロフットボールリーグ)でもっとも華やかなスタープレーヤーであると同時に、ワイドレシーバーとして最高の成績をおさめていた。五カ月前、今年一月のスーパーボウルで痛めた膝がもとで三三歳での引退を余儀なくされたとき、ハリウッドが彼に目をつけ、アクション冒険映画の新たなヒーローに仕立てあげることを考えたのも無理はなかった。

「ボビー・トム、ウィンドミルの人たちがあなたのことを心配するのには、それなりの権利があってのことですよ。初めて主演する映画の出演料として数百万ドル支払うことになっているんだから」

「俺はフットボール選手だ！　くだらないそこらの映画俳優とは違うんだよ」

「今年一月の時点で、元フットボール選手になったことをお忘れなく」とジャックは指摘した。「しかも、映画出演契約にサインすると決めたのは自分じゃないですか」

ボビー・トムはカウボーイハットを一瞬持ちあげて、豊かなブロンドの髪を片手でかきあげてから、ぐっと深くかぶりなおした。「あのとき俺は酔っぱらってて、人生の新たな方向性をさぐっているところだったんだ。酔ってる俺に大事なことを決めさせるなんて、君もどうかしてるよ」

「長い間友人としてつきあってきたけど、あなたの酔っぱらったところなんて一度も見たことがない。だからそれは言い訳になりませんね。あなたは僕の知るかぎりもっとも頭の切れるビジネスマンの一人だし、そんな出演料は必要ないこともお見通しですよ。ウィンドミルとの契約にサインしたくなかったら、していなかったはずだ」

「まあ、それはそうだけど、考えが変わったのさ」

「今まであなたは数えきれないほど多くのビジネス上の契約を結んできたけれど、一度も契約違反をしていない。なのに、今になって違反しようって言うんですか」

「あのいまいましい契約を破ろうなんて、そんなこと言ってないよ」

ジャックは机に置いた二冊のファイルと、円筒状のパッケージに入った胸やけ止め「タムズ」を並べ替えた。ボビー・トムとは一〇年間、友だちづきあいをしてきたが、この男を本当の意味でよく知っているとは言えない、とジャックは思う。プライベートな交流という意味では行きつけの理髪店の理髪師とさほどかわらないだろう。普段の愛想のよさとはうらはらに、この元フットボール選手は私生活を他人にのぞかせたがらないたちだった。ジャックとしてはそれを責めるつもりはない。猫も杓子もまわりに群がってくるので、自分を守ろうという気持ちが働くのだろう。ただしジャックの見るところでは、彼の自己防衛策は必ずしもうまくいっていない。元スポーツ選手、スタイルの良い女性、不遇な同郷の友人たちの餌食になることもあった。

ジャックは「タムズ」の筒の端についたコイン状のアルミ箔をはがしながら言った。「ちょっと気になったので聞くんだけれど、演技のほうはどうなんです？　多少の経験は？」

「まさか、あるわけない」

「そうじゃないかと思ってました」

「だからどうだっていうんだ。演技も何も、このたぐいの映画は、荒っぽくガツンとやって、女の服を脱がせりゃいいだけだろう。ふん、そんなことなら八歳のころからやってきたさ」

これこそ、ボビー・トム・デントン流の発言だ。ジャックはほほえんだ。こんなことを言っているが、彼は映画俳優として成功をおさめるつもりに違いない。この男は、土地の購入にせよ新興企業への出資にせよ、見込みがないものには手を出さない。この件についても、じっくり時間をかけて結論を出したはずだ。

ジャックはいすに体を沈めた。「ウィンドミルのウィロウ・クレイグと二、三時間前に話しましたが、彼女はかなりご機嫌ななめでしたね。ロケ撮影のすべてをテラローザでやってほしいとあなたが言いはったから」

「テキサスの小さな町で撮影するというのがウィンドミルの希望だったからだよ。あの地域の経済の停滞ぶりを知ってるだろ？　映画のロケ地になればちょっとは助けになるんじゃないかと思ってさ」

「故郷の町にはなるべく関わりを持たないようにしていたはずじゃなかったんですか。町の経済活性化のために大規模なフェスティバルを開催するとかで、大騒動が始まってからは特に」

ボビー・トムはたじろいだ。「思い出させないでくれよ」

「現実問題として、テラローザまで行く必要がありますよ。ウィンドミルはすでに必要な機器や撮影スタッフを現地に送りこんでいるのに、あなたが姿を見せないから、撮影が始められないじゃないですか」

「ウィンドミル側には行くと伝えたよ」

「二週間前にロサンゼルスで行うはずだった打合わせや衣装合わせに『行く』って言ったときと同じように、ね」

「あんなもの、意味がないからさ。だって俺のワードローブは、ＮＦＬで活躍するどの選手のよりも充実してるんだぜ。何のために衣装合わせが必要なんだ？」

ジャックは降参した。いつものようにボビー・トムは、自分のやり方を通そうとしている。人当たりがいいように見えて、このテキサス人はとんでもない頑固者だ。それに、せかされるのが大嫌いときている。

ボビー・トムはブーツを履いた足を机の上から下ろし、ゆっくりと立ち上がった。ジャックは知っていた——彼は引退を余儀なくされたことで打ちのめされている。その気持ちが表に出ないよう、うまく隠してはいたが。医師たちから選手生命の終わりを告げられて以来、ボビー・トムは今後の計画を練っていた。シカゴ・スターズの一員として年俸何百万ドル（それでさえ彼にとっては大した額ではないが）を稼ぎだした伝説のスポーツ選手というより、経済的に破綻しかかっている男のような勢いで考えをめぐらせていた。ボビー・トムにとってこの映画出演契約は、もしかすると単なる時間かせぎではないか、その間に残りの人生をどう過ごすかを考えるつもりではないかとジャックは思っていた。

ボビー・トムはドアのところで立ちどまり、NFLのディフェンス陣がみな恐れる冷静さをたたえたブルーの瞳で、ジャックを見つめて言った。「ウィンドミルに今すぐ電話して、ボディガードの派遣をやめさせるよう言ったらどうだろう？」

口調は穏やかだったが、ジャックはそれにだまされなかった。ボビー・トムはつねに自分の要求が何かはっきりわかっていたし、その要求はたいてい通るのだった。「あいにく、もうすでにこちらへ向かっているようです。ただし派遣されてくるのはボディガードじゃなく、付添い人《エスコート》ですがね」

「テラローザには一人で行くってウィンドミルに伝えたし、俺は一人で行くつもりだ。そのボディガード氏が現れて、俺にあれこれ命令しようっていうんなら、根性のあるタフな男でなくちゃだめだね。でなければどうせ、尻に俺のイニシャルを彫られて退散するのがおちだからな」

ジャックは机に置かれた黄色のメモ用紙に目を落とし、その「根性のあるタフな男」が実はグレイシー・スノーという名前であることを、ボビー・トムに告げるには少しタイミングが悪いと判断して黙っていた。メモ用紙をファイルの下にすべりこませて隠しながら、ミス・スノーなる女性が、みごとなお尻と、男をノックアウトするようなおっぱいと、ピラニアのような凶暴性を秘めた本能をもっていますようにと願った。そうでないかぎり、彼女がボビー・トム・デントンと渡りあえる見込みはまずない。


グレイシー・スノーはこのところ、どうしようもない髪型のおかげで悩まされどおしだった。七月初旬の湿った夜風に吹かれて、赤みがかった茶色のチリチリのカールが目の前で揺れる。あのミスター・エドとかいう美容師を信用したのがそもそもの間違いだった。でも、悪いことばかり考えてくよくよしても始まらない。失敗したパーマのことを思い悩むのはやめよう。彼女はレンタカーのドアをロックし、ボビー・トム・デントン邸に向かう歩道を歩きはじめた。

曲線状の私道には車が六台ほど停まっていた。ミシガン湖を見下ろすように建つ、ヒマラヤスギとガラスを組み合わせた現代的な建物に近づくと、中から音楽が鳴り響いてきた。もう九時半近い。この訪問を明日の朝に延ばせればどんなにいいか、と彼女は思った。それなら十分に休息をとってから来られるし、これほど緊張しなくてもすむに違いない。しかしそんな時間の余裕はなかった。これは自分にまかされた最初の大きな仕事だ。効率よく仕事をこなせることを、ウィロウ・クレイグに証明してみせなくてはならない。

いっぷう変わった家だった。不規則に広がる平面的な建物に、鋭くとがった屋根。正面玄関の漆塗りのドアには、大腿骨のような形状の細長いアルミの取っ手がついている。彼女の個人的な好みに合っているとは言いがたい建築物だが、それだけにこれからの対面がいっそう興味深いものになりそうだった。不安と緊張でおじけづく気持ちを抑えて意を決した彼女は、玄関のベルを鳴らし、一張羅のネイビースーツのジャケットをぐっと引っぱって形をととのえた。体のラインは目立たず、すその長さも中途半端で、要するに野暮ったいだけのスーツ。ロサンゼルスからシカゴのオヘア空港までのフライトでスカートがしわくちゃになってしまったことが悔やまれたが、もともと服選びのセンスがよくないのも事実だった。年寄りに囲まれて育ったためにファッション感覚がゆがんでしまったのではないかと自分でも思うことがある。彼女はいつも、最新流行から二〇年は遅れたものを着ているようにしか見えなかった。

二度目に玄関のベルを押したとき、中でベルらしき音が反響したのを聞いたような気がしたが、音楽がうるさすぎてはっきりとはわからなかった。神経の末端で小さな期待と興奮がざわめいた。この騒音からすると、パーティは相当な乱痴気騒ぎになっているようだ。

グレイシーは三〇歳だが、そんなパーティに出たことがなかった。客にはポルノ映画やコカイン入りのボウルが用意されているのかしら、と彼女は想像した。自分自身はポルノ映画もコカインも容認できそうにないが、どちらも経験したことがないので、判断はさしひかえたほうがいいだろうと思った。それに、新しいことは何でも経験してみなければ、心機一転、新たな生活を始める意味がないのだから。麻薬をためしてみようとは思わないけれど、ポルノ映画なら……ほんのちょっと、のぞいてみるぐらいならいいかもしれない。

ベルを二度つづけて押すと、またもやはみだした頑固な髪の毛のひと房を、アップにしたごわごわの髪の中に押しこんだ。パーマをかけさえすれば、過去一〇年間なじんできた、扱いやすいが野暮ったいヘアスタイルともおさらばできると期待していたのに。やわらかくウエーブがかかった、女性として新しく生まれ変わったと感じさせてくれるパーマを思いえがいていたのに。美容師のミスター・エドがかけた強烈なパーマは、彼女が想像していたヘアスタイルとは似ても似つかないものだった。

一〇代のころ、自分をよりよく見せようと努力すると、いつも悲惨な結果を招いていた。それをどうして思い出さなかったのだろう。過酸化水素入りの脱色剤の配合を間違えて、緑色の髪で何カ月も過ごさなければならなかったこと。そばかす隠しのクリームをつけたらアレルギー反応で皮がむけ、炎症を起こしたこと。高校のとき、パッドのつもりでブラジャーの中に入れたティッシュの束が、授業で本の読後感を口頭で発表している間にずれてしまい、クラスメートに大爆笑されたこと。みんなの笑い声は、いまだに耳に残っている。致命的な事件だった。そのとき彼女は、歯に衣着せずものを言う母親に六歳のころから言いきかされつづけてきたあの言葉を受けいれよう、と心に決めたのだ。

グレイシー・スノー、お前は不器量な女の家系に生まれたのよ。事実を受けいれなさい。自分がこれからも、けっしてきれいになることはないという事実を。そうすれば、もっと幸せな人生を送れるから。

彼女は中背で、可愛らしく見えるほどに小柄でもなく、すらりとしていると言えるほどに背が高くもなかった。胸はまったくのぺちゃんこではないにしても、それにかなり近い。瞳は暖かみのある茶色でもなく、輝くブルーでもなく、これといって特徴のないグレー。口は大きすぎだし、あごはがっちりしすぎている。彼女はもう、鼻梁のまわりのそばかすの間からのぞく透きとおった肌や、筋が通った小さめの鼻を、ありがたいと思う気にもならなくなっていた。その代わり、神から与えられたもっとすばらしい贈物に感謝することにしていた。知性や、ひねりのきいたユーモアのセンス、人間性への関心の深さといった贈物だ。彼女は、大事なのは外見の美しさよりも中身のよさであると自分自身に言いきかせていた。ただ、ひどく落ちこんだときなど、自分の誠実さや美徳、きちょうめんな性格と引きかえに、大きな胸が手に入ったらどんなにいいだろうと思うこともあった。

ようやくドアが開いて彼女の考えは中断された。目の前にいるのは見たことがないほど醜い男だった。たくましい大男で、首は太く、頭ははげており、肩の筋肉が盛り上がっている。彼女は男を興味深げに見つめた。男の目も彼女をくまなく観察している。濃紺のスーツに、こざっぱりとした白いポリエステルのブラウス、色気のかけらもない黒いパンプス。

「何だ？」

彼女は背をしゃんと伸ばし、あごをほんの少し上げて言った。「デントンさんにお会いするためにまいりました」

「やっと来たか」何の断りもなしに彼女の腕をつかんだ男は、彼女を中に引きいれた。「自分用の音楽を持ってきたか？」

あまりに唐突な質問に驚いた彼女は、玄関の広間の感じを漠然としか把握できなかった。石灰岩の床、壁を飾る巨大なアルミの彫刻作品。花崗岩の大きな塊の上にはサムライのかぶとが飾ってある。「音楽？」

「自分用の曲を持ってこさせるようにって、ステラにちゃんと言ったのに。まあいい、前の娘が置いていったテープがあるから」

「テープ？」

「ボビー・トムは今、温水浴槽《ホットタブ》に入ってる。俺たちとしては彼を驚かせてやりたいんで、俺が準備をととのえる間、ここで待っていてくれ。用意ができたら一緒に中に入るから」

それだけ言うと、大男は部屋の右手にある障子を開けて奥へ消えた。彼女は男の立ち去った方向をじっと見ていた。警戒心と好奇心が交互に押しよせる。男は明らかに人違いをしていた。しかしボビー・トム・デントンがウィンドミル・スタジオからの電話を一切とらないことを考えると、この誤解をうまく利用しない手はないだろうと彼女は思った。

以前のグレイシー・スノーなら、男が戻ってくるのを根気よく待ってから、自分がここへ来た目的を説明しようとしただろう。しかし新しく生まれ変わったグレイシー・スノーは冒険に飢えていた。曲線をえがいて続く廊下を、騒々しい音楽の聞えるほうへと歩きはじめていた。

部屋をいくつか通りすぎたが、どれもそれまで見たこともないような部屋だった。グレイシーは他人には言わないが触感で楽しむたちで、何でも見るだけでなく触ってみないと気がすまなかった。酸化鉄皮膜加工をした台座に置かれた彫刻のざらざらした表面。先史時代の樹木の断面のように見えるテーブルの天板、それを支える花崗岩の塊。どれにも手を触れて、なでてみたくてたまらない。壁をなぞるように指の腹で触れてみたい。うすいグレーに塗装された壁面もあれば、人骨に近い色に脱色したアンティーク調の革で覆った壁面もあった。キャンバス地とシマウマ模様の生地を張った奥行きのあるローソファも魅力的だ。古代風のつぼから漂うユーカリ油の香りが鼻腔をくすぐった。

ユーカリ油の香りに混じって、塩素の匂いがするのに彼女は気づいた。大きな岩石がいくつも壁面にそって芸術的に配置されている箇所をぐるりと回ったとき、思わず目を見はった。廊下のつきあたりで目の前に広がっていたのは洞窟だった。切り立った壁から天井までサンドブラスト仕上げのガラスで覆ったぜいたくな造りで、成長したヤシの木や竹など異国の植物が、黒い大理石の床のところどころに露出した人工苗床に植えられている。洞窟は熱帯のイメージと、先史時代を思わせる雰囲気を同時にかもしだしていた。黒いタイルを敷きつめた変わった形のプールは、恐竜たちが昼間、喉をうるおしにくる奥地の池のようにも見える。シャープで現代的なデザインの長いすや、上部が平たい岩石でできた分厚いテーブルでさえ、自然を再現した環境の中に溶けこんでいるようだった。

周囲の環境は先史時代風でも、そこにいるのは時代の最先端をいく人たちで、三〇人ほどの男女の客が招かれていた。女性はみな若く美しく、男性は白人も黒人も、隆々とした筋肉と太い首の持ち主だ。グレイシーは、フットボール選手についてほとんど何も知らなかった。知っていることといえば、彼らの評判がかんばしくないことぐらいだ。彼女は、そこにいる女性の大半が身につけている露出度の高いビキニを観察しているうちに、もしかすると乱交パーティになるかもしれない、という期待を抑えきれなくなった。彼女自身が誘われたとしても乱交パーティに参加したいとは思わないが――それでも、見るだけなら面白いだろう。

突然、かん高い女性の悲鳴が聞えた。声がしたほうに目を向けると、窓の下の一段高くなったプラットフォームに積まれた岩石群の中に、泡立つジャクジー風のホットタブがしつらえられている。女性が四人、泡の中ではしゃいでいた。濡れて光っている彼女たちの日に焼けた胸が、小さなビキニトップの中で豊かに揺れるさまを、グレイシーは羨望と賞賛の気持ちで見つめた。次にその視線は女性たちを通りこして、高いプラットフォームに一人立っている男性に移った。その瞬間、グレイシーの中ですべての時が止まった。

写真で見知っていた顔だ。彼女にはそれが誰であるかすぐにわかった。ホットタブのそばに立つこの男は、まるでハーレムを見わたすイスラム国王のようだ。その姿を眺めるうちに、彼女の心のもっとも奥深くにひそんでいた、誰にも知られることのない性的幻想のすべてが、いのちを吹きこまれたように目覚め、息づきはじめた。この人がボビー・トム・デントンなんだわ。何てことなの。

彼は、彼女が今まで夢見た、ありとあらゆる男たちが一人の人間として現れたかのようだった。高校時代に彼女を無視しつづけた男の子たち。名前を覚えてくれなかった青年たち。頭脳明晰さをほめてくれながらもけっしてデートに誘おうとはしなかった、職場のハンサムな男たち。彼らをすべて集約したのがボビー・トム・デントンだった。これほど輝かしい超人間的な存在は、きっと、いじわるな神様によって地上に送りこまれたにちがいない。彼女のような不器量な女に、世の中にはどうあがいても手に入らないものがあることを思い知らせるために。

今まで見た何枚かの写真から、彼がかぶったステットソンの下に豊かなブロンドの髪が隠されていることをグレイシーは知っていた。帽子のつばが影を落としているためによく見えないが、瞳はミッドナイトブルーであることも。頬骨は彼女のそれとはちがって、ルネッサンス時代の彫刻家が彫ったかのようだ。力強く筋が通った鼻、輪郭のはっきりしたあご。唇には「警告」ラベルを貼っておいてほしいぐらいだ。男としてこの上なく完璧な彼を見つめながら彼女は、ある暖かい夏の夜、草の上に横たわって星を見上げたときに感じたのと同じ、全身をつらぬくような切ないあこがれを感じた。まさに星のように輝ききらめく、手の届かない存在だった。

彼は黒いステットソンをかぶり、ヘビ革のカウボーイブーツをはき、赤と緑の稲妻模様のベロアのバスローブをはおっていた。片手に琥珀色のビール瓶を持ち、唇の端にくわえた葉巻から煙をくゆらせている。ブーツの上部からバスローブのすそにいたるむき出しの部分には、見事な筋肉がついたふくらはぎが見える。バスローブの下には何も着けていないのだろうかと考えただけで、彼女は口の渇きをおぼえた。

「おい！　ドアのところで待っているように言っただろう」

彼女はびくっとした。さっき家に入れてくれた大男が、小型のラジカセを手に近づいてきたのだ。

「ステラはあんたのことをセクシーな女だからってすすめたんだけど、俺はブロンドの女がいいって言ったんだ」。大男は彼女を疑わしそうにじっと見た。「ボビー・トムはブロンドが好きだからな。あんた、そのかつらの下はブロンドかい？」

彼女は思わず、自分のまとめ髪に手をやった。「実は……」

「その図書館員ふうの服装は気に入ったよ。だけどもっとメークを濃くしないと。ボビー・トムは化粧した女が好きなんだ」

それと、胸のある女でしょう。視線をプラットフォームのほうに泳がせながら彼女は思った。ボビー・トムのお気に入りは、胸がすごく大きな女なのね。

　彼女はラジカセに視線を戻し、二人の間で具体的にどんな誤解が生じているか把握しようとつとめた。彼女が何らかの説明をでっち上げようとしていると、大男は胸のあたりを掻きながら尋ねた。

「ステラからもう聞いてるかもしれないけど、俺たち、ちょっと特別なことをやりたいんだ。ボビー・トムが引退以来、ひどく落ちこんでいるからね。シカゴを離れて一年中テキサスに住むつもりだなんて言ってるぐらいなんだ。俺たち男仲間で考えた企画で、少しは笑顔が戻るかなと思って。ボビー・トムはストリッパーが大好きだから」

　ストリッパーですって！　フェイクパールのネックレスに触れるグレイシーの指は震えていた。「なんてこと！　ちょっと説明させて……」

「彼が結婚してもいいと考えていたストリッパーも一人いたんだけど、その子はフットボールのクイズに合格しなかったからね」。大男は首を振りながら言った。「NFL屈指のワイドレシーバーがヘルメットを脱いでハリウッド俳優に転向するなんて、俺はいまだに信じられないよ。くそ、膝のけがさえなかったら！」

　大男がこちらに話しかけているのでなくひとりごとを言っているようなので、グレイシーは黙っていた。その間、この男が自分を――地球上でおそらく一人だけであろう三〇歳のバージン、グレイシーを――ストリッパーと間違えているという、信じがたい事実をどう受けとめるべきか考えていた。

　恥ずかしかった。

恐ろしかった。

でもなんてスリリングなんだろう！

大男は再び、彼女を遠慮なく観察しはじめた。「ステラがこの間派遣してきたのは修道女の格好をしてたな。ボビー・トムは大爆笑さ。でもあの修道女はもっと化粧が濃かった。ボビー・トムは化粧した女が好きだから、あんたもちゃんとメークしてきたほうがいい」

誤解を解くにはもうすでにタイミングを逸していたが、彼女は咳ばらいをして言った。

「あいにく、ミスター……」

「ブルーノだ。ブルーノ・メトゥッチ。その昔、バート・ソマビルがオーナーだった頃にシカゴ・スターズでプレーしてた。といってもボビー・トムのような活躍はできなかったけどね」

「そうですか。あのう、実はですね……」

また女性の金切り声がホットタブのほうから聞こえ、気がそちらにいってしまった。彼女はボビー・トムを見上げた。足元ではしゃいでいる女の子たちのようすを甘いまなざしで見守っていた。彼の後ろの窓ごしに、ミシガン湖をふちどる明かりが遠くのほうできらめいているのが見える。グレイシーは一瞬、彼が宇宙空間に浮かんでいるかのような錯覚にとらわれた。ステットソンをかぶり、ブーツを履いてバスローブをまとった、宇宙のカウボーイ。普通の人間を地表に引きつける重力の法則に、けっして支配されない男。彼は目に見えない拍車をブーツにつけているかのようだった。その拍車は超高速で回転しながら、キラキラ輝く火花を散らして彼のまわりを明るく照らし、何もかも実際より大きく感じさせる。

ホットタブの泡の中から女性が一人立ち上がって呼びかけた。「ボビー・トム、クイズにもう一度挑戦させてくれるって言ってたわよね」

声をはりあげて言ったので、それを聞いた数人から声援や喝采が起こって騒がしくなった。皆が一団となってプラットフォームのほうを向き、ボビー・トムの反応を待った。

葉巻をくわえ、ビール瓶を片手に持ったボビー・トムは、もう一方の手をバスローブのポケットにつっこんで、彼女を心配そうに見つめた。「ジュリー、本当に準備できてるのかい、ハニー？　挑戦のチャンスは二回しかないってわかってるだろ。前回はエリック・ディッカーソンのキャリア通算ラッシング記録の問題で、一〇〇ヤード（約九一・四メートル）差で正解を逃したじゃないか」

「本当に大丈夫よ。あれからずいぶん勉強したんだから」

ジュリーは『スポーツ・イラストレイテッド』誌の水着特集号の表紙から抜けでてきたような女性だった。水から上がると、濡れたブロンドの髪が淡い色のリボンのように肩にかかった。ホットタブのふちに座った彼女が身につけているのは、トルコ色の小さな三角形の布三枚と、布をつなぐ明るい黄色のひもだけでできた水着だった。グレイシーの知人なら、こんなに体を露出する水着には眉をひそめるだろう。しかし女性は自分の「財産」を十分に活用すべきだと固く信じるグレイシーは、ジュリーの体をすばらしいと思った。

誰かが音楽の音量を下げた。ボビー・トムは岩石の一つに腰かけて、ヘビ革のカウボーイブーツを履いた片方の足を、もう一方の足のむき出しの膝にのせた。「じゃあこっちへ来て、幸運を祈るキスをしておくれ。今回はがっかりさせないでくれよ。君をボビー・トム・デントン夫人にしたくなってきてるんだから」

ジュリーが要請に応えて彼に近寄っていく間に、グレイシーはブルーノのほうを向き、好奇心をあらわにして訊いた。「フットボールに関するクイズを女性たちに出題するんですか？」

「もちろん。フットボールはボビー・トムの人生なんだ。離婚はしないというのが信条だし、フットボールを知らない女性と一緒にいて幸せになれるはずがないとわかってるからさ」

なるほど、とグレイシーが考えているあいだに、ボビー・トムはジュリーにキスし、彼女の濡れた水着のお尻を軽くたたき、彼女がさっきまでいたホットタブのふちに戻って座るよう指示した。客たちはプラットフォームの近くに集まり、見物を決めこんだ。ブルーノが二人のやりとりに注目して見守っているのをいいことに、グレイシーは一歩下がって後ろの階段に上り、二人のようすをじっくり観察できる位置についた。

ボビー・トムは、くわえていた葉巻を重量感のあるオニキスの灰皿に押しつけて消した。

「よし、いいか。クォーターバックから始めよう。テリー・ブラッドショー、レン・ドーソン、ボブ・グリーズのうち、パス成功率が一番高いのは誰か？　わざわざ、やさしい問題にしてあげてるんだぞ。パーセンテージじゃなくて、三人の中で一番率が高い選手を答えればいいんだ」

ジュリーは、濡れてつやつやした髪を肩の上で振るように頭を動かすと、自信に満ちたほほえみを返した。「レン・ドーソンよ」

「うん、よくできた」ホットタブの照明が反射して、カウボーイハットのつばで影になっていた顔を照らした。グレイシーの立っている位置からは遠すぎて確信はもてなかったが、彼の濃いブルーの瞳に光が宿り、このゲームを楽しんでいるようだった。人間の習性につねに深い関心をいだいている彼女としては、ボビー・トムがこれからどうするのか、ますます目が離せなくなった。

「それでは、前回のクイズのときてこずった問題について、ちゃんと勉強してきたかどうか確かめるからね。一九八五年に時を戻そう。当時のNFC（ナショナル・フットボール・カンファレンス）のリーディングラッシャーは誰か？」

「簡単よ。マーカス・アレンだわ」

「AFC（アメリカン・フットボール・カンファレンス）では？」

「カート……違う、ジェラルド・リッグズ」

ボビー・トムは片手を胸の上にあてて言った。「ふぅー！　今の答、心臓が止まるかと思ったよ。よし、次。スーパーボウルで最長フィールドゴールを記録したのは？」

「一九七〇年。ジャン・ステネラッド。第四回スーパーボウルのとき」

彼はまわりに群がった客を見まわしてにっこりと笑った。「ウェディングベルの音が聞こえるのは俺だけかな？」

彼のごまかしの言葉を聞いたグレイシーは笑みをうかべ、ブルーノに近づいて耳にささやいた。「こういうのって、ちょっと女性を小バカにしてないかしら?」

「彼女がこのクイズに合格すればそんなこと気にならないさ。ボビー・トムの財産がどれだけあるか知ってるか?」

それは相当なものでしょうよ、と彼女は推測した。ボビー・トムが二つの問題をやつぎばやに出したが、ジュリーの答は両方とも正解だった。このブロンド女性は美しいだけでなく、知識もかなり豊富なようだ。グレイシーはしかし、ジュリーがボビー・トム・デントンの一歩先を行くだけの知性は持ちあわせていないと確信していた。

グレイシーは再び、ブルーノにささやいた。「この若い女性たちは、ボビー・トムが本気でこんなことしてると思っているのかしら?」

「もちろん彼は本気だよ。でなければ、彼ほど女性を愛する男が、まだ結婚していない理由の説明がつかないだろ」

「もしかしたら彼、ゲイかもしれないでしょ」彼女はあくまで可能性の一つとして言ってみた。

ブルーノは毛深い眉毛をつり上げると、口からつばを飛ばしてまくしたてた。「ゲイだって! ボビー・トム・デントンが? 何いってんだ、彼が寝た女の数ときたら、開拓時代の猟師がとった獲物の数よりずっと多いんだぜ。本人の前ではそんなこと、絶対口にするんじゃないぞ。そんなこと聞いたら彼はたぶん……何をするか、想像したくもない」

グレイシーは、自分がストレートだと言いきれる男なら、ゲイかと訊かれたところで逆上することはないだろうと思ったが、男性の考えにはうとい彼女のことだ。何かを見落としているのかもしれなかった。

ジュリーは、ウォルター・ペイトンなる人物と、ピッツバーグ・スティーラーズに関する問題に答えていた。ボビー・トムはいすから立ち上がり、窓際を行ったり来たりしはじめた。いかにも深く考えこんでいるそぶりだったが、グレイシーは一瞬たりともだまされなかった。

「ようしハニー、集中して聞いてくれよ。あとたった一問で、教会のバージンロードを歩けるんだから。俺はもう、二人の間にどんなに可愛い赤ん坊が生まれるだろう、なんて考えはじめてるよ。これだけのプレッシャーを感じるのは、スーパーボウル初出場のとき以来だ。さあ、集中して。準備はいいかい?」

ジュリーはその完璧な額にしわをよせて答えた。「いいわ」

「スイートハート、今度は俺を失望させないでくれよ」彼はビール瓶を口元へもってゆくと残りを飲みほし、瓶を置いた。「フットボールのゴールポストの幅が一八フィート六インチ(約五・六四メートル)であることは、誰もが知っている。クロスバーの上端は……」

「地上から一〇フィート(約三・〇五メートル)!」ジュリーは金切り声をあげた。

「ハニー、俺は君を尊敬してるから、こんなにやさしい問題で君の知性を侮辱するつもりはないよ。最後まで聞いてくれ。でないとペナルティとして二問追加するからな」

うなだれるジュリーの様子に、グレイシーは心から同情した。

ボビー・トムは胸の前で腕組みをした。「クロスバーの上端は地上一〇フィート（約三・〇五メートル）。ゴールポストの高さはクロスバーから少なくとも三〇フィート（約九・一四メートル）上と決まっている。さて、ここで君への問題だ。答える前に言っておくけど、俺の心は君の手に握られていることを忘れないでくれよ」グレイシーの期待は高まった。「ボビー・トム・デントン夫人になれるか否かを決める問題だ。ポストの先についているリボンの寸法を答えなさい」

ジュリーはホットタブのふちから急に立ち上がった。「私、答を知ってるわ、ボビー・トム！　知ってるの！」

ボビー・トムの動きが止まった。「本当かい？」

グレイシーの唇から小さな笑いがもれた。ジュリーが正解したら、ボビー・トムにとってはいい気味だわ。

「幅四インチ（約一〇・一六センチ）、長さ六〇インチ（約一五二・四センチ）！」

ボビー・トムは胸をばんと叩いた。「ああ、ベイビー！　君はたった今、俺のハートを引き裂いて、踏みつけた」

ジュリーの顔がゆがんだ。

「正解は、幅四インチ（約一〇・一六センチ）、長さ四八インチ（約一二一・九センチ）。四八インチだよ、スイートハート。俺たち、結婚という永遠の幸福まで、あとたった一二インチ（約三〇・四八センチ）だったのに。ああ、これほどの失望を味わったのはいつ以来だろう」

グレイシーは、彼がジュリーを抱きしめ、キスの雨を降らせるのをじっと見ていた。北米にはいまどきこんなに露骨に男尊女卑をひけらかす男はいないだろう。しかし彼女は、彼の大胆さを賞賛せずにはいられなかった。日に焼けてたくましい彼の手が、あらわになったジュリーのつややかな丸いお尻にあてがわれているのに心を奪われ、目が離せなくなった。グレイシー自身のお尻も、無意識のうちに反応して緊張した。

客たちはそれぞれに散り散りになり、男性のうち何人かはプラットフォームに上って、美しい敗者ジュリーになぐさめの言葉をかけた。

「行こう」とブルーノがグレイシーの腕をとった。彼女は抵抗するまもなく前に押し出されていた。

彼女は警戒して息をのんだ。単なる誤解から発したことが、収拾のつかない事態になりそうだ。急いでブルーノに向きなおって彼女は言った。「ブルーノ、ちょっとお話しておかなければならないことがあるんです。本当に、なんだか変なことになって……」

「よう、ブルーノ！」もう一人、たくましい大男（今度のは赤毛だった）が二人のそばにやってきた。この男はグレイシーにさっと目を走らせると、ブルーノを非難がましい目つきで見た。

「メークが薄すぎる。ボビー・トムはちゃんと化粧した女が好きだって、知ってるだろう。それから、そのかつらの下はブロンドだといいんだが。おっぱいはどうなんだ。ジャケットがぶかぶかだから、胸があるかどうかよくわからないが。おっぱいはあるのかい、ネエちゃん？」

グレイシーは、おっぱいはあるかと聞かれたことと、ネエちゃんと呼ばれたことの、どちらに驚いたらいいのかわからず、一瞬ことばを失った。

「ブルーノ、その娘は誰だい？」

ボビー・トムの声を聞いて彼女は胃が重くなった。彼はホットタブのふちにまでやってきていて、興味しんしんという感じでこちらを眺めていた。こちらの胸中を推測しているかのようだ。

ブルーノはラジカセを軽く叩いて言った。「俺たち男仲間で考えた、ちょっとした娯楽で驚かしてあげようと思って」

ボビー・トムの顔に笑みが広がり、歯並びのよい白い歯がのぞくのを、グレイシーは高まる不安とともに見守った。お互いの目が合ったとたん、彼女は何かにせきたてられているような落ちつかない気分になった。

「こっちへおいで、ハニー。始める前に、ボビー・トムは君をよーく見たいんだ」母音を伸ばして柔らかく話すテキサスなまりの声が体をなめるようにとらえ、彼女の持ち前の良識をかきみだした。最初に頭に浮かんだことを口走ってしまったのはそのせいかもしれない。

「あの、私……まずちゃんとお化粧をしてからでないと、ちょっと」

「それは心配しなくてもいい」

ブルーノに前に押しだされて、あわてふためいた彼女は小さく叫んだ。後ずさりするより早く、ボビー・トムの大きな手で手首をつかまれた。彼女はその長いすんなりした指を呆然と見下ろした。さっきジュリーのお尻に当てられていた指が、いつのまにかプラットフォームにいる彼のそばにまで彼女を引っぱりあげている。

「お嬢さんたち、この女性に場所を空けてあげてくれるかな」

事のなりゆきを見守るために女性たちがホットタブから離れていくのを見た彼女は怖くなり、事情を説明しようとした。「デントンさん、お話したいことが。私がどこから……」

ブルーノがラジカセのボタンを押し、大音響で「ストリッパー」の曲がかかると、彼女の声はかき消されてしまった。男たちは喝采をあげたり、口笛を吹いたりしはじめた。ボビー・トムは励ましのウィンクをすると彼女の手を放し、歩き去って岩石の一つに腰かけ、これから行われるショーの見物を決めこんだ。

グレイシーの頬が赤らんだ。ホットタブの舞台のようなプラットフォームのまん中に一人立たされ、部屋にいる全員の注目を浴びている自分。完璧な肉体の見本のような男女が、不完全な見本のようなグレイシー・スノーのストリップを期待して待っているのだ！

「しっかり、ベイビー！」

「恥ずかしがらなくていいからさ！」

「ほらっ、早く始めろよ！」

何人かの男たちが動物のような叫び声をあげると、女の子が一人、唇の間に指を入れて指笛を鳴らした。グレイシーはどうしていいかわからないといった表情で彼らのほうを見た。彼らは笑い出した。ちょうど、高校二年生の英語の授業中、彼女がブラジャーにパッドとして入れたティッシュがずれたのを発見したクラスメートたちと同じように。ここに集うパーティ好きの男女は、似たもの同士、みんな同じ基準でものを考えるのだろう。彼女がストリップを嫌がっているように見えるのも、演技の一部だと思っているらしい。

皆の前で凍りついたように立ちつくしながらグレイシーはふと思った。音楽が鳴りひびく中、大声をあげて事情を説明しようとすれば、この世慣れた人たちは、彼女が田舎者だとすぐに見破ってしまうだろう。その恥ずかしさに比べれば、ストリッパーに間違えられたことのほうがいくらかましかもしれない。

ボビー・トム・デントンとの距離はおよそ一五フィート（約四・五七メートル）ほどだった。となるとできるだけ近づいていて、こっそり自分の正体を明かすしかない、と彼女は考えた——私がウィンドミル・スタジオから来た人間だとわかれば、彼も行き違いがあったことを面目なく思って、こっそりこの場から出ていけるよう手を貸してくれるだろうし、全面的に協力してくれるにちがいない。

ラジカセから出る大音響にかぶせて、誰かがまた動物の鳴き声をまねて叫んだ。彼女はおそるおそる右足を数センチ横に出し、実用本位の黒いパンプスのつま先を伸ばした。再び笑い声が上がった。

「それそれ！　待ってました！」

「どんな体なんだい、見せてくれよ！」

今や、ボビー・トムとの距離が一〇〇マイル（約一六〇キロ）あるかのように思えた。濃紺のスカートをぐっと引っぱり上げながら、彼女は少しずつ彼のほうへと近づいていった。たくし上げたスカートのすその部分が膝上まで達したとき、笑い声に口笛が重なった。

「セクシーだよ、ベイビー！　気に入った！」

「かつらをとってくれよ！」

ブルーノはグループの最前列に来ていて、人さし指で大きく輪を描いていた。彼女は最初、その動作で何を求められているのかがわからなかったが、そのうち、「ボビー・トムのほうを向いて脱げ」という指示だと気づいた。息をのんで向きを変え、彼女は濃いブルーの瞳に対面した。

ボビー・トムはステットソンを後ろにずらし、彼女だけに聞えるように言った。「パールのネックレスは最後までとっておいてくれよ、スイートハート。パールを身につけた女性が好きなんだ」

「もう、飽き飽きしてきちゃったぜ！」男の一人がどなった。「つまんねえじゃんか、何か脱げよ！」

グレイシーはもう少しで怖気づくところだった。任務を果たさずに逃げ帰ってきたとわかったら、雇用主のウィロウ・クレイグが何と言うか。それを考えたおかげでかえって気合が入った。グレイシー・スノーは逃げない！　この仕事は、ずっと待っていた好機なのだ。最初に遭遇した困難におじけづいて逃げ帰ったりするつもりはなかった。

彼女はおそるおそる、スーツのジャケットを脱ぎはじめた。ボビー・トムは、彼女が何かすごいことでもなしとげたかのように満足そうにほほえんでいる。彼との距離はまだ一〇フィート（約三・〇五メートル）。まるで一〇〇万マイル（約一六〇〇万キロ）あるかのように思えた。彼がカウボーイブーツの足首をもう片方の足の膝に乗せると、バスローブの前が開いて、何も身につけていない、力強い筋肉がそなわった太ももが見えた。そのとき彼女のジャケットが指から離れて下に落ちた。

「そうだ、それだよ、ハニー！　うまいじゃないか」賞賛を浴びせる彼の瞳は輝いていた。こんなにぎこちなくて下手なのに、今まで見た中で最高のダンサーだとほめたたえているようだ。

ぎこちなく腰を前に突きだす動作を何回かくりかえしながら、観客からあがりはじめた大げさなブーイングを無視しつつ、彼女は小刻みに彼のほうへと近づいていった。

「すごくいいね」と彼は言った。「そんな動き、見たことがない」

腰を突きだしながら彼のそばにたどり着いた彼女は、まだジャケット一枚しか脱いでいなかったが、とにかく無理やりほほえもうとした。ところが間の悪いことに、前かがみになりボビー・トムの耳にささやいて苦境を訴えようとしたとき、彼女の頬がカウボーイハットのつばに当たった。衝撃でずれたカウボーイハットの位置を片手で直しながら、彼はもう片方の手で、彼女をさっと膝の上に抱えあげた。

驚愕のあまり上げた叫び声が騒々しい音楽で消された。彼の筋骨たくましい体と、自分のわき腹に押しつけられた胸の厚みに圧倒され、彼女は一時的に言葉が出てこなくなった。

「手助けが必要だろ、ハニー？」彼の手がブラウスの一番上のボタンに伸びた。

「だめ！」その腕をつかむなり、彼女は叫んだ。

「面白い演技だねえ、スイートハート。進みぐあいがちょっと遅いけど。きっとまだ研修中なんだね」好色さよりもむしろ陽気さをたたえた笑いを見せて彼は言った。「名前は何ていうの？」

彼女は息をのんだ。「グレイシー、いえグレースです。グレース・スノー。ミス・スノーです」。「ミス」をつけて言い直して、遅まきながら二人の間の心理的な距離を保とうとした。

「それから、実はですね、私は……」

「ミズ・スノー」。彼は、まるで極上のワインでも味わうかのように、その単語を口の中でころがして言った。彼の体の熱を感じて頭が混乱した彼女は、膝の上から逃れようとした。

「デントンさん……」

「上に着てるものだけだよ、スイーティ。男どもがやきもきしているからさ」彼女が制止する間もなく、白いポリエステルのブラウスの、襟もとのボタンがはずされてしまっていた。

「まだ新米なんだな」人さし指の先で喉もとのくぼみをさぐられ、彼女は身ぶるいした。「ステラのところの女の子には全員会ったと思ってたけどな」

「ええ、私……いいえ、つまりあの、私は……」

「さあ、緊張しないで。大丈夫、それでいいんだから。それから、言ってもいいかな、君って足がすごくきれいだよね」抜けめなく動く指が次のボタンをはずした。

「デントンさん！」

「何ですか、ミズ・スノー？」

ジュリーにフットボールのクイズを出題していたときと同じ、いかにも楽しげな色が彼の瞳に浮かんでいる。いつのまにかボタンがもう一つはずされていて、薄いピーチ色のデミブラが見えていた。谷間のところが深く切れこんでいて、へりがスカラップ模様でふちどられたブラだ。不器量な女がセクシーな下着を身につけるのはばかげた趣味のようなものだが、グレイシーにとっては絶対に人に知られたくない秘密だった。動揺で息が乱れた。

観客から大きな喝采が上がったが、それはピーチ色のデミブラに対するものではなかった。プールのそばに立っていた女性の一人が、ビキニのトップをはずし、頭の上でそれを回して見せているのだった。あの胸にはデミブラ以上のサポートが必要だわ――グレイシーにはすぐわかった。

男たちは手をたたき、やじを飛ばした。彼女は手を伸ばしてブラウスの前をかきあわせようとしたが、ボビー・トムに指を握られてしまってできない。指は彼の手のひらにやさしく包まれている。

「あの娘、キャンディっていうんだ。どうやら彼女に先を越されたね、ミズ・スノー」

「あのう、私」彼女はごくりとつばを飲んで言った。「お話させていただきたいんです、二人きりで内密に」

「二人きりって、俺のためだけに踊ってくれるのかい？　そりゃすごくありがたいけど、お客様ががっかりすると思うよ、俺だけが君の体を見てしまったら」

彼はスカートのベルトについたボタンをはずして、ジッパーを下げようとしている。

「デントンさん！」思ったよりずっと大きな声が出てしまい、そばに立っている客たちが笑った。

「ボビー・トムと呼んでくれよ、ハニー。皆もそう呼んでいるんだから」。仲間だけにわかる内輪ネタで笑っているかのように、彼の目尻にしわがよった。「おや、こりゃ面白いぞ。パンティストッキングをはいてるストリッパーなんて見たことがない」

「私はストリッパーじゃありません！」

「もちろんストリッパーだろ。でなければ誰が、大勢の酔っぱらったフットボール選手の前で服を脱いだりする？」

「私は脱いだりなんかしな……まあ！」。かつて巧みにボールをあやつった彼の指はすばやく、いともやすやすと彼女の服を引きはがしていく。ティッシュをはがしているのかと思うほどだ。ついにブラウスの前がはだけた。彼女は力をふりしぼって彼の膝を押しのけ、逃れようとしたが、そのためにスカートがハーフスリップの上をすべって、足首までずり落ちてしまった。

屈辱に打ちのめされながら、スカートをつかんで引きあげはきなおしたものの、彼女の顔は真っ赤だった。きちょうめんで手際がよいことを誇る自分のような女性がどうして、これほどひどいめにあわなくてはならないのか。ブラウスの前をかきあわせると、彼女は勇気を出して彼をまっすぐに見るなり宣言した。「私はストリッパーじゃありません！」

「ああ、そう？」彼はバスローブの胸のポケットから葉巻を取りだすと、指と指の間にはさんでころがした。この宣言に、さほど驚いていないらしい。

近くにいた客たちが注目しはじめた。二人だけで話し合うつもりだったのに、これではまずい。彼女は声を低め、ささやきに近い声で話しかけた。

「あんまりな誤解です。私がストリッパーじゃないってことぐらい、見ればわかるでしょう？」

彼は火をつけずに葉巻を口にくわえると、ゆっくりと視線を彼女のほうに向け、普通の声で言った。「それは、わかりにくいときもある。前回ここに来た娘は修道女の格好をしていたし、その前のはミック・ジャガーのそっくりさんと言ってもいいぐらいだったから」

誰かが音楽を止めていた。不自然な沈黙がゲストたちの間におとずれた。自制心を失うまいという決意にもかかわらず、彼女はもう声を平静に保つことができず、さっき脱ぎすてたスーツのジャケットをひったくるように拾いあげて言った。「お願いです、デントンさん。二人だけでお話しできる場所に行けないでしょうか」

彼はため息をつき、岩石から立ちあがった。「そうしたほうがよさそうだ。ただし、服は着たままでいるって約束してくれよ。俺ばかりが君の裸を見てお客様が見られないんじゃ、不公平だからね」

「デントンさん。あなたが私の裸を見ることは絶対にない、とお約束できます！」

彼は疑わしそうな目をした。「君の意図を疑っているわけじゃないよ。でも、俺の今までの経験からすると、君が我慢しようとしても、そう簡単にはいかないかもしれないね」

彼女はボビー・トムのうぬぼれの強さに驚き、呆れた。じっとにらんでいると、彼は軽く肩をすくめて言った。「俺の書斎へ行くとするか。そこで内密の話とやらをしよう」そして、彼女の腕をとってプラットフォームから下ろした。

洞窟の床を歩きながら、彼女は思い出していた――「ストリッパーではない」ときっぱり宣言したとき、ボビー・トムは少しも驚いていなかった。どこかさめていて、冷静なままで、この状況を明らかに楽しんでいた。その事実に基づいて理にかなった結論を導きだそうとしていると、さっき彼女に話しかけてきた赤毛のフットボール選手がグループの中から進みでて、ボビー・トムの腕にふざけ半分のパンチを一発放った。

「こりゃまいったね、ボビー・トム。この娘も妊娠してなきゃいいけどな」

2

「ずっとわかってらしたんでしょう、私がストリッパーじゃないって」

ボビー・トムは、書斎のドアを閉めながら言った。「いや、確信をもっていたわけじゃなかった」

グレイシー・スノーはそう簡単にだまされなかった。「いえ、知ってたはずよ」と、断固とした口調で言い放った。

ボビー・トムは彼女のブラウスを身ぶりで示した。目尻にはまた、笑いじわができている。なんと魅力的な瞳だろう。「君、ボタンをかけちがえてるよ。手伝いは？……いや、いらないか」

何もかもが、グレイシーの思惑どおりにいかなかった。「この娘も妊娠してなきゃいいけどな」というボビー・トムの友人の言葉はどういう意味だろう？　そういえばウィロウ・クレイグが、自分のところで使っている俳優について何か言っていたのを小耳にはさんだことがあった。数年前、その俳優が何件かの父親認知訴訟に巻きこまれたとかいう話だった。あれはボビー・トムのことを話していたにちがいない。どうせ、だまされやすい女性を食いものにして捨てるような、いやな男にきまっている。それほど道徳観念に欠ける男に自分がほんの一瞬でも惹かれたことに、彼女は不快感をおぼえた。

グレイシーは彼に背を向けてボタンのかけちがいを直し、落ちつきを取りもどそうとした。考えをまとめる間に周囲を観察した彼女が目にしたものは、強い自己顕示の表れだった。こんなのは見たことがない。

この書斎は、フットボール選手としてのボビー・トム・デントンのキャリアをたたえる聖堂のようなものだった。プレー中の写真が大きく引きのばされて、灰色がかった大理石の壁面いっぱいに飾ってある。テキサス大学時代のユニフォーム姿もあったが、大半の写真はシカゴ・スターズの、スカイブルーとゴールドを組み合わせたユニフォームを着たボビー・トムだった。地面をけって飛びあがったときの動きをとらえた写真も何枚かあって、その中で彼はつま先を伸ばし、引きしまった体を「C」の形に優美に曲げて、空中でボールをつかんでいた。スカイブルーの地にゴールドの星が三つ輝くヘルメットをかぶったクローズアップ写真もあった。ゴールラインに向かって突進する姿や、バレエダンサーのような優雅な足運びでサイドラインにそって走る姿。棚にはトロフィーや表彰状、額入りの卒業証書が置かれている。

ボビー・トムは、革製のスリングチェアにゆったりと洗練された身のこなしで腰を落ちつけた。机の天板は御影石でできており、「原始家族フリントストーン」のアニメにでも出てきそうだ。その上にはしゃれたグレーのコンピューターと、いかにもハイテク製品といった感じの電話が置いてある。グレイシーはタブチェアに座ることにした。まわりの壁面には、何枚もの雑誌の表紙が額におさめられてかけてある。うち何枚かの表紙ではボビー・トムがサイドラインに立ち、魅力あふれるブロンドの女性にキスしている。たしか『ピープル』誌の記事に出ていた女性だとグレイシーは気づいた。シカゴ・スターズの美しきオーナー、フィービー・ソマヴィル・ケイルボーだ。

グレイシーを漫然と見ていたボビー・トムの唇の両端がこころもち上がった。「可愛い君の感情を傷つけたくはないけど、専門家のはしくれとしてあえて言わせてもらおうかな。夜の仕事なら、プロのストリッパーとして服を脱ぐよりも、セブンイレブンで店員をしているほうが向いていそうだね」

冷淡なまなざしで人をにらむのは得意ではなかったが、グレイシーはできる限りやってみた。「わざと、私に恥ずかしい思いをさせようとしてらっしゃるんでしょう」

ボビー・トムのほうも、できる限りしょげかえっているように見せようとつとめていた。

「俺がそんなこと、女性に対してするわけないよ」

「デントンさん、十分承知されていることと思いますけど、私はウィンドミル・スタジオを代表してここに来ているんです。プロデューサーのウィロウ・クレイグから言われていまして……」

「なるほど。シャンペンかコーラか何かいる？」そのとき電話が鳴りだしたが、彼は無視した。

「いいえ、けっこうです。デントンさん、あなたは四日前にテキサスへ行って『ブラッド・ムーン』の撮影に入っていなければならなかったはずですね。それに……」

「ビールはどう？　女性もこのごろはビールを飲む人が多くなったみたいだけど」

「私は飲みませんので」

「あ、そう？」

グレイシーの話し方はビジネスライクというより、堅苦しいといったほうがよかった。こういう野性的な男とやりあうにはふさわしくないかもしれない。彼女は失点を回復しようとつとめた。「デントンさん、私自身は飲みませんが、お酒を飲む人に反感を持っているわけではまったくありませんから」

「ボビー・トムだよ、スイートハート。俺としては、他の呼び名を認める気はあんまりないんでね」

彼の物言いは、まるで遠乗りの途中で抜けだしてきたカウボーイのようだった。しかしフットボールのクイズを出題していたときのようすから判断すると、実際は見かけよりずっと頭が切れるのだろう。「わかりました。ではボビー・トムとお呼びします。ウィンドミル・スタジオとの間でかわされた契約では……」

「君はハリウッド人には見えないね、ミズ・スノー。ウィンドミルに勤めてどのぐらいになるんだい？」

グレイシーはパールのネックレスを直すのに忙しいふりをした。また電話が鳴ったが、彼は今度も無視した。「制作アシスタントとしてしばらく働いています」

「正確にはどのぐらいの期間？」

ついに来た、避けられない質問。降参する形になったが、グレイシーは毅然として答えた。あごの先をほんの少し上げて言う。「まだ一カ月にもなりませんが」

「へえ、そんなに長く」ボビー・トムは明らかに面白がっていた。

「能力は十分にあると思っています。前職で幅広い経営の経験を積みましたし、コミュニケーション能力も身につけましたから」実はほかに、鍋つかみを作ったり、陶器製の豚をきれいにペイントしたり、懐かしのメロディをピアノで弾いたりするのも得意だった。

ボビー・トムは口笛を吹いた。「そりゃすごい。以前はどんな仕事だったんだい」

「私……あの、シェイディ・エイカーズ老人ホームの運営をしていました」

「老人ホーム？　へえ、大したものだ。その仕事は長いことやっていたの？」

「私、シェイディ・エイカーズで育ったんです」

「老人ホームで育った？　こりゃ面白い。刑務所で育ったランニングバックが昔の知り合いにいたよ――彼のお父さんが刑務所長だったから――でも老人ホームで育った人には会ったことがないな。ご両親がそこで働いていたの？」

「両親が経営者でした。一〇年前に父が他界して以来、私が母を手伝ってきたんですが、母は最近、施設を売却してフロリダに引っ越したので」

「その老人ホームはどこにあるの？」

「オハイオ州です」

「クリーブランド？　コロンバス？」

「ニュー・グランディです」

ボビー・トムは微笑んだ。「ニュー・グランディなんて、聞いたことがないけど。その町からどうやってハリウッドにやってきたのかな？」

グレイシーは、たまらないほど魅力的な彼のほほえみを目の前にして会話を続けることが苦しくなっていたが、それでも毅然として話を先に進めた。

「ウィロウ・クレイグが私を採用した理由は、信頼できる人間を必要としていたから。シェイディ・エイカーズの経営者としての私の仕事ぶりに感心したそうです。ウィロウのお父様が、先月亡くなられるまでホームに入居されていたので」

ウィンドミル・スタジオの社長で映画プロデューサーでもあるウィロウから、制作アシスタントとして働かないか、という話があったとき、グレイシーは自分の幸運が信じられなかった。新入社員向けの初歩的な仕事で給料も安かったが、彼女はこの華やかな世界の新しい職場で自分の実力を証明し、短い間に出世の道を切りひらくつもりだった。

「デント……いえ、ボビー・トム、まだ撮影現場にいらしていないことについては、何か理由でもおありなんですか？」

「ああ、理由ならちゃんとあるさ。ジェリーベリーのジェリービーンズはどう？　たしか机の中のどこかに一袋あったはずだがな」そう言いながら彼は、御影石でできた机の、粗い手触りの角のあたりを探った。「だけど、引き出しがなかなか見つからないな。これを開けるにはのみが要りそうだ」

グレイシーはほほえんだ――また、質問に答えるのを避けているわけね。老人ホームでの経験で、話がすぐ横道にそれてしまう人たちとのコミュニケーションに慣れていた彼女は、別の方向から攻めることにした。

「なかなか変わった趣味のお宅ですね。ここには長くお住まいなんですか？」

「二、三年かな。自分ではあまり好きじゃないんだけど、設計した建築家はすごく誇りに思ってるようだよ。彼女はこれを『日本とタヒチ島の雰囲気を取りいれた都会の石器時代』って呼んでる。俺だったら、ただ『趣味悪い』の一言ですましちゃうけどな。それでも、雑誌関係者なんかは気に入ってるみたいだね。何度も取材に来て撮影していったから」ジェリービーンズを探すのをあきらめると、彼はコンピューターのキーボードに片手を置いた。「家に帰ってくると、ときどき、牛の頭蓋骨がバスタブのそばに転がっていたり、リビングルームにカヌーが置いてあったりするんだ。雑誌社の連中、なんだかんだ変てこなものを部屋に置いて、写真の効果を上げようって魂胆さ。普通の人だったら、実生活でそんなものを自宅に置くわけがないんだけどね」

「ご自分が好きになれない家に住むのは大変でしょうね」

「家は他にもたくさんあるから、まあ、どうでもいいんだよ」

グレイシーは驚きのあまり目をぱちくりさせた。知り合いのほとんどは、一生働いて家一軒がせいいっぱいという人たちばかりなのに。ボビー・トムがいったい何軒持っているのか訊いてみたかったが、話の核心からそれないようにするほうが賢明だと思いなおした。また電話が鳴りだしたが、彼は気にもとめなかった。

「今回、映画は初出演ですよね。昔から俳優になりたいと思ってらしたんですか？」

彼はぼんやりとグレイシーを見た。「俳優に？　ああ、長いことね」

「たぶんご存じないんでしょうけど、撮影が一日遅れるごとに何千ドルもの損失が出るんですよ。ウィンドミルは独立系の小規模なスタジオです。そんな支出を容認するわけにはいきません」

「スタジオの連中が俺への支払い分から差し引くだろうさ」

受け取り金額が減ることについて気にしているふうもないボビー・トムのようすを、グレイシーはじっと観察した。彼は、コンピューターのわきに置かれたグレーのパッドの上のマウスをいじっていた。指は長く、先に行くほどすんなりと細く、爪は短く切ってあった。バスローブのそで口から、むき出しのたくましい腕がのびている。

「演技は未経験ということで、今回のお仕事に対して多少、神経過敏になっていらっしゃるのではないかと思いまして。たとえば、何か不安なことが……」

ボビー・トムはすっくと立ち上がり、穏やかな口調で話しはじめた。ただその声には、今まで感じられなかったある種の激しさがこもっていた。「ボビー・トム・デントンには、何も怖いものなんかないんだ、スイートハート。それだけはよく覚えておいてくれ」

「誰にだって怖いと思うものがあるはずですよ」

「俺には何もない。対戦相手のはらわたをつかんで鼻の穴から引きずり出してやろうと、がむしゃらに立ち向かってくる一一人の男たちと戦いながら人生の大半を過ごしているんだから、映画撮影なんか、へとも思わないね」

「わかりました。でもあなたは、もうフットボール選手ではないんですよ」

「いや、俺はこれからだって、フットボール選手であることに変わりないさ、何らかの形では」一瞬、ボビー・トムの瞳に影がよぎり、ほとんど絶望に近い感情が宿るのをグレイシーは見たような気がした。しかしその話しぶりが淡々としていたので、深読みしすぎかな、と自分に言いきかせた。机の横を回ってボビー・トムが近づいてきた。

「じゃあ君、電話でおたくの上司に伝えとくんだな。近いうちに撮影現場へ行くからって」

この一言で、グレイシーはついに怒った。身長は五フィート四と四分の三インチ（約一六六・八センチ）しかないが、背筋をせいいっぱい伸ばして立った。「私が上司に報告するのは、私たち二人が明日の午後、サンアントニオに飛行機で到着し、そこからテラローザまで車で行く、ということです」

「私たち？」

「そうです」ボビー・トムには最初から断固とした態度でのぞまなくてはならないこと、そうでもしなければ、うまくつけこまれてしまうことがグレイシーにはわかっていた。「一緒に行っていただかないと、非常にやっかいな訴訟に巻きこまれることになりますから」

ボビー・トムは親指と人さし指であごをなでた。「スイートハート、どうやらそちらの勝ちのようだな。我々が乗る飛行機の出発はいつ？」

グレイシーは疑わしそうに彼を見た。「一二時四九分です」

「わかった」

「一一時にお迎えにあがりますよ？」相手が突然降伏してきたことに警戒心を抱いたグレイシーの発言は、「宣告」というよりむしろ「質問」に近かった。

「空港でおちあうほうが簡単じゃないかと思うけど」

「私がここへお迎えにあがります」

「そりゃ、ずいぶんご親切に」

気づくとグレイシーはひじをつかまれて、書斎の外へ連れだされていた。

ボビー・トムは家を案内する主人役《ホスト》を完璧につとめ、一六世紀の寺の鐘や、化石木から作られた床の彫刻を指さしてグレイシーに教えてくれた。ところが九〇秒もしないうちに、彼女は家の外の歩道に一人取り残されてしまっていた。

建物正面の窓からまぶしいほどの光がもれ、よい香りの漂う夜の空気に乗って音楽が流れてくる。その空気を吸いこむと、グレイシーの目には切なさが宿った——初めて経験する乱痴気騒ぎのパーティだったのに。けっきょく、自分はたった今、そこから放りだされたということだ。

グレイシーがボビー・トム・デントン邸の前に再び姿を現したのは翌朝午前八時だった。モーテルを出る前に彼女はシェイディ・エイカーズに電話し、フェンナー夫人とマリネッティ氏のようすを尋ねた。老人ホームでの暮らしから逃げだしたいと願っていたグレイシーだったが、三週間前に別れた人たちのことが気がかりだった。二人とも具合がよくなっていると聞いて彼女は安心した。それからサラソタの分譲マンションに住む母親のフラン・スノーに電話したが、母親はマンションのプールで行われる水中エアロビクスのクラスへ向かっている途中で時間がなく、話せなかった。

グレイシーはレンタカーを路上に停めた。邸からは植えこみに隠れて見えないが、こちらからはガレージに通じる私道が見わたせる場所だ。昨夜、突如として素直に言うことを聞きはじめたボビー・トムのようすはどうも怪しかったし、危険をおかす気もなかった。

昨夜は、心をかき乱すような性的な夢を見たり、目がさめたかと思うと神経が高ぶって眠れなくなったりを交互にくりかえしているうちに夜が明けた。それでけさ、シャワーを浴びながら、自分自身に厳しく説教したのだった。ボビー・トムが、これまで出会った誰よりもハンサムで、セクシーで、刺激的な男性であることを否定しようとしても無駄だ。実際そうなのだから。しかしここで忘れてはいけないのは、彼のブルーの瞳、けだるそうでどこか魅力的な物腰、徹底した愛想のよさの陰には、とてつもない強い自我と鋭い知性がひそんでいることだ。気を抜かずに対処しなくてはならない。

そのとき思考が中断された。年代物の赤いサンダーバードのオープンカーが私道をバックしてくるのが見えたからだ。まさに予想していたとおりの裏切り行為だ。グレイシーはレンタカーのイグニッションに差しこんでおいたキーをすばやく回し、アクセルをぐっと踏みこんで急発進して、サンダーバードの行く手をふさぐ形で車を停めた。エンジンを切ると、ハンドバッグを持ち、外に出た。

イグニッション・キーが服のポケットの中でじゃらじゃらと鳴る。グレイシーはまたしても服選びに失敗していた。今日身につけているのはからし色のラップドレスだった。プロらしいてきぱきとした感じを出したつもりだったのに、ドレスはサイズが大きすぎるうえになんとも野暮ったく、もっさりとしておばさんぽかった。ボビー・トムが近づいてくると、カウボーイブーツのかかとが私道の上でコツコツと乾いた音を立てた。足を引きずるのがほんのわずかながら感じられる。グレイシーは不安になりながらも彼の服装を観察した。紫色のヤシの木がプリントされたシルクのシャツを、着古して色あせ、すりきれた風合いをうまく出したジーンズの中にたくしこんでいる。ほっそりとした腰と、ランナーのように引きしまった足をぴっちりと包んでいるので、あまり注視しないほうがいいと思われる彼の体のある部分から目をそらすのはほとんど不可能だった。

パールグレーのカウボーイハットを少し傾けるボビー・トムを目の前にしてグレイシーは身がまえた。「おはよう、ミズ・グレイシー」。

「おはようございます」元気よく挨拶を返す。「ゆうべ遅かったのに、こんなに早起きされるとは意外でした」――数秒の間があった。ボビー・トムはこちらをじっと見ている。まぶたは半分閉じているように見えるが、そのけだるい雰囲気の陰に隠された激しいものを感じとって、グレイシーは警戒した。

「お迎えは一一時じゃなかったのか」と彼は言った。

「ええ、まあそうですけれど、早く来たんです」

「それは見ればわかる。それより、道をふさいでいるあの車。どけていただけると、大変、ありがたいんだがね」母音を長く伸ばすゆっくりした話しぶりは、唇の両端をかすかにこわばらせたその表情にはそぐわなかった。

「申し訳ありませんが、どけられません。私はテラローザまであなたをお連れするために来たんですから」

「可愛い君に失礼な態度はとりたくないが、俺にはボディガードは必要ない」

「私はボディガードじゃありません。付添い人《エスコート》です」

「君が何であれ、その車をどけてもらいたいんだ」

「おっしゃっていることはわかります。でも、月曜の朝までにあなたをテラローザへお連れしないと、私はほぼ確実に解雇されます。ですから、この件は譲れません」

ボビー・トムは片手を腰にあてて言った。「君の言い分はわかった。じゃあ一〇〇〇ドルあげるから、車でどこかへ行って、二度と戻ってこないでくれ」

グレイシーは彼をまじまじと見た。

「迷惑もかけていることだし、一五〇〇ドルにしよう」

私が不正なことをしない正直な人間であることは、誰でもひとめ見ればわかるはずだ――グレイシーは今までそう信じてきた。ボビー・トムは、この私が賄賂を受けとるような人間だと思ったのか。グレイシーの心は、ストリッパーと間違えられたときよりももっと激しい怒りでいっぱいになった。

「私は、そういうことは……しません」彼女はゆっくりと言った。

ボビー・トムは悔やんだようすで長いため息をついた。「そういうふうに感じたのなら、本当に申し訳ない。君が金を受けとろうと受けとるまいと、あいにく俺は君と一緒に今日の午後の飛行機に乗るつもりはないんだ」

「契約を破るとおっしゃるんですか？」

「いや。テラローザへは俺一人で行くと言ってるだけだ」

グレイシーはその言葉を信じなかった。「あなたは、ご自分の自由意志で契約を締結されましたね。つまり契約を履行する法的義務だけでなく、道徳上の義務もあるわけです」

「ミズ・グレイシー、まるで日曜学校の先生みたいなしゃべり方だね」

グレイシーは目を伏せた。

ボビー・トムは高らかに笑うと頭を振った。「まったくだ。ボビー・トム・デントンのボディガードは、いまいましい日曜学校の先生ってわけだ」

「私はあなたのボディガードではないと、言ったでしょう。単なる付添い人《エスコート》です」

「悪いけど、他をあたってくれ。俺は飛行機でなく、車でテラローザまで行くつもりだから。

君のような立派なレディにとっては、俺みたいな品行の悪い男とサンダーバードの車内に閉じこめられて旅するなんて、不愉快にきまってるだろうしね」彼はレンタカーのほうへ歩いていって助手席側の窓から中をのぞきこみ、車のキーを探した。「お恥ずかしいかぎりだが、ミズ・グレイシー、俺は女性のこととなると、必ずしも評判がいいとは言えないからさ」

早足でボビー・トムのあとを追いながらグレイシーは、かがんで車内を調べている彼の色あせたジーンズが、ぴっちりと腰を包んでいるさまを見つめないように努力した。「テラローザまで車で行く時間の余裕はありませんよ。私たちの到着予定は今晩だとウィロウは思っていますから」

ボビー・トムは顔を上げてほほえんだ。「君、ウィロウさんに会ったら必ずよろしくと伝えておいてくれ。さて、この車を動かしてもらおうか」

「絶対にだめです」

ボビー・トムは頭をたれ、ひどく残念そうに頭を振っていたかと思うと、さっと前に進みでた。グレイシーのハンドバッグのストラップをいきなりつかみ、肩からはずしてしまった。

「バッグを返して！　今すぐ」黒いぶかっこうなバッグを取りかえそうとグレイシーは手を伸ばした。

「もちろん、喜んで返すよ。君の車のキーを見つけしだい、すぐにでもね」バッグを彼女の手の届かないところにもっていって中身を探りながら、ボビー・トムは楽しそうに笑った。

グレイシーは取っ組み合いをするつもりは毛頭なかったので、せいいっぱいの厳しい声で言った。「デントンさん、今すぐ、そのバッグを返してください。そして、月曜までに必ず、テラローザへ行っていただきます。あなたがサインした契約書には……」

「ミズ・グレイシー、話の途中で申し訳ない。そちらの言い分を通したくて一生懸命なのはわかるけど、俺はちょっと急いでるんでね」探していた車のキーが見つからないまま、ハンドバッグを彼女に返すと、ボビー・トムは邸のほうへ歩いていった。

グレイシーは再び彼のあとを追った。「デントンさん、じゃない、ボビー・トム……」

「おいブルーノ、ちょっとこっちへ来てくれないか」

ブルーノが、汚れたぼろ布を手にしてガレージから出てきた。「何か用かい、B・T?」

「うん、頼む」ボビー・トムはグレイシーのほうを向いて言った。「ミズ・スノー、ちょっと失礼」

その言葉のほかに何の警告もなく、彼はグレイシーの両腕の下に手をすべりこませ、ボディチェックを始めた。

「やめてください!」グレイシーはボビー・トムの手をふりはらって逃げようとしたが、彼はだてにNFL最高のパスレシーバーと評価されているわけではない。動く標的をとらえたら絶対に離さない。わき腹を上から下に向けて軽く叩かれながら調べられている間、グレイシーは身動きすることもできなかった。

「気を楽にして。そうすれば流血沙汰は避けられるし、すぐ終わるからね」手のひらがグレイシーの胸の表面をすべるように動いた。

驚愕のあまり動けないまま、グレイシーは大きく息を吸いこんだ。「デントンさん!」ボビー・トムの目尻にしわがよった。「ところで君、下着の趣味がなかなかいいよね。ゆうべつい目がいって気がついてしまったけどさ」手はウエストのあたりに移った。

グレイシーの頬は恥ずかしさで燃えるようだった。「今すぐやめてください!」

ポケットのふくらみに行きあたったとき、手がぴたりと止まった。白い歯を見せてにっこり笑うと、ボビー・トムは車のキーを取りだした。

「キーを返して!」

「ブルーノ、その車、動かしてくれないか」ボビー・トムはブルーノにキーを投げ、グレイシーに向かってカウボーイハットを傾けて挨拶した。「お目にかかれて嬉しかったよ、ミズ・スノー」

グレイシーがあぜんとしているうちに、ボビー・トムは私道に停めてあるサンダーバードに大股で歩みより、乗りこんだ。彼女が思わず駆けよろうとすると、ブルーノが私道の端に停めたレンタカーに乗ろうとしているのが見えた。

グレイシーはくるりと向きを変えて叫んだ。「その車に触らないで!」

サンダーバードとレンタカー両方のエンジン音が鳴りひびいた。どうすることもできず、グレイシーの視線は二台の車——私道にある一台、その行く手をふさいでいる一台——の間を行ったり来たりした。ここで取り逃がしたら、二度とつかまえられない。彼女はそう確信していた。ボビー・トムはあちこちに家を持っているうえ、会いたくない人たちを撃退してくれる、ガードの固い取り巻きをごまんと抱えている。今ここで彼を止めなければ、チャンスは二度とめぐってこない。

ブルーノがグレイシーのレンタカーを発進させ、私道の脇へよけて道を空けた。

グレイシーはサンダーバードに乗ったボビー・トムに向かっていった。「逃げないで！　私と一緒に空港へ行くのよ！」

「せいぜい、人生を楽しむんだな、じゃあ」気取ったようすで手を振ると、ボビー・トムは車をバックさせた。

一瞬のうちにグレイシーは、シェイディ・エイカーズ老人ホームに戻った自分を想像した。新しい所有者が持ちかけてくれた仕事を引きうける自分の未来の姿だ。鎮痛剤のベンゲイクリームや、消毒剤のライゾールの匂いがする。ゆですぎのサヤインゲンや、ゼリー状の黄色いグレイビーソースがかかったマッシュドポテトの味がよみがえる。いつしか歳月が流れてゆく。医療用弾性ストッキングをはき、ぽってりしたカーディガンを着た自分がそこにいる。リューマチでこわばった指を動かして、調律の狂ったぼろぼろのアップライトピアノで「ハーヴェスト・ムーン」を弾いている。そうやって彼女は、若さを楽しむチャンスが来る前に年老いてしまうに違いない。

「だめ！」その叫びは、グレイシーの魂の奥底から出たものだった。そこには夢が宿っていた。輝かしいその夢が、今や永遠に失われようとしているのだ。

グレイシーはサンダーバードに向かって全速力で走り出した。肩にかけたハンドバッグがぶらんぶらん揺れて、わき腹に何度も当たった。私道から通りに出る前に左右を見て安全を確認しているボビー・トムには、追いかけてくる彼女の姿が見えていない。心臓の鼓動が早まった。このまま彼を行かせてはならない。行かせたが最後、死ぬまで退屈で無味乾燥な人生をおくる終身刑の判決を受けたも同然だ。死にもの狂いになったことで、走りに勢いがついた。

ボビー・トムはギアを切りかえた。グレイシーはスピードをさらに上げた。肺に大量の空気が送りこまれ、呼吸がますます激しくなる。サンダーバードが車道を走り始めようとしたちょうどそのとき、彼女は追いつき、息切れでむせび泣くようにあえぎながら、オープンカーの助手席側のドアめざして頭から飛びこんだ。

「おい、何てことするんだ！」

急ブレーキの勢いで、グレイシーの上半身は前のめりに座席の足元へ倒れこんだ。まず手、次に二の腕の順でフロアマットの上に着地し、足はまだドアのところにぶら下がったままだ。体勢を立てなおそうとして彼女はたじろいだ。太ももの裏側を冷たい空気がスーッと走る。スカートが頭のところまでめくれ上がってしまっていた。屈辱に耐えてスカートの端を手さぐりで探しながら、外にはみ出している体の部分をどうにかして車の中におさめようと彼女は身をくねらせた。

きわめて無作法で野卑なののしりの言葉が聞こえた。フットボール選手の間ではよく使われるFで始まる言葉だが、シェイディ・エイカーズではめったに聞かない表現だ。普通、一音節で発音されるのだが、ボビー・トムのテキサスなまりでは母音が長く伸びて二音節に聞こえた。スカートをようやく元の位置に戻したグレイシーは、息も絶え絶えに座席にもたれかかった。

グレイシーが勇気を奮いおこしてボビー・トムのほうを向くまでに、数秒かかった。

ボビー・トムはハンドルに両ひじを乗せ、何かを深く考えているような目で彼女を見た。

「単なる好奇心で聞くんだけど、スイートハート、かかりつけの医者に精神安定剤を処方してもらうことを相談したことはあるのかな？」

グレイシーは視線を戻し、まっすぐ前を見つめた。

「いいかい、ミズ・グレイシー、よくわかってないようだけど、俺は今からテラローザに向かうつもりだ。しかも、一人でね」

グレイシーはボビー・トムのほうに向き直った。「今、出発するってことですか？」

「スーツケースがトランクに入ってる」

「そんなはずないわ」

「本当だよ。そのドアを開けて、降りてくれないか」

グレイシーは、自分が万策尽きた状態に近いことを悟られないよう願いながら、それでも断固として首を横に振った。「私がご一緒しますから。テラローザに着くまでお供するのが私の役割です。責任があるんです」

ボビー・トムのあごの筋肉がぴくりと動いた。ついに彼の、田舎育ちらしい愛想のよさの化けの皮を剝ぐことになんとか成功した。恐怖に襲われながらもグレイシーはそう実感した。「俺に君を放りだすようなまねをさせないでくれ」低いが決然とした声でボビー・トムは言った。

背筋に震えが走ったが、感じないようなふりをしてグレイシーは言った。「論争は、暴力でなく歩み寄りをもって解決したほうがいいと、私はそう思ってきたんですけれど」

「俺はNFLでプレーしていたんだよ、スイートハート。力ずくで解決する以外、考えられないね」

そう不吉な言葉をつぶやくと、ボビー・トムは自分の側のドアに手をかけた――すばやく反対側に回り、グレイシーの体を持ちあげて路上にほっぽりだすつもりに違いない。しかしグレイシーも機敏だった。彼がドアを閉めようと取っ手に手をかける前に、その腕をつかんでいた。

「見捨てないでください、ボビー・トム。私がお気にさわるようなことをしているのはわかっています。でも、ご一緒させてくだされば、それに見合うだけのことはするとお約束しますから」

ボビー・トムはゆっくりと彼女のほうを振りむいた。「それって、どういう意味だい」

グレイシー自身、どういうつもりでそんなことを言ったのかわからなかった。衝動にかられて口をついて出た言葉だった。ウィロウ・クレイグに電話して、ボビー・トムがテラローザに一人で出発した、と報告するような事態には耐えられそうになかった。ウィロウがどんな反応をするかはわかりきっていたからだ。

「つまり今言ったとおりの意味です」グレイシーは答えた。具体的に何をするかを説明せずに、うまく逃げきることができますようにと願いながら。

「人が『見合うだけのことはする』と言った場合、一般的には、金を支払うという意味になるよね。つまりそういうこと？」

「とんでもない！　私は信条として、賄賂なんか認めません。それに、お金なら、使いきれないほどたくさんお持ちでしょ」

「確かにそのとおりだ。じゃあ、何をしてくれるのかな？」

「私……あの、それは……」グレイシーは必死で頭を働かせて妙案をひねり出そうとした。「運転！　そうだ、私が運転を引きうけますから、あなたはその間ずっとリラックスしていられるわ。私、運転には自信があるんです。一六歳のときに免許をとって以来、一度も違反切符を切られたことがないですから」

「それが自慢なのかい？」ボビー・トムは呆れたというように頭を振った。「あいにくだけど、スイートハート、俺の車を運転するのは俺だけなんだ。だめだめ、やっぱり君を追いだすしかないよ」

ボビー・トムは再びドアの取っ手に手を伸ばし、グレイシーは再びその腕をつかんだ。「私がナビゲーターをつとめますから」

彼は迷惑そうに言った。「なんでナビゲーターの必要があるんだい？　何度も往復してよく知ってる道だから、目隠ししてでも運転できるさ。だめだよ、スイートハート、もう少しましなことを考えないと」

そのとき、ビー、ビーという奇妙な音が聞こえた。少しして、サンダーバードに自動車電話がついているのだとグレイシーは気づいた。「電話がずいぶんたくさんかかってくるんですね。私が代わりに出てさしあげてもいいですよ」

「俺にかかってくる電話に他人が出るなんて、そんなのまっぴらご免だね」

グレイシーの胸はどきどきしてきた。「でしたら、ええと、運転してらっしゃる間に肩をもんでさしあげるわ。運転は肩がこるでしょうから。マッサージは得意なんです」

「その申し出は嬉しいけど、厄介なお客をはるばるテキサスまで乗せていくには見合わないなあ。マッサージがうまいんなら乗せてあげてもいいけど、それでもせいぜいイリノイ州ピオリアぐらいまでだね。ミズ・グレイシー、悪いけど今までのところ、俺の興味を引くようなことは何ひとつ提案してもらってないね」

グレイシーは懸命に考えた。自分が提供できるもので、ボビー・トム・デントンのような世慣れた男が興味をそそられるものといえば、何があるだろう。グレイシーはレクリエーションを企画するのは得意だし、食事療法や薬の相互作用について知識もある。また、老人ホームの入居者の話をくりかえし聞かされたので、第二次世界大戦に参戦した部隊の移動についても幅広い知識をもっていた。しかしそんなものでボビー・トムが納得し、考えを変えてくれるとはとうてい思えなかった。

ですか？」

「私、視力がとてもいいんです。驚くほど遠くから道路標識を読めますよ」

「わらにもすがりたい気持ちというところかな、スイートハート」

グレイシーはせいいっぱいほほえんだ。「米陸軍第七軍の輝かしい歴史についてご存じですか？」

ボビー・トムはかすかに哀れむような視線を彼女に向けた。

どうやったら彼の心を変えられるだろう？　昨夜見たかぎりでは、ボビー・トムの興味の対象はたった二つ——フットボールとセックスだけのようだ。スポーツに関してグレイシーは最低限の知識しかもっていなかったし、セックスに関していえば……。

危険でふしだらな考えがグレイシーの頭に浮かび、喉のあたりで脈がドクンと打った気がした。私の体を引きかえにしたらどうかしら？　そんな考えが頭をよぎったとたん彼女はぞっとした。いったいどうしてそんなことを思いついたのだろう？　いやしくも知性豊かなフェミニストと自認している現代女性だったら、自分の体を提供するなど……ありえないことだ……こんなことを考えるのは、あまりに多くの性的幻想を抱きすぎたせいだ。そうにきまっている。

いいじゃないの。グレイシーの中の悪魔がそうささやいた。誰のためにとっておこうとしてるのよ？

ボビー・トムは放埒な男だ！——グレイシーは、自分の本質にある、懸命に抑えようとつとめてきたみだらな一面を思い出した——それに、彼は私なんかに興味はないだろう。

興味がないって、確かめてもいないのにどうしてわかるのよ？　悪魔が反論した。ずっと前からこんなことを夢見てきたんじゃないの？　自分の新しい人生では、性体験をもつことが優先課題の一つだと心に誓って、期待していたんじゃないの。

一瞬、ボビー・トム・デントンが裸の体を彼女の体に重ねるイメージが頭をよぎった。体中の血管を血がかけめぐり、皮膚が熱くなった。グレイシーは想像していた。彼のたくましい手が自分の太ももに触れ、足を開き、彼の――

「どうかしたの、ミズ・グレイシー？　ちょっと顔が赤いよ。誰かにいやらしい冗談でも言われたみたいに」

「セックスのことしか考えないんですか、あなたは！」グレイシーは思わず叫んだ。

「何だって？」

「テラローザまで同行させてもらうためにあなたと寝るなんて、お断りです！」そう言ってから彼女はがくぜんとして口を閉ざした。何ということをしてしまったのか。

ボビー・トムの目がきらっと輝いた。「ちぇっ、まいったな」

グレイシーはいっそ死んでしまいたかった。こんなきまりの悪い思いをする原因を作ったのは自分なのだ。彼女はくやしさをこらえて言った。「早とちりしておかしなことを言ったとしたら許してください。私、自分がさえない、女としての魅力がない女だとわかっているんです。あなたが私に性的な興味を抱くはずがないことも、ちゃんとわかっています」事態を収拾するどころか悪化させていることに気づいたグレイシーの顔はさらに赤くなり、あわてつけ加えた。「私のほうもそういう興味はないですし」

「まてよ、グレイシー、女としての魅力がない女性なんてものは存在しないと思うんだけど」

「気を使ってくださるのは嬉しいですが、それで事実が変わるわけじゃありませんから」

「そう言われると、好奇心をかきたてられるなあ。女としての魅力がないだのなんだのと、君が言うことも間違っちゃいないかもしれない。でもそんなふうに着こんでいると、判断が難しいんだよ。もしかすると、絶世の美しい体がその服の下に隠れているかもしれないからね」

「あら、そんなことないわ」彼女は正直にありのままを言った。「ごくごく平凡な体よ、賭けたっていいくらい」

また、ボビー・トムの唇の端がぐっと上がった。「誤解しないでほしいんだけど、俺は君の判断より、どちらかというと自分の判断を信じてるんだな。目が肥えてるから」

「それは気がついてましたけど」

「俺はゆうべ、君の足について意見を述べたよね」

グレイシーは赤面し、この場にふさわしい反応をしようと奮闘したが、男っぽい男と個人的なことについて会話をした経験がほとんどないため、何と答えていいかわからなかった。

「あなたの足も、とてもきれいだわ」

「おや、それはそれは。ありがとう」

「それに胴体のほうもなかなかすてきだし」

ボビー・トムは大声で笑いだした。「おそれいったよ、ミズ・グレイシー。今日のところは君をそばに置いておくことにしたよ、娯楽としての価値だけはありそうだから」

「本当ですか?」

彼は肩をすくめた。「ああ。引退して以来、頭がどうかしてるよ、俺は」

ボビー・トムがこんなふうに考えを変えるとは、信じがたいことだった。彼はグレイシーのスーツケースを取りに行き、ブルーノにレンタカーを返却しておくよう頼んでいる。彼のくすくす笑いが聞こえた。しかしその愉快そうな態度も、運転席についてハンドルを握ったとたん消えうせた。彼はグレイシーに厳しい目を向けた。

「俺はテキサスまで君を乗せていくつもりはないからな。ずっと同行しようなんて、甘い考えは今すぐ捨ててもらいたい。俺は一人で動くのが好きなんだ」

「わかりました」

「二、三時間だけだぞ。せいぜい州境ぐらいまでかな。俺をいらだたせるようなことをしたら即座に、一番近い空港まで連れていって、そこで降りてもらうから」

「そんな心配はご無用です」

「さあ、どうだか」

3

ボビー・トムは、「ウィンディ・シティ（風の街）」と呼ばれるシカゴの高速道路を我がもの顔で飛ばしていた。気分はこの街の王であり、世界の支配者であり、宇宙を仕切る親分だった。ラジオから流れてくるエアロスミスの「ジェイニーズ・ガット・ア・ガン」のリズムに合わせて、車のハンドルを指で叩いている。

赤いサンダーバードのオープンカーに乗り、パールグレーのステットソン製カウボーイハットをかぶったボビー・トムはよく目立った。グレイシーが驚いたことに、何人ものドライバーがサンダーバードの横にぴったりつけて車を走らせながら、クラクションを鳴らしたり、ウィンドウをおろして呼びかけてきたりした。ボビー・トムは手を振って応えると、車のスピードを上げた。

グレイシーの肌はほてっていた。吹きつける風の熱さと、都会の高速道路を赤いサンダーバードのクラシックカーで疾走する爽快感を肌で感じていた——横に乗っているのは尊敬できそうにない男だが。後ろに上げてまとめた髪が乱れて、何本もの束になって頬にかかる。グレイシーは思った。一流ブランドのホットピンクのスカーフで髪の毛をきれいにまとめてこの車に乗っていたかった。最新流行のサングラスをかけ、唇にはスカーレット色の口紅をつけて。それに、大きくて豊かな胸が欲しかった。体の線がくっきり出るドレスを着て、セクシーなハイヒールをはき、足首に金のアンクレットをつけてみたかった。

それから、ハート型のひかえめなタトゥーもいいかもしれない。

グレイシーは、奔放な女としての自分を思いえがいて想像に身をゆだねていた。その間ボビー・トムは、先ほど彼女が目にとめた自動車電話で電話をかけたり、受けたりしていた。受話器を持たずに話せるスピーカーフォン機能を使うこともあったし、受話器を耳にあててひそひそ話をすることもあった。彼がかけるときは、さまざまな商取引とその税効果、慈善事業の話のようだった。かかってくる電話のほとんどは、知人が金の無心をしているものらしい。これは興味深かった。

そういう話のときは受話器を耳にあててしゃべっているので相手の声は聞こえなかったが、ボビー・トムは必ずといっていいほど、相手が求めている以上の金額を出すはめになっているようだった。グレイシーは出会って一時間足らずで、ボビー・トム・デントンがお人よしであることを見抜いていた。

シカゴ郊外に入ると、ボビー・トムはゲイルという名の女性に電話をかけ、母音を長く伸ばす例のけだるそうな話し方で語りかけた。グレイシーの感じやすい背中に震えがくるほど甘い声だ。

「君がいないと本当に寂しくてたまらないんだってことを、わかってもらいたくてさ。もう今にも涙があふれそうだよ」

ブルーのファイヤーバードに乗った女性に向かってボビー・トムが手を振ると、車はクラクションを鳴らして走り去った。いつも安全運転のグレイシーは、彼が膝を使って車のハンドルをあやつっているのを見たとたん、思わずドアの取っ手を握りしめた。

「うん、そうだね……わかってるよ、スイートハート。俺だって、二人で行けたらどんなによかっただろうって思ってるさ。ロデオは、シカゴではあまり開催されないからね」ハンドルの上部に指を軽く添えるように乗せ、受話器を首と肩の間に深くはさみこんで話している。「まさか。ああ、それじゃ、キティによろしくね。あの娘とは二、三カ月前、一緒に楽しく過ごした仲だから。フットボールクイズにも挑戦したんだよ、彼女。だけど八九年のスーパーボウルについては勉強がちょっと足りなかったんだ。じゃあまた、ダーリン、なるべく早く電話するから」

受話器を置いたボビー・トムを、グレイシーはけげんそうに見つめた。「ガールフレンドたちはお互いに嫉妬したりしないんですか?」

「もちろんそんなことはないさ。俺は性格のいい女性としかつきあわないから」

そして彼女たちを皆、それぞれ女王様のように扱うわけね。妊娠した女性も含めて。

「全米女性機構は、殺し屋を雇ってあなたを消すことを真剣に検討すべきだわ」

彼は心から驚いたように見えた。「消すって? 俺は女性が大好きなのに。男性よりもずっと好きだね、実際。だって俺は女性解放を唱える正真正銘のフェミニストだもの」

「そんなこと、活動家のグロリア・スタイネムが聞いたら大変よ」

「どうして？　俺がフェミニストだっていうお墨付きをくれたのはグロリアだよ」

グレイシーは目を見ひらいた。

ボビー・トムは意地悪そうなほほえみをうかべた。「グロリアは性格のいいすてきな女性だよ、本当に」

油断ならない、とグレイシーはそのとき思った。この男については一瞬たりとも気を抜くわけにはいかない。

シカゴ郊外を抜けて外の景色がイリノイ州の平坦な農地に変わると、グレイシーは自動車電話を貸してくれるようボビー・トムに頼んだ。上司のウィロウ・クレイグに連絡するためだ。会社から支給されたばかりのビジネス用クレジットカードを持っているグレイシーは、通話料金はそれで支払うから大丈夫、と請けあった。それを聞いたボビー・トムは面白がっているようだった。

ウィンドミル・スタジオは、テラローザのキャトルマンズ・ホテルに映画撮影本部をかまえていた。ウィロウが電話に出るやいなや、グレイシーは今抱えている問題について説明を始めた。「困ったことにボビー・トムさんは、テラローザまで飛行機でなく車で行くと言ってきかないんです」

「説得してやめさせなさい」ウィロウははっきりした、妥協を許さない声で応えた。

「できるかぎりやってはみたんですが、残念ながら私の言うことを聞いてくださらなくて。

けっきょく一緒に車に乗って、もうシカゴの南まで来ているんです」

「恐れていたとおりの事態になってるじゃない」沈黙の数秒が流れた。おしゃれなウィロウはいつも、大きなイヤリングをつけている。それを手でもてあそびながら話しているのが目に見えるようだった。「ボビー・トムには月曜の朝八時までにここに来てもらわなくてはならないの。わかりましたね？」

グレイシーはボビー・トムのようすをうかがいながら言った。「そう簡単にはいかないんじゃないかと思うんですが」

「だからこそあなたを指名して、彼についてもらったんじゃないの。あなたなら、扱いにくい人たちにうまく対処できるはずでしょう。グレイシー、我が社はこの映画に大金を投じているの。もうこれ以上、撮影を遅らせられるだけの余裕はありません。ボビー・トム・デントンといえば、スポーツファンでなくたって誰でも名前を知っている。我が社が彼の映画初出演の契約を獲得したことは、マスコミにも大々的に取りあげられて、周知の事実になっているのよ」

「それは承知しています」

「彼はつかみどころがないのよね。契約にこぎつけるまでだって、何カ月もかかったんだから。でも、この映画はなんとしても完成させなくちゃならない。あなたが仕事をしくじったというだけの理由で、ウィンドミル・スタジオを倒産させるわけにはいきませんからね、絶対に」

それからの五分間たっぷり、グレイシーはウィロウの警告を聞かされた。月曜の朝八時までにボビー・トムをテラローザに連れていけなかった場合、どんなことになるかを告げられたグレイシーは、警告を聞き終わるころには、胃の中に小さなこぶか何かができているような気がしていた。

ボビー・トムは受話器を戻して言った。「ウィロウから大任をおおせつかったようだね」

「私はこういう仕事をするために雇われたんですから、やり遂げることを彼女は期待しているんです」

「ウィンドミル・スタジオの連中は誰も思いつかなかったのかな。俺の付き添いとして君をよこすなんて、子羊を食肉処理場へ送りこむようなものだってことが」

「私はそうは思いませんね。あいにく私、きわめて有能なものですから」

悪魔的なひそやかな笑いが聞こえたが、彼がラジオの音量を元に戻すと、その笑い声もたちまちかき消されてしまった。

シェイディ・エイカーズでかかっていた退屈な音楽でなく、騒々しいロックンロールを聞いていると、かえって緊張感がほぐれ、グレイシーは体が震えるほどの満ち足りた喜びに包まれていた。五感がとぎすまされていくようだった。ボビー・トムのアフターシェーブローションのウッディな香りにぼうっとしながら、彼女は無意識のうちに、柔らかな革のシートを手でなでていた。車は一九五七年型サンダーバードを復元したものだという。ふわふわした素材でできたピンクのサイコロが二個、バックミラーのところに吊り下げられていたら、五〇年代にタイムスリップしたような感覚を味わわせてくれて完璧だっただろう。

昨夜ほとんど眠れなかったグレイシーは頭をこっくりこっくりさせ始めたが、それでも長い間目を閉じているわけにはいかなかった。今回の旅程の最初の部分に同行を許されたからといって油断してはならない。ボビー・トムを説得して考えを変えさせるのは容易ではない。機会さえあれば彼女をふりはらおうと、たくらんでいるとみて間違いないだろう。つまり何があろうと、絶対に彼から目を離してはいけないということだ。

自動車電話が鳴った。ボビー・トムはため息をついて、スピーカーのボタンを押した。

「やあ、B・T、ルーサー・ベインズです」陽気でがさつな声が名乗った。「いやあ、まいったよ。やっとつかまえた。もう少しであきらめるところだった」

ボビー・トムの顔に浮かんだ腹立たしそうな表情で、つかまらなければよかったと彼が感じていることが見てとれた。「町長、ご機嫌いかがですか」

「絶好調だよ。この前君に会ったときより一〇ポンド（約四・五キロ）やせたから。低カロリーのビールに若い女、これは必ず効くね、B・T。こんなこと、うちのカミさんにしゃべってもらっちゃ困るけどな」

「もちろんです、町長。絶対しゃべったりしません」

「バディも君に会うのを楽しみにしてるから」

「俺も彼に早く会いたいです」

「ところで、B・T、ヘヴンフェスト組織委員会のメンバーが、ちょっと不安がっていてね。

君が先週テラローザに来てくれるとばかり思っていたもんだから。それと、ボビー・トム・デントン・セレブリティ・ゴルフトーナメントのことなんだが、君の友達全員がそろって参加してもらえるかどうか、確認したくてね。ヘヴンフェストの開催は秋だからまだ間があるにしても、事前にある程度宣伝しておかないといけないから、参加する有名人の名前を少しでもポスターに載せられると有難いんだが。マイケル・ジョーダンとジョー・モンタナから返事はもらえたかな？」

「最近ちょっと忙しかったものですから。でも、二人ともたぶん参加してくれるはずです」

「ヘヴンフェストには、シカゴ・スターズとダラス・カウボーイズの試合のない週末をわざわざ選んだんだよ、知ってるだろう。トロイ・エイクマンのほうはどうだい？」

「ええ、彼もきっと参加できると思いますよ」

「そりゃよかった。いや、本当によかった」町長はいかにも満足そうに、野太い声をあげて笑った。「実はね、君がこちらに来るまで話はするなってトゥーリーには言われたんだが、できるだけ早く知らせたいと思ったことがあってね」再び、満足そうな笑い声がもれる。

「町が先週、君が昔住んでいた家の賃貸契約を引きついだ。あそこを『ボビー・トム・デントンの生家』と名づけて、ヘヴンフェスト最初のイベントとして記念館の開館式を行うことになったんだよ！」

「うわ……それは町長、その考え自体、どうかしてますよ！　あそこを『生家』としてまつりあげるようなことはどうかやめてください。俺だって普通の人と同様、病院で生まれたんですから、生家なんて意味ないですよ。あの家で育ったというだけなんですから。そういう話にはストップをかけてくださるものと思ってたのに」

「こっちだってそんなこと君が言うとは思ってなかったよ。まいったな。君が有名になったことでのぼせ上がるのも時間の問題だなんて言う人も多かったが、私は、絶対にありえない、と否定しつづけてきたんだよ。なのにそんなことを言われたら、自分の考えは間違いだったのかと疑いたくなる。テラローザの景気の落ちこみを知ってるだろう。あの卑劣なろくでなしがロザテック社の撤退を計画してるもんだから、地域経済は最悪の事態に直面してるんだ。テラローザを観光名所にすることが、我々の頼みの綱なんだよ」

「あの古ぼけた家の壁に記念銘板を貼りつけたって、テラローザは観光名所になりませんよ！　町長、俺はこの国の大統領だったわけじゃないんです。一介のフットボール選手だっただけなのに」

「B・T、君は北部に長く住みすぎたようだね。そのせいで、ものの考え方がおかしくなってるんだよ。君はプロフットボール史上、最強のワイドレシーバーだったんだぞ。南部のこのあたりじゃ、そういう事実はけっして忘れないからね」

ボビー・トムはいらだちで顔をしかめながら目をつぶっていたが、再び目を開けたときには、驚くべき辛抱強さで町長に話しかけていた。「町長、ゴルフトーナメント開催のお手伝いをするとお約束しましたよね。その約束は守ります。ただし、関係者の皆さん全員にたった今、通告させていただきます。いいですか、俺は生家うんぬんについてはいっさい関わるつもりはありません」

「何言ってるんだ、関わってもらうさ。トゥーリーは、君が子供時代に使っていた寝室を、そのころとまったく同じ状態に復元するつもりで計画してるんだ」

「町長……」

「ところで、支援団体の人たちが、ギフトショップで販売する予定の『ボビー・トムの料理本』を編集中なんだ。巻末に特別コーナーをもうけて、有名人のお得意料理のレシピを載せたいらしい。イボンヌ・エメリーからの依頼なんだが、シェールやケビン・コスナーや、あと何人か、君の知り合いのハリウッドスターに連絡をとって、ミートローフとかのレシピを公開してほしいって頼んでもらえないか」

ボビー・トムは、目の前に広がる高速道路の、車がほとんど走っていないレーンをまっすぐ見つめている。その目は暗く寂しげだった。「町長、今トンネルに入るところで、通話ができなくなりますので失礼します。後ほどお電話しますから」

「ちょっと待ってくれ、B・T。まだ話してないことが――」

ボビー・トムは電話を切り、深いため息をつくと、運転席の背にもたれかかった。

会話を一言のこらず聞きとっていたグレイシーは好奇心でいっぱいだったが、彼を怒らせたくなくて、質問せずに黙っていた。

ボビー・トムが振り向き、グレイシーのほうを見て言った。「どうぞ、訊いてくれてかまわないよ。頭のおかしな人間に囲まれて育った俺が、どうやって正気を保っていられたのかってね」

「町長はずいぶん……熱心でいらしたようですね」

「彼はばか者だよ、まさに。テキサス州テラローザの町長は、正真正銘の大ばか者だ。このヘヴンフェスト自体、まったく手におえないしろもので、もうどうしようもない」

「ヘヴンフェストというのはどんな催しなんですか？」

「一〇月に開催予定の三日間のお祭りなんだ。観光客を集めて、テラローザの経済活性化に役立てようっていう気まぐれな計画の一環でね。町ではそのためにダウンタウンを美化運動でこぎれいにしたんだ。西部アートギャラリーが新設されて、レストランも何軒かオープンした。あるものといえば、一応ちゃんとしたゴルフコース、観光牧場、そこそこのホテルが一軒。まあ、言ってみればそれだけだね」

「ボビー・トム・デントンの生家を入れるのを忘れてますよ」

「思い出させないでくれよ」

「町としては必死に取り組んでいるようですね」

「正気の沙汰とは思えないよ。職を失うのが怖くてたまらないテラローザの住民が、皆で頭をしぼって考えた結果があのお祭りなんだろうな」

「ヘヴンフェストという名前の由来は？」

「テラローザはもともとヘヴンっていう名の町だったんだ」

「西部開拓時代の初期にできた町の中には、教会の影響力が強くて宗教的な名前になったところもあったんでしょうね」

ボビー・トムは小さな声でクックッと笑った。「ヘヴンという名前をつけたのはカウボーイたちだよ。当時、サンアントニオとオースチンの間にある町では一番いい売春宿があったからさ。二〇世紀になって初めて、町のまともな住民たちの力でテラローザと改名されたんだ」

「そういうことだったんですね」グレイシーは訊いてみたいことが山ほどあったが、ボビー・トムがこれ以上会話を続ける気分でないことを察していたし、彼をいらだたせるようなことをしたくなかったので、口をつぐんだ。有名人であるがゆえに不利益をこうむることもあるものなのだ、とグレイシーは思った。けさかかってきた電話の数から察するに、多くの人々がよってたかって、ボビー・トム・デントンから何かを得ようとしているに違いない。

自動車電話がまた鳴った。ボビー・トムはため息をついて目をこすった。「グレイシー、悪いけど代わりに電話に出てくれないか。相手が誰でも、俺はゴルフのプレー中だって伝えてくれ」

嘘をつくことはグレイシーの信条に反したが、彼がいかにも疲れ果てたようすだったので、言われたとおりにした。

＊　＊　＊

七時間後。グレイシーは意気消沈して、メンフィスにある「ウォッパーズ」という怪しげなバーの、赤いペンキが剝げかけたドアを見つめていた。「何百マイルも道をそれて走ってきたのは、わざわざここへ寄るためだったんですか」

「君にはいい勉強になるだろうよ、ミズ・グレイシー。バーなんて入ったことある？」

「もちろん、バーぐらいなら経験あります」ただし、彼女が行ったのは立派なレストランに付属したバーだった。しかしそんなことを彼に言う必要はない。このバーはというと、すすけた窓ガラスにビールの商標名をしるしたネオンサインが光っているが、Mの字が壊れて生気なく点滅している。店の前の歩道にはゴミが散らかったままだ。グレイシーは、当初の予想より長い間、ボビー・トムに同行していた。これ以上彼の反感をかうのもいやだったが、自分の任務を放棄することは絶対にできない、と思って口を開いた。

「ここで時間をつぶしている暇はないと思いますけど」

「グレイシー、君はもうちょっと、人生を楽しむすべを覚えないとね。でないと、四〇歳になる前に心臓発作に襲われるはめになるよ」

グレイシーはいらいらしながら下唇を噛んだ。もう土曜の夜が近づいていた。寄り道をしたために、旅程はあと七〇〇マイル（約一一二〇キロ）もある。テラローザへは月曜の朝までに到着すればいいのだから、とグレイシーは自分自身に言いきかせようとした。ボビー・トムがよほど変なマネでもしないかぎり、時間は十分にある。そう思っても安心できなかった。

ボビー・トムがメンフィス経由でテラローザへ行こうとしていることがいまだに信じられ

なかった。車のグローブボックスに入っていた地図を見ると、シカゴから西に向かってテラローザをめざすなら、最短ルートはセントルイス経由なのだ。グレイシーはそれを何度も指摘したが、ボビー・トムは、ミシシッピ川の東側で最高の料理を食べさせる店を訪れずに一生を終えるなんてあまりにもったいないから、君をぜひ連れていってあげたい、と主張してきかなかった。それでついさっきまで、こぢんまりとしているが値段の高いフランス料理店のようなところを想像していたのだ。

「あまり長くはいられませんからね」彼女はきっぱりと言った。「ホテルに入る前に、あと数時間は運転して距離をかせいでおかなければ」

「はいはい、わかりましたよ、ハニー」

ボビー・トムがバーのドアを開けて押さえていてくれた。うるさくがなりたてるようなカントリー・ウェスタンの曲が耳に飛びこんでくる。グレイシーは、たばこの煙がもうもうと立ちこめる「ウォッパーズ・バー・アンド・グリル」の店内に足を踏みいれた。オレンジと茶色の格子縞模様の薄汚れたフロアには四角い木のテーブルが並んでいる。ビールのネオンサイン、小さなしみがあちこちについたカレンダーモデルのポスター、枝角を生やした鹿の剝製などが飾られて、バーらしい雰囲気をかもし出していた。中で飲んでいるいかにも粗野な客たちを目にしたグレイシーは、思わずボビー・トムの腕に触れて言った。

「私のことを厄介払いしたいと思ってるんでしょうけど、お願いですからここに置いていったりしないでくださいね」

「心配しなくても大丈夫だよ、スイートハート。俺を怒らせないかぎりはね」

グレイシーはその穏やかでない言葉の意味合いを考えていた。ふと気がつくと、トルコブルーのスパンデックスのスカートに、ぴったりとした白のタンクトップを着たメークの濃いブルネットの女性が、ボビー・トムの腕の中に飛びこんでいた。

「ボビー・トム！」

「やあ、トリッシュ」

ボビー・トムはトリッシュにキスするために上体をかがめた。二人の唇がかすかに触れあった瞬間、彼女は口をあけ、彼の唇を吸いこむようにむさぼった。さし入れた舌をからめて、まるでカーペットにたまった一カ月分のほこりをすべて吸いとろうとする掃除機のようだ。彼は先に体を離すと、骨までとろかすようなほほえみを見せた。近づいてくるすべての女性に対して投げかける、あのほほえみだ。

「トリッシュ、まったく本当に、君は離婚するたびにますますきれいになるね。シャグはもう来てるかな？」

「あちらの隅のほうに、A・Jとウェインと一緒にいるでしょ。ピートにも連絡しておいたわ、あなたから電話で言われたとおりにね」

「いい子だ。おーい、お前ら元気か」

バーの一番奥にある長方形のテーブルのまわりに座っていた三人の男が、大声で叫んで歓迎の挨拶を返した。二人は黒人で、一人は白人だが、三人とも高機動多目的装輪車《ハンビー》のようなたくましい体つきをしていた。グレイシーは、彼らに挨拶しにいくボビー・トムのあとについていった。

男たちは握手をかわし、友情のこもった悪口をたたきあい、理解しがたいスポーツの話で盛り上がっていたが、ボビー・トムはしばらくして彼女の存在を思い出した。

「こちらはグレイシー。俺のボディガードなんだ」

三人の男たちはそろって、彼女を不思議そうに見た。以前チームメイトだったらしいシャグという名で呼ばれている男が、手に持ったビール瓶で彼女を指しながら訊いた。

「なんでボディガードが要るんだい、B・T？　誰かを手ひどく痛めつけたとか？」

「いや、そういうことじゃない。彼女はCIAの人間なんだ」

「まさか、冗談だろ」

「私はCIAの者じゃありません」グレイシーは抗議した。「それに、ボディガードというのも違います。彼がそんなことを言うのはただ――」

「ボビー・トム、あなたなの？　ねえみんな、B・Tがいるわよ」

「やあ、エリー」

ゴールドメタリックのジーンズを着たブロンドのセクシーな女性が、ボビー・トムの腰のくびれに両腕をくねらせて巻きつけた。ほかに三人の女性がバーの反対側から姿を現した。A・Jという男がテーブルを寄せて座る場所を作ると、どういうわけか、グレイシーがボビー・トムとエリーの間に座ることになった。エリーがボビー・トムの隣に座れなかったことをくやしく思っているようすが見てとれたので、グレイシーは席を替わるために立ち上がろうとした。そのとたん、力強い手が太ももを押さえつけ、動きを阻んだ。

まわりで交わされる会話を聞きながら、グレイシーはボビー・トムが何をたくらんでいるか見当をつけようとした。彼は、状況だけを見れば楽しんでいるようにしか見えないが、そんな素振りをしているだけのような気がする。この人たちと一緒にいたくないなら、なぜわざわざこんな寄り道をしてここまで来たのだろう。きっと自分の生まれ故郷に帰りたくない気持ちがあまりに強いために、旅程を故意に引きのばしているにちがいない。

グレイシーは頭の中で、シェイディ・エイカーズのフロント・ポーチに座っている、白髪で猫背のみじめな自分の姿を思いえがいた。それに気をとられていたからだろう、誰かに押しつけられたビールを、思わず飲んでしまった。自分が飲めないたちであることも忘れていた。ビール瓶を脇に置いて、バーボンのジム・ビームのロゴを入れた時計に目をやった。あと三〇分もしたら、ボビー・トムに出発を促すことにしよう。

テーブルにウェイトレスがやってくると、ボビー・トムは、グレイシーの分も注文すると言い張った。ウォッパーズ・バー・アンド・グリル特製のベーコン・トリプル・チーズ・ハラペーニョ・ハンバーガーに、ジャンボ・フライド・オニオンリングのダブルと、大盛りのサワークリーム・コールスロー。これを食べてみなければ、生きている意味がないと言って彼女にすすめる。コレステロールたっぷりの食事を彼女に食べさせようとしながら、自分自身は、ほとんど食べたり飲んだりしていないのだった。

一時間が過ぎた。その間ボビー・トムは、求めに応じてサインし、仲間が注文した料理や飲み物の代金をすべて支払った。そのうえ仲間のためにジェットスキーの購入資金を都合してやったようだった。グレイシーは身をかがめて、彼のカウボーイハットのつばの下からささやいた。「もう行きましょう」

ボビー・トムは彼女のほうを向くと、やさしく愛想のよい口調で言った。「スイートハート、あと一言でも発したら、俺はタクシーを呼ぶからな。君にはそれに乗って空港へ行ってもらう」それだけ告げると、店の隅に置いてあるビリヤード台のほうへ歩いていった。

さらに一時間が過ぎた。グレイシーだって、時間のことをこれほど心配していなければ、怪しげなバーでたくさんの個性豊かな人たちと一緒にいることを新鮮に感じて、興奮していただろう。ボビー・トムがロマンチックな興味を抱くには容貌が地味すぎるグレイシーを、ほかの女性たちは脅威とは感じていなかった。それで彼女は、客室乗務員をしているというエリーを含め、何人かの女性たちとおしゃべりを楽しんだ。エリーは男性とセックス全般における知識の宝庫だった。

ボビー・トムが何度かこっそりこちらを見て、ようすをうかがっているのにグレイシーは気づいた。そしてますます確信を深めた——私が見ていないうちにそっと抜け出す魂胆にちがいない。彼女はトイレに行きたくてたまらなかったが、彼の姿を見失ってしまうことが恐ろしく、足を組んで我慢していた。しかし午前零時をまわると、それ以上引きのばすわけにいかなくなり、ボビー・トムがトリッシュとバーカウンターで話に夢中になっているのを見はからって、トイレへ走った。
二、三分後にトイレから出てきたとき、彼の姿はなかった。最初のパニックがグレイシーの胃を襲った。店内の客を見わたして、グレーのステットソン製カウボーイハットを必死で探したが、見つからない。彼女は客たちの間を通りぬけてバーカウンターに急いだ。胃が不安でしめつけられ、むかむかする。逃げられたという事実を受け入れようとしたそのとき、トリッシュと一緒にいる彼を発見した。タバコ自動販売機のそばの、壁の浅いくぼみの部分に立っている。
これはグレイシーにはいい教訓になった。もう二度と彼のそばから離れないようにしよう。彼女は、壁のくぼみとバーの入口を隔てている間仕切りに身を隠すようにして、壁掛電話機の隣の小さなスペースにもぐりこんだ。壁に書かれた電話番号や落書きを眺めているうち、わずかに反響効果があるのに気づいた。盗み聞きをするつもりはなかったが、あのおなじみのテキサスなまりの話し声がかなりはっきりと聞こえてくる。

「トリッシュ、君は、今まで俺が出会った中で一番、人の気持ちがよくわかる女性だよ」

「私のことを信頼して、打ちあけてくれて嬉しいわ、B・T。あなたのような男性が自分の過去について語ることがいかに難しいか、私にはわかるの」

「中にはだましてもかまわないと思える女性もいるんだけど、君は本当に素晴らしい女性だからね。嘘はつけないよ、特にこの間の離婚で気持ちが傷つきやすくなっている君には」

「私たちみんな、あなたがどうして結婚しないのかって不思議がってたのよ」

「その理由、もうわかっただろう」

明らかに個人的な話だったから、グレイシーはもう少し距離をおいたほうがいいだろうと判断した。はやる好奇心をおさえながらその場を離れようとした瞬間、またトリッシュの声が聞こえた。

「人は誰も、そんな母親のもとで育てられるべきじゃないわ。そういう、その——」

「言ってもいいよ、トリッシュ。俺の母親は売春婦だったって」

グレイシーは目を大きく見ひらいた。

トリッシュのなまめかしい声に同情心が表れていた。「話したくなければ、話さなくてもいいのよ」

ボビー・トムはため息をついた。「話したほうが楽になるときもあるよ。君にはわからないかもしれないけど、最悪だったのは、母親が夜、男を家に連れこんでいたことでもなかったし、自分の父親が誰か知らないことでもなかった。何が一番いやだったかっていうと、高校のフットボールの試合に、酔っぱらって、ところどころはげたメークのままで現れたことなんだ。ラインストーンのイヤリングをして、下着をつけていないことが誰にでもわかるほどぴちぴちのパンツでさ。金曜の晩の試合にハイヒールをはいてくる人なんて誰もいなかったけど、あの人は例外だった。俺の母親はテキサス州テラローザで一番安っぽくてくだらない女だったんだ」

「その後、どうなったの」

「まだテラローザにいるさ。いまだにタバコを吸い、ウィスキーを飲み、気がむいたときには客をとってる。俺がどれほど金をやっても、何も変わらないんだ。かつて売春婦だった女は、いつまでも売春婦ってことなんだろうな。それでもやっぱり自分の母親だからね、愛してるんだよ」

グレイシーは、ボビー・トムの誠実さに心をうたれた。それと同時に、母親としての自覚を持たないその女に対し深い憤りを感じた。もしかするとボビー・トムは、母親のだらしない生き方を目にするのがいやで、テラローザに帰りたくないという気持ちを抱くようになったのかもしれない。

二人がいる壁のくぼみの部分では、会話がとぎれて静かになっていた。危険を承知で、壁から顔を出してのぞいてみたグレイシーは、あのままおとなしくしていればよかったと後悔した。トリッシュが、ボビー・トムの体を自分の体で包むようにして抱きついていたのだ。まるで店先の日よけがひしゃげて建物にまとわりついているようだった。ブルネットの髪をもつ美しい女、トリッシュ。彼女がボビー・トムにキスしているようすを見ながら、グレイシーは、体の中のすべてが甘くとろけて、力が抜けていくのを感じた。自分が高望みしているのはわかっていた。でも、あの力強くたくましい体を押しつけられる女になりたかった。自分の心のおもむくままに、ボビー・トム・デントンに激しいキスができるような女でありたかった。

グレイシーは壁にもたれかかり、目を固く閉じて、刺すような心の痛みを感じながら、せつなくやるせないあこがれと闘っていた。自分にも、あんなふうにキスしてくれる男性が現れるだろうか？

男なら誰でもいいというわけじゃないでしょ？　彼女の中の悪魔がささやく。すてきなテキサスのプレイボーイのことを考えてるんでしょう。

グレイシーは深呼吸をして、ばかなことを考えるんじゃない、と自分に言いきかせた。手が届くのはしっかり安定した大地ぐらいのものなのに、月をほしがっている私。そんな無理なことを望むなんてばかげている。

「トリッシュはどこだ？　あの尻軽女はどこへ行った？」

酔っぱらってけんか腰の大声が響き、彼女の空想は突然中断された。がっしりした体格の黒髪の男がバーの入口に現れ、ボビー・トムとトリッシュのほうへ向かっていくのが見える。トリッシュの目が恐怖で大きく見ひらかれた。ボビー・トムはすばやく前に進みでて、自分の体を盾に彼女をかばった。「何だよ、ウォーレン、ずいぶん前に狂犬病でくたばったかと思ってたのに」

ウォーレンは、大きく厚い胸を張り、肩で風を切るようにのしのしと歩いてくる。「おやおや、プリティ・ボーイ君じゃないか。最近、ペニスをしゃぶってるかな？」

グレイシーは息をのんだ。が、ボビー・トムはにっこり笑っただけだった。「もちろんしゃぶってないさ、ウォーレン。だけど誰かにしゃぶってくれって頼まれたら、まっさきにそいつらをお前のところに送りこんでやるぜ」

ウォーレンがボビー・トムのユーモアを理解していないことは明らかだった。彼は威嚇するようなうなり声を上げると、酔った足どりで前進しはじめた。

握りしめた手を口元にあてたままのトリッシュが言った。「ウォーレンを怒らせないで、B・T」

「ああ、ハニー。ウォーレンは怒ったりなんかしないよ。侮辱されてもそれがわからないほどの阿呆だから」

「頭を吹っ飛ばしてやるぜ、プリティ・ボーイ」

「ウォーレン、あなた酔ってるのよ」トリッシュが叫んだ。「お願いだから出ていってちょうだい」

「黙れ、このあばずれが！」

ボビー・トムがため息をついて言った。「元の奥さんに対して、そんなひどい言い方はないだろ？」あまりにすばやい動きだったのでグレイシーはもう少しで見落とすところだったが、彼はこぶしを大きく後ろに引くと、ウォーレンのあごにパンチを一発くらわせた。

一発で床に倒れたウォーレンは、痛みのあまりわめき声をあげはじめた。バーで飲んでいた客たちがすぐに集まってきて、二人の男を丸く取りかこんだため、グレイシーの視界が一瞬さえぎられた。彼女が女性たちをかきわけて最前列に到達したころには、ウォーレンは片手であごを押さえ、よろよろしながらやっとのことで立ち上がっていた。

ボビー・トムは、両手を軽く腰にあてて立っていた。「ウォーレン、お前がしらふだったらよかったな。そしたらずっと面白いことになったのに」

「俺はしらふだぜ、デントン」原始人のような野蛮さと険悪な雰囲気を発散させながら、ウォーレンとほぼそっくりの体格の男が、ドスドスと重い足音をさせて前に出てきた。「昨年のレイダース戦ではどうしたんだい、子猫ちゃん？　クソみたいなプレーだったな。生理中だったのか？」

ボビー・トムは、まるでたった今クリスマスプレゼントでももらったかのように、喜びを顔に表して答えた。「おや、これで面白くなってきたぞ」

ボビー・トムの友人のシャグが、腕まくりをしながら人だかりに囲まれた中央のスペースに進みでて、グレイシーは少しほっとした。「二対一とはね、B・T。フェアじゃないってのは気にくわないな」

ボビー・トムは手を振ってシャグの加勢をことわった。「せっかくのヘアスタイルを台無しにする必要ないよ、シャグ。こいつら、ちょっと運動したいようだし、俺もしたいから」

原始人が腕をひと振りした。ボビー・トムの反射神経には痛めた膝の影響はないようだった。彼は身をかがめ、相手の肋骨めがけてこぶしを叩きこんだ。原始人は体を二つに折って倒れこんだ。そのときウォーレンが突進してきて、ボビー・トムのわき腹に肩で体当たりした。

ボビー・トムは一瞬よろけたが、すぐに体勢を立てなおし、ウォーレンの腹に強烈なパンチをくらわせた。床にのびてしまったトリッシュの前夫は、いっこうに起き上がる気配がない。

原始人のほうはあまり飲んでいなかったせいか、多少長くもった。何発かパンチを当てることには成功したが、ボビー・トムの圧倒的な敏捷性をしのぐことができず、最後にはさんざんに叩きのめされた。鼻血を出し、低いうめき声をもらし、よろめきながら出口のほうへ逃げていった。

ボビー・トムは失望して額にしわを寄せた。いかにも物足りないといった表情を顔に浮かべ、集まった人々を見回したが、もう挑戦者は出てこなかった。彼はカクテル・ナプキンを取り上げて口の端にできた小さな切り傷をそれで押さえ、低くかがみこむとウォーレンの耳に何かをささやいた。ウォーレンの顔はさらに青くなった。これでトリッシュは前夫に悩まされることもなくなるだろう、とグレイシーは思った。ボビー・トムはウォーレンが起きるのを手伝ってやった後、トリッシュを抱きかかえるようにしてジュークボックスのほうへ連れていった。

グレイシーは安堵のため息をもらした。少なくともこれで、酒場の乱闘で映画スターを失うはめになった、などという悪いニュースをウィロウの耳に入れなくてすむ。

二時間後、彼女はボビー・トムとともに、バーから車で二〇分ほどの距離にある高級ホテルのフロントに並んでいた。

「こんなに早い時間にベッドに入るのは慣れてないんだよな」

「午前二時ですよ」午後一〇時には床につき、午前五時に起きる習慣でそれまでの人生を過ごしてきたグレイシーは、疲れで頭がふらふらしていた。

「だから言ってるんだ。まだ寝るには早いって」ボビー・トムはスイート宿泊の手続きをすませ、手を振ってベルマンを追い払うと、旅行かばんのストラップを肩にかけ、フロントデスクの上に置いていたノートパソコンを取りあげた。「じゃあまた明日、ミズ・グレイシー」彼はエレベーターの方向に歩いていった。

フロントデスクの係が彼女を待ち受けていた。「いらっしゃいませ。ご用件を承りますが」毛根まで血が上るほどの恥ずかしさで顔を真っ赤にしたグレイシーは、どもりながら答えた。「私は、あの……彼と一緒ですので」

グレイシーはスーツケースを持ち、急いでボビー・トムのあとを追った。まるで主人の後を追うコッカー・スパニエルにでもなった気分だった。ドアが閉まる直前に、彼女はエレベーターの中に飛びこんだ。

ボビー・トムはいぶかしそうに彼女を見た。「もうチェックインを済ませたの?」

「あなたが――あの、スイートを頼んでいらしたので、私はソファにでも寝かせていただければと思って」

「断る」

「いることを忘れさせるぐらい静かにするって約束しますから」

「自分で部屋をとりなさい、ミズ・グレイシー」彼の口調は穏やかだったが、その目に宿る無言の脅しを感じてグレイシーは不安になった。

「それはできません。おわかりでしょ。一人にしたとたん、あなたは私を置きざりにしてどこかへ行ってしまうでしょうから」

「絶対にそうだとは言いきれないだろう」エレベーターのドアが開いて、彼はカーペット敷きの廊下に足を踏みだした。

グレイシーはあわててあとを追った。「お邪魔はしませんから」

ボビー・トムはドアに表示された部屋番号を確かめながら歩いている。「グレイシー、こんなことを言って悪いんだけど、君には本当にもう、うんざりしているんだ」

「わかっています。申し訳ないと思っています」

彼の顔にかすかなほほえみが浮かんだがすぐに消えた。廊下の一番端の部屋の前で足を止めた彼は、ドアロックに磁気カードキーを差しこんだ。グリーンのライトが点滅する。彼はドアの取っ手を持って押しあけると、中に入る前に上体をかがめ、グレイシーの唇に軽くふれるキスをして言った。「君と知り合えてよかったよ」

放心状態のまま、グレイシーは目の前でドアが閉まるのを見ていた。たった今キスされた唇がうずいていた。そこに指先をあてた彼女は、このキスを永遠に封じこめることができたらと願った。

数秒間が過ぎた。キスの喜びがうすれてしまうと、グレイシーは肩をがっくり落とした。ボビー・トムは一人で車を出すつもりだ。今晩か、明日の朝か――いつになるかはまったく予想がつかなかったが、グレイシーを置いていこうとしていることだけはわかっていた。そして、そんなことをさせてはならない、ということもわかっていた。

くたびれ果てた彼女はスーツケースをカーペットの上に置き、ドアに背中をもたせかけて座った。ここで一晩明かさなくてはならない。曲げた膝の前に腕を回し、膝の上に頰を乗せた。彼が私に本物のキスをしてくれさえしたら……眠気でたちまちまぶたが閉じた。

突然、もたれかかっていたドアが開き、グレイシーは小さな叫びを上げて後ろに倒れた。あわてて起き上がってみると、目の前にボビー・トムがいた。彼女がそこにいることに格別驚いたふうもない。もしかしてドアののぞき穴からようすをうかがいながら、彼女が立ち去るのを待っていたのかもしれない。

「いったい何をやってるんだ?」我慢も限界だと言わんばかりに彼は尋ねた。

「眠ろうとしてたんです」

「俺の部屋の外で夜を明かすなんて、許さないぞ」

「誰かに見られたとしても、きっとあなたの追っかけをやってるグルーピーの一人なんだろうなと思われるだけですよ」

「頭がいかれてると思われるだけだよ!」

ほかの人にあれだけ愛想のいいボビー・トムが、グレイシーにはとげとげしい態度を見せていた。グレイシー自身も、人に対してそういう態度をとることがある。

「明日、私を置いて一人でどこかへ行ったりしない、とちゃんと約束していただけるのなら、自分の部屋をとりますけれど」

「グレイシー、俺は一時間後に何をしてるか、自分自身でもわからないんだぜ。ましてや明日のことなんて、約束できるわけない」

「それでは、申し訳ありませんがここで寝させていただきます」

ボビー・トムは親指であごをなでていた。この動作の意味はもうわかっている。彼が何かについてすでに心を決めているにもかかわらず、まだあれこれ考えているかのような印象を与えたいときにやるしぐさだ。

「じゃあ、こうしよう。まだ寝るには早い。お休みの時間まで、俺を楽しませてくれるかな」

グレイシーはいちおう同意を示してうなずいたが、彼の言う「楽しませる」とはどういうことなのだろうと考えていた。

ボビー・トムは彼女のスーツケースを部屋の中に入れ、ドアを閉めた。スイートの中に一歩足を踏みいれると、ピーチ色とグリーンでインテリアの色彩を統一した、広々としたリビングルームが目に入った。「本当にすばらしいわ」

彼は室内を初めて見たかのように見回した。「まあ、いい部屋と言ってもいいだろうね。気がつかなかったよ」

こんなにすばらしい部屋なのに、どうして今まで気づかなかったのか。ゆったりと深く腰かけられるソファや、座り心地のよさそうないすがいくつか、リビングルームの中央を占めている。窓際には長方形の寄木細工のテーブルが置かれ、ボンベ・チェストの上には色鮮やかなシルクフラワーのアレンジメントが飾られている。彼女は満面に喜びを浮かべて見入った。

「こんなにすてきなのに、気がつかないなんて」

「ホテル暮らしばかりしてきたから、たぶん感覚が麻痺してしまってるんだろうな」

その言葉を聞くか聞かないうちに、グレイシーは窓のそばに駆けより、外に広がる暗い水面ときらめく明かりを眺めた。「窓の外に見えるのはミシシッピ川ね」

「そうだな」彼はカウボーイハットを脱ぎ、ベッドルームに入っていった。

グレイシーは圧倒されていた。こんなすばらしい夜景の見えるホテルの一室に泊まることができるなんて。彼女は嬉しさで胸をおどらせながらリビングルームの中を歩きまわり、ソファの座り心地をためしたり、デスクの引き出しを開けてホテル備えつけの便箋などに触ったり、背の高いテレビ収納棚の中をのぞきこんだりした。今週の映画上映表でスケジュールを確かめていると、「レッド・ホット・チアリーダー」というタイトルが目に入った。

そのタイトルは彼女の心にいきなり飛びこんできた。今まで数回ではあるがホテルに泊まったとき、成人映画を見たいという誘惑にかられたことがあった。しかし、見た映画が請求書に記載され、誰かの目に触れると考えただけで、その気が失せてしまうのが常だった。

「何か見たいものでもあるのかい？」

あわてて頭を上げると、ボビー・トムが後ろに来ていた。驚いた彼女は映画上映表を取りおとした。「いいえ、何も。もう遅いですから。ちょっと遅すぎますもの、もう本当に――

明日の朝は早く起きて、それから――」

「グレイシー、君はエッチな映画の上映表を見てたのかい？」

「エッチな映画ですって？　私が？」

「見てただろう。まさにその最中だったんだね。大人向けのエッチな映画なんて、今まで一度も見たことないんだろう」

「もちろん、見たことありますよ。何本も」

「じゃあ見た映画を何本かあげてみなよ」

「そうね、『幸福の条件』なんか、かなりエロチックだったわ」

「『幸福の条件』だって？　君の言うエッチな映画っていうのはその程度？」

「ニュー・グランディの町ではそうよ」

ボビー・トムは歯を見せてにこにこ笑いながら、テレビの上映スケジュールを見下ろした。

「『ピットストップ・フォー・パッション』が今始まったばかりだよ。見てみたい？」

彼女の道徳観が好奇心に負けそうだった。「そういったものは認めないんです」

「認めるかどうかって訊いたんじゃない。見てみたいか、って訊いたんだ」

彼女は答えるのに躊躇してちょっと間をおきすぎた。「そんなもの、見たくなんかありません」

彼は笑いながらリモートコントローラーを取り上げ、テレビのスイッチを入れた。「ソファに腰かけてゆっくりしたらどう、ミズ・グレイシー。俺だったら絶対にこれは見逃さないね」

そう言いながらボビー・トムはすでに成人映画にアクセスするボタンを押している。グレイシーは、ふしょうぶしょう見ているという印象を与えようとつとめながら、両手を膝の上で上品ぶって交差させた。「そうね、こういう映画、一度だけ見るぐらいならいいでしょう。私は自動車レースの映画なんかは結構好きなのよ」

ボビー・トムは大笑いした。笑いすぎて、もう少しでリモートコントローラーを取り落とすところだった。身もだえる四人の一糸まとわぬ体がテレビの画面いっぱいに映っても、彼はまだ笑いつづけていた。

グレイシーは頰が燃えるように熱くなるのを感じた。「まあ」

ボビー・トムはくすくす笑いながら、彼女の隣に座った。「映画の筋がわからなくなったら俺に言ってくれよ。この映画、絶対、以前に見たことあるな」

映画に筋などなかった。最初の二、三分を見ただけでそれは明らかだった。ホットな赤いスポーツカーの上で、いくつもの裸の体が酒を飲んで浮かれ騒いでいるだけだった。

ボビー・トムは画面を指さして説明した。「道具を入れたツールベルトをウエストにつけてるブルネットの娘がいるだろう。彼女が修理工のチーフ。ほかの女の子たちは彼女のアシスタントなんだ」

「ふうん」

「そしてあの男、すごーく大きい――」

「ええ」グレイシーはすばやく言った。「右側の男の人ね」

「いや、ハニー、違うよ。あの男じゃない。『すごく大きい手』って言おうとしたんだ」

「あら」

「まあとにかく、あの男が車のオーナーなんだ。オーナーとその仲間が、女の子たちの整備工場に車を持ちこんで、バルブの修理を頼んだわけだ」

「バルブの修理？」

「それから、ホースにもちょっと漏れがあるから、そこの修理も必要だ」

「なるほどね」

「それから彼らは玉継ぎ手《ボールジョイント》についても心配してる」

「へえ」

「計量棒の見事なそりぐあいなんかもね」

グレイシーはさっと振り返った。ふと見るとボビー・トムの胸が揺れている。「でたらめを言ってたのね！　なんていやらしいの！」

彼は大声で笑いながら、目じりの涙をぬぐった。

彼女はあごをつんと上げて言った。「自分一人でも筋は追えますから、黙っていていただけませんか」

「はい、マダム。かしこまりました」

グレイシーは画面に目を戻し、大きい手の男が「10W—40」とオイルの粘度を表示した缶に片手を突っこみ、オイルを修理工チーフの裸の胸にたらしているのをつばを飲んで見入った。女性の乳首が立ち、玉のようになってオイルが白くこんもりと盛り上がった丘の斜面をこぼれ落ちていく。グレイシーの乳首もそれに反応して固くなった。

性感をそそるような前戯が続き、グレイシーは自分一人でないことを知りながらも、画面から目をそらすことができなくなっていた。彼女は乾いた唇をなめた。胸の鼓動が激しくなっている。今まで、これほど恥ずかしさで当惑し、これほど性感を刺激されたことは一度もない。今、画面で見ている動作の一つ一つをしてみたかった――隣に座っているこの男と。

大きな手の男優が、女性のウエストに巻かれたツールベルトをいじりはじめた。彼の唇が、指の動きをなぞって、下へ下へと動いていく。彼の舌がソケットレンチセットの左側にあるお尻の割れ目に差し入れられた。グレイシーの乳房の間が湿ってきた。

グレイシーは太ももを固く閉じて、もじもじと体を動かした。横に座っているボビー・トムが座りなおした。彼女は横目でボビー・トムのようすを見、彼が画面でなく彼女のほうを見ていることに気づいてうろたえた。彼はもう笑っていなかった。

「ちょっと片づけなきゃならない仕事があるんだ」出しぬけに彼が言った。「テレビは消したいときに消していいから」ノートパソコンをつかむと、彼は大またでベッドルームへ入っていった。

グレイシーは彼が立ち去ったあとの空間を当惑して見つめていた。ボビー・トムはなぜ突然、不機嫌になったのかしら。考える間もなく、彼女の視線は画面の中の動きに戻っていった。

まあ、すごい！

ボビー・トムは暗いベッドルームに立ち、ぼんやりと窓の外を見ていた。リビングルームのテレビからは、あえいだり、うめいたりする声が聞こえてくる。なんてことだ。過去六カ月の間、試合の優勝トロフィーのように彼の前にずらりと並ぶ美女たちの誰とも、セックスをしたいという欲望はわかなかった。それなのに、グレイシー・スノーと一緒にいる今、彼は勃起していた。やせっぽちの体、みっともない服、今まで見た女性のヘアスタイルの中で最悪のまとめ髪、しゃくにさわるあの高圧的な態度――それらがなぜか彼を性的興奮にみちびいていた。

ボビー・トムは握りこぶしを窓枠について外を見ていた。これほど滑稽な状況でなければ笑えていたかもしれない。ハードコア・ポルノというにはほど遠いあの映画を五分間見ただけで、彼女はあんなに興奮してしまい、部屋の中で爆弾が爆発したとしても気づかないほど夢中になっているのだ。

グレイシーのようすを観察している間、一瞬ではあったが、この状況を利用して、彼女がくれようとしているものをいただこうかという考えがボビー・トムの頭をかすめたが、それはきわめて愚かなことだと思い直した。勘弁してくれよ、俺はボビー・トム・デントンなんだ。フットボール選手としては引退したかもしれないが、だからといって卑屈になって、グレイシー・スノーのような女と「慈善事業」的なセックスをするほど落ちぶれてはいない。

彼は窓に背を向けると、デスクのところまで歩いていき、ノートパソコンのモデムに電話回線を接続し、腰をおろした。しかし、自分のeメールにアクセスするコマンドを入力する前に手が止まってしまった。今晩は仕事をする気にはとてもなれそうにない。

ボビー・トムはグレイシーがミシシッピ川を目にしたとき、彼女の顔に浮かんだ表情を何度も思い浮かべていた。あんなひたむきで純粋な熱意を最後に感じたのはいつのことだったろう？　グレイシーは一日中、彼が何年も前に気づかなくなってしまったことを指し示して教えてくれた。雲の形、ウィリー・ネルソンに似たトラックの運転手、ファミリータイプのワゴン車の後ろの窓から彼に手を振っていた子供。そんな普通の喜びとの接点を、彼はいつ失ってしまったのだろう。

ボビー・トムはパソコンのキーボードに目を落とし、自分が以前、ビジネスでいろいろ策を練って腕をふるうことをいかに楽しんでいたかを思い出した。最初は株式市場で腕試しをしてから、小規模なスポーツ用品メーカーの大株主になった。その後、ラジオ局やスニーカーの会社にも出資した。ときには事業開拓で誤りをおかしたこともあったが、一方でかなり儲けもした。しかし今は、それぞれの取引についてどんな意味や理由があってやったことなのか、思い出せなかった。映画出演は良い気晴らしになるかと思って決めたことだが、撮影が始まろうとしている今、それにも気乗りがしないでいる。

彼は親指と人さし指で目のまわりをもんだ。彼は今晩、友人のシャグが新たに開くレストラン経営を支援する約束をした。エリーには金を貸したし、A・Jには、高校生の甥っ子が関わっている校内新聞のインタビューに応じると請けあった。ボビー・トムの考え方では、生まれた瞬間に星から祝福のキスを受けた人間には「ノー」と言う権利はないのだった。しかし彼もときには、周囲の人々からつきつけられるあれこれの要求で、徐々に窒息させられていくような気がすることもあった。

ボビー・トムは今回、生まれ育った町に対する恩返しのためにテラローザへ行かなくてはならない。彼は逃げ腰になっていた。テラローザで映画撮影をすることを主張したのは自分だったが、まだ町の人々と対面する心の準備ができていなかった。自分が「過去の人」であることは認識していたが、テラローザの人々はそのことがまだわかっていない。相変わらず、よってたかって彼から何かしら得ようとするに違いない。

彼がテラローザに現れれば、今までいつもそうであったように、大騒ぎになるはずだ。しかし誰もが心から大歓迎というわけにはいかないだろう。ウェイ・ソーヤーとは数カ月前、彼の経営するロザテック移転計画に関して激しく対立した。ロザテックは、テラローザの経済を支える生命線とも言うべき電子機器メーカーだ。ソーヤーは非情にも決定をくつがえさなかった。ボビー・トムにとってはソーヤーはできれば二度と会いたくない相手だ。また、テラローザの新任警察署長ジンボ・サッカリーとの対決も避けられないかもしれない。サッカリーは彼の小学校時代からの天敵だ。何よりも困るのは、ボビー・トムのフットボール選手生命の終わりとともに、彼の性欲も消えようとしていることをまったく知らない女性がわんさといることだ。彼としては、何があろうと彼女たちに気づかせないようにふるまう必要があった。

ボビー・トムはうつろな目でキーボードを見下ろした。残りの人生をどうやって過ごせばいいのだろう？　あまりに長い間栄光に包まれて生きてきたために、どうすればそれなしで生きられるのか見当もつかなかった。子供時代から、彼はいつも最高の地位を得てきた。州代表、全米代表、オールプロ。しかし、もう最高ではない。成功をおさめた人間は、六〇代で引退するまでこんな危機に直面しないものだ。だが彼は三三歳で引退し、自分がどう生きるべきかがわからなくなっている。偉大なワイドレシーバーになるにはどうすればいいかは知っていた。MVPになるにはどうすればいいかも知っていた。しかし、どうすれば普通の人間になれるのか、まったくわからなかった。

リビングルームのテレビから、かなり長い女性のうめき声が聞こえてきて思考が中断され、自分一人でないことを思い出して彼は顔をしかめた。彼の人生で純粋に楽しいと思えることはますます、まれになっていた。だからこそグレイシー・スノーを終日そばにおいてみたわけだが、彼女が興奮したようすを見て自分の体が示した反応を思い出すと、笑ってなどいられない気分だった。グレイシーのようなお情けでしかセックスの相手にならないような女に性的に惹かれるとは——あまり詳しく分析してみたくない状況だったが——それは最大の侮辱であり恥だった。自分がいかに落ちぶれたかを如実に物語っている。彼女がすてきな女性でないと言っているのではなく、ボビー・トム・デントンにふさわしい女性でないということだ。

そう思った瞬間、彼は心を決めた。自分の人生の問題だけでもたくさんなのに、これ以上厄介ごとを抱えこむのはまっぴらだ。明日の朝一番に、彼女を追い払おう。

4

窓の外で教会の鐘が鳴っていた。グレイシーは部屋を横切り、ベッドルームのドアを軽くノックした。「ボビー・トム、朝食が用意できてますよ」

反応なし。

「ボビー・トム？」

「夢じゃなかったのか」うめき声が聞こえた。「君の存在が悪夢だったらと願ってたのに」

「ルームサービスで朝食を注文しておいたんですが、それが届きましたから」

「あっち行ってくれ」

「七時ですよ。あと一二時間は運転しなくちゃならないんです。もう出発しないと」

「この部屋にはバルコニーがついてるんだよ、スイートハート。ほっといてくれなかったら、そこから放り出してやるからな」

グレイシーはベッドルームのドアから離れて歩きだした。テーブルについて、ブルーベリー・パンケーキを少しかじってみたが、疲れすぎていて食欲が出ない。昨夜は一晩中、ほんのちょっとした物音で目がさめては眠る、眠ってはさめるのくり返しだった。寝ている間にボビー・トムがこっそり抜け出すのではないかと気が気ではなかったのだ。

グレイシーはウィロウにこれまでのかんばしくない経過報告をしたあと、八時にもう一度彼を起こそうとこころみた。「ボビー・トム、もういいかげんに起きてください。いくらなんでも、もう出発しないとだめですよ」

反応なし。

彼女はゆっくりと注意深くドアを開けて、ボビー・トムがほとんど裸のままうつ伏せに寝ているのに気づき、口の中がカラカラになった。腰のまわりにシーツを巻きつけただけの姿だ。脚は大きく広げて、膝を片方だけ曲げている。右膝の後ろに醜い手術跡が残っているが、力強く、美しい脚だった。真っ白なシーツの上で皮膚がブロンズ色に見える。ふくらはぎのあたりの金髪が、カーテンのすきまからさしこんでくる朝日を浴びてきらめいている。片足首から下は、ベッドの足元に丸まった毛布の下に隠れている。もう片方の足裏は幅が狭く、たてに長く、土踏まずの部分がはっきりとした曲線を描いている。醜くひきつれた、赤みの残る右膝の傷跡を眺めていた彼女の視線は太もものほうに上がり、腰に巻きつけられたシーツに移っていった。あのシーツがあと三インチ（七・六二センチ）上にずり上がっていたら……。

グレイシーは、ボビー・トムの体のもっともプライベートな部分を見たいという自分の欲望の強さに衝撃を受けた。今まで目にしてきた男性の裸はすべて老人のものだった。ボビー・トムは、昨夜見たあの映画の男たちと同じような体をしているのだろうか。想像して身震いした。

彼が寝返りをうったので、シーツもその方向に引っ張られた。豊かな髪の毛はぼさぼさに乱れ、こめかみのところでわずかにカールしている。頬には、枕に押しつけられたあとが線になって残っている。

「ボビー・トム」彼女はそっと言った。

片目がほんの少しだけあいた。起きぬけの声はガラガラだ。「裸になるか、出ていくか、どっちかにしてくれ」

グレイシーは意を決して窓に歩みより、カーテンのコードを引いた。「けさはずいぶんご機嫌ななめのようですね」

光がいっきょに部屋の中に入ってきて、彼はうめいた。「君の命は相当な危険にさらされてるぞ、グレイシー」

「シャワーのお湯を出しておいてあげましょうか」

「背中も流してくれるのかい？」

「それは必要ないでしょう」

「失礼にならないよう気をつかって話してるつもりなんだが、わかってもらえないようだね」彼は体を起こすと、ベッドサイド・テーブルの上に置かれた財布の中をさぐって何枚かの札を取りだした。「空港までのタクシー代は俺が出すから」そう言いながら札を差しだした。

「まずシャワーを浴びてから、その件について話し合いましょう」彼女は急いで部屋を出ていった。

一時間半たっても、ボビー・トムはまだグレイシーを追い出そうと苦戦していた。彼女はメンフィス・ヘルスクラブに向かう歩道を急ぎ足で歩いている。手に持ったお持ち帰り用の白い紙バッグの中には、絞りたてのオレンジジュースのラージサイズが入っている。最初、彼女はボビー・トムをベッドから引きずりだせないでいたが、そのうち彼が朝のトレーニングをせずに出発するなど考えられないと言いだした。メンフィス郊外にあるヘルスクラブのロビーに足を踏みいれるやいなや、彼はグレイシーの手に札を握らせて、これからトレーニングウェアに着替えるから、その間に角のレストランでオレンジジュースを買ってきてくれと頼んだ。

ロッカールームに姿を消す前、ボビー・トムはいかにもたくらみのなさそうな目をして、無邪気にほほえんでいた。それで彼女は確信した。私が出かけているすきに、おいてけぼりにして出発しようとたくらんでいるわけね。確信が絶対的なものになったのは、彼がオレンジジュースの代金として二〇〇ドルを渡したときだ。その結果、彼女は思いきった行動をとらざるを得なくなった。

思ったとおり、「角のレストラン」は、彼が説明してくれた場所から何ブロックも先にあったので、グレイシーはできるだけ急いで買い物をすませた。そしてヘルスクラブへ戻るとき、入口を通らずに、建物の裏にある駐車場へ直接向かった。

日陰に停めてあるサンダーバードのボンネットが開けてあり、ボビー・トムが中をのぞきこんでいた。そこへ駆けよったときには、グレイシーは息切れしていた。「朝のトレーニングはもうすんだんですか？」

かがんでいたボビー・トムは急に顔を上げようとしたので、頭をボンネットにぶつけ、その勢いでカウボーイハットが横にずれてしまった。彼は小さな声で悪態をついて、カウボーイハットの向きを直した。「背中の筋肉がこってるからね。トレーニングは夜にしようと思ってさ」

背中の具合が悪いようには全然見えなかったが、グレイシーはそれをわざわざ口に出すのはやめた。また、ボビー・トムが明らかに、彼女がいないすきに逃げるつもりだったことについても指摘するのをさしひかえることにした。「車の調子が悪いんですか？」

「エンジンがスタートしないんだ」

「見てあげましょう。エンジンのことなら、ちょっとはわかりますから」

ボビー・トムは疑わしそうに彼女を見た。「君に？」

かまわず、グレイシーはフェンダーのところにオレンジジュースの水滴で湿った紙袋を置き、ボンネットの下をのぞきこんでディストリビューターキャップをはずした。「まあ、ローターがなくなっているようですね。ちょっと待ってください、私、もしかすると——」彼女はバッグを開けた。「やっぱり、ここに一つあるわ」

グレイシーはサンダーバードの小さなローターと、ディストリビューターキャップについていたねじ二本を、再び取りつけられるようにスイスアーミーナイフとともにボビー・トムに手渡した。これらはすべて、今回のような緊急時にそなえて彼女がホテルから持ってきていたビニール袋に、きちんと包んで入れてあった。

ボビー・トムは、手渡されたものがなぜここにあるのか、信じられないといった面持ちでじっと見つめている。

「きちっと締めておいたほうがいいですよ」親切めかして彼女は言った。「でないと、トラブルの原因になりますから」返事を待たずにオレンジジュースの袋を取りあげ、急いで車の助手席側に回ってシートに腰を落ち着けると、熱心に地図を調べはじめた。

ほどなくボンネットをばたんと閉める音がして、その勢いで車が振動した。ブーツがアスファルトの上で鋭く怒りを表すような音をたてて、こちらにやってくるのがわかる。助手席側の窓枠に乗せた彼の手を見ると、指の関節が白くなるほどこぶしを握りしめている。ようやく開かれた口から出た声は、穏やかだったが怒りに満ちていた。

「俺のサンダーバードにちょっかいを出す奴は許さない」

グレイシーは下唇をちょっと嚙んだ。「ごめんなさい、ボビー・トム。あなたがこの車を大切にしていることは知ってますし、怒るのももっともだと思います。すばらしい車ですもの、本当に。だからこそ私、率直に行動で示したんです。あなたがこれ以上小細工をするつもりなら、私はこの車に深刻な損害を与えられるんだってことをね」

ボビー・トムの眉毛がつりあがり、信じがたいといった表情でグレイシーを見つめた。「俺の車をどうにかするつもりで脅してるのか？」

「まあ、そういうことになってしまいますね」すまなそうに彼女は言った。「ウォルター・カーンという人がシェイディ・エイカーズにいて、神のもとに召されるまで、八年近く入居していました。引退するまでコロンバスで自動車修理工場を経営していた人で、それで私は彼からエンジンのことをいろいろ教わったんです。エンジンが動かないようにするやり方も含めてね。というのは、シェイディ・エイカーズでは、あるソーシャル・ワーカーが問題になっていたんです。すごく押しつけがましくて、月に数回ホームに来るたびに入居者たちをいらだたせていたので」

「それで君とカーン氏が、車に細工をして仕返しをしたんだな」

「あいにくカーンさんは関節炎がひどかったので、実際の作業は私がやることになったんです」

「その専門知識を活用して、俺を脅迫するつもりだな」

「もちろん私もこんなことはいやだったし、心穏やかではいられなかったですよ。でもその一方で、ウィンドミル・スタジオに対して、仕事を遂行する責務がありますから」

ボビー・トムの目つきが険しくなった。

「グレイシー、いいか、今ここで君を絞め殺さない理由はただ一つ。裁判の陪審員は俺の話を聞けばすぐに無罪評決に達するだろうけど、そしたら全国ネットのキー局の貪欲な連中が、事件をテレビ映画化するに決まってる。それがわかってるからさ」

ば困ります」

「これは私の仕事なんです」彼女はやさしく言った。「その仕事をやらせてくださらなけれ

「悪いね、スイートハート。もうこれっきりでお別れだ」

抵抗される前にボビー・トムはドアを開け、グレイシーの体をすくいあげるようにして駐車場に降ろした。彼女は恐怖の小さな叫びをあげた。「話しあいましょうよ!」

ボビー・トムはその声を無視して車の後部に回り、トランクから彼女のスーツケースを取りだした。

グレイシーはあわてて駆けよった。「私たちお互い、理性のある人間じゃないですか。きっと、なんとか妥協点を見いだせると思うわ。絶対に——」

「絶対に無理だ。ヘルスクラブの人がタクシーを呼んでくれるだろ」

ボビー・トムはスーツケースを地面の上に置くと、サンダーバードに乗りこんでエンジンをかけた。轟音があがった。

グレイシーは考えるまもなくタイヤの前に身を投げ出し、目をつぶった。

永遠にも感じられる緊張の数秒間が過ぎた。アスファルトの熱が、フリーサイズのからし色のラップドレスを通して肌に感じられる。排気ガスの匂いで頭がクラクラする。ボビー・トムの影が彼女の上にかかった。

「君の命を救うべく、取引をすることにしよう」

彼女は固くつぶっていた目を開いた。「どんな取引?」

「俺は君を追いはらおうとするのはやめる――」

「いいでしょう」

「――ただし、目的地に着くまでの間、君が俺の言うことを聞くという条件でだ」

彼女は立ち上がりながら、取引の内容について考え、「それじゃうまくいかないんじゃないかしら」と用心深く言った。「今まで指摘してくれる人がいなかったのかもしれないので申し上げますけど、あなたがいつも道理をわきまえた言動をするとは限らないですから」

カウボーイハットのつばの下で、ボビー・トムの目が細くなった。「この条件でいやだって言うんならそれまでだよ、グレイシー。この車に乗っていたいなら、偉そうな態度は捨てて、俺の言うとおりにするんだね」

そう言われては従うほかなかった。どうせ譲歩するならいさぎよくしよう、と彼女は心に決めた。「それで結構です」

ボビー・トムはスーツケースをトランクに戻し、グレイシーは再び助手席に座った。運転席に戻ったボビー・トムは、イグニッションキーに怒りをぶつけて勢いよく回した。

彼女は腕時計で時間を確認し、さっき調べていた地図を見た。「出発する前に一つだけ、いいですか。気づいていらっしゃらないと思いますけど、もう一〇時近いんです。なのに、明日の朝八時までに撮影現場に行っていなければならない。あと七〇〇マイル（約一一二〇キロ）もあります。最短ルートはおそらく――」

ボビー・トムは地図をグレイシーの手からひったくると、手の中でくしゃくしゃに丸め、車の外に投げすてた。わずか数分で、車は再び高速道路に乗っていた。

ただし残念なことに、二人は東に向かっていた。

火曜の夜には、グレイシーは自分が失敗したという事実を認めざるをえなくなっていた。サンダーバードのフロントガラスを半月形にかたどって動くワイパーを見つめ、屋根を打つ雨の音を聞きながら、ここ数日間のできごとを思いおこしてみる。ダラスまではたどりついたのに、約束の日までにボビー・トムをテラローザまで連れていくことができなかった。反対車線を通りすぎていく車のヘッドライトに照らされて、サンダーバードのボンネット上の水滴が輝く。グレイシーは、激怒したウィロウとの電話のことばかりくよくよ思いかえすのはやめて、今の状況のいい面だけに注目しようとした。ここ数日で、彼女はそれまで考えてもみなかったほどいろいろな町を見たし、非常に面白い人々に出会った。カントリー・ウェスタンの歌手、エアロビクスのインストラクター、何人ものフットボール選手、それから、スカーフのしゃれた結び方を親切に教えてくれた女装の男性。

何よりもよかったのは、ボビー・トムが彼女を追いはらおうとしなかったことだ。自分がどうしてメンフィスで置き去りにされなかったのかはよくわからなかったが、ときどき、もしかすると彼は一人になりたくないのではないか、と妙に感じる瞬間があった。一度だけ、彼が橋の上で車を停めてグレイシーを助手席から引っぱりだし、ここから突き落とすぞ、と脅したことがあったが、それを除けば二人はうまくやっていた。それなのに今夜、彼女はなぜかひどく落ちつかないものを感じていた。

「大丈夫か、グレイシー」

彼女はワイパーのブレードを見つめたまま言った。「大丈夫よ、ボビー・トム。気をつかってくれてありがとう」

「ドアの取っ手に体を押しつけてちぢこまってるみたいだからさ。この車はもともと三人乗りじゃないものなあ。本当に、ホテルまで送ってあげなくてもいいのか？」

「本当にいいんです」

「ねえボビー・トム、彼女、一晩中私たちと一緒なの？」彼の今夜のデートの相手、シェリル・リン・ハウエルが、彼の肩によりかかりながら不機嫌な声を出した。

「彼女をまくのは難しくてさ、ハニー。いないものと考えたらどう？」

「それは無理よ、あなたがずっと話しかけてるんだもの。ボビー・トム、今夜のあなたは、私より彼女に話しかけるほうが多かったわよ、絶対に」

「そんなことないよ。レストランでは俺たちと一緒の席じゃなかっただろ」

「彼女、隣のテーブルに座ってたし、あなたは何度もそっちを向いて質問ばかりしてた。それにだいたい、なんであなたにボディガードが要るのよ」

「世の中には危険な連中がうようよいるからね」

「そりゃそうかもしれないけど、あなたのほうが彼女より強いのに」

「グレイシーの腕前は相当だよ。サブマシンガンのウージーなんか持たせたらまさに魔術師だぜ」

グレイシーは思わずほほえみそうになるのをこらえた。厚顔無恥なボビー・トムだが、創作力は抜群だ。彼女はシートの中央寄りに体重を移動させた。この年代物のサンダーバードの車内の狭さは、さほど大きな問題ではなかった。シェリル・リンと狭いスペースを共有するものと思っていたら、この美人コンテストの元女王は、ボビー・トムの膝の上に乗っているも同然だったからだ。シェリル・リンはギアボックスをまたいで座っていたが、それでもしとやかに見えた。

シェリル・リンのサンゴ色のレースドレスは、肩が大きく出ていて、体に柔らかくフィットしている。グレイシーはうらやましかった。自分の装いはというと、だぶだぶの黒い巻きスカートに赤と白のストライプのニット。まるで理髪店の看板だ。

シェリルはボビー・トムの太ももに手をおいて言った。「あなたのことを狙ってるのはいったい誰なのか、ちゃんと説明してよ。困ってるのは父親認知訴訟だけで、CIAとは関係ないでしょ」

「認知訴訟でちょっと厄介な状況になってるのがあってね。訴訟を起こしてる若い女性が、自分の父親が犯罪組織と関わりがあるってことを黙ってたもんだから。それがわかったころには時すでに遅しさ。そうだろ、グレイシー？」

グレイシーは聞こえなかったふりをした。ウージーを持ったCIAの諜報員になった自分の姿をひそかに想像してうっとりしていたのだが、ボビー・トムの嘘を助長させることは彼の品性のためにもやめたほうがいいと感じて黙っていた。

するとボビー・トムはまた、ブロンドのふわっとしたカールにおおわれたシェリル・リンの頭ごしにグレイシーを見ながら言った。「君が注文したスパゲッティはどうだった?」

「すごくおいしかったですよ」

「スパゲッティの上にかけたあの緑色のやつ、俺ならちょっとごめんだな」

「ペストソースのことですか?」

「何だか知らないけど。俺、うまいミートソースが好きなんだ」

「それはそうでしょうね。脂ぎったスペアリブを二列分たっぷり添えて、でしょ」

「考えるだけでよだれが出そうだよ」

ボビー・トムの肩から頭を上げてシェリル・リンが言った。「ほら、またやってるじゃないの、B・T」

「何をやってるって、スイートハート?」

「また彼女に話しかけてる」

「いや、そんなことしないよ、ダーリン。君のことを考えてるときはしないさ」

馬糞のようなクサイせりふだ。グレイシーは小さくせきばらいをして、「ミス・テキサス・カウガール・ラウンドアップ・クイーン」なる称号を持つシェリル・リンはそのせりふを鵜呑みにするかもしれないが、私には嘘だってことお見通しよ、というサインをボビー・トムに送った。

その晩はいくらかきまりの悪い思いもさせられたものの、得るところも多かった。グレイシーのような普通の人間にとって、正真正銘の天才の技を目にするチャンスはそうそうめぐってこないからだ。女性をここまで巧みにあやつる男がいようとは、彼女は想像さえしたことがなかった。ボビー・トムはつねに感じがよく、魅力的で、どこまでも優しかった。徹底して親切でものわかりがいいため、まわりにいる女性は誰も、彼が思うままに行動しているだけだということに気づかないようだった。

車は、ミッションスタイルのコンドミニアムが立ちならぶ一角の前で停まった。シェリル・リンがボビー・トムにぐっと体を寄せ、耳もとで何かささやいた。

彼は首の横をかいた。「うーん、どうかな、ハニー。グレイシーが見ている前で、それはちょっと恥ずかしいなあ。でも君さえよかったら、俺はかまわないよ」

美人コンテストの元女王シェリル・リンも、そこまで恥ずかしいことを強要するつもりはなかったらしい。ふしょうぶしょう、今夜はそこで別れることに同意した。グレイシーは、ボビー・トムがシェリル・リンの傘をさして、戸口まで送るようすを見守った。彼女をふったのは分別ある行いだったとグレイシーは思う。だがそもそもなぜ彼女とデートすることにしたのか、わからない。美人コンテストの元女王は強情で、自己中心的で、知性の点では、夕食に注文した蟹の足の中身よりかなり劣っていた。それでもボビー・トムは、彼女を女性の中の女性のように扱っている。彼は、グレイシー以外の女性に対しては完璧な紳士だった。

コンドミニアムの戸口のところでシェリル・リンは、聖書に出てくる「知恵の木」に巻きつくヘビのように、ボビー・トムの体に自分の体をくねくねとからみつかせていた。ボビー・トムもまんざらでもないようすだ。シェリル・リンはもう彼の体のことを知りつくしていると言わんばかりに、その腰に自分の腰を押しつけ、密着させていた。グレイシーは自分を穏やかな気質の人間だと思っている。人をすぐに許して大目に見てあげられるし、そう簡単に堪忍袋の緒が切れることもない。しかしおやすみのキスにやたら時間をかけているボビー・トムを見ると、心の中で怒りが大きくふくれあがってくるのを感じた。出会う女性にいちいちあんな濃厚なキスをしてやる必要がどこにあるというのか。彼はどこかの部族のように、女性の頭皮を戦利品として何枚も腰につるしている。その数があまりに多くて、ズボンも何もはかずに歩きまわっていても、誰も彼が裸だと気づかないほどだ。アメリカの製薬会社は、新しいやせ薬の開発に時間を無駄にするよりも、ボビー・トム・デントンの毒気にあてられないよう感染予防薬でも製造したほうが、よっぽど女性のためになるはずだ。

ミス・ブルーボネット・ロデオ・サドル・クイーンでもあるシェリル・リンは、ボビー・トムの腰の上によじ登らんばかりにしてからみついている。グレイシーの怒りは爆発寸前だった。ボビー・トムが車に戻ってくるころには、グレイシーは憤慨のあまり、沸騰して吹きこぼれそうなシチューのように熱くなっていた。「今すぐ病院の緊急救命室に直行しましょう。そこで破傷風の予防注射でもしてもらうんですね!」彼女は吐きすてるように言った。

ボビー・トムは片方の眉を上げた。「シェリル・リンが嫌いなんだね」

「彼女、周囲を見まわして、自分のデートの相手が誰かってことにみんなが気づいているか確かめてばかりいましたよ。あなたにはほとんど目もくれずにね。それに、あなたがいくらお金持ちだからって、あの人がメニューの中で一番高い料理を頼んでいいということにはならないでしょ」グレイシーは、ここ四日間のイライラと憤りを一気に爆発させた。「あなただって、彼女のこと好きでもないくせに。だからなおさらむかつくんです。ボビー・トム・デントン、あなたは彼女みたいな女には我慢できないはずよ。否定してもだめ、ちゃんとお見通しなんですから。私は最初から、あなたのことが手にとるようにわかったわ。漁師よりも多くの釣り糸をたれて女を引っかけようとしてる。CIAだのウージーだの、作り話ばっかり。それからもう一つ言っておきますけど、例の父親認知訴訟については、私これっぽっちも信じてませんから」

彼は少し驚いたようだった。「信じてないって」

「ええ、信じてません。あなたの言うことって、たわごとばっかり！」

「たわごと？」唇の端がぐいっと持ちあがる。「もうテキサス州に入ってるんだよ、ハニー。ここらへんの言い方じゃ、それは単なる――」

「どういう言い方かは知ってます！」

「今夜は君、本当にカリカリしてるね。そうだ、君が喜ぶようにしてあげよう。明日の朝六時に俺を起こしてもかまわないって言ったら、どうする？　そのままテラローザに直行するから。昼ごはんはあっちで食べられるよ」

グレイシーは彼をまじまじと見た。「からかってるんでしょう」

「俺は、君がこれほど真剣に考えてることについて、からかったりするようなひどい人間じゃないよ」

「テラローザに直行するって約束してくれますか？　ダチョウ牧場を見学したり、小学一年生のときの担任の先生に会うために寄り道したりしないで？」

「行くって、今言ったじゃないか」

グレイシーの不機嫌さはたちまち消えうせた。「そうね。わかりました。ええ、すごくいい考えだわ」

座席の背にもたれかかって考える彼女に、明確にわかっていることが一つあった。明日二人がテラローザに着けるとしたら、それは彼女がそう希望したからではなく、ボビー・トムがそうしようと心に決めたからだ。

ボビー・トムは彼女のほうを向いて言った。「ちょっと気になったから訊くんだけど、なぜ父親認知訴訟の件について俺の言うことを信じないの？　あの一連の訴訟は広く知られてる事実なのに」

さっきまで衝動にかられてしゃべっていたグレイシーだったが、自分の言ったことをもう一度考えてみた。そうすると、あの訴訟の件は単に、ボビー・トムがまた事実を誇張して話した一例にすぎないのだと確信できた。「あなたがいろいろと、特に女性に関して、けしからぬ行いをするところは想像できますけど、あなたが子供を見捨てるとは思えないんです」

彼はグレイシーに目をやると、ほほえみであることがようやくわかるほどわずかに、唇の端を上げた。そのほほえみは、彼が再び高速道路に注意を向けたときには大きく広がっていた。

「それで？」グレイシーは彼を興味深そうに見つめた。

「本当に知りたいのかい？」

「他の人たちに語った大げさなほら話でなく、真実なら、ぜひ」

ボビー・トムは、カウボーイハットのつばをほんの少し下げた。「ずいぶん昔、女友達に父親認知訴訟で訴えられたんだ。俺は、赤ん坊が自分の子でないとほぼ確信してたんだけど、血液鑑定やらなんやら、すべてやった。思ったとおり、彼女の昔のボーイフレンドが父親だったが、そいつが筋金入りのろくでなしだったから、彼女を少し手助けしてやることに決めた」

「お金をあげたんですね」ここ数日の観察で、グレイシーは彼の行動が読めるようになっていた。

「どうして無邪気な子どもが、親父が最低男だからというだけで苦しまなけりゃならないんだ？」彼は肩をすくめた。「そのことがあってから、俺がいいカモだって噂が広がったのさ」

「それで、次々と父親認知訴訟が起こったわけですか？」

彼はうなずいた。

「当ててみましょうか。裁判で争うのでなく、示談にしたんでしょ」

「信託財産が二、三あれば、最低限の生活は保障してあげられるから」彼は言い訳がましく答えた。「だって、使いきれないほど金が余ってるんだし、その女性たちはみんな、俺が父親じゃないことを認める書類にサインしたんだぜ。それのどこが悪い？　別にかまわないじゃないか」

「たぶん、悪いというわけじゃないでしょうけど、不公平ですよ。他の人のおかした間違いのつけを、あなたが払わなくたっていいんじゃないかしら」

「子どもたちだって同じことさ」

グレイシーは、ボビー・トムが自分の少年時代の悲劇を思い出して言っているのかと思ったが、彼の表情が読めず、よくわからなかった。

彼は自動車電話のボタンを押し、受話器を耳にあてた。「ブルーノ、起こしちゃったかな？　そう、ならよかった。あのさ、スティーブ・クレイの電話番号がわからないんだ。悪いけど彼に電話して、バロン号を明日、テラローザに向けて飛ばしてくれって頼んでくれるかな」彼は車線変更して左側のレーンに入った。「わかった。そうなんだ、仕事してないときは、ちょっとは操縦桿も握りたいと思ってさ。ありがとう、ブルーノ」

彼は受話器を置き、「ルッケンバック、テキサス」をハミングしはじめた。

グレイシーはなんとか平静を保とうとつとめた。「バロン号？」

「小型のしゃれたターボ・チャージ式ツイン・ジェットさ。シカゴの自宅から車で三〇分ぐらいの小さい飛行場に置いてるんだ」

「つまり、飛行機を操縦するってことですか？」

「言わなかったっけ、俺？」

「いいえ」彼女は震える声で答えた。「言わなかったわ」

ボビー・トムは頭の横をかいた。「くそ、パイロット免許、どっかに入れたと思うんだが――そうだな……飛行機はもう九年になるかな」

グレイシーは歯がみをした。「自家用飛行機をお持ちなんですね」

「小型の可愛い飛行機さ」

「パイロット免許も？」

「もちろん」

「だったら、なぜテラローザまでわざわざ運転していく必要があるんですか」

彼は傷ついたようだった。「そうしたいと思ったんだ。それだけだよ」

グレイシーはがっくりとして頭を抱え、砂漠のまっただなかで、ボビー・トムが裸で杭にしばりつけられている光景を想像しようとした。蛆虫がわいた彼の内臓をハゲタカがつつき、うつろな眼窩の中をアリが這いまわっている――残念ながら、彼女の頭の中で描いたイメージでは、身の毛もよだつおぞましさを出すことができなかった。ボビー・トムは再び、人のことはまったくおかまいなしに、自分のしたいようにしたわけだ。

「あの女の人たち、どれほどラッキーかしれやしない」

「どの女の人のことだい？」

「あなたのフットボールクイズに全問正解できなかった、運のいい女の人たちのこと」

彼は含み笑いをして葉巻に火をつけ、「ルッケンバック、テキサス」のコーラス部分を歌いはじめた。

二人はダラスから南西に向かい、なだらかな起伏の放牧地を抜けていった。ところどころに草をはむ牛や、ペカンの実をつけた木がうっそうと茂る果樹園が見える。土地の起伏が激しくなり、岩石が多くなるにつれ、観光牧場の看板が目につくようになった。また、ウズラ、ジャックウサギ、シチメンチョウなどの野生動物も見かけた。ボビー・トムの話では、テラローザはテキサス・ヒル郡のはずれの辺鄙な町だという。陸の孤島になっているため、カーヴィルやフレデリクスバーグのようなにぎわいはないらしい。

その朝グレイシーは、ウィロウとの電話で、ボビー・トムをレニエ牧場まで直接連れてくるようにとの指示を受けていた。レニエはテラローザを東に数マイル行ったところにある馬の牧場で、ここで撮影の大半が行われる。このまま現場に向かうとすると、グレイシーがテラローザ市内を見られるのは夜になってからということになる。ボビー・トムがウィロウの説明した場所を知っているようすだったので、グレイシーは声を出して道順を教えることはさしひかえた。

曲がりくねった幹線道路から幅の狭いアスファルトの道路に入ったとき、彼は訊いた。
「グレイシー、今度の映画についてちょっと教えてくれないか」
「どんなことをですか?」ロケ地に着いたとき自分がきちんとして見えるよう、身だしなみを整えたかったグレイシーは、ハンドバッグの中のくしを探していた。けさはキャリアウーマンっぽく見えるよう、ネイビースーツを着てきた。

「たとえば、映画の筋とか」

グレイシーの手が止まった。「もしかして脚本を読んでないっていうことですか?」

「そこまで手が回らなくてさ」

彼女はハンドバッグの口を閉め、ボビー・トムをまじまじと見た。彼のような知的に見える男が、脚本も読まずに映画出演を承諾するなどということがあるだろうか。そんなにいいかげんな人間なのか? 映画出演にやる気まんまんでないことはわかっているが、それでもある程度の興味はもつのが普通だろう。脚本を読んでいないのには何か理由があるはずだ。いったいどんな理由があって――

その瞬間、恐ろしい疑念が頭をよぎり、グレイシーは気分が悪くなりそうになった。衝動的に彼のほうに手をのばし、二の腕に触れて言った。

「ボビー・トム、字が読めないのね、そうなんでしょう?」

彼はきっとなって振り向いた。目には怒りが浮かんでいる。

「もちろん読めるさ。いちおう有名大学を卒業してるからね」

グレイシーは、大学というところが一般的に、フットボール選手の学業成績に関してかなり甘いことを知っていたので、疑いを捨てきれずに訊いた。「専攻分野は何でした?」

「運動場管理だよ」

「やっぱり！」同情心で胸がいっぱいになっていた。「私には嘘をつかなくていいんですよ。誰にも言ったりはしませんから、安心して。読み書きの勉強を私と一緒にしましょうよ。そんなこと、誰にも言う必要は――」グレイシーは、彼の目がきらりと光るのを感じて口を閉ざした。そのとき、彼がノートブックパソコンを使っていたことを思い出したが、もう遅かった。彼女はくやしさのあまり歯ぎしりした。「私をからかってるのね！」

彼はにやりと笑った。「スイートハート、固定観念にとらわれて人を判断するのはやめたほうがいいね。俺がフットボール選手だったからといって、アルファベットを習わなかったということにはならないだろ。俺は、まずまず恥ずかしくない成績でテキサス大学を卒業し、なんとか経済学の学位をとった。普段は照れくさくて人には言わないんだけど、学業成績ではNCAAの選手中、トップ六位に入ってるんだぜ」

「なぜ始めからそう言わなかったんですか」

「俺が文字が読めないってきめつけたのは君だろ」

「だって、それ以外にどんな理由が考えられます？　頭がまともな人なら、脚本を読まずに映画出演契約にサインするはずがないじゃないですか。私でさえ脚本を読んでいるんですよ、映画に出演しない私が」

「アクション冒険映画なんだろ？　俺が正義の味方で、ということは当然ながら悪役と、美女もいて、カーチェイスの場面もたっぷりあるわけだ。ロシア人を悪者にする時代じゃないから、悪役はテロリストか、麻薬の密輸業者かどちらかだろう」

「メキシコの麻薬密売組織のボスよ」

やっぱり俺の言ったとおりだろう、と言わんばかりにボビー・トムはうなずいた。「ありとあらゆる流血や殺しの場面があって、罵詈雑言が吐かれる——そのほとんどは意味のない暴言なんだけどな。それも言論の自由を保障する合衆国憲法修正第一条によって保護されている。俺は男らしくあちこち駆けずりまわり、ヒロインは、この手の映画によくあるように、たぶん裸で叫び声をあげながら走りまわることになる。どう、今のところだいたい当たってるかな」

彼の想像は当たっていたが、それを認めていい加減な取り組み方を助長するようなことはしたくなかった。「大事な点が抜けてますよ。ご自分が演じる人物の性格を理解するために、脚本を読んでおくべきでしたね」

「グレイシー、俺は俳優じゃないんだ。いったいどうやったら自分以外の誰かになれるのか、見当もつかない」

「そうですね、今回の映画では、ジェド・スレイドという名前の、酒びたりの元フットボール選手役です」

「ジェド・スレイドなんて名前、あるわけないだろ」

「今回演じてもらうのがそのジェドなんです。ジェド役のあなたはテキサス州内の、荒廃した馬の牧場に住んでいますが、この牧場はヒロインの兄から買ったものです。ヒロインはサマンサ・マードックという名前の女性です。ナタリー・ブルックスさんがサマンサ役を演じることはご存知でしょ。ウィンドミル・スタジオでは、ブルックスさんが出演契約にサインしてくださって、大変ありがたいと思っているんです」ボビー・トムがうなずいている間にグレイシーは続けた。「でもあなたは、あるバーでサマンサに声をかけられて誘惑される時点では、彼女のことを知らないという設定になってます」

「彼女が俺を誘惑するって？」

「そう、現実の生活のようにね。ですからボビー・トム、この役を演じるのに困ったりはしないはずですよね」

「いやみは君に似合わないよ、スイートハート」

「サマンサはあなたを家に送っていくとき、あなたに知られないように薬を飲ませます」

「エッチなことをする前、それともあと？」

グレイシーは再び彼を無視した。「あなたは気を失ってしまいます。でも、雄牛のような体質のあなたは目ざめて、ちょうど、サマンサが自宅の床板をはがしているところを目撃するんです。二人は激しく争います。普段なら、力の強いあなたが彼女を簡単に負かしてしまうのでしょうが、彼女は銃を持っているし、あなたは薬の影響でふらふらです。もみ合いになって、最後にあなたは、彼女から銃を奪って真実を告白させるために、首を絞めるんです」

「俺は女性の首なんか絞めないよ！」

ボビー・トムがあまりに憤慨しているので、彼女は笑った。「その過程であなたは、サマンサが、自分が農場を買った男性の妹であること、そしてその男性が、組織のボスであるメキシコ人の富豪の下で、麻薬密売の手先として働いていることを知るんです」

「当ててみようか。サマンサの兄貴はボスの要求どおりのものを渡さないことに決めていた。ボスはけっきょくサマンサの兄貴を殺してしまう。だが兄貴はすでに麻薬密売で儲けた現金をその家の床板の下に隠していた」

「サマンサはそこが隠し場所だと思ったんですが、実はそこには現金はなかった」

「一方ボスは、サマンサを誘拐することにした。彼女が金の隠し場所を知っていると思ったからだ。すると我らのジェイク・スレイドが――」

「ジェド・スレイドよ」とグレイシーが訂正した。

「ジェドが、酒びたりながらも紳士のこの男が、当然、サマンサを守ろうとする」

「ジェドはサマンサと恋に落ちる」グレイシーが説明した。

「それで、サマンサが裸になる口実が山ほどできる」

「たしかあなたもヌードシーンがあるはずですけど」

「とんでもない、絶対ありえないよ」

5

レニエ牧場は全盛期を過ぎて、さびれていた。ペンキが剝げかけた木造の建物が、サウス・ラノ川の土手につづく平坦な土地にまとまって建っている。前庭の古い樫の木の下で、ニワトリが砂埃を立てて走り回っている。納屋の隣には羽根が一本折れた風車が、七月の暑さの中で弱々しく回っている。囲いの中にいる馬だけがいかにも栄養十分で、体格も良く元気そうだ。

映画制作プロダクション、ウィンドミル・スタジオの機材を積んだトラックとトレーラーは幹線道路の近くに停めてあった。ボビー・トムはサンダーバードを埃だらけのグレーのバンの横に停めた。二人は車から降りるなり、ウィロウの姿を目にした。携帯型発動機のかたわらに巻いておいてあるケーブルコードの輪の真ん中に立ったウィロウは、クリップボードを手にした、勤勉そうなやせた男性と話している。撮影クルーは馬の囲いのそばで、頑丈な三脚の上にのせた大型照明装置の調整作業を進めていた。

ボビー・トムが近づいてゆくとウィロウが顔を上げた。当初の予定よりほぼ二週間遅れの到着だ。黒いスラックスにサンゴ色のシャツ、上にダイヤモンド柄のグレーのシルクのベストをはおり、スネークスキンのベルトがついたチャコールグレーのカウボーイハットをかぶった彼の姿はまばゆいほどだ。グレイシーは、舌鋒鋭いウィロウが彼を激しく攻撃しはじめるのを、大いに期待して待っていた。

「ボビー・トム」

ウィロウは彼の名を、まるでソネットでも朗読するかのように呼んだ。口元にはほほえみがうかび、目は喜びに輝き、すっかり夢見心地だ。前に進みでて手をさしのべ、彼と握手したときには、彼女の鋭くとげとげしい態度はすっかり消えてなくなっていた。

グレイシーは息苦しくなった。自分がずっと耐えてきた、ウィロウの辛辣な批判の言葉がよみがえる。ボビー・トムは、騒ぎの責任をとるべき張本人であるにもかかわらず、大歓迎を受けているのだ。

ウィロウがよだれをたらさんばかりの態度でボビー・トムに接しているさまを見るに耐えられず、グレイシーは後ろを振り向いてサンダーバードに目をやった。赤く輝く車体には、埃が帯状になって流れるようについている。フロントガラスのあちこちに虫の死骸がこびりついたままだ。しかしそれでもこのサンダーバードは、今まで見た車の中で一番美しい、と彼女は思う。ボビー・トムと行動をともにしたここ四日間は、イライラさせられどおしだったが、魔法がかけられたような時間でもあった。彼とこの赤いサンダーバードが、グレイシーを新しく刺激的な世界にいざなってくれたからだ。意見の相違や口論はあったにしても、彼女の人生で最高のひとときだった。

ウィロウのボビー・トム崇拝が一段落するのを待つ間にコーヒーをとってこようと、グレイシーは食事サービス専用ワゴン車へ向かった。カウンターの中には、シルバーのイヤリングを耳から長く垂らした、エキゾチックな感じのする黒髪の女性が立っていた。濃いメークで彩られた目と、うすい褐色の肌。むき出しの腕は日焼けしており、手首にはシルバーのバングルをはめている。

「コーヒーと一緒にドーナツもいかが？」

「いいえ、結構です。あまりおなかが空いていないので」グレイシーは、コーヒー沸かし器のところで発砲スチロールのカップを満たした。

「私、コニー・キャメロンっていいます。あなたがボビー・トムと一緒に車で来たのを見たわ」コニーはグレイシーのネイビースーツに目をとめた。その視線で、グレイシーはまた服選びに失敗したことを思い知らされた。「彼とは長いつきあいなの？」

コニーの態度は歓待しているようには見えなかった。グレイシーは、誤解は早いうちに正しておくことにした。「数日間だけです。私、プロダクションの制作アシスタントの一人で、シカゴからボビー・トムに付き添ってきたんです」

「うまいことやったわね」ボビー・トムを遠くから見つめるコニーの視線は肉食動物のようだ。「私は人生最良の時をボビー・トム・デントンとともに過ごしたわ。彼って本当に、女性を『百パーセント女』の気分にさせるすべを知っている男よ」

グレイシーはどう応えていいかわからなかったので、笑みを返し、コーヒーを折りたたみ式テーブルまで持っていった。いすを引きよせて座ると、ボビー・トムのことを頭から追いだし、次にどんな仕事につくことになるかを考えはじめた。制作アシスタントは会社の組織階層の一番下に属する職なので、小道具係の手伝いをしたり、撮影クルーの一覧表をタイプしたり、使い走りをしたりなど、さまざまな役目を割りあてられる可能性があった。そのときグレイシーは、ウィロウが近づいてくるのに気づいた。この上司の一声でロサンゼルスのオフィスで内勤させられることになりませんように。グレイシーには、この冒険を終える心構えができていなかったし、ボビー・トムに二度と会えないと思うだけで胸につきさすような痛みが走るのだった。

ウィロウ・クレイグは三〇代後半で、ダイエットにとりつかれた人にありがちな、とぎすまされた雰囲気のスリムな女性だった。体中にエネルギーがみなぎっていて、マールボロを立て続けに吸うタバコ好きで、失礼ととられてもおかしくないほどぶっきらぼうな物言いをすることもある。それでもグレイシーは彼女に心から敬服していた。グレイシーが立ちあがって挨拶しようとすると、ウィロウは身ぶりで座るよう指示し、彼女の隣に腰をおろした。

「グレイシー、話があるんだけど」

そっけない口調にグレイシーは不安になった。「はい。次の仕事についてぜひお聞きしたいと思っていましたから」

「その件も合わせて話したかったの」ウィロウは、ピーチ色のジャンプスーツのポケットからマールボロの箱を取りだした。「今回のあなたの仕事ぶりに私が満足していないことはわかってるわよね」

「申し訳ありません。最善は尽くしたんですが……」

「このビジネスでは、言い訳でなく結果が大事なの。あなたがボビー・トムを約束の期日までにここへ連れてこられなかったために、会社は多大な出費を強いられているのよ」

グレイシーは弁明の言葉が口からあふれ出そうになるのをこらえて「わかっています」とだけ言った。

「確かに彼は人を困らせることがあるわ。でも、私があなたを雇ったのは、扱いの難しい人にうまく対応できると思ったからですよ」そこで初めて、彼女の声からとげとげしさが消え、グレイシーを見るまなざしに同情がこもった。「私にも責任があるわ。あなたにこの世界での経験がないことを知りながら、採用したんだから。グレイシー、申し訳ないけど、辞めてもらわなければならないの」

グレイシーは、頭から血の気が引いたような気がした。「辞める？」小さな声で彼女は言った。「そんな……」

「グレイシー、あなたのことは好きよ。なんといっても、父がシェイディ・エイカーズで死を迎えようとしていたとき、動揺のあまりどうしていいかわからなくなっていた私を救ってくれた恩人ですもの。でも、それで情にほだされるようなら、私だってここまでのし上がってはこられなかった。会社としては予算が厳しい状況で、貢献できない人間を抱えている余裕はありません。事実、あなたは自分にまかされた仕事をやりとげることができなかったでしょう」立ちあがるウィロウの口調が柔らかくなった。「いい結果にならなかったことを残念に思うわ。ホテル内のうちのオフィスに寄ってくれれば、給料小切手を受けとれるようにしておくから」

それだけ言うと、ウィロウは立ち去った。

暑い日ざしがグレイシーの頭の上から照りつけた。太陽に顔を向けて、日ざしに顔を焼きつくされてしまいたい。そうすれば、自分がもっとも恐れていたこと――くびになったという事実に直面しなくてもすむ。

遠くのほうのトレーラーから出てくるボビー・トムの姿が見えた。巻尺を首にかけた若い女性が後からついてきていて、彼の言ったことを聞いて笑っていた。ボビー・トムが返したほほえみは、あふれんばかりの親密さをふくんでいて、若い女性がたちまち彼のとりこになったことが手にとるようにわかった。グレイシーは彼女に向かって叫んでやりたかった。ボビー・トムは、高速道路の料金所の女性にだって同じほほえみを返しているのよ、と警告するために。

そのとき、タイヤのきしる音とともに、シルバーのレクサスが敷地内に入ってきた。車が停まるか停まらないうちにドアが開き、品のいい服装をしたブロンドの女性が飛びだした。ボビー・トムの顔に再び、女を魅惑するほほえみが浮かんだ。彼は女性のもとに駆けよると、彼女を抱きしめた。

気分が悪くなるような光景に顔をそむけて、グレイシーは歩きだした。どこへ行くともなしにむやみやたらに歩きまわり、乱雑に置かれたケーブルに何度もつまずく。一人になりたい。それだけが彼女の心を占めていた。機材トラックが並ぶ列の反対側に、風雨にさらされて傷んだ物置小屋があった。隣にはさびだらけの車がおかしな向きに置いてある。彼女は小屋の裏の日陰に腰をおろし、がっくりと肩を落として、生木の壁にもたれかかった。

手で頭を抱えこみながら、グレイシーは夢がすべて消えていくのを感じ、絶望感にとらわれた。なぜ、自分の力以上のものをめざそうとしたのか？　自分には限界があるということを、いつになったら受け入れられるようになるのか？　私は小さな町出身の地味な顔立ちの女であって、世界を相手にあらゆる手段を用いて地位や富を得ようとする野心的な女とは違うのに。彼女の胸は痛んだ。巨大なこぶしで心臓をつかまれ、握りつぶされているかのようだった。しかし泣いてしまうわけにはいかなかった。いったん涙が出はじめたら二度と止まらなくなる。頭の中では、これからの自分の人生が、これまでたどってきた果てしない道路のように茫漠と目前に広がっていた。人生にあまりに多くを求めすぎた私は、けっきょく、ほんの少ししか得られずに終ることになるのだろうか。

打ちひしがれて、時間の経つのも忘れて座っていた彼女の意識を現実に引きもどしてくれたのは、構内放送用の拡声器から流れる耳ざわりな音だった。ネイビースーツは七月の暑い日の午後に着るには分厚すぎ、汗ばんだ肌がブラウスにくっついている。立ちあがりながらなんとなく腕時計に目をやると、あれから一時間と少し経っている。テラローザの町へ行って、給料小切手を受けとらなくては。これ以上ここにいてもしかたがない。ボビー・トムの車のトランクに入れたスーツケースのことも、今はどうでもよかった。オフィスにいる誰かに連絡して、代わりに取りに行ってもらえばいいことだ。

先ほど見た道路標識では、たしかテラローザはここから西へ三マイル（約四・八キロ）ばかりのはずだ。その程度の距離ならなんとか歩ける。ウィンドミルの社員に車に乗せていってくれるよう頼まなくてはならない屈辱を味わうぐらいなら、歩いたほうがましだ。グレイシーは思った――ウィンドミルは私から仕事を取り上げることはできるが、心に残ったわずかなプライドを傷つけさせはしない。肩をそびやかすように姿勢を正すと、彼女は敷地内を横切って道路に出、埃っぽい路肩を歩きはじめた。

一五分も歩かないうちに、グレイシーは自分の体力を過大評価していたことに気づいた。ここ数日間は緊張の連続だったし、夜は夜で心配のあまりろくろく眠れず、食事にもほとんど手をつけなかったため、消耗しきっていた。それに黒いパンプスは長い距離を歩くには不向きだった。そのときピックアップトラックが横を通りすぎ、彼女は腕を上げて、立ちこめる土ぼこりから目を守った。あと三マイル（約四・八キロ）もないんだもの。彼女は自分に言いきかせた。そう、大した距離じゃないんだから。

頭上の太陽が容赦なく照りつけ、空は骨の色のように白っぽく見えた。道ばたの雑草さえも干上がって生気をなくしているようだ。グレイシーは汗で湿ったスーツのジャケットを脱ぎ、腕にかけて歩いた。右のほうに川面が少し見えたが、涼しさを感じるには距離が遠すぎて暑さしのぎにはならなかった。彼女はつまずいたが、すぐに姿勢を立てなおした。頭上を飛びまわっている黒っぽい鳥がハゲタカでないことを祈るばかりだった。

　喉の渇きがひどくなってきたことや、パンプスを履いたかかとに靴ずれができていることを忘れようとつとめながら、彼女は今後の生活をどうすればいいか考えようとしていた。手元の蓄えは哀れなほどに少ない。老人ホームを売却して得た利益の取り分を決めるとき、もっと多く取っておきなさいと母親から強くすすめられたにもかかわらず、グレイシーは断った。母親のために十分な老後の生活資金を残してやりたかったからだ。しかし今は、もう少し多くもらっておけばよかったと後悔している。この経済状態では、すぐにでも故郷のニュー・グランディに戻るしかない。

　グレイシーはでこぼこの路面につまずきかけて足首をひねり、顔をしかめたが、そのまま歩きつづけた。喉が乾いた綿の管でできているかのように感じられる。体からは汗がしたたり落ちている。後ろから車が近づく音が聞こえ、思わず腕を目のところまで上げて土ぼこりを避けた。

　車はシルバーのレクサスだった。グレイシーの横に停まると、助手席のウィンドウがするすると下りた。「乗せていってあげましょうか？」

　運転していたのは、数時間前にボビー・トムの胸に飛びこんで抱きしめられていたブロンドの女性だった。思ったより年をとっていて、四〇代前半ぐらいに見える。いかにも金持ちそうであかぬけたこの女性は、カントリークラブのテニスの試合のあいまにミネラルウォーターを飲んで、夫の出張中にはハンサムな元ワイドレシーバーと寝る、そんな生活をしているのだろう。またしてもボビー・トムを取りまく女たちの一人に出会うとは。グレイシーは気がすすまなかったが、あまりに暑く、あまりに疲れていたため、女性の申し出を断ることができなかった。

「ありがとうございます」ドアを開け、グレーで統一された趣味のいい内装の車内に腰を落ちつけると、グレイシーは高級な香水の香りとヴィヴァルディの軽快なメロディに包まれた。

女性の指には幅広の結婚指輪のほかに宝石類ははめられていなかったが、耳たぶには豆粒大のダイヤモンドのイヤリングが光っていた。白髪混じりのブロンドを横分けにして、肩すれすれのところでなだらかな内巻きにカールさせた髪は、富裕層の女性が好むスタイルだ。ぴったりとした仕立てのオイスターホワイトのワンピースのウエストには、槌目仕上げのゴールドのベルトがゆったりと締められている。すらりとしていながら可愛らしく、目尻に広がる浅いしわがあるためにかえって上品に見える、そんな女性だった。グレイシーは自分がこれほどさえない女だと思わされたことはなかった。

女性は運転席でボタンに指を軽く触れ、ウィンドウを上げた。「テラローザへいらっしゃるの、ミス――」

「スノーです。あ、でもミス・スノーでなく、グレイシーと呼んでください」

「了解よ」彼女の笑顔は親しみやすかったが、それでいてある種の控えめさがあった。右手首にはめられた幅広のゴールドのブレスレットが太陽の光を浴びてきらめく。彼女はラジオの音量を下げた。

この女性は、私が幹線道路を歩いていたことを不審に思い、理由を知りたがっているに違いない。グレイシーは、女性が強いて説明を求めようとしないことをありがたいと思った。そうかと言って、自分が落ちこんでいるというだけの理由で礼儀知らずな態度をとっていいということにはならない。

「乗せていただいてありがとうございます。歩いてみると、思ったより距離が長かったものですから」

「どこで降ろしてさしあげたらいいかしら？」南部特有のなまりだったが、鼻にかかったというより陽気で軽やかに響く声だった。この女性がボビー・トムの胸に飛びこんでいった光景を目撃していなかったら、グレイシーは彼女を美しさと上品さの結晶だと素直に認めることができただろう。

「キャトルマンズ・ホテルまで行きたいんです。回り道になってご迷惑にならなければの話ですけれど」

「それは大丈夫。あなた、映画会社に勤めてらっしゃるんでしょう？」

「勤めていました」グレイシーはごくりとつばを飲んで感情をおさえようとしたが、口をついて出る言葉を封じこめることができなかった。「解雇されたんです」

長い沈黙のあと、女性は言った。「かわいそうに。残念だったわね」

憐れに思われるのはいやだったので、グレイシーは歯切れのいい話し方で答えた。「私も残念です。うまくいくよう願っていたんですが」

「事情を話してくださらない？」

グレイシーを道端の惨状から救出してくれたこの女性は、同情心を示すだけでなく敬意をもって接してくれていた。その態度に応じるように、グレイシーは話す気になっていた。彼女は話を打ち明けられる相手を求めていた。洗いざらい話すのでなければかまわないだろう。「私、ウィンドミル・スタジオの制作アシスタントをしていたんです」彼女は慎重に話しはじめた。

「おもしろそうな仕事ね」

「人に自慢できるような仕事じゃないですけれど。でも、自分の人生にちょっとした変化が欲しくて。採用されて、運が向いてきたと思いました。この業界について学びながら、少しずつ上を目指していけたらいいなと思っていたんです」彼女の唇が固くひきしまった。「ところが運悪く、自己中心的で、無責任で、自我が強くて、女たらしの食わせ者ともめ事になって、すべてを失ってしまいました」

女性は唐突にグレイシーの方を向き、動揺したようすで言った。「まあ、なんてこと。ボビー・トムったら、今度は何をやらかしたの」

グレイシーは、車を運転する女性の顔を見つめた。驚きのあまり、声が出るようになるまでにかなりの時間がかかった。

「どうして彼のことを話しているってわかったんですか？」

女性は上品に整えられた眉を片方だけつり上げて言った。「私自身、何度も経験がありますからね。正直な話、たやすく見当がついたわ」

グレイシーは好奇心にかられて彼女を凝視した。

「あら、ごめんなさい、自己紹介もしないで。私、スージー・デントンといいます」

グレイシーは頭の中でなんとか推論を導きだそうとしていた。ボビー・トムのお姉さんかしら？　その考えが頭をよぎったとたん、彼女が結婚指輪をしていたことを思い出した。結婚している姉なら、おなじラストネームということはないだろう。

そうだ。胃のあたりがいっきょに重くなった。あの陰険な嘘つき！　結婚しているくせにフットボールクイズなんかして！

めまいと闘いながら彼女は言った。「結婚していたなんて、ボビー・トムはひとことも言ってくれませんでした」

スージーは優しい目でグレイシーを見た。「私はあの子の妻じゃないわ、母親よ」

「お母さん？」信じられなかった。スージー・デントンは、彼の母親にしては若すぎる。それにまともすぎる。「でもあなたは、まさか、その——」グレイシーは、思わず口から出そうになった言葉を飲みこんだ。

スージーは車のハンドルに手を強く叩きつけ、結婚指輪をカチンと鳴らした。「もう、殺してやりたいわ！　ボビー・トムったら、どうせまたあの売春婦の話をしてるんでしょう？」

「売春婦の話ですって？」

「私に気を使ってくださらなくてもいいわ。その話、以前にも聞いたことがあるんですから。

高校時代のフットボールの試合に酔っぱらって現れたとか、練習場に行ってチームメートの前で監督を誘惑したとか、そんな話をしたんでしょう?」

「彼は——あの、監督のことは言っていませんでした」

スージーは頭を振って嘆いていたが、そのうち驚いたことに、唇の両端がだんだん持ち上がってきた。「私のせいなのよ。私が強く言えばやめてくれるとわかっていたんだけれど——」声に物悲しそうな響きが混じっていた。「私がいつも、あの子のことを尊重して、大切にしすぎたものだから」

交差点にさしかかると、スージーはブレーキをかけ、弾痕が残った一時停止の標識の手前で車を停めた。右に見える丘のふもとには、低層の工業用建物が立ち並び、建物の壁にかかった黒とブロンズの看板の文字は「ロザテック・エレクトロニクス」と読めた。

「参考までに一応お話しておくと、私はボビー・トムの父親と、三〇年間、幸せな結婚生活を送っていました。四年前、彼が自動車事故で亡くなるまではね。あの子が子どものころ、私はカブ・スカウトの女性隊長や、クラスの母親代表や、チームのお世話係をつとめていたの。ボビー・トムがでっちあげた話とは反対に、あの子はごく普通の家庭に育ったんですよ」

「彼のお母さんにしてはずいぶんお若いように見えますけど」

「私は五二歳よ。夫のホイトと結婚したのは私が高校を卒業した翌週で、その九カ月後にボビー・トムが生まれたの」

スージーは、実際の年より一〇歳近く若く見えた。自分とまったく異なる世界の人と出会ったことで、いつものようにグレイシーは興味をそそられ、ちょっと探りを入れてみたいという気持ちを抑えきれなくなった。

「そんなに若いうちに結婚なさって、後悔されたことはありませんか」

「一度もないわ」スージーはわけ知り顔の笑みを浮かべて言った。「ボビー・トムは父親に生き写しなの」

なるほど、とグレイシーは納得した。

スージーは好奇心をおさえようとつとめているようだった。しかし実は、どうしてこんな野暮ったい服を着ておかしな髪の、平凡でさえない容貌の娘が、華やかな女性遍歴で有名な自分の息子ともめ事を起こすようなはめに陥ったのか、興味しんしんであることが見てとれた。しかしグレイシーとしては、この女性がボビー・トムの母親であるとわかった以上、彼の行動について文句を言うわけにはいかなかった。

車は鉄道線路を越えてテラローザのダウンタウンに入った。中心街を通りすぎただけでこの町が、今抱えている深刻な問題を世間の目から隠そうと努力していることが見てとれた。小売店舗の多くが廃業して中が空であることが目立たないよう、市民団体がショーウインドウを展示に使っていた。元は靴屋だった店に手工芸品の飾りつけがほどこしてあったり、閉店した本屋の店先に洗車サービスの広告ポスターが貼ってあったりした。閉館した映画館の看板にも「ヘヴンフェスト——この一〇月、世界がテラローザにやってくる！」という宣伝文句が書かれていた。一方、店舗のうちいくつかは新装開店したもののようだった。アメリカ南西部独特のモチーフをデザインに使った画廊、手作りのシルバー製品の広告を出している宝石店。ビクトリア朝風の建物を改装したと思われるメキシコ料理店のポーチには、錬鉄製のテーブルがアクセントとして置かれていた。

「きれいな町ですね」グレイシーは感じたままを言った。

「全国的な不況のあおりでテラローザも影響を受けたけれど、それでも町の経済がそれなりに安定していたのは、ロザテック・エレクトロニクスがあったおかげ。町に入るとき通りすぎた工場があったでしょう。でも残念ながらロザテックの今度の経営者は、テラローザの工場を閉鎖して、サンアントニオ近郊の別の工場に生産を移転することに決めたらしいの」

「工場が閉鎖されたらどうなるんでしょう?」

「テラローザはもう終わり」スージーはあっさりと言った。「町長と町議会は観光産業を推進して町の衰退をくいとめようと必死だけれど、辺鄙な場所だから観光も難しいでしょうね」

車は公園のそばを通った。花が整然と植えられた花壇と、古いリブオークの木陰に建てられた戦争の英雄の銅像が見える。グレイシーは身勝手なことばかり考えていた自分を恥じた。彼女の悩みなど、感じのよいこの町が直面している災難に比べれば、取るに足らない小さなことに思えた。

道路が大きくカーブしている先にキャトルマンズ・ホテルがあった。スージーはホテルの玄関前に車をつけ、ギアシフトをパーキングモードにし、ブレーキペダルから足を離して言った。「グレイシー、あなたとボビー・トムの間に何があったか知らないけれど、あの子は理不尽なことをする人間ではないと私は思っています。もし、あなたに対して不当な扱いをしてしまったとしたら、必ず埋め合わせをするはずよ」

そんなはずはない、とグレイシーは思った。彼女が解雇されたことをボビー・トムが知ったら、大喜びして、町中のみんなにステーキ・ディナーでもふるまうに違いない。

6

ボビー・トムはステットソンのカウボーイハットを脱ぐと、髪を指でくしけずるようにかきあげてから再びかぶりなおし、冷静で率直な目でウィロウを見た。「俺の理解が正しいかどうか確認させてくれ。君がグレイシーを解雇した理由は、この俺が月曜の朝までにここに到着しなかったからなのか」

二人は映画制作プロダクションのトレーラーの横に立って話をしていた。午後六時を少し過ぎたところで、その日の撮影が終了したばかりだ。ボビー・トムは今日一日、暑さの中、汗をかきながら何もしないで突っ立っているか、でなければ、髪の毛を誰かにいじられるままにまかせて、ほとんどの時間を過ごした。どちらも退屈極まりないので、明日は仕事がもう少し面白くなることを願っていた。今までのところ、演技らしきものをしたのは、家の裏口から出てきて、バケツ一杯の水に顔をつけ、牧場の囲いのところまで歩いていくシーンを撮影したときだけだった。クルーはありとあらゆる角度から彼を撮り、この映画『ブラッド・ムーン』の監督デビッド・ギブンスは満足しているようだった。

「今回の制作は厳しい予算の制約の中でやっています」とウィロウは応えた。「グレイシーは与えられた仕事をこなせなかった。だからやめてもらうしかなかったんです」

ボビー・トムは頭を下げ、親指で眉毛をこすった。「俺がグレイシーに初めて会ったとき、彼女がすぐに見破ったことが、ウィロウ、君にはわからないようだね」

「何がですか？」

「俺がまったく無責任な人間だってことさ」

「そんなことないでしょう」

「いや、実際そうなんだ。未熟で、だらしなく、自己中心的で、少年が大の男の体を借りているも同然なのさ。ただし、俺がそう言ったって触れまわらないでくれるとありがたい」

「あなたはそんな人じゃないでしょ、ボビー・トム」

「事実、俺は自分のこと以外考えたことがないんだ。最初から君に話しておくべきだったんだが、俺のエージェントが許さなくてさ。でも今は率直に言うよ。誰かが始終そばについて俺を見張っててくれなけりゃ、この映画は永遠にクランクアップしないよ」

ウィロウはイヤリングをしきりにいじっていた。不安になっている女性がよくやるしぐさだ。「ベンをあなたの付き人にして、お世話をさせたらどうかと思っているんですけど」彼女は裏方の一人を指さして言った。

「あの間の抜けた格好の、セントルイス・ラムズの帽子をかぶった奴のこと？」ボビー・トムは、信じられないといった顔でベンを見つめた。「まさか、俺がラムズのファンの言うことなんかに耳を貸すと本気で思ってるんじゃないだろうね？　スイートハート、俺は本物のフットボールチームの一員として、スーパーボウル・リングを獲得したんだぜ」

ウィロウは明らかに、どう対処していいかわからないようだった。「小道具係のマギーとは気が合っているみたいでしたね。彼女をあなたの付き人にしますから」

「マギーね。確かに彼女はかわいい娘だよ。でもあいにく、俺たち二人は出会ったとたんに火花が散るほど強烈に惹かれあってしまったからね。俺はひとたび女性を口説こうと思えば、その女性をいかようにでも操れるんだ。自慢しようと思って言ってるんじゃないんだ、わかるかな。ご参考までに、と思って忠告してるだけさ。つまりマギーは俺のことをそう長くはコントロールできないだろう、ってことだよ」

ウィロウは抜け目のないようすで彼を観察した。「あなたが策を弄してグレイシーを仕事に復帰させようと思ってるのなら、無駄ですよ。彼女があなたをコントロールできないってことはもう証明済みじゃないの」

ボビー・トムは、口をぽかんと大きく開けてウィロウを見た。まるで、彼女の頭がおかしくなったとでも言いたげだ。「まさか、冗談だろ。グレイシーは刑務所の護衛官にだって指図できる女性だぜ。何言ってるんだ、俺を一人でほっておいたら、たぶん一〇月になるまでここへ来なかっただろうよ。実は俺、ヒューストンに住んでる叔父の家に立ちよりたかったんだ。それにダラス近くまで来ておいて、メスキートのロデオを見ずに通りすぎるなんて、アメリカ人としては失格だと思ってね。それから髪の毛をカットしなきゃならないのに、俺が信頼する唯一の美容師はタラハッシーに住んでるってわけで。なのにミス・グレイシーはがんとして俺の言うことを聞かなかった。足は大地に根を下ろしたみたいで、俺が動かそうとしても動いてくれなかった。君だって彼女のこと知ってるだろう。高校のときのオールドミスの英語の先生を思わせるような女性だと思わないか」

「まあ、言われてみれば、そんな感じもするけど……」ボビー・トムに言い負かされそうだと悟ったように見えたウィロウだが、すぐに立ち直って反論した。「あなたの計画の意図はわかりますけど、残念ながらうまくいきそうにありませんね。すでに決まったことですから。グレイシーには辞めてもらいます」

彼はため息をついた。「ウィロウ、あやまるよ。君がいかに多忙か知ってるくせに、俺がはっきりと物を言わなかったために、こうやって君の時間を無駄にしているんだ」彼のほほえみはいっそう優しさを帯び、声は穏やかになった。しかしその青い瞳は氷のかけらのように冷たく、厳しかった。「俺は個人アシスタントを必要としている。その仕事をグレイシーにやってもらいたい」

「わかりました」ウィロウは視線をおとした。最後通告をつきつけられたことを十分承知していた。「ただあえて申し上げると、会社側としても、今回はかなり経費節減の努力をしています。予算縮小のためにいくつか職を減らさなければならなかったんです。私が彼女を再雇用することになったら、誰か他の人間を切らなくてはならなくなる。現状でさえ、スタッフ不足だというのにですよ」

「誰もくびにしなくていい。彼女の給料は俺が持つから。ただし、そのことは彼女に秘密にしておいてほしいんだ。グレイシーは、金のことに関してはかなり変わった考え方の持ち主だから。彼女にはいくら払ってるの？」

ウィロウはグレイシーの給料を教えた。

ボビー・トムは首を振った。「ピザの出前でもしてたほうがよっぽど金になるな」

「新入社員向けの初級職務ですから」

「新入りだか初級だか知らないけど、それがどんな職務かは考えないことにするよ」彼は向きを変えてサンダーバードのほうへ歩きだしたが、突然足を止めて言った。

「ウィロウ、あともう一つ。この件についてグレイシーに話をするとき、一つ明確にしておいてもらいたいことがある。グレイシーに伝えてくれ、すべては俺が取りしきると。一〇〇パーセント、すべてだ。彼女の当面の人生の目的は、俺を満足させつづけることにある、とね。俺がボスであって、俺の言うことは何でも通る、ということだ。わかったかな？」

ウィロウは当惑して彼を見つめた。「でもそれでは、あなたが今まで主張していた趣旨と矛盾するわ」

ボビー・トムは口を横に大きく伸ばし、骨までとろかすようなにこやかな笑いをウィロウに投げかけた。「心配しなくていいよ。グレイシーと俺とで、なんとかうまくやれるから」

その日、夜の九時になっても、ウィロウはグレイシーの居所をつきとめることができないでいた。ボビー・トムは、自宅の敷地内にあるガレージの上に作ったエクササイズルームできついトレーニングをして汗を流してみたが、ウィロウの無能ぶりに対する不満は解消されなかった。シャワーを浴びてさっぱりした彼は、ベッドルームに置いたひだ飾りのあるソファに腰を落ちつけた。テラローザ郊外にあるペカンの木が茂る小さな森に建つ白い木造のこの家は、彼が帰郷したときに母親が雑事にわずらわされずに実家で静かに過ごせるようにと、三年前に彼が自分用に購入したものだ。その考えの正しさを証明するかのように電話が鳴りだしたが、彼は無視して、留守番電話機が応答するにまかせた。さっき確認したところでは、一九件のメッセージが録音されていた。

ここ二、三時間の彼の状況はというと、まず『テラローザ・タイムズ』紙のインタビューを受けた。それから町長のルーサー・ベインズがヘヴンフェストに関することを訊きに突然訪ねてきた。元ガールフレンドが二人、知らない女性を一人連れてやってきて、夕食を一緒にしないかと誘ってきた。それに高校のフットボール部の監督が、今週の練習に顔を出してくれないかと頼みにきた。ボビー・トムが本当に願っていたのは、どこか山の頂上に家を買って、また誰かに会いたいと思うようになるまでずっと一人きりで過ごすことだった。今この瞬間、一人になることがこれほど嫌でなかったら、そうしていただろう。今は、一人でいると、自分が三三歳であること、フットボール選手以外のものになるにはどうしたらいいかわからないことをいやでも思い出させられる。一人でいると、自分自身が何者なのか、もうわからなくなっていることを、思い出してしまう。

ボビー・トムはいまだに、なぜメンフィスでグレイシーを追いはらってしまわなかったのか、自分でも説明がつかないでいる。明らかなのは、グレイシーが彼を驚かせつづけたということだけだ。あの娘は頭がどうかしている、と彼は思う。車に仕掛けをして妨害したこと、車の前に身を投げだしたことからもそれはわかる。しかしそれでいながら、性格のいい女性だった。グレイシーと一緒にいて一番よかったのは、彼女がどれほど彼を怒らせたとしても、他の多くの人たちのように彼を疲れさせなかったことだ。彼女と一緒にいると、ボビー・トムはただ自分自身でありつづけるためにすべてのエネルギーを使いはたさなくてすむ。それに彼女はすごく楽しませてくれた。それは今のところ彼の人生においてとても重要なことだった。

グレイシーはいったいどこへ行ったのだろう？　彼女の無邪気さと信じがたいほどの好奇心を考えると、もうすでに困った状況に陥っているかもしれない。ウィロウによると、どうやってテラローザの町まで行ったかは誰に訊いてもわからなかったという。明らかなのは、彼女がホテルで給料小切手を受けとって、どこかへ消えてしまったことだけだ。ボビー・トムの車にはまだ、彼女のスーツケースが入ったままだ。何もそのスーツケースに、人類の幸福のためになるようなものが入っていたわけではないが——下着を除いては。グレイシーがストリップをしたとき、そして車の助手席の窓から飛び込んできたとき、彼女がきれいな下着を身につけていたことを彼は見逃さなかった。

ボビー・トムは、長いすの横に脚を投げだすと、立ち上がって服を着はじめた。テラローザの人々にうぬぼれていると思われたくなかったので、リーバイスのジーンズをやめてラングラーを選び、ベビーブルーのTシャツの上に黒いデニムの袖なしベストをはおり、ブーツをはき、部屋を出る前に麦わらのカウボーイハットをクローゼットから取りだした。今までのところ、テラローザの町中にまで足を踏みいれないですんでいたが、グレイシーが行方不明になってしまった今、町へ行くのをこれ以上引きのばせないことはわかっていた。

落胆とあきらめの入りまじった気持ちで、彼はバレリーナが描かれた小さな絵のそばに歩みより、金めっきの額縁を手前に引いて開け、壁に埋めこまれた金庫を開ける暗証番号を入力した。ロックが開錠されたので、ロイヤルブルーのベルベット張りの宝石箱を取りだし、親指でふたを開けた。

中には、彼が獲得した二個目のスーパーボウル・リングが入っていた。スカイブルーの円にゴールドの星三つを組み合わせたチームのロゴがリングに刻印されている。星の角一つ一つにホワイト・ダイヤモンドが、それぞれの星の中心には、より大きいイエロー・ダイヤモンドが埋めこんである。試合のあった年と、何回目のスーパーボウルかを表わすローマ数字にもダイヤモンドが使われている。指輪としては大きく派手だったが、スーパーボウル・リングなのだから、当然それが求められる。

右手指にそのリングをはめたボビー・トムは、唇を固く引きしめた。彼はもともと、ごつくて派手な装飾の宝石類を好まなかったが、気持ちが沈んでいる理由は単に美的センスや好みの問題ではなかった。このリングをはめると、彼が現役のころ知り合った多くの引退した選手たちのことを思い出してしまうからだ。彼らは過去の栄光を頼りに生きようとしている。

過去は過去として片づけて、今後の人生を歩んでいくべき時期はとっくに過ぎているのに。ボビー・トムはというと、再起不能の傷を膝に負ってからというもの、もう二度とスーパーボウル・リングに手を触れたいとは思わなかった。リングをはめれば、自分の人生における最高の時がもう過ぎてしまったことを思い出さざるを得なくなるからだ。

しかし今、彼はテラローザにいる——死にかけた町の人気者として——つまり、ここでは彼の意向や希望はあまり考慮されない。テラローザにいるかぎり、彼はスーパーボウル・リングをつねに指にはめていなければならない。一個目のリングのときもそうだった。テラローザの人々にとって、ボビー・トムがリングをはめていることがどれほど大きな意味を持つかを彼はよく知っていた。

彼はリビングルームに入り、二脚の金箔のいすの間に置かれた丸テーブルに向かった。テーブルの上に掛かったテーブルクロスは、ピンクとラベンダー色の花にグリーンのリボンを組み合わせたプリント模様だ。テーブルには、ドライフラワーにしたバラの花びらがいっぱいに盛られたカットグラスの小さなボウルと、白大理石のキューピッドの像、スミレの花が描かれたボーンチャイナの水さしが置いてある。ボビー・トムが水さしを持ち上げて傾けると、中からピックアップトラックのキーが出てきた。

水さしを元の位置に戻すと、彼はリビングルームを見まわして微笑んだ。パステル色の壁紙、キャンディストライプのリボンで結んでまとめたレースのカーテン、光沢のあるチンツ布張りのふっくらとしたソファ、床すれすれまであるひだ飾りつきの、詰め物をたっぷり入れた肘掛けいす。これらを見ていると、彼に激怒してあいそをつかした女性には家のインテリアは一軒でもまかせてはならないと、あらためて思うのだった。

部屋の中にある家具や調度品はすべて、レース、ピンク、花模様、フリルのどれかがついていた。この四つ全部が一度に使われているものもあった。ただし、ボビー・トムの元ガールフレンドだったインテリアデザイナーのこの女性は、やりすぎにならないよう気をつかって調度を整えていた。ボビー・トムは、自分の仲間に見られて爆笑されてはたまらなかったので、どのインテリア雑誌にもこの家の写真だけは撮らせたことがなかった。なのに皮肉なことに、いくつも家を持っているにもかかわらず、彼が気に入っている家はここだけだった。自分で本心から認めたことこそなかったが、このばかばかしい、まるでキャンディボックスのような可愛らしい家は彼をリラックスさせるのだった。彼は今までの人生の大部分を、もっぱら男性的な環境の中で過ごしてきたので、この家に足を踏みいれるといつも、人生から短期間の休暇をとらせてもらっているような気がした。残念なことに正面玄関から一歩足を踏みだしたとたん、その休暇も終わりになるのだったが。

家の裏の独立した建物の一階は広々としたガレージで、サンダーバードと、黒いシボレーのピックアップトラックが停めてあった。このガレージの上には、自分用のエクササイズルームと、小さなアパートを作ってある。このアパートは、予告もなしに訪問することを何とも思わない客たちを追いやる場所だ。テラローザに住む退職後の夫婦が、彼が不在の間この家を管理してくれている。といっても、彼がここに滞在することはめったになかった。彼にとって、地球上のどこよりも愛するこの町にいることが耐えがたくなる場合もあったからだ。ボビー・トムはピックアップトラックを駆って砂利道を下り、幹線道路へと向かった。道道路の向こうに、彼が所有地に作った飛行機の滑走路の一部が見える。バロン号は、道路から引っこんだ一角の、メスキートとウチワサボテンに囲まれて建っている小さな格納庫に置いてある。

豚を満載したトラックがすごいスピードで目の前を通りすぎるのを待ってから、ボビー・トムはピックアップトラックをアスファルト舗装の幹線道路に乗り入れた。彼は昔のことを思い出していた。夏の夜には、友達と一緒に車で四分の一マイル（約四〇〇メートル）の走行タイムを競うドラッグレースを何度もやった。その道路がまさにここだった。ドラッグレースの後は、みんなサウス・ラノ川のほとりへ行った。そこでボビー・トムは飲みすぎて吐くはめになった。一七歳になるころには、自分が強い酒を受けつけない体質であることを認識するようになり、それ以来、アルコールは少したしなむ程度にしている。

サウス・ラノ川の記憶をたどるうちに、彼がテリー・ジョウ・ドリスコルとそこで過ごした夜の思い出もよみがえってきた。テリー・ジョウは、彼が初めてちゃんとつきあったガールフレンドだった。彼女は今、バディ・ベインズの妻になっている。バディは、ボビー・トムが幼い頃から高校時代まで親しくつきあっていた友人だ。ボビー・トムはその後、より広い世界で活躍したが、バディにはそのチャンスは訪れなかった。

市の境界線まで来たボビー・トムは、テキサス大学二年生で全米代表に選ばれたときに建てられた標識を見た。

テキサス州　テラローザ
人口　四二九〇
ボビー・トム・デントンと
テラローザ高校　タイタンズの故郷

シカゴ・スターズが、ダラス・カウボーイズに先んじてドラフトでボビー・トムを指名したとき、この標識から彼の名前を削除する話が出たことがある。テラローザの申し子であるボビー・トムが、ダラスでなくシカゴでプレーするのは町の人々にとってつらいことだった。スターズとの契約更新の時期が来るたび、町民代表たちから電話が何本もかかってきた。自分のルーツを忘れるな、というのがその主旨だった。しかし彼はシカゴ・スターズの選手でよかったと思っていた。特に、ダン・ケイルボーがヘッド・コーチをつとめるようになったことは嬉しかったし、スターズはボビー・トムがパートタイムで北部人《ヤンキー》になる気恥ずかしさを補えるだけの莫大な額の給料を支払ってくれていた。

彼は、母親が住む高級住宅地につながる分岐点を通りすぎた。母親はその晩、町の教育委員会の会議に出る予定だった。出かける前にボビー・トムと電話で話し、けっきょく二人は今週末、時間を作って一緒に過ごすことになった。ボビー・トムは最近まで、母親が、夫に死に別れた後の生活に慣れて落ちついているものとばかり思っていた。教育委員会の教育長を引き受けていたし、ボランティア活動にもあいかわらず熱心だったからだ。しかし最近、以前だったら絶対にボビー・トムをわずらわさなかったことにまで、彼の意見を求めるようになっていた。たとえば家の屋根を修理したほうがいいか、休暇はどこで過ごしたらいいかといった類のことだ。ボビー・トムは母親を心から愛し、大切に思っていたから、何でもしてやるつもりだった。しかし彼への依存心が大きくなっている状態はどうも母らしくない。それが心配だった。

ボビー・トムは鉄道線路を横切り、テラローザ高校のシンボルであるオレンジ色のTをあしらった旗がひるがえる給水塔を見上げながら、メイン・ストリートに入った。旧パレス映画劇場のひさしに掲げられたヘヴンフェストを宣伝する広告を見て、近いうちに何人かの友人に電話してセレブリティ・ゴルフトーナメントへの参加を呼びかけなくてはならないことを思い出した。今までは、ルーサー・ベインズ町長を安心させて黙らせておくためだけに、頭に浮かんだ著名人を適当に参加候補者としてあげていたにすぎなかったのだ。

前回ここを訪れたときに営業していたベーカリーはすでに閉店していたが、「ボビー・トムズ・コージー・キッチン」や、「B・Tのクイック・カーウォッシュ」、「デントンズ・チャンピオンシップ・ドライクリーニング」はまだやっていた。テラローザ内のすべての店がボビー・トムにちなんでその名を冠しているわけではないのだが、数が多いためにそういうふうに見えることもあった。ボビー・トムの知るかぎり、町の住民は誰も、ライセンス契約というものについて聞いたことさえないようだった。かりに知っていたとしても、左翼の連中が好むくだらないものだといって一蹴してしまったに違いない。シカゴの企業や商店は、ボビー・トムの名前を使用するだけで契約期間中に一〇〇万ドル近くを支払うのが常だったが、テラローザの住民は、彼に名前の使用許可を求めることなど思いつきもしないらしく、無償でその権利を行使していた。

そうした行為をやめさせようと思えば、ボビー・トムはストップをかけることもできた――ほかの町で起こったことなら、彼はそうしていただろう――しかしここはテラローザだ。この町の人々は彼を自分たちのものだと信じているし、それは違うと誰かに反論されたとしても、当惑するだけだろう。

「バディの修理工場」の照明はもう消えていたので、ボビー・トムは工場の先の角を曲がって、元親友の住む小さな木造の家へ向かった。ピックアップトラックが家の私道に乗り入れたとたん、正面のドアがすごい勢いで開き、テリー・ジョウ・ドリスコル・ベインズが走り出てきた。

「ボビー・トム！」彼はテリー・ジョウの小柄で丸々とした体を見てほほえんだ。子供を二人産んで、手作り菓子を売るベークセールに何度も参加するうちに体型こそくずれてしまっていたが、彼の目に映るテリー・ジョウは、今なおテラローザで指折りの美人だった。

ボビー・トムはトラックから飛びおりて、彼女を軽く抱擁した。「ごきげんよう、スイートハート。まったくもって魅力的だよ、君は」

テリー・ジョウは彼をぴしゃりと叩いた。「嘘ばっかり言って。私、豚みたいに太ってるでしょ、でも気にしてないから。ねえ、それ見せて」

ボビー・トムはうやうやしく右手を差しだし、テリー・ジョウに新しいスーパーボウル・リングを見せた。彼女はリングを見るなり、フェナー氏が経営するIGAスーパーマーケットにまで届きそうなかん高い叫び声をあげた。「きゃあ、なんてすてき！ こんなに美しいものを見て、黙ってなんかいられない！ 前のリングよりもっときれいね。見て、ダイヤモンドがこんなにたくさん。

バディ！ バデーィ！ ボビー・トムが来たわよ、新しいリングをはめて！」

バディ・ベインズがポーチからゆっくりと降りてきた。それまでそこに立って二人のようすを眺めていたらしい。一瞬、ボビー・トムとバディの視線がからみあった。一〇数年間の思い出が、パスのやりとりのように、無言のうちに二人の間でかわされた。そしてボビー・トムがバディの心に見たものは、またいつものわだかまりだった。

二人は同い年の三三歳だが、バディのほうが老けて見える。テラローザ高校のフットボールチーム、タイタンズを栄光に導いた、黒髪の生意気なクォーターバックだったバディは、腹のあたりに肉がつきはじめていたが、それでも十分に格好よかった。

「よう、ボビー・トム」

「バディ」

二人の間の緊張感は、ボビー・トムがバディより前にテリー・ジョウの恋人だったこととは何の関係もない。彼らの間に気まずさが生じる引き金となったのは、テラローザ高校が二人の活躍でテキサス州三AAA選手権に出場したにもかかわらず、テキサス大学の奨学金を獲得し、プロ選手になったのが二人のうち一人だけだったという事実だ。それでも二人は、お互いにもっとも古くからの友人だったし、どちらもその友情を忘れることはなかった。

「バディ、ボビー・トムの新しいリングを見てよ」

ボビー・トムは指からリングをはずして差しだした。「つけてみるかい?」

他の男に対してこんな申し出をすれば、開いた傷口に塩をすりこむようなしうちになっただろう。でもバディの場合は違う。ボビー・トムにはわかっていた——バディなら、このリングにはめこまれたダイヤモンドのうち何粒かは、自分自身の貢献によるものと考えるに違いないと。そして、同様にボビー・トムも彼の貢献を認めていた。ともにプレーした長年の間に、いったい何千回のパスをバディから受けたことか。短いパス、深いパス、サイドライン際をねらうパス、中盤でつなぐパス。バディは六歳のころから、ボビー・トムにフットボールを投げつづけた。家も隣どうしだった。

バディはリングを手にとると、自分の指にはめてみた。「こういうリングって、値段はどのぐらいするんだろう?」

「わからないな。数千ドルはするんじゃないか」

「うん、その程度だろうと俺も思ったよ」バディは、高価な指輪を毎日のように値さだめしているかのごとくふるまった。しかしバディとテリー・ジョウの夫婦が、月末に手元に少しも金が残らない生活をしていることをボビー・トムは知っていた。「中に入ってビールでも飲むかい?」

「今晩は飲めないんだ」

「いいじゃない、寄っていってよ、B・T」テリーが言った。「最近できた女友達のグレンダのことで、あなたに聞いてもらいたい話があるの。彼女、離婚したばかりなんだけど、そういう女性が悩みを忘れるには、あなたみたいな人に会ってみるのが一番じゃないかと思って」

「テリー・ジョウ、本当にごめんよ。でも、友人が一人、行方がわからなくなっていてね。その人のことがちょっと心配なんだよ。バディ、もしかして、おかしな髪型のやせた白人女性にレンタカーを貸し出した覚えはないか?」バディは、自動車修理工場を経営するほかに、テラローザで唯一のレンタカー店をフランチャイズで経営していた。

「いや。その人は映画会社の人?」

ボビー・トムはうなずいた。「もし見かけたら、電話をくれるとありがたいんだが。彼女が何か厄介なことに巻きこまれているんじゃないかって気がするんだよ」

彼はそのあと数分間、二人とおしゃべりをし、次に立ち寄ったときにはグレンダに関する話を聞いてあげるとテリーに約束した。彼が出発しようとすると、バディははめていたスーパーボウル・リングをはずし、元親友の前に差しだした。

ボビー・トムは両手をわきに垂らしたまま動かそうとしなかった。「これから二、三日、俺、かなり忙しくなるから、たぶん君のお母さんに挨拶するひまもないと思うんだ。お母さん、リングを見たいって言うんじゃないかな。それ、持っておいて、俺の代わりにお母さんに見せてあげてくれないか？　週末に取りにくるからさ」

バディは、ボビー・トムの提案が当然であるかのようにうなずき、リングを再び自分の指にはめた。「母さんに見せたらきっと喜ぶと思うよ」

グレイシーがレンタカーを借りた可能性がないことがわかったので、ボビー・トムは次に、グレイハウンド・バスの発着場を運営するレイ・ドン・ホートンに会いに行った。その次はテラローザの町でただ一人のタクシー運転手、ドネル・ジョーンズ。そして最後に、自宅の玄関の階段に座って人生の大半を過ごし、他人の行動をせんさくしながら生きてきた女性、ジョージー・モラレスに話を聞きに行った。幼いころから黒人、白人、ヒスパニック系と、あらゆる人種の子たちとフットボールをやっていたボビー・トムは、人種や民族の壁を越えて町中の人々とつき合いがあった。彼は、そういった友人たちの家へ遊びに行き、その家族と同じテーブルを囲んで食事をした。どこへ行っても我が家のようにくつろげた。それだけ広い交友関係がありながら、彼が今回訪ねた人たちは誰も、グレイシーを見かけていなかった。そして誰もが、彼がスーパーボウル・リングをはめていないことに失望感を表わした。それに、誰もが女性を紹介しようとするか、金を借りようとするかのどちらかだった。

一一時になるころにはボビー・トムは確信していた。グレイシーはきっと、ヒッチハイクをして見知らぬ人の車に乗るような愚かなことをしでかしたに違いない。それを考えただけでいらいらして頭がどうにかなりそうだった。テキサス州の人々の大半は善良で親切な人間だ。しかし、札つきの悪い奴らだってたくさんいる。人間の本質に関してとかく楽観的すぎるグレイシーのことだから、そういう悪い奴らの一人にひっかかった可能性もある。また、彼女がなぜスーツケースを取りに来ないのかも謎だった。来られないような事態でも起こらないかぎり――もしかして、取りに来ようとする前に何かあったのだろうか。

ボビー・トムの心はその不吉な考えを打ちけそうとしていた。警察署へ行って新任署長のジンボ・サッカリーに相談すべきかどうか迷っていた。彼とジンボ・サッカリーは小学校時代から憎みあっていた。何がきっかけでそうなったかは覚えていないが、高校生になって、シェリー・ホッパーがジンボのキスよりボビー・トムのキスを選んだころには、二人の敵意は最高潮に達していた。その後もボビー・トムが帰郷するたび、ジンボは何かしら口実を見つけだしてはいやがらせをした。そんな警察署長が、彼のために、グレイシーを探すのを手伝うような骨折りをしてくれるとはとうてい思えなかった。信用できないテラローザ警察署に助けを求める前に、最後に立ちよっておきたいところがあった。

テラローザの西端にあるデイリークイーンの店は、この町における非公式のコミュニティ・センターのような存在だ。ここでは、オレオ・ブリザードやミスター・ミスティズといったアイスクリームやかき氷のメニューが、連邦政府の公民権法が達成できなかったことを実現する役割を果たしていた。つまりデイリークイーンは、テラローザの人々すべてが平等になれる場所だった。

ボビー・トムが駐車場に車を入れると、フォードのブロンコとBMWの間に、荷造りロープで縛った荷物を積んだ小型トラックが停まっているのが見えた。いろいろなメーカーのファミリータイプの車。オートバイも数台ある。古ぼけたプリマスのフューリーから降りてきたのは、見覚えのないヒスパニック系のカップルだった。平日の夜なので店内の客はかなりまばらになっていたが、今の彼はそれだけの人数と話をすることすらおっくうだった。グレイシーのことをこれほど心配していなかったら、ここへ来ようとは思わなかっただろう。この店は彼にとって、過ぎ去った栄光の墓場だった。金曜夜の試合のあとに、高校のチームメートと勝利を祝った場所だった。

駐車場の一番端にピックアップトラックを停めたボビー・トムは、自分にむち打ってようやく車から降りた。グレイシーの居所がわからないというニュースを広めるには、拡声器で町中に呼びかけるほどの効果はないにしても、この店を利用するのがもっとも手っとり早いことはわかっている。しかし彼はそれでもなお、店に入らないですめばいいのにと願っていた。そのときデイリークイーンのドアが大きく開いて、よく知っている人物が出てきた。ボビー・トムは小さな声で悪態をついた。今一番会いたくない人物のリストを作れと言われたら、ジンボ・サッカリーより先にウェイランド・ソーヤーの名前を挙げるだろう。

相手が自分の存在に気づきませんように、というボビー・トムの願いもむなしく、ロザテック・エレクトロニクスの経営者ソーヤーは、歩道の縁石から車道へ足を踏みだそうとしたとき、急に立ちどまった。バニラソフトアイスクリームのコーンを持った手は宙に浮いたままだ。「デントン」

ボビー・トムは会釈した。

ソーヤーは、ボビー・トムを冷淡な目で見つめながら、ソフトクリームを一口かじった。チェックのシャツとジーンズを着たソーヤーの姿を見れば誰しも、彼を牧場経営者か何かだと思うだろう。ところがロザテックのオーナーであるソーヤーは、電子機器産業のトップビジネスマンとして知られ、テラローザでボビー・トムと同じぐらい稼いでいるのは彼だけだった。ソーヤーは大きな男で、背はボビー・トムほど高くないが、がっしりとした体をしている。五四歳になる彼の顔には人を引きつけるような何かがあったが、典型的なハンサムというにはちょっといかつすぎた。黒く硬い髪の毛は短く切りそろえられ、白髪混じりだが、生え際はほとんど後退していない。まるでソーヤーが頭皮に見えない境界線を引いて、その線より後ろでは絶対に毛根の活動をストップさせないと宣言でもしたかのようだ。

ロザテックの工場が閉鎖されるという噂が浮上して以来、ボビー・トムは、今年三月に本人に会うまでに、経営者ソーヤーについて集められるだけの情報を集めて準備していた。ウェイ・ソーヤーはテラローザの鉄道線路の反対側で、私生児として貧しい環境で育った。一〇代になって問題を起こしはじめたソーヤーは、こそ泥や、玄関灯を銃で撃ち抜くといった様々な犯罪で捕まって刑務所に入れられた。しかし海兵隊に入隊してから規律と自制心を身につけて更生する機会を与えられた。除隊後、復員軍人援護法の恩恵を受けて奨学金をもらい、工学士の学位を取り、大学卒業後、ボストンで働きはじめた。知性と冷酷さを兼ねそなえたソーヤーは、成長著しいコンピュータ業界で頂点までのぼりつめ、三五歳ですでに一〇〇万ドルの年収を得るようになった。私生活では一度結婚して娘を一人もうけたあと、離婚していた。

テラローザの人々はソーヤーの出世を知っていたが、彼は故郷の町に戻ってこようとしなかった。だから彼が退職を発表したあと、今から一八カ月前テラローザに突然現れ、ロザテック・エレクトロニクスの経営支配権を握れる過半数株式を取得したとして、この会社を経営する意思を表明したときは、町の人々は皆驚いた。ソーヤーほどの名声を確立したビジネスマンにとって金銭価値としてはごく小さいロザテックを、なぜ買収しようなどと思ったのか、理由は誰にもわからなかった。そして六カ月前、ある噂が広がりはじめた。ソーヤーがロザテックのテラローザ工場を閉鎖して、設備と生産契約をサンアントニオの工場に移管するらしいというのだ。その時点で町の人々は、ソーヤーがロザテックを買収したのは、子供時代に彼を冷遇したテラローザの町に復讐するためだという確信を持つにいたっていた。ボビー・トムの知るかぎり、ソーヤーは問題の噂を払拭しようともしなかった。

ソーヤーは、ボビー・トムのけがをしたほうの膝をソフトクリームのコーンで示して言った。「杖はもう要らなくなったようだな」

ボビー・トムは歯をくいしばった。杖をついて歩かなければならなかった何カ月もの期間は思い出したくもなかった。今年三月、膝のけがが回復しかかっていたころ、ボビー・トムはダラスでソーヤーに会った。テラローザの世話人たちからの依頼で、工場閉鎖と生産移転を思いとどまってくれるようソーヤーを説得するためだった。しかしその会合も効果がなく、ボビー・トムはソーヤーに強い反感を抱いた——町全体の幸福を破滅の道に陥れるようなこんな冷酷無比な奴は人間ではない。

ソーヤーは手首を軽く振るようにして、まだ食べ終わっていないソフトクリームを伸びぎみの芝生に投げすてた。「引退後の生活はどうだい、慣れたかな」

「こんなに面白い生活だと知っていたら、二、三年前に引退しておくんでした」ボビー・トムは無表情で言った。

ソーヤーは親指をなめた。「映画スターになるらしいと聞いたが」

「俺たちのどちらかが、この町にいくらかでも金をおとす必要があるからです」

ソーヤーはほほえみ、ポケットから車のキーを取りだした。「じゃあまた会おう、デントン」

「ボビー・トム、あなたなの？」駐車場に入ってきたばかりのブルーのオールズモビルの方向から、かん高い女性の声がした。駆けよってきたのはボビー・トムの母親の長年のブリッジ仲間であるトニ・サミュエルズだったが、彼が話をしている相手を見て、凍りついたように立ちどまった。彼女の明るい笑顔が敵意でこわばった。ウェイ・ソーヤーがテラローザでもっとも憎まれている人物であることは誰も隠そうとしない公然の事実であり、町全体が彼をのけ者にしていた。

ソーヤーは気にかけてもいないようだった。車のキーを手のひらに握ると、トニに礼儀正しく黙礼し、ワインレッドのBMWのほうに向かって歩いていった。

三〇分後、ボビー・トムは、木陰が続く道ぞいに建つコロニアル様式の大きな白い家の前で停まり、ピックアップトラックから降りた。玄関に近づくと、正面の窓からもれる室内照明が歩道を明るく照らした。ボビー・トムの母親は彼と同じで宵っぱりなのだ。

デイリークイーンの店内にいた人々も、誰もグレイシーを見ていないことがわかったため、ボビー・トムの不安はさらに高まった。そこで母親のもとを訪れて、行方がわからない人を探すためにほかに何をしたらよいか、ジンボに助けを求める前にできることはあるか、知恵を借りたいと思ったのだ。母親がゼラニウムの鉢の下にスペアキーを隠していることは知っていたが、鍵を開けて驚かせたくなかったので、玄関のベルを鳴らした。

広々とした二階建てのこの家は、外装は白く、窓のよろい戸に黒を使っていた。ドアは鮮やかなクランベリー・レッドで、真ちゅうのドアノッカーがついている。ボビー・トムの父親は若いころ小さな保険代理店を始め、長年かけて、テラローザでもっとも成功をおさめたといえる会社に育てあげた。彼がこの家を買ったのは息子が大学に入学してからで、ボビー・トムが子供時代を過ごした家は、同じ町内でもここから離れた住宅地にある小さな平屋だった。町の連中は愚かにも、そこを観光名所にしようとしているというわけだ。

スージー・デントンは、ドアを開けて息子がそこにいるのを見てほほえんだ。「あら、スイーティ・パイ」

スイーティ・パイか。ボビー・トムは幼いころから母親が彼に話しかけるときに使っていた呼び名に笑わずにはいられなかった。家の中に入ると、あごの下に母親を抱きかかえるようにして挨拶した。彼女は息子のウエストに腕を回して、ぎゅっと抱きしめた。

「何か食べたの？」

「食べたっけ。たぶん食べてない」

母は優しく叱るように息子を見つめた。「あなたがどうしてあの家をわざわざ買わなくちゃならなかったか、わからないわ。ここだって十分に広いのに。ボビー・トム、まともなものを食べてないのね、わかるわ。キッチンへいらっしゃい。残り物だけどラザーニャがあるから」

「そりゃいいね」彼はカウボーイハットを軽くほうって、廊下の隅にある真ちゅう製のラックにかけた。

母はボビー・トムのほうを振りむくと、申し訳なさそうに額をしかめて言った。「あなたに迷惑をかけて悪いんだけど、屋根職人に連絡してくれた？　こういったことはいつもお父さんがやってくれていたから、私はどうしていいかわからなくて」

こんな頼りない言葉が、公立学校の予算を管理することにかけてはきわめて有能なこの女性の口から出るとは。ボビー・トムは気がかりだったが、それを悟られないようにつとめた。

「今日の午後、電話しておいた。格安な値段でやってくれそうだから、作業に取りかかってもらっていいと思うよ」

そのとき彼は初めて、リビングルームに続くポケットドアが閉まっているのに気づいた。

それまでこの家でリビングルームを閉めきっているのを見たことが一度もなかったので、ドアのほうを首の動きで示して訊いた。「あそこ、どうしたの?」

「とにかくまず食べて。あとで話すから」

ボビー・トムは母のあとをついていったが、奇妙な、くぐもったような音を聞いて、急に足を止めた。「誰か中にいるの?」

その質問を口にした瞬間、母がライトブルーのシルクのガウンを着て、いつでもベッドに入れる格好をしているのに気づいた。胸が激しく締めつけられた。父が亡くなって以来、誰かとつき合っているという話は母の口からは聞いたことがない。だからといって、そういう男性がいないということにはならない。

ボビー・トムは思いこもうとした。母の人生なのだから、自分には口をさしはさむ権利がない。母は女性としてまだ十分すぎるほどに美しかったし、彼女自身の幸せを手に入れる資格がある。一人で寂しい思いをさせるのはいやだ。しかし彼がどんなに自分を納得させようとしても、母が父以外の男と一緒にいることを考えるだけで、わめきちらしたいような気分になった。

彼は咳ばらいをした。「あのさ、誰かつき合ってる人がいるんなら、俺はいいんだよ。邪魔するつもりはなかったんだ」

母は心から驚いたようすだった。「まあ、違うのよ。本当に、ボビー・トム……」ガウンの帯を指でいじりはじめた。「グレイシー・スノーが中にいるの」

「グレイシーだって？」ボビー・トムの心に安堵の気持ちがわきあがり、体中をかけめぐったかと思うと、すぐに怒りがこみ上げてきた。グレイシーの奴、命が縮むかと思ったじゃないか！　彼女が殺されてどこかに捨てられている光景を想像して俺があわてふためいている間に、俺の母親と仲よくしてやがるとは！

「グレイシーがどうしてここにいるんだよ？」彼はたんかを切るように訊いた。

「道路で拾ってあげたの」

「あいつ、ヒッチハイクしてたんだろ？　思ったとおりだ！　あの間抜けの大ばかやろうは――」

「ヒッチハイクしてたんじゃないわ。私が歩いてる彼女を見て、車を停めて声をかけたのよ」スージーはためらった。「だいたい想像はつくと思うけど、彼女、あなたに対してちょっと腹を立ててるようね」

「腹を立ててるのは彼女だけじゃないさ！」彼はポケットドアのほうへ振りかえったが、腕にかかった母の手が彼を引きとめた。

「ボビー・トム、彼女はお酒を飲んでたの」

彼は愕然として母を見つめた。「グレイシーは飲めないんだよ」

「あいにく私、彼女が冷蔵庫の中のワインクーラーを全部あけてしまうまで、それに気づかなかったのよ」

グレイシーがワインクーラーをぐびぐび飲んでいるところを想像したボビー・トムの怒り

はいっそう激しくなった。感情を抑えようと歯をくいしばりながらドアに向かってもう一歩踏みだしたが、また母に止められた。

「ボビー・トム、あなた、お酒を飲むと陽気になってはしゃぐ人たちを知っているでしょ？」

「ああ」

母は眉を片方だけ上げて言った。「グレイシーはそういうタイプじゃないわね」

7

グレイシーはしわくちゃになった服を着たまま、ソファの上で丸まって横になっていた。髪の毛は赤っぽい茶色のいくつものかたまりになって、あちこち好き勝手な方向にはねている。顔の肌は赤くまだらで、目も赤く、鼻はピンク色だ。きれいに泣ける女性もいるが、グレイシーはそうではない——ボビー・トムは彼女を見てすぐにそう思った。

あまりにみじめなグレイシーのようすに、ボビー・トムの怒りはおさまってきた。彼女を見下ろしながら考えていると、この哀れな女の見本のような娘が、ボス面をして彼にうるさく指示しまくった元気いっぱいの女性と同じ人物だとは信じがたかった。この娘が史上最悪のストリップをやってのけ、人間大砲のように車に突っこみ、サンダーバードに妨害工作をし、スラグ・マクワイヤが「ウォッパーズ」のウェイトレスにしつこく言いよったとき、性的いやがらせについて彼に激烈な説教をたれた本人なのだ。

普段なら、泣いている女性と同じ部屋にいるより、アフリカミツバチの大群といるほうがましだと思うボビー・トムだったが、今回は例外だ。相手はグレイシーだし、彼女はいつのまにか彼の友人になっていたからだ。

スージーは力なく息子を見つめた。「今晩ここに泊まっていくように私がすすめたの。夕食のときは大丈夫だったんだけれど、教育委員会の会議から帰ってきたら、こんなふうになってたの」

「取り乱してるようだね」

ボビー・トムの声を聞いて、グレイシーは顔を上げ、ぼんやりとした目で彼を見て、しゃくりあげながら言いはじめた。「これで、ワタシは」——長々とむせび泣き——「これから、ぜぇったいに」——再びむせび泣き——「セックス、することは、ない」

スージーは一直線にドアへ向かった。「ちょっと失礼、クリスマスカードの宛名を書かなくちゃならないのを思い出したから」

スージーが出ていくと、グレイシーはソファの上をさぐって、自分のすぐ横に置いてあるはずのティッシュの箱を取ろうとしたが、涙で目がくもって、なかなか見つからない。ボビー・トムが歩みより、箱から一枚ティッシュを抜きだして彼女の手に置いてやった。グレイシーはそのティッシュに顔をうずめ、肩をふるわせている。猫の鳴き声のような弱々しい音が口からもれる。ボビー・トムは彼女の隣に腰をおろしながら思った。これは間違いなく、今までの人生で見たうちで一番みじめったらしい酔っぱらいだ。

彼は優しい声で話しかけた。「グレイシー、君、ワインクーラーは何本飲んだんだい？」

「私は、の、飲まないの」すすり泣きながら彼女は言った。「お酒を、こ、心の支えにするのは、弱い人だけだから」

彼はグレイシーの肩をさすった。「そうだよな」

彼女は顔を上げ、ティッシュを手に持ったまま、暖炉の上にかかった油絵を指さした。ボビー・トムが八歳のとき、父が母へのクリスマスプレゼントに贈った絵で、芝生の上に足を組んで座ったボビー・トムが、幼いころから一緒だった大型のゴールデン・リトリーバーの老犬、スパーキーに抱きついているところを描いたものだ。

グレイシーは絵に向かって鋭く指を突きだした。「本当に、し、信じられないわ。あんなに可愛らしい子供が、こんなに、だ、堕落した、自分勝手な、未熟な、お、女たらしの、仕事どろぼうの卑劣な奴に育つなんて」

「人生って、そんなふうにおかしなもんなんだよ」ボビー・トムは彼女にティッシュをもう一枚渡した。「グレイシー、ハニー。しばらくの間、泣きやんでくれるかな？ 二人でちゃんと話がしたいんだけど」

彼女は頭をぐらぐらさせながら横に振った。「な、泣きやんだり、しない。どうしてかわかる？ 私が、これからの残りの人生を、マ、マッシュポテトを食べて、しょ、しょう、消毒剤の匂いを、させながら、す、過ごすことになるからよ」またすすり泣き。「いっつも、自分のまわりで、誰かが、し、死んでいくのを、見てると、どうなるかわかる？ 体が、からからに、乾いて、干上がってしまうの！」グレイシーは乳房に手をあてて、彼を驚かせた。「ここも、乾いていく。私も、乾いていくのよ！ 私、このまま、セ、セックスも知らずに、死んでいくしか、ないんだわ！」

彼女の肩をさすっていたボビー・トムの手が止まった。「それって君が、バージンってこと？」

「もちろん、バージンだわよ！　私みたいな、じ、地味で、さえない女と、セックスしたいと思う人が、いるわけないでしょ」

ボビー・トムは紳士として、今の一言を聞きながしてしまうわけにはいかなかった。「いや、健康で精力旺盛な男だったら、誰でもそそられると思うよ」

「ふん！」彼女は胸にあてていた手をはずし、ティッシュをもう一枚とった。

「まじめに言ってるのに」

酔っぱらっていてさえも、グレイシーは彼のたわごとを信じないという態度を見せた。

「じゃ証明してよ」

「何を？」

「私と、セ、セックスして。今。そう！　い、今、すぐよ」彼女の手が白いブラウスの前にさっと伸び、ボタンをはずしはじめた。

ボビー・トムは彼女の手を押さえ、自然と広がりそうになる口もとを引きしめて言った。

「できないよ、スイートハート。酔っぱらって、そんなになってる君とは」

「私は、よ、酔っぱらってなんか、いません！　前にも言ったでしょ、お酒は、飲まないの」グレイシーは押さえられていた手をふりはらって、ぎこちない動きでブラウスを腕から引きはがした。いつのまにか、彼女はボビー・トムの目の前に座っていた。上半身は透きとおったピンクのナイロンに小さなハートのエンボス刺繍をちりばめたブラジャーだけになっている。そのハート模様が、胸についたキスマークのように見えた。

ボビー・トムはごくりとつばを飲んだ。〇・九秒のうちに、股間が「柔」から「固」の状態に変わった。グレイシーと一緒にこうしていると、興奮で頭がおかしくなりそうだった。フットボール選手生命が絶たれて以来、性欲がどこかへ消えてしまったようで、彼はひそかに心配していた。しかし今は、こんな単純な刺激でこれだけ興奮してしまうことのほうがよほど心配になる。

ボビー・トムの表情を見たグレイシーの目から、また新たな涙があふれだした。「私と、セ、セックスするのがいやなんでしょう。私のむ、胸が小さすぎるから。あなたが好きなのは、胸が、す、すごく大きい女の人だけですものね」

それは事実だった。それだけに、どうして彼女の胸の小さなふくらみから目をそらすことができないでいるのか、彼自身よくわからなかった。たぶん疲れていて、テラローザへ帰ってきたことで感情面の自己防衛がゆるんで、何にでも反応してしまうのだろう。ボビー・トムは、グレイシーの気持ちを傷つけないよう気をつけながら言った。「それは違うよ、ハニー。サイズよりも、その女性が持っているものを生かしてどうふるまうかのほうが重要なんだ」

「そんな、ど、どうふるまえばいいのかなんて、わ、わかるわけないじゃない」彼女は泣きわめいた。「誰も、私に、お、教えてくれたことがないのに、どうやって、それがわかるのよ？　私を、勇気づけてくれた、お、男の人といえば、たった一人、私の足の甲に、キ、キスしてもいいかって、何度も頼んだ、あ、足専門医だけなのに、どうして、そんなことがわかるわけ？」

その疑問に対するうまい答えは彼の頭には浮かばなかった。彼にわかっているのはただ一つ、グレイシーにブラウスを元どおり着てほしい、ということだけだった。

床に落ちたブラウスを拾いあげようと彼がかがんで手を伸ばすと、グレイシーが突然、よろめきながら立ち上がった。「もし私が、あなたの目の前で、は、裸になったとしても、あなたは、私なんか、欲しくないんだわ」

ボビー・トムが顔を上げると、グレイシーはちょうど、色気のかけらもないネイビーのスカートの横のボタンをはずそうとしているところだった。

彼は立ち上がった。「グレイシー、君……」

彼女のスカートが足首まで落ちたとき、ボビー・トムは驚きを隠せなかった。あの野暮ったい服の下に、こんなに可愛らしい体が隠れていようとは。その晩、彼女は靴もストッキングも脱いでしまっていたらしく、服の下に来ているのはブラとパンティだけだった。確かに胸は小さかったが、彼女はそれに合ったほっそりとしたウエストと、丸く均整の取れたヒップと、まっすぐですんなりとした足の持ち主だった。ボビー・トムは自分に言いきかせようとした。グレイシーの体がこんなに魅力的に感じられるのは、彼が今までの人生の半分をともに過ごしてきた、完璧に引きしまった筋肉隆々のアマゾネスのような女性たちとあまりに対照的だからというだけだ。グレイシーのヒップは、踏み台を使ったエアロビクスで毎日二時間鍛えた岩のように固い球形とは違う。二の腕も、フリーウェイトトレーニングで鋼のロープのように引きしまっているわけではない。彼女の体は自然のままだった。ある部分は柔らかく、ほっそりとして、ある部分は丸い、女性の自然な体だった。

グレイシーがはいているパンティがブラとおそろいであることに気づき、ボビー・トムの股間はうずいた。パンティの模様は中心にある大きなピンクのハート一つだけで、ハートの大きさが多少足りないために、カールした毛が横から何本かのぞいている。ボビー・トムは今ここで、母親の住む家のリビングルームで、愛犬のスパーキーが絵の中から見ている前でこのパンティを剝ぎとりたいという邪悪な欲望にかられた。彼女の脚を開かせ、彼女自身が言うように本当にそこが乾ききっているかどうかを確かめたいと思った。もし乾いていたら、今までに覚えたありとあらゆるテクニックを使って彼女を悦ばせ、十分に潤わせて、彼を受けいれられるようにしてやりたかった。

ボビー・トムは、頭の中で具体的に考えはじめていた。ミス・グレイシーと同じベッドで二、三時間過ごすのも悪くない。人道的支援の手をさしのべるのと同じといってもいいぐらいだ。そのとき、にわかに現実が頭をもたげてきた。彼の人生にとって今もっとも望ましくないこと、それは女性がもう一人増えることだ。人生から女性を追い出そうとつとめてきたのに、今またあらたな女性をコレクションに加えるのはごめんだった。それに、二〇年近くにわたる性経験を持つ彼も、中年に近づきつつあるオールドミスとは——どれだけ禁断の実を味わいたがっていたとしても、男性の裸を見ただけで脳卒中を起こしそうなオールドミスとは――今まで一度も経験がないのだった。

しかし彼も薄情な男ではなかった。グレイシーのみじめな表情に心を打たれていた。彼はグレイシーに近づき、腕の中に抱きかかえた。彼女は、長く切なそうなため息をついて彼に体をあずけた。二人の体は、熱で一つに溶けあったかのようにぴったりと寄りそった。

ボビー・トムの中で、独立記念日に打ち上げられるロケットのように、何かが爆発した。グレイシーはラベンダーとライラックを合わせたような、甘くなつかしい香りがした。彼女のぶかっこうな髪は彼のあごの下に柔らかくおさまり、滑らかな背中の肌は、彼の指先にはシルクのように感じられた。彼は、彼女の背骨にそって手をウエストまで、そしてさらに下へとゆっくりとすべらせていった。そして、なんと小さい体なのだろうと驚いた。グレイシーはその威張りたがり屋の性格のため、実際よりずっと大きく見えていたのだ。

彼女の腕がボビー・トムの首にからみついてきた。「今、セックス、するの?」

股間のうずきは強くなっていたが、彼はグレイシーの声が期待を帯びていながら不安げであるのに気づき、そんな彼女が可愛いと思った。彼の指先がパンティの上端に触れ、そのまま中にすべりこんだ。彼は手のひらの中に、グレイシーの裸のお尻を包みこむようにとらえ、その体をぎゅっと引きよせた。そうしながら、自分が、酔っぱらって無防備なバージンの弱みにつけこんで、お手軽なペッティングを楽しんでいることを、何となく後ろめたく思った。その一方で、彼もこういうことは久しぶりだったから、体が反応するのも無理はなかった。

「まだだよ、スイートハート」

「そうなの。キスだったらいい？」

「キスだったらいいかもね」ボビー・トムは、グレイシーの涙でよごれた顔を見下ろした。彼女は魅力的な口もとをしていた。ふっくらとした大きめの口で、上唇の真ん中はキューピッドの弓のかたちをしている。彼はうつむくと、その唇に自分の唇を重ねあわせた。

グレイシーは、初めてのデートでキスするティーンエージャーのようだった。その純真さに、ボビー・トムは興奮すると同時になんとなく腹が立ってきた。三〇歳の女性の男性経験がこの程度だなんて、どうかしている。彼は舌を使いはじめた。といっても、彼女が本物のキスに慣れるように、ほんの少しだけだ。

グレイシーはなかなか覚えが早く、唇を開かせるのにそう時間はかからなかった。彼女は小さなため息をもらして彼の舌を受けいれた。

果物と涙の味がした。ボビー・トムは舌で彼女の口の中を優しくまさぐるようにしながら、自分のとはまったく違う、女らしいヒップを手で愛撫する純然たる快楽を味わった。小さくて柔らかいこの体を楽しんでいる間、ボビー・トムは彼女の命令的な態度や、むかつく言動のことをすっかり忘れていた。バージンと最後につきあってからどれほどの年月が経ったかを、あらためて思い出させられた。

口もとで小さなうめき声がして、グレイシーの舌がみずから冒険をこころみているのが感じられた。ボビー・トムの体は激しく反応した。パンティから手を引きだすと、彼はグレイシーの太ももの裏をつかんで、彼女を持ちあげた。彼女は脚を自然に開き、彼の腰のまわりに巻きつけた。肩にしがみつかれて、彼は自分が汗をかきはじめているのに気づいた。今すぐここでやめなければ、彼女が誰であるかを忘れ、このまま床に押したおしてしまうだろう。母親の家のリビングルームで。どのドアにも鍵がかかっていない、無邪気な子供の肖像がこちらを見ている部屋で。

「グレイシー……」ボビー・トムは腰に巻きついた彼女の脚をゆるめさせて体を床に下ろし、肩をつかんでいた腕をほどいた。「スイートハート、もう少しペースを落として、ゆっくりやらなくちゃ」

「そんなの、いや。次に何が起こるか、教えてほしいの」

「わかるよ。でも、君はまだ、キスより先に進む準備ができてないだろ」ボビー・トムはグレイシーを安全な距離に押しやると、かがんで床に落ちた服を拾ってやった。それから彼女に背を向けたまま、自分のジーンズの前を直した。彼女に大きなショックを与えたくなかったからだ。

ボビー・トムはグレイシーをなだめすかして服を着させたが、危ういところだった。彼がスカートのボタンをとめてやったちょうどそのとき、リビングルームのドアがそろそろと開いて母親が入ってきたのだ。

「グレイシーはどう？」

ボビー・トムが答える前に、グレイシーは怒りをあらわにして、大きな音をたてて鼻をすすった。「息子さんは紳士じゃないわ。私とセックスするのを拒んだんですもの」

スージーはボビー・トムの腕を軽く叩き、面白そうに目をぱちぱちさせた。「母にとっては心あたたまる一言ね」

ボビー・トムとしては、女性と一緒に過ごすのは今晩はもうたくさんだった。彼はグレイシーのほうを振り向いて言った。「俺の言うことをよく聞いてくれよ、スイートハート。君には今晩ここに泊まってもらう。何も心配せずに眠りなさい。ウィロウが明日朝一番に君に会いに来るからね」

再び、グレイシーの目はボビー・トムを通り越してスージーのほうをうかがった。「もしかしてお宅には、エッチな成人映画のビデオ、置いてないですか?」

スージーは息子に非難めいた視線を投げ、グレイシーの腕に自分の腕をからませて言った。「さあ、一緒に二階に上がりましょうか」

グレイシーが抵抗せずにおとなしく歩きだしたので、ボビー・トムはほっとした。

彼は二人のあとをついて廊下に出ると、ラックからカウボーイハットを取った。二人が階段を上りはじめたとき、彼は母を見上げて訊いた。「いったい彼女はあのワインクーラーを何本飲んだんだい?」

「三本よ」スージーが答えた。

三本だって! ボビー・トムは信じられなかった。たった三本のワインクーラーで、グレイシーは服を脱ぎ、彼にセックスを迫ったというわけか。

「お母さん?」彼はカウボーイハットをかぶった。
「なあに」
「間違っても、彼女を六本パックのワインクーラーに近づかせないようにしてくれよ」

アスピリンで胃がひりつくようだった。グレイシーがスージー・デントンの家の中庭へと続く引き戸から外に出ると、昼前の強い日ざしが目に突きささるように痛かった。家の裏側にはブーゲンビリアが茂り、庭の片側に立てられた粗仕上げの木製フェンスにはスイカズラが這わせてある。そこに木陰を作っているのは、一本の古いペカンの木と数本のモクレンの木だ。日当たりの良い場所にしつらえられた色とりどりの一年草の花壇には、フリルのような花びらのピンクと白のペチュニア、ゼラニウム、デイジー、ツルニチニチソウが植えてある。低木の植えこみの近くではスプリンクラーが音を立てて回っている。朝の水やりをたっぷりしたあとの花や草木のすべてが、すがすがしい匂いを放っていた。

この家の女主人スージー・デントンは、カーキ色のショーツと前にオウムの絵が描かれた明るい色のTシャツを着て、小さなハーブガーデンの前の地面に膝をついて作業をしていた。彼女は顔を上げてほほえんだ。「ミス・クレイグは帰られたの?」

グレイシーはうなずいたが、頭を急激に動かして答えたことをすぐに後悔した。彼女は躊躇していたが、そのうちスージーが庭仕事をしている中庭の端までゆっくりと歩いていった。
「ウィロウ・クレイグは、もう一度私を雇いたいと言いにきたんです」グレイシーは階段の一番上の段に、用心深く座った。

「あら!」

「ただし制作アシスタントとしてではなくて、ボビー・トムのアシスタントとしてです」

「あら」

「私、考えてみるって、ウィロウに言いました」グレイシーは、みじめなほどにしわくちゃになったネイビーのスカートを脚の下にたくしこんで座っていた。スーツケースはまだあのサンダーバードのトランクの中なので、これしか着るものがなかったのだ。彼女はつばを飲みこんでから口を開いた。「スージー、ゆうべのことは何と言ってお詫びしていいか。申し訳ありませんでした。あれだけ親切にしていただいたのに、ご厚意につけこんで、ご自宅であなたを困らせるようなことをしてしまいました。私のしたことは、非難されてもしかたのない、今までの人生で最悪の恥ずべき行為だと思っています」

スージーはほほえんだ。「あなたって、ほんとに世間から隔離されて育ったのね」

「そんなこと、言い訳にならないですよ」

「昨日あなたが受けたようなひどいショックには」スージーは優しく言った。「どんな女性だって動揺したはずよ」

「私、ボビー・トムを誘惑しようとしたりして」

「あの子はそういうのには慣れてるの。きっと、もう忘れてると思うわ」

自分がボビー・トムにアタックして恥ずかしい思いをした数多くの女性の一人にすぎない

と考えるとグレイシーの自尊心が傷ついたが、そういう行動をとってしまったことは事実で、否定のしようがなかった。「彼は昔から、あんなに女性を魅了する人だったんですか」

「そうね、ほとんどの人を魅了してきたわ」スージーは、膝のそばに置いてある緑のプラスチック製の園芸用品入れから小さなくまでを取りだし、ハーブガーデンのまわりを掘って土をほぐしはじめた。「ボビー・トムの人生は今まで、何をやってもうまくいくという感じだった。子供のころから常にスポーツでは一番だったし、学校の成績もよかったの」

グレイシーは、彼に読み書きの練習を手伝おうと申し出たことを思い出して、身のちぢむ思いだった。スージーはラベンダーの茎を指で折り、鼻先に持っていって香りを吸いこんだ。グレイシーは話はもう終わりだろうと思っていたので、スージーが手のラベンダーを払いおとして再び話しはじめたときには驚いた。

「あの子は人気があったわ。いじめっ子じゃなかったから、男の子たちから好かれていた。小学校のときでさえ、女の子たちは何かしら口実をつけてうちに遊びに来ていたっけ。もちろん本人はいやがっていたけど。特に四年生のとき、女の子たちにはずいぶんひどいめにあわされたわ。ラブレターを送りつけられたり、運動場でつきまとわれたりして。ほかの男の子たちは容赦なくあの子をからかった」

くまでを使うスージーの手が止まり、言葉を選ぶのに苦労しているかのように、ゆっくりとした慎重な口調で語りはじめた。「ある日、テリー・ジョウ・ドリスコルが――今はテリー・ジョウ・ベインズだけど――うちの車庫の前の私道に、チョークで大きな赤いハートのマークを落書きして、その横に『ボビー・トムはテリー・ジョウが好き』って書きそえたの。落書きのまわりに花を描きくわえているところへ、ボビー・トムが友だち三人と一緒に家の前の歩道を歩いてきた。テリー・ジョウが何をしているかがわかったとたん、ボビー・トムは前庭を突っきっていって、彼女にタックルしたの」

グレイシーは九歳の男の子がどんなものかよくは知らなかったが、彼にとってそれがどれほど恥ずかしい経験だったかは想像できた。

スージーは、バジルのまわりに生えている雑草のかたまりに再び小さなくまでで攻撃を加えはじめた。「ほかの子たちが見ていなかったら、たぶんそれで終わりだったと思うの。でも、落書きを見てみんなが笑いだした。テリー・ジョウも笑いだして、男の子たちに、ボビー・トムは私にキスしたいのよ、と言ったのね。それでボビー・トムがかっとなって、彼女の腕を殴ったの」

「九歳の子だったら、そんな行動をとったとしても理解できるような気がしますけど」

「父親はそうは思わなかったのよ。夫のホイトが騒ぎを聞きつけて玄関に出てみたら、ちょうどボビー・トムがテリー・ジョウを殴っているところだった。夫はすごい勢いで外へ飛びだしていって、ボビー・トムの襟首をつかんでつるしあげ、友だちの目の前でさんざん殴ったの。ボビー・トムは屈辱を味わい、友だちはきまりの悪い思いをした。夫が息子を殴ったのは後にも先にもそのときだけだったけれど、夫は、男がいくら落ちぶれても女を殴るようになったらおしまいだ、と固く信じてたのね。九歳の子供だからということで許してやるなんて、考えられなかったんでしょうね」

スージーは体を起こして背をそらせ、困った顔をした。「ボビー・トムは父親と仲がよかったし、あのときの教訓を決して忘れなかった。こう言うとばかげてるようだけど、ときどき、薬が効きすぎたんじゃないかと思うことがあるの」

「どういう意味ですか?」

「いったい今まで何人の女性がボビー・トムの気を引こうとしたか、数えきれないぐらいよ。それでもあの子は、誰にでも失礼のないようにふるまってきた。フットボールのグルーピーや、結婚している女性、寄生虫のような女性、金品を目当てに言いよってきた女性に対してもよ。私の知るかぎり、ボビー・トムは一言も失礼なことを言わずに距離を保って女性にうまく接してきたと思う。変だと思わない?」

「彼は女性とのつきあいに関しては、すげなく追いかえしたりしないで、はるかに高度な戦略を考えてやってますから」スージーは例のフットボールクイズのことを知っているかしら、とグレイシーは思った。

「そのとおりよ。長年の間に、無意識にそういう態度を取るようになったものだから、自分のまわりに築いた壁がどれだけ厚くなってしまったか、はたして気づいてるかどうか――私にはよくわからないわ」

グレイシーは彼の態度に思いをめぐらせた。「彼はすごいんです。ほほえみかけて、とほうもないお世辞を言って、女性ならまさにこういうせりふが聞きたいと願う一言を放つ。すべての女性をそれぞれ、女王様みたいな気分にさせる。それから、自分のやりたいようにやるんです」

スージーはうなずいたが、表情は曇ったままだった。「今では私、ボビー・トムがテリー・ジョウを殴ったときに、夫が見て見ぬふりをしてくれていたらよかったのに、と思うの。殴ったことは少なくともあの子の気持ちの素直な表現だったんだし、残酷な子じゃなかったから、一度殴ったからといってそれが癖になったとも思えない。でもありがたいことに、テリー・ジョウも立ち直ったの。彼女はボビー・トムが最初に真剣につきあったガールフレンドになったんですから」スージーは唇を引きしめて、冷たさを感じさせる笑いを見せた。「皮肉なことについ最近、私があの事件について触れたとき、ボビー・トムは、父親のやったことは正しかったと言ったの。あの事件に自分がどれだけ影響を受けてつけを払わされているか、全然わかっていないようだったわ」

彼がつけを払わされているかどうかはグレイシーにはよくわからなかった。ボビー・トムはあふれんばかりの魅力と、才能と、整った顔立ちと、知性をそなえている。それに見合った強い自我を持つようになったとしても、それは当然かもしれない。地上には自分にふさわしい女性がいない、と彼は考えているのだ。オハイオ州ニュー・グランディ出身の、三〇歳で、胸が小さく、野暮ったい髪型の女だったら、相手にされなくて当たり前だ。

スージーは、緑のプラスチック製の園芸用品入れにくまでを戻して立ちあがり、ほんの一瞬、手入れのよい庭を見まわした。バジルとラベンダーと、たった今掘りおこしたばかりの土の匂いがあたりにただよっている。「ここで庭仕事をするのが大好きなの。穏やかな気持ちになれる場所はここだけだから」スージーは恥ずかしそうな表情をした。まるで誰にも知られたくない気持ちを口に出してしまってそれを後悔しているかのようだ。

「グレイシー、これは余計なお世話かもしれないけど、起きてしまったことを気にしすぎて、それが今回の仕事を引き受ける障害になるようではいけないと思うわ」スージーは園芸用品入れを取りあげた。「あなた、私に言ったわよね、オハイオへは帰りたくないし、ほかに職もないって。ボビー・トムは女性に熱を上げられるのに慣れてるの。昨夜起きたことはあなたにとっては大変なことだったかもしれないけど、ボビー・トムはそれほどには感じてないはずよ」グレイシーを元気づけるようににっこり笑うと、スージーは家の中へ入っていった。

スージーが慰めようとして言ってくれた言葉だとはわかっていたが、グレイシーは傷ついた。それが事実だと知っていたからだ。グレイシーにとってはボビー・トムがすべてなのに、彼にとってはグレイシーは何の価値もない存在なのだ。グレイシーは彼にのぼせあがっただけではすまず、さらに深刻なことに、完全に彼のとりこになってしまっていた。

グレイシーは目を固くつぶって認めたくない事実から気をそらそうとしたが、無駄だった。彼女は今まで自分自身に嘘をついたことがなかったし、今この瞬間もそんなことはできない。腕を膝にまわして抱えながら彼女は、この一週間で自分がボビー・トム・デントンに心を奪われてしまったという事実を認めた。どんなに望んでも手が届くはずのない男を、深く、どうしようもないほど好きになってしまった。現実がこれほど情けないものでなかったら、笑い話ですんでいたかもしれない。致命的な事件のきっかけとなったあのワインクーラーは、初めてボビー・トムを見た瞬間に彼女の中に沸きおこった気持ちを単に引きだしたにすぎないのだ。

グレイシーはボビー・トムが欲しかった。野性的で向こうみずで、人並みはずれた魅力があり、彼女が持ちえないものをすべて持っている彼を。私は彼を愛している——長い間彼女の中で眠っていた情熱が呼びさまされるようだった。毛が抜けかわる時期の鳥が、すらりとした白鳥の力強さに魅了されてしまうように、彼女はボビー・トムの肉体的な美しさに圧倒された。それと同時に、彼の自信にみちた態度と、いともたやすく人を惹きつける魅力にめまいがするほど興奮し、みずみずしい若さを取りもどした。

この六日間でまるで一生分を生きたかのようだった。抱えた膝を胸に引きよせながら、彼女は冷厳な事実をまっすぐ見つめようと努力した。ハリウッドでめざましいキャリアを築くという自分の夢は、絶望から生まれたかなわぬ夢にすぎなかった。宇宙空間のように、現実の生活とかけ離れたものを夢見ていただけなのだ。自分を相手にゲームをしていたようなものだが、もうそんなことはしていられない。彼女は、ハリウッドでの夢見るような生活など存在しないのだというつらい現実に今、直面していた。ウィンドミル・スタジオでのたわいのない仕事が、胸おどるような華やかなキャリアにつながるわけがなかった。あれはただの幻想だ。現実にはこのあとニュー・グランディへ帰って、自分にふさわしい場所、古巣のシェイディ・エイカーズ老人ホームに戻るしかない。

事実を認めてしまうと、心に奇妙な平安がおとずれた。彼女の人生で間違っていたのは老人ホームにいたことではない。間違っていたのは人生への対処のしかたそのものだ。老人ホームの経営に喜びを見いだしていたものの、いつも自分を異質だと感じていた彼女は、ホームでの仕事を口実に、同年代の人たちから自分を隔離していた。ホームに身を隠すようにして、そこをキャリアを積む場と考えるのでなく、そこでの仕事を自分の全人生にしてしまったのが間違いだったのだ。

穏やかで優しい庭の匂いに包まれて、グレイシーはある種の興奮を感じていた。自分は三〇歳で、まだ若い。人生を変えることだってできる。変えるといっても、昨日までの自分が考えていたような変化ではない。何かから逃げたり隠れたりするのでなく、人生の一瞬一瞬を、恐れずひるまず生きていく。人に笑われたり、拒否されたりすることから自分を守ろうとするのをやめよう。そんなのは大したことではないのだから。まずはボビー・トムを、自分のすべてをかけて愛することから始めよう。

グレイシーの胸の鼓動が早まった。私にそんな勇気があるだろうか？　ここでの仕事を終わりにするなら老人ホームへ戻らなければならない――いったん決めたらそうするしかない。じゃあ、それで終わりにしてしまわずに、新たなチャンスに挑戦できるのか。死ぬかもしれないとわかっていながら山頂から空中に身を投じる勇気があるのか。ボビー・トムと一緒にいられる時間はあまりに短い。その貴重な一秒一秒をつかんで逃さないだけの度胸があるだろうか……

彼女は決心した。いったん心を決めると、気分が高揚してきた。彼女はボビー・トムの個人アシスタントの仕事を引きうけ、星から祝福を受けたこの男とともに過ごす時間を満喫することにした。彼女の心は愚かにも彼を愛する道を選んだのだから。彼が自分に投げかけてくれる視線やほほえみを、見せてくれるしぐさを、すべて心の中にしまっておこう。警戒心を捨て、受け入れてもらえるかぎり、ボビー・トムに尽くそう。もしかしたら彼が抱いてくれるかもしれない。いや、たぶんそんなことはないだろう。いずれにしても彼女は、無条件で自分を捧げるつもりでいた。この仕事が終って残るものといえば、記憶という宝物の入った箱ぐらいだと知りながら。

グレイシーは自分自身に約束した――ボビー・トムに激しい恋心を抱いていても、だからといって私の目はくもったりはしない。彼の長所、短所、強い自我、優しすぎる心、鋭い知性、人を自由にあやつれる危険な魅力。何もかもはっきりと把握したうえで接するつもりだ。また、彼への愛のために、自分の主義主張を曲げて妥協したりもしない。私は、私らしくあることしかできない。彼が満足してくれないとしても、私にはそうするしかない。

グレイシーは目を閉じて、心の中にいる彼を見た。つばの広いステットソンのカウボーイハットをかぶり、女性をとりこにする笑顔をもつ宇宙のカウボーイ。星くずをまきちらしながら歩く男。彼女の上に降った星くずは、乾ききった彼女の体に新たな生命を吹きこみ、ひからびていた心を目ざめさせた。

自分とボビー・トム・デントンの間には、ハッピーエンドなど存在しないことをグレイシーは知っていた。それに、心は浮きたっていても、頭は現実をしっかり見きわめてかかる必要がある。ボビー・トムが愛を返してくれるはずはない。非凡な男には非凡な女がふさわしいのだし、グレイシーはどうしようもなく平凡だ。傷つかずにこの状態から脱けだす唯一の方法は、自分が伝説的な存在であるボビー・トムを愛したということを、決して忘れないようにすることだ。グレイシーは恥を知る人間だ。ほかの人たちと同じように彼から何かをむしり取ることは絶対にできない。彼女は見返りを求めることなく、心のままに、彼にすべてを捧げるつもりでいた。のちに、神から祝福のキスを浴びたこの男は、少なくともこれだけは覚えていてくれるだろう。グレイシー・スノーが彼が出会った人間の中で、彼から何も奪わなかったただ一人の人間であることを。

一時間後、自分がくだした重大な決断にいまだに不安を感じながら、グレイシーはボビー・トム専用の茶色とグレーのトレーラーハウスへ向かっていた。昨夜のできごとや彼女の二日酔い、そして新たな自己認識を考えると、彼と顔を合わせるのはつらかったが、避けて通るわけにはいかなかった。目指すトレーラーハウスの階段を上ろうとする前に、隣のトレーラーハウスのドアが開き、女優のナタリー・ブルックスが出てきた。

すらりと脚が長いブルネットで「第二のジュリア・ロバーツ」と喧伝されている女優が階段を下りてくるのを見たグレイシーの心はさらに沈んだ。ボビー・トムが、輝くように美しいこの女性と多くのラブシーンを演じることになっているのを思い出したからだ。ナタリー・ブルックスのトレードマークであるブラウンの豊かな長い髪は、若々しいポニーテールにまとめられているが、彼女の美しさは少しもそこなわれていなかった。メークをすっかり落としているにもかかわらず、二四歳の素顔はハッとさせられるほどきれいだった。彼女は大胆な顔立ちをしていた。濃くて太めの眉、目尻が上がったグリーンの目、大きくふっくらとした唇、白い歯。しわしわの茶色のショーツと、同じようにしわの寄ったピンクのポロシャツを、デザイナーブランドのオリジナルででもあるかのように着こなしていた。

「こんにちは」彼女はグレイシーに人なつこい笑みを見せ、手を差しだした。「私、ナタリー・ブルックスです」

「グレイシー・スノーといいます」まだ二日酔いで急に動くと頭がふらふらする彼女は、たじろぎながら固い握手を交わした。「ブルックスさん、ご出演の映画、楽しんで見ていますよ。私、大ファンなんです」

「ナタリーと呼んでくださいね。エルヴィスは今眠ってますから、お話する時間がとれるわ」彼女は、トレーラーハウスの日陰になっている部分に置かれた、アルミ製の折りたたみ式のいす二脚を身ぶりで示した。

エルヴィスが誰のことなのか、グレイシーには見当もつかなかったが、ナタリー・ブルックスのような有名人とおしゃべりをする絶好の機会を逃すつもりはなかった――ボビー・トムと対面するのを先送りにするいい口実になる場合は特に。二人がいすに腰かけると、ナタリーは言った。「夫のアントンの話ではあなたの推薦状は完璧で、文句のつけようがないそうです。こんなに急なお願いだったのに、すぐに飛行機で飛んできていただいて、アントンも私も本当にありがたいと思っています。エルヴィスの世話には最善を尽くしてやりたいと心に決めているんですよ」

ナタリーが何のことを言っているのかまったく想像もつかなかったが、グレイシーは、彼女の必死といえるほどの熱心さに心あたたまるものを感じた。

「最初にことわっておきますけど、アントンも私も、お乳をあげる時間をあらかじめ決めるというやり方はとりたくないんです。エルヴィスは飲みたいときに飲む子だから、騒ぎだしたらすぐに私のところへ連れてきてください。粉ミルクのような補助的なものはやらないことにしてます。アントンも私も、わが子には母乳だけが与えられる免疫力をつけてほしいと思っているので。ちょっと心配なのは、家系的にアレルギー体質が出やすいこと。アントンには、アレルギーのひどいいとこが一人いるんですよ。ですから、エルヴィスは生後六カ月までは、母乳以外のものはいっさいあげないことにしています。あなたも母乳賛成派でしょ？」

「ええ、もちろん」グレイシーは、自分が赤ん坊にお乳をやっている光景を何度も想像したことがあったが、そのたび、胸が刺されるようなつらさを感じていた。「でも、生後六カ月間も母乳以外のものを与えないというのは、ちょっと長くありませんか？　赤ちゃんには穀類も必要なんじゃないかしら」

ナタリーは、グレイシーがまるで赤ん坊に砒素でも飲ませなさいと提案したかのように彼女を見た。「そんなことは絶対にないわ！　生まれてから最初の六カ月間は、母乳だけで、赤ちゃんの生活に必要な栄養が全部とれるんです。私、アントンに頼んで、こういったことをすべて事前に話しておいてもらえばよかったわ。でもそれがなかなか難しくて——彼、ロサンゼルスで事業をやってるんですよ。それに私たち、結婚して初めて離れて暮らすことになったものだから。週末には彼がこっちへ来てくれることになっているんだけど、それでもこれから大変だと思うわ」

グレイシーは、ベビーシッターに間違えられるよりストリッパーに間違えられたほうがまだ嬉しいと感じるのは、自分の人格に似つかわしくないと思いながら言った。「ごめんなさい、ナタリー。最初に言えばよかったんですけど、お話があまり面白くて興味がそちらにいってしまって。私こういうこと、ときどきあるんですよ。実は私、お宅で雇われたベビーシッターじゃないんです」

「えっ、違うんですか？」

グレイシーは首を横に振った。それで、昨夜の不道徳な飲酒行為の結果として、まだこめかみが痛むのを思い出した。体を動かさないようにして彼女は言った。「私は制作アシスタントで——いえ、以前は制作アシスタントをしていたんですが、今はボビー・トム・デントンのアシスタントです」

グレイシーは、ボビー・トムの名前が出たとたんどの女性も必ずそうなるように、ナタリーの目がとろけるようになるのではないかと予想したが、ナタリーはただうなずいただけだった。それから、急に頭を上げ、警戒心をあらわにして目を光らせた。「今のを聞いた？」

「何をですか？」

ナタリーはすごい勢いでいすから立ちあがった。「エルヴィスよ。泣いてるわ」映画スターらしい長い脚が階段を駆けあがったが、トレーラーハウスの中に入る前に彼女は言った。

「ここで待っててくださる、赤ちゃんを連れてくるから」

グレイシーは、母親という役割に対するナタリーの情熱の尋常でない激しさにもかかわらず、この女性が好きになっていた。それに彼女の赤ちゃんを見てみたかった。ボビー・トムに会うことをこれ以上先延ばしにできないことは認識していたが。

そのとき、視界をふさいでいた機材トラックのうちの一台が動いて、馬の囲いのそばで数人の若くて魅力的な女性と話をしているボビー・トムが見えた。流行最先端の服装から、彼女たちが撮影クルーでないことは明らかだった。グレイシーは、テラローザの女性たちがボビー・トムのフットボールクイズに答えるために、もう列を作って並びはじめているのではないかと疑った。ボビー・トムが身につけているのはジーンズとブーツだけだった。太陽に照らされた黄褐色の髪は光り輝き、裸の胸もきらめいている。彼の姿を見てグレイシーの胸は躍った。

メークアップ・アーチストの一人が彼に近より、プラスチックのボトルで胸にスプレーをかけて、オイルで筋肉をつやつやと光らせた。彼は自分の体を見下ろした。遠くからでも困惑しているようすがうかがえた。自分にとっては「不要な飾り」でしかないものに対するその反応に、グレイシーはほほえまずにはいられなかった。

ナタリーがトレーラーハウスから再び現れた。フランネルの布に包まれたものを腕に抱え、よく知られた魅力的な唇は幸せいっぱいのほほえみで口角が持ちあがっていた。「この子がエルヴィスよ」さっき座っていたいすに腰を下ろしながら彼女は言った。「明日で四カ月になるの。ほら、いい子ね。こんにちはーって言ってごらん。グレイシーに、こんにちは、って」

グレイシーは、今まで見たうちでもっともぶさいくな赤ん坊の顔をじっと見つめた。エルヴィスはまるで小型の相撲取りのようだった。鼻はぺちゃんこにつぶれ、小さな目はぷくぷくのほっぺたのしわにほとんど埋もれている。あごは無きにひとしかった。

「なんて――あの――可愛い赤ちゃんなんでしょう」彼女は律儀にほめた。

「そうでしょう」ナタリーは顔を輝かせた。

「珍しい名前ですね」

「古くからある、高貴な名前なんですよ」彼女はわずかに身構えたような口調で答えた。そして今度は心配で顔を曇らせた。「今、夫に電話して、来る予定だったベビーシッターがどうしたのか訊いてみたんです。ゆうべわかったことなんだけど、彼女が、四カ月の赤ちゃんには穀類が必要だって主張したらしくて。だからベビーシッター探しはふりだしに戻ったことになるの。夫は、英国王室の乳母をしていた人について問合せをしているところですって」

ナタリーの顔に浮かんだ疑わしそうな表情で、それほどの乳母でも心もとないと思っているらしいことが見てとれた。

ナタリーにさよならを言ってふしょうぶしょうその場を離れると、グレイシーはボビー・トムのところへ向かったが、直前になって弱気になり、食事サービス専用ワゴン車のほうへ迂回した。コーヒーをもう一杯ぐらい飲めば、ボビー・トムに対面する心の準備ができるかもしれない、とグレイシーは思った。

8

ボビー・トムは不機嫌だった。映画制作なんかより、何もせずに芝生が伸びるのをただじっと眺めているほうがよっぽど面白い。昨日このロケ地へ来てから彼がしたことといえば、シャツを脱いで上半身裸で歩きまわり、ウィスキーの瓶からアイスティを飲んで、馬を囲うフェンスを修理するふりをしただけだった。いい汗をかく前に、監督に「カット」と言われて中断させられた。メークをされるのも気に入らなかった。ステットソンのカウボーイハットなしで外にいるのもいやだった。そして特にいやだったのは、胸にベビーオイルをスプレーされたことだ。その上に泥をブラシで塗りつけられたりもしたが、それも気に食わなかった。

あれこれいじくり回されながら撮影されて、ボビー・トムはゲイにでもなったような気分だった。ジーンズの前立てに細工をされて、ジッパーを上までひきあげることができなくなった。ジーンズの股上がV字形に切れこむように深く開いているので、その下にブリーフをはくことができない。またこのジーンズは一つ下のサイズで、ぴちぴちにきつい。間違っても勃起したりすることがないようにと、彼は心の底から願った。そんなことになれば、世界中のいいさらしものになってしまう。

しかも頭にくるのは、けさ、テラローザの人口の半分が、それぞれ見合い話をもって撮影現場に現れたことだった。何人ものタミーだの、ティファニーだの、トレイシーだのを紹介されて、情報の氾濫に頭がぼうっとしていた。それにミス・グレイシーの問題もある。昼間にあらためて考えてみると、昨夜のできごとが笑い話とはもう思えなくなっていた。

セックスに飢えているグレイシーが、体のうずきをおさめてくれる相手を見つけるのも時間の問題だろう。しかし彼女がその男とベッドに入る前に、相手が性病を持っていないかしっかり確かめるほど平静を保っていられるかどうかは疑わしい、とボビー・トムは思った。ニュー・グランディでは恋人候補の数は限られていたかもしれないが、ここで働く撮影クルーの男性は女性よりはるかに多い。そのうちの誰かが近づけば、グレイシーのバージンを奪うのにそれほど説得力を必要とはしないだろう。特に、あの野暮ったい服の下に隠された可愛らしい体に誰かが気づいて噂が広まりでもしたら、なおさら危ない。彼は、彼女の体の記憶を意識の外に押しやった。

グレイシーがバージンのまま三〇歳をむかえたとは信じがたかった。ただ、彼女の命令的な態度と、車に小細工するなどというゲリラ戦法から察するに、おそらくニュー・グランディの男性のほとんどが怖気づいてしまったのだろう。ボビー・トムがさっき見たところ、グレイシーはナタリー・ブルックスと一緒にいた。二人の話が終ったあと、グレイシーは彼のいるところへ近づいてきたが、途中で気おくれしたらしく、回り道をして食事サービス専用ワゴン車のほうへ行ってしまった。あそこで昔のガールフレンド、コニー・キャメロンに意地悪されたのではないかと彼は想像した。グレイシーは今、カメラの後ろに隠れている。たぶん、深呼吸でもして心の準備をしているのだろう。ボビー・トムは彼女を窮状から救ってやることに決めた。

「グレイシー、こっちへ来てくれないか？」

グレイシーは驚きのあまり飛びあがらんばかりだった。ボビー・トムは昨夜の彼女を思い出していた。自分だって、もしあんなに取り乱してしまったら、現場の第一目撃者である相手とこんなふうに顔を合わせるのは気が進まないだろう。彼女は足にコンクリートブロックをくくりつけて引きずっているかのような重い足どりで、ボビー・トムのほうへ歩いてきた。しわくちゃになったネイビーのスーツは、八〇歳の修道女向けに仕立てられた服のようだ。それにしてもこの世にこれほど服の趣味のひどい人間がいるとは、と彼はあきれた。グレイシーは彼の前で立ちどまり、サングラスを頭の上に押しあげた。するとサングラスは髪の毛のかたまりの中に埋まった。しわくちゃの服、赤く泣きはらした目、青ざめた肌。見るに堪えない哀れな姿だった。

グレイシーは、ボビー・トムの視線に耐えられないようすだった。まだ恥ずかしくて顔を合わせられないのだろう。普段の彼女のワンマンぶりからすると、アシスタントとしてこちらの指示に従って働いてもらうには、俺が最初から強い態度に出なくてはならないだろう、とボビー・トムは思った。彼は普通、落ち込んでいる人に追いうちをかけるようなまねはしない人間だった。しかしここで弱腰にならず、まずは誰がボスなのかをはっきりさせておくことが必要だ。そうしなければ今後のためによくないことはわかっていた。

「スイートハート、今日やってもらいたいことがあるんだ。俺のアシスタントになったからには、実は俺の方針に反するんだが、君にあのサンダーバードを運転してもらうことにする。ガソリンを入れてきてほしいんだ。俺の財布とキーがトレーラーハウスの中のテーブルの上に置いてあるから。それからあのトレーラーハウス、いまいち掃除が行きとどいてないんだよね。だから、町に行ったらデッキブラシとライゾールかなんか、クリーナーを買ってきて、リノリウムの床をちょっと磨いてくれないか」

思ったとおり、グレイシーはすぐに反応した。「つまり、私にトレーラーハウスの床を磨けっておっしゃるんですか?」

「汚いところだけでいい。それからハニー、ついでに薬局に寄って、コンドームを一箱買ってきてくれるかな?」

グレイシーは、怒りのあまり口をあんぐりと開けた。「コンドームを買ってこいですって?」

「ああ、そのとおり。父親認知訴訟のかっこうの標的になってる男は、慎重な行動をとらざるをえなくなるものでね」

彼女は首から額の生え際まで真っ赤になった。「ボビー・トム、私はあなたのコンドームなんか買いませんから」

「買わないって?」

彼女は首を横に振った。

ボビー・トムはジーンズのバックポケットに指を突っこみ、残念そうに頭を振った。「こんなことを言わないですむように願ってたんだが、君には最初の段階ではっきりと伝えておく必要がありそうだね。今度の君の肩書きは何か、覚えてるかな？」

「私はあなたの――個人アシスタントです」

「まさにそのとおりだよ。そしてその肩書きの意味は、君が俺の個人的なことを補佐する、ということだよな」

「かといって、私があなたの奴隷になるという意味じゃないでしょう」

「ウィロウが全部説明してくれたものと思ってたのに、俺がいちいち教えてあげなくちゃならないとはね」彼はため息をついた。「今回の仕事について説明があったとき、ウィロウは君に、ボスは俺だということを言わなかったか？」

「それは言ったと思います」

「君は俺の指示に従わなくてはならないと、ウィロウに言われただろ？」

「社長は――ええ、そうですね、でも――彼女が言ってたのは、必ずしもそういう意味では――」

「当然、そういう意味で言ったはずだよ。今日から俺は君の新しいボスだ。君が命令に従っているかぎり、我々二人はうまくやっていける。だから今日の撮影が終わるまでに、リノリウムの床を磨いておいてくれたらありがたい」

グレイシーの鼻の穴がふくらんだ。耳の穴から蒸気が出てくるのが見えるようだった。彼女は今にも銃弾でも吐き出すかのように口をとがらせ、ハンドバッグをぐいと引きよせた。

「そうですか、わかりました」

ボビー・トムは、彼女がその場を離れて歩きはじめるまで待って「グレイシー？」と呼びとめた。

彼女は振りかえった。用心深そうな目つきだ。

「さっきのコンドームのことなんだけど、ジャンボサイズを頼むよ。それより小さいと、きつすぎるから」

それまでボビー・トムは、赤面した顔をさらに赤らめる女性を見たことがなかったが、グレイシーの顔は見事にそうなっていた。彼女はサングラスをぎこちない手つきで探して見つけると、勢いよくそれをかけ、急いで立ち去った。

ボビー・トムはくすくす笑いを抑えきれなかった。彼女をこんなにいじめて、本当は気がとがめてしかるべきだとはわかっていたが、逆に、はかりしれないほどの自己満足を覚えていた。グレイシーは放っておいたら、こちらのペースをめちゃくちゃにしかねない女性だ。とにかく最初の最初から、どちらが上か、立場をはっきりさせておいたほうがいい。

一時間後、買い物をすませたグレイシーは、ボビー・トムのサンダーバードに乗って薬局の駐車場を出た。さっき薬局のカウンターで起きたことを思い出すと、いまだに頰から火が出そうだった。社会意識の強い現代女性ならコンドームぐらい買って当たり前だと自分に言いきかせたあと、ようやく勇気を奮いおこして品物をレジの横に置いたちょうどそのとき、後ろからスージー・デントンがやってきたのだ。

カウンターの上のコンドームの箱は彼女から丸見えで、爆発前にカチカチ鳴る手榴弾のように鎮座ましましていた。当然のようにその箱を目撃したスージーは、すぐさまタブロイド新聞の一面に目をやり、頭が二つある犬の写真を熱心に観察しはじめた。グレイシーはいっそ死んでしまいたかった。

彼女は今、隣の乳幼児用カーシートに埋もれるように座っているエルヴィスに語りかけ、自分の気持ちを聞いてもらっている。「スージーの前でもうこれ以上恥をかくことはできない、と思ったとたん、ああいうことが起こっちゃうんですものねえ」

エルヴィスはげっぷをした。

グレイシーは思わず笑った。「そう言ってあざ笑うのは簡単でしょうよ。あなたがコンドームを買いに行ったわけじゃないんだから」

エルヴィスは機嫌よさそうに笑うと、泡状のつばをぶくぶくと吹いた。買い物のため牧場を出ようとしたグレイシーは、ナタリー・ブルックスに出くわした。彼女は、今日の最初のシーンを撮影する一時間ほどの間、責任をもってエルヴィスの面倒を見てくれる人を必死に探しまわっているところだった。グレイシーがベビーシッターを引きうけてもいいと申し出ると、ナタリーは山ほどの感謝の言葉を浴びせ、長々とした指示をあれこれ与えだした。そのうちグレイシーがメモを取りはじめると、ようやく安心したようすを見せた。

すでにグレイシーは二日酔いから立ち直り、頭痛も消えていた。彼女は、サンダーバードのトランクに入れてあったスーツケースから清潔な服、といっても情けないほどしわくちゃになった黒と茶色のストライプのシャツドレスを取りだし、トレーラーハウスの中で着がえてきていた。ようやく人心地ついた感じだった。

町はずれにさしかかったころ、つんとくる匂いが鼻腔を刺激した。それに続いて、むずかる赤ん坊の声が、汚れたおむつをあてて寝ている不快さを訴えだした。彼女はエルヴィスのほうを向いて言った。「こら君、臭いよ」

エルヴィスは顔をしかめて泣きだした。ほかに行き来する車もなかったので、グレイシーは路肩に車を止め、なんとかエルヴィスのおむつを替えた。運転席に再び座って車を出そうとしたとき、砂利道をタイヤが踏む音がした。

後ろを振りむくと、見事な仕立てのライトグレーのスーツを着た堂々とした体格の男が、すぐ後ろに停まっているワインレッドのBMWから降りてくるのが見えた。中年を過ぎているにしては魅力的な男性だ。短く刈りこまれた白髪まじりの黒髪、人目をひく顔立ち、余分な脂肪が少しもついていない、たくましい体。

「大丈夫ですか？」車の横まで来て彼は訊いた。

「ええ、大丈夫です。ありがとうございます」グレイシーは赤ん坊のほうを見ながらうなずいて言った。「おむつを替えなくてはならなかったもので」

「そうだったんですか」彼にほほえみかけられて、グレイシーは自然にほほえみかえしていた。他人を手助けするためにわざわざ止まって声をかけることを厭わない人が、この世にはまだいるのだ。

「これはボビー・トムの車ですよね」

「ええ、そうです。私は彼のアシスタントで、グレイシー・スノーといいます」

「初めまして、グレイシー・スノーさん。ウェイ・ソーヤーです」

グレイシーの目がわずかに見開かれた。自動車電話でボビー・トムがベインズ町長と交わしていた会話の断片を思い出したのだ。この男が、テラローザ中の人間が噂しているソーヤーなのか。ウェイ・ソーヤーの名前が、「あのろくでなしの……」を前につけずに口にされたのを聞いたのはこれが初めてだった。

「私の噂を聞いたことがあるようですね」と彼は言った。

彼女は直接的な答を避けた。「まだこの町へ来て一日と少ししかたっていませんから」

「だったらもう、私のことを話に聞いたことがあるでしょう」彼はにっこり笑うと、エルヴィスのほうに頭を傾けた。エルヴィスはまた、カーシートの中で体をもぞもぞと動かしはじめた。「あなたのお子さん？」

「いいえ、違います。女優のナタリー・ブルックスさんの坊ちゃんで、私はベビーシッターをしているんです」

「太陽の光がこの子の目に入ってまぶしそうだ」と彼は言った。「そろそろ出発したほうがいいですよ。お目にかかれてよかったです、グレイシー・スノーさん」会釈をすると、彼はきびすを返し、自分の車に向かって歩きだした。

「私もお目にかかれてよかったです、ソーヤーさん」グレイシーは彼の後姿に呼びかけた。「わざわざ止まってくださってありがとうございました。なかなかできないことだわ」

ソーヤーは手を振った。グレイシーは道路に車を戻しながら、テラローザの人々はもしかすると、彼の非道ぶりを大げさに吹聴しているのではないかと思った。彼女にはとてもいい人に思えたからだ。

おむつを替えてさっぱりしたはずのエルヴィスが、顔をゆがめてむずかりはじめた。グレイシーは腕時計を見て、一時間以上は軽くたっていることに気づいた。「牧場に戻る時間よ、カウボーイ君」

運転していると、コンドームの箱が入った袋が動いて腰に何度も当たる。グレイシーは、ボビー・トムを好きになったからといって、彼の欠点を看過したりはしないと誓ったことを思い出した。彼女は、あきらめのため息をつき、行動を起こすしかないと心に決めた。ボビー・トムが彼女の正式なボスであり、心をかき乱す男であることは確かだが、人に悪辣なことをしておいてその報いを受けずにすむはずがないことをわからせるため、釘をさしておく必要があった。

「フォー・クラブ」

「パス」

「パス」

ナンシー・コペックは、ブリッジのパートナーに対するいらいらを隠さずにため息をついた。「今のはガーバーよ、スージー。エースの数を知るためのアスキングビッドなんだから、パスはできないのよ」

スージー・デントンは、パートナーのナンシーに対し申し訳なさそうに笑った。「ごめんなさい、集中できなくて」彼女の頭にあったのはブリッジのゲームではなく、数時間前に薬局で目撃したことだった。グレイシーがあれを買っていたということは、息子のボビー・トムとそのうち寝るつもりなのだろう。スージーはグレイシーが気に入っていたので、彼女が傷つくのを見たくなかった。ナンシーは、テーブルに座っているほかの二人の女性の顔を見てうなずきながら、にこやかに言った。「スージーが集中できないのは、ボビー・トムが帰ってきていて、それに気をとられてるからよね。彼女、お昼からずっとおかしかったもの」

トニ・サミュエルズが身を乗りだしてきた。「ゆうべ、デイリークイーンでボビー・トムを見かけたんだけど、うちの姪を紹介する機会がなかったの。彼は絶対、姪のとりこになると思うんだけど」

トニのパートナーであるモーリーンは眉をひそめ、スペードの六を出した。「うちのキャシーのほうが、お宅の姪御さんよりはボビー・トムの好みだと思うけど。そう思わない、スージー？」

「みんなの飲み物のおかわりを取ってくるわ」と言いながらスージーはカードを伏せた。自分はダミー、つまり最初に持ち札を要求する人と組んでいるパートナーで、今は自分でプレーできないため、二、三分なら中座しても大丈夫だ。それに感謝したい気持ちだった。普段なら木曜の午後のブリッジを大いに楽しむ彼女だったが、今日はその気になれなかった。

キッチンに入り、カウンターにグラスを並べると、スージーは冷蔵庫ではなく出窓のほうへ歩いていった。中庭のそばのモクレンの木にかかっている鳥のえさ箱をじっと眺めながら、無意識のうちに指先を腰に押しつけた。指に触れたのは肌色のパッチで、これが、彼女の体内で自然に作られなくなった女性ホルモンを補充してくれる。突然あふれだした涙が目にしみて、彼女はまばたきをした。もう更年期を迎える年になってしまったなんて信じられない。ホイト・デントンと結婚したあの暑い夏の日から、まだたった数年しか経っていないような気がするのに。

スージーの心は、あらゆるものを飲みこむような絶望の波に襲われた。ホイトがいないことがむしょうに寂しかった。ホイトは彼女の夫であり、恋人であり、親友だった。彼がシャワーから出たあとの清潔な石鹸の匂いや、抱きしめてくれたときの腕の筋肉の固さがなつかしかった。彼女をベッドに押したおすときに耳元でささやいてくれた愛の言葉。彼の笑い声、古くさい冗談、つまらない駄じゃれ。すべてがなつかしかった。空っぽの鳥のえさ箱を見ながら、彼女は腕を胸の上で組み、自分でぎゅっと抱きしめた。一瞬だけでも、ホイトに抱きしめられていると想像したかったのだ。

ホイトが事故で死んだのは、五〇歳の誕生日を迎えた次の日のことだった。豪雨の中、彼が乗っていた車の側面にセミトレーラーが激突したのだ。葬儀が終わると、スージーの心には、絶望と喪失感に加えて、やり場のない怒りがわいてきた。彼女を一人ぼっちにし、彼女の人生を支えていた土台ともいうべき結婚生活を奪った夫が憎かった。つらく苦しい時期だった。その間彼女は、ボビー・トムなしではとうてい生きていけなかっただろう。

葬儀のあとボビー・トムは母親をパリに連れて行き、一カ月かけてパリ市内を探索し、フランスの村々をドライブし、古城や教会めぐりをした。母と息子はともに笑い、泣いた。スージーは苦しみぬいた。そのすえに、その昔、二人の世間知らずの少年と少女が息子をこんなに立派に育てあげたことを思い、謙虚な感謝の気持ちに包まれた。最近、自分が息子に頼りすぎるようになったことは意識しているが、頼ることをやめてしまったら、息子までが手の届かないところにいってしまうかもしれない。それを考えると怖かった。

ボビー・トムが生まれたとき、スージーはあと何人かは生むことになるだろうと確信していたが、それ以降は身ごもることはなかった。彼女はときどき、息子がもう一度小さいころに戻ってくれたら、と切に願った。膝の上に抱きかかえたり、髪の毛をなでたり、傷に包帯をしてやったり、幼い男の子特有の汗の匂いをかいだりしてみたかった。しかし、息子が大人の男になってからもうずいぶんになる。蚊にさされたあとにカラミンローションをすりこんでやったり、傷にキスをして治してやったりしたあの日々はもう二度と戻ってこない。

ホイトがまだ生きていてくれさえしたら。

ダーリン、あなたがいなくて本当に寂しい。どうして私をおいて行ってしまったの？

その日の撮影は六時には終了していた。馬の囲いのそばから解放されて歩きだしたボビー・トムの泥まみれの体はほてって、疲れている。それにイライラしていた。彼は午後いっぱい、埃を吸いこみつづけたが、明日も同じことをさらに何回もくり返すことになるらしかった。ボビー・トムに言わせれば、主人公のジェド・スレイドという人物は、今まで会った人間の中でもっとも間抜けな男だった。ボビー・トムは馬の専門家とはいえない。しかし、まともな牧畜業関係者なら、酔っぱらっていようといまいと、服をきちんと着ずに馬をならそうとすることは絶対にありえない、というぐらいの知識は持ちあわせていた。

一日の撮影が進むうちに、わざとらしく油でテカテカ光らされ、泥を塗りたくられた胸と、ジッパーをちゃんと上げられないジーンズに対するボビー・トムのいらだちは、単なる怒りから憤慨に発展していた。奴らは俺をポルノ男優のように扱っている！　油テカテカの胸の筋肉と、引きしまったケツだけが売りの男になりさがった自分！　はなはだしい侮辱だった。くそ！　NFLで一二年活躍した結果がこれか。ただの筋肉のかたまりかよ。

トレーラーハウスに向かって勢いよく歩いていくと、ブーツのかかとが土埃を巻きあげた。さっとシャワーを浴びてから自宅に戻り、しばらくドアに鍵をかけて一人きりの時間を過ごしてから母親に会いに行くつもりだった。彼はグレイシーが逃げだしていないようにと願った。彼女に八つ当たりして自分の不満をぶちまけて、発散するのを楽しみにしていたからだ。トレーラーハウスのドアを引いて開け、中に入ったとたん、彼の足はそこで止まった。部屋中女性だらけだったからだ。

「ボビー・トム！」

「おかえりなさーい、ボビー・トム！」

「カウボーイさん、ご機嫌いかが」

六人の女性が、ゴキブリのようにあたりをちょろちょろ動きまわっていた。手作りのキャセロールをテーブルに並べたり、パイを切りわけたり、冷蔵庫からビールを取りだしたりして忙しく立ち働いている。古くからの知り合いが一人、ロケ地入りした日に初めて会った娘が三人、全然知らない娘が二人いた。そして、ここで行われている活動のすべてが、七番目の女性によって取りしきられている。アライグマのしっぽにしか見えない黒と茶色のストライプのドレスを着た邪悪な魔女だ。騒ぎのまっただなかで、立ったまま次々と指示を出しながら、ほくそ笑んで彼を見ている。

「シェリー、そのキャセロール、本当においしそうね。ボビー・トムがきっと、最後の一口まで喜んで食べてくれると思うわよ。マーシャ、そんな見事なパイ、今まで見たことないわ。わざわざ焼いてくれるなんて、思いやりがあるのね。ローリー、床をぴかぴかに磨いてくれたのね、すごいわ。ボビー・トムは必ず感謝してくれるはずよ。リノリウムの床については、彼ってうるさいから。そうですよね、ボビー・トム？」

グレイシーは聖母のように穏やかな表情でボビー・トムを見つめている。しかし彼女の澄んだグレーの目は、勝利の喜びに輝いていた。結婚を夢見る女の子の騒がしい集団こそ、彼が今一番遭遇したくないものだということを、彼女はよく知っているはずだ。それなのに女性たちを追いはらうどころか、できるだけそこに長くとどまるよう、けしかけている！　ボビー・トムはついに、自分の人生におけるグレイシーの役割について理解した。彼女は神が彼を懲らしめるために創りだした、たちの悪い冗談ということか！

髪を大きくふくらませたヘアスタイルの、体にぴったりしたトップを着た女の子が、彼に缶ビールを手渡しながら言った。「ボビー・トム、私、メアリ・ルイーズ・フィンスターです。エド・ランドルフの甥の奥さんが、私のいとこなの。エドが、ここに寄ってあなたに挨拶していけって」

ボビー・トムはビールを飲み、無意識のうちにほほえもうと努力したが、頬が引きつっていた。「メアリ・ルイーズ、お目にかかれて本当に嬉しいですよ。エドはこのごろどう？」

「なんとかやってるわ。気にかけてくれてありがとう」彼女は横にいる女の子のほうを向いて言った。「ここにいるのは私の親友、マーシャ・ワッツ。以前、ライリー・カーターの弟のフィルとつき合ってたの」

女の子が一人一人、前に進みでてきた。彼は丁重に挨拶をし、ペッツ・キャンディのように愛嬌をふりまき、甘いお世辞を並べたが、その間もひどい頭痛がし、皮膚は泥とベビーオイルでかゆくてたまらなかった。空気中にはオゾン層に新たなオゾンホールを作りだせるほどの香水がただよい、彼はくしゃみをこらえるのにせいいっぱいだった。

後ろのドアが開いてお尻にぶつかったため、彼は思わず脇へよけた。あいにくそれが、もう一人の女性に中に入ってくるチャンスを与えてしまった。

「私のこと覚えてるわよね、ボビー・トム？　コリーン・バクスターよ。結婚前の姓はティムズだったんだけど、今はもう、エイムズ車体工場で働いてた最低の浮気男と離婚してるから。私、あなたと同じ高校だったのよ。私のほうが二年下だったけど」

ボビー・トムは、目の前でふわふわ揺れる燃えるような赤毛を通して、コリーンに微笑んだ。「君、本当にきれいになったね、スイートハート。見違えたよ。高校のときももちろん可愛かったけどね」

コリーンがケラケラかん高い声で笑うのが気にさわる。彼女の門歯の一本に口紅がついている。「ボビー・トム、あなたってもう、ほんとにお世辞がうまいんだから」

彼女はふざけてボビー・トムの腕を叩くと、グレイシーのほうを振りむいてIGAスーパーマーケットのビニール袋を手渡した。「あなたが教えてくれたボビー・トムお気に入りのナポリタン・アイスクリーム、買ってきたわよ。すぐに冷凍庫に入れたほうがいいと思う。車のエアコンが壊れてるから、かなり柔らかくなっちゃってるの」

ボビー・トムは三色アイスのナポリタン・アイスクリームが大嫌いだった。人生には妥協しなければならないものが様々あるが、それらとは違って、このアイスクリームはどうにも我慢がならなかった。

「ありがとう、コリーン」ＩＧＡの袋からアイスクリームの箱を取りだしたグレイシーの口元は、日曜学校の先生のような上品なほほえみをたたえていたが、それとは対照的に、グレーの瞳には悪魔のような光が宿っていた。「あなたのために町までわざわざ車を飛ばしてアイスクリームを買ってきてくれるなんて、コリーンって優しい人よね、ボビー・トム？」

「本当にそうだね」ボビー・トムは平静な声で答えたが、グレイシーに向けた視線には、必ず仕返しをしてやると言わんばかりの憎悪がありありと表れていた。炎が出そうなくらいの強い視線でにらみつけているのに、グレイシーが今この場で焼け死んでしまわないのが不思議なぐらいだった。

コリーンはボビー・トムの腕をつかもうとしていたが、手がベビーオイルですべって、砂粒を彼の肌にさらに深くすりこむ結果になった。「私、フットボールのこと勉強してるのよ、ボビー・トム。あなたがテラローザを出発する前に、フットボールクイズに挑戦させてもらえたらと思ってるんだけど」

「私も勉強中よ」コリーンの友だちのマーシャがキンキン声で割って入った。「あなたがテラローザに帰ってくるってニュースが広がったとたん、町の図書館にあるフットボールに関する本が全部貸し出されて、きれいになくなっちゃったの」

ボビー・トムの忍耐もここまでだった。心底残念そうにため息をつきながら、彼は一人一人の女性の肩に手をおいて言った。「みんな、本当に申し訳ない。実は、グレイシーが昨夜クイズに合格して、ボビー・トム夫人になることに同意してくれたんだ」

トレーラーハウスに重い沈黙がおとずれた。グレイシーは凍りついたように立ちすくんでいる。手に持った半ガロン（約一・八九リットル）のナポリタン・アイスクリームが溶けて、床にしたたり落ちはじめている。

女性たちの視線が、ボビー・トムとグレイシーの間を行ったり来たりしている。コリーンが、グッピーのようにぱくぱくと口を開いたり閉じたりしている。「グレイシーが？」「まさか、このグレイシーのこと？」メアリ・ルイーズの目は、グレイシーのファッションと身だしなみの落ち度を一つ一つ確認している。

ボビー・トムは、最高に優しいほほえみを演出して、情け容赦なく殺してやりたい相手に浴びせた。「ここにいる、すてきな女性のことさ」彼はカントリー歌手のリーバ・マッキンタイア風にふくらんだ髪の女の子たちを押しのけて、グレイシーの横に並んだ。「言っただろ、ダーリン。いつまでも秘密にしてはおけないだろうって」

ボビー・トムはグレイシーの肩に腕をまわして引きよせると自分の裸の胸に当て、泥とベビーオイルが彼女の顔の側面いっぱいにつくように、思いきり押しつけた。「実際の話グレイシーは、今まで俺が出会ったどの女性よりもスーパーボウルの歴史に造詣が深いんだ。ああ！　ポストシーズンの試合記録を次から次へと答えるようすといったら、もう魔法としか言いようがない。ねえ、スイートハート、君がゆうべ、パス成功率のパーセンテージを朗々と暗誦するさまを見て、俺はもう涙が出そうになったよ」

息がつまったような奇妙な声を出しているグレイシーの頭を、彼はますます強く胸に押しつけた。どうしてこのアイデアをもっと前に思いつかなかったんだろう？　グレイシーをフィアンセだと言ってごまかすことこそ、テラローザに滞在中、心の平安と静けさを確実に手にいれる最良の方法だったのだ。

ボビー・トムは彼女の頭の位置をずらして、顔のもう一方の側にも汚れがたっぷりつくようぐいっと締めつけた。その瞬間、彼は大きく息を吸いこんだ。冷たいナポリタン・アイスクリーム半ガロン分のパンチを、胃にまともに食らったからだ。

メアリ・ルイーズ・フィンスターは鶏の骨でも飲みこんだような顔をしていた。「でも、ボビー・トム。グレイシーってあまり――彼女って親切だし、性格はいいけど――でも彼女ってそんなに――」

アイスクリームのあまりの冷たさに激しく息を吸いこんだボビー・トムは、グレイシーの後頭部の髪の、誰にも見えない部分に指をくいこませた。「なんだ、グレイシーが今着てる服のことを言ってるの？　彼女がときどきこんな服を着てるのは、俺が頼んでそうしてもらってるからなんだ。そうでもしないと、ほかの男に注目されすぎて困るからさ。そうだろ、スイートハート？」

彼女の返答はボビー・トムの胸に押しつぶされ、くぐもって聞こえなかった。その間彼女は、アイスクリームの箱を彼のわき腹にぶつけてやろうともがいていた。ボビー・トムは彼女の髪をつかんだ手にさらに力をこめて頭を上下に揺さぶってやりながら、魅力的なほほえみでみんなを圧倒した。「撮影クルーの中にはちょっとすけべな男もいるみたいだから、本当の彼女を見て興奮したりしても困ると思ってね」

彼の思惑どおり、婚約を発表したことで浮かれ騒いでいた女の子たちは一気に活気を失った。箱からもれ出している溶けたアイスクリームのことを無視しようとつとめながら、彼はグレイシーをしっかりとそばに引きつけたまま、女性たちに別れを告げた。最後の女性が出ていってトレーラーハウスのドアが閉まったあと、彼はようやくグレイシーを解放してやり、その姿を見下ろした。

彼女の顔と、アライグマのしっぽに似たドレスの前の大部分が、泥とオイルで汚れていた。つぶれた箱のふたからはみだした溶けたアイスクリームが、チョコレート、ストロベリー、バニラのどろどろした筋のようになって、指の間からたれていた。

ボビー・トムは怒りの爆発を待ったが、爆発は起こらなかった。その代わり、グレイシーの細めた目にはある決意がこもっていた。彼女が予測のつかない反応をする人間だということをボビー・トムが思い出した瞬間、手がいきなり伸びてきて、ジーンズの上端のV字形の部分をつかんだ。反撃する間もなかった。溶けかけたアイスクリームのかたまりが、ジーンズの中に勢いよく突っこまれた。

悲痛な声とともに彼は空中に飛びあがった。

グレイシーはアイスクリームの箱をばしっと床に叩きつけ、胸の前で腕を組んで言った。

「今のは、あなたのお母さんの前で私にコンドームを買わせた罰よ!」

わめく、あちこち飛びまわる、ののしる、笑う。これだけのことを一度に行うのは難しいものだが、ボビー・トムはそれをなんとかやってのけた。

グレイシーは溶けたナポリタン・アイスクリームが水たまりのように丸く広がっていく中に立って、彼がもがき苦しむようすを眺めていた。公平に判断すれば、彼の態度は見上げたものと言ってよかった。グレイシーをいじめたことが彼のそもそもの間違いだったのだが、復讐を果たした彼女に対し、彼は、下品なののしりの言葉を除いては、きわめて潔く罰を受けたのだ。

ちょうどそのとき、グレイシーはボビー・トムの手がジッパーに伸びるのを見た。ちょっと気をゆるめるのが早すぎたことに気づいたグレイシーは、本能的に飛びすさって彼から離れたが、靴のヒールが床に落ちたアイスクリームの箱に引っかかった。次の瞬間、彼女は床の上にあおむけに倒れ、ボビー・トムの顔を見上げていた。

「さぁて、今度はどうかな?」彼の目が悪魔のような光を帯びて輝き、彼女を見下ろしていた。片手をまだジッパーのところに、もう片方の手を腰にあてて立っている。グレイシーは太ももの裏に冷たいものを感じた。倒れたときにスカートがずり上がって、脚がむき出しになっていたのだ。彼女は手をリノリウムの床についで支えにし、なんとか起き上がろうとところみたが、気がつくとボビー・トムが、すぐ隣に膝をついてかがみこんでいる。

「そんなに急ぐなよ、スイートハート」

グレイシーは彼の動きに用心しながら、少しずつ体をずらして逃げようとしていた。「何を考えてるのか知らないけど、とにかく忘れることね、今すぐ」

彼は口の端を片方だけ上げた。悪意にみちた表情だった。「いや、忘れるには相当時間がかかりそうだなあ」

アイスクリームでべとべとになったボビー・トムの手が肩にかかり、グレイシーは恐怖でひっと息を吸い込んだ。その瞬間、体をひっくり返されてうつぶせになっていた。溶けたバニラのかたまりに頰が押しつけられ、彼女は悲鳴を上げた。あわてて起き上がろうとすると、膝らしきもので後ろから腰を押さえられた。

「何するのよ！」リノリウムの床に文字どおり釘づけにされた彼女は叫んだ。

彼の手がドレスのファスナーの上についているホックをはずそうとしている。「いいかい、何も心配しなくていいからね、ハニー。俺は覚えてないほど昔から女の子の服を脱がせてきたんだ。このドレスを脱がせるのも数秒しかかからないから」

グレイシーがずっと夢見てきたいい思い出になる経験とは、こんなものではなかった。

「脱がせないで！」

「またまた、そんなこと言って」ホックがはずれた。「ストライプの服って、おかしなもんだよな。フットボールの試合で審判をつとめるつもりじゃないのなら、今後ストライプの服は避けることをおすすめするよ」

「そんなファッションの講義なんて必要な――まあ！　ファスナーにさわらないで！　やめてったら！」彼はドレスの背中を完全に開き、押しつけていた膝を上げると、彼女の抗議の叫びには耳を貸さずに、ドレスを腰まで引きおろした。

「動かないで、スイートハート。わあ、まいった。またすてきな下着をつけてるな」彼はドレスを剝ぎとって彼女をくるりとあおむけにした。そこまでを一気に片づけたものの、彼は白いレースのデミブラとビキニのパンティを、ほんの一瞬長く見つめすぎた。

そこへグレイシーが、溶けかけたチョコレートアイスクリームのかたまりをこぶしに握りこんで投げつけた。

冷たいかたまりがあごを直撃し、ふいをつかれたボビー・トムは思わず叫び声をもらしたが、すぐにアイスクリームの箱に飛びついた。「今のは、無用なラフプレーで一五ヤード（約一三・七二メートル）のペナルティだぞ」

「ボビー・トム……」グレイシーの金切り声。彼がさらに大きなべとべとのかたまりを箱からすくいとって彼女のお腹の上に落とし、手のひらで肌にそれを塗りたくりはじめたのだ。彼女はあまりの冷たさに息を吸いこみ、もがいて逃げようとした。

ボビー・トムはにやにや笑いながら彼女を見下ろした。「さあ、言ってごらん。『許してください、ボビー・トム、こんなにご迷惑をかけて申し訳ありません。これからは、何もかもあなたのおっしゃるとおりにします。アーメン』って言うんだ」

グレイシーがその代わりに、彼がもっとも好んで使う汚いののしりの言葉をくり返したので、彼は大笑いし、相手に絶好の反撃のチャンスを与えてしまった。そのとたん、胸にストロベリーアイスクリームを叩きつけられた。

それをきっかけに乱闘になった。闘いはボビー・トムに有利に展開した。彼はまだジーンズをはいていたし、滑りやすくなったリノリウムの床の上でも、グレイシーに比べるとうまく足を踏んばって動きまわることができたからだ。また、彼は体調万全のスポーツ選手であるばかりでなく、「スポーツマン・オブ・ザ・イヤー」を受賞した選手とは思えないほど数多くの汚い手を知っていた。その一方で、アイスクリームをグレイシーの体のあちこちにこすりつけていると、ときどきふっと注意力散漫になる奇妙な瞬間があった。彼女はそれを一つ残らずとらえて攻撃し、つかめるだけのアイスクリームを彼の体に塗りたくった。彼女は悲鳴をあげ、笑い、やめてと懇願するという行動をいっぺんにとったが、持久力では彼のほうがまさっていて、そのうちスタミナが切れてきた。

「やめて！　もうだめ！」グレイシーは床に倒れこんだ。激戦で息も絶え絶えになった彼女の胸がレースのブラの中で大きく上下した。

「『一生のお願いですから』って言ってごらん」

「一生のお願いですから」グレイシーは空気を求めてあえいだ。髪の毛の中にも、口にもアイスクリームが入りこみ、体中アイスクリームまみれで、白かったはずの下着には、ピンクと茶色の線がまだらについていた。ボビー・トムのほうも同様にひどい。グレイシーは、彼の髪の毛の中に塗りこんだストロベリーアイスクリームの量に特に満足していた。

彼女の視線は、ボビー・トムの胸から下に移り、ゴールデンブラウンの毛が、おへその上からまっすぐV字形に開いたジーンズの中まで続くラインを追っていた。すると、そこに大きなふくらみができている。彼女の口の中が渇きはじめた。これは彼女のせいなのだろうか？　彼女はあわてて彼と視線を合わせた。

ボビー・トムは、けだるいような、楽しげなようすでグレイシーを見つめている。一瞬、二人の動きが止まった。そして、彼はかすれた声で言った。「『一生のお願いですから』。ついでにアイスクリームもお願い、だろ」

彼女は身震いした。寒さからではなく、体の中にひろがってゆく熱いものを感じたからだ。今まで乱闘の興奮で、受けた刺激の嵐に自分の体が激しく反応していたことに気づかなかった。しかし今、突如として、冷たいアイスクリームと、自分の肌の猛烈なほてりの対比に気づいてしまった。彼女は、自分の太ももにこすれるデニムの生地のがさつき、指の間のオイルのぬめりをあらためて感じた。彼の胸についていた砂粒は今や自分の体にも移っていて、ざらざらした感触があった。

ボビー・トムは、グレイシーのおへそのまわりにたまったストロベリーアイスクリームの中に人さし指を入れ、柔らかな動きで下のほうに向かって線を描きはじめ、見るも無残な色に染まったビキニパンティの上端の、細いゴム部分のところで手を止めた。

「ボビー・トム……」グレイシーの心臓は鼓動をやめてしまったかのようだった。かすかにつぶやいた彼の名前が、哀願しているように聞こえる。

ボビー・トムは両手を彼女の肩のところまでもってゆき、ブラの左右のストラップの下に親指をすべりこませ、肩の小さなくぼみに押しつけて、優しくマッサージを始めた。

鋭く、甘くせつない思いが彼女の体を満たし、もう耐えきれなくなっていた。彼女は全身でボビー・トムを求めていた。

グレイシーの心を読んだかのように、ボビー・トムは彼女のブラのフロントホックをはずした。彼女は動くこともできずに横たわりながら、心の中で恐れていた。自分がすべての女性に求められる男であることを彼が思い出してしまったらどうしよう。私は高校卒業記念のダンスパーティの夜一人ぼっちで家にいた、さえない女の子だったのに。

しかし彼はやめなかった。冷たく湿ったレースのブラを取ると、じっと見つめた。彼女にとって自分の胸がこれほど小さく思えた瞬間はなかったが、そのことをわびるつもりはなかった。彼がほほえんだので、彼女は思わず息を止めた。胸の小ささについて冗談を言われるのではないかと思ったのだ。しかし彼は、穏やかな、ゆっくりとした調子で話しだした。彼女の体中の血管が炎に触れたかのように熱くなった。

「あいにく、いくつか、まだやり残した部分があったな」

ボビー・トムが、彼女の肩のそばに口が開いたまま落ちていた哀れなアイスクリームの箱に指をひたすのを彼女は見守った。彼はバニラアイスクリームを少しすくうと、それを彼女の乳首にもっていった。感じやすい乳首の先にそれが落とされたとき、彼女は大きく息を吸いこんだ。

乳首が固くとがっていた。彼は指の腹を使って、乳暈に小さい円を描いている。その指はしだいに小さな頂上へと向かっていく。彼女はあえぎ、頭を横にのけぞらせた。彼は指をアイスクリームの箱に戻すと、もうひとすくいを反対の乳首にもっていった。

敏感な部分に、冷たさと痛みがまじったような鋭い快感が走り、彼女の唇からうめき声がもれた。本能的に開いた脚の奥が、熱く脈打つようにうずく。彼女はもっと、もっと欲しかった。乳首を彼の指にもてあそばれていた。親指と人さし指の間に乳首をはさまれ、つまみ上げられて、そこが熱くなるとまたアイスクリームで冷やされる。彼女はすすり泣いた。

「ああ、お願い……お願い……」哀願しているような口調になっているのは知っていたが、もう自分自身を止められなかった。

「楽にして、スイートハート。気を楽にして」

ボビー・トムは、彼女の乳首に冷たさを与え、愛撫して熱くし、また冷たいものを塗りつけることを続けた。火と氷のくり返しに、彼女は火のように燃えあがった。脚の奥は焼けるように熱くなり、乳首は固く立って彼を求めていた。腰は古代から人間が慣れ親しんできたリズムをきざみ、すすり泣きが激しくなった。

彼の指が胸の上で止まった。「スイートハート?」

彼女はもう話すことすらできない状態だった。言葉で表現しえない何かを感じる寸前にまで上りつめていた。

彼は胸から手を離して、彼女の脚の間にすべりこませた。彼女はパンティの薄い布地を通じて、彼の手の熱さを感じていた。手のひらがそこに当てがわれ、動きはじめた。

それだけで、彼女は粉々に砕けちるかのようにいってしまった。

9

ボビー・トムはきれいになったリノリウムの床の中央に立って、トレーラーハウスの後部の窓から外を眺めていた。グレイシーがシャワーを使いおわるのを待って、自分も体を洗ってさっぱりするつもりだ。全面的に認めたくはなかったが、彼はさっき起こったことで相当に動揺していた。女性経験豊富な彼でも、あんなことは初めてだ。体に触れるか触れないうちに彼女は失神してしまったのだから。

あのあと、二人は黙ってキッチンを掃除した。グレイシーはボビー・トムと目を合わせるのを拒んでいたし、ボビー・トムは彼女のことがなんとも腹立たしく、話もしたくなかった。この年までバージンでいるなんて、いったい何を考えているのか？　人生に不可欠な快楽の一つを拒否するにはあまりに感じやすい体をしていることを、自分でわかっていないのか？

ボビー・トムは、自分がより腹を立てているのは彼女に対してなのか、それとも自分自身に対してなのか、よくわからなかった。あの小さなビキニパンティをむしり取って、いつでもどうぞとばかりに目の前に差しだされたものをむさぼりたい、という衝動を抑えるのに大変な自制心を要した。では、衝動を抑えたのはなぜか？　なぜなら彼女が、よりにもよって、グレイシー・スノーだからだ。お情けで女を抱くなんて、俺はとっくの昔に卒業した。物事が複雑になるからだ。

そのとき彼は心に決めた。性欲が完全に戻ってきた今、機会を見つけしだいダラスに飛行機で戻ろう。ダラスへ着いたら、以前から知っている、離婚した美しい女性に会おう。彼と同じく自由気ままな人生の楽しみ方を知っている彼女は、キャンドルを灯したロマンチックなディナーや長々とした会話よりも、早く裸になりたいと考えるほうだ。修道僧のような今の生活に終止符を打ちさえすれば、彼もグレイシー・スノーにそそられるようなことはなくなるだろう。

ボビー・トムは、サンダーバードのトランクからグレイシーのスーツケースを持ってきてやると約束したのにまだ実行していなかったことを思い出し、トレーラーの外へ出た。撮影クルーの何人かが囲いのそばに集まっているのが遠くに見える。距離が離れていてよかった、と彼は思った。どうして乾いたアイスクリームが体中についているのか、いちいち説明しなくてもすむからだ。

車のトランクを開けたとき、後ろから間延びした声が聞こえた。「おや、おや。犬の糞か何かの匂いだと思ったよ。いったい何を体に塗りたくってるんだい?」

ボビー・トムは振り返らずにスーツケースをトランクから取り出した。「やあ、俺のほうこそ会えて嬉しいよ、ジンボ」

「ジムだ。ジムと呼んでくれ、わかったな?」

ボビー・トムはゆっくりと振り向き、昔からの天敵に対峙した。ジンボ・サッカリーは相変わらず大きく、警察の制服を着ていてさえも間抜けに見える。濃く密生した眉毛は伸びほうだいで、右と左の眉毛が真ん中でくっつきそうだ。朝そっても夕方にはもう目立ちはじめる濃いひげは、幼稚園のころにすでにあった、とボビー・トムは断言できる。今や警察署長のジンボ・サッカリーは、頭が悪いというわけではない——母によれば、ルーサー・ベインズ町長に任命されて以来ちゃんと役目を果たしているという——しかしその巨体と大きな頭のせいで、頭が悪そうな感じがするのだった。それに、笑ったときに見える歯の数がやたらに多い。その歯の一本一本を、人に取りいるようなにやにや笑いでむき出しているのを見るたび、ボビー・トムは自分のこぶしで、思うさま独創的な歯科治療をほどこしてやりたくなるのだった。

「映画スター君。今の姿を女性陣に見られたら、色男もかたなしだな」

ボビー・トムはいらだたしそうにジンボを見た。「まさか、シェリー・ホッパーとのことをまだ根にもって恨んでるわけじゃないだろうな。一五年も前の話だぞ！」

「とんでもない」彼はゆったりとした歩き方でサンダーバードのフロント部分に近づいていき、片方の足をバンパーに乗せた。「今俺が頭にきてるのは、お前がヘッドライトの壊れた車を運転して、この町の住民を危険にさらしてることだよ」彼はピンク色の用紙を取りだし、歯をむき出して笑いながら、違反切符を切るのに必要な事項を書きこみはじめた。

「壊れたヘッドライトっていったい何の——」ボビー・トムは黙った。フロント左側のヘッドライトが壊れていて、下の地面に割れたガラスの破片が散らばっている。誰がやったかぐらいだいたい見当がつく。「こいつ、ちくしょ――」

「気をつけろよ、B・T。ここいらじゃ、警察関係者にものを言うときは言葉使いに気をつけたほうがいいぜ」

「お前がやったんだな、このくそったれが！」

「ほら、B・T。ジムと呼べと言ったろ」

ジンボがそこで口をつぐんだのは、チリチリと音を立てるシルバーのブレスレットをした黒髪の女性が、いつのまにか二人の後ろに来ているのに気づいたからだった。ジンボは女性のほうを振り向いてにこやかに笑いかけた。ボビー・トムの元ガールフレンドで、食事サービス用ワゴン車を取りしきっているコニー・キャメロンだ。彼女は昨日ボビー・トムが撮影現場に到着して以来、目の前で服を脱ぐことこそしなかったが、ありとあらゆる手で彼を誘惑しようとしていた。ジンボの目に愛の輝きが宿るのを見て、ボビー・トムはまた厄介事が起きるに違いないとあきらめの境地に入った。

「やあ、スイートハート」ジンボは彼女の唇に軽いキスをした。「あと少しで仕事も終わりだから、君を夕食に誘いたいと思ってね。おい、B・T、俺とコニーが婚約したって知ってるか？　感謝祭のときに結婚式を挙げる予定なんだ。お前からも趣味のいい結婚祝いを期待してるからな」ジンボはなれなれしい笑いを見せると、また違反切符の用紙に記入しはじめた。

「おめでとう」

コニーは、ボビー・トムに物欲しげな視線をおくった。「いったいどうしたの？　豚と一緒に転げまわったあとみたいな格好してるけど？」

「見当違いもいいところだな」

コニーはボビー・トムを疑わしそうに見ていたが、彼女がさらに質問を重ねようとする前に、ジンボがボビー・トムの手に違反切符を叩きつけた。「町役場で支払えばいいから」

「それは何なの？」コニーが訊いた。

「B・Tに違反切符を切らなくちゃならなかったんだ。ヘッドライトが壊れてたもんだから」

コニーはヘッドライトの状態を調べ、地面に落ちたガラスの破片を見た。彼女は嫌悪感を表してボビー・トムの手から違反切符を引ったくると、二つに引き裂いた。「やめなさい、ジム。何もまたB・Tと事を起こさなくても」

ジンボは今にも爆発しそうだったが、同時に、愛するコニーの目の前でそれはしたくないと感じているようすが見てとれた。けっきょく、ジンボはコニーの肩に手を回して言った。

「またあらためて話そうぜ、デントン」

「そりゃ待ち遠しいな」

ジンボはボビー・トムをにらみつけ、コニーを連れて立ち去った。ボビー・トムは地面に落ちて埃まみれになった違反切符の切れはしを眺めながら、はっきりと感じていた。コニーは彼を助けるためにああいう行動をとったわけではないと。

「ヘッドライトがどうしてああなったのか、なぜ教えてくれないんですか」

「君には何の関係もないことだからだよ」ボビー・トムは車から降りるとき、必要以上に力を入れてドアを閉めた。

グレイシーはボビー・トムの頑固さがしゃくにさわってたまらなかったので、彼のあとについて家につながる小道を歩きながら、建物の外観を見もしなかった。ボビー・トムはシャワーを浴びてさっぱりして、ブルーのシャンブレー織のシャツの袖をたくしあげて着ていた。格好よく色あせたジーンズと、パールグレイのステットソン製カウボーイハットが、彼を「ゲス」の広告に出てくるモデルのように見せていた。一方グレイシーは、サファリルックに見当違いのあこがれを抱いて買った、くすんだオリーブグリーンのスカートとブラウスを、しわくちゃのままで着るしかなかった。

トレーラーハウスで二人の間に起きたあの事件のあとだけに、グレイシーはけんかをふっかけたい気分になっていた。さっき得た快感は一方的なもので、望んでいたこととは違っていた。喜びを得るだけではなくて、相手にも与えたいと思うからだ。しかし彼女は、ボビー・トムが自分を憐れみの対象として見はじめたのではないかと恐れていた。彼女が昨夜酔っぱらって彼に言い寄ったことと、今日の午後に起きたことを考えれば、彼女に対するボビー・トムの感情は、憐れみ以外は考えにくい。

小走りでようやく彼に追いついたグレイシーは言った。「あのサンダーバード、最後に運転したのは私ですよ」

ボビー・トムはカウボーイハットのつばの下から彼女をにらみつけた。「ヘッドライトを壊したのは君じゃない」

「じゃあなぜ、壊れた理由を言ってくれないんです」

「もうこの話は終わりだ！」

グレイシーはさらに言いつのろうとしたが、そのとき家に注意を奪われた。目の前にある簡素な木造の白い建物はシカゴの邸宅とまったく違っていて、この二軒の家を同じ人間が所有しているとは信じがたかった。塗装コンクリートの階段を四段上った先が白い手すりのついたポーチで、木製のブランコが置いてある。ドアの脇にはほうきが立てかけてある。ポーチに敷きつめられた幅広い床板の塗装は、玄関のドアと同じく、汚れが目立たなくて実用本位のダークグリーンだ。庭に植わったペカンの木立が見渡せる正面の上げ下げ式の窓には、印象を和らげるためのよろい戸もついていない。真ちゅう製のランタンやぴかぴか光るドアノッカーなど、外観を飾りたてるものも何もない。小さく頑丈そうで、実用的な家だった。

ボビー・トムが玄関のドアを開け、グレイシーは中に入った。

「まあ」

彼は含み笑いをした。「何ていうか、ちょっと息をのんじゃうだろ」

可愛らしい内装の廊下を見まわしながら、その左側にあるリビングルームに二、三歩ゆっくりと足を踏みいれると、驚きが彼女の心を満たした。「すごくきれいだわ」

「気に入るんじゃないかと思ってた。たいていの女性は好きみたいだね」

まるで大人用に作ったドールハウスにいるようだった。ピンクとクリーム色を基調に、うすいラベンダー色と淡いシーフォームグリーンでアクセントをつけた、繊細なパステルカラーの世界だ。フリルと花模様とレースがしつこい印象を与えそうなものだが、すべてが絶妙なバランスを保った趣味のよさでうまく組み合わされている。グレイシーは、ピンクと白のストライプの布地を張ったアームチェアの一つにゆったりと座り、アンゴラ猫を抱いて、ペパーミントティを飲みながら、ジェーン・オースティンの小説を読んでみたいと思った。

リビングルームの中はバラの香りがした。グレイシーの手は、レースのカーテン、光沢のあるチンツの布、カットグラス、金箔といった、それぞれ異なる手触りのものに触れて探検したくてたまらなくなった。ふちにフリンジがついた波紋絹布のクッションを撫で、花模様のテーブルスカートを止めているリボンの輪に指をからませてみたかった。二つのコテージウィンドウの間には、枝編み細工の白いバスケットが置かれている。そこからこぼれるように垂れる青々としたシダの葉からは、肥沃で甘い土の匂いがただよってこないだろうか。暖炉のマントルピースの上に飾られた小麦とピンクのバラのドライフラワーの束に触れたら、指の間で粉々に砕けてしまうだろうか。

そしてグレイシーの心は、部屋の真ん中へと歩を進めたボビー・トムを見て大きく揺れた。男性がこんな優美で繊細なものに囲まれて立っていれば間抜けな感じに見えるはずなのに、彼は逆に、今までよりずっと男らしく、力強く見える。部屋のもつ軽やかで繊細な雰囲気と、確固として揺るがない彼の強さとの対照的な違いに、グレイシーはくらっときた。これだけ女らしいものに囲まれた部屋を自信をもって歩くことができるのは、自分の男らしさに何の疑いももたない男だけだろう。

ボビー・トムはカウボーイハットを、ふっくらとした足置き《オットマン》の上にぽんと置くと、後ろに見えるアーチ状の入口を首をひねって示した。「奥にある俺のベッドルームをのぞいてみろよ、もっと驚くぜ」

グレイシーが、彼に釘づけだった視線をほかへ向けるまでに数秒かかった。つきあたりの部屋めざして、貝殻の内側のようなパールピンクに彩られた狭い廊下を歩く。グレイシーの足は震えていた。戸口で立ちどまったまま、感動のあまり口もきけず、ボビー・トムに話しかけられるまで、彼が後ろからついてきていることにも気づかなかった。

「どうだい。感じたままを言ってごらん」

グレイシーは、金箔を張った柱に支えられた天蓋《キャノピー》つきの、クイーンサイズのベッドを見つめた。こんなすばらしい天蓋《キャノピー》は見たことがない。何層にも重なって柔らかな滝のように上から流れおちる極薄の白いレースが、ピンクとラベンダーのサテンリボンで作った飾りで結んで止めてある。

グレイシーの目が輝いた。「このベッドだと毎朝起きるとき、王子様が現れてお目覚めのキスをしてくれるまで待たなくちゃいけないのかしら?」

ボビー・トムは笑った。「以前から処分しようと思いながら、なかなかその機会がなくてね」

天蓋《キャノピー》つきのベッド、金箔張りのたんす、ピンクとラベンダーを組み合わせた装飾用クッション、フリルつきの長いすに彩られた夢のようなベッドルームは、「眠れる森の美女」に出てくるお城の一部屋をそのまま再現したかのようだ。老人ホームの何のへんてつもないベージュの壁と硬質タイルの床に囲まれて何年も暮らしたグレイシーは、できるなら残りの人生をここで過ごしたいとさえ思った。

書斎で電話が鳴りだしたが、ボビー・トムは無視して言った。「裏のガレージの上に小さなアパートがあるから、君はそこで寝起きしたらいい。俺のエクササイズルームもそこだから」

グレイシーは驚いて彼をまじまじと見た。「私、ここに泊まるわけにはいきません」

「いや、泊まるんだ。ホテルに泊まる余裕はないだろう」

グレイシーは一瞬、彼が何を言っているのかわからなかったが、けさウィロウと交わした堅苦しい会話を思い出した。グレイシーがロケ中、制作アシスタントとして勤務している間は、ウィンドミル・スタジオが部屋代と食事代を持つことになっていた。しかし今回の新しい職務では、そういった生活手当は支給されないとウィロウは強調していた。いろいろあって動転していたグレイシーは、手当がないために生じる問題にまでは気が回らなかったのだ。

「安いモーテルでも探します」彼女はきっぱりと言った。

「君の給料だと、『安い』程度じゃやっていけないよ。無料でないと」

「私の給料の額をどうして知ってるんですか？」

「ウィロウが教えてくれた。その額を聞いて俺、不思議に思ったんだよ。どうして君がウィンデックスの窓拭き洗剤を買って、信号のところで客待ちをして車のフロントガラスを拭く仕事をしないのかなって。そのほうがよっぽど金になるよ、ぜーったい、保証する」

「お金がすべてじゃないわ。ウィンドミル・スタジオで実力を認められるまで、小さな犠牲なら払ってもいいと思ってたんです」

また電話が鳴りだし、ボビー・トムは今度もまた無視した。「念のため言っておくけど、俺たち二人は婚約してることになってるんだぜ。ここらへんの人たちは俺をよく知ってるから、フィアンセだと言いながら俺の近くに住んでなかったら、信じてくれないよ」

「婚約？」

ボビー・トムの唇が不愉快そうに固く締まった。「君がフットボールクイズに合格したって、トレーラーハウスで俺が女の子たちに宣言したろ。あのとき君がすぐ隣に立ってたことは、はっきり覚えてるんだけどな」

「ボビー・トム、彼女たちはあなたの言ったこと、真に受けてなかったわ。かりに真に受けたとしても、あとで落ちついて考えてみれば、婚約の話は信じなくなるはずよ」

「だからこそ、徹底的に演じる必要があるのさ」

「私たち二人が婚約してるって、まわりの人に信じこませたいって、本気で言ってるんですか？」グレイシーの声は、高いキーキー声になってきた。その間、心に希望が芽ばえはじめたが、たちまち自己防衛本能によって押しつぶされた。幻想というのは夢みるもので、現実の生活に持ちこむわけにはいかない。ボビー・トムにとっては婚約の話もすべてゲームなのかもしれないが、グレイシーにとってはゲームではない。

「だからそう言ったろ？　俺は君が思ってるような男とは違って、適当にべらべらしゃべって自己満足してるわけじゃないんだよ。テラローザ滞在中はずっと、君は『未来のボビー・トム夫人』なんだからな」

「とんでもない！　ありえませんよ。それから、その呼び方はやめていただけませんか。『ボビー・トム夫人』ですって。まるで、結婚相手の女性が、あなたの付属物でしかないみたい！」

　ボビー・トムは、不当な扱いを悲しむかのような長いため息をついた。「グレイシー……グレイシー……グレイシー……二人の意思が通じあえたと俺が思うたびに、君は俺の勘違いを証明するようなことをするんだからなあ。俺の個人アシスタントとしての君の仕事で一番大切なのは、俺がここにいる間、静かに、心穏やかに過ごせるよう取りはからうことなんだよ。生まれたときから俺を知ってる町の人が、猫も杓子も誰もかれも、俺に独身女性を紹介しようと虎視眈々としてるのに、どうやって静かな状態を確保できるんだ？」

　彼の主張を裏づけるかのように、玄関のベルが鳴りはじめた。彼は、電話を無視したのと同じようにベルの音を無視した。「どういうことか説明してやろう。今この瞬間に、テラローザとサンアントニオの間で少なくとも一二人の女性が、ジョー・タイズマンがＮＦＬのプロボウルに出場した年を憶えたり、キャプテンがコイントスに出てこなかった場合にチームに何ヤードのペナルティが科されるか、調べたりしてるんだ。ここらへんじゃ、物事はすべてそんな具合なんだよ。今ドアの前に立ってるのは女性か、さもなければ、女性を連れてきた知り合いだろう。請合うよ、わざわざ見なくたってわかるから。ここはシカゴじゃない。シカゴだったら、俺が会う女性についてはある程度コントロールがきく。でもここはテラローザで、町の人たちは俺を所有してるも同然なんだ」

グレイシーは、その理屈に異議をとなえようとした。「でも、まともな感覚の人だったら、あなたが私と結婚するなんて信じないんじゃないかしら」それが現実であることは二人とも知っていたが、あえて言葉に出しておいたほうがよさそうだった。

玄関のベルが鳴りやんだと思うと、今度はドアをどんどん叩く音が聞こえてきた。それでも彼は動かない。「君をちょっと改造すれば、みんな信じるさ」

グレイシーは彼を用心深そうに見て訊いた。「『改造する』って、どういう意味ですか？」

「言ったとおりの意味だよ。これから君には、何て言ったかな――大変身というか、イメージチェンジってやつを経験してもらうんだ。『オープラ・ウィンフリー・ショー』でやってるみたいなね」

「『オープラ・ウィンフリー・ショー』のことなんか何も知らないくせに」

「俺みたいに、ホテルの部屋で長い時間を過ごす生活をしてると、昼間のテレビ番組の知識も相当、豊富になるんだよ」

彼の声はいかにも楽しんでいる感じだ。「全然、本気じゃないようね。私が無断であの女の人たちをトレーラーハウスに入れたものだから、その仕返しをしようとしてるんでしょう」

「本気だよ、今までにないぐらい本気ですよ。俺の隣に、ほーんもののフィアンセがいてくれないかぎり、これから二、三カ月の間、今日みたいな騒動が続くってことだからね。とにかく、真実を知らせるのはうちの母だけでいいから」ドアを叩く音がようやくやんだ。ボビー・トムは電話のところへ行った。「今から母に電話して、協力して口裏を合わせてくれるよう頼んでおこう」

「やめて！　私は協力するって言ってないわ」本当はそうしたかった。そうしたくてたまらなかった。ボビー・トムといられる時間は限られていたから、一秒一秒が貴重だった。また、自分に対する彼の気持ちについて、妄想はいっさい抱いていなかったから、現実と幻想の区別がつかなくなるおそれもなかった。グレイシーは自分自身に約束したことを思い出した。相手には何も求めてはいけない。自分が与えなくてはならない。そこで彼女は、その日二度目の決心をした。翼を広げて、自然にまかせて落下しよう。

ボビー・トムは、ほらみろ、俺の勝ちじゃないかと言わんばかりに、傲慢なまなざしでグレイシーを見ている。彼女は自分自身に言いきかせた。私としては彼のことを大切に思っているからこそ、すべて彼の思いどおりにさせるわけにはいかない。性格の欠点を大目に見て助長させるのはよくない。彼女はボビー・トムのほうへ大股で近づいていくと、腕を組んで向かい合った。

「わかりました」低い、決然とした声で言った。「私、協力することにしたわ。でも、どんな状況でも、私を『未来のボビー・トム夫人』と呼んではだめよ、いいですか？　そんな呼び方をしようものなら、一度でもしようものなら、私は世界中の人々に、この婚約は嘘だって、ばらしてさしあげますから。さらに、あなたのことを公表しますからね。あなたが――実は――」口が開いたり閉じたりした。最初こそ威勢がよかったものの、急に、彼に浴びせる罵詈雑言が思いつかなくなった。

「斧をふりまわす人殺しだって公表するの？」彼は親切そうに助け舟を出した。

グレイシーが答えないでいると、彼は次の候補を出してきた。「ベジタリアンだって？」

彼女は不意に、答を思いついた。「インポテンツよ！」

ボビー・トムは、頭がおかしくなったのかとでも言いたげに彼女を見た。「世界中に、俺がインポだってふれまわるつもりなのか？」

「あなたがあの不愉快な呼び名で私を呼んだら、の話です」

「悪いことは言わないから、『斧をふりまわす人殺し』にしとくんだな。インポより、そっちのほうが信じてもらえるから」

「ボビー・トム、その方面によっぽど自信がおありなのね。私の個人的な見解では、あなたっていつも自慢話ばかり」

深く考えないうちに言葉が口をついて出てしまった。何ということを言ったのだろう。自分でも信じられなかった。三〇歳になってもバージンのグレイシーは男といちゃついたこともないのに、百戦錬磨のプレイボーイに性にからむ挑戦を持ちかけてしまった。ボビー・トムは口をあんぐり開け、呆然と彼女を見ていた。ついに黙らせてやった、と彼女は思った。膝には震えがきはじめていたが、彼女はあごを高く上げて、ベッドルームから勢いよく出ていった。

玄関近くの廊下に出てから、彼女の顔にほほえみが浮かんだ。ボビー・トムほどの負けず嫌いなら、あんな発言をされてそのまま放っておくはずがない。今この瞬間にも、確実に、しかるべき報復を計画しているに違いない。

10

「デントン夫人、ソーヤーがお目にかかると言っております」

スージーは革張りのソファから立ち上がり、立派な調度の受付の前を通って、ロザテック・エレクトロニクス社最高経営責任者、ウェイランド・ソーヤーのオフィスへ入った。彼女の後ろで秘書がカチャリという小さな音を立てて、彫刻をほどこしたクルミ材のドアを閉めた。

ソーヤーは机から目を上げようとしなかった。計算ずくで彼女を待たせているのか、単に高校時代から変わらない無作法のせいなのか、スージーにはわからなかった。どちらにしても幸先よいスタートとはいえない。今まで町と郡、両方の行政が、ソーヤーと話をさせるために何人もの有識者を代表として送りこんだが、彼は腹立たしくなるほどにあいまいな態度をとってきた。今回、教育委員会の女性教育長であるスージーが代表として訪問したことは、追いつめられたすえの最後の抵抗と思われているに違いない。

オフィスは紳士の書斎を思わせる内装で、壁は豪華な羽目板張り、心地よさそうなソファやいすは濃いワインレッドの布張りのものと、狩猟がテーマのプリントに覆われたものがあった。スージーが東洋風のカーペットの上をゆっくりと歩いていく間も、ソーヤーは書類フォルダーに熱心に見入っている。彼のかけている横に細長い小さな老眼鏡は、長い間視力のよさを誇っていたスージーが最近買わざるをえなくなった眼鏡とよく似ていた。

ブルーのワイシャツのそで口は二回折りかえしてあり、五四歳の男性にしては驚くほど筋骨たくましい腕が見えた。ワイシャツを着こみ、ネイビーと赤のストライプのネクタイをきちんと締め、インテリを思わせる小さめの老眼鏡をかけていても、ソーヤーは、業界の大物というよりむしろ無骨な土木作業員のように見えた。テキサス州出身の俳優で、スージーの属するブリッジクラブで人気のトミー・リー・ジョーンズが少し年をとった感じに近いかもしれない。

スージーは、ソーヤーが黙っているからといって自分が平静さを失うことがないようつとめていた。しかし彼女は、キッチンよりも役員室にいるときのほうが実力を発揮する、才能あふれる若いキャリアウーマンとは違う。男性と勢力争いをするよりも、ハーブガーデンで栽培を楽しむほうが性に合っている。それに保守的な家庭に育ったせいもあって、常識的な礼儀をわきまえたふるまいをするのが習慣だった。

「お邪魔だったようですね」彼女は穏やかに言った。

「すぐ終りますから」いらだたしそうな声でソーヤーは答えた。彼女のほうを見もせず、頭の動きだけで、机の前に置かれたサイドチェアの一脚を示す。まるで犬に「伏せ」と命令しているかのようだ。この無礼な態度を見ただけで、スージーは今回の訪問が無駄だったと判断せざるをえなかった。ウェイランド・ソーヤーは高校時代手がつけられないワルだったが、今もまったく変わっていないことは明らかだ。それ以上一言も発せずに、スージーはきびすを返してドアに向かって歩きだした。

「どこへ行かれるんですか？」

スージーは振り返り、物静かな声で言った。「ソーヤーさん、私がこうしてうかがったことが、お仕事の邪魔になっていることは一目瞭然ですので」

「それは私が判断することです」彼は眼鏡をむしり取るようにはずすと、サイドチェアを身ぶりで示した。「どうぞ」

その言葉は大声で、命令のごとく発された。スージーは、一瞬のうちにこれほど人を嫌いになった経験が今までにあっただろうかと思った。だが考えてみれば、嫌いになったのは一瞬のうちというわけでもないのだ。ソーヤーは、テラローザ高校で彼女の二年上だった。高校でも札つきの不良で、彼をデートの相手に選ぶのは誰とでもすぐ寝る奔放な女の子だけだった。スージーは、体育館の裏で口のはじにタバコをくわえて立っていた彼の姿と、コブラを思わせる険しい切れ長の目をぼんやりと思い出した。チンピラだった一〇代の少年と、億万長者の実業家であるこの男を頭の中で一致させるのは難しかったが、一つ変わっていないことがあった。ソーヤーは高校時代と同じように、今も彼女をおびえさせた。

スージーはおののく心を抑えながらサイドチェアに向かった。ソーヤーは彼女をじろじろ無遠慮に観察している。彼女は外の猛烈な暑さなど気にせずに、チョコレート色のシルクのラップドレスでなく、スーツを着てくるべきだったと後悔した。腰を下ろすと、ラップドレスの横の部分はゆったりと体にそい、ヒップのところに柔らかなひだができた。シンプルな襟のラインを引きたたせるため、彼女はつや消しの金の太いネックレスをつけ、耳にはそれとおそろいの小さなイヤリングをしていた。チョコレート色がかった薄手のストッキングは、パンプスと同じ色合いを選んである。デザイナーブランドのこのパンプスは、光沢のある四角いヒールのまわりに小さな金色のヒョウをかたどった飾りがついている。この服装一式に、ばかばかしいほどのお金がかかっていることは間違いなかった。すべてボビー・トムからもらった誕生日のプレゼントだ。サウスカロライナ州ヒルトンヘッドに分譲マンションを買ってあげたいという申し出を断ったあとに贈られたものだ。

「デントン夫人、どういうご用件でしょうか」

彼の言葉には軽蔑の響きがまじっていた。教育委員の中にはもっと挑戦的な態度をとる男性もいたが、彼らとは昔からの知り合いということもあって、スージーはうまく対処できた。しかしソーヤーの場合は勝手が違って、自信をもってふるまえなかった。今すぐにでも帰りたかったが、果たすべき使命がある。この非情な男の思いどおりにさせたら、テラローザに住む子供たちは大きなものを失うことになる。

「ソーヤーさん、私、テラローザ教育委員会の代表としてまいりました。ロザテックの工場閉鎖によってこの町の子供たちがこうむる影響について、よくお考えになったかどうか、確かめさせていただきたくて」

骨ばった顔の中で、彼の目は暗く、冷たさをたたえていた。彼は、机にひじをついて両手の指を固く合わせると、指先の上から彼女を観察した。「教育委員会の代表とおっしゃったけれど役職は?」

「教育長です」

「なるほど。それでその教育委員会というのは、高校を卒業する一カ月前に私を学校から追い出したのと同じ教育委員会ですか?」

質問に唖然とし、スージーは何と答えてよいかわからなかった。

「どうなんですか、デントン夫人?」

敵意にみちたソーヤーの目に暗い影が宿った。スージーは、噂が本当であったことを一瞬にして悟った。ウェイ・ソーヤーは、テラローザの町に不当に扱われたと思っていて、その復讐を果たすために故郷へ帰ってきたのだ。スージーの頭に昔のことがよみがえってきた。ウェイは私生児で、そのために彼も母親のトルーディも、町では冷たくあしらわれた。トルーディは長い間、掃除婦をしていた——スージーの夫ホイトの母も家の掃除を頼んでいた——しかし、最後には売春婦になった。

スージーは膝の上で手を組んだ。「四〇年前にひどい扱いを受けたからというだけで、この町の子供たちみんなに罰を与えるおつもりなんですか?」

「まだ四〇年経ってませんよ。それにあの頃の記憶はまだ生々しく残っています」ソーヤーはうっすらとした笑いを浮かべたが、それはよく見ていないとわからないほどのわずかな変化だった。「私がそんなつもりでいるとお考えですか？」

「ロザテックが移転したら、テラローザはゴーストタウンになります」

「この会社がこの町唯一の収入源というわけではないでしょう。観光産業もありますし」

スージーは彼の唇が皮肉な笑いでゆがむのを目にし、からかわれていることを感じて体をこわばらせた。「ソーヤーさんだって、観光がこの町を支えられるはずはないとおわかりのはずです。ロザテックなしでは、テラローザは死んでしまいます」

「私はビジネスマンであって、慈善家ではありませんよ。経営者としての私の責任は会社の収益性を高めることです。今のところ、サンアントニオにある工場に生産を統合させることが、その目的に一番かなった方法のようなのです」

スージーは怒りを抑えながら、わずかに身を乗りだして言った。「来週にでも学校見学にお連れしたいのですが、いかがでしょうか？」

「どうせ子供たちは私を見て、怖がって泣き叫ぶんじゃないですか？　遠慮しておきますよ」

ソーヤーの目に宿る冷笑が、町の嫌われ者であるという状況をさして気にしていないことを語っていた。

スージーは下を向いて膝に置いた両手を見つめ、それからもう一度顔を上げて彼を見た。

「私が何を申し上げても、ソーヤーさんの心は変わらないということでしょうか？」

彼はスージーを長い間凝視していた。彼女は、外の受付から聞こえるくぐもった声や、壁の柱時計が時を刻む小さな音、そして自分の呼吸の音に耳をすました。よくわからない何かがソーヤーの表情をかすめ、不吉な予感がスージーを襲った。彼の姿勢にかすかな緊張が走り、彼女はおびえた。

「もしかすると、変わるかもしれないな」ソーヤーが後ろに体をそらせると、いすがきしむ音を立てた。険しく、情け容赦のない顔のラインは、テキサス州のこのあたりでよく見かける花崗岩の粗い斜面を思わせた。「日曜の夜、私の自宅で夕食を食べながら話し合ってもいいですよ。八時に車を迎えにやらせますから」

礼儀正しい招待どころか、無礼きわまりない直接的な命令だった。あなたと夕食をともにするぐらいなら悪魔と食事したほうがましだ、と言ってやりたかったが、スージーにとって、彼を説得するという使命のほうが大きかった。それにあの残忍で執念深い目を見れば、断ることなどとうていできないのは明らかだった。

ハンドバッグを手に取って立ちあがった彼女は「それで結構です」と落ちついた声で言った。

そのときソーヤーはすでに老眼鏡をかけなおし、再び書類に注意を向けていて、オフィスを出るスージーに別れの挨拶さえしようとしなかった。

車に戻っても、スージーはまだ憤慨していた。何と卑劣な人なのか！　ソーヤーのような人間とやりあった経験は彼女にはなかった。夫のホイトは率直で明るく、ソーヤーとは正反対の性格だった。車のキーを探しながら彼女は、ソーヤーが自分に何を求めているのだろうといぶかしく思った。

自宅へ帰りしだい、ルーサー・ベインズ町長に連絡して訪問の結果を報告することになっていたが、彼女は何と言って説明したらいいかわからなかった。当然のことながら、ソーヤーと夕食を一緒にすることに同意したなどと町長に報告できるはずがない。それは誰にも、特にボビー・トムには言ってはならない。ソーヤーが母親をどんなふうに威嚇したかを知ったら、息子は激怒するに違いない。スージーにとって今回の使命は重大だった。息子に干渉されることだけは避けたい。どんなに不快でも、これは自分だけで対応しなくてはならない問題だった。


「私、気が進まないわ、ボビー・トム」

「花壇はタイヤで囲われてるし、ピンクのフラミンゴなんかが飾ってあるから、おじけづいたか？　大丈夫だって、グレイシー。シャーリーはカットの腕は確かで、本当にうまいんだ」

ボビー・トムは、埃っぽい住宅地の一角にある、小さな平屋のガレージ内に建てられた「シャーリーズ・ハリウッド・ヘア」のドアを開けたまま支えていた。彼は自分が撮影現場へ行くのは午後からでいいので、午前中いっぱいを使ってグレイシーの「大変身」を始めよう、と宣言したのだ。彼に勢いよくひと突きされて中へ押しやられ、グレイシーの腕には鳥肌が立った。テキサス州ではどこへ行ってもそうだが、このヘアサロンの中も、冷房がききすぎて凍えるぐらいの低い温度だった。

ヘアサロンの三面の壁が、胃腸薬のペプト・ビズモルと同じ派手なピンク色に塗られ、残る一面の壁は黒とゴールドの鏡面タイルで覆われている。サロンには美容師が二人いた。一人はライトブルーのスモックを着たほっそりしたブルネットの女性、もう一人は赤ら顔のブロンドで、見たこともないほど大きな、鳥の巣みたいな髪型をした女性だった。彼女のずんぐりした太ももは紫色のストレッチパンツに包まれ、きつめのピンクのTシャツが大きな乳房にぴったり張りついている。Tシャツの胸には、「神よ、脳みそがこれくらい大きかったらよかったのに」と書いてある。

グレイシーは、自分の髪をまかせることになるシャーリーという女性が、ほっそりしたブルネットのほうであることを祈った。しかしボビー・トムはそのときすでに、もう一人の美容師のほうに歩みよっていた。「やあ、可愛いお人形さん」

それまで真っ黒な髪の山に逆毛を立てることに集中していたシャーリーは顔を上げ、ガラガラ声を出した。「ボビー・トム、このハンサム野郎ったら。そろそろ私に会いに来るころだと思ってたわよ」

ボビー・トムは、派手な赤の頬紅で覆われた彼女の頬にキスをした。彼女は自由になるほうの手で彼のお尻を引っぱたいた。「いまだに、テキサス州で一番のお尻だわね」

「君みたいな通に言われたんじゃ、これは最上級の賛辞だなあ」彼はもう一人の美容師とその客にほほえみかけたと思うと、今度はヘルメットのようなヘアドライヤーの下からのぞいている二人の客に挨拶した。「ヴェルマ。カールソン夫人。今日はご機嫌いかがですか?」

彼女たちはくすくす笑ったり、忍び笑いをもらしたりした。ボビー・トムは、グレイシーの肩に腕を回し、彼女を前に押しだした。「皆さん、この人がグレイシー・スノーです」

シャーリーは好奇心をあらわにしてグレイシーを見た。「噂はいろいろと聞いてるわ。あなたが未来のボビー・トム夫人なのね」

ボビー・トムがあわてて前に出て言った。「シャーリー、このグレイシーはなんていうか、フェミニストっぽいところがあってね、それで、そういうふうに呼ばれるのを好まないんだ。正直言って、結婚後は二人の姓をハイフンでつなぐことになるかもしれない」

「それって本気?」

ボビー・トムは手を大きく広げ、肩をすくめた。何もかもがおかしい世界で、正気を保っている最後の男とでも言わんばかりだ。

シャーリーはグレイシーのほうを振り向いて、描いた眉毛を額までつり上げて言った。「それはやめたほうがいいわよ、ハニー。グレイシー・スノー-デントンなんて、ヘンよ」。なんか、英国のお城かどこかに住んでなきゃならないような感じ」

「でなければ、天気図に載ってる記号みたいな感じ」ボビー・トムがつけ加えた。

グレイシーは口を開いて、二人の姓をハイフンでつなぐつもりは毛頭ないことを説明しようと思ったが、その口を閉じた。ボビー・トムがしかけたわなに気づいたからだ。彼の瞳には悪魔のような光が揺れ、輝いている。グレイシーはほほえみを押しころした。地球上でボビー・トムの本質を見抜いているのは彼女だけなのだろうか？

シャーリーは客の髪に戻って仕事を続けながら、同時に鏡の中のグレイシーをじっくりと観察している。「ボビー・トム、あなたが彼女をきれいにさせたがらないって話は聞いたけど、何もここまでやらなくたって、と思うのよね。どんなスタイルにしてあげればいいのかな？」

「君の腕におまかせするよ。ただ、グレイシーはこれでいて実はかなり奔放な娘だから、あんまり控えめにしないでくれよ」

グレイシーは愕然とした。ボビー・トムはたった今、ブロンドの鳥の巣ヘアと、サーカス団のリングリング・ブラザーズ風メークの美容師に、ヘアスタイルをあまり控えめにするなと頼んだのだ。鋭い反論を展開しようとしたとたん唇に軽いキスをされて、気勢がそがれてしまった。

「ちょっと用事をすませて来なくちゃならないんだ、スイートハート。あとで母が迎えにきて、服のショッピングに連れていってくれるから。嫁入り道具をそろえるのも、早いうちから始めたほうがいいだろ。せっかく、元のすてきな君に戻してあげるんだから、心変わりして俺と結婚するのをやめるなんて言い出すなよ」

あまりのばからしさに、女性たちはみな笑いだした。ボビー・トム・デントンと結婚できるのに逃げ腰になる女性がいるはずはないからだ。ボビー・トムはカウボーイハットをちょっと傾けて女性たちに挨拶し、ドアのほうへ向かった。グレイシーは不快な思いをさせられたにもかかわらず、彼が立ち去って太陽の光が消えたような気がするのは自分だけだろうかと思った。

六人の女性の好奇心あふれる視線がグレイシーに注がれ、彼女は弱々しく笑った。「私、実は――そんなに、あの――奔放ってわけでもなくて」彼女は咳ばらいをした。「彼がときどき大げさに言うもので、それで私……」

「お座りなさい、グレイシー。これが終ったらすぐそっちに行くから。『ピープル』の最新号があるから、それでも読んでてちょうだい」

自分の新しいヘアスタイルの命運を握るこの女性に完全に圧倒されたグレイシーは、いすにくずおれるように腰かけ、雑誌を手に取った。ドライヤーの下に座っていた女性の一人が、透明なプラスチックの眼鏡フレームを通してグレイシーをのぞき見た。彼女は避けて通れないものに対して身構えた。

「ボビー・トムとはどうやって知り合ったの？」

「出会ってからどのぐらいになるの？」

「フットボールクイズに合格したのはいつ？」

次から次へとすばやくくり出される尋問は容赦なく、シャーリーがグレイシーを呼んでカットを始めても、やむことなく続いた。嘘をつくことは自分の信条に反するので、グレイシーは偽りを述べることなく真実を避けることに集中しなくてはならなかった。それで、変な髪型にされないかどうかに目を光らせていられなかった。といっても、シャーリーがいすを鏡が見えない方向に向けて仕事をしていたので、何が行われているかを見るのは無理だったのだが。

「グレイシー、パーマはきれいにかかってるんだけど、あなたって髪が多すぎるのよね。ちょっとレイヤーをつけたほうがいいなあ。私、レイヤーって好きなの」シャーリーのハサミがきびきびと動き、濡れた赤茶色の毛がそこらじゅうに飛びちった。

グレイシーは、生理が規則正しく来ているかどうかに関する無遠慮な質問をようやくのことで避けながら、自分の髪がどうなってしまったか心配でたまらなかった。髪を短く切られすぎてしまったら、後ろにまとめて縦巻きにして下ろすスタイルができなくなる。最高に似合っていたわけではないが、少なくともきちんとしてはいたし、彼女がなじんだ髪型だった。三インチ（約四・八センチ）近くもある重たい毛の束が膝の上に落ち、彼女の不安はますます高まった。「シャーリー、私――」

「ジャニーンがメークをしてくれるから」シャーリーはもう一人の美容師をあごで示した。「ジャニーンは今週からメアリー・ケイの化粧品の販売を始めてて、お客さんを探してるところなの。ボビー・トムが、あなたに化粧品一式を買いそろえてあげたいって言ってたわ。あなた、副大統領を護衛してるときに、南アメリカで起きた地震で何もかもなくしてしまったんですってね」

グレイシーは思わずむせそうになったが、すぐに笑いがこみあげ、それをこらえるのに苦労した。しゃくにさわるボビー・トムだが、人を楽しませてくれることは確かだ。

シャーリーはヘヤドライヤーのスイッチを入れ、いすを鏡の正面に回した。グレイシーは失望のあまり息を大きく吸いこんだ。まるで濡れたねずみのようだ。

「自分で乾かすときのやり方を教えてあげる。指を使うのがこつなの」シャーリーは髪の毛を根元から引っぱって持ちあげはじめた。グレイシーは、縮れ毛のかたまりが頭皮からまっすぐに立っているさまを想像した。大きなヘアバンドでもして突っ立った髪を押さえることにしよう、と半ばやけくそになりながら彼女は考えた。あるいは、かつらを買えばすむことなのかもしれない。

ところがそのうち、少しずつ、信じられないような嬉しい変化が起こりはじめた。

「ほら」シャーリーはようやく後ろに下がり、魔法の指による作品のできばえを見ながら言った。

グレイシーは鏡に映った自分の姿を眺めた。「まあ、すてき」

「可愛いでしょ、ね」シャーリーは鏡に向かってにっこり笑った。

可愛いという言葉だけでは足りなかった。グレイシーの髪は最新流行をとりいれていて、自由奔放で、セクシーだった。グレイシーらしくない要素をすべて集めたスタイルと言っていい。髪に触れる彼女の手が震えた。

髪はグレイシーが今までなじんできた長さよりもかなり短く、あごの先にかろうじて届くていどにカットされていた。前は横分けで、前髪をほんの少し垂らしてある。彼女の想像していた縮れ毛とはまったく違って、柔らかくきれいなウェーブと細い束のカールが頰と耳たぶにふわりと軽くかかっている。小さな顔の造作と繊細なグレーの瞳は、以前のように重たいパーマに埋もれてしまうことはもうない。彼女は鏡の中の自分にうっとりと見とれた。これが本当に私なの？

自分に見とれるのはそれで終わりではなかった。シャーリーのあとをジャニーンが引きつぎ、メアリー・ケイの化粧品でメークを始めた。それから一時間かけて、グレイシーはつやつやと滑らかな自分本来の肌を引きたたせるスキンケアと、メークの仕方を学んだ。ジャニーンは、アイライナー、琥珀色のアイシャドウ、黒いマスカラを使って、グレイシーの目を顔の中できわだたせた。ジャニーンができばえに満足したところで、今度はグレイシーが自分一人でメークする番だ。彼女は頰骨にブラシでチークを入れ、ジャニーンに渡された淡いサンゴ色の口紅をつけた。そして、鏡を見て驚きに打たれた──鏡の向こうでこちらを見つめ返している女性が自分だとは、とうてい信じられなかった。

メークは繊細で、グレイシーの魅力を十分に引きだしていた。可愛らしく奔放なヘアカット、輝くグレーの瞳、濃く長いまつ毛は、今まで想像していたどんな姿よりも彼女をきれいに見せてくれた──女らしく、魅力的で、そして、ちょっとワイルドな自由奔放さをそなえた女に。彼女の胸はにわかにどきどきしてきた。今の私は、以前とはまったく違って見える。ボビー・トムはこの姿を魅力的だと思ってくれるだろうか。もしかすると、彼女に対する見方も今までとは違ってくるかもしれない。もしかすると、彼は──。

グレイシーは、暴走する想像力を抑えた。こんなふうに考えることはやめようと、自分自身に約束したじゃないの。私がどれだけイメージチェンジをしても、ボビー・トムがつきあってきた華やかな美人のように変身するわけがない。空中楼閣を描いてもしかたがない。

グレイシーが財布を取りだすとシャーリーは、何を考えているのやら、と呆れた顔をして、ボビー・トムがもうすでに代金を支払ってくれていると言った。グレイシーは、胃に何かがつかえるような不愉快なものを感じた。ボビー・トムがお金をあげた多くの人たちのことが頭をよぎり、自分が彼の慈善事業の対象者リストに加えられたことに気づいた。

こうなることを予想すべきだった。ボビー・トムは彼女のことを、有能で自立した女性と見るどころか、敗北者の一人にすぎないと考えていたのだ。それを認識して心が傷ついた。自分を対等に見てもらいたかった。しかし彼に費用を払ってもらっているかぎり、対等の関係にはなれないだろう。

グレイシーにとって、ボビー・トムから何も奪わないと自分自身に約束することは容易だった。しかし今、現実はそんなにうまくいかないと彼女は悟った。彼の好みは高価なものばかりだし、グレイシーが彼のフィアンセらしく見えるよう、同じレベルの装いを期待するだろう。しかし彼女の限られた収入で、どうやってそれができるというのか。グレイシーは貯蓄口座にあるわずかな預金を思った。当てにできる蓄えはあれしかない。自分の主義主張を貫くために、あの貯金を取りくずす危険をおかすことができるのか。

彼女は数秒間考えただけで、逃げ腰にならずに信念を貫き通すことの大切さを認識し、固く決意した。自分の信念のためには、彼女は無償の愛をもってボビー・トムに尽くさなくてはならない。つまりそれは、彼から何も奪ってはいけないということだ。彼の人生における寄生虫の仲間になるぐらいなら、彼のもとを去ったほうがいい。

礼儀正しく、しかし断固とした態度で、グレイシーは小切手を書いて目の玉が飛び出るような料金を支払い、ボビー・トムからもらったお金を彼に返してくれるようシャーリーに頼んだ。この意思表示で、グレイシーの心は晴れやかになった。彼女はボビー・トムの人生で、金の力になびいたり、金を恵んでもらったりしないただ一人の人間になるのだ。

しばらくしてスージーが迎えにやってきた。彼女はグレイシーをあらゆる角度から見て賞賛し、感情を素直に表わしたほめ言葉を浴びせた。二人がヘアサロンを出て、レクサスに乗りこんだあとになって初めて、グレイシーはスージーが何かほかのことに気をとられているのに気づいた。たぶん、ゆうべよく眠れなかったのだろう。

グレイシー自身も、ボビー・トムに言われたとおり、ガレージの二階にある小さなアパートの心地よいベッドで寝たにもかかわらず、あまりよく眠れなかった。漂白した木を使い、ロイヤルブルーと白の現代的な配色を取りいれた部屋は、本宅のインテリアを手がけた人とは別の人によるデザインであることが明らかだった。小さめではあるが、グレイシーが想像していたよりずっと贅沢な部屋だ。彼女の気持ちは沈んだ。ここの部屋代を彼女が負担するとしたら、いくらぐらい出せばいいのか。頭の中で計算してみただけでも、自分の経済状態がさらに苦しくなるのは目に見えていた。

このアパートには小さなキッチンのついたリビングルームが一室、それとは別にベッドルームがあり、ちょうどボビー・トムのエクササイズルームが見える位置にある。ベッドルームはボビー・トムの本宅の裏に面している。昨夜グレイシーがなかなか寝つけずに起きて窓の外を見たとき、眠れないのは彼女一人でないことがわかった。一階にある彼の書斎の窓からは、テレビの画面のちらつく光が見えた。

明るい日ざしがスージーの疲れきった顔に当たっている。無理をしてもらって申し訳ないとグレイシーは思った。「今日でなくてもいいんですよ、ショッピングは」

「私、楽しみにしてるのよ」

スージーの言葉は心から出たもののようだったので、グレイシーはそれ以上何も言わないことにした。同時に、スージーには正直な気持ちを話しておくべきだと思った。「こうして婚約しているふりをするなんて、私、恥ずかしいと思ってます。この考え自体がばかばかしいって、ボビー・トムを説得しようとはしたんですけど」

「あの子の立場からみれば、ばかばかしくなんかないのよ。この町の人はいつも、何かにつけ、あの子のあとを追いかけているの。テラローザに滞在している間、これで少しでもあの子の気持ちが安らぐなら、私は大賛成よ」話題をそれで終わりにして、スージーはメインストリートに入った。「幸い、町にすてきなブティックがあるの。ミリーが面倒をみてくれますからね」

「ブティック」という言葉で、グレイシーの頭の中の警鐘が鳴った。「高いところですか？」

「関係ないわ、全部ボビー・トムが払うんだから」

「彼に私の服を買ってもらうわけにはいきません」グレイシーは物静かな声で言った。「私が払わせません。自分の服は自分で買います。でも、予算が限られているので」

「当然、ボビー・トムが払いますよ。あの子の考えで始めたことなんだから」

グレイシーは頑固に首を横に振った。

「グレイシー、本当にいいの?」

「ええ、本当にいいんです」

スージーは困惑しているようだった。「そういうのはいつもボビー・トムが払うのに」

「私は、いいんです」

スージーはしばらく黙っていた。そしてほほえみを浮かべて、車をUターンさせた。「いいわ、やってみましょう。予算が厳しいほうがかえってやりがいがあるわ。ここから三〇マイル(約四八キロ)ほど行ったところに、アウトレットモールがあるの。きっと楽しいお買物になるわよ」

それからの三時間、スージーは新兵訓練担当の鬼軍曹のようにグレイシーを率いて、アウトレットモールのディスカウントストアを次から次へと回り、ブラッドハウンドのごとく掘り出し物を探しまくった。グレイシー自身の好みにはまったくかまわず、彼女だったら絶対に選ばないような、大胆で若々しい服をどんどん着せていく。スージーが選んだのは、薄物のスカートと宝石のような飾りのついたシルキーなブラウス、太ももの中ほどからふくらはぎまでスリットの入ったウォーターメロン・ピンクのタンクドレス、ストーンウォッシュのジーンズとストレッチの入ったリブニットのトップス、恥ずかしくなるほど短いスカート、胸の線があらわに出るようなぴったりとしたコットンのセーターだった。グレイシーはいろいろなものを試してみた。ベルト、ネックレス、サンダル、フラットシューズ、ラインストーンを散りばめたケッズのスニーカー、フリーフォルムのシルバーイヤリングなど。レクサスのトランクに最後の服を入れるころには、グレイシーの貯金から相当な額が消えていた。彼女は呆然としていた。不安にかられていた。

「本当に似合うと思います？」グレイシーは、真っ赤なホットパンツスーツを見下ろした。これが今日の最後の買物だった。肩を出したキャミソール風のボディは、ゴールド仕上げの飾り鋲が輝くニット地で、体にそってぴったりフィットしているので、ブラジャーなしで着なくてはならない。ぴったりしたボディ部分と、ゆったりしたショーツ部分を分けているのは、二インチ（約五・〇八センチ）幅のゴールドのメタリックベルトだ。ストラップが細くてセクシーな真紅のサンダルが、彼女がいつもはいている実用本位のゴム底サンダルに取ってかわっていた。グレイシーには、まるで自分でない誰かのふりをしているように思えてならなかった。

今日の午後だけで一〇〇回も同じことを訊かれているような気がしたが、スージーはまた、断言した。「愛らしくてすてき。似合ってるわ」

それを聞いてグレイシーはうろたえたが、かろうじて感情を抑えた。さえない容貌の女は、「愛らしくてすてきな」服は着ないものなのだ。彼女はためらいの気持ちを表現するもっともらしい言い訳を思いつき、すぐさまそれを口にした。

「このサンダル、土踏まずのところのサポートが足りないみたい」

「土踏まずが痛いの？」

「いいえ、そうじゃないんですけど、たぶん、いつも健康サンダルみたいな靴ばかりはいているから気になるんだと思います」

スージーは笑って彼女の腕を優しく叩いた。「心配しないで、グレイシー。すごくきれいよ」

「自分らしくないみたいなんですもの」

「あら、本当にあなたらしく見えると思うわよ。もうそろそろ、本当の自分を出してみてもいいころじゃない」


俺のサンダーバードを運転してるのはいったい誰だ？　しかも、とんでもないスピードで！　土埃が半マイル（約〇・八キロ）離れたところからでもわかるほどにもうもうと高く上がっている。ボビー・トムは思わず、午後撮影予定のシーンを予習するために囲いの柱に立てかけてあった脚本をつかんだ。

サンダーバードは道路から敷地内に入り、まだもうもうと埃を立てながら、ボビー・トム専用のトレーラーハウスのすぐ横にタイヤをきしませて止まった。沈みつつある夕日のまぶしさに目を細めながら、ボビー・トムは真っ赤な服を着た小柄でセクシーな女性が車から降りてくるのを目撃した。血圧がいっきに上がった。くそ、なんてことだ！　俺のサンダーバードを運転するのを許可したのはグレイシーだけなんだぞ。ショッピングの帰りにバディの修理工場へ車を引き取りに行くよう彼女に頼んでおいたのに、あいつは何やらまた企んでいるらしい。男を食いものにするような女をうまく言いくるめて、代わりに車を取ってこさせたんだな。

ボビー・トムは腹をきめると、大股で歩きだした。夕日にまだ目を細めながら、その女性が誰なのかを見きわめようとしたが、よく見えない。見えるのは、小柄でほっそりした魅力的な体の線、セクシーな短めの髪、丸い小さなサングラスで一部隠れた顔だけだ。彼は、グレイシーを思いきりお仕置きしてやると心に誓った。二人の偽りの婚約は、まさにこういう事態から彼を守るための方策だと、彼女が誰よりもよくわかってるはずじゃないか。

ところが次の瞬間、ボビー・トムは凍りついたように立ちどまった。沈む夕日に照らされて、風になびくその女性の髪がブロンズ色に輝いたのだ。あの色はどこかで見たことがある。彼の視線は、均整のとれた体、細くすんなりとした脚、引きしまった足首へとすべるように下りていった。なぜすぐ気づかなかったんだ。彼はハンマーか何かで打ちのめされたように感じた。同時に、ばか、間抜け、阿呆、という類の言葉を一〇種類ばかり、自分自身に浴びせた。グレイシーを大変身させると企てたのは自分じゃないか。なぜ結果がどうなるかぐらい予想して、心構えをしておかなかったんだろう。

グレイシーはおどおどしながら、近づいてくるボビー・トムを見ていた。ボビー・トムの女性への接し方については今までの経験で知っていたので、どんなせりふが出てくるかはちゃんと予測がついていた。どうせ、べらぼうに大げさなお世辞で褒めちぎるに決まっている。たぶん、今まで会った中で一番きれいな女性だとかなんとか、途方もないおべんちゃらを連発するだろうから、この変身ぶりについて彼が本当はどう思っているのか、彼女にはまったくわからないわけだ。正直に本音を言ってくれれば、この姿がこっけいに見えるかどうか確かめられるのに。

ボビー・トムはグレイシーの前で立ちどまった。何秒かが過ぎた。彼女は、女性をノックアウトするあの笑いが彼の顔に表れ、恥ずかしくなるようなお世辞が流れるように出てくるのを待った。ところが彼は、握ったこぶしの指の関節であごをなでただけだった。

「バディはきれいに修理してくれたみたいだな。領収書をもらっておいてくれた？」

グレイシーは愕然として、ボビー・トムが自分の前を通りすぎ、バディが交換したヘッドライトを一瞥し、しゃがんで新しいタイヤを点検するようすを見守った。ひとときのはかない喜びは色あせ、ふくらんだ希望がいっぺんにしぼんだ。「領収書はグローブボックスの中です」

ボビー・トムは体を起こし、彼女を見つめた。「いったいなぜ、あんな速いスピードで運転してたんだ？」

なぜなら、挑発的なヘアスタイルと、土踏まずのサポートがまったくない、ちゃらちゃらした小さなサンダルをはいた可愛らしい女性は、速度制限みたいに日常的なつまらないことは気にもかけない、自由な人間だからよ。

「たぶんほかのことに気をとられていたからじゃないかしら」いつになったら彼は、ほかの女性たちに言うように、今まで会った女性の中で一番きれいで可愛い、と言ってくれるのだろう？

ボビー・トムの口元が不愉快そうに引きしまった。「ここにいる間は君にこのサンダーバードを使って動いてもらおうと思ってたんだが、あの運転ぶりを見たからには方針を変えることを真剣に考えなくちゃならないな。まるでポンコツ自動車みたいに扱って運転してたじゃないか」

「申し訳ありませんでした」グレイシーは歯をくいしばりながら、傷ついた気持ちよりも怒りのほうが大きくなるのを感じていた。今日、彼女が大金を使ってこれだけのことをしたのに、気づいてもいないらしい。

「もう二度とこんなまねはしないでもらいたいんだが」

グレイシーは姿勢を正し、好き勝手言わせておくものか、とあごを高く突きだした。彼女は自分が、おそらく生まれて初めて、きれいになったことを知っていた。もし彼がそう思わないなら、それは残念なことだ。「もう二度としませんから。さて、私に向かってどうなるのはこれで終わりかしら。今日の午後エルヴィスの面倒を見るって、ナタリーに言ってあるので」

「君は俺のアシスタントだぜ、ベビーシッターじゃないだろ！」

「どっちでも同じことでしょ」彼女は大股で立ち去った。

11

濃い栗色のリンカーンが広壮な邸宅の玄関前に止まった。ウェイランド・ソーヤーが川を見下ろす丘に建てた、白塗りのレンガ造りの屋敷だ。運転手がスージーの座っている側のドアを開けるために車を降りるのを待つ間、彼女は思った。ソーヤーは自分の成功をテラローザの人々に知らしめるのに、この堂々たる邸宅を建てるよりほかに良いやり方を思いつかなかったのだろう。地元の噂によると、彼はロザテックの工場を閉鎖したあともここを週末の別荘として使うつもりらしかった。

運転手がドアを開けて車を降りるのに手を貸してくれた。スージーの手のひらは汗ばんでいた。二日前にソーヤーに会って話をして以来、今日の夕食のことが頭から離れなかった。今夜はドレスでなく、ゆったりとしたクリーム色のイブニングパンツにした。上に着たタンクトップと滑らかな肌ざわりのヒップ丈ジャケットのセットは、身につけられる《ウェアラブルアート》アートのプリント模様。サンゴ色、トルコブルー、明るい赤紫色、アクアマリンを見事にちりばめて幻想的な村の景色を描いたシャガールの絵だ。アクセサリーは結婚指輪と、大粒のダイヤモンドをあしらったピアスだけ。ピアスは、ボビー・トムがシカゴ・スターズと初めて契約したときに買ってくれたものだ。

見たことのないヒスパニック系の女性がスージーを家に迎えいれ、黒大理石のフロアの奥の広々としたリビングルームに案内してくれた。上部にアーチのあるパラディオ式窓は二階分の高さがあり、柔らかなトーンの照明に照らされたバラ園が見わたせる。シルクシェードのランプが、アイボリー色の光沢のある壁に暖かみのある影を落としている。部屋の何カ所かにバランスよく配置されたソファといすは、ブルーとグリーンにところどころ黒を散らした布張りで、寒色系でまとめられている。大理石造りの暖炉の両側には、貝殻をかたどった一対の壁棚があり、そこに置かれた素焼きのテラコッタの壺には、ドライフラワーのアジサイがあふれんばかりに挿してある。

ウェイ・ソーヤーは、一番大きな窓の前に置かれた、漆黒に光る小型グランドピアノのそばに立っていた。スージーの不安は高まった。彼の黒ずくめの服装は殺し屋を思わせた。ただし昔のガンマン風の革のオーバーズボンとベストではなく、柔らかいラインのイタリア製デザイナースーツとシルクのシャツを着ている。落ちつきのある部屋の照明も、ソーヤーの険しい顔の線を和らげてはいなかった。

カットグラスのタンブラーを手にしたソーヤーは、スージーをじっと見つめた。感情を感じさせない暗い目は、何もかも見通しているかのようだ。

「何を飲みますか?」

「白ワインをお願いします」

彼は小さなキャビネットのところへ歩いていった。中には、さまざまな飲み物のボトルやグラスが置かれた鏡張りのトレーが収納されている。彼が白ワインをグラスについでいる間にスージーは部屋の中を歩きまわり、壁にかかった絵を眺めながら、なんとか心を落ちつかせようとした。油絵の大作が数枚。ほかに、かなりの数の水彩画が壁を飾っていた。彼女は母と子を描いた小さなペン画の前で立ちどまった。

「数年前に、ロンドンのオークションで買ったんです」

気づかないうちにソーヤーがすぐ後ろに来ていた。差しだされたゴールド縁のワイングラスを受けとったスージーがワインを一口飲むと、彼はそれぞれの絵にまつわる話を語りはじめた。言葉はゆっくりとして落ちついており、いろいろ教えてはくれたが、スージーの気持ちは落ちつかなかった。ロンドンの美術品オークションについて穏やかな調子で語るこの男と、高校の体育館の裏でタバコを吸い、すぐ誰とでも寝る女の子とばかりつき合っていた、むっつりとした顔の不良が同一人物だとは、にわかには信じられないのだった。

ここ二、三週間、ソーヤーの過去の空白部分を埋めるため、スージーは下調べをしていた。町の老人たちから聞きだした情報をつなぎあわせてみると、ソーヤーの母親のトルーディは、一六歳のとき、三人の道路工事作業員にレイプされて妊娠したと主張していたという。つまり三人のうちの一人がウェイの父親だというのだ。第二次世界大戦が終る数年前のことだ。誰もトルーディの話を信じず、彼女はのけ者扱いされるようになった。

その後トルーディは、彼女を使用人として受けいれてくれた数少ない家の掃除婦をしながらかろうじて生計を立て、息子を養った。きつい仕事と、村八分の状態が長く続いたことで、彼女の心はしだいに荒れていった。ウェイが高校に入るころには、彼女は世間の評判に抵抗するのをあきらめたようだった。町を通りすぎる男たちに体を売りはじめたのはそのころだ。トルーディは三五歳のとき、肺炎で死んだ。まもなくウェイは海兵隊に入った。

ワイングラスの縁を通してソーヤーのようすを観察しながら、スージーは不安をつのらせていた。トルーディ・ソーヤーは、社会から不公平な扱いを受けつづけた犠牲者だ。ウェイ・ソーヤーのような男がそれを忘れるはずがない。恨みを晴らして過去を清算するために、彼はどこまでやるつもりなのか。

そのときメイドが現れて夕食の用意ができたことを告げ、スージーはほっとした。ソーヤーに案内されて入ったのはフォーマルなダイニングルームで、淡いグリーンにひすい色でアクセントをつけた調度で整えられていた。二人はサラダを食べながら、礼儀正しい、意味のない会話を交わしたが、サーモンにワイルドライスを添えたメインディッシュが出るころまでには、スージーの神経は緊張ですり切れそうになっていた。彼は私に何を求めているのか。なぜ要求をはっきりと言ってくれないのだろう。今夜、ここで夕食を一緒にとることを彼が強く望んだ理由がわかれば、少しは気が楽になってくつろげるかもしれないのに。

会話が途切れた。彼は気にならないようだったが、スージーは耐えがたくなり、口を開いて沈黙を破った。「ピアノがありましたね。お弾きになるんですか」

「いや。娘のサラのものです。一〇歳のときに買ってやったんです。妻のディーと私が離婚したあとのことで、母親を失った娘への慰めというか、残念賞として贈ってやったようなものです」

彼が初めて語った個人的な話だった。「あなたのほうが娘さんの親権を獲得したんですか？　その当時は珍しかったでしょうに」

「ディーは母親として問題があったんです。私が娘を引きとることに同意してくれました」

「娘さんにはよく会っていらっしゃるんですか？」

ソーヤーはケシの実入りのロールパンを二つにちぎり、今夜初めてなごんだ表情を見せた。

「そうしょっちゅうは会えませんね。二、三カ月に一度がいいところかな。サラはサンフランシスコで商業写真家をしていて、ぼろアパートに住んでるので私がピアノをここに置いてやってるんですが、あの子はちゃんと自活してますし、楽しくやってるみたいです」

「今の時代、それだけで親としては十分じゃないですか」彼女は皿の上でサーモンをつつきながら、自分の息子のことを考えた。もちろんボビー・トムはちゃんと自活している。しかしそれほど楽しくやっているとはいえないかもしれない。

「ワインをもっとどうです」彼はぶっきらぼうに訊いた。

「いいえ、結構です。お酒を二杯以上飲むと、頭が痛くなってしまうんです。ホイトはよく、私が町中で一番安くつくデートの相手だって言ってました」

スージーとしては雰囲気を明るくしようとして言ったことだったが、ソーヤーはにこりともしなかった。その代わり、食べるふりをやめて、いすに深く座りなおし、鋭いまなざしで彼女を見つめた。その鋭さは、普段の生活で人が見つめあうということがいかに少ないかをあらためて思い出させるほどだった。そして彼女が驚いたのは、もしこれが初対面だったとしたら、自分がソーヤーを魅力的と思っただろうということだった。明るく陽気な亡夫のホイトとはまさに正反対の印象だが、いかつい精悍な顔つきと強い存在感は、無視できない魅力をそなえていた。

「まだホイトが恋しいですか？」

「ええ、とても」

「ホイトと私は同い年で、学校でもずっと一緒でした。あいつはテラローザ高校の人気者だったな、ちょうど息子さんと同じように」ソーヤーの口元が笑みでゆるんだが、目は笑っていなかった。「それに、ホイトは二年生で一番きれいな女の子とつきあってた」

「お世辞をどうも。でも私は、一番きれいでもなんでもなかったわ。あのころはまだ、歯列矯正をしていたし」

「私は一番きれいだと思っていた」彼はワインを一口飲んだ。「勇気を奮いおこしてあなたをデートに誘おうとしていたちょうどそのとき、ホイトとつきあっていることを知ったんです」

スージーは驚いた。「ぜんぜん知らなかったわ」

「スージー・ウェストライトにデートを申しこんで、イエスと言ってもらえる見込みがあると本気で思っていたなんて。今考えるとちょっと信じがたいですがね。何といっても、私はトルーディ・ソーヤーの息子だし、ドクター・ウェストライトのお嬢さんとは住む世界が違っていた。君は線路の向こうの裕福な地区で生まれ、きれいな服を着て育った。お母さんはぴかぴかの赤いオールズモビルで君を送り迎えしていた。君はいつも、清潔で新鮮な香りがした」表現は詩的だったが、切り口上のようなきつい口調で述べられたその言葉からは、何の感情も伝わってこなかった。

「ずいぶん昔のことだわ」スージーは言った。「私も、もう新鮮じゃなくなりましたし」イブニングパンツの滑らかな生地を指でなでていると、腰に貼った女性ホルモン補充パッチのふくらみに当たった。これもまた、人生への期待が色あせた一つの兆候なのだ。

「笑わないんですか、当時の私みたいな将来性のない少年がデートを申しこむなんて、ちゃんちゃらおかしいって」

「あなたはいつも、私のことを憎んでいるみたいにふるまっていたのに」

「憎んでなんかいなかった。私が憎んでいたのは、あなたが自分の手の届かない遠いところにいたという現実ですよ。あなたもホイトも別世界の人間で、私なんかが近よることはとうていできなかったから。そして、人気者の少年と人気者の少女は、いつまでも幸せに暮らした、というわけです」

「もうそうじゃないわ」涙がこみあげてきて喉がつまり、彼女は下を向いた。

「悪かった」彼は無愛想に言った。「つらいことを思い出させるつもりはなかったんですが」

スージーは頭をさっと上げた。目には涙があふれている。「だったらなぜこんなことを？

私を相手にゲームでもしてらっしゃるようだけれど、ゲームのルールが私にはわからない。何を望んでいらっしゃるんです？」

「何かを望んでいるのはあなたのほうじゃなかったのかな」

このそっけない返事で、彼女が見せた苦悩にソーヤーが心を動かされていないことがわかった。彼女はまばたきをして、涙を一粒もこぼさないようにつとめたが、この間ソーヤーに会いに行ってからずっと睡眠不足だったこともあって、平静さを保つのは難しかった。「この町を破壊するようなことはしないでほしいんです。でないと、多くの人々の生活がめちゃくちゃになってしまいます」

「じゃあ、それを阻止するために、あなたとしては何を犠牲にできますか」

スージーは恐怖で背すじが寒くなった。「犠牲にできるようなものは私、何も持っていないわ」

「いや、あるでしょう」

ソーヤーの声の厳しい調子にはもう耐えられなかった。ナプキンを丸めてテーブルの上に置くと、彼女は立ちあがった。「帰らせていただきます」

「私が怖いんでしょう？」

「今夜は、これ以上いてもしかたないでしょうから」

彼も立ちあがった。「バラ園をお見せしましょう」

「もう失礼したほうがいいと思いますから」

ソーヤーはいすを後ろに押しやり、彼女のほうへやってきた。「ぜひ見てほしいんです。どうぞ、見てください。楽しんでもらえると思いますよ」

声を荒らげたわけではなかったが、命令であることは間違いなかった。彼はまた、自分の思いどおりに事を運ぼうとしている。スージーは二の腕を包みこむようにがっちりとつかまれて、抵抗することもできず、ダイニングルームの奥にある観音開きのドアまで連れていかれた。彼は、波の形をした真ちゅうの取っ手を押してドアを開けた。外に出ると、かぐわしい夜気がスチームバスのように彼女を包み、バラのみずみずしい香りがただよってきた。

「きれいだわ」

ソーヤーは、花壇の真ん中を曲がりくねって通る、玉石を敷きつめた小道へ彼女をいざなった。「ダラスから造園技師を呼んでこのバラ園を設計させたんですが、彼はあちこち飾り立てたがったものだから。けっきょく、私が作業のほとんどをやったんです」

スージーは彼がバラの木を植えているところを想像したくなかった。彼女の今までの経験では、園芸をやる人というのは心優しい人物ばかりだ。でも、彼が心優しいとはとうてい思えそうにない。

二人は、背の高い草や葉の生い茂る木に囲まれた、鯉のいる小さな池に出た。滝の水が石段をつたって池に流れこんでいる。埋め込み式の照明が、光沢のある睡蓮の葉の下を泳ぎまわる丸々と太った鯉を照らしている。ソーヤーは自分の言いたいことを言わないうちは帰してくれないだろうとスージーは思った。小道には休憩用に、ブドウの葉の模様をあしらった緑青仕上げのベンチが一対置かれてある。彼女はそのうちの一台に腰を下ろした。

彼女は両手を組んで膝の上に置き、気持ちを引きしめようとした。「さっき、何を犠牲にできるかと訊かれましたよね。あれはどういう意味ですか」

ソーヤーは向かい側のベンチに座って足を伸ばした。頬骨と目の上の骨ばった輪郭を池の照明がくっきりと浮きあがらせ、顔立ちにすごみを与えている。彼女はさらにおじけづいた。しかし彼の声は、この静かな夜と同じぐらい穏やかだった。「この町にロザテックの工場を残すことについて、あなたがどの程度の決意を持っているか、知りたいですね」

「私はテラローザに、生まれたときからずっと暮らしてきました。この町が消滅するのを防ぐためなら、どんなことでもするつもりです。でも私は、教育委員会の教育長でしかない。この郡での本当の権力を握っているわけではないんです」

「郡であなたがどの程度の権力を持っているかには興味がない。私があなたに求めているものは全然違う」

「じゃあ何です？」

「そうですね、昔、私がトルーディ・ソーヤーの生んだ私生児でしかなかったとき、得られなかったものが欲しいということです」

スージーは滝の流れる音と、遠くからかすかに邸の空調機の音が聞こえる。その穏やかな音のせいで、静かに語られた彼の言葉がなおさら邪悪な響きをもっているように感じられる。

「おっしゃることがよくわかりませんが」

「私が欲しいのはたぶん、二年生のクラスにいた、一番きれいな女の子だろうな」

恐怖が体中をかけめぐった。夜の闇が、突如として危険に満ちたものに感じられた。「どういうことでしょう」

ソーヤーはベンチの背にひじをついて、足首を交差させた。そんなくつろいだ姿勢にもかかわらず、彼の心にひそむ油断のなさを感じ、スージーは身がすくんだ。「自分にはパートナーが必要だと思うようになりました。しかしロザテックの経営で忙しく、探している暇はない。あなたに、そのパートナーになってもらいたいんです」

彼女の口はからからに渇いて、うまく舌がまわらない。「パートナー?」

「社交行事に一緒に出席してくれる人、旅行に同行してくれる人、私がパーティをするときに女主人役をつとめてくれる人が欲しいんです」

「どなたかパートナーがいらっしゃるんでしょう。ダラスにつきあっている方がいると聞きましたけど」

「女性なら、今までたくさんの人とつきあってきました。私が求めているのはそういうのとはちょっと違う。もう少し、家族に近いような人です」ビジネスの話を進めているような冷静さだ。しかし神経をとがらせているようでもある。実は見かけほど冷静でないんだわ、と彼女は確信した。「パートナーであっても、私たちはそれぞれ日常生活を続けられます。でも、あなたには……」ソーヤーは言葉を切った。そのまなざしは彼女の目を焼き、頭の中にまで達するかと思うほど熱がこもっていた。「スージー、私が求めれば、それに応じてもらいたい」

彼がその言葉を発したときのためらいが、スージーをぞっとさせた。「応じるですって？　ウェイ、あなたまさか――それじゃまるで――」彼女は恐れを隠せなかった。「私はあなたと寝たりなんかしません！」

しばらく黙ったあとで彼は言った。「いやだってことですね？」

スージーはさっと立ちあがった。「頭がどうかしてるわ！　信じられない、よくもそんなことが提案できたものね。あなたの言ってるのはパートナーでなく、愛人じゃないの！」

彼は片方の眉を上げた。これほど冷たい、これほど感情の欠落した男は見たことがない、と彼女は思った。「愛人だなんて言ったかな？　そういう言葉を使ったおぼえはないが」

「ちゃかすのはやめて！」

「あなたがいろいろな活動に関わっているのは知ってます。何もそれをあきらめてほしいというわけじゃない。ただ、私が一緒にいてほしいときは、協力してくれればありがたい、と言っているんです」

耳の中で血がどくどくと脈打ち、自分の声が遠くから聞こえるように感じられた。「なぜ私にこんなことをするんです？」

「こんなことって、何です？」

「脅迫することよ！　これって脅迫じゃないの、そうでしょう？　もし私があなたと寝たら、ロザテックをテラローザにそのままおいておくんですか？　寝なかったら、ロザテックを撤退させるってことなんですか？」ソーヤーは黙っている。スージーは、自分の中で泡のように沸きおこるヒステリーを抑えることができなくなっていた。「私は五二歳ですよ！　愛人を探すなら、同じ年頃のほかの男性がやっているみたいに若い女性を探せばいいでしょう」「若い女には興味がないんです」

スージーは彼に背を向け、手のひらに爪をくいこませた。「そんなに私が憎いんですか？」

「憎んでなどいませんよ」

「あなたのやってることはお見通しよ。三〇年前の恨みを晴らそうとしてるんでしょう」

「私の恨みは町に対するもので、あなたには恨みはない」

「でも罰されることになるのは私でしょう」

「そんなふうに感じているのなら、あなたの気持ちを変えようとするのはやめましょう」

「私は同意しませんから」

「わかりました」

彼女は振り返って言った。「無理強いはできないわ」

「無理強いしたりしませんよ。あなた自身の判断にまかせるだけです」

言葉に感情がまったくこもっていなかった。怒りをぶつけられるよりも、よっぽど怖かった。この人は頭がどうかしている――しかし彼の暗い目は、知性と、恐ろしいほどの平静さをもって彼女を見つめていた。

スージーは、声に哀願の響きがこもるのを止められなかった。「どうかロザテックを撤退させないと言ってください」

そこで初めて、彼は躊躇した。心の中で自分自身と戦っているかのようだった。「今の話をもう一度じっくり考えてくださるまでは、約束はできませんね」

疲れはてたスージーは、小さく息を吸いこむと言った。「もう帰らせてください」

「わかりました」

「ハンドバッグを中に置いてきたわ」

「取ってきてあげましょう」

スージーはバラ園に一人で立っていた。今起こりつつあることを把握し、整理しようとした。しかし、自分の人生経験とはあまりにかけはなれていて、受けいれることができない。息子のことを考え、恐ろしさで血が凍る思いだった。ボビー・トムがこのことを知ったら、ウェイ・ソーヤーを殺しかねない。

「準備できましたか？」

肩に触れられ、彼女はびくっとした。

ソーヤーはすぐに手を引っこめると、ハンドバッグを手渡した。「車を家の前に回してきましたから」彼は邸のまわりを囲んでいる、れんがを敷きつめた小道を身ぶりで示した。彼にまた触れられることがないように、スージーはもうその小道に向かって歩きはじめていた。

邸の正面には、運転手つきのリンカーンでなく、ＢＭＷが停まっていた。ソーヤー自身が運転して家まで送るつもりなのだろう。ソーヤーがドアを開けると、スージーは一言も言わずに車に乗りこんだ。

ソーヤーが話しかけてこないので彼女はほっとした。目を閉じて、ホイトがすぐそばにいる光景を想像しようとしたが、今夜はなぜか夫がはるか遠くにいるように思える。なぜ私を置いていったの？　こんな状況に、どうやって一人で対処すればいいの？

一五分後、スージーの自宅の私道に車を停めたソーヤーは、彼女を見ながら静かに言った。「これから、三週間ほど海外に出かける予定です。帰ってきたら――」

「お願いです」彼女はささやくように言った。「無理強いしないでください」

彼の声は落ちついて、冷淡だった。「帰ってきたら電話しますから、あなたの返事を聞かせてください」

スージーは車から飛びだすと、自宅へと続く歩道を走りだした。まるで地獄の猟犬がすぐ後ろから追いかけてきているかのように。

テキサス州テラローザで一番憎まれている男ソーヤーは車の運転席で、彼女が家に入るのを見守っていた。玄関のドアが勢いよく閉まると、彼は顔をゆがませた。怒りと苦悩、そして切ないあこがれがわずかに混じった表情だった。

12

目の前にカクテル・ナプキンをつきつけてサインをねだる人はもういない。彼をダンスに誘ったり、ゴルフトーナメントの詳細についてくどくどと尋ねたりする人もいない。そんな瞬間が、その晩初めてボビー・トムにおとずれた。やっと一人きりになれた彼は、ボックス席の隅にもたれて座った。「ワゴン・ホィール」はテラローザでもっとも人気のある安酒場で、土曜の夜の客は誰もみな、それぞれ楽しそうだった。ボビー・トムが彼らの飲み物の代金をすべて払っているから、なおさらだ。

彼はビール瓶を傷だらけのテーブルに置き、たまに楽しむことにしている細巻きの葉巻を消すと、グレイシーを観察した。彼女はブルックス・アンド・ダンの新曲に合わせてラインダンスを踊ろうとして、笑いものになっていた。あのイメージチェンジから二週間が経ち、町の人々はもう新しい彼女に慣れたはずなのに、いまだに彼女をちやほやしていた。

外見上の改善はみられたものの、グレイシーは極上の女というにはほど遠かった。確かに可愛いし、それは否定できない。きれいにさえ見える。大きくボリュームのある髪型の女性が多いこの土地で、あの風になびく軽いカットは、美容師シャーリーの傑作と言えるだろう。

グレイシーの顔のまわりで髪がふわふわと揺れたり、光を浴びて暖かみのあるブロンズ色に輝いたりするのを見ると、ボビー・トムは大いにそそられた。しかし彼の好みは、ブロンドで派手な顔立ちの、脚が長く、ポルノ女優のような胸をもった女だった。つまりセックスの生きた戦利品《トロフィー》のような女が好きなのだ。好みについてあれこれ弁解しようとも思わない。そんなセックスの戦利品《トロフィー》としての女たちを彼が獲得したのは、NFLの血なまぐさい試合を戦いぬいたからだ。苛酷な訓練や、一日二回の練習の厳しさに耐えたからだ。自分の名前さえ忘れてしまうほどの猛烈なタックルをくらってまでがんばったからだ。そういう女たちはアメリカンフットボール競技場における戦いの戦利品《トロフィー》であり、それを放棄することは自分のアイデンティティを放棄するのに等しい。

ボビー・トムはテキサスの地ビール、シャイナー・ボックをぐいっと飲んだ。しかし飲んでも心の空しさは埋められない。例年だったらもうシーズン開幕が近いのに、彼は今、映画撮影のカメラの前で、しょうもないおかまみたいに飛びはね、セックスのトロフィーとは似ても似つかない小生意気な女性と婚約しているふりをしている。

グレイシーが小柄で魅惑的な体をもっていないというわけではない。彼女がはいているぴったりしたジーンズは体の線が丸見えで、レン・ブラウンはそのお尻から目を離せないでいるようだ。グレイシーにはジーンズの二、三本は必要だと母に言ってあったが、足がこむら返りを起こしそうなジーンズを買ってこいと言った覚えはなかった。

グレイシーの服のことを考えていたボビー・トムは顔をしかめた。彼女が服の費用を自分でもつと言いはって、けっきょくアウトレットモールで買物したことを母から聞いたときには耳を疑った。俺が買ってやるはずだったのに！　もともと、こっちが言い出したことじゃないか。そのうえ、俺には金があり、グレイシーには金がない。いやしくも俺のフィアンセということになっている女性には、最高のものを着てほしいと思って当然だろう。二人はこの件について大議論を戦わせた。ボビー・トムがシャーリーにあらかじめ渡しておいた金が返されてきたとき、グレイシーがカットとメークの料金も自分で払うと言いはったことが発覚し、議論はさらに激しさを増した。なんという頑固な奴だろう！　グレイシーは彼に服や美容院の代金を払わせることを拒否したばかりか、部屋代までも払うつもりであることを大胆にも明言したのだ。

しかし最終決定権はボビー・トムにある。彼はきのう、ミリーのブティックへ行き、グレイシーのために最高級の黒いカクテルドレスを選んだ。ミリーは、グレイシーがドレスを返しにきたら、店として返品を受けつけない方針であることを説明すると約束してくれた。いずれにせよボビー・トムは、この件についても何とか自分の思いどおりにするつもりだった。

彼はビール瓶のラベルを親指でいじりながら考えた。ウィロウと話をしたほうがいいかもしれない。グレイシーのわずかな給料を出しているのが誰であるかを絶対に知られないよう釘をさしておく必要がある、と彼はふと思った。

グレイシーはラインダンスのステップをまた間違えている。ボビー・トムは苦い顔をした。母はいったい何を考えて、彼女に今夜あのベストを着るようすすめたのだろう？　ワゴン・

ホィールに連れていってやると言ったら、彼女はすぐに母に電話して、土曜に酒場へ行くのに何を着ていけばいいかを訊いているようだった。そのときなぜグレイシーが「それだけで？」と言ったのか、今ようやく理解できた。

　母のアドバイスのおかげで、グレイシーは下着を何も着けずにゴールドのブロケード織りのベストをはおり、黒いタイトなジーンズと真新しいカウボーイブーツをはいていた。ベストは特に下品というわけでもなかった。前はパールのボタンで止めるようになっていて、前身ごろの左右にあしらわれたブロケード織りのすそは先端が尖っており、ジーンズのウエストラインをおおっている。しかし派手なベストを、その下に何もつけずに着るという考え方自体、ふしだらな女のすることという印象を与える。レン・ブラウンの視線を惑わせているのはともかくとして、彼女がふしだらであるはずがないけれども。哀れなグレイシーは今、自分がどんな格好をしているかにあらためて気づいて、恥ずかしさのあまり泣きたくなっているだろう。

　ブルックス・アンド・ダンの曲が終わり、スローバラードに変わった。紳士らしい行動をとる以外に選択肢のないボビー・トムは、しかたなく立ちあがって、グレイシーが壁の花になる前に救いに行くことにした。ところが三歩も進まないうちに、ジョニー・ペティボーンがレン・ブラウンから彼女を引き離して、一緒に踊りはじめた。ボビー・トムは足を止め、何となく自分がばかをみたような気がしたが、それでもグレイシーに優しく接してくれたことに対してジョニーにあとで礼を言っておこうと思った。誰もがグレイシーに優しく、親切だった。彼にとっては意外なことではない。ボビー・トム・デントンのフィアンセであるからこそ、グレイシーは女王様のように扱われているのだ。

ジョニーがグレイシーをぐっと引きよせ、体をさらに密着させて踊っているのを見て、ボビー・トムはかすかないらだちを覚えた。婚約している女性が、婚約者以外の男とあんなに親密な感じで踊るのはいかがなものか。しかしグレイシーは抵抗しているようすがまったくなかった。それどころか、太陽の日ざしを浴びるひまわりのように上向いた顔を輝かせて、ジョニーの言葉をいちいち熱心に聞いている。恥ずかしがったり、気おくれしていてもいいはずなのに、かなり楽しんでいるように見える。

ボビー・トムはグレイシーの性的欲求不満のことを思い出して顔をしかめた。イメージチェンジで少しは男性の注意を引くようになった彼女が、自分のフェロモンを制御できなくなったらどうなるのか。考えただけで不愉快だった。彼女の本能的な欲求は認めてやるべきだと思う。しかし、表向き彼と婚約しているのに、本能のおもむくままに行動されたらたまらない。秘密というものがないこのテラローザで、グレイシー・スノーの立場にある女性が彼を裏切って浮気していることが町の人々に知れたら、彼がどんな目にあうか、想像したくもなかった。

彼はうなり声が出そうになるのをこらえた。ちょうどコニー・キャメロンがぶらりと現れたからだ。「ねえB・T、もう一度踊らない?」

ボビー・トムはチャコールグレーのカウボーイハットをかぶり、ジーンズにラベンダー色のシルクのシャツを着ていた。コニーはそのシャツに腕をからませ、自分の胸を軽くこすりつけた。お互い婚約しているというのに、コニーが自粛する気配はまったくなかった。

「できれば踊りたいんだけどね。実は、きれいな娘とは一人一回ずつしか踊れないんだ。でないと、グレイシーにへそを曲げられちゃう。だから俺も素行を改めないとね」

コニーは、長く垂れさがったシルバーのイヤリングにからまった黒い髪をふりはらった。

「あなたが女の尻にしかれて平気な顔をしてるなんて。こんな日が来るとは思ってもみなかったわ」

「俺もだよ。だけど、それはグレイシーに会うまでの話さ」

「ジムにどう思われるか心配してるのなら、彼は今日、夜勤だから。私とダンスしてたって、絶対にわかりゃしないわ」彼女は「ダンス」という言葉を発音するときに、唇を軽く突きだして強調し、ダンス以上のことを匂わせた。

ボビー・トムは、ジンボ・サッカリーがコニーの行動を逐一見張っているだろうと思ってはいたが、それが理由で気乗りがしないわけではなかった。コニーのような女性のそばにいるときのイライラを隠す努力がもういやになっているだけだった。「ジンボのことが心配なんじゃない。グレイシーのことが気がかりなんだ。彼女は傷つきやすいから」

コニーは踊っている人たちに目をやり、グレイシーを批判的な目で見た。「イメチェンしてから、グレイシーもずいぶん見られるようになったけど。それでも、あなたのタイプとはちょっと違うわよね。ここらへんの人たちは、あなたの結婚相手はモデルか映画スターじゃないかって思ってたから」

「人間の心っていうのは不可解なものだからさ」

「そうでしょうね。そうだ、B・T、ちょっとお願いがあるんだけど」

彼はいささかうんざりした。またしても、お願いか。彼は一日に少なくとも一二時間は現場に出ていたが、特にここ数日間の撮影で神経が消耗しきっていた。本来ならアクションシーンは楽しんでやれるのだが、女性を殴るとなると話は別だ。彼は、映画の冒頭でナタリーと格闘するシーンがいやでたまらなかった。それで真に迫った演技ができず、けっきょく監督はナタリーの代役に小柄の男性スタントマンを起用せざるをえなかった。

撮影現場を離れても、ひっきりなしにかかってくる電話、事前に知らせずに立ちよる知り合いや、資金調達のためにおとずれる客に悩まされつづけた。そのためここ一週間、一度に四時間以上眠れた日は一日もなかった。昨夜は仕事が終った後、コーパス・クリスティまで飛行機を飛ばしてチャリティー・ディナーショーに出席したし、その前の晩はヘヴンフェスト宣伝のため、ラジオのスポットコマーシャルを録音した。しかし心から楽しめた慈善活動は、群立病院の小児病棟に入院している子供たちをおしのびで見舞いに行ったことだけだった。

「お願いって何?」

「そのうち、夕方にでも我が家に寄って、サインをしてもらっていいかしら? 甥たちのために買ったフットボールがあるんだけど」

「喜んで」コニーの家に寄るぐらいならお安いご用だ。グレイシーを連れて行くことにしよう。

スローバラードが終わりに近づいたので、ボビー・トムはコニーに断って、ジョニー・ペティボーンからグレイシーを取り戻すべくダンスフロアへ行った。実はレン・ブラウンが先に来ていたのだが、ボビー・トムはかまわず割りこんだ。

「よう、君たち。俺の可愛いスイートハートとダンスしてもいいかな?」

「そりゃ、もちろんさ、ボビー・トム」レンがいかにもふしょうぶしょう、といった声を出したので、ボビー・トムはムッとした。一方グレイシーは、「可愛いスイートハート」という言葉に反応して、今に殺してやる、といった目つきで彼をにらみつけた。グレイシーをいらだたせることができたため、彼は元気を取りもどした。

ボビー・トムもグレイシーも、ここ二、三週間はお互い目が回るほど忙しく、二人だけで自由時間を過ごす機会があまりなかった。それで彼は、二人そろって社交の場に顔を出さなければ誰も婚約のことを信じないだろうからと、今夜ワゴン・ホィールへ行こうと誘ったのだ。アシスタントとしてのグレイシーは驚くほど効率よく業務をこなしていて、ボビー・トムは彼女をつねに忙しくさせておけるほどの仕事を思いつかなかった。暇をもてあますのが嫌いな彼女は、ウィンドミル・スタジオの使い走りなど雑務全般を引きうけ、そのあいまにときどきナタリーのベビーシッターをしていた。

ボビー・トムはグレイシーの上気した顔を見下ろし、ほほえまずにはいられなかった。グレイシーの肌は彼が今まで見た女性の中で一番きれいだった。それに目もいい。この目はきらきらと輝くたび、彼の気分を明るく、晴れやかにしてくれるのだった。

「新しいラインダンスをやってるよ、グレイシー。踊ってみよう」

彼女は、速いテンポで複雑なステップを踏みながら踊っている人たちの群れを疑わしげに見た。「私、さっきの簡単なラインダンスにさえついていけなかったんだもの。これは難しそうだから座って見ていたほうがいいかも」

「それで大きな楽しみを逃しちゃうのかい？」ボビー・トムは彼女をラインダンスの列に引きいれ、同時に目の前で踊っている人たちをじっくり観察した。ステップのパターンは複雑だったが、彼はフットボール選手として、まさにこの瞬間というときに歩数を計算し、ボールをカットする技で戦歴を築いた男だ。ダンスのこつを飲みこむのに三〇秒もかからなかった。一方、グレイシーは悪戦苦闘していた。

曲の半ばにさしかかっても、まだグレイシーはみんなと同じ方向に進めないでいる。ボビー・トムは、彼女がうまくついていけないのを知りながら参加させた自分は悪い奴だと感じた。しかしだが子どもじみたところもあって、ここが彼のなわばりであること、婚約者以外の男といちゃつくべきでないことを彼女に思い知らせてやりたかった。だがこのフロアで一番下手な踊り手であることを気にしていないかのように、グレイシーが髪の毛を揺らしたり、間違ったステップを踏んで笑ったりするのを見ているうちに、ボビー・トムの後ろめたさはいらだちに変わった。

ブロンズ色の湿った巻き毛が彼女の頬や首筋に張りついていた。本当なら彼に背を向けていなければならないのに間違って向かいあってしまったとき、ベストの一番上のボタンがはずれて胸元が開き、小さくて可愛らしい胸の谷間が見えた。上気してばら色になった肌は汗ばんで輝いている。ボタンがあと一つはずれたら、胸が全部見えてしまう。そう考えただけでボビー・トムは憤慨した。日曜学校の先生が、分別もわきまえないで！　なんてことだ。

そこらじゅうの男といちゃつくのに忙しかったグレイシーは、彼の不機嫌に気づいてさえいない。彼女と顔見知りとは思わなかったような男たちまでが、大声を出して応援している。ボビー・トムのいらだちはつのった。

「反対だよ、グレイシー。ほら、できるだろ！」

「その調子だよ、グレイシー！」

グレイシーと向かい合わせで踊っているのは筋肉たくましい大学生だ。ベイラー大学のTシャツを着ている。もうそれだけで、ボビー・トムはすでに十分かちんときていた。大学生がグレイシーの腰をつかまえて体を正しい向きに直してやっているのを見たときには、怒りで目を細めた。

グレイシーは笑い、首を振ってカールした髪を揺らした。「絶対できないわ！」

「もちろんできるさ」大学生は持っていたビール瓶を彼女の口元にもっていった。

彼女は一口飲んで咳きこんだ。大学生は笑いながらもう一口すすめたが、ボビー・トムは自分の目の前でフィアンセがアルコール中毒になるのを見過ごすつもりはなかった。グレイシーの肩に腕を回して引きよせ、大学生をにらみつけると、彼女をフロアから連れだした。大学生は顔を赤くして言った。「すみません、デントンさん」

デントンさんだと！　もう我慢できない。彼はグレイシーの手首をつかみ、奥の非常口まで連れていった。

彼女は少しよろめきながらついてくる。「どうかしたの？　どこへ行くの？」

「わき腹がさしこみみたいに痛むんだ。外の空気を吸いに行こうと思って」

ボビー・トムは裏口のドアについた横棒を手のひらの付け根で叩くように押し、建物の外へ彼女を引っぱっていった。裏は砂利敷きの従業員専用駐車場になっている。さまざまな車種の車が停まっている後ろに、使い古した緑色の大型ゴミ容器とコンクリートブロック造りの小屋が見えた。

外の空気にはフライドポテトの匂いと埃っぽさが感じられるだけで、これといっていい香りはしないのに、大きく息を吸いこんだグレイシーは満足げなため息をついた。「連れてきてくれてありがとう。こんなに楽しかったのは、本当に久しぶり。みんなとっても優しくしてくれて」

興奮しているようすが話し方に表れていた。クリスマスのイルミネーションのように輝く目が彼女を本当にきれいに見せていて、ボビー・トムは思わず彼女が極上の女ではないことを忘れそうになった。空調機のブーンという音がうるさかったが、ジュークボックスでかかっている音楽をかき消してしまうほどではない。彼女は頬にかかった髪の毛の束を後ろに押しやり、首の後ろで手を組んで、建物の壁のざらざらした木の羽目板にもたれかかると、同時に胸を前に突きだした。

いったいいつ、こんなワザを覚えたのだろう？　ボビー・トムは急に、以前のグレイシーがなつかしくなった。アライグマのしっぽ模様のドレスを着て、ごわごわした髪をした、俺のグレイシー。俺はあのグレイシーが気に入っていたのに。それを安酒場に似合うあばずれ女に変身させたのは自分なのだと思うと、なおさらしゃくだった。

「フィアンセが町のみんなに胸を見せて歩いていたら俺がどう思うか、考えてみなかったのか？」

グレイシーは自分の胸元を見下ろした。「まあ、大変」はずれたボタンにあわてて手をやる。

「今夜は君、何をとち狂ってそうなっちゃったのか知らないけど、そろそろ落ちついて、婚約した女性らしくふるまったほうがいいぞ」

目と目が合った。グレイシーはしばらく彼を見つめていたが、口元をきっと結んで、二番目のボタンをはずした。

彼女の挑戦にひどく驚いたボビー・トムは数秒間口がきけないでいたが、ようやく声を出した。「いったい何をやってるんだ？」

「ほかに誰もいないもの。ああ、暑い。こんなことしたって、あなたは私に免疫があるから、関係ないでしょ」

　確かに今日の彼女はホットだった。彼も体がほてってきた。今夜のグレイシーはいったいどうしてしまったのか、彼にははかりかねたが、とにかくストップをかけなくてはならない。「俺は君に免疫があるなんて言ったことないぞ」けんか腰で言いかえす。「君だって女じゃないか？」

　彼女の目がかっと大きく見開かれた。たちの悪い冗談を言ってしまった――ボビー・トムは自分を恥じた。彼女の呆然とした表情が懸念に変わるのを見て、恥ずかしいと思う気持ちはますます強くなった。

「膝が痛むのね、そうでしょう？　だから今夜はずっと機嫌が悪かったのね」

　どんなに粗野なふるまいをしたって、グレイシーは好意的にしか解釈しない。彼女は人のいいところばかりを見ようとする。そこにつけこまれて、世間の人たちにいいように利用されるのだ。とはいえボビー・トムは、膝は大丈夫だとうけあって彼女の幻想を壊したくなかった。彼は手を下に伸ばし、ジーンズの上から膝をさすった。「調子のいいときと、悪いときがあるんだよ」

　グレイシーは彼の手首を握った。「申し訳なかったわ。楽しくて楽しくて、自分のこと以外何も考えられなくなってしまって。今すぐ帰って、氷で冷やしましょう」

　俺は卑劣な男だ、と彼は思った。「膝が固まってしまわないように、動かしていたほうがいいと思うんだ。だから踊ろうよ」

「本当に大丈夫？」

「もちろん、大丈夫だって。あ、今やってるのはジョージ・ストレートの曲だよな？」

「そうなの？」

ボビー・トムはグレイシーの手をとり、そばに引きよせた。「もしかして、ジョージ・ストレートを知らないってこと？」

「カントリー・ミュージックの歌手のことはあまり知らないの」

「テキサスじゃ、彼は神話的な人物なんだよ」彼はグレイシーを建物の中に連れて入らずに、その場で彼女を抱きよせて動きはじめた。二人は古いフォード・フェアレーンとトヨタ車の間で踊った。グレイシーの髪の毛はピーチのような香りがした。

駐車場の砂利の上で二人のブーツがシャッフルのステップを踏むうちに、ボビー・トムはグレイシーのベストのすその部分に当てていた手をずらして、ウエストのくぼみに触れたいという欲望に勝てなかった。背骨の小さな隆起と柔らかい肌を手に感じた。触れられて、彼女は震えた。それでボビー・トムは、彼女がいかに強く男を欲しているかを思い出した。これでは、最初に会った口のうまいろくでなしの男に引っかかってしまう恐れがある。

そう考えたボビー・トムはひどく動揺した。彼はグレイシーのことが好きだと堂々と胸をはって認めることができた。だから、彼女を大事に扱ってくれない男のために服を脱ぐようなことになってほしくなかった。女を守ろうなどとはつゆほども思わない自分勝手な阿呆に彼女が体を捧げることになったらどうする？　あるいは、セックス中毒のような奴が彼女を手荒に扱ったために、一生セックスの喜びが味わえなくなってしまったら？　この世にはありとあらゆる災難が、グレイシーのように男が欲しくてたまらない女を待ちうけている。ボビー・トムはあまりに長い間、事実と向きあうことを避けてきたから、そのつけを支払うときがついに来たことを知っていた。毎朝、鏡の中の自分を正々堂々と見たいと思うなら、お情けで女を抱くことへの恐れや疑念をかなぐり捨てて、なすべきことをしなくてはならない。グレイシーは彼の友達で、彼は友達を見放すような男ではない。そうすると彼に与えられた選択肢はただ一つ。確実にしかるべき初体験を迎えるようにするには、彼自身がグレイシーのセックスの手ほどきをしてやるしかない。

重苦しかったボビー・トムの気分が、その晩初めて晴れたようだった。彼は何ともいえない満足感に浸った。少し独りよがりな満足だったかもしれない。五桁の数字が並ぶ小切手を、慈善事業に寄付したときとちょうど同じような気分だった。これはセックスだけの問題ではない。彼は一個のまともな人間としてこの女性を、彼女自身の無知からくる落とし穴から守ってやる責任がある。この決断によって生じてくるに違いない複雑な問題をじっくりと考えてもみずに、彼はいきなり切りだした。

「グレイシー、俺たちがここ数週間、話すのを避けてきたことなんだけど、お互いはっきりさせておく必要があると思うんだ。君が酔っぱらったあの夜、言っていたことがあったよね」

彼の手のひらの下で、グレイシーの体が固くなるのがわかった。「あの夜のことは忘れてほしいの。そうしてもらえたら本当にありがたいんです」

「それは難しいよ。君はかなり強硬だったもの」

「あなたが言ったとおり、私、酩酊していたから」

ボビー・トムは「酩酊」ではなく「酔っぱらった」と言ったのだが、その間違いを正すべきときではなかった。「酒っていうのは時おり、本音を引きだすことがあるからね。それに、ここには俺たち二人しかいないんだから、嘘をつく必要はないんだよ」ボビー・トムは彼女の背中のもう二、三センチ高いところに手を移動させ、人さし指で背骨の隆起の一つをなでた。「俺の見るところ、君の性欲は爆発寸前だ。それは理解できるよ。だって君は人生のもっともすばらしい快楽の一つを味わうことを自分に禁じてきたんだから」

「禁じてたわけじゃないわ。その機会が一度もめぐってこなかっただけ」

「今夜この酒場の中で見たところじゃ、その機会はいつだってめぐってきそうだった。あいつらだって人間なんだ。実際の話、君は自分自身を見せびらかしてたじゃないか」

「見せびらかしてなんかいないわ！」

「よしわかった。じゃあ、かなり激しく媚を売っていた、としよう」

「私が媚を売っていたですって？　本当に？」

グレイシーの目は喜びにあふれて大きく見開かれ、ボビー・トムは戦術を誤ったと気づいた。予測不能な言動をとるいつもの彼女らしく、批判のつもりで言った彼の言葉をそうは受けとめなかったのだ。彼女がいい女ぶって浮かれるあまり、こちらの言うことをまともに聞かなくなる前に言っておかなければと、彼は急いで続けた。「つまり要点はだね、そろそろ、俺たち二人で頭つき合わせて、双方に利益をもたらすプランを考えるべきときなんじゃないかってことだよ」

ジョージ・ストレートの曲が終った。ボビー・トムはしかたなく、彼女のベストの下から手を引いて彼女の体を離した。フォード・フェアレーンの側面にもたれかかると、彼は胸の前で腕を組んだ。

「俺たちはそれぞれ問題を抱えていると思うんだよな。君はセックスに関する指導をもうとっくに受けていてもいいころなのに、それが延び延びになっている。だけど俺たちは婚約していることになってるから、君は誰からも指導を受けることができない。一方俺は、セックスが生活習慣の一部になっている。だけど表向きは婚約しているし、ここは小さな町だから、昔のガールフレンドに電話してデートの約束をするわけにはいかない。わかるかな」

グレイシーは下唇をさかんに嚙んでいる。「ええ、私、あの――そうよね、それは確かに問題だわ」

「でも、解決すればいいことだろ」

彼女の胸は、まるで長距離を走ってきたばかりのように大きく上下しはじめた。「そうね」

「俺たちは二人とも、同意のもとにいろいろなことができる大人だし、お互いに助けあっていけないという法はない」

「お互いに助けあう？」彼女は消えいるような声で言った。

「そう。俺が君の必要としている指導をしてやる。君は俺が町をフラフラ遊び歩かないようにする。それできっと、うまくいくと思うけどな」

彼女はそわそわしたようすで唇をなめた。「ええ、それは――あの――とても理にかなっているわね」

「それに、実用的だろ」

「そう、そうでもあるわね」

ボビー・トムは、グレイシーの返答がかすかな失望で曇るのを聞きのがさなかった。ロマンスを求める女性の習性を十分に知りつくしている彼は、今こそ言葉巧みに丸めこむべきだと思った。「さてここで大切なことは、セックスというのはパートナーの二人が、それをある種の便宜上の行為と見なしてしまったら楽しくなくなる、ってことだ」

彼女はまた唇を嚙みはじめた。「ええ、ちっとも楽しくないでしょうね」

「だから、このプランを実行に移すと決めたら、俺たちはこうなるに至った状況なんかをすべて頭から追いだして、真剣に取り組むべきだ」

「真剣に取り組む?」

「それには二人の間で基本的なルールを決めておいたほうがいい。長い目で見た場合、最初からルールを確立して、それをきちんと伝えあっておく。そのほうがたいていのことがうまくいくというのが俺の持論なんだ」

「あなたって、コミュニケーションにこだわるわよね」

グレイシーの声に、不安の揺らぎとともにわずかな不快感があるのを聞きとったボビー・

トムは、声を出して笑いそうになった。そこで、冷静さを取りもどし、テレビ番組で福音を伝道する宣教師と同じぐらい真面目に聞こえるよう、厳粛なおももちで彼女を見ながら言った。「こんなふうに考えてたんだ……これが俺にとって精神的に疲れる経験になることは明らかだってね」

グレイシーは唐突に頭を上げた。驚いているようすがあまりにわかりやすくて、彼は持てるかぎりの自制心を動員してようやく笑いをこらえた。彼女は訊いた。「あなたが、どうして精神的に疲れなくちゃならないの？」

ボビー・トムは純真な心が傷ついたことを訴えるようなまなざしで言った。「ハニー、それは明らかじゃないか。俺は思春期のころから遊び人として鳴らしてきた。俺のほうが経験豊富なパートナーなのに対し、君はまったく経験がないと言っていい。足専門医に足にキスされたぐらいの経験しかないんだろうから。つまり俺には、君の初体験が完璧にうまくいくようにする責任があるってことだよ。ところが、可能性として――ありそうもないことだが、可能性はある――俺が失敗して何もかもめちゃくちゃにして、君が一生、心に深い傷を負ってしまうことだってありうるわけだ。そんな責任が俺の心に重くのしかかってる。だから、君のためにすべてがうまくいくよう保証するには、最初から俺が二人の性的関係を完璧にコントロールするしかないのさ」

グレイシーは用心深く彼を見た。「それって具体的には何をどうすることなの？」

「困ったな、これを聞いたら君は大きなショックを受けて、始めてもみないうちからやめるって言いだすだろうからな」

「言って！」

彼女の声はうわずって、ほとんど金切り声に近くなった。この時点でボビー・トムは、さっきまでの不機嫌は何が原因だったのか、もうすっかり忘れてしまっていた。知りたくて我慢できなくなっている彼女のようすは、宝くじで最初の五桁の数字が一致して、最後の一桁の数字が発表されるのを待っている人を思わせた。

ボビー・トムは親指でカウボーイハットのつばを少し上げた。「要するにだね、君にとって初体験が確実にすばらしいものになるようにするために、俺としては最初から、君の体をある意味、管理下におく必要があるわけなんだ。言ってみれば、俺が君の体を所有する必要があるってことかな」

グレイシーの声がどことなくしゃがれて聞こえた。「あなたが私の体を所有する必要がある？」

「そのとおり」

「所有する？」

「そうだよ。君の体は君のものじゃなく、俺のものになるってことさ。大きな油性のマジックペンで、君の体中に、俺のイニシャルを書くようなものさ」

驚いたことに、グレイシーは侮辱されたというよりむしろ唖然としているようだった。

「それじゃ奴隷みたい」

ボビー・トムはなんとか傷ついたように見せた。「ハニー、君の心を所有するとは言ってないよ。所有するのは体だけだ。体と心はまったくの別物だぜ。そんなことといちいち説明しなければわからないなんて、驚きだな」

ごくりとつばを飲みこんだ彼女の喉が動いた。「あなたが私に強要して——見方によっては私の体に強要して——私がしたくないことをさせるような事態になったら、どうするの？」

「確実に強要することになると思うよ。それは間違いない」

彼女は憤りで目を大きく見開いた。「強要するの？」

「もちろん。だって君は何年もの遅れを取りもどさなきゃならないのに、俺たちには限られた時間しかないじゃないか。君を傷つけたりはしないよ、スイートハート。でも確実に君に強要しなくちゃならないだろうね。そうでもしなきゃ上級コースには永遠に進めないから」

この一言で彼女も折れるだろう。大きなグレーの瞳はほとんど涙目になっていて、唇はぽかんと開いたままだ。それでもボビー・トムは、グレイシーの不屈の精神をたたえないわけにはいかなかった。初めて会ったときからわかっていた。彼女には根性がある。

「私——あの——よく考えてみないと」

「どうして考える必要があるのかね。君にとって納得いく話か、そうでないか。どっちなんだ」

「そんなに単純じゃないのよ」

「単純じゃないか。なあハニー、俺を信じてくれよ。こういうことにかけては君よりずっとよく知ってるんだから。今この時点で君にとって最善の策は、『ボビー・トム、あなたを心から信頼して、言われたとおりに何でもするわ』って言うことだよ」

グレイシーの目がきっとなった。「それは私の体じゃなくて、心をコントロールしようとすることでしょ！」

「その違いを理解してるかどうか、テストしただけだよ。君は見事、テストに合格したんだ。誇らしく思うよ、スイートハート」彼はとどめを刺した。「俺が今、君にしてほしいのは、そのベストの残りのボタンを全部はずすことだ」

「だって、ここは外じゃないの！」

ボタンをはずせと言われたことに抗議しているのではなく、場所が問題なだけなのだとボビー・トムは気づき、もう一押しした。「さっき言ったろ、俺は経験豊富なパートナーで、君はバージンだ。体を所有されることについて俺を信頼するか、しないかだ。信頼してくれなければ俺たちの取り決めはうまくいかない」

グレイシーの葛藤を思うと、彼は同情してしまいそうになる。心の中で、礼儀をわきまえた大人の感覚と、自分の意思に反して暴れまわる性欲との闘いがくりひろげられているらしい。彼女があまりに真剣に考えこんでいるので、脳細胞がヒュンヒュンいいながら働いている音が聞こえるような気さえした。ボビー・トムは彼女が唇をすぼめて「いいかげんにしてよ！」の一言を放つのを待った。ところが予想に反して、彼女は頼りなげな息をついた。

駐車場の周囲にそわそわとした視線をめぐらせはじめた彼女を見て、ボビー・トムは勝ったと思った。さまざまな思いが心をいちどきに駆けぬけた——嬉しくて浮かれ騒ぎたくなると同時に、妙に優しい気持ちになった。そのとき彼は、グレイシーの信頼をそこなうようなことは決してするまいと自分自身に誓った。一瞬、彼女の給料を払っているのは自分なのにそれを告げていないという不安が頭をかすめたが、その思いを断固としてふりはらい、上体をかがめて彼女の片頬にキスし、もう片方の頬を手のひらで包んでささやいた。「さあ、ハニー。俺の言ったとおりにするんだ」

少しの間、彼女は動かなかった。それから、彼は自分の胸と彼女の胸の間で、震える手が動いているのを感じた。

彼女の声はかすれていた。「私——私、ばかなことしてるような感じ」

彼は頬を押しつけたままほほえんだ。「そのばかなことを指示してるのは俺のほうだぜ」

「こんなこと、すごく……いけないことみたい」

「そう、いけないことだよ。ほら、全部はずして」

また彼女の手が二人の胸の間で動いた。

「前を全部開けた?」彼は訊いた。

「え、ええ」

「よし。俺の首に腕を回して」

彼女は要求どおりにした。彼がベストを両側に開くと、わき部分の布地が手の甲に触れた。

ラベンダー色のシルクのシャツを通じて彼女の裸の胸の暖かさが感じられる。彼はまた彼女の耳にささやいた。

「ジーンズのジッパーを下げて」

彼女は動かない。別に意外ではなかった。彼はすでに、期待していたよりも多くのことを彼女にさせていた。こうやって戯れているうちに彼自身も興奮してきて、これがゲームであることをもう少しで忘れそうになっていた。

体と体が愛撫しあうような感触に、彼は小さなうめき声をもらした。彼女はつま先立ちになっている。その頬と彼のあごがこすれて、彼女の甘いつぶやきが聞こえた。

「あなたが先よ」

彼は爆発しそうだった。しかし体が反応するより先に、駐車場の脇のほうから大声が聞こえた。二人の男が口論しながら、よろめくように歩いてくる。

グレイシーの体中の筋肉が固くなった。

「しっ、静かに……」ボビー・トムは彼女を建物の壁に向かって優しく押し、自分の体で隠した。彼は太ももを開いて彼女の脚を間にはさみ、唇を彼女の耳に押しつけた。「あいつらが行ってしまうまで、ちょっとの間、いちゃつこうよ。どう?」

彼女は顔を上に傾けて言った。「ええ、いいわ」

彼はグレイシーの策略のなさに、思わずにっこり笑いたい気がした。本当はジーンズが中から突きあげてくる力で押しあげられて苦痛なほどだったのだが。しかしここで笑っても、彼女には意味がわからないだろう。そう思って彼は自制した。彼が頭を傾けて唇と唇を合わせると、カウボーイハットのつばで二人の顔が隠れた。彼女の唇はかたく閉じられたままだ。ボビー・トムは思った。彼の気持ちにおかまいなしに喉の奥まで舌を差しいれてこようとする女とはまったく違う、こんな女とキスをするのもすごく刺激的で悪くない。

しかしそれでも彼は、グレイシーの舌を強く求めていた。つまり、彼女の冒険心豊かな面を引きだしてやるために最善を尽くさなくてはならないということだ。彼は驚くべき忍耐強さで彼女を誘導して、唇を開けさせた。彼女の腕がさらにきつく彼の首に巻きつく。舌の先は、彼の口の入口の部分で小鳥のように震えている。グレイシーは二人の舌の間で起きていることに夢中になっている。ボビー・トムは、自分の胸に押しつけられた可愛らしい乳房をまさぐってみたい欲望にかられたが、今ここで胸に触れて彼女の気を散らしたくなかった。しかたなく、アイスクリームのしずくが胸の曲線をつたって流れおち、小さな乳首が固いつぼみのように立ったあの記憶を頭の中から押しやるよう、せいいっぱいつとめることにした。その記憶であやうく正気を失いそうになった彼は、自分の腰を彼女の腰に強く押しつけた。その攻撃的な動きにも彼女は少しもひるまなかった。体を引くどころか、愛撫を待ちきれないでいる小さな子猫のように、激しく腰をこすりつけてきたのだ。

ちょうどそのとき、ボビー・トムは自分が望むほどに主導権を握っていないことに気づいた。グレイシーの指は彼の肩にくいこみ、喉の奥からは甘いうめき声がもれはじめている。彼の体の筋肉の一つ一つがぴんと張りつめ、胸の鼓動が肋骨を叩くかのように激しくなる。

彼は固くなり、どくどくと脈打ち、耐えきれないほどにグレイシーを欲していた。そしてそのことがひどく恐ろしかった。

駐車場に入りこんだ男二人がいなくなったらしいことにおぼろげながら気づいて、彼はもう自分を抑えきれなくなった。首にきつく巻きつけられている腕をつかんで少しゆるめさせ、距離をとって乳房を見下ろすことができるようにした。二つの乳房は夜のほの明かりの中で輝いていた。眺めているだけで、可愛らしい乳首が丸く立ってくるのがわかる。つかんでいた腕を放して、乳首の先端を親指で軽くなでる。彼女は建物の壁にもたれかかり、首を横に向け、目をつぶっている。

ボビー・トムは頭を低くして彼女の乳首を吸った。舌を突きさすように鋭く固く感じられる乳首の先端は、彼を激しく求めていた。彼は口の中にそれを引きこみ、舌で探り、強く、長く吸いつづけた。同時に彼女の腰をわしづかみにし、自分のものをぐいぐい押しつけた。最初に考えていたよりもずっと手荒く彼女を扱っているのだが、あまりの気持ちよさに続けずにはいられない。グレイシーの喉から出るかすれたうめき声が耳を刺激し、彼は我を忘れそうだった。彼女の脚の間に指を入れ、デニム生地の縫い目にそってまさぐる。彼は、固くなった自分のものを、爆発する前に彼女の中に深く、強く入れなくてはならないという意識だけはもっていた。

彼は彼女のジーンズのウエスト部分をつかみ、スナップを思いきり引っぱった。

「ボビー・トム……」すすり泣くようにグレイシーは彼の名を呼んだ。おびえさせてしまったと感じたボビー・トムの手が凍りつくように止まった。

「早く」彼女はせがんでいた。「早くして、お願い」

彼女が荒々しいふるまいを喜んで受けいれていることに気づいたボビー・トムの情熱はさらに激しく燃えあがった。そのとき、頭のどこかにわずかに残っていた理性によって、今いる場所がどこかを思い出した。彼は気づいた。ゲームとして始めたことが思わぬ面倒を招こうとしている。グレイシーをこんな形で抱いてはいけない——建物の壁に押しつけて彼女の体を奪うなんてだめだ。こんなところで、ここまでことを運んでしまうなんて、俺の頭はおかしくなっているに違いない。いったいぜんたい、俺はどうしてしまったんだろう?

彼はありったけの自制心を働かせて、グレイシーのベストの前を閉めようとした。彼女は不意に目を開いた。そこには、激情と当惑がないまぜになった感情が揺れている。ボビー・トムはカウボーイハットを元どおりかぶりなおした。彼女は最初の大試合に出場したルーキーだ。そのルーキーに危うくチャンピオンの座を奪われるところだった。しかしその事実は絶対に彼女に知らせるものか。

「この調子でうまくいくと思うんだけど、どうだい?」いつもならスマートにいくのに、ベストのボタンを留めようとする手はどこかぎこちない。気まずさを隠すため、彼はしゃべりつづけた。「こういうことは段階的にやらないと。君は、普通なら経験済みのはずのいちゃつきやじゃれあいをすっかり逃してしまってるようだから、まずはそこから始めなくちゃね。二人とも、いちゃつきだけで長くもつとも思えないけど、少なくとも努力はすべきだろうね」

「つまり、今夜はこれで終わりっていうこと？」

グレイシーがあまりに悲嘆にくれているので、ボビー・トムは彼女を抱きしめたくなった。

「とんでもない。ただ一休みしただけさ。家に帰ったら、また始めっからやり直しだ。そうだ、川のそばまでドライブして、俺たちがあのピックアップトラックの窓を熱気で曇らせるのにどのぐらい時間がかかるか、試してみるのもいいかもな」

二人のすぐそばにあったドアが勢いよく開いて、グレイシーはびくっとした。ジョニー・ペティボーンが中から顔を出していた。「ボビー・トム、お母さんから今、電話があったよ。すぐに家へ来てほしいそうだ。流し台の下にネズミがいるんじゃないかって言ってる」ジョニーはまた建物の中に消えた。

ボビー・トムはため息をついた。窓を曇らせる楽しみが台無しだ。母につかまったら、ちょっとやそっとでは放してくれないだろう。

グレイシーは、いささか頼りなげではあるが、思いやりのこもったほほえみを見せた。

「いいのよ。お母さまがあなたを必要としてるんですもの。私は制作アシスタントの誰かの車に乗せて送っていってもらうわ。でも、この状況はかえってよかったかもしれない。時間があれば、私――慣れるかもしれないから」

また彼女は唇を嚙みはじめた。「あなたの言ってる、体を所有するっていう考え方……私、考えてたんだけれど……つまり、思いついたことがあって……」

「言っちまえよ、スイートハート。俺たち二人とも、待ってる間に年取っちゃうぜ」

「私、順番がいいの」彼女は急いで言った。

「何の順番？」

「代わりばんこに、体を所有したいの。次はあなたの体を私が」

ボビー・トムはあまりのおかしさに吹きだしそうになったが、ぐっとこらえて眉をしかめ、気難しい表情を作ろうとつとめた。「君のような知性のある女性がそこまで筋の通らないことを言うとは思わなかったな。もし俺たちが代わりばんこにそれぞれの体を所有しあったら、次の行動を起こすのはどっちなのか、わからなくなっちゃうじゃないか」

グレイシーは真剣に彼を見つめた。「きっとうまくいくと思うけど」

「いや、だめだ」

彼女は唇を真一文字に結んだ。「ボビー・トム、申し訳ないけどこの件については断固たる姿勢を貫かせていただくわ」

ボビー・トムは、純粋に楽しみのために彼女にお仕置きをしてやろうと思った。しかし彼が口を開かないうちに、グレイシーは彼に背を向け、ドアに向かって歩きだした。そして建物の中に入る直前に、肩ごしにとりすました視線を投げた。

「素敵な手ほどきをしてくださってありがとう。きわめて教育的価値の高い、ためになる経験だったわ」そう言い放つと、彼女は後ろ手にドアを閉めた。

ボビー・トムは少しの間そこに立っていたが、そのうちにんまりと笑った。今度こそグレイシーを思いどおりにしたと思うたび、彼女はこちらを驚かせてくれる。しかしボビー・トムのほうも、彼女を驚かせるネタをまだいくつか残してあった。彼はピックアップトラックに向かって歩きながら、グレイシー・スノーに初めての性体験をさせることは、自分の人生における極上の楽しみの一つになるだろうと確信していた。

13

何が取り決めよ、とグレイシーは思った。彼女はサンダーバードをウィロウのトランザムの隣に駐車し、頼まれたナヴァホ・ブランケットを取りにいった。車を降りながら彼女はため息をついた。ボビー・トムがワゴン・ホィールに連れていってくれてから二週間が経ったが、残念なことに二人の肉体的な接触はあれ以上先に進んでいない。ボビー・トムは気が変わってしまったのだろうか。そのうえ、状況は二人が親密になるには不利だった。彼は撮影で長時間出ていたし、その一方でなんやかやと邪魔が入った。

酒場へ出かけた夜の翌日の日曜日、ボビー・トムは母親のスージーとゴルフをし、グレイシーは一日、ナタリーが借りた小さな家を住み心地よく整える手伝いをして過ごした。その晩、ボビー・トムの元チームメイトの一人が突然訪ねてきて数日間泊まっていき、ボビー・トムの自由時間をすべて奪ってしまった。次の週末、ボビー・トムはヒューストンへ飛んでアメリカン・エキスプレス社との会議に出席し、テレビコマーシャル出演の話し合いをした。帰ってきたかと思うと夜には、悪役を相手にくりひろげる追跡シーンの撮影があった。そんなこんなで二人きりで親密になれる機会が実際になかったことを認めながらも、グレイシーは気がかりだった。あの提案はお得意の冗談にすぎなくて、ボビー・トムは実行する気がないのではないか。彼女はくよくよと考えていた。早くも次の週末が近づいていたが、今回は町を離れる予定はなさそうなので、まもなくどういうつもりでいるのかわかるだろう。

ロケ隊はここ一週間、町の北に位置する崖の切り立った深い峡谷で、ボビー・トムとナタリーが出る一連のシーンを撮影していた。機材トラックとトレーラーハウスは、車の騒音が撮影の邪魔にならないよう現場から一定の距離をとって峡谷の入口に停められている。

「グレイシー！」

顔を上げるとコニー・キャメロンが食事サービス専用ワゴンから呼んでいる。カウンターの後ろから現れたコニーの唇には、いやに気取った笑みが浮かんでいる。

「ボビー・トムが探してたわよ。あの人って見た目ではわかりにくいんだけど、どうやらあなた、また彼を怒らせちゃったみたいね」

「まあ」

コニーが服装をじろじろ見ているのを感じてグレイシーは、おどおどする理由はまったくないのだと自分に言いきかせた。けさの彼女は、胸が大きく開いたスクープネックのバターカップ・イエローのニットに、ジャングルプリントの巻きスカートをはいている。耳には琥珀色のフープイヤリング。細い革のトングサンダルをはいた足の爪には、昨夜のうちに濃いサンゴ色のペディキュアをしておいた。足首につける控えめなゴールドのアンクレットが買えるだけの勇気があればいいのに、と思ったが、ボビー・トムの意見を聞いてみたところ大笑いされたので、アンクレットのことはあきらめたのだった。でも、かえってよかったかもしれない。いずれにしても彼女には高すぎて買えないだろうから。

ボビー・トムが彼女にことわらずに勝手にミリーのブティックで買った、恐ろしく高価な黒いカクテルドレスの代金を彼に返すとなると、分割払いでも、彼女のわずかな給料が吹っとんでしまいそうだ。しかしグレイシーは意地でも返す決心をしていた。最初、ミリーのブティックで返品を受けつけないことを知ったとき、ドレスをボビー・トムにつき返して、自分で着たらどう？　と言ってやるつもりだった。しかし、返す前に試しに着てみたのが間違いのもとだった。優美で洗練されたそのドレスはあまりに美しく、つき返すことができなかった。ここまで贅沢なものを持つこと自体ばかげているのはわかっていたが、彼女はいつか、ボビー・トムのためにドレスを着たときの彼の表情が見たかった。そのときまでには代金を全額返しおわっているだろうから、その瞬間はさらに甘美なものになるに違いない。

今日は給料日だ。彼に払うつもりの部屋代と黒いドレスの代金の分割払い一回分を差しひくと、生活必需品を買う金さえほとんど残らない。それでもグレイシーは、経済的に苦しい立場に追いこまれた人間にしては心が驚くほど軽やかでいられた。無償の愛を捧げることを自分自身に約束していたし、その約束をきちんと守っているという事実を思うと、誇らしさと、自由の身であることに目がくらむほどの満足感で満たされるのだった。

コニーは食事サービス専用ワゴンの近くで、ネイビーのパラソルの下に設置されたテーブルを拭いている。前かがみになって拭いていると、ぴったりとしたトップに覆われた胸がいかにも窮屈そうだ。「あなたたち二人ってケンカばかりしてるのね。ボビー・トムは一度だって、私に怒ったことなんかなかったけど。彼と口論する女の人なんて、私の知るかぎりあなただけよ」

「私たち、思ってることを素直に伝えあうコミュニケーションが大切だと考えてるんです」グレイシーはできるだけ優しい口調で言った。

「なんだ、そこにいたのか！　なんでこんなに時間がかかったんだ」小道具係のマーク・ウルストが、白髪のまじったポニーテールを揺らしながら駆けよってきた。

この一カ月間で、撮影スタッフの誰もがグレイシーをウィンドミル・スタジオの雑用係とみなすようになっていた。ボビー・トムによれば、それは彼らに利用されているだけだと言う。そんな扱いはやめさせてやるといきまく彼に、干渉しないようにとグレイシーは頼んでおいた。ボビー・トムは自分の行動を管理してくれる個人アシスタントの必要性について、なんだかんだともっともらしい話をでっちあげていた。しかし事実がわかるまでにそう時間はかからなかった。彼はグレイシーが今まで会った中でもっとも有能な人間の一人だった。そして日が過ぎるごとに、アシスタントとしての仕事がそれほど多くないことが明らかになってきた。幸い、ウィンドミル・スタジオには山ほど仕事があった。ウィンドミルはグレイシーの正式な雇用主だから、雑用係をすることで、自分に支払われている給料以上の価値を提供しているという満足感を得ることができる。ハリウッドでのキャリア開拓は無理だとしても、彼女は今のこの職があるかぎり懸命に働く決意をしていた。

グレイシーはナヴァホ・ブランケットをマークに渡しながら言った。「急ぐ必要はないっておっしゃったでしょう。それに、ウィロウに頼まれてオフィスに書類を届けに行ってたんです」ウィロウは、以前彼女を解雇した事実をじつに簡単に忘れてしまっているようだ。グレイシーはそのことに何ともいえない不快感を覚えていた。

「撮影スケジュールの変更があってね」マークが説明した。「峡谷でのラブシーン、明日の予定だったのを、けさ撮影することになったんだよ。それで至急ブランケットが必要になったわけ」

グレイシーの気分は沈んだ。遅かれ早かれ、こういう状況と向きあわなくてはならないことは知っていたが、できるだけ先延ばしにしたかった。映画は順を追ってシーンを撮ることはめったにない。そのため、今回撮影するのは二人が演じる最初のラブシーンでありながら、実は映画のラストシーンにあたる。一番ロマンチックな場面だった。グレイシーはつねにプロ意識を忘れずにふるまおうと自分を厳しくいましめた。ボビー・トムとナタリーは激しいラブシーンを何場面も演じることになっているので、いちいち嫉妬して取り乱しているわけにはいかなかった。

ボビー・トムがナタリーになじめなくて苦労しているようすを見てグレイシーは嬉しくてたまらなかった。ナタリーと友達になってからは特にそうだ。ただしグレイシーは、こんなことで嬉しがるのは自分の性格の情けない欠点であるという認識はもっていた。ボビー・トムは、エルヴィスのことや母乳による子育てに関するナタリーの話にうんざりしていた。それでも彼はナタリーを共演者として丁重に扱っていたので、ナタリーは自分が彼を苦しめていることにはまったく気づかないようだった。

「人には話さないでおいたほうがいいことって、あるよなあ」昨日の休憩時間中、ボビー・トムはこう言ってグレイシーにこぼした。「俺、彼女の――何てったっけ――『さんにゅうはんしゃ』がいつ起こるかなんて、知りたいとは思わないものな」

「催乳反射、でしょ」

「何でもいいんだけど、とにかく、そういうのは知りたくないんだよ」

「ナタリーが母乳で赤ちゃんを育てているのはえらいと思うわ。働いている女性には難しいことですもの」

「それは俺だってえらいと思ってるよ。でも俺は彼女の旦那じゃないんだし、エルヴィスは俺の子供じゃない。それに子育ての細かいことなんて、俺が知る必要ないじゃないか」

グレイシーはボビー・トムのトレーラーハウスに向かって歩きながらあくびをした。制作現場は夜間の撮影が一週間続いたあと、また日中の撮影に戻り、彼女の体内時計はそれについていけないでいる。ボビー・トムも同じ状態らしかった。昨夜トイレに起きたとき、グレイシーはガレージの上のベッドルームから彼の家の裏手を見下ろしてみた。すると書斎の窓からテレビ画面の光がちらつくのが見えた。

グレイシーはメークアップ・アーチストの一人、ロジャーに出くわした。彼はバックパックにエルヴィスを入れて背負っている。ナタリーはあいかわらず乳母を探していたが、まだおめがねにかなう人材が現れていなかったため、母親が撮影に入っている間、エルヴィスは臨時のベビーシッターたちの間をたらいまわしにされていた。グレイシーはちょっと足を止めて、エルヴィスのあごをつねった。赤ん坊は大喜びでキャッキャと笑い、ロジャーの背負ったバックパックの中で体を上下に揺すりはじめた。エルヴィスは、顔こそガーバーのベビーフードのコマーシャルに出てくるような子とは根本的に違っていたが、本当に可愛らしい赤ん坊だった。グレイシーはエルヴィスのおでこに軽くキスし、この子に眠くなると握りこぶしを嚙む癖があることをロジャーに伝えておいた。

トレーラーハウスへの階段を上り、ドアを開けると、ボビー・トムがすごい勢いでソファから立ちあがって言った。「いったいぜんたい、どこへ行ってたんだ」

「けさ撮影予定のシーンであなたとナタリーが使うブランケットを取りにいってたんです」

ボビー・トムは台本を手に持って彼女のほうへ近づいてきた。彼が珍しくちゃんと服を着ているのでグレイシーは安心した。彼が服を上から下まで着て演じるシーンの数少ない一例がラブシーンであることを考えると、皮肉な気がした。今までのシーンとは違って彼のジーンズのジッパーは上がっているし、裸の胸は袖をまくりあげたデニムシャツに隠れていた。

「君はもう制作アシスタントじゃなくて、俺の個人アシスタントなんだぞ。それにブランケット一枚取ってくるのに三時間もかからないだろう」

長時間姿を消していたことの説明をせずに黙っているグレイシーを、彼は疑わしそうに見た。「で、どうなんだ?」

「ウィロウに頼まれて、書類をオフィスまで届けなくてはいけなくて」

「それから？」

言わないわけにはいかなかった。「アーバー・ヒルズに寄っていました」

「アーバー・ヒルズ？」

「近所にある老人ホームです。あなたも見たことあるでしょう。ウィロウの用事で通りかかったときに見つけたんです」

「ああ、そういや、そんなのあったな。だけど、あそこで何をしてたの？　君、老人ホームには近づきたくないって思ってたんじゃないのか」

「職業病ね。車であのホームのそばを通りかかったとき、正面階段に亀裂が入っているのに気づいたの。危ないからどうしてもホームの人に教えてあげたくなったんです。で、ホームの中を見ているうちにいろいろ発見があって。娯楽施設はひどい状態だったし、施設の管理者の態度もちょっと悪かったし」ときどき入居者と一緒の時間を過ごすようになったことまでは言う必要もないだろうとグレイシーは思った。施設の管理者と話をして、直すべき点をいくつか改善してもらえたらと彼女は願っていた。

「君の勤務態度もどうかと俺は思うけどね。ところで次に撮るシーンのせりふを憶えなくちゃならないんだけど、ちょっと手助けしてもらえないか」

「うめいたり、あえいだりするだけじゃないんですか？」

「つまらない冗談を言うなよ」ボビー・トムは、トレーラーハウスの狭い部屋の中を行ったり来たりしはじめた。「誰にも指摘されたことがないかもしれないから言っておくけど、グレイシー、人生なんでもかんでもちゃかして冗談にしていいってもんじゃないんだぞ」

何事も真面目に考えないボビー・トム・デントンが、グレイシーの場違いな冗談にお説教をたれるとは。面白い考えが頭に浮かび、彼女は笑いそうになるのをこらえた。

「ボビー・トム、ラブシーンを演じるのが不安なんでしょう?」

彼は急に足を止めた。「不安? 俺が? おいおい、こっちに来て酒くさくないかどうか確かめさせてくれよ。またワインクーラーでも飲んで頭がおかしくなったんじゃないのか」

彼は頭を抱え、髪の毛に指を突っこんだ。「言っておくけど、俺はこれまでの人生で、たいていの男が夢で経験するよりも多くのラブシーンを経験してきてるんだぜ」

「でも撮影されたことはないでしょ。しかも、たくさんの人が見ている前で」まさかそれはないだろうと思いながら、彼女は言葉を切った。「それとも人前でそういう経験があるのかしら?」

「あるわけないよ! いや、そうでもないか。とにかく君には関係ないだろ! 要するにだね、このくだらん映画に関わってるうちは、俺は自分が間抜けに見えるようなことはしたくないんだよ」彼は台本をグレイシーに投げた。「ほら。『あなたのその筋肉、まるでプロのボディビルダーみたいにムキムキね』のところから始めて」そう言いながらグレイシーをにらみつける。「せりふについて皮肉な冗談はいっさい言うなよ。わかったな?」

グレイシーは笑いを押しころした。ボビー・トムは明らかに、このラブシーンに動揺している。彼女はキッチンの小さなカウンターにもたれかかった。さっきよりずっと気分がよくなっていた。

台本を見て問題の箇所を見つけると、彼女は最初のせりふをできるだけ色っぽく言った。

「あなたのその筋肉、まるでプロのボディビルダーみたいにムキムキね」

「その声、どうかしたのか？」

「別に。演技してるだけですよ」

ボビー・トムはあきれた表情をした。「普通に言えばいいんだよ。その阿呆くさいせりふを」

「阿呆くさいとは限らないでしょう。これを刺激的なせりふと思う人もいるだろうし」

「阿呆くさいよ。君だってそう思ってるだろう。ほら、続けて」

グレイシーは咳ばらいをして言った。「あなたのその筋肉、まるでプロのボディビルダーみたいにムキムキね」

「そんな、昏睡状態の人間みたいな読み方することないだろ」

「次のせりふが思い出せないんでしょう。だから私のことを批判してるのね」

「今考えてるところさ」

「私の演技を批判する前に、どうしてこう言えないのかしら。『グレイシー、スイートハート、俺、次のせりふを忘れちゃったみたいなんだ。ちょーっとだけ、ヒント、くれなーいかなあ？』」

グレイシーが真似したテキサスなまりは大いに受けて笑いを誘った。ボビー・トムはソファに横になったが、彼の長い脚には短すぎた。そこで白いソックスをはいた足を壁にもたせかけた。「悪かった、グレイシー。君の言うとおりだ。ヒントをくれ」

「次のせりふは、『君の体だって――』」

「思い出した。『君の体だって、プロのモデルみたいにピチピチに見えるよ、ダーリン』くそっ、このせりふ、前のよりもっと阿呆くさいぜ。どうりで憶えられないわけだ」

「でも、次のせりふよりはましよ。『じゃあ、私の体を調べて、どんなか確かめてみたらどう』」グレイシーは心配そうな表情をして台本から目をあげた。「あなたの言うとおりよ、ボビー・トム。これって本当に阿呆くさいわ。脚本家もあなたと同じようにラブシーンが苦手なんじゃないかしら。台本のほかの部分はもっとよく書けてるのに」

「だから言ったろう」彼はソファの上に起きあがった。「これじゃ俺も、『ピープル』誌に載ってる映画スターみたいに、駄々をこねる必要がありそうだなあ。台本の書き直しが必要だってね」

「書き直してもらう時間はなさそうね」彼女は台本に目を落とした。「そうね、こうしたらどう。二人が演じるとき、あんまり甘い感じにならないようにすればいいんじゃないかしら。軽くほほえみながら淡々とせりふをかわすの。二人とも、ばかばかしい会話だとわかってるという前提で、エッチな冗談を軽くやりとりする。しつこくならないように」

「どれどれ」ボビー・トムが手を差しだしたので、彼女は台本を渡した。彼は熱心に読んだ。

「君の言うとおりかもしれないな。ナタリーに話してみよう。赤ん坊のことをしゃべってないときは、まともな感覚を取りもどす人だからな」

それから一〇分間、二人はせりふの練習をした。恥ずかしくない演技をするつもりで腰をすえてかかると、ボビー・トムは驚くほどせりふ憶えが早く、現場に呼ばれるころには完璧に暗記して自分のものにしていた。

「撮影には来てくれるよね、グレイシー」

「ごめんなさい、無理だと思うわ。やらなきゃならない仕事が多くて」ボビー・トムがナタリーに対して恋愛感情を抱いていないにしても、彼は健康で精力旺盛な男性だ。体の接触でいやおうなしに興奮してしまうだろう。現場へ行ってそれを目撃するのがグレイシーはいやだった。愛する男が自分以外の女とセックスする場面をわざわざ見たいと思うような女などいるわけがない。相手がナタリー・ブルックスのような美しい人ならなおさらだ。

「あとまわしにしてもいいだろ。峡谷へ一緒に来てほしいんだよ」彼ははき古した革のブーツを引きあげながら言った。

「私がいると邪魔になるわ。そんなことしたくないんですもの」

「ボスからの命令だぞ、グレイシー」ボビー・トムは台本を取りあげ、彼女の腕をつかむとドアのほうへ向かった。が、ドアの取っ手に手をかけようとして動きを止めた。振りかえると、グレイシーをなめまわすように見た。興奮で彼女の肌が粟だつような視線だ。

「グレイシー、ハニー。もしさしつかえなかったら出かける前に、パンティを脱いでくれないか」

「何ですって！」

「はっきり、言ったつもりだけど」

ハスキーな声のゆっくりとした話しぶりに、グレイシーの胸の動悸が激しくなった。「私、パンティなしで外に出るなんていやよ！」

「なぜ、いやなの？」

「なぜかというと——外だからよ。それに、私……」

「その可愛いスカートの下に何もはいてなくても、淑女のように座っていれば、誰にもわからないさ。俺以外にはね」

また彼のなめるような視線が体に注がれる。肌が熱く湿っている気がする。グレイシーは下着をつけずに歩きまわるような女ではない。大変身したあとの新しい彼女でもそれは同じだ。ボビー・トムにはそれがわからないんだわ。

躊躇している彼女を見てボビー・トムは、人の心を操ろうとするときに使う、まったく世話が焼けるな、と言わんばかりの大げさなため息をついてみせた。「こんなことで口論しなきゃならないなんて、信じられないよ。ここ二、三週間いろいろと忙しかったし、それに気をとられて忘れちゃってるようだね。俺たちの取り決めの合意はまだ生きてるんだぜ。君だってわかってるだろう、そのスカートの下の体は俺が所有してるんだってことを」ここでため息をもう一度。「まさか俺が、君に——もと日曜学校の先生に——約束を守ることの大切さについてのお説教を垂れなきゃならないとは夢にも思わなかったよ」

グレイシーは笑いだしたくなるのを抑えて――笑うと彼は調子づいて、もっと恥知らずなことを要求してくるだろう――理性的に聞えるようつとめた。「もと日曜学校の先生は、下着なしで外に出るようなことはありません」

「そんなこと、聖書のどこに書いてあるんだい。見せてくれよ」

彼女は、今度はこらえきれずに笑ってしまった。

「俺、もう我慢の限界だよ、スイートハート」ミッドナイトブルーの瞳が光り、彼女を息苦しくさせた。「脱ぐんだ、ダーリン。でなければ、俺が脱がせてやる」

ああ、どうしよう。けだるげなゆっくりとしたボビー・トムの言葉が、まるで親密な愛撫のように肌を這いまわる。そのとき彼女は気づいた。今は、純粋に無謀になるべき瞬間なのだ。これからの長い人生を、地味な顔立ちの昔のグレイシー・スノーとして過ごさなければならないかもしれない。だから今は奔放な女になろう。

肌が燃えるように熱かった。グレイシーは彼に背を向けてスカートの下に手を入れ、バターカップ・イエローのパンティを脱いだ。

ボビー・トムはほくそ笑み、パンティを彼女の手からさっと奪った。「ありがとう、ダーリン。これ、インスピレーションを得るために持っていくよ」

彼はジーンズのポケットにパンティを突っこんだ。小さいので、ポケットはふくらみもしなかった。

「あなたのその筋肉、まるでプロのボディビルダーみたいにムキムキね」

「君の体だって、プロのモデルみたいにピチピチに見えるよ、ダーリン」

「じゃあ、私の体を調べて、どんなか確かめてみたらどう」

ナタリーとボビー・トムは、ほほえみを浮かべながらばかげたせりふのやりとりを続けた。甘い会話にはなっているが、鼻につく甘さではない。プラタナスと樫の木の木陰になった小さな空き地にいる二人は、グレイシーがけさ取ってきたナヴァホ・ブランケットを敷いて横たわっている。

「じゃあ、そうしようか」ボビー・トムはナタリーをさらに強く抱きしめ、ペザントブラウスのひもを引いて前を開けた。その間、ずっとほほえみつづけている。

彼がほほえんでいても、それは当然なのかもしれない。ナタリーの滑らかな肩からブラウスが滑り落ちる場面から目をそらせながらグレイシーは思った。ボビー・トムは、セックスをちょっとした楽しいゲームに変えてしまう名人なのだから。

グレイシーのスカートの下を暖かい風が通りすぎ、お尻をやさしくなでる。感じやすい肌はすぐに粟だった。スカートの下に何もはいていないことが彼女を興奮させていた。突風で巻きスカートの前がまくれあがって、恥ずかしい秘密の部分を世界にさらしてしまうかもしれないという恐れも、興奮をさらにかきたてた。何もかもボビー・トムのせいだ。グレイシーを説きふせて、パンティをはかずに人前に出させただけでも十分悪い男なのに、リハーサル中、ナタリーとのからみのシーンを演じながらグレイシーに視線を合わせ、わざとジーンズのポケットを触ってみせて、パンティが中に入っていることを思い出させるという二重の罪をおかしているのだ。こんなふうに男性とセクシュアルな秘密を共有したことが一度もなかったグレイシーは、彼にからかわれて、めまいのするような浮遊感と、熱っぽさを覚えていた。

頭上では木々が揺れてこすれあい、かさかさと音を立てている。峡谷の空気にはヒマラヤスギのかすかな匂いが含まれていた。二人の会話は続き、軽いキスの音がしたところでとぎれた。プロ意識をもって毅然と行動するという誓いをしたにもかかわらず、グレイシーは二人の演技に目を向けることができなかった。あのブランケットの上で彼の腕に抱かれている女になりたかった。二人だけで、一糸まとわぬ姿で。

「あらまあ!」

グレイシーの空想を中断させたのはナタリーの叫び声だった。

「カット!」監督が大声で言った。「どうしたんです?」

グレイシーが二人に目をやると、ちょうどボビー・トムが美しい共演者から身を離すところだった。「俺が何かしちゃったかな、ナタリー、痛いの?」

「お乳が出ちゃったの。ああ、ごめんなさい、皆さん。お乳が漏れてるわ。ブラウスを着替えないと」

ボビー・トムは飛びすさって立ちあがった。まるで命にかかわる病気の病原菌にでも触れたかのようだ。

「それじゃあみんな、一〇分間の休憩」監督が言った。「衣装係、ミス・ブルックスの着替えを頼む。デントンさんの着替えも持ってきたほうがいいな」

ボビー・トムは凍りついた。

目を下にやる。

彼の顔に恐怖の戦慄が走った。シャツの前に、湿った二つの染みが丸く広がっている。

グレイシーの唇から思わず笑いがこぼれた。人があれだけの早さでシャツのボタンをはずすのは今まで見たことがない。彼は衣装係のアシスタントにシャツを押しつけると、そのますぐにグレイシーのそばにやってきた。

「こっちへ来いよ」

目を細め、歯をくいしばるようにして、ボビー・トムは彼女の手を引っぱり、木立を抜けて岩石の多い場所へ連れていった。あまりに早足で歩くので、グレイシーは何度もつまずいた。ボビー・トムは彼女を近くに引きよせながらも、速度は落とさずに歩きつづけ、人の目の届かないところに来てようやく立ちどまると、くるみの木の幹に背中をあずけてもたれかかった。

「こんなひどい経験をさせられたのは生まれて初めてだ。俺、こんなのできないよ、グレイシー。あそこで彼女のブラウスを脱がせるぐらいだったら、ネズミを食べたほうがましだ。お乳をやってる母親とセックスなんかできない」

グレイシーのフェミニストとしての神経にさわる言葉だったが、あまりにみじめなボビー・トムのようすに、多少ながら同情を覚えずにはいられなかった。これだけ彼の近くにいながらそうするのは難しいことだったが、彼女はできるだけ理性的な口調で話しかけるようつとめた。「女性の乳房のもつ一番大切な機能は、赤ちゃんを育てる栄養をあげることなのよ、ボビー・トム。それが不快だと言うのは、あまりほめられたことじゃないわね」

「不快だとは言ってないよ。自分がキスしてる相手が誰かの奥さんだっていうことが頭から離れないだけなんだ。ナタリー・ブルックスとセックスすることを考えるとゾッとする。世間の評判とは違って、俺は結婚してる女性にはちょっかいを出さない主義だから」

「ええ、あなたはそういうことはしないでしょうね。独自の男尊女卑思想をお持ちで、道義心がありますものね」

普通こんなことを言われたら、しゃくにさわるだろう。しかしボビー・トムは喜んだようだった。「ありがとう」

二人はしばらく見つめあっていた。沈黙を破ったとき、ボビー・トムの声は少ししゃがれていた。「俺が撮影現場に戻って今日の仕事をちゃんとこなすためには、君がその気にさせてくれなくちゃ困る」

「その気に?」

彼はグレイシーを胸に引きよせ、唇を激しくむさぼった。グレイシーの反応は早かった。体中の血管を熱い炎が駆けめぐり、開いた唇の中で舌を大胆に使って攻めたてるボビー・トムの情熱に応えた。グレイシーが彼のふさふさした髪の中に指を埋めて頭を抱くと、スカートの下に彼の手がすべりこんだ。大きな手がお尻のまるみにそって当てがわれ、グレイシーの体は地面から持ちあげられた。彼女はボビー・トムの体に脚を巻きつけ、デニム生地が敏感な内股の皮膚に激しくこすれるのを感じていた。いつのまにか体の向きを変えられ、彼女は木の幹に背をもたせかける形になっていた。熱くいきり立った固いものを激しく押しつけられ、彼女のみだらな心がめざめた。今すぐ、彼のジーンズの前を引きはがすように開けて、二人の体を隔てている壁を取りはらってしまいたかった。

今までの人生で男というものを知らなかったグレイシーは、もう抑制がきかなくなっていた。渇望のうめき声を上げながら、太ももでボビー・トムの体をますます強く締めつけた。そのとき、ののしり声が小さく聞こえた。彼女のお尻を締めつけていた手がゆるみ、持ちあげられていた体が地面にゆっくりと下ろされた。「ごめん、スイートハート。君がこんなに感じやすい体だってことをつい忘れちゃうんだ。こんなこと始めるべきじゃなかった」

グレイシーは彼にもたれかかりながらへなへなとくずおれそうになった。ボビー・トムは彼女の後頭部をしっかりと抱え、裸の胸に引きよせた。石鹸と太陽の光のようないい匂いがした。グレイシーは固く目を閉じて、自分を抑えきれなかったことを悔やんだ。

「パンティを返してちょうだい、お願い」

断られるのではないかと思ったが、ボビー・トムは彼女をからかうのもこのぐらいにしておこうと思ったようだった。体を離すと、彼はジーンズのポケットに手をやった。バターカップ・イエローのナイロンの布切れにしか見えないパンティを手渡される間も、グレイシーは彼の胸から目を離せなかった。ようやくボビー・トムが口を開くと、その声からは陽気な笑いが消え、鋼のように固い決意が感じられた。

「明日の晩は、絶対に誰にも邪魔させない。続きをしよう。最後まで終らせるからね」

グレイシーの返答を待たずに、彼は歩いて立ち去った。

心が落ちつくまで数分待ってから、グレイシーはしかたなく撮影現場へ戻った。ナタリーは新しいブラウスを着て、エルヴィスを腕に抱いていた。ボビー・トムはまだ上半身裸のまま、ナタリーと監督の間に立っている。監督は本番前の指示を出しているようだ。それが終ると監督はカメラマンのほうを向き、指示を与えた。メークアップ係の一人がヘアスプレーを持ってナタリーに近づいた。

ナタリーは手を上げて制止した。「ちょっと待って。エルヴィスがヘアスプレーを吸いこまないようにしなくちゃ。ちょっとこの子を抱いててくれる、ボビー・トム？」同意を待たずに、丸々と太った赤ん坊が彼の腕に押しつけられた。ナタリーはヘアスプレーをかけてもらうためにその場を離れた。

警戒心でボビー・トムの眉がつり上がった。それと同時に、オールプロチームのワイドレシーバーとしての本能で体が無意識のうちに反応し、赤ん坊を胸に抱えた。

エルヴィスは満足そうに喉を鳴らした。頬っぺたに人の肌が触れるのを感じた赤ん坊は、本能的にボビー・トムの裸の胸の鍛えられた筋肉に頭を近づけ、お乳を貪欲に欲しがる小さな口を開けた。

ボビー・トムは厳しい目つきで赤ん坊をにらんだ。「おい、お前、間違ってもそんなこと考えるなよ」

エルヴィスはキャッキャと笑い、代わりに自分の指を吸った。

14

翌日の夕暮れ、グレイシーとボビー・トムはテラローザ高校の裏にあるフットボール競技場で、木造の外野席の最上段に座って空っぽのフィールドを眺めていた。「高校のときフットボールの試合に行ったことが一度もないなんて、信じられないな」ボビー・トムが言った。「夜はシェイディ・エイカーズでいろいろ雑用があって、抜けだせなかったから」自分でも声が緊張しているのがわかる。昨日峡谷でボビー・トムは言った。あの続きを今夜、終らせるつもりだと。グレイシーは不安のあまり、正気を保っているのがやっとだった。ところがボビー・トムは、落ちついて冷静そのものだ。殺してやりたい、と彼女は思った。

「そうすると子供のころの君は、あんまり楽しいことがなかったみたいだな」脚の横の部分をかすめるように触られ、彼女はびくっとした。ボビー・トムは無邪気な目で彼女を見ると、手を伸ばしてフライドチキンの容器からドラムスティックを取りだした。フライドチキンのほかには、フライドポテト、サラダ、ホットビスケットがある。彼が二人のために買っておいた夕食だ。

今触られたのは偶然かもしれない。かといって、ボビー・トムの性格を考えると、故意に彼女の心をかき乱そうとしていることも十分にありえる。今日、あの小さな部屋のドアを開けたときから——ボビー・トムがジーンズに麦わらのカウボーイハット、テラローザ高校タイタンズの色あせたTシャツというでたちで現れたときから——彼女が不安でピリピリしていたことを知っているはずなのだから。Tシャツは、筋肉がここまで発達していなかった一五年前の彼にならぴったりだっただろうが、今は明らかにきつすぎた。服装に関しては完璧主義のボビー・トムのことだから、わざと古いTシャツを着てきたのだろう。高校時代のデートを再現しようとしているのに違いない。

グレイシーはフライドポテトの端を少しだけかじって、彼がむこうを向いている間に、足もとに開いている隙間からベンチの下の地面に落とした。胃がきりきりして、食べ物を受けつけなかった。「なつかしいでしょ、すごく」

「高校が？　それほどでもないなあ。宿題をあんなに出されたおかげで、俺の社交生活は深刻な影響を受けたからな」

「宿題のことを言ってるんじゃないわ。フットボールのこと」

彼は肩をすくめ、ドラムスティックを捨てたが、そのとき彼女の腕の外側に触れた。グレイシーは衝撃波が全身を貫いたような気がした。「遅かれ早かれ、やめなくちゃならなかったんだ。フットボールを永遠にやってられるわけじゃない」

「でも、こんなに早くやめるつもりはなかったんでしょ」

「もしかしたら監督をやるかもしれない。ここだけの話だけど、何人かの関係者と交渉はしてるんだ。俺にとっては次のステップが監督ということになるのかもしれないな」

彼の声には、グレイシーが期待していたような意気込みは感じられなかった。「映画俳優としての仕事はどう？」

「楽しいと思うこともある。アクションとかね」ボビー・トムの口は不快そうにゆがんだ。「今撮ってるラブシーンが終ったらどんなに嬉しいか。今日の撮影ではスタッフの連中、俺のパンツを脱がせるつもりだったんだぜ、知ってた？」

グレイシーは興奮を抑えながらほほえんだ。「私だってあの場にいたから知ってるわよ。あなたがあごをなでたり、首をふったり、はにかんでみせたりしていたでしょう。あれが終わるころには、ウィロウも監督もみんなも、煙にまかれて何がなんだかわからなくなってたんだと思うわ」

「けっきょく、パンツははいたまま撮影ってことになったじゃないか」

「かわいそうに、ナタリーはそうじゃなかったけど」

「裸になるのは女性の宿命なんだ。女性はそれを受けいれるのが早ければ早いほど、人生楽しめるだろうね」彼はグレイシーの膝を軽く叩いたが、その手は必要以上に長くそこにおかれ、彼女の全身が震えるような欲望をかきたてた。

ボビー・トムの誘惑に反応しないようにするには大変な自制心が必要だった。グレイシーは神経が高ぶりすぎていて、ウィットに富んだせりふを返せないと感じていた。それに、肉体的になぶりものにされているにもかかわらず、彼に対して寛大な気持ちでいられた。ここ二日間のラブシーンの撮影中、ナタリーに対する彼の態度は見あげたものだった。ナタリーのお乳は何度も漏れて、ほとんどは彼にかかってしまい、あまりの恥ずかしさにナタリーは泣きそうだった。それに対してボビー・トムは完璧な紳士としてふるまった。ナタリーをからかってリラックスさせ、お乳をかけられることなど日常茶飯事だ、それなしには一日が終わらない、と言わんばかりの調子で安心させた。まるで、お乳を体中に浴びることを楽しみにしているかのようだった。

本当の感情を隠して他人に見せないようにするボビー・トムの能力に、グレイシーはときどき恐ろしさを感じた。人があれほどに自分を抑えていていいものだろうか。グレイシーにはそんな自制心などない。ボビー・トムと愛を交わすことを考えただけで体から力が抜けて、ぐにゃぐにゃになりそうなのに。

ボビー・トムは彼女のむき出しの太ももを紙ナプキンではたいた――そこに何か落としたわけでもないのに。彼の親指が内股に軽く触れ、グレイシーははっと息をのんだ。

「どうかした?」

グレイシーは必死で平静を保った。「いいえ――いいえ、何でもないの」ボビー・トムが何気なくちょこちょこと触れてくるので、彼女は精神的にまいっていた。彼は、座る位置を変えたひょうしに脚に触ったり、フライドチキンを取ろうと手を伸ばしたときに腕で胸をかすったりした。その接触のしかたはどれも偶然のように思えないこともなかったが、ボビー・トムは偶然や行きあたりばったりで行動する人間ではないから、やはりゲームをしていると考えたほうがよさそうだった。彼が今夜のことを話題にしてくれればいいのにとグレイシーは願った。これから何をするのか教えてくれれば、この不安も消えるだろう。それとも自分から言いだしてみようか。だが、どうやって話をそこに持っていけばいいのか、おぼろげにさえもわからないのだった。

グレイシーはホットビスケットのかけらをむき出しの膝から払いおとした。手持ちぶさたで何かをしていないと落ちつかなかったからだ。今夜、白いこざっぱりとしたショーツをはいてくるようすすめたのはボビー・トムだ。少しカジュアルすぎると彼女は思ったのだが、彼が脚をほめてくれたことを思い出して不本意ながらすすめに従った。トップには、丈が短くて体にフィットしたトルコ色のセーターを選んだ。前かがみになるたび腰の部分が丸見えになる。ボビー・トムがそれを見逃すはずはないと彼女はわかっていた。

「編集用の下見フィルムを見てみたらどう？」グレイシーは熱くなりすぎた自分の体を忘れるようつとめながら言った。「そうすれば映画俳優の仕事にも熱意をもって取りくめるようになるかも。あなたが画面映えする人だってことは誰だって認めているけれど、演技もこれほど上手だなんて誰も予想していないんじゃないかな」

ウィロウや監督ほか、『ブラッド・ムーン』制作スタッフの面々が集まって前日撮影したフィルムを見るとき、グレイシーも加わって見せてもらったことが何度かあった。画面の中のボビー・トムは、普段ほどの存在感がないように見えた。まるで演技をしていないみたいにすべてがさりげない。すぐに先が読めてしまいそうなシーンでも、これからどうなるんだろうと思わせる、落ちついていて控えめな演技だった。

グレイシーに褒められて、彼はいい気になるどころか眉をしかめた。「もちろん、ちゃんと演技できるさ。失敗するとわかっていてこんな仕事、俺が引きうけると思うか？」

グレイシーは彼を疑わしげに見て言った。「演技の経験がまったくない人にしては、あなたは最初から驚くほど自信をもっていたわよね」彼女は目を細めて考えていたが、不意にあることを思いついた。「なぜ今までわからなかったのかしら。また例によって例のごとく、だましてたのね、そうでしょ」

「何のことを言ってるんだか、さっぱりわからないよ」

「演技指導のことよ」

「演技指導？」

「そうよ。誰かから演技指導を受けてたんでしょ？」

ボビー・トムはすねたような顔をした。「ゴルフ仲間の一人と、プレー中に演技の話をするぐらいはしたような気がするけどね。フェアウェイを歩きながら話し合ったり、パットをするあいまに少しばかりアドバイスを受けたり、それだけだよ」

それだけでは納得しない彼女は、せいいっぱいの冷徹なまなざしで彼をにらみつけて訊いた。「そのゴルフ仲間って、誰？」

「そんなの、誰だって関係ないだろ」

「ボビー・トム……」

「あれは、クリント・イーストウッドだったかなあ」

「クリント・イーストウッドですって！　クリント・イーストウッドから演技指導を受けたの！」彼女は目をむいた。

「だからといって俺が俳優の仕事に真剣に取り組んでるっていうことじゃないぜ」カウボーイハットのつばをほんの少し下げて彼は言った。「魅力を感じない女性と演技でセックスすることで残りの人生を過ごそうとは思わないもんな」

「私、ナタリーのこと好きよ」

「いい人なんだろうけどね。でも俺の好きなタイプの女性じゃないな」

「それはたぶん、彼女が女の子でなくて、大人の女性だからじゃないの」

ボビー・トムの表情が険しくなった。「いったいそれ、どういう意味だい」

高まる緊張でグレイシーは怒りっぽくなっていた。「これは疑う余地のないことだけど、女性のこととなると、あなたたって趣味がいいとは言えないわね」

「嘘だ、そんなことないよ」

「ブラのサイズより知能指数の数字が大きい女性とつきあったことある？」

ボビー・トムの視線は彼女の胸を見下ろした。「君は知能指数のほうがずっと大きいな」

彼女は乳首が固くなるのを感じた。「私は数に入らないの。正式につきあってるわけじゃないんだから」

「俺とグロリア・スタイネムとの関係を忘れちゃ困るよ」

「あなたがフェミニスト活動家のグロリア・スタイネムとつきあうわけないでしょ!」

「なんでそう言いきれるんだよ。婚約してるからって、俺が魅力を感じる女性について君がどうこう言う権利はないだろ」

ボビー・トムははぐらかしている。むき出しになったふくらはぎを彼の脚がかすめ、グレイシーは鳥肌が立ってしまった。それ以上つついても答が出そうになかったので、今度は戦略の方向性を変えてみる。

「あなたってビジネスセンスがあるから、俳優よりそっちのほうが向いてるかもしれないわね。私なんか想像がつかないぐらい多くの事業を成功させてるでしょう。ジャック・エイキンズ弁護士が言ってたわ、あなたには生まれつきビジネスに必要な勘がそなわってるって」

「まあ、金儲けは得意だけどね」

これほど熱意が感じられない言葉は聞いたことがない。フライドポテトをもう一つ、席の下の地面に落としながら、グレイシーはなぜだろうと考えた。ボビー・トムは頭がよく、ハンサムで、魅力的で、自分がやろうと思ったことは何でも成功させられる人間だ。ただ一つ、彼が一番したいこと――再びフットボールをすること――をのぞいて。そういえば知り合って以来、選手生命をむごくも絶たれたことについて彼が愚痴を言うのを一度も聞いたことがない。グレイシーは思った。もともと不平不満ばかり言うような人ではないにしても、少しは感情を吐き出したほうが楽になるにきまっている。

「あなたって、感情をいっぱい心の中に閉じこめているのね。何があったの? 話せば楽になるかもしれないわよ」

「俺の精神分析はやめろよ、グレイシー」

「分析しようとはしてないわ。人生ががらりと変わってしまえば、誰だってつらいはずよ」

「フットボールができなくなったからといって俺が泣きごとを言うと思ってるんなら、おあいにくさま。俺はすでに、世界中の大半の人間が夢見ている以上のものを手に入れてるんだぜ。俺は自分を憐れんだりしない。自己憐憫なんて、俺の人生哲学には存在しないからな」

「私、あなたみたいに自己憐憫が似合わない人には会ったことがない。でも、フットボールが人生の中心だったのに、それを奪われたわけだから、喪失感があって当然じゃないかしら。自分の選手生活に起きたことをくやしく思うのは自然なことよ」

「それ、失業してる人やホームレスの人に言ってやってくれよ。そういう人だったら絶対、今すぐ俺と入れかわりたいって思うだろうよ」

「その理屈で言うと、食べるものがあって住む家がある人は人生に不満を持っちゃいけないってことになるわよ。でも人生って、食べ物や住む家だけじゃないでしょう」

ボビー・トムは紙ナプキンで口をふきながら、突きだしたひじでグレイシーの胸に触り、彼女の体にさまざまな感覚の連鎖反応を引きおこした。「グレイシー、怒らないでくれよ。君のそんな話を聞いてると退屈で死にそうだよ」

グレイシーは彼を横目で見て、今の接触が故意なのか偶然なのか見きわめようとしたが、その答は彼の表情からは読みとれなかった。

ボビー・トムは脚をまっすぐ伸ばして、ジーンズのポケットに手をやった。腰のまわりのデニム生地がきつく張る。グレイシーの喉のあたりで脈がドクンと打った。「君があんまり神経を逆なでするようなことを言うもんだから、今夜したかったことをあやうく忘れるところだった」ポケットから取りだした何かを手の中に握っている。「君が異性との関係で逃してしまったことをすべて正確に再現するためには、俺たちは車庫の裏でのお医者さんごっこから始めなくちゃならない。だけどそこの部分は省いて、いっきに高校まで飛んだほうが面白いと思うんだ。シェリー・ホッパーが俺と別れたあと、ハイスクールリングをけっきょく返してくれなかったから、これですまさなくちゃならない」彼は手を開いた。

手のひらに乗っているのは、グレイシーが見た中でもっとも大きな男性用の指輪だった。イエローダイヤモンドとホワイトダイヤモンドの粒が三つの星の形をなして豪華にちりばめられ、たそがれの光の中できらめいている。ボビー・トムは太いゴールドチェーンに通してあるそのリングを彼女の首にかけた。

リングはグレイシーの両の乳房の真ん中に、小さな音を立てておさまった。彼女はそれを取りあげ、少し寄り目をして見つめた。「ボビー・トム、これ、あなたのスーパーボウル・リングじゃないの!」

「バディ・ベインズが二、三日前に返してくれたんだ」

「あなたのスーパーボウル・リングをつけるわけにはいかないわ!」

「どうして、いいじゃないか。俺たちのどちらかがつけなきゃならないんだ」

「でも――」

「君がリングを持ってなかったら、町の人たちが怪しむだろ。みんな大騒ぎして喜ぶだろうな。町につけていって見せてあげるのは、そんなに急がなくてもいいとは思うんだけどね。これを見たらみんな、はめてみたがるはずだよ」

このリングを獲得するために彼は、何度強烈なタックルをくらったのだろう？　骨折や筋肉の痛みに何度耐えたのだろう？　グレイシーは三〇歳でようやく男性からリングを贈られた。それにしても、何とすばらしいリングなのか。

リングを身につけていられるのも一時のことだと自分に言い聞かせながら、グレイシーは一〇代のころのつらい経験を思い出していた。高校の同級生がボーイフレンドのリングをチェーンに通して首から下げているのを見て心が痛んだ日々。あんなリングがどれほど欲しかったことか。

彼女は感情を表に出さないよう、懸命にこらえた。これは単なるお芝居なのだ。そこに大きな意味を見出そうとしてはいけない。「ありがとう、ボビー・トム」

「普通、男の子と女の子がこの時点ですることといえば、リングをあげたことを祝うキスになるんだろうけど、率直に言って君は熱くなりすぎるたちだから、公の場ではちょっとできないな。ということで、二人きりでプライバシーが確保できるときまで延期することにしよう」

グレイシーは手の中のリングを強く握りしめた。「ハイスクールリング、何人もの女の子にあげたの？」

「二人だけだね。さっき言ったシェリー・ホッパーって子がその一人。でも、本気で好きになった最初の子はテリー・ジョウ・ドリスコルなんだ。今はテリー・ジョウ・ベインズになってるけど。そうだ、君も彼女に会えるよ。実は今晩、彼女の家に立ちよる約束をしててさ。旦那のバディは俺の高校時代の親友でね。テリー・ジョウは俺がまだ君を紹介してくれないって、すごく機嫌が悪いんだ。あ、だけど君がほかに何かしたいことがあるっていうんなら……」ボビー・トムはグレイシーを横目で見ながら言った。「行くのは明日に延ばしてもいいと思うんだけどね」

「今晩でかまわないわよ！」喉が渇いて、キーキー声になっている。彼はなぜこんなふうに私の苦痛を長びかせようとしているんだろう？　考えが変わって、私を抱く気がなくなってしまったのかもしれない。厄介払いしようとしているのかもしれない。

彼女が席に置いておいた、チキンが入っていた紙の容器に、ボビー・トムが後ろから手を伸ばしたとき、腕が彼女のウエストの上あたりの皮膚に触れた。彼女は飛びあがりそうになった。

彼女を見るボビー・トムのダークブルーの瞳は赤ん坊のように無邪気だった。「さて、片づけようか」

彼はいたずらっぽい笑いを浮かべながらフライドチキンの骨を集め、全部もとの紙袋に入れた。その途中でグレイシーの体のあちこちを触り、全身に鳥肌を立たせた。やっぱりわかってやってるのね。彼女は確信した。こちらの気持ちを乱そうと、故意にやってるんだわ。

一〇分後、二人は小さな平屋建ての乱雑なリビングルームに通されていた。案内してくれたのは、童顔でぽっちゃりと太っているが、まだ十分にきれいな女性だ。ブロンドの髪は染めすぎでぱさぱさになっている。赤いプリント模様のトップに白いレギンス。足にはくたびれたサンダルをはいている。人生の不運を経験してきたようではあるが、それにめげたりしない強い人にも見えた。彼女のボビー・トムに対する親愛の情は実にあけっぴろげで正直で、グレイシーは彼女がすぐに好きになった。

「そろそろボビー・トムがあなたを連れてきてもいいころだと思ってたわ」テリー・ジョウはグレイシーの手をぎゅっと握った。「ほんと、彼がとうとう婚約したって聞いて、町の女の子たちはみんな死にそうだったんだから。ジョリーン！　ほら、紙がさがさいう音、聞こえてるわよ。リトル・デビーのスナックケーキなんか食べてないで、こっちに来なさい！」

掃除は行きとどいているがみすぼらしいリビングルームの奥にあるキッチンを身ぶりで示して言った。「あそこにいるのがジョリーンで、上の子なの。下のケニーは今夜友だちのところでお泊まりだからいないのよ。バディ！　ボビー・トムとグレイシーが来たわよ！　バディィー！」

「そんなに叫ぶなよ、テリー・ジョウ」キッチンからバディ・ベインズがゆっくりとした足どりでリビングルームに入ってきた。口のまわりを手の甲でぬぐいながら出てきたところを見ると、リトル・デビーのスナックケーキを食べていたのは娘ではなく、彼ではないかとグレイシーは怪しんだ。

グレイシーはバディ・ベインズとは初対面ではない。サンダーバードをタイヤ交換のために彼の修理工場へ持っていったとき、短い間ではあるが会っていた。みすぼらしいこの家と同じく、バディもどことなくくたびれて見えた。黒髪と浅黒い顔の魅力的な男だが、ウエスト回りには余分な肉がつきはじめ、二重あごになりかけている。それでも高校時代の彼がどんなだったかは想像がついた。ブロンドでなく黒髪という違いはあるにしても、おそらくボビー・トムと同じぐらいハンサムだったに違いない。この三人――ボビー・トムとバディとテリー・ジョウ――が一緒にいたら、美形ぞろいできっと見ものだったろう。

娘のジョリーンが、大好きなボビー・トムおじさんに会いにやってきた。感激のあまり涙を浮かべてのご対面だ。そのあとテリー・ジョウはグレイシーをキッチンに連れていき、ビールとポテトチップスを運ぶ手伝いをしてくれるよう頼んだ。グレイシーは食べたり飲んだりする気分ではなかったが、テリー・ジョウの気さくなもてなしを断ることができなかった。セーターの中に入れたリングはグレイシーの左右の乳房の間におさまっていた。彼女はリングに触れながら、キッチンの中を見まわした。リビングルームと同じように乱雑だが家庭的な雰囲気のキッチンで、子供たちの描いた絵が、聖書の言葉が書かれたマグネットで冷蔵庫の扉にとめてある。床には新聞の束が、犬の水入れの隣にまとめて置いてある。

テリー・ジョウは開けた冷蔵庫のドアをお尻で押さえながら、缶ビールをつぎつぎと取りだし、グレイシーに渡した。「知ってるかもしれないけど、バディのお父さんがルーサー・ベインズ町長なのよ。その町長から、あなたを生家委員会のメンバーに選んだことを伝えてくれって言われたの。月曜の夜七時からその委員会の会議があるんだけど、もしよかったらここへ寄って私を拾ってくれる？　そしたら一緒に行けるわよ」

ビールを四本胸に抱えながら、グレイシーはテリー・ジョウを不安そうに見た。「生家委員会？」

「ヘヴンフェストのためよ」彼女は冷蔵庫のドアを閉め、カウンターにあったポテトチップスの袋をつかむと、中身を青いプラスチックのボウル二個に分けて入れた。「ボビー・トムから聞いてると思うけど、彼が育った家を町が購入したの。ヘヴンフェストの期間中、記念館としてオープンする予定なんだけど、準備にはまだまだ人手が足りなくて」

ボビー・トムが子供時代を過ごした家を観光名所にするという変な計画のことだ。グレイシーは彼がどう感じているか覚えていた。「どうかしら、テリー・ジョウ。ボビー・トムはこの件についてはあまり喜んでいないみたいなの」

テリー・ジョウはビールを二本受けとると、グレイシーにポテトチップスが入ったボウルを一つ手渡した。「きっとそのうちわかってくれるわよ。ボビー・トムって、自分が町にどれだけ借りがあるかを知ってるもの。恩を忘れない人よ」

グレイシーは、彼が町に対して借りがあるとは必ずしも思えなかった。彼女はこの町の人間ではないから、考え方が地元の人たちと違うだけなのだろう。

二人がリビングルームに戻ると、バディとボビー・トムが、シカゴ・スターズのスーパーボウル再進出が可能かどうかについて意見を戦わせていた。ボビー・トムは片方の足首をもう片方の膝の上に乗せ、麦わらのカウボーイハットをふくらはぎの上に置いている。グレイシーがソファに座ったボビー・トムにビールを手渡したとき、お互いの指が触れあった。彼女は指の先から腕の付け根までしびれるように感じた。ミッドナイトブルーの瞳で見つめられ、膝ががくがくする。

ポテトチップスを入れたボウルをコーヒーテーブルの上に置いてボビー・トムの隣に座ったとき、グレイシーはバディのあからさまな視線に気づいた。彼女の胸からむき出しの脚まで目を走らせて眺めている。ボビー・トムにそんなふうに見られたら鳥肌が立つところだが、バディの吟味するような目にはどぎまぎするばかりだった。ここへ来るとわかっていたら、ボビー・トムの意見には耳をかさずにスラックスでもはいてきていただろう。

バディはテリー・ジョウからビールを受けとると、ビニール製のリクライニングチェアにもたれかかってボビー・トムを見つめた。「で、プレシーズンゲームに出ないっていうのはどんな気分だい？　こんなこと、何年ぶりかな？」

「一三年だ」

「そりゃつらいな。お前もいろいろ記録を更新したけど、もっと長くプレーできてたら、もっとすごい記録が作れただろうにな」

バディはわざと、ボビー・トムの傷口に塩を塗りこむようなまねをしている。ボビー・トムがいつものように気のきいた言葉でうまくかわすのをグレイシーは期待した。ところが彼は肩をすくめてビールを飲んだだけだった。おかしなことに、彼を守ってあげたいという気持ちがグレイシーの心にわいた。子供のころからの友人に囲まれた彼が、もろく傷つきやすい存在のように思えたのだ。

グレイシーは思わず、ボビー・トムの太ももをジーンズの上から軽く叩いた。手のひらの下の筋肉は固く力強かった。「ボビー・トムがトレーニングキャンプに行かないでここで映画撮影をしていることに、町の人たちの大半は感謝してるんじゃないかしら。ウィンドミル・スタジオは相当なお金を落として地元経済をうるおしていますもの。ああ、バディ、あなたにこんなこと言うまでもなかったわね。おたくの修理工場はウィンドミルの依頼でありとあらゆる仕事を請けているんでしょ」

バディの顔が赤くなった。ボビー・トムはグレイシーの真意をおしはかろうとするような目で見た。彼女はまた彼の太ももを叩いた。こうして彼の体の好きなところを好き勝手に触れることが、ごく自然なことであるかのように。沈黙を破ったのはテリー・ジョウだった。へヴンフェスト開催に関わるさまざまな委員会の活動の進みぐあいを伝え、グレイシーが生家委員会の委員に指名されたことを発表した。

ボビー・トムの目が細くなった。「その件について俺はいっさい関わりを持たないって、町長に言っておいたはずなのに。グレイシーも同じだよ。ばかばかしいったらありゃしない。こんなことを考えついた奴はおつむの検査でもしてもらったほうがいいな」

「あれは親父の考えだよ」バディがかみつくように言った。

ボビー・トムはビールの缶を上げて宣言した。「わたくしの言い分は以上であります」

バディが父親であるベインズ町長を弁護するのかとグレイシーは思った。しかし彼はうなるような声を出しただけで、自分の横に置かれたボウルからポテトチップスをひとつかみ取りだした。ポテトチップスで口の中をいっぱいにしながら、彼はグレイシーのほうを向いた。「町の人たちは君たち二人のことを聞いて驚いてるよ。君はボビー・トムのいつものタイプとは違うものな」

「ありがとうございます」グレイシーは礼儀正しく応えた。

ボビー・トムがくすくす笑った。

バディは彼女をさらにじっくり観察し、今度はボビー・トムのほうを向いて訊いた。「お母さんは君たちの婚約をどう思ってるんだい？　それとも新しいボーイフレンドとのおつきあいに忙しくて、そんなことかまってられないかな」

「バディ、やめて！」テリー・ジョウが叫んだ。「あなた、どうしちゃったの今夜は。すごく意地悪なものの言い方をして。単なる噂話に過ぎないようなことを持ちだすことなんかないでしょ」

「噂話って？」ボビー・トムが訊いた。「何のことだ」

バディはまたポテトチップスをひとつかみ、口に詰めこんだ。「テリー・ジョウ、言ってやれよ。どうせ俺が言ったって信じやしないから」

テリー・ジョウが両の手のひらでビールの缶を転がすと、結婚指輪が缶に触れて乾いた音を立てた。「町で飛びかかってる根も葉もないただの噂よ」

「母に関することだったら、俺は聞きたいね」

「もともとはアンジー・コッターがネリー・ロメロに話したことらしいのよね。ほら、ご存じのとおり、ネリーって噂話で生きてるような人だから、何でもかんでもしゃべっちゃうの。だけどあの人の話で本当のことなんて半分ぐらいよ。先月、前日のパンを安く売る店に行ったとき偶然彼女に会ったんだけど、そのとき私、バディのシャツを着てたの。そしたらたちまち、私がまた妊娠したらしいって噂が町中に広まっちゃって。だから今回の噂話もそんなものでしょうよ」

ボビー・トムは彼女をまっすぐに見すえた。「ネリーが言ってたことを教えてくれ」

「噂によると、スージーがウェイ・ソーヤーとつきあってるらしいって」

「何だって?」ボビー・トムは笑った。「この町ときたら、まったく。昔と全然変わってない」

「ほらバディ、だから私、あんなの大嘘だって言ったでしょ」

バディはリクライニングチェアから体を起こして言った。「アンジーが言うには、二、三週間前、ウェイ・ソーヤーのお抱え運転手の運転する車がお母さんを家まで迎えにいったのを見たんだとさ。もしそれが本当なら、この町にはお母さんの味方は一人もいなくなるだろうな」

「私は味方よ」テリー・ジョウが言った。「私、スージーが大好き。何であろうと彼女を応援するわ」

グレイシーはそのとき、幹線道路でウェイ・ソーヤーに出会ったときのことをボビー・トムに言うのを忘れていたことに気づいたが、今は言うべきときでないと判断した。ソーヤーの印象はとてもよかった。ああやって、わざわざ車を止めてまで手助けが必要かどうか訊いてくれる人はそんなにいないだろう。人がソーヤーのことをこんなふうに語るのを聞くのはあまり気分のいいものではなかった。

ボビー・トムはソファの背もたれに腕を伸ばして、グレイシーの肩にかすかに触れた。そしてさりげなく、親指を彼女のセーターの首の部分にすべりこませ、鎖骨へともっていった。彼女の乳房が敏感に反応し、恥ずかしいことが起こりはじめた。乳首が立って、体にぴったりとしたセーターの上から誰が見てもはっきりとわかるほどになっている。顔から火が出そうだった。

ボビー・トムは鎖骨をなでつづけた。「テリー・ジョウ、そんなふうに母の肩を持ってくれて、本人も喜ぶと思うよ。でも心配ご無用、母はこの町を心から愛してるんだ。あんなろくでなしとつきあうようなことは絶対にないと、俺が保証するよ」

「私もみんなにそう言ってやったの」テリー・ジョウが言った。「ボビー・トム、正直言って、ロザテックが撤退したら町がどうなるか心配なの。今だって景気が悪くて厳しいのに、もしヘヴンフェストをきっかけにここが観光地にならなかったら、メインストリートの店はどこも閉店になるかもしれないもの」

バディはポテトチップスの残りをきれいに平らげた。「親父は、マイケル・ジョーダンがセレブリティ・ゴルフトーナメントに参加してくれるのは確実だって言ってたよ」

ボビー・トムは肯定も否定もしないあいまいな目つきをした。もしかすると彼はまだ、町長に約束したように有名スポーツ選手に参加を呼びかけていないのではないかとグレイシーは思った。何をするにも計画的な人だから、声をかけるのをうっかり忘れたわけではないだろう。グレイシーは、首への愛撫から逃れようとやたらにもがいた。

「確実、とは言わないけどね」と彼は言った。「ほぼ確実だと思うよ」

「マイケル・ジョーダンが来てくれたら、観光客をたくさん呼びこめる。ダラス・カウボーイズの選手ではトロイ・エイクマンのほかに誰から返事をもらってる?」

「最終的な人数は今確認中さ」ボビー・トムはグレイシーの首から手を離し、カウボーイハットをかぶり、自分が立ちあがるときに彼女も引っぱって立たせた。「俺たち、もう行かなきゃ。今晩、将来にそなえて子供たちの名前を選んでおこうって彼女に約束したから。今のところ彼女は、最初の男の子はアロイシウスって名前にするつもりらしいんだけど、俺としてはそれを早いうちに阻止しなきゃと思ってるんだ」

グレイシーは、そのとき飲みこもうとしていたポテトチップスを喉につまらせそうになった。

テリー・ジョウは、アロイシウスはとてもいい名前だと思う、と言ったが、それは彼女が友だち思いだからだろう。グレイシーも礼儀として彼女にありがとうと言わざるをえず、ボビー・トムはそのようすをおかしそうに見ていた。彼にお尻を軽く叩かれて、グレイシーの顔はまた赤くなった。お尻に置かれたままの手が気になって、別れの挨拶をするのがやっとだった。今晩口に入れた少量の食べ物が、落ちつかない胃の中にどうにかおさまった。

車庫の前の私道からバックで車を出してメインストリートに向かう間、二人の間に沈黙が横たわっていた。グレイシーは膝の上で手をよじっていた。長い時間が過ぎた。ボビー・トムはラジオのチューナーをいじりはじめた。

「気分としてはカントリーミュージックか、ロック、どっちが聴きたい？　それともクラシックのほうがいい？」

「何でもいいわ」

「ちょっとカリカリしてるみたいだね。どうかしたの？」

それは実に無邪気でまったく悪意の感じられない問いかけだったので、故意に神経を逆なでようとしているのだとわかり、彼女は平静を保って言った。「クラシックでいいわ」

「ごめん。クラシック専門のラジオ局は夜になると入りが悪くなるんだ」

そこで彼女の我慢が切れた。こぶしを握りしめて、鋭い声で彼に迫る。「いったい私に何をしようとしてるの？　わざとイライラさせようとしてるわけ？　もういいわ、答えなくても。とにかく家まで送ってよ。今すぐ！」

ボビー・トムは満足したような笑みを見せた。よくぞ俺を喜ばせるようなことをしてくれた、とでも言わんばかりだ。「おやおや、グレイシー。今夜はすごく神経が高ぶってるんだね、スイートハート。心配しなくても大丈夫だよ、痛くなんかないから。俺、婦人科は専門じゃないから何とも言えないけど、君はもう三〇歳だろ。若かったころには膜か何かがはってたかもしれないけど、そんなもの、年のせいでもうとっくに消えてなくなってるはずだよ」

「もう我慢できない！　今すぐこのトラックから降ろして！　もうこれ以上、一瞬だってあなたと一緒にいるのは耐えられない！」普段のグレイシーは怒鳴るようなことはなかったが、彼に向かって怒鳴ったことが妙に気分がよかったので、声を荒らげてさらに続けた。「自分のこと、ユーモアがあって面白いと思ってるんでしょうけど、ちっとも面白くなんかないわよ！　それに、セクシーでもないし。女の子たちが何を言おうと、全然セクシーじゃない。あなたって哀れな人。卑劣で、愚かで、哀れな奴なのよ！」

ボビー・トムはくすくす笑った。「今夜は楽しい夜になるだろうってわかってたよ」

グレイシーはむき出しの膝の上に両ひじをついて手で頭を抱え、肩をがっくりと落とした。

ボビー・トムは彼女のセーターの下に手を伸ばし、背中をやさしく叩いた。「大丈夫だよ、スイートハート。何が起こるか期待して待つことも楽しみのうちなんだから」そう言いながら、指の腹を彼女の背骨にそってすべらせる。

「私、期待して待ったりなんかしたくない」彼女はうめいた。「早く始めて、終わらせてしまいたいの」

「ハニー、俺たち、二、三時間前からもう始めてるじゃないか。まだそれがわからないの？

お互いまだ服を着てるからって、いちゃついてないってことにはならないんだよ。今夜君がこのピックアップトラックに乗りこんだときからそれは始まってるんだ」彼はグレイシーのウエストのくぼみに小さな円を描きつづけている。

グレイシーは頭を上げてボビー・トムを見た。彼はセーターの下に伸ばしていた手を引っこめて笑いかけた。彼女はその目にやさしさを見たような気がしたが、たぶん希望的観測にすぎないだろう。トラックが上下に揺れはじめ、彼女は体を起こした。

「ここはどこ?」

「川のほとりだよ。ここに向かうって言っただろう、高校のとき、俺らがそうしていたようにさ。スイートハート、俺たちは一段階ずつ、進んでいくんだよ。君が騙されたなんて感じないようにね。さて、ここで昔と同じにきっちりやろうとしたら、まずデイリークイーンに寄ってソフトクリームを買わなくちゃいけないんだけど、正直言ってこれ以上君をほっとけないからな」

ボビー・トムはピックアップトラックを止め、エンジンを切ってヘッドライトを消し、ウインドウを下ろした。夜の涼しい空気が流れこんできた。川の水が流れる音が聞こえる。車のフロントガラスを通じて、月の光が土手の上のペカンと糸杉の並木を照らし、葉にきらめきを与えているのがわかる。

グレイシーはつばを飲みこんだ。「私たち、これから……あのぅ、ここで、トラックの中で?」

「これから何をするか、いちいち教えてほしいの?」

「あの、私……」

ボビー・トムはほほえみ、カウボーイハットを脱いだ。「こっちへおいで、グレイシー・スノー。今すぐ」

15

グレイシーは今までの人生でこれほど簡単にできたことはないと思えるほどごく自然に、ボビー・トムの腕の中にすべりこんだ。彼はグレイシーをあごの下に抱えこむようにし、彼女のセーターのすそからそっと手を差しいれた。ボビー・トムの胸に押しあてられた彼女の耳に、力強くしっかりとした鼓動が伝わってきた。

彼はグレイシーの背中を優しくなでながら、髪の毛に触れた。「グレイシー、スイートハート。この関係が永遠に続かないって、わかってるよね?」ボビー・トムの声は優しく、今まで聞いたことがないほど真剣だった。「君は僕のいい大事な友だちだから、どんなことがあっても傷つけたくない。でも、俺は一人の女に落ちつくタイプの男じゃないんだ。君が一時的な関係はいやだと思うんなら、今、考えを変えても遅くはないんだよ」

グレイシーには、この関係が永遠に続かないことが最初からわかっていた。ただ、彼が一人の女に落ちつくタイプの男でないというのは違うと思った。彼女のような普通の女に落ちつく男ではないというだけのことだ。彼が今までつきあってきたのは、男を悩殺するブロンド女性や目を奪うような赤毛の美人で、エアロビクスで体を鍛え、胸を大きくすることに熱心な女性ばかりだ。美人コンテストの女王や、ロデオクイーン、ほほえみだけを体にまとったヌードモデルがお相手だったのだ。ボビー・トムの未来の妻はそんな女性だろうが、その人が知性も備えていますようにとグレイシーは願った。でなければ彼は幸せになれないだろう。

グレイシーは彼の男らしい匂いの中で、高校時代の古いTシャツの、色あせたLの文字の輪郭を指の腹でなぞった。「いいのよ。いつまでも一緒に幸せに、なんてハッピーエンドは望んでない」彼女は顔を上に向け、真剣なまなざしで彼を見た。「あなたからは、何も奪うつもりはないから」

ボビー・トムの片方の眉が上がった。明らかに、彼女の言葉にとまどっている。

「私、本気で言ってるのよ。服とかお金とか、親戚にあげるためのサインなんて欲しくない。タブロイド新聞にあなたとのことを売りこんだりはしないし、仕事でコネをつけてもらおうとも思わない。映画の撮影が終わったら、スーパーボウル・リングと、サンダーバードのキーも返すわ。あなたから何も取らないつもりだから」

彼の目は閉じられ、表情からは何を考えているかまったくわからない。「どうして君がそういうことを言うのか、わからないな」

「わかってるくせに。まわりの人たちはみんな、いつもあなたから何かを奪ってるでしょ。でも、私はそんな人たちの一人にはなりたくないの」グレイシーは手をあげ、ボビー・トムのあごの引きしまった線を指でたどった。そして彼のカウボーイハットを手にとり、シートの後ろに落とした。「ボビー・トム、あなたを喜ばせるにはどうしたらいいか教えて」

彼の目は固く閉じられている。ほんの一瞬、その体が震えたような気もしたが、再び目を開けたときには、いつもの彼の楽しそうな表情が顔に浮かんでいた。

「今夜はセクシーな下着をつけてるかな?」

「ええ」

「燃えてきたね」

グレイシーは重大なことを忘れていたことに急に気づき、唇をなめた。感情をまじえずに話そうと決心して、咳ばらいをする。「私――これ以上先に進む前に知っておいてもらったほうがいいと思うんだけれど……私、ピルを飲んでるの」彼女は急いで言った。

「今?」

「ニュー・グランディを出る少し前から。新たな人生を始めようと決心してたから、避妊して……新しいことを経験するチャンスを……逃さないようにと思って」グレイシーは彼のTシャツにひるがえるTの字をじっと見つめた。「そんなわけで、妊娠する心配はないけど、でも別の心配があると思うの。あなたは活発な生活をおくってきただろうから」また咳ばらいをする。「性的に、という意味だけど」彼女は言葉を切った。「だから私あなたに……コンドームをつけてもらいたいの」

ボビー・トムはほほえんだ。「こういう話はしにくいだろうけど、君から言いだしてくれてよかった。将来、恋人ができたら、必ず今みたいに言うんだよ」彼の顔に影がさし、口のまわりの筋肉が引きしまった。彼は指の節でグレイシーの頬を優しくなでながら言った。「よし、俺も聞いてほしいことがある。本当のことだけど、たとえそうでも、うのみにしてほしくないんだ。男っていうのはコンドームをつけたがらないものだから、つけないですませようと口では何とでも言うからね。でもね、スイートハート、俺は大丈夫。血液検査もちゃんと受けて、証明済みだよ。例の父親認知訴訟の前だって、女性との関係には慎重だったからね」

「信じるわ」

彼はため息をついた。「君って人はいったいどうしたものかな？　俺がピノキオより嘘を多くついてる奴だって知ってるだろ。こんな重要なことなのに、地球上で一番信用のならない人間を信じようなんて」

「真っ先に信じるわ。あなたほど他人を傷つけたがらない人はいないもの。ちょっと皮肉よね、あなたの職業には暴力がつきものだったのに」

「グレイシー？」

「なあに？」

「俺、下着をつけてないんだ」

グレイシーはびくっとして目を上げた。

ボビー・トムはにっこり笑い、彼女の鼻の先にキスした。その笑いがしだいに消えていき、目の色が暗くなった。ハンドルから離れて助手席側に体をずらすと、彼はグレイシーのあごを両手で包み、唇を重ねた。

お互いの唇が触れあった瞬間、グレイシーの体は興奮で満たされ、細胞の一つ一つが新たな生命を吹きこまれて鼓動しているように感じた。彼の唇は暖かく柔らかかった。キスに応えて口を開くと、彼の舌先が唇の間から忍びこんできて、それが自分の口の中にあるという親密感にうっとりした。彼のたくましい首に腕を巻きつけて、自分の舌で彼の舌を触ってみる。セーターがずり上がり、ウエストのすぐ上に彼の手がすべりこんできた。

キスが激しくなると、Tシャツを通して彼の体の湿った暖かみが伝わってきた。グレイシーは彼の肩に指をくいこませ、口の奥深くまで舌を受けいれた。周囲の世界がすべて消え、興奮だけが感じられる。肺が燃えるように熱くなってきて、息をするのを忘れていたことを思い出した。彼女は体を後ろに引き、息をはずませた。ボビー・トムは彼女の首のV字になったくぼみに唇を埋め、敏感な鎖骨を歯ではさむように噛んだ。

「ボビー・トム！」グレイシーはあえぎながら名前を呼んだ。

「何だい、スイートハート」ボビー・トムの息づかいは彼女よりさらに荒くなっている。

「もう、いいでしょ？」

「いや、ハニー。君はまだ準備ができてない」

「いいえ、大丈夫よ。もう、準備できてるわ」

彼はくすっと笑った。それから、彼女のわき腹を親指でなであげながらうめいた。「これは単なるウォームアップだよ。ほら、こっちへおいで。もっと近くへ」彼女の体を持ちあげて自分の膝の上にまたがらせようとする。

ボビー・トムの膝の上に腰をおろしたとたん、彼女は固くそそり立ったものを強く感じた。二人のジーンズとショーツを突きぬけて彼女の中に押しいろうとするかのようだ。「これ、私のせいでこうなったの？」唇のそばでささやく。

「三時間前からこうだよ」彼はつぶやいた。

グレイシーは喜びに震えて、腰を彼の腰にこすりつけながら唇を奪った。

「おい、やめろよ」ボビー・トムはうめいた。

「ゲームを楽しみたがってたのはあなたのほうじゃないの」グレイシーは彼の開いた唇に自分の唇を重ねながら指摘した。

「そう、でもゲームがうますぎるのも考えものだな。あっ、だめだ、頼む。そんなことするな！」

「何をしないでくれって？」彼女はまた腰を動かす。二人の間の壁をすべて取りはらいたかった。

ボビー・トムはセーターのすそをつかむと、ブラも一緒にぐいと押しあげた。彼女の肩を押してダッシュボードにもたれかからせ、乳房をむき出しにした。

乳房を持ち上げられ、乳首を口に含まれて、グレイシーの口から叫び声がもれた。乳首を吸われた刺激で、思わず握りしめた指が彼の肩に強くくいこむ。彼の膝の上にまたがり、ダッシュボードにもたれかかった不自然な姿勢だったが、体がもう自分のものではなくなっていた。大きく広げた太ももに感じる奇妙な緊張で、興奮がますます高まるばかりだ。彼女は乳首を吸う彼の口の熱さを感じ、太ももの奥のうずきを感じ、じっとりと汗ばむ、着古して薄くなったTシャツを手のひらに感じていた。ボビー・トムは彼女の太ももの後ろに手を回し、ショーツのすその部分から中に親指を差しいれた。

グレイシーは座りなおし、彼のTシャツのすそをジーンズの中から引っぱりだした。不器用な手つきで、盛りあがったジッパーの上のスナップボタンをとらえる。ボタンがはずれ、今度はジッパーに取りかかる。ボビー・トムはいつのまにか彼女のショーツの前を開けていた。それを広げた太ももの途中まで、生地がぴんと張ってもうそれ以上下ろせないところまで押し下げた。

二人の激しい息づかいがピックアップトラックの車内を満たした。彼女は片方の脚を彼の太ももからはずして助手席のシートにひざまずき、両手でジーンズのジッパーをはずそうとした。彼はTシャツを頭から剝ぎとるように脱いだが、そのひょうしにひじでハンドルを強く押してしまった。クラクションが大きな音で鳴り、彼は毒づいた。彼女はなかなか開かないジッパーと格闘しながら、彼の乳首を口に含もうと頭をかがめた。

固いものが彼女の舌に当たった。さっき彼にされたのと同じようにその乳首の表面を舐めると、彼の全身が硬直した。

ついにジッパーが開いた。

ボビー・トムは彼女の体を少し押しやるようにしてセーターを頭から脱がせ、シートの後ろに投げた。ブラが次に続く。グレイシーは堕落した妖精のように彼の横にひざまずいた。髪の毛は乱れ、スーパーボウル・リングを裸の胸の真ん中に垂らし、ファスナーがはずれたショーツは太ももの途中まで押しさげられている。

完全に開いたジッパーを見下ろしてグレイシーはささやいた。「暗くて、よく見えないわ」指先で彼の腹に触れる。

「俺のを見たい？」

「ええ、見せて」

「グレイシー……」息苦しくてもがいているような声だ。「ここへ君を連れてくるのはいいアイデアだと思ってたけど、思ったより早くことが進んじまった。このトラックは狭すぎるしな」彼が出し抜けにイグニッションを勢いよく回し、ギアを入れたので、グレイシーの体はドアにぶつかった。車がバックして反転すると、タイヤが河川敷の砂利を弾きとばした。トラックはガタガタ揺れながら砂利を固めた道を走り、真っ暗な幹線道路に出た。

グレイシーはシートの後ろに手を伸ばし、さっき脱がされたセーターを探そうとしたが、見つける前に彼が腕をつかんだ。「こっちへおいで」返事を待たずに仰向けにさせる。彼女の頭が彼の太ももの上に乗せられた。すさまじいスピードで運転する間も、彼は自由になるほうの手で彼女の乳房をいじりつづけた。

トラックは闇を疾走し、ボビー・トムはグレイシーを愛撫した。横になった彼女の目には、フロントガラスを通して夜空と木々のてっぺんがすごいスピードで流れてゆくのが見える。

彼女は名状しがたい快楽の淵をさまよっている。甘美な拷問に耐えきれなくなると、乳房を違う方向に向けて逃れた。

トラックが真っ暗な幹線道路を突きすすみ、開いたジッパーがグレイシーの頬を引っかいた。彼女は唇をボビー・トムの固く引きしまった腹に押しあて、筋肉が収縮する動きをすべて追った。彼はうめき声をもらし、彼女の太もものつけ根を持ちあげると、股の間をショーツの上からつかんだ。手のひらが動かされると、彼女は快楽の波にさらわれそうになった。「だめだよ、いっちゃ」彼はささやいて手を離した。「今回はだめだ。俺が君の中に入るまで」

トラックはボビー・トムの自宅の私道に猛スピードで乗りいれ、その勢いでグレイシーの体はシートの端まで押しやられた。はじき飛ばされた砂利が次々とトラックの側面に当たる音がする。車は急ブレーキをかけて止まった。ボビー・トムはあわただしくエンジンを切り、運転席から飛びおりた。

彼がドアを開けたとき、グレイシーはまだセーターを探してシートの後ろをごそごそやっていた。「そんなの、要らないから」彼は彼女のウエストを抱きかかえ、トラックから引きずりだした。

家は隔離された静かな場所にあり、庭に人影はなかったが、グレイシーは彼に引っぱられながら、胸を手で隠して芝生の上を歩いた。ポーチに一つだけついている明かりの反射で、彼がにこにこと笑っているのがおぼろげにわかる。上半身裸で、ジッパーが開いたジーンズ。

映画の撮影が始まった当初の数日間とほとんど同じ格好だ。ポーチへ続く木造の階段に響く彼のブーツの重い音で、彼女のサンダルの軽い足音がかき消される。ドアに鍵を差しこんで開けると、彼は彼女を荒々しく家の中に引きずりこんだ。

グレイシーをベッドルームに連れていこうとするボビー・トムの切迫したようすに、彼女はわくわくすると同時に恐ろしさを覚えた。彼に求められていることがわかって嬉しかったが、自分が彼を満足させられるかどうかまったく自信がなかった。彼女は運動など体を使うことになるといつも要領が悪かったが、これから始まるのがもっとも肉体的な活動であることは確かだったからだ。彼女の視線は部屋の真ん中を占める「眠れる森の美女」のベッドに釘づけになり、ごくりとつばを飲んだ。

「考えなおすにはもう遅いよ、スイートハート。俺たちは二週間前にもう、後もどりできない状態を過ぎちゃったからね」ボビー・トムはベッドの端に腰を下ろし、ブーツとソックスを引きはがすように脱いだ。彼の視線はグレイシーの体をなめるように這い、彼女のショーツの開いたファスナーから見える白いレースのパンティにたどりついた。

ロマンチックに飾りたてたベッドルームのインテリアの中では彼の姿も優しく見えそうなものなのに、今までにないほどの威圧感で迫ってくる。完璧に男そのものだった。グレイシーの性的興奮が不安に変わった。彼女は彼を見つめながら、どうして自分がこんな状況に陥ってしまったのだろうと思った。テキサス出身のスポーツマンで、世界でもっとも魅惑的な女性たちに追いかけられている億万長者のプレーボーイ。自分はこの男に今、体を捧げようとしている。どうしてこんなことになったのか？

そのときボビー・トムがほほえみかけてくれた。グレイシーの心は愛であふれ、疑念はしだいにうすれていく。こうして身をまかせるのは、自分がそうしたいからだ。一生忘れることのない思い出を今、紡ごうとしているのだ。ボビー・トムは手を差しのべ、グレイシーは彼に向かって歩いていった。

彼女の指をしっかりと握った指は力強く、安心感を与える。「大丈夫だよ、ハニー」

「わかってるわ」

「本当に？」ボビー・トムは彼女の腰をつかんで引きよせると、開いている自分の太ももの間に立たせた。

「ええ、大丈夫。あなた言ったでしょ、自分がうまくできないことは絶対にしないって」

「そのとおりだよ、スイートハート。君は手に余るけどね」彼は唇をグレイシーの乳房に近づけながらショーツの中に手を入れ、パンティと一緒に引きおろした。彼女は片手を彼の肩においてレースの小さなパンティを脱ぎ、解放されて嬉しくなった。まるで、長いことさなぎの殻の中に閉じこめられていた蝶がようやく脱皮したような気分だ。脚のつけ根のカールした赤茶色の毛に、彼の視線が注がれている。彼女は彼の上腕に指をかけ、できるかぎりの力で引っぱって立たせた。

彼が立ちあがると、グレイシーはジーンズのベルトに指をかけた。ジーンズは彼の腰の低い位置で前が大きく開いていて、さっき彼が下着をはいていないと言ったのは、からかっていたわけではないことがわかった。彼女は手を震わせ、ためらった。

ボビー・トムは彼女の後頭部に手をあて、カールした髪の毛に指を軽くからませた。「さあどうぞ、スイートハート。続けて」

彼女は口の渇きを覚えながら、ソフトデニムの生地をゆっくりと引っぱった。床に目を落としたままひざまずく。そろそろと、少しずつ、彼の腰から太もも、そして足首までジーンズを引きおろす。彼は脱いだジーンズを蹴って脇へどけた。期待感をもって、彼女はひざまずいたまま上体を起こした。

視線は膝の傷跡を過ぎて腰のところで止まった。「まあ……」

こんなに力強く立派なものだとは、これほど……堂々としているとは、思ってもみなかった。グレイシーは唇を開けたまま、そこから目を離すことができない。すばらしいと思った。想像していたよりずっと見事だった。こんなに大胆にそそり立っているなんて、信じられない。彼女は一瞬、額にしわを寄せて考えたが、大きさのことを心配するのはやめることにした。彼女が受けいれられるように、ボビー・トムがなんとかしてくれるだろう。

「これじゃ、最悪なことになっちまう」ボビー・トムがつぶやいた。

グレイシーは、はっと頭を上げ、傷ついた目で彼を見つめた。全身が燃えるように熱い。恥ずかしさに打ちひしがれて、彼女は立ちあがった。「ごめんなさい！　じろじろ見るつもりはなかったの。私――」

「違うんだ、ベイビー」ボビー・トムは彼女を腕の中に抱きよせ、口の中で笑った。「君のことじゃない。君は最高だよ。問題は俺のほうだ。俺のものをそうやって眺めてる君を見てたら、もう気が狂いそうなぐらい興奮しちゃって、このままじゃ一〇秒きっかりで全部終わっちゃいそうだから」

自分が悪いことをしたのではないとわかって、グレイシーはほっとした。笑いが喉までこみあげてきた。「それなら、もう一回すればいいじゃない？」

「グレイシー・スノー、君は俺のこの目の前で、みだらな女になりつつあるね」ボビー・トムはスーパーボウル・リングを通したチェーンを彼女の頭からはずした。「今夜の俺は間違いなくついてるな」

ボビー・トムは再びグレイシーにキスしはじめた。彼の手は彼女の体のあちこちを探索した。お尻を揉み、体をこすりあわせた。生まれたままの肌が触れあっている、その感覚を彼女は楽しんだ。そして腕を彼の首に巻きつけて、ベッドの天蓋から流れおちるように垂れさがるアイレット刺繍のレースとリボンに腕をからませた。彼は一瞬彼女を解放してからベッドカバーをめくり、「眠れる森の美女」のベッドに彼女の体を横たえた。ただし彼は、物語の世界に出てくるような、つつしみ深いキスしか頭にない王子様とは全然違っていた。

彼の瞳をじっと見ながらグレイシーはゆっくりと脚を開き、今こうして自分の体を捧げていることを嬉しく思った。ボビー・トムはほほえんで、彼女のすぐそばに体を横たえると、手のひらをお腹において言った。「君みたいな女性はほかにいないよ、スイートハート」

彼は頭をかがめてまたキスし、その指を下にすべらせて柔らかな茂みに触れたかと思うと、今度は寄り道をして内股をなではじめた。愛撫の拷問が始まった。彼女のもっとも敏感な部分に、少しずつ、しだいに近づきながら、しかし肝心のところに触れることなく執拗にまさぐり、じらしている。

彼女は激しく反応しはじめた。愛撫の手に翻弄されて、体を大きく弓なりにそらせる。すべての筋肉が張りつめている。「お願い！」彼女は彼の唇の下であえいだ。「そこでやめないで……」

「やめないよ、スイートハート。大丈夫、やめないから」

彼が女体を指で開き、そのまわりを探検すると、彼女のあえぎはむせび泣きに変わった。全身がこまかく震えはじめている。彼の指が秘部の入口に指しこまれた。彼女はそれだけでいとも簡単に屈し、叫び声とともにバラバラに吹きとんだ。

全身に押しよせる波に洗われ、震えながら横たわる彼女を、ボビー・トムは抱きしめていた。しばらくして落ちつきを取りもどし、ヒップの脇に押しつけられたまだ硬い彼のものにあらためて気づいて、グレイシーは涙を懸命にこらえた。私は彼に与えたかったのに。なのに、けっきょく彼から奪っただけだった。

「私――私のせいで何もかもぶち壊しだわ。本当に――本当にごめんなさい。こんなふうに台無しにしちゃうんじゃないかと、始めからわかってたの」彼女はしゃくりあげながら言った。「私――ちゃんと――完璧に、やりたかったの。でも昔から、か、体を使うことは得意じゃなくて。体育の時間、誰も私を自分のチームに入れたがらなかったの。どうしてか、これでわかったでしょ。私がこんなに早く終わっちゃったのに、あなたは——まだ、置いてけぼりにされたまま。私が——めちゃくちゃにしたのよね」あまりに早くオーガズムに達してしまったことに打ちひしがれた彼女は、こめかみに優しくキスする彼の唇にも気づきさえしなかった。

「誰だって、何でもうまくできるわけじゃないんだよ、スイートハート」ボビー・トムの声にはなぜか、息を押しころしているような奇妙な響きがあった。

「でも私、うまくやりたかったの——これだけは！」

「わかるよ」ボビー・トムは彼女の上に乗ると、脚を使って彼女の脚を少しずつ開きはじめた。「時には自分の落ち度を認めなくちゃならないときもある。もっと開いて、ハニー」

脚を開くことはできる。彼女のために今彼女ができることといったら、それぐらいだった。

再び、彼の手が太ももをなでまわしはじめる。彼女の奥深くに指を侵入させたとき、彼はうめくように言った。「狭いな」

「ごめんなさい。だって私、一度も——」ゆっくりと、リズミカルな動きで愛撫が始まった。体内の感覚がすべて呼びさまされるのを感じて彼女はあえいだ。彼は彼女の体中をくまなく探索している。探究心の強い巧みな指が、親密に、優しくまさぐる。

「ボビー・トム？」彼女はまるで質問のように彼の名をささやく。

「あやまらなくていいよ、スイートハート。経験がないのはしかたないことさ」興奮の中でグレイシーは、汗ばんだ頬に押しつけられた彼の顔にほほえみが浮かんでいるのを感じた。

その理由を考えようとする前に、女の部分への小さな入口を彼のもので激しく突くように探られ、全身にしびれるような快感が走った。手が彼の肩のあたりで細かく震えている。「ああ……」

ボビー・トムは慎重に彼女の中に入り、少しずつゆっくりと広げていった。侵入させたものの大きさに彼女を慣れさせようと動きを抑えていることが、手のひらに当たる引きしまった筋肉からもわかる。しかし彼女は抑えてなんかほしくなかった。この瞬間をずっと待ちのぞんでいたのだから。

「早く」彼女はあえいだ。「早くして、お願い」

「君を痛がらせたくないんだよ、ハニー」彼の声はウェイトリフティングをしているときのように固く張っていた。

「お願い。遠慮しないで、もっとして」

「わからないで言ってるんだろ」

「わかってるわ。全部、ほしいの」

ボビー・トムは体を震わせ、彼女を貫いた。歓喜が矢のように体中に伝わり、血を沸きかえらせた。グレイシーは腰を持ちあげて、脚を彼の腰に巻きつけた。彼は彼女の体の下に手を押しいれてわずかに浮かせ、さらに奥深くまで突きいれた。彼女は、自分がこの体の重みに耐え、彼という男の性を受けいれているのだという事実に酔いしれていた。体内に男のものを包みこむことのできる女性の神秘に、喜びのあえぎをもらした。

荒い息づかいを耳元に感じながら、グレイシーは彼の動きに合わせ、まるで長い間そうしてきたかのように腰を動かした。体に押しよせる感覚は、それまでの想像をはるかに超えて強烈だった。強風と雷が一緒にやってきたかのようだ。ボビー・トムは彼女を雲の高みにいざなった。恍惚だけが存在する神秘的な場所へ、彼女は上っていく。二人の体の湿り気がうめき声と混じりあい、雲の一部になった。一瞬、二人は雲の上に浮かび、完全に浮遊した。そして、銀色の暖かい雨の中を一緒に転がりおちた。

グレイシーが地上に降りたつまで、数分か、数時間か、どのぐらいの時間が経ったのだろう。現実の世界が少しずつ戻ってきた。腕をなでる涼しい風。頭上を通りすぎるジェット機の音が遠くから聞こえる。ボビー・トムの体が重く感じられたが、その重みを喜んで迎えいれた。ボビーが自分のものをゆっくりと引き抜いたときには、寂しさに心が痛んだ。

ボビー・トムはうつぶせになってグレイシーのほうに顔を向け、乳房のすぐ下に上腕を乗せたまま、まどろみはじめた。彼女は仰向けに寝て、彼の顔の細部を観察して記憶にとどめようとした。感性に訴える魅力的な下唇、頬骨に影をつくるツンとがったまつ毛、鼻筋の通った高い鼻、こめかみにかかる湿ったブロンドの巻き毛。ランプの柔らかい光のもとで、彼の肌が金色に輝いて見える。思わず息をのむような美しさだ。

喜びがグレイシーの全身からわきあがってきた。なんだか踊りたくなった。家の屋根に上って歓喜の叫びを上げてみたかった。今までになく、体中に力がみなぎっていた。

「ボビー・トム？」

「うーん……」

「目を開けて」

「うむむ……」

彼女はずっと昔に見たアニメーションで、ネズミがフリルのついた日傘をさして踊ってい
る場面を思い出していた。ちょうどそんな気分だった。日傘をさして踊るネズミのように幸せいっぱいの気分で、この男と裸でベッドに横たわっている。「思っていたよりずっとよかったわ。きっとセックスが上手なんだろうって思ってたけど、ボビー・トム――ほんとに上手よ。並外れてうまいんでしょうね。でも、私が早漏ですべてを台無しにしたと思っていたときに、あんなふうにからかわないでほしかったわ」

ボビー・トムは片目を開けて、片頰を枕に押しつけたままで彼女を見た。「まだわかってないかもしれないから念のため言っておくと、女性には早漏なんて存在しないんだよ」

「そんなこと、私にわかるはずないじゃない？　あのね、これは建設的な批判だから怒らないで聞いてよ。あなたの悪い癖は、自分だけにしかわからない冗談を言うことね」

彼女はほほえみ、彼女の胸の上においていた腕を持ちあげ、指で彼女の髪をもてあそんだ。

「だっておかしくて、からかわずにいられなかったんだもの」大笑いしている。「そ、早漏だってさ」

「男性なら早すぎるってこと、あるでしょう。同じことが女性にないなんておかしいわ」

「やれやれ、君みたいな現代女性はどんなものでも欲しがるんだからな。あのね、スイート

ハート、俺たち男は早すぎるとかそういうこと、女性には絶対に言わないで、秘密にするもんなんだよ、たとえ訴えられて最高裁の法廷で証言することになったとしてもさ」彼はあくびをして仰向けになり、そのときにシーツの大部分を体に巻きつけてもっていった。

　グレイシーは起きあがり、ベッドのヘッドボードを背にして座った。「お腹すいてる？　私、お腹ぺこぺこなのよね。さっきまでは緊張しててほとんど食べられなかったんだけど、今は馬一頭まるごと食べられそうなぐらい。でもサンドイッチぐらいで我慢してもいいけど。それか、シリアルやスープでもいいな。そうだ、でなければ――」

「なんだかよくしゃべるなあ」

「私たち、もう一度できるかしら？」

　ボビー・トムはうなった。「回復する時間がちょっと必要だよ。俺はもう、二、三時間前ほどは若くないからね」

「私思ったんだけど――その、いろいろな体位があるらしいじゃない。それから正直言って、ええと、男性器というものに興味をかきたてられちゃって。なのにじっくりと観察する機会がなかったし、それに――」

　ベッドが揺れはじめたのに気づいて彼女は言葉を切った。ボビー・トムが大笑いしている。

「男性器というものだって！」

　グレイシーはムッとして彼を見た。「何がそんなにおかしいのかわからないわ。私、年のわりには本当に無知だから、何年分も勉強して追いつかないと」

ボビー・トムは心配したふりをして額にしわを寄せた。「一晩で、って言われてもちょっと困るけどな」

「でも、あなたが私のペースに合わせるのはそう難しくないような気もするんだけど」口ではあんなことを言いながら、彼はグレイシーの体のあらわな部分をまぎれもない興味をもって眺めている。彼女はそれを見逃さなかった。

そのとき電話が鳴って二人の会話は中断された。ベッドのそばの電話は音を消してあったが、オフィスに置いてある一台が、二人が家に入ったときからずっとひっきりなしに鳴っていたのだった。ボビー・トムはかかってくる電話の大半に出ようともせず留守録にしているので、そういうやり方に彼女は慣れっこになっていた。しかし今回は、ため息をつきながらベッドの上を転がり、受話器を取ろうとしている。

「しかたない、誰だか知らないけど出るとするか。そしたら今晩は二人きりでほっといてもらえるだろ。もしもし……いいえ、ベインズ町長、大丈夫です。まだ寝てませんでしたから……なるほど。ええ、そのリストは今日明日中にでも固めなきゃとは思ってるんですが……ジョージ・ストレイトにも参加を依頼してほしいってことですか?」彼は呆れて天を仰いだ。「町長、申し訳ないんですがそろそろ切らないと。もう一本の回線に電話がかかってきてて、きっとトロイ・エイクマンだと思うので。ええ、彼女に伝えときます」

ボビー・トムは受話器を叩きつけるように置き、枕に体を強く押しつけた。「町長が君に伝えといてくれって。生家委員会の会議に出席するのを忘れないようにだとさ。まさか行かないだろ。まったく、きわめつきの大ばか者ばかりだから」

「実は私、その会議に出るつもりなの。私たちのどちらかが、あの人たちのやろうとしてることを知っておく必要があるでしょ」

「常軌を逸した行為だよ、あいつらがやろうとしてるのは。関わりあいにならないほうがいいぜ、あの病気、感染するかもしれないからな」さまよっていた彼の視線がグレイシーの胸に注がれた。「第二ラウンドの準備はできてるかな、それともそこに座って一晩中ぺちゃくちゃ喋っていたい？」

彼女はボビー・トムにほほえんだ。「もちろん、準備はできてるわ」

「よかった」

「ただ……」グレイシーは勇気を奮いおこそうとしていた。すべてボビー・トムの思うままにさせてはならないと心に決めていた。たとえ彼が二〇年やそこら、彼女より経験を積んでいるにしても、そしてセックスの達人というにはまだほど遠いにしても。

「私、第二ラウンドの準備はできてます。でも今回は、私が主導権を握りたいと思うの」

彼は用心深そうに彼女を見た。「いったい何のことを言ってるんだい？」

「わからないふりをしようとしてもむだよ、ボビー・トム。お見通しなんだから。私たちは思ってることを素直に伝えあうコミュニケーションを大切にしてるはずでしょ」

彼はくすくすと笑った。

グレイシーは、彼の腰を覆っていたしわくちゃのシーツに手を伸ばしてそれをどけた。

「私の好奇心を満たすのに一番いい場所はシャワールームじゃないかと思って」

「シャワールーム？」

「あなたがかまわなければの話だけど」

「俺はかまわないよ。でも本当に準備オーケーなのかい？　俺と一緒にシャワーを浴びるってことは、一晩のうちに一気に初級から中級に進むってことなんだよ」

グレイシーは彼を見つめていた。その唇の線が、イヴの時代から変わらない女の微笑に変わった。「待ちきれないわ」

16

翌日、二人はボビー・トムのツインジェットで空の旅をした。グレイシーは小型飛行機で空を飛んでいるという興奮でわくわくしていた。ボビー・トムの予定ではその朝、彼女を州都オースチンへ連れていき、大学時代の行きつけの場所も含めて市内を案内することになっていた。よく晴れた日だった。はるか下に見える川や峡谷の名前を教えてくれる彼の横顔を、グレイシーはそっとぬすみ見た。

昨夜、ボビー・トムは夢見ていたとおりのことをしてくれた。優しく、ときには激しくグレイシーを求め、彼女の情熱をたたえ、ためらうことを許さなかった。彼女は胸にあふれるすべての思いをこめて彼に自分を捧げた。後悔はまったくなかった。今から何十年か後、自分が死の床につくときには、ボビー・トム・デントンにすばらしい形で愛されたこの夜の記憶に慰めを見いだすことになるだろう。

「電話の攻撃から逃れられるって、まったくいいもんだな」機体を傾けながら彼が言った。

「町長は日に六回はかけてくるし、ほかの連中も何やかやと頼みごとでかけてくるもんな」

「ベインズ町長がゴルフトーナメントのことを不安がってらっしゃるのも無理ないと思う

わ」グレイシーは指摘した。「ヘヴンフェストまであと二カ月なのに、参加予定の招待客リストを渡してないなんて。そろそろお友だちに電話して招待しておいたほうがいいんじゃないの？」

「そうだな」彼は気乗りしないようすで言った。

「あなたがなぜそうやって先延ばししてるか知ってるわ。みんなの頼みごとを聞いてあげてるくせに、自分は頼みごとするのがいやなんでしょ」

「グレイシー、君にはわからないんだよ。スポーツ選手ってのはみんないつも人に追っかけられてるもんなんだ。あれやこれや、いろんなことでさ」

「彼らはあなたに何も頼んできたことがないっていうの？」

「ほんの数人だけだよ」

「かなりいるはずよ、絶対」グレイシーは思いやりのある目で彼を見た。「お友だちのリストをくれない？　私があなたの代理として明日朝一番に電話しておくから」

「トロイ・エイクマンの自宅の番号を知りたいんだな。悪いけどハニー、彼は君のタイプじゃないと思うよ」

「ボビー・トム……」

「ん？」

「私に対するあなたの評価が下がるのはいやなんだけど、トロイ・エイクマンって誰なのか、まったく見当もつかないの」

彼はあきれた表情で言った。「彼はかなり有名なクォーターバックだよ、スイートハート。ダラス・カウボーイズのスーパーボウル出場に何度も貢献してる」

「例のフットボールクイズには合格しそうもないわね、私」

「ここらへんの女性が君の知識を試そうと考えたりしないことをただ祈るばかりだよ」

ツインジェットが小さな飛行場に着陸するとき彼女は少し緊張したが、ボビー・トムの操縦はとてもスムーズで、着地したことにも気づかなかったほどだった。この世に彼がうまくできないことなんてあるのだろうか？

地上に降りたつと、彼は飛行場の知り合いに手配してもらった車を運転して、州議事堂やテキサス大学のキャンパスなど、オースチン市内のみどころを彼女に見せてまわった。夕暮れになると、二人はオースチンのダウンタウンの人気スポットであるタウン湖のほとりを歩いた。

「もうすぐ、ニュー・グランディじゃお目にかかれないものが見られるよ」

グレイシーは湖のまわりに建つ立派な建物や湖にかかった橋を見つめた。湖上にボートを浮かべた人たちは、花火が始まるのを待っているかのように座っている。そのうち空を横切って飛ぶ黒い鳥の群れが見えてきた。そして、どこか動物園を思わせる、つんと鼻をつくような匂いがしてきた。「ああいう鳥だったら今日、何度も見たけど。ほかに何かあるの？」

彼の顔にはいたずらっぽい笑いが浮かんでいた。「偉大なる自然の力が見せるショーさ。コウモリは好きかい、ハニー？」

「コウモリ?」彼女は頭上の奇妙な黒い鳥を見あげた。野生動物を思わせる匂いが鼻腔を刺激した。キーキーと鳴く声に気づく。「まさか――まあ、なんてこと!」

コウモリの大群が、隊列を作るようにして橋の下のねぐらから飛びたった。何千匹、何万匹という数だ。圧倒されて見ていると、さらに多くのコウモリが次々と空に飛びたち、黒い煙のように空を暗く覆ってしまった。何匹かが二人のすぐ近くまで急降下してきて、接近されて驚いた彼女はかん高い叫び声を上げた。

ボビー・トムは大笑いしながら彼女を抱きよせた。

グレイシーは臆病なたちではなかったし、これだけの光景は見逃すべきではないとは思ったが、しょせんコウモリはコウモリだ。もう一匹が急接近してきて、彼女は思わずボビー・トムの胸に顔を埋め、ますます彼の笑いを誘った。

「君は気に入ると思ってたよ」彼はそう言って彼女の背中をなでた。「オースチンは、世界でもコウモリの生息数が一番多い都市なんだ。その多くが橋の下をねぐらにしてる。どうやって計算したのか知らないけど、このコウモリたちは一晩に二万ポンド(約九〇六〇キロ)もの虫を食うんだってさ。普段はもっと暗くなるまで出てこないから見えにくいんだけど、最近は雨が降ってないせいもあって、食べ物を少しでも多く取るために、早めに出てくるんだよ。食べ物といえば、なんだか腹が減ってきたな。うまいテキサス風メキシコ料理なんかどうだい?」

「すごくよさそうね」

いつものことだが、ボビー・トムと食事をしている間、多くの人々と知りあうことになった。二人は最後に、地元の有名ミュージシャンの演奏を聴きに「ホウル・イン・ザ・ウォール」という、オースチンの昔ながらのナイトスポットへ行った。帰りぎわにグレイシーは自分の食事代を払おうと思ったが、予想どおりボビー・トムが店中の人たちの勘定を払っていたので、車へ戻るときに、財布の中から出した札を何枚か彼のポケットに突っこんだ。

彼は札を突きかえした。「何だよ、これ？」

彼がこういうことを嫌がるのを知っていたから、グレイシーは身構えて言った。「私、自分の食事代は払うわ」

ボビー・トムの眉がつり上がり、今にも爆発しそうな表情になった。「ばか言うな！」彼はグレイシーの財布に札を押しこんだ。

取っ組みあいをしたらボビー・トムに勝てるわけもないので、彼女は今まで彼に借りていた分に今回の食事代を加えることに決めた。「私、今日の分もちゃんと返しますからね。一緒に寝るようになったからこそ、自分の分はきちんと払うことがよけい大切なのよ。言ったでしょ、ボビー・トム。私はあなたから何も奪わないって」

「デートしてるんだぜ！」

「だから割り勘よ」

「俺は割り勘なんかしないんだよ！　割り勘なんか、絶対にしないんだから、とにかくそんなこと忘れろ！　そういえばそれで思い出した……昨日、俺の机の引き出しに札束が入ってるのに気がついた。自分でそこに入れておいて忘れちゃったんだろうと思ってたけど、それも怪しいな。君、あの金について何か知ってるんじゃないだろうな」

「あれは部屋代――」

「部屋代だと！　部屋代なんか請求してないじゃないか！」

「……それと、買ってくれた黒いカクテルドレスの分」

「あのドレスはプレゼントなんだ。金を払おうなんて考えるんじゃない」

「私、あなたからプレゼントをもらえる立場にないもの」

「俺たち、婚約してるんだぞ！」

「ふりしてるだけでしょ。私、借りをつくりたくないの、ボビー・トム。あなたには受けいれがたいことでしょうけれど、私には重要なことなのよ。私の希望を尊重するって、約束してもらいたいの。一緒に寝る関係になったから、なおさら」

彼は感情の爆発をこらえて言った。「そんなばかばかしい話、聞いたことないよ。君がくれた金に俺がちょっとでも手をつけると思ったら大間違いだ」

「あなたがそのお金をどうするかはおまかせします。でも、借金は返すわ」

「あれは借金じゃないだろ！」

「私にとってはそうなの。最初から言ってるでしょう、あなたから何も奪うつもりはないって」

ボビー・トムは小声で悪態をつきながら、彼女から離れて大股で歩いていった。車にたどり着くなり、カウボーイハットを脱いで脚に叩きつける。彼女をぴしゃりと叩いてやりたいぐらいに思っているらしかった。

テラローザへの帰りの飛行は沈黙のうちに終わった。グレイシーとしては、その日のいい雰囲気が台無しになったことは残念だったが、この点について彼女の決心が変わらないことをボビー・トムに理解してもらう必要があった。帰宅するころには彼も落ちつきを取りもどしているように見えた。彼女は楽しい一日を過ごさせてくれたお礼を述べてから自分のアパートへの階段を上り、部屋に入るとすぐに服を脱ぎ、シャワーを浴びた。

シャワーから出たとたん、彼女は思わず息をのんだ。ベッドルームに置いてある唯一のいすにボビー・トムが座っている。身につけているのはジーンズだけだ。

「ドアの鍵をかけたのに」彼女が言った。

「俺は大家なんだぜ、忘れたのかい？　合鍵を持ってて当然だろう」

彼女は体に巻いた白いバスタオルをつかむ指に力を入れた。彼の顔は笑っていない。何が起こるかわからなかった。

「ベッドに横になるんだ、グレイシー」

「もしかして――私たち、あの、ええと、話しあいましょうよ、ね」

「横になれ！」

彼女はベッドの上に体を横たえた。

ボビー・トムはいすから立ちあがり、ジーンズのジッパーを下げた。グレイシーは自由になるほうの手の指をベッドのマットレスに深くくいこませた。緊張と興奮がないまぜになって落ちつかない彼女のほうへ、彼が近づいてきた。

心臓が大きくドクンと鳴り、喉に響くほどだった。ボビー・トムは彼女のバスタオルをはぎとった。「これの借りも返してくれようっていうのか?」

グレイシーが答えようとする前に、彼はそばにあった枕をつかんでいきなり彼女の腰の下に押しこんだ。

「何を――」

「静かにして」膝をベッドの端に固定したまま、ボビー・トムは彼女の太ももを手で抱えて開かせた。彼は少しの間眺めていたが、ベッドの端に座って親指で彼女の秘部を押しひろげた。

彼の頭が下がってくる。グレイシーは息が喉につまりそうだ。ひげが内股にこすれる。この柔らかい皮膚を、彼はほんの少しだけつまむように口ではさんだ。

「今から君を喜ばせてやる」彼は言った。

どんなに威圧的に言いくるめようとしてもグレイシーを屈服させることができなかった彼は、別の方法で彼女を征服した。

けっきょく、スージーにとってほかの選択肢はなかった。ウェイ・ソーヤーにおぞましい提案をつきつけられて以来、一カ月近くの間、彼女はそれ以外のことはほとんど考えられない状態だった。ソーヤーは一週間前に海外から帰ってきていたが、電話をかけてきたのは昨日になってからだ。その声を聞いただけでスージーはうろたえた。彼が仕事上の知人をサンアントニオで接待するから女主人役をつとめてほしいと言ってきたときには、ほとんどまともに返答できなかった。

電話を切るとすぐ、スージーはボビー・トムに連絡しようとした。今まで起きたことを話すためではない——話せるわけがなかった——ただ、息子のいつもの声を聞くために。しかし息子は家にいなかった。けさグレイシーと話をしたとき、二人はオースチンに行っていたと知らされた。

サンアントニオへ行くために運転手つきのリンカーンに乗って家を出たとき、スージーの中では神経が逆立ち、怒りに似た感情が泡のように沸きあがっていた。人々の幸福のために自分を犠牲にしようとしている、閉経したジャンヌ・ダルクのような気分だった。しかし、町の人々がその犠牲に感謝してくれると期待するほど彼女は愚かではなかった。ソーヤーと彼女の関係が公になったら、彼女は敵に迎合しているとしてすべての人々に糾弾されることになるだろう。

ソーヤーは、サンアントニオの有名なリバーウォークを見おろす白石灰岩の古く美しい建物の、最上階とその下の階に住居をかまえていた。家に招きいれてくれたのはメイドだった。運転手からスージーのボストンバッグを受けとったメイドは、ソーヤーがもうすぐ帰宅する旨を告げた。

メゾネット式のこの家はトロピカル風で風通しのいい明るい雰囲気をかもしだしていた。チョークホワイトのトリムをほどこしたバニラ色の壁に、明るい黄色とゼラニウム・レッドの布張りの心地よさそうな家具がよく映えている。高く幅の狭い窓の下半分はブラックアイアンの格子で覆われている。部屋の隅には青く茂った観葉植物があしらわれて、気分を落ちつかせてくれそうなものだったが、胃が縮みあがるような思いをしているスージーには効果がなかった。メイドに案内されてリビングルームと同じ階の小さなベッドルームに入り、彼女はイブニングドレスに着がえた。その部屋は明らかに客用の寝室として用意されたものだったが、メイドが自分の考えで彼女をここに案内したのか、それともソーヤーの命令でそうしたのかはわからなかった。今夜はここで一人で眠ることになりますように、と彼女は切に願った。

スージーは今夜のディナーのために、片方の肩だけに半円形の鏡面ボタンが一列並んでいるピーコックブルーのシルクのドレスに着がえていた。グレーのパンプスをはいたとき、リビングルームから人の声が聞こえ、ウェイ・ソーヤーが戻ってきたことがわかった。彼女はメークにできるだけ時間をかけた。マスカラをつけ、口紅をひくというひつもの手順を踏むことで、なんとか気持ちを落ちつかせようとした。そしてナイトスタンドの上に置いてあった雑誌を手にとって意味もなく眺めた。もうこれ以上引きのばせないと悟ったとき、彼女は意を決してリビングルームに向かった。

ソーヤーはリバーウォークを見おろす窓のそばに立っていた。彼女が部屋に入っていくと、フォーマルなイブニングスーツを着た彼がゆっくりと振りかえった。「きれいだよ、スージー。君はずっと昔から、テラローザで一番美しい女性だった」

普通の会話を交わすつもりもなかったスージーは、礼を言わずにただ黙っていた。

ソーヤーは彼女のほうへ一歩近づいた。「今夜のディナーには三組のカップルを招待しました。名前を覚えるのは早いほうですか？」

「いえ、あまり」

彼女の反応の冷たさにはかまわず、ソーヤーはほほえんだ。「じゃあ、今のうちから準備しておいていただこう」ゲストの名前とそれぞれに関するちょっとした予備知識を与えてくれる彼の言葉を、スージーはいつもの癖でつい熱心に聞いてしまっていた。彼の説明が終わるとほとんど同時に、エレベーターが最初の一組を運んできた。

集まった一同がダイニングルームに移動するころには、スージーは女主人の役を楽しんでいた。彼女が愛人であるとわかるようにふるまってソーヤーが彼女を辱めることを恐れていたのだが、彼は彼女を古くからの友人だといって紹介しただけで、それ以上のことは匂わさなかった。

ソーヤーは思いやりのある主人役だった。夫人たちを会話に引きこむその話術の巧みさにスージーは気づいた。今まで自分が出席した集まりで、男たちがビジネスの話をえんえんと続ける間、女性たちが言葉の不自由な人のようにただ黙って座っていることがどれだけ多かったか、彼女は思い出していた。また今日のように、「ボビー・トム・デントンの母親」として紹介されない集まりも長い間なかったことだ。ソーヤーは教育委員会でのスージーの仕事について触れただけだった。いつもは有名な息子に関する質問に答えてばかりの彼女が、今夜は小規模な公立学校を運営することの難しさについて語っていた。

しかしゲストが帰りはじめると、また不安が戻ってきた。スージーは今までのところ、ソーヤーと二人きりでベッドルームにいる姿を思いえがいて自らを苦しめることを避けていたが、夜もふけてくると考えまいとすることが難しくなってきた。彼女は夫のホイトの底抜けに明るい笑い、旺盛な食欲、すぐ感情が顔に出る素直さを思い出した。それとは対照的に、ウェイ・ソーヤーは冷静でよそよそしかった。どんなことがあっても動揺したり、思いきり笑ったり泣いたりしない。普通の人間が持っている感情の振幅に屈することがないのだろう。彼が感情的になるところを想像することさえできなかった。

最後の客が帰ったあとでソーヤーがドアを閉め、振りかえると、スージーが体を震わせていた。「寒いですか?」

「いいえ。大丈夫です」彼女は自分が主催するディナーパーティのときは、キッチンに山と積まれた汚れた皿を見るのがいやでたまらなかった。今はそんな面倒な後片づけでも喜んでやりたい気分だったが、てきぱきと仕事を進める二人のメイドがすでにきれいに片づけてしまっていた。

ソーヤーは彼女の腕を軽くつかんでリビングルームに連れもどした。「ゴルフはどのぐらいできますか?」

ゴルフのことなど訊かれるとはまったく思ってもみなかったので、スージーはびっくりしながら答えた。「ボビー・トムと最後にプレーしたとき、一打差であの子に勝ったわ」

「そりゃおめでとう。あなたのスコアはいくつでした？」ソーヤーは彼女の腕を放すとソファの一番端に座り、ボウタイをゆるめた。

「八五でした」

「悪くない。息子さんに勝つなんて驚きだ。彼は優れたスポーツマンですからね」

「あの子は遠くまで飛ばせるんですけれど、細かいところでトラブルに引っかかってスコアをまとめられないんです」

「あなたは小さいころからプレーしてたんでしょう？」

スージーは窓辺に立ち、リバーウォーク沿いに立ち並ぶ糸杉をつなぐ小さな白いライトの列を眺めながら応えた。「ええ。父がよくゴルフをやっていたので」

「思い出した。実は一〇代のころ、カントリークラブでキャディのアルバイトをしようとしたら、まず髪の毛を切ってからじゃなくちゃだめだ、と言われたんです」彼はほほえんだ。

「私は後ろでまとめた長いダックテールの髪型をあきらめるつもりはなかったから、キャディの代わりにガソリンスタンドのバイトをしたんですよ」

スージーは、高校時代のソーヤーのイメージを思いおこした。ロッカーにもたれて、黒いプラスチックのくしで後ろになでつけた長い髪をすいていた。それに対してホイトは短いクルーカットだった。

ソーヤーはボウタイを首から取り、カラーのボタンをはずした。「私が会員権を持っているカントリークラブに二人分の予約を入れてあります。明日朝七時三〇分のティーオフです。そのぐらいの時間だったらまだそれほど暑くないでしょう」

「ゴルフクラブもシューズも持ってきてないわ」

「それはこちらで用意しますから」

「お仕事をしなくていいんですか？」

「私に指図する人間は会社にいませんよ、スージー」

「私――どうしても、正午までに戻らなければ」

「約束でもあるんですか？」

約束などなかった。それに自分がばかなことを言っているのに気づいた。ソーヤーと時間を過ごさなくてはならないなら、ゴルフコース以上にましな場所があるだろうか？　「用事がいくつかあるんですけど、後まわしにできますから。ゴルフにおつきあいします」

「よかった」彼は立ちあがってジャケットを脱ぐと、長いすの上に放った。「テラスを見てみますか？」

「ええ、きれいでしょうね」この先待ち受けていることを後まわしできるものなら、どんなことでもいい。

ソーヤーが階段のほうに向かうのを見て彼女はまた不安になった。テラスはリビングと同じ下の階にあるものとばかり思っていたが、最上階の主寝室に付属しているにちがいない。

階段の一番下の段に足をかけてから、彼はスージーがあとについてこないのに気づいた。彼は振りむき、彼女を冷静に見た。「眺望を楽しむのに服を脱ぐ必要はないんだから」

「お願いですから、ちゃかさないでください」

「じゃあ、まるで私があなたをレイプでもするかのように見るのはやめてください。そんなことはしない、わかってるでしょう」ソーヤーは彼女に背を向けて勢いよく階段を上りはじめた。

スージーはのろのろと、そのあとをついていった。

17

ウェイ・ソーヤーはポケットに手を入れ、サンアントニオのビル街を眺めながらたたずんでいる。スージーは彼のそばにある手すりに近づき、一定の距離を保つように心がけながら隣に並んだ。

「ここは何でもすぐに干上がってしまう」ソーヤーは彼女のほうを見ずに言った。「水を引くのが本当に難しい土地なんですよ」

スージーは、観賞用の木を植えたテラコッタの大きな鉢と、色とりどりの一年草が咲きみだれるプランターの数々を見まわした。明るい黄色の花をつけたハイビスカスが彼女のドレスの脇に触れた。今から起こることに比べれば、ガーデニングの話をしているほうがずっと楽だ。

「私のハンギングバスケットの中にも、水やりが難しいのがいくつかあるわ。ひさしの下に吊るしてあるものだから、雨水が当たらなくて」

「どうしてほかの場所に移さないんです？」

「私、ベッドルームの窓からそのハンギングバスケットを見るのが楽しみなんです」

スージーはベッドルームという言葉を口にしたことをすぐに後悔し、彼から目をそむけた。「あなたは成熟した女性にしては、一〇代の女の子みたいにはにかみ屋なんだな」ソーヤーの声は穏やかで、かすかにしゃがれている。彼はスージーのほうを向いた。両方の二の腕を手のひらで包まれて、彼女は体を固くした。彼の体温が薄いシルクのドレスを通して伝わってくる。彼は顔をうつむけた。

彼の唇が自分のそれに重ねられたとき、スージーは唇を開いて抗議しようとした。コチコチの体のまますっ立って、恐ろしく攻撃的なものを想像して身構えたが、そのキスは驚くほど優しかった——こんなに柔らかく、暖かい感触はまったく予想していなかった。彼女の目はじょじょに閉じられた。

ソーヤーは体重を移動させ、腰を彼女の腰に軽く押しつけた。勃起を感じてスージーの体は緊張した。すると彼はゆっくりと離れていき、そのようすを見ると彼女は当惑を隠せなくなった。自分はほんの一瞬とはいえ彼に屈服しただろうか？　もちろんそんなことはない。自分が感じているのが憎悪であることは確かだ。権力と金を手に入れようが入れまいが、この男はテラローザ高校一の不良、ウェイ・ソーヤーのままなのだから。

彼は彼女の頬にかかった髪の毛をそっと元の位置に戻して言った。「初めてのキスをした子供みたいだな」

彼の言葉で、スージーはキスされたときと同じぐらい動揺した。「こういうことはあまり経験がないから」

「三〇年も結婚していたのに」

「そうじゃなくて、つまり――夫以外の人と、という意味です」

「ホイト以外の男とはつきあったことがないってことだね」

「あなたにはさぞかしあかぬけない女に見えることでしょうね」

「ホイトが死んだのは四年前だよ」

スージーは頭を垂れた。夜のそよ風が彼女の言葉を運んだ。「そのとき、私も死んだんです」

二人の間に沈黙が流れた。しばらくして彼が口を開いたとき、その声にはどこか弱々しい響きがあった。「これ以上進む前に、お互いを知る時間がもう少し必要なように思う。そう思いませんか？」

彼女の心に希望が芽ばえ、彼を見あげる目が大きく見開かれた。「私に――強要しないでくれる？」

先ほど彼女にキスした唇が固く引きしまった。「無理やりがいいのか？」

希望はしぼみ、代わりに激しい怒りがこみあげてきた。「またゲームか何かみたいに私をなぶって。どうしてそんなに残酷になれるの？」

スージーはきびすを返してソーヤーから離れ、テラスのドアを急いで通りぬけて戻ろうとした。ソーヤーは主寝室へつながるドアのすぐ外の踊り場で彼女の肩をつかんだ。彼の目の中にわびしさのようなものを見て、彼女はたじろいだ。

「残酷さがどういうものか知らないんでしょう」彼は言った。「あなたは生まれたときからずっと大事に守られてきたから」

「そんなことないわ！」

「違いますか？　ぺこぺこのお腹を抱えながら眠りにつくのがどういうことか、あなたにわかるんですか？　自分の母親が日一日と恥をさらしながら、その心が壊れてゆくのを見ているのがどういうことか、わかるんですか？」

彼のいたぶりにそれ以上耐えられなかった。スージーは急にベッドルームのドアのほうを向くと、取っ手を回した。「早くすませてしまいましょう」

部屋に入ったとき、ソーヤーが小さな声で悪態をつくのが聞こえた。彼女は死刑囚のような心持で深紅のラッカー塗装をほどこした壁を見まわした。暗い色のペイズリー模様の装飾用クッションが置いてあるマホガニーの大きなベッドが、彼女の後ろにあるくぼみにおさまっている。彼女は震えながら彼のほうを向いた。

「明かりを消してほしいの」

彼は再びためらっているようだった。「スージー――」

彼女はさえぎって言った。「明かりがついてたら、しないわ」

「私がホイトだと思い込みたいのか？」怒ったように言う。

「あなたをホイト・デントンと間違えるようなことは決してないわ」

彼の口調も、彼女の口調に負けずおとらず冷たかった。「下へ連れていってあげましょう。

あなたは客用寝室で眠ればいい」

「いや！」両脇に垂らした手を固く握りしめた。「こんなことを私にこれ以上させるものですか。人の心をもてあそぶようなことはもうやめてちょうだい！　私が金の力に屈して取引に応じてることぐらい、お互いよくわかってるじゃないの。でもそんなこと言うまでもないわよね。そういうお金の関係なら、きっとお母様から習ってよくご存じでしょうから」彼女はきびすを返してバスルームに向かったが、そのとき自分が今言った言葉を思い返してたじろいだ。どんな状況にせよ、あんな悪意に満ちたことは絶対に言うべきではなかった。

「バスルームの浴槽にお湯を張っておいてくれ」

ソーヤーの声に恐ろしいほどの冷静さを感じ、スージーは震えあがった。「そんなこと、したくない」

「頼む」声に感情というものがまったくなかった。「明かりを消したほうがいいならそうしてもいい。とにかく、浴槽にお湯を入れておいてくれ」

落胆のため息をもらし、彼女はバスルームに逃げこんでドアを閉めた。ドアにもたれかかっていると動悸が激しくなるのがわかる。このおぞましい状況に涙があふれた。彼女が考えていたのは、暗いベッドルームでベッドカバーの下にもぐりこみ、脚を開いて彼のしたいことをさせ、早く効率的にすませることだった。その間何も感じないようにしていればうまくやれるはずだった。彼と風呂につかったり、セックスプレーをしたりするのはいやだった。

一回きりで終わりにして、このことで心を傷つけられたりせずに元の生活に戻ることが望みだった。

スージーは彼のセックスが機械的で、本人と同じように冷静で冷淡に違いないと自分自身に言いきかせていたが、照明のスイッチを手さぐりで探していたら、一〇代の少年の姿が突如心に浮かんだ。怒りに満ちた目と飢えた口。彼女は身震いし、そのイメージを追いやった。

スージーは服を脱ぐ間、深紅のタイル張りの壁に取りつけられた鏡に映る自分の体を見ないようにしていた。水栓金具にゴールドを使い、埋めこみ式浴槽は黒大理石という贅沢なバスルームだ。浴槽は四角い形で、二人は十分に入れる大きさだ。彼女はできるだけ時間かせぎをした。脱いだ服をきちんとたたんで、浴槽のそばにあるペイズリー模様の布張りのソファの上に乗せる。靴はその下に、よく訓練された兵士のようにきちんと揃えて置いておく。厚手の黒いタオルに身を包み、大型の浴槽の蛇口をひねった。お湯がたまる間、彼女は自分の庭のことや、秋に植えるもののプランを考えて気持ちを落ちつかせようとした。ホイトのことと、不義を犯そうとしているという事実以外のことを懸命に考えつづけた。

浴槽のお湯がいっぱいになると、ジャクジーのスイッチを入れた。水面に体を隠してくれる泡が立ちはじめる。照明を消すと、窓のないバスルームはありがたいことに真っ暗になった——これだけ暗ければ、夫にしか愛撫されたことのない私の体を探索するソーヤーの目を見なくてすむ。彼はどうして私なんかを欲しがるのだろう？　もう肌の張りは失われ、お腹は何年も前から平らでなくなり、お尻には女性ホルモン補充パッチを貼っているのに。バスタオルを取ると、彼女は泡立つ湯の中に体を沈めた。

まもなく、ドアをノックする音が聞こえた。「どうぞ」スージーはいつものように礼儀正しく答えた。それは、小さいころから礼儀正しいふるまいをするようしつけられてきたからだ。彼女の年代の女性は、規則を守り、男性の意見に従い、自分のことより他人のことを優先する、そういうしつけを受けて育ってきたからだ。

ドアが開き、ベッドルーム側からのわずかな光がすきまから入ってきた。ソーヤーは明かりをつけなかったが、ドアを閉めることもなかった。明かりを消してほしいと自分で要求したにもかかわらず、彼女はベッドルームから光がかすかにもれてくることに感謝した。自分の体を明るい光のもとで見られたくはなかったが、彼と二人きりで真っ暗な中にいるのもいやだったのだ。

ソーヤーが浴槽に近づいてきたとき、スージーは彼の体のシルエットを観察した。彼が魅力的でなかったらいいのに、と彼女は思った。魅力のない男とだったら、夫への裏切り行為をしているとは感じられないだろうに。ソーヤーはたくましい体をしていた。背はホイトほど高くないが、ホイトとは違った意味で堂々としたいい体格だ。着ているバスローブの色や生地は見分けられなかったが、彼がウエストに手をやっているようすから帯を解いていることがわかり、スージーは視線を落とした。自分は何人の男の裸を見たことがあるだろう？ホイトの体なら自分の体と同じぐらいよく知っていた。子供のころ、父親の裸はたまに見ることがあった。ボビー・トムが彼女の家に泊まると、ときどき下着だけで家の中をうろついているが、これは数に入らない。つまりそういう経験がほとんどないのだった。

ソーヤーが浴槽に体を沈めると水位が上がった。彼はスージーと反対側の隅に座っている。ブクブクと泡を生みだすジャクジーの静かな運転音で室外の音が消されているので、二人きりでどこか別の場所にいるような感じがした。彼は両ひじを浴槽のふちに乗せ、脚を伸ばした。そのときお互いの脚が軽く触れあった。彼はスージーの足首をつかんで引きよせるとその足首を自分の太ももに乗せた。彼女は体を固くした。

「楽にして、スージー。いつでも好きなときに浴槽から出ていいから」

気持ちをなだめるつもりで言ったのかもしれなかったが、逆効果だった。逃げようがないことを彼女は知っていたからだ。今夜すべきことを終わらせてしまいたい。そうしなければ、頭が狂ってしまいそうだった。

ソーヤーが親指を使ってスージーの足の土踏まずにゆっくりと円を描くようになではじめると、彼女の体がびくりと反応した。

「敏感なのかな?」彼がさきほどまで静電気のようにとばしていた怒りがどこかに消えてしまったようだ。今度は土踏まずに八の字を書いている。

「足を触られるとくすぐったいの」

「うむ」それでも彼女の足を離さずに、ソーヤーはつま先をマッサージしだした。片手の親指と人さし指の間にはさんでつま先を揉みながら、もう片方の手で土踏まずをなでつづける。意に反してスージーはリラックスしはじめた。ここで終わってくれたらいいのに。暖かいお風呂と心地よいマッサージだけで終わってくれたら。

二人の間に、驚くほど穏やかな沈黙がおとずれた。足をなでる優しく繊細な彼の手の動きは気持ちよく、襲ってくるようすもないことに安心し、スージーの気分はやわらいできた。彼女は体をさらに深く湯の中に沈めた。

「シャンペンでも持ってくればよかったな」ソーヤーの声も彼女と同じようにくつろいでいる。「こういうのも悪くない」

マザーグースの「ディス・リトル・ピギー」のように足の指を引っ張られて気持ちの良いマッサージを受けているうちにスージーは、ソーヤーの母親についてひどいことを言ったことに対し謝らなければならないと感じていた。他人に失礼なことをされたからといって、それを理由に自分もひどいことを言っていいということにはならない。

「さっきお母様について言ったことは本当に残酷で、しかも差しでがましかったわ。お詫びします」

「私が挑発したのがいけなかったんだ」

「そんなの、言い訳にならないわ」

「あなたは心のきれいな女性だな、スージー・デントン」彼は優しく言った。けだるい脱力感に襲われ、スージーの筋肉はゼリーのように弛緩した。こんなふうに触れるのは本当に久しぶりなのだ。結婚生活を通じて、官能的な愛撫を当たり前のように受けとめていた彼女だが、今はもうそうではなかった。

ソーヤーはスージーのもう片方の足に手を伸ばした。彼女がさらに体を深く沈めると、髪の毛の先端が湯につかった。しかしあまりにゆったりとくつろいでしまっているので、体を起こそうという気になれない。彼は再び、ゆっくりと足を揉みほぐしはじめた。こんなに快く感じられるのは、単に私が疲れているからなんだわ。スージーは自分自身に言いきかせた。

ソーヤーは彼女の足を唇にもっていった。足の親指の裏を優しく嚙む。それがとろけるように心地よい。「妊娠する危険は、ないのかな」

スージーは彼の言葉でけだるい快感から目覚めさせられてしまい、湯の中で体を起こそうとしたが、足をつかまれているのでできなかった。彼女の足はまた彼の太ももの上に戻り、彼は再びなではじめた。

「ええ、妊娠の心配はないわ」

「私のほうも心配はいらないから」彼は言った。

何について心配がいらないのだろう？　彼女はふと考えた。もちろん、彼を妊娠させてしまう心配のことではないに決まっているけれど。

ソーヤーの声には楽しそうな響きがあった。「スージー、今は九〇年代だよ。パートナーになる可能性のある男性には、セックスと麻薬の習慣について突っこんだ質問をしなくちゃだめだろう」

「あら、そのことだったのね」

「時代は変わったんだから」

「あまりよろしくない時代ね」

彼は口の中で笑った。「どうやら突っこんだ質問は受けなくてすみそうだな」

「何かやましいことがあったら、あなただってこんなことは話題にしなかったでしょう」

「まったくそのとおりだ。さあ、向こうを向いて。肩を揉んであげよう」

ソーヤーは彼女が動くのを待たずに、手首を優しく握って体の向きを変えさせ、自分の開いた脚の中におさまるようにした。彼の胸の筋肉がスージーの背中に触れる。彼が腰の位置を変えたとき、スージーは気づいた。彼は完全に勃起している。それを知った興奮で彼女は身震いしたが、次の瞬間には罪の意識が襲ってきた。

「その石けんを取ってくれ」彼はささやいた。肩の筋肉を揉みほぐしてくれる親指の愛撫と同じように優しい声だ。「右のほうにあるやつだ」

「だめ、私――」

彼はスージーの首の曲線に歯をくいこませ、彼女を驚かせた。痛くないようにそっと、しかしある程度の強さで噛んで、自分が主導権を握っていることをわからせた。牡馬は、守っている雌馬の体をよく噛んで、時には血を流させてしまうことがある。スージーはそれを思い出していた。同時に、心の中でかすかな声がささやいていた――お湯から上がってしまえばいい。そうするだけで、彼は解放してくれる。しかし、肩の上をすべるように動く彼の手が前に回り、手のひらで乳房を包まれると、その声もぼんやりと遠くなっていった。

「後ろにもたれかかって」彼がささやく。「触らせてくれ」

彼はきっと、石けんを自分で取ったに違いない、手のひらがすべすべしている。あまりに甘美な興奮を呼びさまされ、涙が目にしみた。彼女はホイトを裏切りたくなかった。こんなに深く感じてしまいたくはなかった。しかしこういう刺激から遠ざかっていた期間が長すぎた。石けんに包まれた彼の暖かな手のひらが乳房の上を円を描いてすべるうち、彼女は誘惑に勝てなくなった――少しだけ、この親密な愛撫に身をまかせよう。あとで逃げればいい。

丸い円を描くソーヤーの手のひらはしだいに、乳房の周辺から敏感な先端へと動いていく。彼女の呼吸が早くなった。彼は乳首を軽くなで、指の間にはさんでつまむように引っぱった。そして足と同じように優しく揉みはじめた。この甘い感覚。なじみ深いこの感覚。まるで久しぶりに聞いたお気に入りの歌のようだ。こうして愛撫されるのがどんなにすばらしいことかを彼女は忘れていた。体が重く、けだるくなり、彼の体に溶けこんでしまいそうなほどだった。

ソーヤーは乳首から手を離し、また乳房のまわりにゆっくりと円を描きはじめた。そうやって優しくじらしながら、再び乳首に戻り、つまんだり、引っぱったりをくり返す。彼女が身もだえする。彼は再び円を描く。乳首を指の間で転がすようにすると、彼女の口からうめき声がもれた。

スージーの呼吸は荒くなっている。欲情した体がほてって高揚している。ソーヤーは彼女の耳にキスしながら体を持ちあげて自分の太ももに乗せた。背中は彼の胸にもたれかからせたままだ。唇で彼女の耳たぶをはさんで引っぱる。そのうち耳たぶを吸いはじめた。まず耳たぶ、そして次にダイヤモンドのピアス。これまで感じたことのない快感がスージーの体を貫く。ホイトにはこんなことをされたことがなかったような気がする。いや、あったかもしれない。それを思い出そうとするたび、どうしても気が散ってしまうのだった。

　ソーヤーは自分の脚を開きながら、膝で彼女の脚も開かせた。手は乳房から内股へと移っていく。彼が重なった二人の体を回転させるようにして浴槽のふちにずらし、彼女の太ももをさらに大きく開かせたとき、スージーは何が起こっているのかわからなかった。次の瞬間、激しい水流が脚の奥に流れこんだ。

　彼女は息をのみ、もう少しで彼の膝からずり落ちるところだった。浴槽に据えつけられたノズルの先から勢いよくほとばしる水流から逃げようとしたのだ。

　ソーヤーが悪魔のように優しく魅惑的な声で笑い、彼女の耳にささやく。「力を抜いて、スージー。楽しむんだ」

　彼女は楽しんでいた。神よ、赦したまえ。

　ソーヤーは彼女の乳房をもてあそび、耳たぶと肩を優しく嚙み、首の柔らかい皮膚を吸った。水流が彼女に当たったり、彼に当たったりするように、二人はときどき体をずらした。スージーはすべての理性を失い、我を忘れていた。後ろから彼に挿入され、結合した部分に激しい水流を当てられたときも、抗おうという考えすら起きなかった。彼の膝の上で自ら動こうとしたが、彼はそうさせてくれない。彼女が上りつめそうになるたびに、体を動かして姿勢を変えさせ、ストップをかける。

　彼女のむせび泣きが始まった。「お願い……」

「何をしてほしいんだい？」彼はささやき、さらに奥深く突きいれる。

「お願い、私に……私に……」

「もっと欲しいのかい、スージー？　そうなのか？　もっと欲しいのか？」

低音の甘いささやきが興奮に火をつけた。「ええ……ええ、お願い……」彼女はせがんだ。あまりに長いこと快楽から遠ざかっていたために、自分を抑えることができない。

ソーヤーの声は柔らかく、荒々しく、優しかった。「まだだよ、スージー。まだだ」体を持ちあげられ、結合をはずされると、彼女はすすり泣いた。思わず彼の腕にすがろうとすると、彼は立ちあがった。ほのかな光の下で彼の体の輪郭と、屹立した固いものが見える。彼女は本能的に手を伸ばしてそれをつかんだ。羞恥心もなく、大胆に。この男が夫でないことも、この行為をいやがっていたことも忘れて。

彼はうめいて彼女の手首を取った。「待ってくれ。もう少しあとでだ」

ソーヤーは浴槽から出ると、濡れた体の上にバスローブをはおった。彼はローブの前を開けたまま、彼女を湯の中から引きあげてタオルで包むと、まるで処女の花嫁を抱くように腕の中に抱え、ベッドルームまで運んでいった。

ほの暗い部屋にいざなう腕の中で、スージーは頭を彼の肩に埋めた。彼を見たくなかった。彼が誰であるか、自分が誰であるかを忘れたかった。そして自分が夫を裏切ろうとしていることも忘れてしまいたかった。私はいったい何をやろうとしているのか。見知らぬ男の腕の中で性の快楽に酔いしれて、何もかも忘却のかなたに押しやろうとしている。

「明かりをつけないで」この男に我を忘れるほど欲情させられた恥を隠すために、彼女には暗闇が必要だった。

ソーヤーは立ちどまった。彼女は頭を上げて彼を見た。髪の毛は濡れて乱れ、表情はよく読めない。

ベッドに横たわらされると思っていたのだがそうではなく、反対方向に連れていかれた。今まで気づかなかったドアがそこにある。スージーはいぶかしげに彼を見上げたが、彼は彼女のほうを見ていない。ドアを足で押して開けると、彼女を中に運んだ。

そこはなんと、大きなウォークイン・クローゼットだった。高価そうなスーツやオーダーメードのシャツが二列に並んでいる。ブーツやウィングチップの靴がラックの上にきちんと整頓されて置かれている。デニムジーンズとニットシャツが積み重ねてある。頭がくらくらするような男性的な匂いが彼女を包んだ。オーデコロン、革、洗濯したてのシャツの糊の匂い。ソーヤーは彼女をカーペット敷きの床に下ろすとすぐに後ろのドアを閉めた。いきなり真っ暗闇になった。あまりの暗さに怖くなり、彼女は一瞬息を止めた。

彼の声が耳に入ってきた。しゃがれて、危険を感じさせる声だ。「明かりはないよ」

スージーが体に巻いていたタオルが彼の手に引っぱられてずり落ちた。それから彼は後ろに下がったらしい。もう彼女の体のどこにも触れていない。

何秒間かがそのまま過ぎた。胸の鼓動が激しくなってきた。彼女は真っ暗な中に裸で立ちすくんでいる。もう彼がどこにいるのかわからない。彼の息づかいさえも、遠くから聞こえる空調の音にかき消されて聞こえない。闇は彼女を混乱させた。濃く、完全な闇。それらは死と墓場を思いおこさせた。彼女は右へ左へ体の向きを変えたが、そんなことをするべきではなかった。回ったために方向感覚を失ってしまったのだ。彼女はパニックを起こしそうになって喉を押さえた。

「ウェイ？」

何の反応もない。

スージーは無意識のうちに後ろに一歩下がった。ラックにかかった服が裸の体にこすれる。彼女は耳をすまして音を探そうとした。息を吸いこむ音や体の動き、関節が鳴る音、何でもよかった。

どこからか手が伸びてきて、太ももの外側に触った。彼女は飛びあがった。何も見えず、聞こえないため、その手が体をともなわないもののように感じられる。人間というよりは悪霊を思わせる、幻のような手。その手が彼女のヒップに貼られたパッチに触れ、彼女は体を固くした。手は動いていく。ウエストに触れ、肋骨にのぼり、なぶられた柔らかな乳房を愛撫する。

この悪魔のような男を前にして、ただ従順に立っているわけにはいかなかった。手のひらを前に出して、彼を探した。手さぐりで胸に触れると、彼がもうバスローブを脱いでいることがわかる。指に感じられる濃い胸毛は柔らかい。ホイトの胸はこれほど毛深くなかった。スージーが今まで味わったことのない体の感触が、悪魔と性愛を交わしている、というみだらな空想をさらにかきたてた。手に触れる筋肉は三〇年慣れ親しんだものとは違い、どこかしっくりこなかった。この濃い闇に覆われた空間に、悪魔のような男と二人きりでいる自分。その欲情をかきたてられた体は、彼に触れられることをひそかに願っていた。

身の破滅が待ち受けているのをわかっていながら、スージーの手は彼の体をまさぐりはじめた。手の感触を通じて悪魔の体を知ろうとしているのだ。風呂からあがった体はもう乾いているはずなのに、彼の肌は湿っていた。そして熱かった。彼女の指先に反応して筋肉が収縮し、そのとき初めて彼の荒い息づかいが聞こえた。彼女は手を下のほうに伸ばし、彼のものをとらえた。そしてそこをあつかましくも貪欲に探検した。重みや太さを確かめ、なでさすった。

突如として彼に押しのけられて、スージーは再び、はかりしれない闇にただ一人取りのこされたように立っていた。

自分の呼吸する音が耳の中で響く。

彼が彼女の体の向きを変えさせた。手のひらがお尻を包み、こねまわすように揉み、尻の谷間に滑りこむ。彼女はまた、闇の中で彼の手だけを感じていた。体のほかの部分との接触はいっさいなく、感じるのは手の刺激だけだった。実体の感じられない悪魔の手が彼女の脚を広げてその奥をなでまわすと、彼女は吐息をもらし、痙攣した。そして急に、彼は彼女を厚く柔らかいカーペットの上に仰向けに押したおした。

横たわったまま、彼女は待った。

無がおとずれた。

死を思わせる深い闇。墓場のような不気味さ。身の破滅への不安。彼女はそれらすべてを受けいれた。

動物のものとも、人間のものとも、悪霊のものともつかない力が彼女の両膝をとらえて開いた。ほかの部分には触れずに。ただ無言で、激しく求めている。闇の天使へのいけにえとして、彼女の体のもっとも柔らかい部分を捧げるようにと。

そのあと、無がおとずれた。

横たわったまま、彼女は待った。まともに息をすることもできない。すでに呪いをかけられたように、肉欲に体が燃えている。

そして彼女は感じた。内股を這うくすぐったいものを。秘奥を開かれるのを。熱く湿った舌の探求を。

ああ、これ、これだわ! 欲しくてたまらないものだった。夢見ていたほどだ。それは彼女を舐めまわし、突いてきた。荒々しく、ときには優しく。その欲深な唇は肌を吸い、味わった。あの世を思わせる闇が、この愛撫をさらに刺激的なものに感じさせた。悪魔のような愛人は、彼女が我を失うまでその体をむさぼりつくした。ひと声鋭く叫んで、彼女は落ちていった。ぐるぐると回りながら、深く暖かい穴の底へと。

彼女が再び我に返る前に、男は中に入っていた。女の内部が覆われ、いっぱいに満たされる。彼女は彼の腰に脚を巻きつけ、首に腕をからませる。乳房が彼の豊かな胸毛にこすれるたび、焼けるように熱くなる。彼は花芯を貫いた。突いたかと思うと引き、また突いて、それをくり返しながら、彼は雲の高みに彼女をいざなう。

低くしゃがれた彼のうめき声。鋭く泣き叫ぶ彼女の声。二人は一つになって闇の中へと転がりおちた。

今まで味わったことのない甘美なひとときだった。

しばらくしてスージーは泣きだした。彼がクローゼットのドアを開けると、光がさしこんできた。彼女は体を丸め、腕で顔を隠す。罪の意識と恥かしさに打ちひしがれていた。いとしい人よ。私は心から愛した夫を裏切った。死が二人を分かつまで、永遠に愛することを誓ったその人を。死はまだ私のもとにおとずれていないのに。いとおしい夫。私の宝物。なのに私は、彼を裏切ってしまったのだ。

こんなはずではなかった。彼女は自分を犠牲にするつもりだったのだ。ソーヤーに頼んで町を救うために。それなのに、抱いてほしいと彼に懇願し、我を失うまでに乱れた自分。

「泣かないでくれ、スージー。お願いだ」ソーヤーは苦しそうな声で言った。

彼女は起きあがろうともがいた。そばに落ちていたタオルをつかんで、それで恥ずかしさを少しでも覆いかくそうとしながら。見上げると、彼がそこにいた。まだ裸で、汗に濡れて。

彼女はやるせなくなった。涙が頬をつたって流れた。「家に帰りたいの」

「そんなに動揺しているのに、無理だよ」彼は穏やかに言った。「今帰らせるわけにはいかない」

スージーは目を落とし、折りまげられたむき出しの膝をじっと見つめた。「どうして私にこんなことをしたの？」彼女は叫んだ。「どうしてほっといてくれなかったの？」

「すまない」彼は言った。「こんなふうにするつもりじゃなかったんだ。悪かった」

ソーヤーはダークグリーンの美しい模様のローブを床から拾いあげて着ると、スージーの腕を優しくつかんでカーペットから引き起こした。彼女が立ちあがると、彼はドアのそばのフックから白いタオル地のバスローブを取ってきて着せかけた——サイズは大きすぎたが。彼女の背の真ん中に手を当てながら、ソーヤーは彼女をクローゼットから連れだした。このクローゼットに入ったのが遠い昔のことのように感じられる。彼女は彼の動きに機械的に従った。どこで体を交えようと同じではないか。これ以上、彼は何をしようとしているのか。

ソーヤーは子供の手を引くようにして彼女を窓のそばまで連れていった。そこにはふっくらとして座り心地のよさそうないすが置いてある。彼女はすがるようなまなざしを向けた。

「もう帰らせて」そして、また泣きだした。

彼はいすに腰かけるとスージーを腕で抱きあげ、膝の上に座らせた。胸に抱きよせながら、その髪を優しくなでた。「泣いちゃだめだ」彼はささやいた。「泣かないでくれ、お願いだ」

ソーヤーの唇が彼女の額に、そしてこめかみに軽く当てられた。「あなたのせいじゃない、私のせいだ。私があなたをこんなにしてしまった」

「私があなたにそうさせたのよ。どうして許してしまったのかしら？」

「あなたが健全な性欲をもった、敏感な女だからだよ、スージー。それに、長い間こういうことから遠ざかっていたからね」

スージーは彼から慰めてもらおうとは思わなかった。これほどひどい裏切り行為をした彼女に、慰めを求める資格などない。それでもソーヤーは彼女の髪をなで、強く抱きしめてくれた。ようやく涙が止まり、彼の腕の中で彼女は眠った。

ようやくスージーが深く規則正しい寝息をたてはじめると、ソーヤーは彼女の額に唇を押しあて、目を固く閉じた。なぜあんなに抑制がきかなくなってしまったのだろう。スージー・デントンは彼を傷つけたことなど一度もない。そんな彼女をこんなめにあわせていいはずがない。一〇代のころはこちらが勝手に恋心を抱いていたのであって、彼女に非はない。好きだったからこそ、怖い目つきでにらみつけたり、とげとげしい言葉を投げつけてしまった。映画の中で、不器用なジェームズ・ディーンが、美人で人気者のナタリー・ウッドの関心を引こうとしていたのと同じだ。

一カ月前、スージーがリビングルームに入ってきたとき彼が見たのは、一〇代のころと同じおびえた彼女の表情だった。それを見たとき、彼の中で何かがはじけた。彼はもう金も権力も念頭になく、子供のころ常に感じていたのと同じ、どこにもぶつけようのない激しい怒りを感じていた。スージーを自宅に招いたとき、彼は自分の魅力で——三五年前の自分でなく今の自分の魅力で——彼女を振りむかせたいという愚かな考えをいだいていた。それなのに、逆に彼女をひどく侮辱してしまった。

ソーヤーは彼女を言葉でいたぶった。彼女は、脅されてベッドをともにすることを強要されていると考えたようだ。しかし彼にはそういうつもりはなかった。これまで人並みの女性関係はあったし、女性と寝るのに脅迫する必要はまったくなかった。しかしそのことを彼女はわかってくれなかった。パートナーとして女主人役をつとめてほしいという依頼は、怒りから衝動的に口をついて出たものだ。当然、彼女から罵倒の言葉が返ってくると思っていた。ところが彼女はあのバラ園で、まるで彼に平手打ちでもされたかのように立ちすくむだけだった。

ここ一カ月、テラローザを離れている間に、スージーに対するしうちを恥じる心が彼の中でしだいに大きくなっていた。町に戻ってくるころには電話をかけてあやまろうと心に決めていた。それでなんとか関係を修復できればという希望を抱いていたのだ。しかし名乗った瞬間、電話の向こうの声が震えているのを聞き、彼は自制心を失った。赦しを乞う代わりに彼女を脅して追いつめて、ここでのディナーに参加させた。彼女が承諾することが、ロザテックの将来を保証する条件であると思いこませつづけたのだ。

今夜も、ソーヤーはそれが嘘であり、工場を閉鎖するつもりはないことを伝えようと思えばできたはずだ。彼女がベッドルームに向かったとき、彼は真実を話してきかせることだってできた。ではなぜそうしなかったのか?

ぼんやりと前を見つめるうちに、ソーヤーはいきなりあることに気づき、頭を殴られたような気がした。こんなふうにひどいしうちをしたのは、自分がスージー・デントンに恋をしたからだ。その恋心が今夜めばえたのか、先月なのか、三〇年前なのかはわからない。わかっているのは自分が彼女を愛しているということだけだ。それは意志の力で止めることはできない。

ソーヤーは、自分がいつも自制心を失わず、衝動的に行動したり感情的な反応を見せたりすることのない人間であることが自慢だった。ロザテック買収の機会にめぐりあったときも冷静に判断を下した。母を冷たくあしらったテラローザの人々に仕返しをしてやりたいという思いが自分にまだ残っているのに気づき、皮肉な楽しみを覚えたほどだ。自分がここまで感情的になるとは思ってもみなかった。恨みを晴らしてやりたいという気持ちがまったく消えたわけではないにしても、心の痛みはとっくの昔になくなっていた。

ロザテックの工場閉鎖について噂を流したのはソーヤー自身だった――しばらくの間、実際にそうすることを考えてみたりもした――しかし故意に偽情報を流したにせよ、ロザテックはどうにか黒字経営を保っていられたし、彼としては善良な人々の生活を破壊する気はなかった。ただし町の人々を戦々恐々とさせるぐらいの気はあった。だから工場閉鎖の話を皆が信じるように仕向けたのだ。この世の終わりであるかのようにうろたえ騒ぐ人々のようすを彼は楽しんで見ていた。彼が町の人々の目を気にするとでも思ってか、のけ者にして罰するという浅ましい努力をしている人々を、彼は冷ややかに眺めていた。町に仕返しすることが子供じみた欲求であることも自分自身でわかっていた。

確かに子供じみている。しかし満足感も得られた。権力と富を蓄積してきた努力の裏には、テラローザの町に正当に評価されたいという気持ちもあった。母トルーディ・ソーヤーを殺した町に恐怖が広がるさまを眺めることで過去を変えることはできないが、少なくともこの辺鄙な田舎町の人々に思い知らせることはできた。彼らはついに、正当な扱いをせずに母の心をずたずたにした報いを受けたのだ。

今夜、運命の輪は一巡した。トルーディ・ソーヤーの息子は、普段の彼なら考えられない衝動的な行動に走ったことで、テラローザでもっとも尊敬を集める女性を売春婦のように扱ってしまった。彼は思った。明日の朝一番に、彼女に本当のことを告げよう。それからテラローザまで送りとどけ、二度と彼女の気持ちを乱すようなことはすまい。

ソーヤーは彼女を見おろした——ああ、スージーは今でも本当に美しい。思いやりがあって、繊細で。家に帰すのをあと一日延ばすことはできないものか？　彼女に手を触れるつもりはない。十分に礼儀をつくしてもてなせばいい。あと一日だけでいい。スージー・デントンの愛情を得るために、彼はその一日が欲しかった。

18

ボビー・トムが一日の仕事を終えて撮影現場を出ようとしていたとき、コニー・キャメロンがトレーラーハウスに入ってきた。表面に汗をかいた瓶ビールを二本抱えている。土曜の夕方で、これで今週の撮影は終わり。ボビー・トムは明日の休みを楽しみにしていた。

「今日は暑かったわね。よく冷えたのが飲みたいだろうなと思って」

ボビー・トムはシャツのボタンをとめるとコニーを見た。ここ一週間、彼は麻薬王を演じるパオロ・メンデスに縄で縛られて拷問されるシーンと、炸薬がつぎつぎと爆発する中をナタリーと一緒に川へ飛びこむシーンの撮影にふりまわされ、グレイシー以外の女性にかまってなどいられなかった。グレイシーの小さく可愛らしい体のことを考えただけで彼の股間は固くなった。最初に体を交わしてから一カ月が経っていたが、彼女には飽き足りることがなかった。

「悪いね、スイートハート。でも家であいつが待ってるもんだから」

「その『あいつ』にわからなければいいじゃない」コニーはムッとしながら瓶ビールのキャップを回して開け、そのうちの一本を彼に差しだした。

ボビー・トムはジーンズにシャツのすそをたくしこみながら、ビールをカウンターの上に置いた。作りつけのソファにコニーが腰を下ろすと、ストレッチのミニスカートが太ももの上のほうまでずりあがった。彼女の脚は日に焼けて美しかったが、グレイシーの脚ほど均整がとれていないように思えた。

「ところで彼女、ここ二、三日、どこに行ってたの？」コニーは暑くてたまらないわ、といった素振りでブラウスのボタンを一つはずした。

「電話の応対をしたり、老人ホームの人たちの面倒をみたりしてる。ゴルフトーナメント参加者の飛行機や宿の手配もしてて、大変なんだ」

「彼女ならうまくこなせるわよ」コニーはビールを一口飲むと脚を組んだ。片足を大きく上げて反対側の太ももに乗せたので、紫のパンティが丸見えになった。

コニーがわざわざ見せつけているので彼はそこを見たが、興奮よりもむしろいらだちを覚えた。「コニー、何やってるんだよ？　ジンボと婚約してるんなら、なんで俺のまわりをうろついてるんだ？」

「あなたが好きだからよ。ずっと前からね」

「俺だって君が好きだったよ、以前はね」

「それ、どういう意味？」

「つまり俺は今、一人の女だけに尽くす男になったたってことさ。君もジンボからもらった婚約指輪をはめてるかぎり、一人の男に尽くす女になることを真剣に考えるべきだよ」

「私、貞節で良い妻になるつもりよ。でも、バージンロードを歩く前ならちょっとぐらい遊んだっていいじゃない」

「俺はごめんだね」

「いったいいつからそんな堅物になっちゃったわけ？」

「グレイシーに会ってからだよ」

「彼女のどこがいいのよ、ボビー・トム？　みんな不思議がってるわ。みんな彼女のことは好きなのよ、気さくだし。それに感謝してるのよ、アーバー・ヒルズのお年寄りたちのことをあんなに気にかけてくれてるんだもの。困ってる人がいると、すぐ手を貸してあげるしね。先週なんか、私まで助けてもらっちゃった。ロウアンが来なかったときね。私、彼女が大嫌いだってことを態度であからさまに示したんだけど、あの人全然、挑発にのらないのよ。それはともかくさ、彼女は確かに可愛らしいけど、あなたの趣味はグラマーな女性だったでしょ」

コニーは自分の豊かな胸を突きだして、視覚的にも訴えた。彼も彼女の言わんとすることはわかっていた。そしてそのとき、グレイシーにはコニーに足りないものがあることにふと気づいた。それは良心だ。恥を知る心だ。

またグレイシーには、頭にくるほど頑固なところがあった。ボビー・トムの机の引き出しに彼女が入れておいた札は彼女にとっては大きな額だが、彼にとっては小銭程度でしかない。それなのに、金のことになると彼女はがんとして譲らない。実にいまいましかった。グレイシーは彼にたかりながら暮らしているヒルのような人たちとは違う。そんなことは彼にはとっくにわかっていた。彼女は彼から何も受けとろうとしない。グレイシーは彼の性格を見抜いているようなことをよく言うが、彼はいつも人に何かを与える側の人間であって、与えられる側に回るのは好きではないということには気づいていないようだ。ボビー・トムは不安になった——グレイシーの給料を払っているのが彼であることを彼女は知らない。しかし心配するのはよそう、と彼は自分に言いきかせた。とにかく絶対知られないようにすればいいだけの話だ。

コニーはボビー・トムをいぶかしげに見た。「もう一つ、町のみんなが不思議がってるのは……グレイシーが、あなたのクイズに合格したわりにはフットボールのことをあまりよく知らないみたいだってこと」

「ちょっと大目に見てやったんだよ」

コニーは怒りのあまりソファから飛びあがらんばかりだった。「そんなのずるいわ！ あのクイズでは公平なチャンスが与えられるって、みんなずっと信じてきたのよ」

ボビー・トムは戦術を誤ったことに気づいたが、もう遅かった。「俺は公平な人間だよ。だから時には、成績をつけるときに相対評価しなきゃならないこともあるんだ」

そう聞いたコニーは落ちつきを取りもどした。彼女はビール瓶を置いてから彼のほうへゆっくり歩いてくる。ボビー・トムは身構えて彼女を見た。黒い目には闘志のようなものが宿っている。彼女はテラローザでもっとも人目をひく容貌の女性かもしれないが、今はグレイシーのほうがずっと魅力的だと思う。

昨夜の記憶がボビー・トムの脳裏によみがえった——グレイシーが彼の耳元であげた、欲望をそそる声。彼はもちろんほかの女性と熱い夜を過ごしたことはあって、それは確かなのだが、いつのことだったのか、誰とだったのか、どうしても思い出せない。グレイシーには驚かされっぱなしだった。情熱と純真さをあわせもつ彼女は、恥じらうときもあれば大胆なときもあり、ボビー・トムはベッドをともにするときそのなんとも抵抗しがたい魅力にひどく興奮した。彼女が性技については初心者であること、この関係を始めたのはそもそも彼女の願いを聞いてやるためだったことを、彼は心の中でくり返し確認した。彼女にこれほど強い欲望を覚えるのは、彼が引退したあと一時的に性欲を失っていたからに違いない。性欲が戻ったあとにベッドをともにしたのが誰であれ、同じことになっただろう。何度も自分にそう言いきかせなければならなかった。

コニーが首に腕を巻きつけて唇を重ねてきたとき、彼は自分が考えてきたことの真偽を見きわめるチャンスだと思った。しかし一〇秒もしないうちに、コニーが体に火をつけてくれないことがわかった。彼は彼女の肩に手をかけ、毅然として押しのけた。「結婚のお祝いに何が欲しいか、教えてくれよ、かならず。わかったね」

コニーの表情が固くなった。彼女を侮辱してしまったようだ。しかしボビー・トムは自分から誘って彼女を呼んだわけでもなかったし、どう思われようとかまわなかった。彼は車のキーとステットソンのカウボーイハットを取りあげてドアまで歩いていき、開けたドアを押さえてやった。彼女は黙ってそこから出た。ボビー・トムはカウボーイハットをかぶり、あとから外に出た。

すると二〇フィート（約六・〇九メートル）も離れていないところで、警察署長のジンボ・サッカリーがパトロールカーのそばに立って待っていた。

コニーは一瞬も躊躇することなく言った。「あらジム、ハニー」彼女は乱れた髪とボタンをはずしたブラウスのままジンボのほうへ歩いていき、彼の首に腕を回した。

ジンボは身を引くと、悪意にみちた目でボビー・トムをにらみつけながら彼女に訊いた。

「いったいどういうことだい？　あいつと何をしてたんだ？」

コニーは彼の腕に指をからめた。「まあ、怒らないでよ、ジム。二人でビールを飲んでただけなのに。何もなかったわよ、ねえボビー・トム？」彼女はゆったりとして意味深なほほえみをボビー・トムに投げかけ、二人の間にいろいろあったことを匂わせた。

ボビー・トムは嫌悪感を表わしてジンボとコニーを見た。「まったく、こんなにお似合いのカップルは見たことがないよ」

ボビー・トムはピックアップトラックに向かって歩きだした。運転席に座ったとたん、ジンボが追いついてきた。彼の小さな目は険しく、悪意がこもっていた。「目を光らせてるからな、デントン。ガムの包み紙を捨てたり、歩道につばを吐いたりしたら最後、俺はすっとんでくるからな」

「俺はつばなんか吐かないよ、ジンボ」ボビー・トムが言った。「俺の行く道をお前がふさいでつっ立ってなけりゃね」

彼が車で走りさりながらバックミラーを見ると、ジンボとコニーが激しく言いあらそっていいるのが見えた。どっちもどっちだ、と思った。

グレイシーはふと目が覚めた。一カ月たっても彼女はボビー・トムのベッドで夜を過ごすことに慣れず、一瞬、どこにいるかわからなかった。廊下からもれる光に目をとめたとき、自分が一人でベッドにいることに気づいた。

ベッドから降りてローブをはおり時計を見ると、午前三時近くになっていた。もう日曜の朝だ。彼女とボビー・トムは午前中にサンアントニオへ飛ぶ予定だった。ナタリーと、週末だけロケ地に来ている夫のアントンも一緒だ。

グレイシーは廊下に出てみて、明かりがついているのがボビー・トムの書斎であることを知った。彼女は書斎の戸口で立ちどまった。ボビー・トムは安楽いすに体を伸ばして座っている。いすは戸口が見えない角度に置かれているので、グレイシーが部屋に入っても彼は気づかない。くしゃくしゃの髪をした彼は、ゴールドと茶色を組み合わせたシルクのローブを着ていた。古いスペイン金貨の模様がプリントされたものだ。白っぽい光を発していたのはテレビの画面だった。音を消してフットボールの試合を見ていたらしい。

ボビー・トムはリモコンを画面に向けた。画像のコマ送りが逆になり、グレイシーは、彼が見ていたのがビデオテープだったことに気づいた。画面を見ると、シカゴ・スターズのユニフォームを着たボビー・トムが映っている。

光と影が交互にちらついて彼の顔にかかり、頬骨をくっきりと浮かびあがらせる。音のないフットボールの試合は続いた。画面の中でボビー・トムは、サイドラインに向かって斜めに走っている。ボールが彼のほうに飛んできたが、キャッチするには高すぎるように見える。それでも彼はそのボールをめざして飛んだ。一瞬、体中の筋肉を伸ばしたまま空中に浮かんでいるかのようだった。

そこへ相手チームの選手が突進してくるのを見てグレイシーは息をのんだ。ボビー・トムの体はいっぱいに伸びて、攻撃されやすい体勢になっている。

猛烈なタックルだった。その直後、彼はグラウンドに横たわり、痛みにもだえ苦しんでいた。

ボビー・トムは巻きもどしボタンを押し、同じ映像を再生した。グレイシーは以前、彼の書斎からもれてくる光を見たときのことを思い出して気分が悪くなった。彼は夜ごと、こうしてビデオを見ていたのか。彼は暗い部屋に一人座って、自分の選手生命を絶つことになったプレーをくり返し再体験していたのだ。

彼女は体を動かしたか、知らないうちに何か音を立てたかしたのだろう、ボビー・トムが振りむいた。彼女がそこに立っているのを見てリモコンをぐいと押し、ビデオテープを止めた。画面がザーッと白くなった。

「何か用？」

「目がさめたらあなたがいなかったから」

「俺の行動をいちいちせんさくする必要はないだろ」彼はいすから立ちあがり、リモコンをクッションの上に投げた。

「あなたがここに座って、来る夜も来る夜もそのビデオを見ていたと思うとつらくなるわ」

「なんでまたそう思いこむのかな。けがして以来、俺がこのビデオを見たのは今日が初めてなのに」

「そんなの嘘よ」彼女は優しく言った。「私のベッドルームの窓から、この部屋に明かりがついているのが見えたの。そのビデオをずっと見てたのはわかってるのよ」

「人のことに口出しするなよ、関係ないだろ」

彼の首の筋に緊張が走っているのがわかった。しかしグレイシーは引きさがることはできなかった。彼にとってこれほど大切なことなのだから。

「あなたはまだ若いんだもの。もう過去を振り返るのはやめて、これからの人生を考えて前に進むべき時なんじゃないかしら」

「こりゃ面白い。君に助言を求めた覚えはないけどな」

「もう過去のことなのよ、ボビー・トム」グレイシーは衝動にかられて手を差しだした。「ビデオテープを私に渡して」

「どうしてそんなことしなきゃいけないんだ？」

「ビデオを見ることで自分を傷つけているからよ。そろそろやめてもいいころだわ」

「何を言ってるのか自分でわかってるのか」

「ビデオを渡してください」

ボビー・トムはテレビのほうに頭をぐいっと向けて言った。「どうしても欲しいんなら持ってけよ。だけど、俺の心が読めるような気になって調子に乗るのはやめてくれ。わかりもしないくせに」

「あなたって、誰にも心を開こうとしないのね」彼女はテレビのところまで歩いていって、ビデオデッキからテープを取りだした。

「ベッドをともにしたからって、俺のことをせんさくしたりいろいろ首を突っこんできたりする権利は君にはないはずだよ。そういう女、今までにもたくさんいたけど、けっきょくお引きとり願ったからね。それを忘れるなよ。ま、この会話は、君に男性経験が乏しいからしかたないということにしておくから」

グレイシーは彼の攻撃的な態度にもひるまなかった。原因を知っていたからだ。心の奥深くまで踏みこみすぎた彼女に、思い知らせてやろうとしたに違いない。彼女は彼の腕を軽く叩いて言った。「これって会話じゃないわよ、ボビー・トム。大して内容がなかったし、私の言うことに全然まともに取りあってくれてないもの」

グレイシーは彼のそばを通りすぎてベッドルームへ行き、服をまとめた。ビデオテープをハンドバッグの中に入れようとしていると、彼が戸口に現れた。「俺がマジになれなかったのは、イヤらしいことを言ったりしたりしてなかったからだと思うな」

ボビー・トムは口の片端だけを少し持ちあげて余裕を見せる笑みを浮かべたが、それは作り笑いで目は少しも笑っていなかった。彼女に言われたことに少しも動揺していないふりを装おうと努力しているのがわかる。どうやら、彼女が彼の心理をあれこれ探るのをやめさせるために、彼お得意の武器である計算されつくした魅力を持ちだすつもりらしかった。

グレイシーは一瞬ためらった。どうするべきか迷ったのだ。彼を愛しているからといって、彼が断固として守ろうとしているプライバシーの壁を少しずつ崩していいものだろうか？ 彼女はその壁を崩してみたかった。だが彼が壁を築いたのはおそらくずいぶん昔のことだ。一晩やそこらで崩せるはずがない。

「もうおしゃべりはやめだ、グレイシー」ボビー・トムは彼女のローブを脱がせ、自分のローブも脱いだ。ベッドに連れていかれるものと彼女は思ったが、書斎へ戻らされた。彼は先ほどの大きな安楽いすに座り、彼女を自分の上に引きよせた。そして数分もたたないうちに今までとはまた別の性の楽しみ方を教えていた。しかし彼女はいつものように楽しめなかった。二人の間には、口に出さないでいることがあまりにありすぎた。

翌朝、四人を乗せた飛行機は無事にサンアントニオに到着した。最初の目的地は当然のことながらアラモ砦で、ボビー・トムがガイド役をつとめた。テキサス独立軍の守備隊とメキシコ軍の攻防が行われたこの聖地は、サンアントニオのにぎやかな中心街のハンバーガーやアイスクリーム店が並ぶ一角にあった。広場を横切って、元は教会だった石造りの建物に向かうと、伝道者がキリストの再臨を説いていた。観光客の群れがビデオカメラを手に、有名な正面《ファサード》を撮影している。

「君は本当にきれいだ」ボビー・トムはささやいた。「本気で言ってるんだぜ、グレイシー。もしこれ以上きれいになったら、君を閉じこめておかなくちゃならなくなるな」

彼が上体をかがめてグレイシーの唇に軽いキスをすると、彼女の体に暖かいものが広がった。早朝に交わした荒々しい行為は二人を汗にまみれさせた。ボビー・トムは、彼女が卑猥な言葉を耳元でささやくまでいかせなかった。グレイシーは彼がシャワーを浴びて服を着るまで待って報復した。わざとゆっくり時間をかけてストリップさせたのだ。あのすばらしい体を見て楽しむことができないのなら、ボビー・トム・デントンのセックスパートナーでいる意味がない。

手を握りながら二人の前を歩いているのはナタリーと夫のアントンだった。グレイシーがアントン・ガイヤードに初めて会ったとき、この丸顔で禿げかかったロサンゼルスのビジネスマンと、美しい映画スターの妻の外見があまりに対照的なことに驚いた。しかしアントンは魅力的で知的な男性で、ナタリーを深く愛していた。ナタリーも彼を熱愛しているのが手にとるようにわかった。

ボビー・トムは、観光客の一団がじろじろ見はじめたので顔をそむけ、グレイシーの手をぎゅっと握りしめた。真珠の飾り鋲がついたウェスタンカットのピンクのシャツにいつものステットソンのカウボーイハット。彼がボビー・トム本人であることは容易にわかってしまう。グレイシーはマッシュルーム色のニットのトップに、色を合わせたミニスカートとサンダルをはき、くすんだゴールドの大ぶりのイヤリングをしている。

二人の前を歩いていたナタリーが振りかえった。心配そうな表情だ。「あなたがくれたポケットベル、確実に使えるの、ボビー・トム？」

ナタリーは初めてエルヴィスと離れたことで神経質になっている。面倒を見てくれているテリー・ジョウは、最近ではかかりきりのベビーシッターのようになっていた。ナタリーも彼女を信用していないわけではなかったが、まだ心配らしかった。ナタリーはここ一週間ひたすらお乳を哺乳瓶にためては冷凍し、この小旅行の準備をしていた。

「俺が自分で使ってテストしてみた」ボビー・トムは言った。「もしエルヴィスに何かあれば、すぐ君に連絡がとれるようになってるから」

アントンは彼に礼を言った。もうこれで三度目だ。

ボビー・トムはけさ、ナタリーの夫と顔を合わせるのが心苦しいと訴えていた。夫の見ていないところでナタリーとあれだけのラブシーンを演じておいてどんな顔をして会えばいいのか、というのだ。プロの女優であるナタリーは、ラブシーンはあくまで映画の中のことと して片づけられるから何ら問題はないようだった。しかしボビー・トムにしてみれば、紳士の道にはずれた行為と感じられるのだろう。

都会の真ん中にたたずむ砦はどこか場違いな感じがしたが、グレイシーは観光を楽しんだ。彼女はほかの観光客たちに混じって、テキサス州独立のきっかけとなった一三日間におよぶ運命の戦いのようすを再現するガイドの劇的な語り口に聞きいり、物語の最後には目をうるませた。

彼女がティッシュで目もとを押さえているのをボビー・トムは楽しそうに眺めていた。

「君、ジョージ・ストレイトとウェイロン・ジェニングスの区別もつかない北部人《ヤンキー》にしては、えらく感情移入してるねえ」

「まあアントン、見て！　デビッド・クロケットのライフル銃よ！」

ナタリーが大きなガラス陳列ケースの中の銃を指して夫に声をかけているようすを見ながら、グレイシーはうらやましさで心が痛んだ。二人の仲のよさは、触れあったり、視線を交わしたりするその行動の一つ一つに如実に表れていた。ナタリーは、アントンのさえない外見の下にある人間性を見通すことができるのだ。ボビー・トムがいつかグレイシーを同じように見てくれる日が来るだろうか？

そんな空想はやめよう。グレイシーは心に決めた。起こりそうもないことを夢見て自分を苦しめてもしょうがないのだから。

四人はアラモ砦見学のあと、そこから数ブロック離れたリバーウォークへ行き、水路にかかる石橋の下を走る遊覧船に乗った。そのあと川辺の石畳の道をぶらぶらと散策した。最後に訪れたのは工芸品店などが並ぶラ・ヴィリータと呼ばれるエリアで、ここでボビー・トムは、テキサス州の形をしたラベンダー色のレンズのサングラスをグレイシーに買ってくれた。グレイシーはお返しに、「私は頭はよくないけど、重いものを持ちあげることができます」

と描かれたTシャツをプレゼントした。ナタリーとグレイシーはそのTシャツを見て涙が出るまで笑い、ボビー・トムは大いに憤慨しているふりをしながらも、それを胸に当てて鏡の中の自分に見ほれ、一人悦に入っていた。

たそがれ時になり、四人はボビー・トムのお気に入りのレストラン「ズーニ・グリル」で夕食をとった。ペカンナッツをまぶしたチキンをかじり、ブラックビーンズとゴートチーズのエンチラーダを食べながら、彼らは目の前を行きすぎる人たちを見て楽しんだ。

デザートが運ばれ、グレイシーが注文した濃厚なバーボン入りペカン・クリームブリュレをボビー・トムがひとくち口にした瞬間、彼は体を硬くした。グレイシーは彼の視線の先をたどった。視線はレストランの階上へとつながる金属製の開放型階段を下りてくる彼の母、スージー・デントンに行きついた。

ウェイ・ソーヤーが彼女のすぐ後ろについて歩いていた。

19

エルヴィスのようすを確認する三度目の電話を終えてテーブルに戻ってきたばかりのナタリーが、階段を下りてくるスージーとウェイ・ソーヤーの姿を見つけた。「ボビー・トム、あそこにいらっしゃるのはあなたのお母さまじゃない？　一緒にいるすてきな男性はどなたかしら」

「言葉に気をつけてくれよ、ダーリン」アントンが言った。「焼きもちをやいちゃうじゃないか」ナタリーは、とんでもなく下らない冗談を聞いたかのように大笑いした。

「名前はウェイ・ソーヤーだ」ボビー・トムが固い口調で言った。

スージーが息子に気づいて表情を凍りつかせたのはそのときだった。すぐにでも逃げだしたかったようだが、それはどう考えても不可能だった。彼女はしかたなくテーブルに向かった。ソーヤーがそのすぐあとに続く。

スージーは足を止め、ぎこちない笑みを浮かべて言った。「こんばんは」

ボビー・トムをのぞく全員があいさつを返した。

「赤ちゃんもあなたも無事に町に戻られたようで、よかったですね」ソーヤーがグレイシーに言った。

「ええ、大丈夫でした。あのときはわざわざ止まっていただいてありがとうございました」

ボビー・トムがグレイシーに鋭く問いただすような一瞥をくれた。グレイシーはそれを無視し、ナタリーとアントンにソーヤーと出会ったきっかけを説明したあと、一人一人を紹介した。ボビー・トムがいっこうにその気を見せなかったからだ。

母と息子の間に異様なまでの緊張感が走り、空気の張りつめる音が聞こえるかと思うほどだった。ソーヤーは少しばかり大げさな調子で、テーブルについた全員に語りかけた。

「私のアパートはここからそう遠くないところにあるんです。先ほど何か軽くつまもうと思ってここに寄ったら、デントン夫人が一人で座っていらしたので、一緒に食事でもどうですかとお誘いしたんですが、私が失礼しなければならなくなったので」ソーヤーはスージーのほうに向きなおって握手した。「お目にかかれて嬉しかったです、デントン夫人。皆さんにもお会いできてよかった」最後にうなずくと、彼はレストランを出ていった。

これほど説得力に欠けるごまかしは聞いたことがない、とグレイシーは思った。スージーの視線は、テーブルの間を抜けて遊歩道に出るソーヤーを追っている。

ボビー・トムが黙ったままなので、グレイシーはスージーを食事に誘う役をかってでた。

「今、デザートを食べてるところなんです。ウェイターに頼んでいすをもうひとつ持ってきてもらいましょうよ」

「あ、いいえ、結構よ。私――もう戻らないと」

ボビー・トムがようやく口を開いた。「もう遅いのに、これから車を走らせて帰るつもり？」

「今日はここに泊まるの。友だちと一緒にパフォーミング・アーツ・センターへオーケストラを聴きにいく予定なので」

「友だちって誰？」

あからさまな不快感を示す息子の態度にスージーが縮みあがっているのがわかった。グレイシーは母親をいじめるボビー・トムに腹が立ってしょうがなかった。スージーがソーヤーとつきあいたいと言うのならそれは彼女の問題であって、ボビー・トムには関係ない。スージーも息子にそう言うべきだ。これではまるでスージーが子供で、ボビー・トムが物事をきめつけがちな厳しい父親のようだ。

「あなたの知らない人よ」スージーはそわそわと髪に手をやりながら言う。「じゃあ皆さん、私はこれで失礼します。デザートをゆっくり楽しんでね」彼女はあわただしくレストランを去り、遊歩道に出たところで左に曲がった。ソーヤーが行ったのと反対の方向だった。

スージーの心臓は激しく脈打っていた。まるで不倫相手とベッドインしている現場を目撃されたような気がした。息子はこのことを絶対に赦してくれないだろう。彼女は、ベビーカーを押しているカップルや日本人観光客をよけながら遊歩道を急ぎ足で進んだ。茶と黒のコンビのパンプスの低めのかかとが石畳のでこぼこの表面にカッカッと耳ざわりな音を立てる。

ソーヤーと彼女が不義の夜を過ごしてから一カ月近くが経っていた。あの夜以来、何もかもが変わってしまった。

あの翌朝、彼女の非難がましい沈黙にもかかわらず、ソーヤーがいかに優しかったかが思い出された。車でゴルフコースに向かう途中、ソーヤーは彼女に告げた――あなたには二度と手を触れないつもりだが、これからも会ってもらえれば嬉しいと。彼女は、その要求をのむ以外に道がないかのようにふるまった。彼の要望どおりにしないとロザテックを閉鎖されてしまうかのように。しかし彼女は、心の奥では閉鎖の話を信じていなかった。外見はきつく手ごわそうなソーヤーだが、本来そんな残酷なことのできる人間ではないと思っていた。

そうしてスージーは彼と会いつづけた。二人の間に肉体的な接触がないかぎり裏切りにはならないからかまわないと自分に言いきかせて。彼女は現実を直視することができなかったので、自分の意に反して彼と会っているふりをした。二人でゴルフをしたり、ガーデニングの話をしたり、彼の取引先の人々を接待するためにテキサス中を飛びまわったりしながら、彼女は意に反して人質になった女を演じていた――まるで自分の肩にテラローザの運命がかかっているかのように。一方ソーヤーは彼女に恋心を抱いていたから、そんな彼女の演技を許していた。

しかしそれも、今度のことでおしまいだ。スージーが築いたもろい幻想の世界は、ものの数分で粉々に砕けちってしまった。神よ、赦したまえ。彼女はソーヤーと一緒にいたかった。二人で過ごす時間は単調な日常生活にあざやかな色彩をもたらした。ソーヤーは彼女を笑わせ、若々しい気分にさせてくれた。人生にはまだいろいろな可能性があることを思い出させてくれたし、心がうずくような孤独を埋めてくれた。しかし彼の存在を自分にとって大切なものと考えるようになったことで、彼女は結婚の誓いを破ることになってしまった。今、その不義が明るみにでてしまい、自分の弱さを一番見せたくなかった息子に知られてしまったのだ。

ソーヤーの住むビルに着くと、ドアマンがスージーを中に入れてくれた。メゾネットまで小さなエレベーターで上がる。ハンドバッグの中を探して彼から渡された鍵を見つけ、鍵穴に入れようとしたが、その前にソーヤーがドアを開けた。

彼の顔には若かったころと同じような険しさがあった。痛烈な言葉を浴びせられるのではと彼女は恐れた。しかし彼はドアを閉め、彼女を胸に抱きよせただけだった。「大丈夫か?」

スージーは一瞬の間だけ、頬を彼のシャツの胸に埋めることを自分に許した。しかしその短い間の慰めでさえも、ホイトに対する裏切り行為のように思える。「息子があそこにいるなんて知らなかったの」彼女は体を離して言った。「あんなこと、思いもよらなかった」

「今回のことで彼にあなたを苦しめさせはしないよ」

「私の子なのよ。あなたにはどうすることもできないわ」

ソーヤーは窓のところまで歩いていくと、そばの壁に手のひらをついて外を眺めた。「あなたがあそこで見せた表情……見せられるものなら見せてあげたかったよ」深く息を吸いこむと彼の肩が上がった。「私たちが偶然会っただけだという説明を彼は信じてくれなかった。

説得力が足りなかったな。申し訳ない」

ソーヤーは誇り高い男だ。彼女のために嘘をついたことがどれほど苦痛だったか、彼女にはよくわかっていた。「私もいけなかったわ、ごめんなさい」

彼はスージーのほうを振りむいた。その表情はあまりに暗く、彼女は泣きたくなった。

「このままではもう耐えられないよ、スージー。人目を避けてこそこそしつづけるのはもういやだ。一緒に堂々とテラローザの町を歩いて、あなたの家に招待されたい」彼は探るような目で長いこと彼女を見つめてから言った。「あなたに触れられるようになりたい」

スージーはソファにぐったりと腰を下ろした。終わりが来たことを知りながら、それを受けいれたくない気持ちでいっぱいだった。「ごめんなさい」と再び言った。

「あなたを解放してあげなくては」彼は静かに言った。

彼女は動揺し、両脇に垂らした手を強く握りしめた。「今日起こったことを理由にして終わりにしようっていうんでしょう？　十分楽しんだあと私を捨てて、そのうえロザテックも移転させようとしてるのね」

スージーの不当な攻撃に驚いたとしてもソーヤーはそれを顔に出さなかった。「私たちのことはロザテックとは全然関係ないんだ。もうそれはわかってると思ってたが」

彼女は自分の心の痛みと罪悪感から出た言葉を彼にぶつけた。「男の人って、会社のロッカールームに集まって、自分たちが脅して誘惑した女たちの話をするのかしら？　だとしたらあなた、みんなにさぞかし笑われたでしょうね。胸の大きな若いファッションモデルじゃなくて、私みたいな口やかましいおばさんを追いかけまわしてるって」

「スージー、やめなさい」彼は疲れきった様子で言った。「私はあなたのことを脅すつもりはなかった」

「本当に、もう二度と私とセックスしたくないの？」涙で声がつまる。「それともつまらなかったから、一度でもうたくさん？」

「スージー……」ソーヤーが近づいてきた。腕の中に抱いて彼女を慰めるつもりなのだろう。しかし触れられる前に、彼女はソファからすばやく立ちあがって彼から離れた。

「終わりにしてくれて、喜んでるのよ」スージーは激しい口調で言いはなった。「始めからこんなことになるのはいやだったの。何もかもすべて忘れて、私があなたのオフィスを訪れる前の状態に戻りたい」

「私は戻りたくない。またあのころのように寂しい思いはしたくない」ソーヤーは彼女の前に立ったが、手は触れなかった。「スージー、未亡人になって四年たつんだ。どうして私と一緒にいられないのか、わけを聞かせてくれ。私のことをまだそんなに憎んでるのか？」

彼女の怒りが弱まった。ゆっくりと首を振る。「全然、憎んでなんかいないわ」

「私はロザテックの工場を移転させるつもりはまったくなかった。わかってただろう？　例の噂を流したのは私なんだ。子どもじみた意地で、昔、母に冷たくした町の人々に一矢報いてやりたかった。私を身ごもったとき母は一六歳の少女だったんだよ、スージー。三人の男にむごくも犯された被害者なのに、つまはじきにされた。それでも、私は移転の話にあなたを巻きこもうとはつゆほども思っていなかった。そのことについては自分が赦せない」

　スージーは顔をそむけ、それ以上何も言わないでほしいと無言で懇願したが、ソーヤーは語りつづけた。

「あなたが私のオフィスに来たあの日の午後、私はひと目見て、線路の反対側の地区で育った少年のころの気持ちに戻ってしまったんだ」

「それで私を罰したのね」

「そのつもりはなかった。脅してベッドに連れこもうなんて気は少しもなかった――もちろん君も今はわかっていると思うが――でもあの夜、ベッドルームにいたあなたがあまりにきれいで、欲しくてたまらなくなった。帰したくなかった」

彼女の目に涙があふれた。「強要したでしょ！　私のせいじゃないわ！　私が要求に屈するようにしむけたのはあなたよ！」自分がとった行動の責任を取りたくないために、まわりの人すべてを責めている子供のような言葉だった。彼女自身にもそれはわかっていた。

ソーヤーの疲れて悲しそうな目に、彼女は泣きそうになった。彼が口を開いたとき、その声はしゃがれ、苦痛に満ちていた。「そのとおりだよ、スージー。私は強要した。私が悪かった。悪いのは私だけだ」

スージーは沈黙を守ってそこで会話を終わらせたかったが、良心がそうさせなかった。これは彼の罪というより彼女自身の罪なのだ。彼女は顔をそむけたままつぶやいた。「いいえ、違うわ。私はノーと言おうと思えば言えたのよ」

「久しぶりの経験だったからね。あなたは情熱的な女性だ。私はそこにつけこんだんだ」

「私をかばって嘘を言わないで。私、自分を正当化したくて、さんざん自分に嘘をついてきたの」彼女は疲れたような息をついた。「あなたは私に強要したわけではなかった。私はいつでも好きなときに出ていけたんですから」

「なぜ出ていかなかったの？」

「なぜって……とってもよかったから」

ソーヤーは彼女に手を触れて言った。「あの夜、私はあなたに恋してしまったんだ、気づいてたかい？　でなければたぶん、三〇年前にもう恋していて、それがずっと続いていたのかもしれない」

スージーは彼の唇に指先を押しあてた。「そんなこと言わないで。嘘でしょう」

「恋してしまったんだ、スージー。ホイトとは勝負にならないと知りながらね」

「勝負の問題じゃないでしょう。ホイトは私のすべてだったのよ。夫と妻として、常に一緒で。私はあなたと一緒にいるとき、彼を裏切っていることになるのよ」

「それはおかしいよ。未亡人じゃないか。この国じゃ夫を亡くした妻は、夫の遺体を火葬するとき自分も火の中に身を投げるなんてことはしないだろう」

「彼は私のすべてだったの」彼女はくり返した。ほかに表現のしようがなかったからだ。

「彼以外の人ではだめなのよ」

「スージー――」

彼女の目は涙でいっぱいだった。「本当にごめんなさい、ウェイ。あなたのことを傷つけるつもりはまったくなかったの。私——あなたを大切に思ってるから」

ソーヤーは苦々しい思いを隠せずに言った。「大切に思ってるといっても、喪服を脱いで新しく出なおしたいと思うほどではないということだね」

彼を傷つけているのは自分なのだ。同じ痛みが彼女の体を貫いているかのように感じられた。「今夜のボビー・トムの反応を見たでしょう。私、死んでしまいたかったわ」

ソーヤーはまるで彼女に平手打ちをされたかのような顔をした。「それならもう話すことは何もないね。私はあなたに恥をかかせるようなことはしないよ」

「ウェイ——」

「荷物をまとめなさい。下に車を回すよう言っておくから」ソーヤーは彼女に話す間を与えずに部屋を出ていった。

彼女は最初の晩から使っていた客用寝室に逃げこみ、スーツケースに服を詰めこみはじめた。涙が頬をつたって流れおちるのを感じながら、悪夢は終わったのだ、と自分に言いきかせる。いつかきっと、これまで起きたことについて自分を赦し、残りの人生を歩めるようになる。彼女はもう、安心だ。

そして、独りぼっちだった。

争いは夏の嵐のように起こった。思いがけなく発生した荒れ狂う嵐だった。サンアントニオ探訪を終えた二組のカップルは飛行機でテラローザに向かった。機中グレイシーは、ボビー・トムがレストランで母親に無礼な態度をとったことについてどう対処すべきかを考えつづけた。そしてナタリーとアントンと別れ、ボビー・トムとようやく二人きりになったころには心を決めていた――この件については口をつぐんでいようと。ボビー・トムが母親をいかに愛しているか、グレイシーはよく知っていた。彼も頭を冷やす時間があったのだから、きっと償いをする気持ちになっているだろう。

しかし、その期待がむなしかったことに気づくのにそう時間はかからなかった。ボビー・トムはリビングルームに入るなり、ソファの上にカウボーイハットを投げつけて言った。

「明日の朝、母に電話して伝えておいてくれ。俺たち、火曜日の夕食に行くのはやめたって」

グレイシーは彼のあとを追って書斎に入った。「お母さま、きっとがっかりなさるわ。あなたのためにごちそうを作って待ってるっておっしゃってたのに」

「一人で食べてもらうさ」ボビー・トムは机の後ろのいすにふんぞりかえるように座った。鳴りつづける電話には目もくれず、グレイシーが整理しておいた郵便物の束を取りあげる。出ていってくれという意思表示だ。

「あなたが動揺しているのはわかるけど、もう少し理解を示してあげてもいいんじゃないかしら」

彼の小鼻が激しい怒りでふくらんだ。「ソーヤーのたわごとを信じてなんかいないだろうな？　レストランで二人が偶然会ったっていう作り話を？」

「そんなことどうでもいいでしょ？　二人とも大人なんだから」

「どうでもいいだと！」彼は勢いよく立ちあがり、机のまわりをすばやく回ってグレイシーの前に来た。「あの二人はできてるんだぞ！」

留守電機能が作動し、チャーリーという名前の人がメッセージを残す声が聞こえはじめる。ボビー・トムが買う予定のボートに関する話だ。

「そうとは限らないでしょ」とグレイシーは指摘した。「そんなに怒ってばかりいないで、どういうことなのかお母さまに訊いてみたら？　もしデートしていたのだとすれば、お母さまなりの理由があるはずよ。話しあいなさいよ、ボビー・トム。お母さま、最近元気がないみたいだったもの。今こそあなたの力が必要なんじゃないかしら」

彼はグレイシーに人さし指をつきつけて言った。「もういい！　このことについて俺は母の力になったりしない。絶対にだ！　ウェイ・ソーヤーとつきあいはじめた時点で、町のみんなを裏切ってることになるんだからな」

グレイシーは憤りを抑えることができなかった。「あなたのお母さまなのよ！　町の人なんかより、母親の側につくべきじゃないの」

「君は全然わかってないんだ」ボビー・トムは部屋の中をイライラしたようすで歩きまわりはじめた。「俺はなんてばかなんだ。あの噂のことは考えてもみなかった。母がこんなふうに町のみんなを傷つけることをするなんて夢にも思わなかった」

「ソーヤーさんのことをまるで連続殺人鬼みたいに言うのはやめてよ。私は、彼はいい人だと思う。道路わきに私が車を止めていたとき、あの人はわざわざ止まって声をかけてくれたのよ。今日だって、お母さまを守ろうとする態度は立派だった。二人が一緒にいるところをあなたが見たらどう思うかわかっていたから、できるかぎりお母さまをかばおうとしたんだわ」

「君、あいつのことを弁護してるのか？　この町をいとも簡単に破壊しようとしてる男を？」

「テラローザの町の人たちが彼をあんなふうにひどく扱わなければ、彼だって工場を移転したりはしないかもしれないわ」

「わかりもしないくせに勝手なことを言うなよ」

「あなたが気にくわないのは本当にソーヤーさんのことだけ？　お父さまとは仲がよかったんでしょう。お母さまがつきあっている相手が他の人でも平静でいられるって断言できる？」

「もうたくさんだ！　君のお説教はこれ以上一言だって聞きたくない。これについては黙ってろ、わかったか？」

グレイシーの中ですべてが静止した。「私にそんな言い方はやめてちょうだい」

ボビー・トムは声を低め、静かに、有無を言わせぬようすで言った。「君にどんな言い方をしようと俺の勝手だろ」

グレイシーの怒りが爆発した。ボビー・トムのことを誠心誠意愛そうと自分に誓った彼女だったが、だからといって魂まで捧げてしまうわけにはいかない。彼女は意識的に彼に背を向け、書斎を出た。

ボビー・トムはリビングルームまで追ってきた。「いったいどこへ行くつもりだ?」

「寝るのよ」彼女はコーヒーテーブルからハンドバッグを取りあげた。

「そうか。用がすんだら俺も行くから」

彼女は息が止まりそうになった。「まさかこんな時に、私があなたと寝たがってると思ってるんじゃないでしょうね?」そう言って自分のアパートに続く裏口へ向かった。

「おい、出ていくなよ」

「ボビー・トム。これは受けいれがたいかもしれないけど、よく聞いて」グレイシーは足を止めて言った。「生まれてからずっとみんなにちやほやされて育ってきたんでしょうけど、あなたっていつも魅力的というわけじゃないわね」

＊　＊　＊

ボビー・トムは裏窓のそばに立ち、グレイシーが庭をずんずんと横切って歩いていくのを見とどけた。彼女がアパートに無事着くかどうかなどということをなぜ気にかけなくてはならないのか、自分でもわからなかったが。今夜グレイシーは、踏みこえてはならない一線を越えた。そこまで踏みこまれたら彼が容赦しないということをああやってちゃんとわからせておかなければ、これから二人はうまくやっていくことはできないだろう。

彼女がアパートに入るとボビー・トムは窓から離れた。心は怒りで煮えくりかえっていた。また電話が鳴りだし、留守電機能が作動して、録音されたグレイシーの声が「伝言をお残しください」と告げている。

「ボビー・トム、オデット・ダウニーです。お願いしたいことがあってお電話しました。ドリー・パートンに連絡して、『セレブリティ・オークション』にかつらを一つ寄付してもらえないかどうか、ちょっと訊いてみてほしいんです。ドリー・パートンのかつらなら、入札額もすごく上がると思うし、それに――」

ボビー・トムは電話機を持って壁の差込口から線を引きぬき、書斎の壁に投げつけた。

彼がどれほど母親を大切に思っているか、グレイシーにはわかっているはずだ！　今日の午後、ウェイ・ソーヤーと一緒に階段を下りてきた母親を見て彼がどんな思いをしたか、理解してくれたっていいじゃないか。彼は机の上の葉巻ケースから葉巻を一本取り出して端を嚙みとり、灰皿に吐きだした。母親がソーヤーとつきあっていたことに腹を立てているのか、母親がそのことを話してくれなかったことに腹を立てているのか、自分でもよくわからなかった。胸が締めつけられるような思いだった。あれほど父を愛していた母に、ソーヤーをそばに近づけるなどということがどうしてできたのか？

今度もまた、ボビー・トムは怒りをグレイシーに向けた。人生を通じてスポーツをやってきた彼にとって、チームメートに対して忠実であることは自分の中に深くしみついており、しごく当然のことだった。ところがグレイシーは、忠実という言葉の意味をわかっていない。それが今夜判明したのだ。

彼はマッチ二本をすってようやく葉巻に火をつけた。怒りでせわしなく葉巻をふかしながら、これはグレイシーを自分の人生に入りこませてしまったことへの報いに違いないと思った。彼女がいかに独断的か最初からわかっていたのに、それでもずっと自分のそばにおいて、まるでダニのようにまわりを這い回ることを許してきたじゃないか。しかし彼は一晩中書斎に座ってよくよ考えているつもりもなかったので、腰を落ちつけて仕事を片づけることにした。

口の端に葉巻をくわえながら書類の束を取りあげて最初のページに目をやったが、中国語でも見ているような感じだ。グレイシーがいないだけで家が寒々しく、静かに感じられた。ボビー・トムは葉巻を灰皿に置き、書類の端をぽんと叩いて机の中央に押しやった。がらんとした家の中の静けさが身にしみてくるにつれ、彼女がそばにいる生活に自分がいかに慣れていたかに気づいた。グレイシーが彼に代わって折りかえしの電話を入れているときや、ニュー・グランディの老人ホームに入居している人に電話をしているとき、別の部屋から小さくもれてくる彼女の声を聞くのが彼は好きだった。彼がリビングルームにふらりと入っていったとき、窓際のフリルつきのいすにちょこんと丸くなって本を読んでいる彼女を見つけるのが好きだった。彼女の作ったまずいコーヒーをこっそり捨てて、気づかれないように新しく淹れなおしているときでさえ、彼はそれを楽しんでやっていた。

ボビー・トムは目の前の書類に目を通すのをあきらめて立ちあがり、ベッドルームへ行ったが、一歩中に足を踏みいれたとたん入るのではなかったと後悔した。部屋には彼女の香りが残っていた。春の花や夏の日の午後や、熟れたピーチを思わせる、どこかとらえどころのない香り。グレイシーはすべての季節の要素を少しずつそなえているようだった。髪には秋の暖かな光が、知的なグレーの瞳には冬の太陽が放つ澄んだ光があった。ボビー・トムは、彼女が極上の美人でないことを何度も自分自身に言いきかせなくてはならなかった。そのことを忘れてしまいがちになるからだ。それはつまり……。

グレイシーは本当に、どうしようもなく可愛かった。

ボビー・トムは、ベッドの脇の床にブルーのレースの布が落ちているのを見つけた。ゆうべ彼女が寝ていたほうの側だ。彼はかがんで布を拾いあげ、それが彼女のパンティであることに気づいた。とたんに股間に熱いものが走った。彼はそれを手に握りしめ、庭を横切って彼女のアパートへ行きたい衝動をかろうじて抑えた。グレイシーを裸にし、自分のものを彼女の中心に——それが本来おさまるべき場所に——埋めたかった。

バージンを初めての性愛の世界にいざなうという目新しさがうすれるにつれ、彼はグレイシーとの関係の性的な側面に興味を失いはじめてもいいはずだった。しかし彼は、彼女に教えてやりたい新しいことをつぎつぎと思いついたし、昔からのお決まりのやり方にも飽きることがなかった。グレイシーが体を寄せてくるときのしがみつき方や、柔らかく小さな声をもらすさまがいとおしかった。好奇心旺盛でエネルギッシュなところが気に入っていた。それから、自分が苦もなく彼女に恥ずかしい思いをさせてやれることも、彼女の飽くことのない好奇心にときどき彼のほうが当惑させられることも。すべてが本当に好きだった。

うまく言いあらわせないが、彼がグレイシーの中にいるときの感じは実にしっくりくるのだ。単に自分のペニスにというだけでなく、自分のすべてにぴったりなじむという感じがする。以前にデートし、ベッドをともにした数々の女性のことを考えてみたが、グレイシーと同じように感じさせてくれた女性は一人もいなかった。

グレイシーは、まさに彼にぴったりだった。

セックスのあとでときどきおかしなことをやるくせが彼女にはあった。ボビー・トムが胸に彼女を抱きよせ、つま先まで安らかな幸福感に浸ってうとうとしていると、彼の心臓のあたりに指先でXの文字を小さく書いているのだ。小さなXの文字だけを、心臓の上に。

ボビー・トムはほぼ確信していた――グレイシーは彼に恋していることを自覚しているだろう。それは別にめずらしいことではなかった。彼は女性に熱を上げられるのには慣れていたし、相手を傷つけないで正直な気持ちをうまく伝える術も身につけていた。修羅場になったことも例外的に何度かあったが。グレイシーのいいところは、自分が彼の好きなタイプではないことをちゃんと認識していることだ。そして、大騒ぎせずにその事実を受けいれるだけの分別を持ちあわせていることだ。今夜のように、自分には関係のないことにやかましく口出しすることはある。しかし、彼をいかに愛しているかを言いたてたり、自分の思いに応えてほしいと迫って大騒ぎしたりはしない。それが現実には絶対に起こりえないことを十分に知っているからだ。

皮肉なことに今は、グレイシーのあきらめのよさが彼をいらだたせていた。彼は口の端に葉巻を再びくわえると腰に両手を当て、今度はキッチンへつかつかと入っていった。男の愛が欲しい女なら、努力せずにあきらめてしまうのでなく、相手の心を勝ちとるために戦うべきなのだ。まったくいまいましい——俺を愛しているなら、どうしてあいつは俺の頭痛の種にならないようつとめないのか。言ったじゃないか、「あなたをどうやって喜ばせたらいいか教えて」と。俺を喜ばせようと思うなら、ほんの少しの忠誠心と理解を示してくれればいいし、反論ばかり唱えていないでたまには賛成してくれればいい。ガレージの上のあの小さな部屋にこもっていないで、今すぐ俺のベッドで裸になればいいのに。

ボビー・トムの機嫌はさらに悪くなっていった。グレイシーに対する不平不満をさらに思いつき、頭の中のチェックリストに追加していった。項目の中には彼女が浮気者に変身しつつあることも含まれていた。撮影スタッフの男たちのうち何人もが、いろいろと口実を見つけては彼女のそばにいようとしているのを彼は見のがしていなかった。ボビー・トムに言わせれば、それは男たちのせいではなく彼女のせいなのだ。グレイシーは、彼らの魅力にまいってしまったと言わんばかりにほほえんでみせる必要はなかったし、彼らの口から出る言葉の一つ一つがまるで聖書の中の言葉でもあるかのように熱心に聞きいる必要もないはずだった。もともと彼女が聞き上手であるということに、彼は考えが及ばなかった。ボビー・トムに言わせれば、婚約中の女性はフィアンセ以外の男のそばにいる時はもっと控えめにしているべきなのだ。

彼は冷蔵庫からミルクのカートンを取りだしてぐいっと一口飲んだ。グレイシーにイメージチェンジをやらせた張本人は彼なのだから、男たちが彼女をこっそり眺めていることについて本人だけを責めるわけにはいかないのだが、それでも腹立たしかった。先週ボビー・トムは、そんな男たちのうち二人ばかりと言葉を交わすはめになった——ただし自分が嫉妬しているなどと誤解されたくなかったから、あくまでさりげなく——グレイシーが自分のフィアンセであって、安っぽい女ではないこと、モーテルに連れこめるような見込みは無きに等しいことをわからせるために、穏やかに注意した。

ボビー・トムはミルクのカートンを冷蔵庫に戻すと、心に不満を鬱屈させ、思うようにいかないことにいらだちながら、家の中を大きな音を立てて歩きまわった。急に自分が手づまりになったような気がした。いったい何をやっているんだ？　俺はボビー・トム・デントンだぞ！　なぜ彼女にこんなに振りまわされなければならないのか？　切り札は全部、俺が持っているはずだ。

自分が主導権を握っていることを思い出して落ちついてもいいはずなのに、ボビー・トムの心はちっとも静まらなかった。どういうわけか、グレイシーによく思われたいと感じるようになっていた。おそらく思いつくかぎりのほかの誰よりも、彼女が彼のことをよく知っているからだろう。その事実を意識したことで彼は自分のもろさに気づき、それが突如として耐えがたくなった。磁器製の灰皿に葉巻を押しつけると、彼はグレイシーをどう扱うかを心に決めた。これからの二、三日間、なごやかに、しかし冷静にふるまおう。彼女に考える時間を与えて不適切な言動を反省させ、誰に対して忠誠を尽くすべきなのかを思い出させる。そして二人の関係において誰が主導権を握っているのかを彼女があらためて認識したら、再び迎え入れてやろう。

彼は頭を回転させてこれからのことを考えた。撮影隊はヘヴンフェストの終了直後にロサンゼルスに移動し、スタジオで室内のシーンを撮る予定になっている。このおかしな町を離れればグレイシーも落ちつくだろう。しかし映画がクランクアップして、彼女の仕事がなくなったらどうなる？　彼女がシェイディ・エイカーズの人々と連絡を取りつづけていること、そしてアーバー・ヒルズにも何人もの知り合いができたことを考えると、老人ホームで働くことが彼女の天職ではないかと思えた。ちょうどフットボールが彼の天職だったように。もしグレイシーがニュー・グランディに戻ることに決めてしまったら？

そう考えるとボビー・トムは不安になった。今まで雇ったどのアシスタントよりもグレイシーを信頼していたし、彼女を手放すつもりはなかった。断れないような額の給料を提示しさえすれば、彼のもとでフルタイムで働いてくれるに違いない。彼が正式な雇用主としていい給料を支払うようになれば、あの金をめぐるばかばかしい言い争いもなくなるだろう。そのプランをじっくりと考えてみた。彼女の体に彼が飽きてしまったときに厄介なことになる可能性もあった。それでも彼は、この性的関係をうまく終わらせられるだろうという点についてはかなりの自信をもっていた——彼にとって重大な意味をもつようになった彼女との友情を壊すことなく、慎重に終わらせるのだ。

　ボビー・トムは自分の立てたプランに不備がないかどうかをよく確かめ、すきはない、完璧だと結論づけた。けっきょく女性の扱いというものは、グレイシーのような女性の場合であっても、いかに優位に立つかということにつきるのだ。まさにそれを実行する能力をそなえている自分にボビー・トムは一人得意になった。このプランなら、あっという間に彼女を俺の望むところに連れ戻せるだろう——彼女は心地よいベッドで俺に寄りそい、小さなXを俺の心臓の上に書くのだ。

20

「キーホルダーはどこに置けばいいかしらね、グレイシー？」

灰皿の包装を解いていたグレイシーは、ちょうど最後の一つを開けたところだった。白い磁器製の灰皿は土産用で、テキサス州の形をしている。テラローザにあたる場所にはピンクのキューピッドが描かれ、赤字でこう書かれている。

テキサス州ヘヴン
心のふるさと

キーホルダーのことを訊いてきたのは「ボビー・トム・デントン生家委員会」の委員長をつとめるトゥーリー・チャンドラーで、町でもっとも多忙な歯科医の妻だった。トゥーリーは今や小さなギフトショップに変身した部屋のカウンターのところで作業をしていた。もともとはデントン夫妻のサンルームだった部屋だ。ヘヴンフェストが三週間後に迫っているのに、ボビー・トムが子供時代を過ごした家を観光名所に改造する仕事はまだ終わっていなかった。

スージーとホイトは家具や備品を引っ越しのときにあらかた売り払ってしまっていたが、生家委員会のメンバーは何軒もの家の地下室やリサイクルショップを徹底的に探しまわり、もとあった家具と似たようなものを見つけてきた。時には売りに出された本物を探しだしてきたこともあった。家の内装は当時流行したアボカドグリーンとゴールドを中心とした色合いだったが、スージーはその頃にしては珍しく明るいアップルレッドを差し色に使っていた。色の組み合わせは今見ても新鮮で、この家の魅力となっていた。

有名スポーツ選手のための移動と宿泊の手配をまかされていても、グレイシーにはまだ使える時間がたくさんあった。三週間近く前にボビー・トムと口論してから、夕方以降の時間のほとんどをアーバー・ヒルズで過ごすか、この家で記念館の準備をするテリー・ジョウとトゥーリーの手伝いをするかしていた。

グレイシーはキーホルダーをうさんくさそうに見つめた。このギフトショップで販売予定の多くの品と同様、これもボビー・トムの写真を許可なしに使っている。キーホルダーには蛍光色オレンジのプラスチックの円盤がついていて、そこに試合中のボビー・トムの写真が入っている。足を空中に浮かせ、体をCの形に優雅に曲げ、腕をいっぱいに伸ばしてパスをキャッチしようとしている姿だ。ただしシカゴ・スターズのユニフォームの上にはブルーと白のダラス・カウボーイズのユニフォームが不自然に重ねられていて、鮮やかな印刷文字で「彼はカウボーイズの一員になるべきだった」と書かれてある。

「絵葉書ラックの裏に吊るしたらどうかしら？」とグレイシーは提案した。

「あら、それはよくないわ」トゥーリーが言った。「そんなところにあったらお客さんから見えなくなっちゃうじゃない」

それはまさにグレイシーが意図したことだった。ボビー・トムがこの手の無認可の商品の販売を禁じてくれればいいのだが、彼女はこの話をわざわざ持ちだすのはやめようと思った。そうでなくても二人の間はすでにかなりぎくしゃくしていたからだ。二人はお互い丁寧な言葉を使い、ボビー・トムはほかの人たちがいる場所ではグレイシーのウエストに腕を回して仲のよいふりをしていた。しかし二人きりで過ごす時間はほとんどなく、毎晩別々のベッドルームに帰って寝た。

グレイシーが灰皿をまとめて棚に運んで並べはじめたとき、耳に鉛筆をはさみ、クリップボードを手にしたテリー・ジョウがリビングルームから入ってきた。「あの行方不明のマグカップの箱、見つかった？」

「まだよ」トゥーリーが答えた。

「私、どっか変なところにしまいこんじゃったみたいなのよね。本当に、ウェイ・ソーヤーがロザテックの工場は閉鎖しないって発表したときから、私すっかり浮かれちゃって、まともに頭が働かないのよ」

「町長が彼をヘヴンフェストの名誉会長に任命しようとしてるんですって」トゥーリーが皆に初めて知らせるかのように言った。実は何度も同じことを話題にしていたのだが。ウェイ・ソーヤーの今回の発表で町中の人々はひと安心し、浮ついていた。ソーヤーはテラローザの敵から英雄になっていた。

「町にも運がめぐってきて、やっと物事が良い方向に進みはじめたってことね」テリー・ジョウは微笑んで、窓際に並んだガラス棚を見まわした。彼女の目の前に展示された冷蔵庫用マグネットにはこんな言葉が書かれている。「テキサス州ヘヴンで天にものぼるような気分！」

「私、デントンさんがこのサンルームを作った夏のこと、まだ覚えてる。ボビー・トムと二人でよくこの部屋でチェッカーをして遊んだっけ。そこへ彼のお母さんがグレープ味のクールエイドを持ってきてくれた」テリー・ジョウはため息をついた。「この家の復元に関わって、私、子供時代にタイムスリップしたみたいに感じたわ。デントン夫人は玄関を入るたびに二〇年ぐらい若返ったような気がするって言ってたけど、ここへ来るのは本当はつらいんじゃないかなあ。ご主人が亡くなって、気持ちを共有できる人もいないし。どうなのかしら。最近、いつもの彼女らしくないみたい」

グレイシーもスージーのことを心配していた。サンアントニオで偶然出くわしたあの夜以来何度かスージーに会っていたが、そのたびに元気がなくなっていくような気がしていた。グレイシーは最後の灰皿を棚に並べおえると、今日スージーに会ったときに伝えておいた考えを持ちだすいい機会だと思って切りだした。

「この家はふだんほとんど使われないのよね。残念だわ」

「それはしかたないわ」トゥーリーが言う。「観光客が来るのは週末と、ヘヴンフェストみたいな特別の行事のときだけですもの」

「でも、それ以外の期間閉館したままっていうのももったいないわ。町の人々のために使うこともできるのに」

「どういう意味？」

「テラローザには高齢者センターがないでしょう。この家はあまり大きくないけれど、娯楽室があるし、リビングルームも居心地がいい。私ちょっと考えてみたんだけれど、お年寄りがトランプのゲームや手芸をするために集まったり、たまにほかの町から講演者を招いてお話を聞いたりするのには、ここは理想的な場所じゃないかしら。アーバー・ヒルズはすぐ近くだし。あそこはスペース不足で困ってるから、歩くのに不自由のない入居者を週に何回かここに送りとどけてもらうようにするの」

トゥーリーは腰に両手を当てていった。「あら私、どうして思いつかなかったのかしら」

「いいアイデアね」テリー・ジョウも賛成した。「スタッフにはボランティアの人を何人か探せると思う。委員会を立ちあげましょうよ。私、家へ帰ったらすぐうちの姑に電話するから」

グレイシーはほっとため息をついた。ここでの映画制作はあと二、三週間で終わりになる。この町が好きになっていたから、離れるとなると寂しくなるだろう。自分がいたというささやかな証を残せると思うと気分が少しは晴れるのだった。

数時間後、ボビー・トムは自分の育った家の前にピックアップトラックを停めた。私道には彼のサンダーバードだけが停まっている。ということは中にいるのはグレイシー一人で、ほかのボランティアの人たちは今日の仕事を終え、家族の夕食を作るために帰宅してしまったに違いない。この小さな白い家を見ていると、ボビー・トムはまるで時が止まって、子供に戻ったような奇妙な感じを覚えた。今にも、父が古くなったトロ社製の赤い芝刈り機を押しながら車庫から出てきそうだった。ボビー・トムは大きくまばたきをした——父がなつかしかった。

孤独感が彼の心を襲った。自分にとって重要な人たちから切りはなされた感じだった。三週間前のサンアントニオでのできごと以来、母親とは形ばかりのあいさつを交わすだけだし、グレイシーがいなくて寂しかった。そんなことを認めるのは耐えがたかったが。日中撮影が行われている間は顔を合わせないというわけではない。しかし、以前とは状況が違っていた。グレイシーは彼のことを単なる雇用主としてしか見ていないようで、仕事を頼まれれば何でもやるが、そのあとどこかへ消えてしまうのだった。彼女にあれこれ命令されることがなくなって寂しいのだろうと誰かに指摘されたら、ボビー・トムはとんでもないと言っただろう。しかしグレイシーがいなくなってから、自分の生活にぽっかり穴があいたような感じがすることは否定できなかった。

それでも、ボスが誰なのかを彼女に思いしらせる必要がある。もう彼女にもどちらがボスかわかっているはずだから、二人はここらへんで決着をつけなくてはならない。ボビー・トムは彼女に、もう冷戦は終わりだとはっきり伝えるつもりだった。信じられないほどに頑固な彼女だが、黙らせてキスを始めれば、すべてがまたうまくいくようになるだろう。真夜中までにはベッドに戻ってくるはずだ。そこが彼女の居場所なのだから。

ピックアップトラックから降りると、母親が車を私道に乗り入れてきて、ボビー・トムのトラックの後ろにつけた。彼女は小さく手を振りながら車を降りると、後部にまわってトランクを開けた。大きな段ボール箱を取りだそうとしている母親のそばへ、ボビー・トムはゆっくりと歩みよった。

「これ何?」

「小学校から高校までの間にあなたがもらったトロフィー」

ボビー・トムは母親から段ボール箱を取りあげた。「まさか自分で屋根裏からこいつを運んできたんじゃないだろうな」

「何回か往復したけど」

「俺に電話してくれればよかったのに」

母親は肩をすくめた。目の下にくまができ、顔色もかすかに青ざめている。いつもは肌の手入れもしっかりする母親だけに、年取っていくような感じを受けたことはないのだが、今五二歳の彼女は今、年相応どころか、もっと老けて見えるほどだ。それに彼女はひどく悲しそうだった。こんなに暗い顔をしているのはあの夜のできごとのせいだと思うと、ボビー・

トムは気がとがめた。グレイシーの言葉が頭によみがえってきて、罪悪感が大きくなった。母親には支えが必要だと彼女は言おうとしたのに、彼は聞く耳を持たなかった。

ボビー・トムは段ボール箱を持ち直し、せきばらいをして言った。「最近、あまり一緒に過ごせなくてごめん。一日に一二時間も撮影があって、それで、あの、忙しかったもんだから」最後は弱々しくなってしまった。

母親は彼の目をまともに見ることができないようだった。「あなたが家に寄ってくれない理由はわかってるわ。私こそごめんなさい」声がかすかに震えている。「わたしのせいなの。わかってるのよ」

「お母さん――」

「彼にはもう会わないわ。約束する」

安堵の気持ちがボビー・トムの体中にひろがった。今や町の英雄になったウェイ・ソーヤーだが、ボビー・トムはどうしても好きになれなかった。彼は母親の肩に片腕を回し、抱きしめた。「よかった」

「うまく――事情を説明するのがむずかしくて」

「説明なんかしなくていいよ。忘れればいいんだから」

「ええ、きっとそれが一番いいわね」

自由になるほうの手で母親の腕をつかみ、家に近づく。「今晩、グレイシーと一緒に外で夕食でもどうだい？　『オリアリー』なんてどう？」

「ありがとう。でも教育委員会の会議があるのよ」

「疲れてるみたいだよ。もっと気楽にやって、無理しないほうがいいんじゃないか」

「大丈夫。ゆうべ本を読んで遅くまで起きていただけだから」スージーは先に立ってコンクリートの階段を上り、小さな踊り場に向かった。手は無意識のうちにドアの取っ手を回したが、ドアには鍵がかかっていた。ボビー・トムが後ろから手を伸ばしてベルを押そうとしたとき、その腕が中空で止まった。スージーがやっきになって取っ手を回しはじめたのだ。

「何よこれ、もう！」

「鍵がかかってるからだよ」彼は言った。母親のようすがおかしい。

「ここを開けてよ！」握りこぶしでドアを叩いている。顔が絶望にゆがんでいる。「開けてよ、ばか！」

「お母さん？」彼の心に不安が広がり、トロフィーを入れた段ボール箱を急いで下ろした。

「どうして彼はドアを開けてくれないの？」スージーは叫んだ。涙が頬をつたって流れおちる。「あの人はなぜここにいないの？」

「お母さん？」ボビー・トムは母親を腕の中に抱きよせようとしたが、もがいて抵抗するばかりだ。「お母さん、大丈夫だよ」

「あの人にいてほしいの！」

「気持ちはわかるよ。わかるから」そう言って彼は母親の体を抱きとめた。その肩が大きく上下していて、どうすれば落ちつかせられるのかわからない。夫の死で味わった苦しみも四年のうちに和らいだのではないかと思っていたが、この嘆き悲しみようは、葬式の日からまったく変わっていないじゃないか。

どんどん叩く音に応えてグレイシーがドアを開けたが、スージーのようすを見たとたんほほえみが消えた。「どうしたの？　何かあったの？」

「今から母を家に連れて帰ろうと思う」とボビー・トムが言った。

「いや！」スージーは身を引き、手の甲で懸命に涙をぬぐった。「ごめんなさい。私――二人にあやまるわ。どうしてこんなふうになってしまったかわからないの。恥ずかしいわ」

「恥ずかしがる必要なんかないじゃないか。息子の前で」

グレイシーはポーチに出てきて言った。「ここへ来られると、つらい気持ちが何もかもいっぺんに襲ってくるからでしょう。取り乱すのも無理ないわ。それが人間ですもの」

「でもそれは言い訳にならないわ」スージーは弱々しく頼りない笑顔を見せた。「もう大丈夫よ――本当に大丈夫――でも中へは入らない」彼女は段ボール箱を指さして言った。「そのトロフィー、ベッドルームの棚に並べておいてくださる？　場所はボビー・トムに聞けばわかるから」

「はい、わかりました」グレイシーは答えた。

ボビー・トムは母親の腕をとった。「家まで送ってあげるよ」

「いや！」スージーは突然あとずさりし、驚いたことに再び泣きだした。「いいの、送ってくれなくても！　私、一人でいたいから。とにかく、私のことは放っておいてほしいの！」

手の甲を口に押しあてながら、彼女は車まで走っていった。

ボビー・トムとグレイシーは顔を見あわせた。彼はなすすべもないといった表情だ。「家まで無事に着けるかどうか確かめなくちゃ。見とどけたら戻ってくるから」

グレイシーはうなずいた。

ボビー・トムは母親の車のあとを追った。今起こったことにひどく動揺していた。彼女を単に母親として見ることに慣れきっていて、母には母の人生があり、一人の人間であるということを忘れていた。彼は恥ずかしかった。グレイシーの言うことをどうして聞かなかったのだろう？　もっと前にすませておくべきだったが、明日こそ、母親と話しあおう。

ボビー・トムは歩道の脇に車を止めて、母親が家の中に入るのを見とどけ、自分が育った白い家へ戻った。グレイシーがドアの鍵を開けておいてくれたのでそのまま中へ入り、子供のとき自分が使っていた二階の部屋にいる彼女を見つけた。シングルベッドの端に腰かけた彼女は、ボビー・トムの昔のトロフィーが入った段ボール箱を足もとに置いたまま、ぼんやりと空を見つめていた。少年時代に使っていた品々に囲まれたこの部屋にグレイシーがいるのを見て、彼は妙にくすぐったい気分になった。

部屋の隅に置かれた机は記憶とはだいぶ違っていたが、緑のグースネックランプのベースの部分には、彼が昔貼ったタイタンズのステッカーの一部がまだ残っている。壁のフックには彼が集めた野球帽が並び、壁面にはバイクのスタントマンとして有名なイーブル・クニーベルのポスターが貼ってある。母はどうして、こんなものをいつまでもとっておいたのだろう？　窓際のトロフィーを飾るための棚は父親が作ってくれたものだ。ビーンバッグチェアはもともとあったものとそっくりだったが、ゴールドのベッドスプレッドは彼が慣れしたしんだチェック模様のベッドスプレッドとは似ても似つかなかった。

グレイシーは頭を上げた。「お母さま、無事にお家に着いた？」

彼はうなずいた。

「いったい何があったの？」

ボビー・トムは窓のそばまでぶらぶらと歩いていくとカーテンを少し開けて窓から庭をのぞいた。「ここの木、どれもずいぶん大きくなった。信じられないぐらいだよ。ほかのものはみんな昔より小さく見えるのに」

彼が質問をはぐらかしたぐらいでなぜ自分ががっかりするのか、グレイシーにはわからなかった。そんなことはもうとっくに慣れているはずだ。ただ、母親との先ほどのできごとで彼が気をもんでいることはわかっていたので、そのことを話しあいたいと思った。ベッドから腰を上げてカーペットの上にひざまずき、トロフィーを包んだ新聞紙をはがしはじめた。

ボビー・トムのブーツが彼女の視野に入った。彼女のすぐ隣まで来て、ベッドの上の今まで彼女が座っていた位置に腰かけた。「何が起こったのか俺にもわからないんだ。ただ二人で話をしてただけなのに、急に玄関のドアを叩きはじめた。玄関に父が出てくれないといって泣きだしたんだよ」

グレイシーはかかとに体重を乗せてしゃがみ、彼を見あげた。「本当に可哀そう」

「何があったんだろう?」

グレイシーが黙っていると、ボビー・トムは彼女を責めるような目で見て言った。「ソーヤーのことと、レストランでのできごとと関係があると思ってるんだろう? 俺のせいだって言いたいんだな」

「そんなこと言ってないわ」

「言わなくてもわかるよ。君が何を考えてるかぐらい読める」

「お母さまを愛してるあなたが、故意に傷つけたりするはずないわ」

「今回のことはソーヤーとは何の関係もない。それは確かだ。もう二度と彼とは会わないと母は言ってくれた」

グレイシーはうなずいたが、何も意見は言わなかった。母と息子の間で起きていることは彼女にとっても心配の種だったが、これは二人の間で解決してもらわなくてはならない問題だ。

彼女はベッドルームを眺めるボビー・トムのようすを見ていた。話題がウェイ・ソーヤーと母親のことから別のことに移っても、さして驚かなかった。

「この生家うんぬんの話、むしずが走るよ。俺の古いフットボールのトロフィーを見るためにこの家を訪れて時間を無駄にするような奴がいるなんて、本気で思ってるのかよ。君が生家委員会に関わるのを俺が喜ばしく思ってないのは知ってるよな」

「誰かがあなたの権利を守るためにちゃんと監視してなくちゃいけないと思ったからよ。ここのギフトショップで委員会の人たちが売ろうとしているキーホルダー、見てみてよ。あなたがカウボーイズのユニフォームを着てる写真を使ってるのよ」

「今までカウボーイズのユニフォームなんか一度も着たことないぜ」

「今は写真技術が進んでるから、合成もお手のものでしょ。私にできることといったらせいぜい隅に置かせることぐらいだったわ。でも、二、三週間前に思いついたアイデアはうまくいきそうよ」

「どんなアイデアだい？」

「テラローザには高齢者センターがどうしても必要よ。今日の午後私からテリー・ジョウとトゥーリーに、この家をその目的で使うことを提案したの。お母さまにも話をしてあるんだけど、賛成してくださってるわ。高齢者センターには最適な場所だって」

「高齢者センター？」ボビー・トムはしばらく考えをめぐらせた。「それはいいね、気に入った」

「車椅子用の出入口とトイレの設置に必要なお金を出してくれるぐらい気に入ってくれた？」

「もちろん」

二人とも口に出して言ったことこそなかったが、グレイシーは他人のために使う費用のことなら何の気がねもなくボビー・トムに頼めるのだ。なのに今でも、週給の一部を彼に返済していた――そのお金は手つかずのままで机の引き出しにしまいこんであるだけなのに。グレイシーは生活費を切りつめてでも彼が買ってくれた黒いカクテルドレスのお金を返し、ゴルフトーナメントの前夜にカントリークラブで行われる歓迎パーティに着ていくまでに全額返済する心づもりでいた。そのことがひそかな誇りだった。

ボビー・トムはベッドの端から立ちあがり、部屋の端から端まで行ったり来たりしだした。「グレイシー、ちょっと聞いてくれ。この間の晩は、俺もちょっと言いすぎたとは思ってる。でもわかってほしいんだ、ソーヤーの話になると、俺、つい感情的になっちまうんだよ」

グレイシーは彼がまた例の話を持ちだしてきたことに驚きながら言った。「ええ、わかってるわ」

「それでも、むしゃくしゃしたからといって君に八つ当たりすべきじゃなかった。君の言ったことは正しかったな。やっぱり俺は母と話しあっておくべきだったんだ、今それがわかったよ。明日仕事が終わったらすぐにでも話してみる」

「よかったわ」これで二人のいさかいにも決着がつきそうで、グレイシーは嬉しかった。

「君の言ったことで正しかったことがたくさんあったよな」ボビー・トムは再び窓際へ行き、裏庭を見おろした。肩をほんの少し落としている。「俺、フットボールができなくてつらいよ、グレイシー」

彼女はおや、と思った。つらく思っていること自体は、ボビー・トムを知る人にとっては地球が揺れるほどの大発見ではない。しかし彼がそれを口に出して認めたことは驚きだった。

「そうでしょうね」

「ちくしょう、こんなの不公平だよ！」部屋を歩きまわる彼の表情がむき出しの感情でゆがんだ。動揺のあまり、彼女の前で下品な言葉づかいをしたことに気づいてさえいないようだ。彼は女性に向かってこういう言葉を使うことはほとんどなかった。「あの不運なタックル一回で、俺は永久に試合に出られなくなったんだぞ！　たった一回のくそタックルで！　ジャマルが俺にぶつかったのがあと二秒早ければ、でなけりゃあと二秒遅ければ、あんなことにはならなかったのに」

グレイシーはビデオのことを思い出した。空中で優雅に伸びた彼の体が、運命のタックルに襲われる光景は決して忘れられない。

ボビー・トムは彼女を怒りに満ちた目で見た。脇に垂らした片手を握りこぶしにしている。「あと三、四年は現役で十分やれたんだよ。その間に引退後の生活設計を立てようと思ってた。監督になるか、解説をするかじっくり考えるつもりでいたんだ。心の準備のためにもそういう時間が必要だったのに」

「あなたは何だってすぐに身につけられるじゃない」彼女は優しく言った。「監督にも解説者にも、今からだってなれるわよ」

「だけどそんなことしたくないんだよ！」そんな言葉が彼の体の内から噴きだした。それに驚いたのは自分よりむしろ彼自身のほうだったのではないか――グレイシーは何となくそんな気がした。彼はささやきに近い低い声で言った。「わからないのか？　俺はフットボールがしたいんだよ」

グレイシーはうなずいた。気持ちは十分わかっていた。

ボビー・トムの唇が冷やかな笑いで醜くゆがんだ。「君がそこに座って俺の話を聞きながら、吐かないでいられるのが不思議なくらいだよ。これってかなりみじめだろ？　世界を魅了した大の男が、一度ぐらいの不運で音をあげて泣き言を言ってるんだぜ。金に不自由しない贅沢な暮らし、たくさんの友だち、何軒もの家、何台もの車。何もかも手に入れたのに、フットボールができないというだけで自分を憐れんでる。もし俺が君だったら、今ごろ笑い死にしそうになってるよ。今すぐワゴン・ホィールへ行って、ボビー・トム・デントンがばかみたいにいつまでもうだうだしてるって言いふらして、笑いをとってるだろうな」

「おかしくも何ともないわ、私には」

「いや、おかしいったらないよ」彼はあざけるように鼻を鳴らした。「すっごく哀れをさそう話、聞きたいかい？　俺は今、自分が何者なのか全然わからなくなってる。物心ついたときからフットボール選手だったから。それ以外のものになるにはどうしたらいいか、わからないんだよ」

グレイシーは穏やかな声で言った。「あなたなら、自分がなりたいと思えば何にでもなれるわ」

「ちっともわかってないんだな！　フットボールができなかったら試合に参加しても意味がないんだよ。監督っていう仕事にはどうしても情熱がわかない。それに、冷房のきいたアナウンサー席に座って、故郷の人たちのためにもっともらしい解説なんかするのは絶対にいやなんだ」

「ほかにももっといろいろな才能があるじゃない、あなたには」

「グレイシー、俺はフットボール選手なんだぜ！　ずっとそうだった。今でもそうだ」

「今は俳優でしょう。映画俳優の仕事についてはどう？」

「まあ悪くはないね。そのうちもう一本ぐらい映画に出てみてもかまわないとは思うけど、どんなに打ちこもうとしても、俳優で食っていきたいとはどうしても思えない。仕事じゃなくて遊びみたいな感じなんだ。それに、ついこう考えちゃうんだよな。使いものにならなくなったばかなスポーツ選手が、他にできることがないから映画スターになろうだなんて、この世にこれほどみじめなことはないって」

「私があなたに初めて会ったのは選手を引退したあとだったけど、あなたのことを使いものにならなくなったばかなスポーツ選手だなんて思ったことはないわ。映画スターって感じでもないけれど。正直言って、ビジネスマンとしてのイメージが一番強いの。お金儲けの才能があるのは間違いないし、楽しんでやっているように見えるもの」

「確かに楽しんでるよ。でも誇りをもてないんだ。金を増やすことだけが楽しみで金儲けをしてる人もいるけど、俺はそういう人間じゃない。人生って、高いおもちゃを買うことだけじゃない。もっと意味のあるものだろ。今、俺のまわりにはこれでもかっていうくらい物があふれてる。もう家は要らないし、飛行機も要らない。何台か車を買ったところで、俺の小遣い程度の出費でしかないし」

今のような状況でなかったら、彼の憤慨ぶりを見てグレイシーは小気味よく思っていたかもしれない。しかしこれだけ悩んでいる彼を見て面白がることなどできなかった。彼女は自分が彼の書斎に入ったときのことを思い出していた。彼はブーツをはいた脚を机の上に乗せ、カウボーイハットのつばを上げて電話で話していた。新規募集の債券に投資すべきか、商品市場で豚バラ肉の先物取引をすべきか議論を戦わせていた。

グレイシーは立ち上がると、歩いていって彼の横に立った。「ボビー・トム、あなたはお金儲けが好きなはずよ。儲けたお金で、もっと誇りに思えることをたくさんすればいいのよ、高いおもちゃなんか買わずにね。あなたって、子供たちの面倒をよくみてるでしょう。父親認知訴訟を起こすような女性はほっといて、父親のいない子供たちにとって有意義なことをやってあげたらどうかしら。奨学金基金を設立したり、託児所を建てたり、貧しい人のための食糧配給センターを開設したり。それか、あなたがよく楽しんで訪問してる、群立病院の小児科病棟の医療機器を最新のものに買い換えてあげるっていうのはどう？　世の中には困っている人が多いけど、あなたは普通の人と違って、そういう人たちを助けてあげられるでしょう。フットボールから多くのものを得てきたはずよ。それを社会に還元してもいいころじゃないかしら」

ボビー・トムは無言で彼女を見つめた。

「私、アイデアがあるの。あなたがどう感じるかはわからないけど……慈善団体を設立することを考えてみたらどうかなと思って。自分自身のためでなく、その慈善団体のためにお金儲けをするの」彼が何も言わないのでグレイシーは続けた。「それも片手間にやるんじゃなくて、団体の経営そのものを仕事にするの。あなたの才能を活かして、多くの人々の人生に変化をもたらすような事業を運営するの」

「そんなの、おかしいよ」

「とにかくちょっと考えてみて」

「考えてみたことはあるさ。でもそんなのおかしい。君が今まで思いついた中で一番おかしな考えだよ。俺って、堅苦しくてもったいぶった慈善家タイプじゃないもの。俺がそんなことしようもんなら、みんな床を転げまわって大笑いするだろうよ」ボビー・トムは不意をつかれて驚いたようで、つばを飛ばしながら必死でしゃべっている。グレイシーはほほえまずにはいられなかった。

「みんな驚いたりはしないと思うわ。あなたの人柄にすごくよく合っているもの」彼女はトロフィーの包装を解く仕事を再開しながら思った。これで種はまいた。あとは彼しだいだ。

ボビー・トムはベッドの端に腰かけ、作業をする彼女をしばらく見守った。彼がようやく口を開くと、その目の光は将来の計画以外の何かを考えていることを物語っていた。「グレイシー、君があんまり俺をいらだたせるもんだから、そのジーンズに包まれてるお尻がいかに可愛いかをもう少しで忘れるとこだった」カウボーイハットを脱ぎ、ベッドのマットレスを叩きながら言う。「こっちへおいで、スイートハート」

「あなたのその目つき、どうも気にくわないわ」でも実はどきどきしていた。こうして狭い部屋に二人きりでいると、彼と長い間ベッドをともにしていないことがあらためて思い出された。

「じきに気が変わるさ、約束する。俺がこのベッドルームで女の子を裸にすることを夢みながらどれだけの時間を過ごしたか、知らないだろ。それを知ったら君だって俺を拒否したりはできないはずだよ」

「実際にしたことあるの？」グレイシーは彼の前に立った。

ボビー・トムは彼女の太ももの後ろを抱え、その体を自分の開いた膝の間に引きよせた。

「裸に、っていう意味？」彼女のジーンズの一番上のスナップを開き、おへそに舌をすべらせる。「残念ながら一度も。母がいつも目を光らせていたからね」彼の唇はジーンズのジッパーをおろしながら下へ下へと動いていく。「九年生のとき、クラスメイトの女の子を、ほら君も知ってる子だよ、あの子をもう少しでこのベッドに誘いこめそうだったんだ。でも母親って、そういうことに関しては持って生まれたレーダーみたいなものがあるらしくてさ、いきなりオレオクッキーの皿を持って現れちゃうんだよな」

「つまり車の後部座席で、しかも川べりの駐車場での経験しかないのね」彼女は息を切らしているような声を出しはじめた。

「そんなもんだったな」ボビー・トムは彼女のパッチワークプリントのブラウスのすそから手を入れ、その手でブラの上から胸を包んだ。彼が親指で乳首を揉むと、彼女の息づかいはますます荒くなった。シルクの布と肌がこすれあっている。指でもてあそばれて、彼女は自分が溶けていくのがわかった。

「うーん」彼はささやくように言う。「君はまたピーチの匂いがする」

まもなく二人は服を脱いで狭いシングルベッドで甘く愛を交わし、そうするうちに将来の話はどこかへ消えてしまった。終わったあと、グレイシーは骨抜きになり、へとへとに疲れきって彼の体の上に横たわっていた。彼の片手はお尻に当てられている。彼女がまどろみながらもようやく目を開けると、ボビー・トムの顔には満足そうな笑みが浮かんでいた。

「ここで女の子を裸にするのに何年もかかったけど、長い間待ったかいがあったよ」

彼の首に鼻を寄せたグレイシーは、こめかみに彼のあごひげが柔らかくこすれるのを感じていた。「私、テリー・ジョウよりよかった?」

ボビー・トムはベッドの上で横向きになり、彼女の乳房を手のひらで包みながらかすれた声で言った。「テリー・ジョウはまだお子様だったんだよ、スイートハート。君は大人の女性だ。比較にならないよ」

階下から聞こえてくる音に気づいて彼女は急に頭を上げた。ベッドルームのドアが開いている。不吉な予感がした。「あなた、戻ってきたときに玄関のドアの鍵をかけたわよね?」

「いや、かけなかったと思う」

ボビー・トムがそう言ったとたん、ルーサー・ベインズ町長の聞き間違えようのない声が階段の下から響いてきた。「ボビー・トム? 上にいるのか?」

グレイシーは息をのんですばやく起きあがり、服をつかんだ。ボビー・トムはあくびをし、悠長にベッドから足を振りおろしてすわった。「それ以上、上ってこられないほうがいいかと思いますよ、町長。グレイシーが裸なもので」

「本当に？」

「俺には裸に見えますけど」

グレイシーは赤から真っ赤へと顔色を四段階に変えながら、せいいっぱいの悪意をこめて彼をにらみつけた。彼はにやにやと笑いかえした。

「キッチンで待っていていただけますか」彼は大声で言った。「俺たち、すぐに下りていきますから」

「もちろんだ」町長は答えた。「あ、それからグレイシー、うちのやつがテリー・ジョウから、高齢者センターに関する君のプランを聞いたそうなんだが、ボランティア団体の設立に喜んで協力すると言ってたぞ」

ハンドバッグの中をさぐってティッシュを探しながら、グレイシーの頬は恥ずかしさで燃えるようだった。「私がお礼を述べていたとベインズ夫人によろしくお伝えください、町長」

彼女はかぼそい声で言った。

「礼なら、本人に直接言えばいい。私のすぐ隣に立ってるんだから」

グレイシーの体は凍りついた。

「こんにちは、グレイシー」ベインズ夫人が陽気に言った。「お元気、ボビー・トム」

ボビー・トムの笑いがさらに広がった。「これはこれは、ベインズ夫人。下にはほかにどなたかいらっしゃってますか？」

「ファースト・バプティスト教会のフランク牧師だけよ」ベインズ夫人が答えた。

グレイシーはパニックに陥って小さな悲鳴を上げた。

ボビー・トムは彼女の髪の毛に手を入れてかきまわし、低いしのび笑いをもらした。「彼らはからかってるだけだよ、スイートハート」

「家内も私も、高齢者センターというのはすばらしいアイデアだと思っていますよ、ミス・スノー」まぎれもなく牧師のものである深みのある声が、階段の吹き抜けの空間を満たした。「ファースト・バプティスト教会はあなたのプロジェクトに喜んで協力しますよ」

グレイシーはうめき声を上げてベッドの脇にへたへたと座りこんだ。ボビー・トムがあまり愉快そうに大声で笑うので、彼女は枕を投げつけてやった。

そのあとでどうやって服を着て階下へ行き、テラローザの有力者たちと顔を合わせたか、グレイシーはいくら思い出そうとしても思い出せなかった。ボビー・トムの証言によると、エリザベス女王のように、それも女王以上の威厳をもってふるまっていたということだったが、果たしてその言葉を信用していいものかはわからなかった。

21

ボビー・トム・デントン記念館の開館式は一〇月初旬の明るく晴れた金曜日の朝、さわやかな空気の中で行われた。この日、ヘヴンフェストの開幕を祝うため学校は休校となり、生家の小さな前庭の芝生には老若男女がつめかけた。この週末は開拓時代の衣装を身につけるようにとの通達が町の人々に出ていた。男性の多くはあごひげや口ひげをたくわえている。女性の長いスカートが風の中で揺れている。一〇代の少年少女は通りに停めた車のまわりに集まっていたが、開拓時代の衣装といっても彼らの場合はボビー・トムと同じく、ジーンズとカウボーイハット程度にとどまっていた。

「……そしてこの美しき一〇月の朝、私たちは祝賀のためにこの古いペカンの木陰に集い……」

だらだらと話し続けるルーサー・ベインズ町長のスピーチを聞きながら、ボビー・トムは車庫の前に設置した小さな台の上から人々の群れをじっと観察していた。彼をはさんで片側に母親が、もう片側にグレイシーが座っている。グレイシーは主賓と並んで座ることに抵抗したが、ボビー・トムにぜひにと言われてしかたなく承知した。彼女は黄色いギンガムチェックの長いドレスを着て昔風の麦わら帽子をかぶり、今風のサングラスをかけて、花のつぼみのように可愛らしかった。

ヘヴンフェスト委員会の当初の計画では、開館式は金曜の朝ではなく夜に行うはずだったが、ボビー・トムがそれを拒否した。明日土曜のゴルフトーナメントでプレーするスポーツ選手たちがテラローザに到着しはじめるのが今日の昼ごろなので、ボビー・トムとしては彼らが来ないうちにこの恥ずかしい儀式をさっさと終えてしまいたかったのだ。そうはいっても、グレイシーがこの家を高齢者センターとして使うというアイデアを出してからは、生家プロジェクトに対して以前ほど否定的ではなくなっていた。グレイシーは彼の知るうちでもっとも博愛精神に富んだ女性だった。

ベインズ町長の祝辞はまだ続いている。ボビー・トムは視線を母親のほうに向け、何が問題で母親がこうなってしまったのか、わかるものなら知りたいと思った。彼はここ一〇日間に何度か、何が起こったかについて二人で話しあおうとこころみたが、母親はそのつど庭に植えた新しい植物のことを言ったり、旅行代理店からもらってきたクルーズのパンフレットを見せたりして話をそらしてしまうのだった。

町長はスピーチを劇的に締めくくろうと、大きく腕を振りまわしながらマイクに向かってがなりたてた。「それでは皆様、テキサス州ヘヴンを代表する住民をご紹介いたしましょう！　二つのスーパーボウル・リングを持つ男……自己の利益は二の次に、彼は献身的に尽してきました……この町のために、テキサス州のために、そしてアメリカ合衆国のために！

プロフットボールの歴史においてもっとも偉大なワイドレシーバー……誰もが愛する町の人気者……ボビー・トム・デントン！」

ボビー・トムはゆっくりと立ちあがって人々の歓声に応え、演壇に近づくと、ベインズ町長の手を握りつぶしてやりたい衝動をこらえながら握手した。マイクがキーンという金属音を立てたが、気にもとめない。高校生のころから何度も町の人々の前でスピーチしたことのある彼は、何を言えばいいかちゃんとつぼを心得ていた。

「こうしてまた故郷の町に戻ってくるというのは、実にいいものです！」

大きな喝采と口笛。

「なぜか——それは、今日ここにお集まりの皆さんの半数の方々が、私を育てる両親を暖かいまなざしで見守ってくださったからです。皆さんのご恩を、私は決して忘れません」

また拍手喝采。

ボビー・トムは話しつづけ、自分自身が退屈で死にそうにならない程度に短く、しかし愛する人々を満足させられる程度には長く、スピーチをまとめた。話しおわると母親にハサミを渡し、家の玄関にさしわたしたリボンをカットする儀式を行った。さらに盛大な拍手が起こり、ボビー・トム・デントンの生家兼将来の高齢者センターが正式に開館した。

母親が横を向いて友人にあいさつしている間に、ボビー・トムはグレイシーの肩に腕を回した。彼女はヘヴンフェスト関連の活動で、彼は映画撮影の厳しい日程をこなすのに忙しく、一緒に過ごしたいと思ってもなかなか十分な時間がとれなくなっていた。最近の彼は、面白い冗談を聞いても今ひとつ楽しめない。グレイシーと一緒に笑えないというだけだ。彼女は日常生活で出会うユーモアを、ほかの人とは違う観点でとらえることができた。

ボビー・トムは首を傾けてグレイシーの耳にささやいた。「二人で二、三時間ぐらい抜けだして、いちゃつくなんてのはどうだい？」

グレイシーは彼を見あげた――心から残念そうな表情で。これも彼の気に入っているところの一つだった。彼女はセックスをしているとき喜びを隠したり、本心を打ちあけるのをためらったりすることがなかった。「できればそうしたいんだけど、あなたは撮影に戻らなくちゃいけないでしょう。明日はお休みをもらってるんだし。それに私、これから急いでホテルへ行って、明日のトーナメントでゲストのお友だちに配るウェルカムパックの中身を詰めなくちゃならないの。あなたは今夜六時にはカントリークラブに行って、皆さん一人一人にあいさつすることになってるから、忘れないで」

ボビー・トムはため息をついた。彼女にはまだ知らせていないが、この映画がクランクアップしたら数日間、二人で人目につかない遠い島へ行くことを考えていた。電話もなく誰も英語を話さない場所で、裸のまま過ごすのだ。

「わかったよ、スイートハート。でも君、今晩、カントリークラブへ自分で運転していくのはやめたほうがいい。バディに頼んで迎えにいってもらうよ」

「だめよ。午後の予定がどんなことになるかわからないから、私たち別々の車で行ったほうがいいと思うの」

ボビー・トムはしぶしぶ同意して仕事に戻った。

グレイシーは彼が立ちさるのを見守った。太陽の光が彼を包んで輝いているように見える。銀色の火花で彩られる回転花火を見たような気がした。彼が常に身につけている見えない拍車から出ている花火だ。ウィンドミルの映画制作スタッフはまもなくテラローザを離れてロサンゼルスへ移動する予定だったが、グレイシーをロサンゼルスまで連れていくという話はウィロウの口からは出ていなかった。ここの生活がもうすぐ終わってしまうなんてグレイシーには信じられなかった。

ここ二、三日グレイシーは、ボビー・トムがもしかして自分に恋しているのではないかという夢のような想像を頭の中でめぐらせていた。車へ戻る途中もその想像にとらわれ、彼女は一人で赤くなった。錯覚は危険だと自分に言いきかせても、なかなかその考えを振りはらうことができなかった。もしボビー・トムが彼女のことを気にかけていないとしたら、あんなに優しい目で見つめるはずがない。彼はセックスのときもあんなに愛情表現豊かで情熱的だ。過去につきあった女性すべてにあんな扱いをしてきたわけではないだろう。私に特別な感情を抱いているのでは？

たまに、ふと目を上げるとボビー・トムがこちらを見ていることがある。まるでグレイシーが彼にとってかけがえのない存在であるかのようなまなざしで。そんなとき彼女は将来のことを考えてしまう。丸々と太った赤ん坊を、彼の笑い声があふれる家を思いえがいてしまう。そんなことが起こりうるだろうか？　私が彼に対して抱いているのと同じ感情を、彼も私に対して抱いているということはないだろうか？　そう考えるだけでグレイシーの肌はほてり、ちくちくした。未来が彼女にとって思い出以上のものをもたらしてくれる可能性は、果たしてあるのだろうか？

彼女はその日の残りの時間、空想にふけることのないよう全力で仕事に打ちこんだ。キャトルマンズ・ホテルで主催者側の女性たちがゲストに配る予定のウェルカムパックの準備が終わったとたん、カントリークラブで座席の配置に大問題が発生したことがわかった。カントリークラブへ駆けつける途中、彼女はメインストリートに掲げられた歓迎の横断幕の下を通った。そこには、今テラローザの町で見かける車のバンパーステッカーやTシャツなどと同じく「テキサス州へヴン！　心のふるさと」という文字が躍っていた。

グレイシーは午後のほとんどをカントリークラブで過ごし、テーブルの配置を工夫して座席の問題を解決した。すべてが終わったときには五時近くになっていたが、彼女は今週分の給料小切手をまだ受けとっていなかったことに気づいた。財布の中には四ドルかっきりしか残っていなかったので、給与担当の女性がまだいることを願いながら、大急ぎでホテルの最上階にあるウィンドミル・スタジオの事務所へ戻った。

エレベーターから降りると、期待に反してプロデューサーのウィロウが事務所のドアに鍵をかけていた。グレイシーは急いで前に進みでた。「遅くなって申し訳ありません、仕事が立てこんでいたものですから。私の給料小切手をいただくわけにはいかないでしょうか？」

ウィロウは肩をすくめてドアを開けた。「まあいいわ」

グレイシーは彼女のあとについて中へ入った。グレイシーはウィロウの役に立つようがんばっているつもりだったが、二人の間は相変わらずしっくりいかなかった。その理由はもしかすると、ウィロウがボビー・トムと火遊びでもしようかと考えていたからかもしれない。グレイシーはそう思った。婚約がでっちあげであると知ったら彼女は烈火のごとく怒るだろう。そんな事態は考えたくもなかった。

「私が撮影現場での仕事からずっと離れていることを快く思っていらっしゃらないかもしれませんが、ボビー・トムの指示のもとで働くようにと確かおっしゃいましたよね。ゴルフトーナメントの事務局の仕事は彼からの指示だったものですから」

「グレイシー、いいのよそれは。全然かまわないから」

何につけて厳しいウィロウのことだ、ほかの人に対してはこれほど甘くはないだろう。ボビー・トムは例外なのだ。グレイシーは、今後の仕事の話を持ちだすにはウィロウと二人でいる今こそいい機会だと思った。「あのう、私の今後についてどういうふうにお考えですか」

「今後?」

「ロサンゼルスでの仕事のことです。あちらに私を連れていっていただけるのかどうかと思って」

「ボビー・トムに聞いたほうがいいんじゃないかしら」ウィロウは戸棚の上にあったファイルの一つをパラパラめくりはじめた。「ロサンゼルス・レイカーズの選手たちも数人来ていて、明日のゴルフトーナメントに参加するらしいわね。実は私、長年あのチームのファンだったの。今晩のディナーで会うチャンスがあるといいんだけれど」

「きっとボビー・トムが喜んで紹介してくれると思います」グレイシーはためらいながら、言葉を慎重に選んで言った。「社長、私とボビー・トムとの個人的な関係が自分の将来の仕事に影響するのはいやなんです。誰の指示で動いているかに関わりなく、社長が私の雇用主ですから、どう考えていらっしゃるのかがわかれば安心できるんですけれど」

「グレイシー、申し訳ないけど、今のところこれ以上のことは言えないのよ」そう言いながらファイルを探しているのだが、小切手がなかなか見つからないようだった。もう一度ファイルの中身を確認しようとしたところで、ウィロウはふと手を止めた。「ああ、そうだった。あなたの小切手は別処理になってたんだわね」

ウィロウが机のところへ行って真ん中の引き出しを開け、縦長の封筒を取りだすのを見ながら、グレイシーはひやりとするようないやな予感を覚えた。

「どうしてです？　なぜ私の小切手だけがほかの人のと別に処理されているんですか？」彼女の声はわずかながらうつろに響いた。

ウィロウはためらったが、その時間が少し長すぎた。「経理の子が何をどんな理由でどう処理しようと知ったことじゃないわ」

「社長はご存知のはずです、プロデューサーなんですから」グレイシーは言いはった。

「ねえグレイシー、この件についてはボビー・トムと話しあってもらうほうがいいと思いますよ。私、ちょっと急いでるので失礼するわ」ウィロウはグレイシーのこわばった手に小切手を押しつけた。

背筋に冷たいものがしたたり落ちる気がした。恐ろしい確信が彼女の脳裏をよぎった。空気が薄く感じられてうまく呼吸できないが、声をしぼり出した。「ボビー・トムがずっと私のお給料を払っていたんでしょう？　私の雇用主はウィンドミル・スタジオでなく、彼だったんですね」

ウィロウはハンドバッグを取りあげるとドアに向かって歩きだした。「私、これには関わりたくないですからね」

「もう関わっているじゃないですか」

「いい、グレイシー。この世界で生きのこりたいなら、第一に学んでおくべきことがあります。それはスターを怒らせないこと。私の言わんとしてること、わかるかしら？」

わかりすぎるほどわかっていた。ボビー・トムが彼女の給料をずっと払っていたなんて。そしてそれを秘密にしておくようウィロウに指示したなんて。

事務所を出るウィロウのあとをついて歩くグレイシーの膝はがくがくしていた。心の中でもろく壊れやすいものが砕けちったような気がする。こんな裏切りは予期していなかった。エレベーターが降下していくにつれ、今まで思いえがいていた夢はすべて消えてなくなった。お金のことは彼女にとって本当に重要だったのに。信念を持っていたのに。けさ彼女は、ボビー・トムが自分を愛しているのではないかと期待をふくらませたばかりだった。しかし今、自分が彼にたかる寄生虫のような女と何ら変わりない存在としか見られていないことがわかった。

グレイシーはホテルを出て車に向かった。呆然としていた。出会ったときからずっと、自分がボビー・トムの慈善事業の一つでしかなかったのだと考えると、あふれる涙をこらえることができなかった。彼女の生活のすべてがボビー・トムによって支えられていたわけだ。住むところや食べ物、シャンプーからタンポンに至るまでの生活必需品。部屋代とカクテルドレスの代金の返済分として彼の机の引き出しにお金を入れたとき、どれほど誇らしかったか。考えるだけで身のちぢむ思いがする。もともと自分が払った給料が戻ってきて、彼はどんなに大笑いしたことだろう。いつものように彼女をだしにして、ジョークをとばしていたに違いない。

グレイシーは車のハンドルを固く握りしめながら、流れおちる涙を止めることができなかった。どうしてもっと早く気づかなかったのだろう？　ボビー・トムは彼女を少しも愛してなどいなかった。可哀そうに思っただけだ。彼女への憐れみから職を与えただけだ——他人の子供たちのために基金を設立したり、ツキに見放された友人に小切手を書いてやるのと同じように。アシスタントとしての仕事はそれほど忙しくなかったから、苦労してお金を稼いだという満足感は得られなかった。ボビー・トムは最初からフルタイムのアシスタントは不要だとわかっていたに違いないが、グレイシーが解雇されるのを見過ごすのは良心がとがめたのだろう。神のまねごとをしたいと思ったわけだ。

彼女はぼうっとして前を見つめた。最初から真実を知らせずに黙っていたなんて、こんな裏切り行為は許せない。経済的に自立するということが彼女にとってどんなに重要か説明してあったのに。彼はそれを知っていたはずなのに！　知りながら、どうでもいいと考えたのだ。彼にとって彼女はどうでもいい存在だったから。もしグレイシーのことを気にかけていたら、彼女の人間としての尊厳を奪うようなことはしなかっただろう。私はあなたから何も奪うつもりはないの、ボビー・トム。私はただ与えたいの——笑い話もいいところだ。なんとひどく、痛ましい笑い話なのか。

会場にはタキシードに着られている感じの男性も多かった。しかしボビー・トムは、生まれたときから着なれているように見えるほどに着こなしていた。もちろん彼のタキシードには彼らしいひとひねりが加えてある。ダイヤモンドの飾りボタンつきのラベンダー色のプリーツシャツ、ステットソンの黒いカウボーイハット、フォーマルな服装のときだけはくヘビ革のカウボーイブーツ。このカントリークラブ始まって以来の大きな行事に備えて、石灰岩でできたクラブハウスは、ロッカールームからダイニングルームに至るまでピカピカに磨きあげられていた。明日のゴルフトーナメントのチケットの売れ行きは関係者の期待を上まわっている。天気予報官は気前良く、「晴れ、気温は華氏七〇度代前半（摂氏約二一〜二三度）」というゴルフ日和を約束していた。

ディナーの前のカクテルパーティに出席するスポーツ選手たちが会場に到着しはじめていた。ウェイターの一人がボビー・トムにささやき、彼に会いたいという人が一階に来ていると告げた。彼はロビーを横切りながら、いらいらと視線を入口のほうに向けた。グレイシーはどこにいるんだろう？　もうそろそろ着いてもいいころなのに。男性陣はきっと彼女を面白がるだろうから、早く紹介してまわりたかった。グレイシーは彼が今までに会った女性の中でも一番のスポーツ音痴だったから、その知識不足のために今夜は困ったことになるに違いない。それだけで一晩中楽しめそうだった。なぜかはわからないが、グレイシーのスポーツ音痴なところが彼女のもっとも優れた特質の一つに感じることがある。

カーペットを敷きつめた階段を下りると、今夜は使われていないがらんとしたロッカールームが目に入った。ひと気のないプロショップにつながるガラスの扉には鍵がかかっているはずなのに、少し開いていた。彼はショップの中に入ってみた。ついている明かりはカウンターの上の照明一つだけで、奥の隅に立っている男性が誰なのか最初はわからなかった。前に進みでてきたのはウェイ・ソーヤーだった。

「デントン」

ボビー・トムは、ソーヤーと対決しなければならない日がそのうちやってくるだろうとは思っていたが、何も今夜でなくてもいいのにと思った。ただ、招待客名簿にソーヤーの名前があるのに気づいていたから、彼がここに来ていることにはさほど驚かなかったし、逃げ腰になるつもりもなかった。母親の元気のなさには何かわけがあって、おそらくこの男が関係している。そのわけを知りたかった。

ソーヤーは陳列してある特大ドライバーの一本を熱心に調べていたが、それを手に持ち、ぶらぶらさせながら歩いてきた。フォーマルスーツを着ていたが、やつれたようすは覆いかくせない。まるでしばらくまともに寝ていないかのようだ。ボビー・トムは嫌悪感を表に出さないようにするのに苦労した。ロザテックについてはありがたい発表をしてくれたものの、ソーヤーを好きになることはできないだろうと思った。冷酷無情なろくでなしで、必要とあれば自分の祖母だって欺きかねないような奴なのだ。ボビー・トムは、冷酷というよりはむしろ疲れきっているというつかのまの印象を頭の隅に追いやった。

「何かご用ですか」ボビー・トムは冷淡に言った。

「君のお母さんのことについて話をしたい」

それこそまさに二人が話しあうべき問題だったが、ボビー・トムはいらだちが沸きおこるのを感じた。「話すことなんか何もないでしょう。あなたが母に近づかなければ、すべてはうまくおさまるんだから」

「私はずっと近づいていないよ。それで状況はよくなったんだろうか？　彼女は最近どうですか？」

「おかげさまで、楽しくやってます。あんなに幸せそうな母は今まで見たことがない」

「それは嘘だ」

そう言いきりながらも、ソーヤーの声には不安がにじんでいた。ボビー・トムはそこにつけこんだ。「最近も母は、クルーズの旅や庭に植える植物のことをわくわくして楽しそうに話してましたよ。友達と会ったり、ヘヴンフェストの準備やなんかで忙しくて、親子で会う時間がほとんど取れないぐらいなんですから」

ソーヤーの肩がわずかに落ち、クラブを握る手の指が少しゆるんだ。しかしボビー・トムは同情したりはしなかった。とにかくこの男が母親を傷つけたことは確かなのだから、二度とそういうことが起きないよう念押ししておく必要があった。「俺の見るかぎり、心配事なんか何もないみたいでしたよ」

「そうですか」ソーヤーは咳ばらいをした。「スージーは君のお父さんのホイトがいなくてとても寂しがっている」

「俺がそれに気づいてないとでも思ってました？」

ソーヤーは握ったクラブのヘッドをカーペットにつけて置いた。「君はお父さんにそっくりだ。お父さんに最後に会ったのは私たちがまだ一八か一九歳のときだったが、それでも似ているのはよくわかる」

「皆さんにそう言われます」

「私はホイトの根性が嫌いだったな」

「父のほうもあなたを好いてはいなかったと思います」

「それはよくわからなかった。かりに私を嫌っていたとしても、彼は決してそれを表わさなかったから。私のほうに彼に嫌われてもいい理由があったのにだよ。ホイトは誰にでも本当に親切だった」

「だったらなぜ父が嫌いだったんです？」距離をおいて話そうと思っていたのにもかかわら

ず、つい質問が口をついて出てしまった。

ソーヤーはクラブのグリップに手をすべらせた。「うちの母はしばらくの間、君のおばあさんの家の掃除婦をしていたことがある。知ってたかい？　母が人生をあきらめて、生計を立てるため別の道を選ぶ前のことだが」彼はそこで言葉を切った。ボビー・トムは自分が長年、女性たちに語ってきた「うちの母は売春婦だった」という作り話を思い出していた。彼にとってはただの冗談にすぎない話も、この男にとっては冗談ではなかったのだ。ソーヤーに対する反感を抱きながらも、ボビー・トムは自分を恥ずかしく思った。

ソーヤーは話を続けた。「君のお父さんと私は同い年だったが、体は彼のほうが大きかった。それで六年生か七年生のころから、君のおばあさんがうちの母にホイトの古着を全部くれるようになったんだよ。私は君のお父さんのお下がりを来て学校に通わなければならなかった。私はホイトがねたましかった。ときどき、嫉妬のあまり窒息するかと思うぐらいだった。ホイトは毎日、私が自分のお下がりを着て登校しているのに気づいていたのに、それについて何も言わなかった。ただの一言もだ。私にも、ほかの誰にも。だがクラスメートたちは気がついて私をあざけった。『おいソーヤー、お前の着てるチェックのシャツ、ホイトのお下がりじゃないのか』ってね。ホイトがその場にいたときには、彼はただ首を横に振って、違うよ、僕のシャツじゃない、そんなのは見たこともないって言った――私はそういう彼が憎かった。ホイトが貧乏人呼ばわりしてばかにしようものなら、私だってやり返せただろう。しかし彼は決してそういうことはしなかった。今思うに、生まれたときから人をいじめたりするような性質を持ちあわせてなかったんだろう。いろいろな面で、ホイトは今まで私が出会った中でも最高の男だったと思っているよ」

ボビー・トムは思いがけず、はかりしれないほどの誇りを感じた。そして一瞬ののち、どうしようもない喪失感に襲われた。そういった感情をいっさい表すまいと彼は必死だった。

「それでも父のことをずっと憎んでいたんですね」

「ねたみがそうさせたんだ。高校のとき、私は一度ホイトのロッカーをこじあけて、制服のジャケットを盗んだことがあった。私のしわざだったってことを、彼は最後までわからなかったんじゃないかな。もちろん私がそれを着ていけるわけがない。着たいとも思わなかったしね。それで線路のところまでそのジャケットを持っていって、彼が二度と着られないように燃やしたんだ。もしかするとそうやって始末することで、彼が手にしていたものすべてが一緒に消えるだろうと思ったのかもしれない。あるいは、ホイトが君のお母さんと一緒に家に帰るとき、彼女の肩にそれをふわりとかけてやるところを見るのが耐えられなかったからかもしれない。あのジャケットは大きくて、彼女の膝ぐらいまであったな」

自分の両親の高校生のころの姿を思いえがいて、ボビー・トムは妙に戸惑った。「つまりすべての発端はそこにあったんですね、うちの母をめぐって」

「たぶんね。そんな気がする」ソーヤーの目には翳りがあった。心がどこか遠くへいってしまったかのようだ。「スージーは本当にきれいだった。本人はそう思ってないようだが。二年生の学年末まで歯列矯正のブレースをはめていたから、そのことしか覚えてないんだろう。

でも私にとっては、スージーは絵の中に出てくるように美しかった。ブレースも何もかも含めてだよ。そして彼女は誰にでも親切だった。君のお父さんと同じようにね」ソーヤーは本当に楽しそうに笑いだした。「私をのぞいて皆に親切だったな。ある日スージーは廊下で、ほかに誰もいないときに私に出くわした。先生に言われて書類か何かを職員室に持っていくところだったんだろう。私は授業をさぼっていたんだ。シャツの襟を立てて、だらけた姿勢でロッカーにもたれかかってた。いかにも不良って感じでね。私は目を細め、彼女をこれ以上ないくらいの嫌な目つきでにらみつけた。上から下までじろじろとね。たぶん相当怖がらせてしまったんだろう。抱えた書類の束にそえた手がぶるぶる震えていたな。だが彼女は私をまっすぐに見かえして言った。『ウェイランド・ソーヤー、あなた、浮浪者になりたくなかったら、今すぐ授業に出たほうが身のためよ』勇敢な女性だよ、君のお母さんは」

こんなに素直に気持ちを語られると反感を持ちつづけることは難しかったが、ボビー・トムは自分に言いきかせた――ソーヤーはもう一〇代の不良少年ではない。今、彼が母親につきつけている脅威は本物なのだ。

「少年が怖がらせるのと、大の男が怖がらせるのとでは、まったく違うでしょう」ボビー・トムは静かに言った。「母に何をしたんですか」

ボビー・トムは質問の答が返ってくるとは期待していなかったので、ソーヤーが彼に背を向け、クラブが陳列してあった木製のラックのところへ歩いていったときも驚かなかった。ゴルフクラブを元の場所に戻すと、ソーヤーはカウンターに寄りかかった。くつろいだ姿勢のはずなのに、体は緊張して見えた。ボビー・トムは警戒を強め、まるでタックルでも食らう前のように身構えた。

ソーヤーは天井を見あげ、ごくりとつばを飲みこんだ。「愛人になってくれなければロザテックの工場を閉鎖すると彼女に思いこませた」

ボビー・トムの中で怒りが爆発した。ソーヤーのところに走りより、腕をいっぱいに引いてろくでなしのちくしょう野郎を殴り殺すかまえをした。しかし冷徹な目的意識が怒りに勝ち、そこで思いとどまった。彼はソーヤーのジャケットの襟をつかんで言った。「母にくたばれとでも言われたんだろう」

ソーヤーはつばを飲みこんだ。「いや、彼女は言わなかった」

「殺してやる」ジャケットをつかんだボビー・トムの手がソーヤーの体を激しく揺すり、カウンターに投げとばした。

ソーヤーはボビー・トムの手首をつかんだ。「あとでいくらでもできるだろう。話を最後まで聞いてくれ」

ボビー・トムは残りの話を聞かないわけにはいかず、しかたなく手を放した。しかし後ろに下がりはしなかった。憎悪に満ちた低い声で彼は言った。「続きを話してくれ」

「私は口に出してスージーに言ったわけじゃないが、彼女は私がそういうつもりだと思ったようだ。そして私は、本当のことを話すまでに時間をかけすぎた。信じられないかもしれないが、テラローザの外の世界の人々は私のことをまともな人間だと思っている。私は思ったんだ。一緒にしばらく時間を過ごせば、彼女も私をそんなふうに見てくれるようになるだろうと。ところがコントロールできない状況になってしまった」

「母を無理やり犯したんだな」

「違う！」ソーヤーの怒りが初めて燃えあがり、目が細くなった。「デントン。私のことをどう思おうが構わないが、これだけは違うと信じてくれ。私たちの間に起こったことについて君にあれこれ言われる筋合いはないが、一つだけ言っておこう――力ずくではなかった」

ボビー・トムは気分が悪くなった。どんな状況であれ、自分の母親をそんなふうに考えたくなかった。でもそれ以上に、母親が進んでソーヤーに身をまかせるなどとは思いたくなかった。父と結婚していた間はもちろん、死んだ父の記憶がまだ新しいうちも。

突如として爆発したソーヤーの怒りは、これまた突然静まった。「力ずくではなかったにしても、彼女にとっては早すぎたんだ。私にはそれがわかっていた。スージーは君のお父さんをまだ心から愛している。ホイトはすばらしい男だったし、彼女がそう感じるのも当然のことだ。でも、ホイトはもう亡くなったんだよ。一方、私は生きている。スージーは心細いんだ。それに私のことを大事に思ってくれている。ただし彼女は自分にそれを許すことができない。それは君のためだと私は思う」

「そんなこと、あんたにわかるものか」

「君は彼女の人生で一番大切な存在なんだ。彼女は君を傷つけるくらいなら自分の腕を切りおとすだろう」

「母に近づかないでほしいんです」

ソーヤーはボビー・トムを敵意むき出しで見つめた。「こうやって腹を割って話したのは、私がマゾヒストだからじゃないってことぐらい、わかってもらえるとありがたいんだが。君のことはあまり好きとはいえない――私には自己中心的ないやな奴にしか見えない――だが自分が間違っていることを祈るよ。君の中にお父さんと同じ性格が少しは宿っていることを願うよ。こんなふうに正直に話したのは、私が奇跡を願っているからなんだ。君の同意がなければ、彼女と私がうまくいく見込みはない」

「奇跡は起こりませんよ」

ソーヤーは誇り高い男だった。彼の声には哀願する響きはなかった。「私が求めているのは公平さだよ、ボビー・トム。機会を公平に与えてほしいと言っているんだ」

「あんたは俺の賛成が欲しいって言うのか！」

「彼女の罪の意識を取りのぞいてあげられるのは君しかいない」

「そりゃ気の毒に。俺はそんな役回り、ごめんだからな！」ボビー・トムはソーヤーの胸に指をつきつけた。「いいか、警告する。母に手を出すな。少しでもそんなまねをしたら、後悔することになるぞ」

ソーヤーは断固としてひるまない険しいまなざしでボビー・トムを見かえした。

ボビー・トムは彼に背中を向けて部屋を飛びだし、階段を駆けあがった。息づかいが激しくなり、一番上で立ちどまって心を静めなくてはならないほどだった。やはり思ったとおりを防がなくてはならない。ソーヤーは母親を傷つけたのだ。どんなことがあろうとまた同じことが起こるのを防がなくてはならない。

昔のチームメイトに声をかけられ、ボビー・トムはいつのまにかバーのまわりに集まった人々の中に引きもどされていた。あちこちのグループに顔を出し、背中を叩きあい、人生に悩み事など一つもないかのように試合の体験を語りあった。だが古くからの友人にあいさつをしながらも、視線は入口のドアのほうへばかり向けてグレイシーを探していた。ソーヤーとの対決のあとだけに、心を落ちつかせてくれる彼女の存在が必要だった。いったい何に手間どってこんなに遅くなっているのだろう？　ボビー・トムは駐車場まで走っていって彼女を探したいというばかばかしい衝動にかられながら、かろうじてこらえていた。

ソーヤーがバーに立ってベインズ町長と話をしているのがボビー・トムの目に入った。そしてまもなく、部屋の反対側で友達とおしゃべりをしている母親の姿も見つけた。母親は楽しんでいるようにも見えたが、遠くなので定かではない。ボビー・トムは、映画がクランクアップしたらすぐにでも、母親が行きたいといっていたクルーズに出かけることを考えていた。自分はクルーズなど好きではないが、母親と一緒にいるのは楽しい。旅は母親にとっていい気晴らしになるだろう。グレイシーも一緒に行けばいい。そうすれば船の中に閉じこめられてイライラすることもないだろう。三人一緒の楽しい旅になりそうだった。考えれば考えるほどいいアイデアだという気がして、気分が晴れてきた。

しかしその気分も、ウェイ・ソーヤーをじっと見つめる母親のまなざしに気づいたときたちまち消しとんだ。母親の目が悲しみと恋いこがれる思いであふれ、そのあまりの切実さに彼は見ていられないほどだった。ソーヤーが振りむいて母親を見た。そのとたんソーヤーは、町長に言おうとしていたことを何もかも忘れたようだった。ソーヤーの表情はある感情でやわらいだ。それは、ボビー・トムが心の中では十分わかっているが口に出して認めたくない感情だった。

数秒間が過ぎた。ウェイ・ソーヤーもスージーもお互いに歩みよろうとしない。ついに二人は苦痛に耐えられなくなったかのように、同時に顔をそむけた。

22

クラブハウスの小さなダイニングルームでは、カクテルパーティがもうたけなわだった。グレイシーはその部屋のドアを入ったところで立ちどまっていた。体格のいいスポーツ選手と美しい女性が泳ぐように歩きまわっている。一瞬、ボビー・トムに初めて会った夜に引きもどされたような気がした。温水浴槽《ホットタブ》こそなかったが、招待客の中にはあの夜見かけた人々も何人かいたし、雰囲気も同じように華やいでいた。

グレイシーが今着ている古びたネイビースーツも既視感《デジャヴュ》を増幅した。自分を実物以上によく見せてくれる可愛らしい服に慣れてきていたグレイシーにとって、このスーツはあの夜よりもさらに野暮ったく、ぶかぶかに思えた。彼女は再び、例の実用本位の黒いパンプスをはき、メークをすべて落とし、髪の毛は後ろになでつけるようにして、これもまた実用的な二本のヘアピンでとめていた。今夜はどうしても、ボビー・トム好みの姿で現れることができなかった——自分もそんな格好が気に入っていたのに。特に、着てみせて彼を驚かせようと計画していたあの黒いカクテルドレスを腕を通すことはできなかった。だから余計なものをそぎ落として、彼がピグマリオンのように変身させてくれる前の自分に戻ったのだった。

今夜こうやって姿を現すことがグレイシーにとってどれだけつらかったか、ボビー・トムには決してわからないだろう。彼女は今までずっとそうしてきたように、責任を果たすという目的のためだけに自分にむち打ってやってきたのだ。ボビー・トムはまだ彼女に気づかず、マリリン・モンローの全盛期を思わせるブロンドのグラマー美人と熱心に会話している。ボビー・トムより少し年上に見えるこの女性は、体にぴったりと合ったシルバーのドレスを着ている。太ももの真ん中までスリットの入った、目を見張るようなすばらしいドレスだ。彼女を見るときのボビー・トムの視線は誰が見てもわかるほどに愛情にあふれている。グレイシーの胸は痛んだ。こういう女性こそ、彼がいつか結婚する相手にふさわしい。彼を存在感のある人間にしているのと同じ種類の星くずを身にまとった、こんな女性が。

ブロンドの女性はボビー・トムのウエストに腕をそえ、頬を彼のジャケットにもたせかけた。彼がお返しに彼女を抱擁したとき、グレイシーはその女性がフィービー・ケイルボーであることに気づいた。シカゴ・スターズの美しきオーナーで、ボビー・トムの元上司にあたる。二人がサイドライン上でキスを交わしている新聞の掲載写真を思い出しながら、なぜこんなお似合いの二人が結婚しなかったのだろうと不思議に思った。

そのとき、ボビー・トムは顔を上げてグレイシーを見つけた。彼の目に浮かんだ混乱は、すぐに不快感に取って代わった。グレイシーは彼に向かって叫びたかった。これが私よ、ボビー・トム！　これが私の本当の姿なの！　すべてを持っている男に何かをあげられるのではないかと勘違いした、愚かな普通の女なのよ。

フィービー・ケイルボーは頭を上げてグレイシーのいるほうを見た。これ以上対面を引きのばせないと悟ったグレイシーは、姿勢を正し、二人のいるところへ歩いていった。醜いアヒルの子が二羽の着飾った白鳥のそばへ近づいていくように。

雄の白鳥が顔をしかめ、美しい羽を逆立てた。「遅かったじゃないか、どこへ行ってたんだ？　それにいったいぜんたいどうしてそんな格好をしてるんだよ？」

グレイシーはその言葉を無視した。彼と面と向かって話す勇気がなかったからだ。醜い嫉妬の爪を肌に立ててやりたい衝動を抑えながら、グレイシーはフィービー・ケイルボーに手を差しだした。「私、グレイシー・スノーといいます」

グレイシーは氷のように冷たく傲慢な態度であしらわれるのを待った。これだけ魅力的な女性なら、彼女のように野暮ったい女を軽蔑するのも当然だろうと思いながら。しかしその予想は裏切られた。フィービーの目には気さくさと活発な好奇心が宿っている。「フィービー・ケイルボーです」握手を返しながら言う。「お会いできて嬉しいわ、グレイシー。私、あなたたちの婚約のこと、先週になってやっと聞いたんですよ」

「きっと皆さん驚かれたと思いますよ」グレイシーはぎこちなく言った。セックスの女神のように見えながら、母なる大地のように暖かく心地よい雰囲気をもったこの女性を、どう判断していいかわからなかった。

「あなたの魅力、私にはよくわかるわ」

グレイシーは彼女に鋭い視線を投げた。どうせグレイシーをばかにして冗談を言っているのだろうと思ったからだ。ところがフィービー・ケイルボーは本気で言っているようだった。「うちの双子がきっとがっかりするわ。二人とも女の子なんだけれど、ボビー・トムが自分たちが大きくなるまで待ってくれて、どうにかして両方と結婚してくれるって思いこんでるんですから。うちには子供が四人いて」彼女は説明した。「一番下は三カ月の男の子。まだ母乳をあげてるので、今日も連れてきたんです。今ベビーシッターをつけて、スージーのお宅で預かってもらってるんですよ」

ボビー・トムは苦々しい表情で言った。「あのね、フィービー。母乳談義を始めるんなら、俺は今すぐこの部屋から出ていきますよ、本気ですからね」

フィービーはくすりと笑い、彼の腕を軽く叩いた。「あなたも結婚するんでしょ、結婚生活の新世界にようこそ。そのうち慣れるわよ」

考えまいとしても、グレイシーの頭にはボビー・トムの赤ん坊のイメージが浮かんでしまう。お父さんと同じぐらい魅力的な、暴れん坊の男の子たち。グレイシーはもう苦痛には麻痺していたから、これ以上苦しむことはないだろうと思っていたが、ボビー・トムが自分以外の女性との間にできた子供と一緒にいる光景を想像すると、また新たな苦痛の波が襲ってきた。

招待客はダイニングルームに向かって少しずつ移動しはじめていた。そのとき、体格が大きくハンサムな、四〇歳前半とおぼしき男性がフィービーの後ろからやってきて彼女の肩を抱いた。穏やかな南部なまりで彼は言った。「選手をリクルートしたいんなら今がチャンスだよ、ハニー。今夜来ているゲストの中には、今の所属チームのオーナーに不満を抱えてるとびきり優秀なフットボール選手が数人いるからね」

それを聞いてフィービーはまわりにさっと目を走らせた。ついで振り向いて後ろにいるその男性を見つめた。その表情にこめられた優しさに、愛情の確かさに、グレイシーは泣きたくなった。ボビー・トムもときどき彼女をあんなふうに見つめることがある。しかしあれは愛情ではない。意味が違うのだ。

「グレイシー、夫のダン・ケイルボーです。ボビー・トムのチームのヘッドコーチだったのよ。ダン、この方がグレイシー・スノーよ」

ダンは微笑んだ。「はじめまして、ミス・スノー。今夜は本当に楽しいパーティですね」今度はボビー・トムのほうを振りむいて言った。「君のフィアンセが今晩ここに来てるって誰かが言ってたよ、映画スター君。ようやく結婚する気になったんだな、信じられないよ。で、フィアンセにはいつ会わせてくれるんだ?」

フィービーがダンの腕に触れて言った。「グレイシーがボビー・トムのフィアンセなのよ」

ダン・ケイルボーは驚きをすばやく隠して言った。「そうか、これはこれは。また素敵な方ですね。ご婚約、心よりお悔やみ申しあげます」ダンは失言をユーモアでごまかそうとしたが、その場の緊張はやわらぐことがなかった。グレイシーはふだん、気まずい状況でも世間話をするのが得意だったが、今は舌が口の中でくっついてしまったかのようだ。ぼんやりとして活気のない表情で押しだまり、三人の前に立ちつくしていた。

ボビー・トムがようやく口を開いた。「ちょっとの間、失礼させてもらってもいいですか。グレイシーと少し話があるので」

フィービーはもう行っていいというように手を振った。「どうぞ、かまわないわ。私は皆さんが着席する前に選手のリクルートをしてしまいたいから」

ボビー・トムはグレイシーの腕をつかんで引っぱり、ダイニングルームから連れだした。おそらく痛烈なお説教をくらうことになるのだろうとグレイシーは思った。しかし二人きりになる前に、黒髪でたくましく、大きいわし鼻と繊細そうな唇を持った男性につかまった。

「水臭いじゃないか、俺に隠すことないだろ、B・T。結婚するんだって？　お相手のラッキーな女性はどこだい？」

ボビー・トムは平静を保って答えた。「彼女がそのラッキーな女性だよ」

この男性はダン・ケイルボーほど感情を隠すのが上手ではなく、ひどく驚いているのがはっきりとわかった。グレイシーはボビー・トムが肩に手を回すのを感じた。彼のことをよく知らなかったら、この態度はきっと彼女を守るためだと勘違いしてしまっただろう。

「グレイシー、ジム・ビーデロットを紹介するよ。スターズのクォーターバックを長年つとめた選手で、一緒にプレーを楽しんだ仲だ」

ビーデロットが戸惑っているのは明らかだった。「はじめまして、グレイシー」

そこへ突然ベインズ町長が現れたので、グレイシーはあいさつに応えなくてすんだ。「フランク牧師のお祈りが始まるところだよ。二人とも、来たまえ」

二人をダイニングルームに連れもどそうとするベインズ町長に、ボビー・トムがイライラしているのがわかった。「話はあとにしよう」声をひそめて言う。「あとで、絶対にだぞ」

グレイシーにはディナーが異様に長く感じられたが、皆は楽しんでいるようだった。ゲストたちはメインコースが終わるとすぐに、テーブルからテーブルへと歩きまわりはじめた。グレイシーは自分が話の種になっていることがわかっていた。ボビー・トムがなぜあんなさえないチビのスズメとくっついたのか、その理由がわかる友人は一人もいないだろう――グレイシーはそう確信していた。まともに口が利けないスズメだったら、なおさらだ。

ボビー・トムは顔には表わさなかったが、グレイシーに恥をかかされたと思っていることは明白だった。彼女が故意にそうしたわけではないと言っても絶対に信じてくれないだろう。今でも彼女はボビー・トムを傷つけたくなかった。彼のあるがままの姿やふるまいを変えることができないのは当然だ。それはグレイシーが自分らしくするしかないのと同じで、だからこそ彼女は今夜、流行の服を着てきれいなメークをほどこすことができなかったのだ。

グレイシーのひどい格好とだんまりを決めこんだ態度に、テラローザの人々は無礼に過ぎると怒ったり、困惑したりしていた。単に趣味の悪い服を着てきた人に対する態度ではなく、たちの悪い酔っぱらいに対する態度だった。スージーはグレイシーの具合が悪いのかと心配し、トゥーリー・チャンドラーは彼女をトイレまで追いかけてきて、そんな格好で来るなんて頭がおかしくなったんじゃないのかと尋ねた。テリー・ジョウはトイレから出てくる彼女をつかまえ、ボビー・トムに恥をかかせたことを叱った。

グレイシーはもう我慢できなかった。「ボビー・トムと私はもう婚約してないの」

テリー・ジョウは驚きのあまり口をぽかんと開けた。「グレイシー、何言いだすの。あなたたちが愛しあってることは誰が見てもわかるのに」

急に、これ以上とても耐えきれないという思いがグレイシーを襲った。彼女は無言できびすを返し、クラブハウスから逃げだした。

一時間と少したって、グレイシーは彼女のアパートの外階段を一段抜かしで上がってくる重いブーツの音を聞いた。そしてドアをどんどん叩く音。彼女はまだ白いブラウスにネイビーブルーのスカートという姿で暗いベッドルームに座り、これからの人生をいさぎよく受けいれようとしていた。いすから立ちあがって電気をつけ、ヘアピンをはずした髪に疲れきった手をやってととのえる。気を落ちつける努力をしながらリビングルームを通ってドアを開けた。

あれだけいろいろあったあとでも、彼女はボビー・トムの姿を見ると息をのまずにはいられなかった。踊り場に立っているだけで、あたりの空間を埋めてしまういつもながらの存在感だ。ラベンダー色のシャツの前面に並ぶダイヤモンドの飾りボタンは、はるか遠くの惑星のように輝いている。ボビー・トムは、地上の現実に生きるグレイシーとはまったく別の存在だ。その隔たりは今までに感じたことがないほどに大きかった。

彼の怒りをかうことは予想していたが、心配されるとは思ってもみなかった。彼は部屋に入ってカウボーイハットを脱ぐなり訊いたのだ。「いったいどうしたんだい、ハニー？ 気分でも悪いのか?」

心の卑しい部分がイエスと答えたがっていたが、自己を律する厳しい心がそれを制し、グレイシーは首を振った。

彼はドアを大きな音を立てて閉め、彼女と向きあった。「それなら、今夜どういうつもりであういうことをしたのか言ってくれ。あんなひどい姿で現れて、誰かに舌をちょん切られたみたいに黙って。それからおまけに、テリー・ジョウに言ったそうだな、婚約は解消したって! 今ごろ町中の人が知ってるぞ」

グレイシーは彼と争いたくなかった。ただこの町を出てどこか静かなところを見つけ、そこで傷心を慰めながら暮らしたかった。どうしたら彼に理解してもらえるだろう? 求められればどんなものでもあげるつもりでいたことを。ただしそれは無償で捧げられるものでなければならなかったことを。

ボビー・トムは彼女をにらみつけた。いつもの明るく陽気な表情が、パチパチと音を立ててはじけるような激しい怒りに変わっている。「単純な質問だよ。答えられないわけないだろ、グレイシー。世話になった多くの人々をおいてここに駆けつけてきたんだぞ。なぜよりにもよって今夜、俺に恥をかかせたのか教えてくれ」

「今日、私の給料を払っているのがあなただってわかったの」

彼の目がもどかしそうに訊いている。「だから何だっていうんだ?」

ボビー・トムは給料の問題を軽々しく片づけようとしている。これで彼が彼女のことをほとんど理解していないということがわかり、心の痛みはますます激しくなった。たとえ一瞬でも彼が自分を愛しているなんて、どうして思えたのだろう？「あなたは私にうそをついたでしょ！」

「君の雇用主が誰であるかについて何か言った覚えはないよ」

「ふざけないでよ！　あなたからお金をもらうことについて私がどう感じているか知ってるくせに、それなのにこんなしうちをしたわけね」

「君は俺のアシスタントだろ。ちゃんと仕事で稼いだ給料じゃないか」

「仕事なんかなかったじゃないの、ボビー・トム？　私のほうでわざわざ仕事を探さなきゃならなかったぐらい」

「何を言ってるんだよ。ゴルフトーナメントの準備で忙しく働いていたじゃないか」

「ここ二、三日だけの話よ。その前はどうだった？　何もしないでお給料をもらっていたようなものじゃない！」

ボビー・トムは自分に一番近いいすの上にカウボーイハットをぽんと投げた。「それは違う。どうしてこんなことで大騒ぎするのかわからないな。あのときはちょうどウィンドミルが君を解雇しようとしてたところだったし、君がどう言おうと、俺はアシスタントが必要だった。それだけの単純な話なのに」

「もしそんなに単純な話なら、どうして私に直接頼まなかったの、俺のところで働いてくれって？」

彼は肩をすくめ、リビングルームを横切るとオープンカウンターの奥にある小さなキッチンに向かった。「頭痛薬あるか？」

「あなた、私が断るとわかっていたから直接訊かなかったんでしょ」

「ばかばかしい。なんでこんなくだらない話しなくちゃいけないんだ。俺のせいでウィロウが君を解雇しようとしてたからさ」彼は流しの上の食器戸棚を開けた。

「じゃあ、自分の面倒もまともに見られない能なしの私を憐れに思って雇ったというわけね」

「そういうんじゃないんだ。俺の言葉をゆがめて勝手に解釈するのはやめろよ！」彼は食器戸棚の中を探すのをあきらめた。「俺はこの件について客観的に考えてみたけど、別に問題はないと思うよ」

「私にとってお金のことがどれだけ大事か知っていたくせに、あなたにはどうでもよかったのね」

まるで何も聞かなかったかのように、彼はオープンカウンターを回ってリビングルームに戻り、ジャケットを脱ぎながら話しはじめた。「発覚して、かえってよかったかもしれない。ずっと考えてたんだけど、今後のことについて話し合ういい機会じゃないかと思うんだ」ジャケットをいすの上に投げる。「俺たちはあと二、三週間でロサンゼルスに出発することになってる。で、俺の専任アシスタントとして、君を今の給料の三倍で雇うことに決めた。給料に見合うだけの仕事がないとかなんとか、そんなことを言い出すのはやめてくれよ。スタジオでの撮影に一日一〇時間もの時間をとられるから、ほかの仕事をする時間がとれなくなるんだ」

「それはできません」

「実は、二、三日先に現地へ飛んで、住む場所を見つけておいてもらいたいんだ」ボビー・トムはソファに座り、ブーツをはいた脚をコーヒーテーブルの上に乗せた。「プールがあるといいな、どうだい？　眺めのいい場所を探してくれ。そのために君専用の車を買っておくといい。もう一台は必要だからな」

「もうやめて、ボビー・トム」

「それから君にはもっと服が要るな。経費だから、支出科目を追加しよう。もうアウトレットストアなんか行くなよ、グレイシー。ロデオドライブに直行して、最高のものを買うんだ」

「あなたと一緒にロサンゼルスには行きません！」

彼はズボンのウエスト部分からシャツのすそを引っぱりだし、飾りボタンをはずしはじめた。「君が提案した基金のアイデアね――俺としては今のところ絶対にやるという決意は固まってないけど、君がいろいろ検討して企画を立ててみたらいい。それを見て決めようか」そう言うとボビー・トムは床に脚を下ろしてソファから起きあがった。シャツの前がはだけて裸の胸が見えている。「明日の朝は五時に起きなくちゃならないんだ、スイートハート。

明日ゴルフコースでへまをする俺を見たくないだろ？　だったら俺たちもうベッドに入ったほうがいい」彼はグレイシーとの間の距離を縮めながら、彼女のブラウスのボタンをはずしはじめた。

「私の言うこと何も聞いてないのね」グレイシーは身を引いて逃れようとしたが、彼はがっちりと体をとらえて放さなかった。

「それは君がおしゃべりしすぎるからさ」ボビー・トムはスカートの横のファスナーを下ろすと、彼女をベッドルームに引きずっていった。

「私はロサンゼルスになんか行かないわ」

「いや、来てもらう」ボビー・トムは彼女の体をひっくり返しそうになりながら靴を脱がせ、スカートを脇に放り投げ、パンティストッキングを下ろした。彼女はパンティとブラと、前のあいたブラウスだけになって彼の前に立った。

「お願い、ボビー・トム。聞いて」

彼はグレイシーの体全体をさっと眺めて言った。「俺を喜ばせてくれ。君、俺を喜ばせたいって言ったよな？」彼は自分のズボンのジッパーに手を伸ばし、それを下ろした。

「ええ、言ったわ、でも――」

ボビー・トムは彼女の腕をつかんだ。「もうおしゃべりはやめだ、グレイシー」まだ服を着てはいるがシャツもズボンも前があいたままで、彼はグレイシーをベッドに押したおし、彼女の上に乗った。

太ももの間に彼の固い膝が押しこまれるのを感じ、突如として不安が彼女を襲った。「待って！」

「待つ理由なんかないじゃないか」彼の手がパンティを引っぱる。体重をかけて彼女を動けなくしておいて脱がせようとする。彼は自分の服を脱ぎながら指の関節を恥骨に食いこませた。

「こんなのいや！」彼女は叫んだ。

「ちょっとだけ時間をくれよ、すぐよくなるから」

彼はセックスを利用して彼女と話をするのを避けようとしている。許せなかった。「いやだって言ったでしょ！　どいて！」

「わかったよ」ボビー・トムは腕の中に彼女をとらえて動けない状態にするとその体をくるっと回転させ、自分の体の上に乗せた。しかし手は彼女のお尻をきつく締めつけるようにとらえて放さず、体を強く押しつけてくるので、逃れることができない。

「いや！」

「どっちなんだよ、上がいいの？　下がいいの？」ボビー・トムはまた彼女の体をひっくり返し、組みしいた。

「やめて！」

「やめてほしくなんかないだろ、自分でわかってるくせに」力強い胸でマットレスに押しつけられる。彼はグレイシーの両膝の裏をとらえて左右に開き、彼を受けいれやすい体勢にさせた。指で脚の奥を探りはじめる。彼女は握りこぶしを作り、彼の後頭部に全力で振りおろした。

「いてっ!」ボビー・トムは苦痛の叫びを上げて頭を抱え、彼女の体の上から転がって離れた。「なんだってこんなことするんだよ!」憤然として叫ぶ。

「この間抜け男!」グレイシーは痛くなるまでこぶしを振るってベッドの上の彼を攻撃した。どこもかしこも手あたりしだい、殴れるところはすべて殴りつづけた。彼は腕を上げて身を守ろうとした、ときどきパンチが当たって悲鳴を上げながらも、彼女を止めようとはしなかった。

「やめろ! 痛いじゃないか、くそ! いてえ! いったい、どうしたんだよ?」

「あなたなんか死ねばいいんだわ」グレイシーの両手はずきずきと痛んだ。最後の一発をお見舞いすると、彼女はベッドの上に座りこんだ。息をはずませながらブラウスの前をかきあわせる。ボビー・トムが迫ってきたのは必ずしもセックスがしたかったからじゃない。どちらが上か力ずくでわからせようとしたのだ。そんな彼が憎かった。

ボビー・トムは頭を守っていた腕を下ろし、用心深く彼女を見た。

彼女はベッドから降りると、ドアの裏にかかっているローブに手を伸ばした。手の痛みがひどく、うまくローブを着ることができない。

「話しあったほうがいいな、グレイシー」

「出ていって」

グレイシーはマットレスがきしむ音と、部屋を出ていく足音を聞いた。ずきずき痛む両手を膝の上において、ベッドの脇にくたくたと座りこみ、泣きたくなるのをこらえた。二人の関係はついに終わったのだ。今日すでにそれを予感してはいたが、これほど後味の悪い形で終わるとは思ってもみなかった。

ボビー・トムがまた部屋に戻ってきたのに音で気づいて、彼女の体は固くなった。「出ていってと言ったでしょ」

彼は冷たいものを彼女の手に押しつけた。ふきんに包んだ氷の塊だった。「これで冷やせば腫れないから」その声は弱々しく少ししゃがれていた。つまったのどから無理に絞りだしたような声だった。

グレイシーは彼の顔を見ることができずに、渡された即席のアイスパックを見おろしていた。ボビー・トムを愛していると感じるたび心が暖かくなり幸せだったが、今は息苦しい。

「お願いだから出ていって」

彼の声はほとんどささやきに近かった。「今まで女性にあんなことをしたことはない。グレイシー、悪かった。今やったことを取りかえせるものなら何でもする」彼女の横に座った彼の体重でマットレスが沈んだ。「一緒に行かないなんて言われたことが我慢できなくて、君を黙らせようと思っただけなんだ。どうしてこんなしうちをするんだい、グレイシー？ 二人で楽しくやってきたじゃないか。俺たちは友だちだ。お互いの考えがちょっとすれ違ったぐらいで関係を終わらせる理由なんてないだろう」

ようやくボビー・トムの顔を見る余裕ができた彼女は、その目に映る悲哀を見てはっとした。「すれ違いなんてものじゃないわ」彼女はつぶやいた。「あなたとはもう一緒にいられない」

「何言ってるんだい、ロサンゼルスで一緒に楽しもう。映画の撮影が終わったら、二人で母をクルーズに連れていこうよ」

その瞬間グレイシーは、自分の気持ちを正直に伝えなければと思った。偽りのない心を打ちあける勇気を持たなくてはならなかった。それを言ったところで状況は何も変わりはしないとはわかっていたが、言わなければ彼女の傷は一生癒えることがないだろう。彼の目をまっすぐに見て、グレイシーはほかのどんな言葉よりも言いにくいことを口にした。「あなたを愛してるわ、ボビー・トム。最初からずっと」

この告白に彼はまったく驚いていないようだった。そんなふうに軽く受けながされて、また新たなナイフのひと突きを受けたように彼女は感じた。ボビー・トムは彼女の思いをずっと知っていた。だが彼女の夢想とは裏腹に、その思いに応えてはくれないのだ。

彼はグレイシーの頰を親指でそっとなでた。「大丈夫だよ、ハニー。俺、こういう経験は前にもあるから。二人でなんとかうまくやっていけるさ」

彼女の声は乾いてしゃがれていた。「こういう経験?」

「今みたいに告白されること」

「女性のほうから愛してるって?」

「何だっていいじゃないか、グレイシー。よくあることだよ。だからといって友だちでいられなくなるってわけじゃない。俺たちは友だちだろ。君は俺にとって今までで一番大切な友だちと言ってもいいくらいなんだぜ」

その言葉は彼女の心に深く釘を打ちこんだ。言った本人はそのことに気づいてもいない。

「いいかい、グレイシー。今までどおりにしてればいいのさ。俺、長年かけて学んだんだけど、お互い思いやりと節度をもってふるまえば、修羅場になることもないし、大立ち回りを演じることもないんだよ。友達同士でいられるのさ」

氷の塊の角が痛む手にくいこんだ。「あなたのことを愛してるって言った女の人全員と、いまでも友だちなの？」

「ほとんどと友だちだよ。俺は君ともそうなりたい。さて、このことはもう話しあう必要はないみたいだな。俺たちは今までと同じような関係でいる。そうすれば、すべてうまくいくさ。まあ見てなって」

これほど真剣な愛の告白も、ボビー・トムにとってはちょっと気恥ずかしい思いをする程度のことでしかない。自分の存在が彼にとっていかに取るに足らないものかという証拠をほかにつきつけられたとしても、自分は黙って聞いていただろう。グレイシーは呆然としていた。屈辱を感じていた。

「あなたが申し出てくださった仕事、私が引きうけるとまだ思ってる？」

「引きうけなかったらどうかしてるよ」

「あなたは何もわかってないのね」彼女の目に涙があふれた。

「じゃあ、グレイシー——」

「私はこの仕事、うけません」彼女は穏やかに言った。「月曜にニュー・グランディに戻ります」

「給料の額が気に入らないのかい？　だったら交渉の余地はあるよ」

「知ったかぶりばかりしてるけど、あなたは愛について一番基本的なことも知らないのね」涙がまつ毛から頬を伝って流れおちた。スーパーボウル・リングを通したチェーンを頭からはずし、彼の手のひらに押しつけた。「愛してる、ボビー・トム。死ぬまであなたのことを愛しつづけるわ。でも私はお金で買える品物じゃないの。無償で捧げるつもりだったのよ、最初から」


ボビー・トムはゆっくりと一定のペースで庭を横切って歩いた。途中で足を止め、月の美しさに見とれるふりをした。グレイシーがもしかしたら窓からのぞいているかもしれないので念のためそうしたのだが、長い間立ちどまっていることができなかった。呼吸がうまくできないのだ。家の裏口へ向かって再び歩きだした。早足にならないよう、懸命にペースを抑えながら。口笛を吹こうとさえした。しかし口がからからでうまく吹けない。ポケットに入れたスーパーボウル・リングを熱く感じ、まるで腰のところに熱で穴があいてしまいそうだった。いまいましいこのリングを取りだして、思いっきり遠くに投げすててやりたい気分だった。

った。

家の中に入った彼はドアを閉めてそこにもたれかかり、目をぎゅっとつぶった。失敗してしまった。どうしてうまくいかなかったのかわからない。ちくしょう！　いつも断るのは俺のほうなのに。いつ関係を終わらせるかを決めるのも、いつも俺なのに。しかしグレイシーにはそれがわかっていなかった。彼女はこんな単純なことさえわからない女なのだ。一生に一度のチャンスを棒にふって田舎町に戻り、老人ホームでおまるの中身を空けて過ごすことを選ぶばかが、いったいどこにいるというのか？

ボビー・トムはドアから体を離し、キッチンに向かって大股で歩いていった。このことで罪の意識を抱くつもりはない。グレイシーのほうから拒否してきたのだから。その拒否は決断をくだしたのは彼女であって、彼ではない。俺に惚れたって？　そりゃそうだろう。しかたない。俺が魅力的だっただけじゃないか。だけど彼女は、俺がどう感じているか一度でもじっくり考えたことがあるのだろうか？　俺がグレイシーを大切に思っていることがよくわかっていないみたいだ。彼女は自分が感受性の強い人間だと思っているらしいが、俺の感情を踏みにじることについては何の良心の呵責もないじゃないか。彼女のことを俺は最高の友達だと思う。でも彼女はそのことについて考えてみようともしないじゃないか。

ベッドルームのドアを強く押しあけると、その勢いでドアが壁にぶつかった。くそいまいましい！　ああやって去ることで俺がひどく動揺するだろうと思ったとしたら大間違いだ。そんなことはさせない。月曜に出発すると言っていたから、明日の晩行われるホーダウンのスクエアダンスパーティには参加するはずだ。彼女はアーバー・ヒルズの入居者手作りのパッチワークキルトのくじ引き抽選担当者になっている。責任感の強い彼女のことだから必ず来る。そのときまでに策を練って準備をしておこうと彼は思った。

今晩寝る前にブルーノに電話をして、昔のガールフレンドをたくさん呼びよせるように言っておこう。明日のホーダウンのダンスは美しい女性に囲まれて過ごすつもりだった。それをグレイシーに見せつけて、自分が捨てようとしているものがどれほど大きいかをわからせる。部屋の隅で壁の花みたいに座りながら、セックスの生きた戦利品《トロフィー》のような女たちが彼にまとわりつくのを見たらあいつだって正気に戻るだろう。現実を見せつけてやることこそ、彼女に必要なものなのだ。たちまち彼女は彼の気を引こうとするようになるはずだ。そして考え直したわ、と言ってくるはずだ。大切な友達の彼女だから、ひれ伏して謝れとまでは俺も言わない。

ボビー・トムは空っぽのベッドをぼんやりと眺めた。明日の晩、彼女は思い知る。間違いなく悟ることになる。ボビー・トム・デントンを捨てるような女は——頭が狂っているのでもないかぎり——絶対にいないことを、思い知らせてやる。

23

頑固なグレイシーのおかげで、ボビー・トムは今までのゴルフ人生最悪のラウンドを経験するはめになった――よりによって、ボビー・トム・セレブリティ・ゴルフトーナメントという自分の名を冠したイベントで。そのため友人たちからさんざんからかわれ、彼はそれにじっと耐えなくてはならなかった。婚約が解消されたと聞いて、彼らも多少は手加減してくれたが。

その夜、ホーダウンのダンスパーティ会場に着くころにはボビー・トムは疲れきっていて、ブルーノがシカゴから送りこんできたグラマーで色っぽい美女たちとの会話をまともに続けることさえできなかった。アンバーはストリップをやるのに飽きたら、微生物学者になりたいとしきりに言っていた。シャーメインは獅子座で、ハウス・オブ・インターナショナル・パンケーキの星のもとに生まれたとかなんとか、そんなくだらないことをほざいていた。そしてペイトンはあのフットボールクイズに挑戦したいとほのめかしたりした！　ボビー・トムはこの三人全員をトロイ・エイクマンに押しつけたい気持ちにかられたが、グレイシーを正気に戻すという目的のため、とにかく三人をそばにはべらせておく必要があった。

ブルーノの顔を立てるために言うと、三人は確かに見た目はすばらしい魅力をそなえた女性たちだった。しかしボビー・トムはその誰にも、つゆほどの興味もわかなかった。この三人もそれぞれ、西部開拓時代を思わせる衣装を身につけていた。アンバーはタイトなジーンズにバンダナで作ったトップスを着て、胸の谷間のあたりには保安官バッジをつけている。ペイトンは酒場で働く女性が着るような、おへそまでの深いカットが入った衣装だ。そしてシャーメインは全体がフリンジになっているカウガール風スカートをはいている。ボビー・トムはグレイシーのいるほうをちらっと見た。昨日の朝の記念館開館式のときと同じ、こぎれいな黄色いギンガムチェックのドレスを着ているその姿は、美女三人を合わせたより可愛らしいと思わずにはいられない。そう思ったところで彼の気分はまったく晴れなかったが。

カントリーミュージックの伴奏で踊るホーダウンのダンスパーティは、町から数マイル離れた牧場で行われていた。この行事は限られた人たちだけを対象にしたもので、ゴルフトーナメントの参加者と映画『ブラッド・ムーン』の関係者、そして地元住民の相当数にのぼるヘヴンフェスト委員会のメンバーが招待されていた。ボビー・トムの主張が通って、観光客の参加は許されていないため、有名人たちはサインをねだる人々に追いかけまわされることなく（地元の人々がサインを求めることは禁止されていた）、パーティを心ゆくまで楽しめるだろう。今晩唯一のあらたまったイベントは賞の贈呈式で、そこでボビー・トムがゴルフトーナメントの入賞者を表彰することになっていた。それとは別に観光客向けの企画もちゃんと用意されていた。ロデオ会場での遊園地の乗り物、カントリー・アンド・ウエスタンバンドの生演奏、フードスタンドが準備され、地元住民が各会場を駆けずりまわって運営に当たっていた。

牧場の建物のまわりに植えられた木々には色とりどりのイルミネーションが飾られていた。納屋のそばには仮設のダンスフロアと、賞の贈呈式用に万国旗がはためく演壇が設置されていた。ボビー・トムの視線は再びダンスフロアの脇にあるテーブルに注がれていた。そこではグレイシーが、アーバー・ヒルズの入居者手作りのパッチワークキルトのくじ引き抽選券を売っている。その姿を見たとたん心にせつなく苦しい感情があふれ、ボビー・トムはすぐに目をそらせた。

「よう、B・T、今日の後半九ホールはちょっとトラブル続きだったようだな」バディがテリー・ジョウとともにやってきた。二人ともジーンズとウェスタンシャツ姿で、ビールの入ったプラスチックのコップを手にしている。

「前半の九ホールもでしょ」そう言いながらテリー・ジョウは美女たちに悪意のある視線を向け、それからボビー・トムを見た。「バディ、ちょっとの間だけB・Tお気に入りの可愛いこちゃんたちのお世話をお願いできる、いいでしょ？　私、ミスター大物と話があるの」

ボビー・トムはテリー・ジョウと二人きりで話をするなんてまっぴらごめんだった。しかし彼女はうむを言わせず彼の腕をつかんで人ごみから引きはなし、フェンスのそばまで連れていった。「いったいぜんたい、どうしちゃったのあなた？」人に話を聞かれない場所までくると、すぐに詰問口調で言う。「グレイシーに何をしたかわかってるんでしょうね、婚約

「をあんな形で解消して?」ボビー・トムは憤然としたようすで彼女を見た。「俺が婚約を解消したってあいつが言ったのか？」

「けさ私が話したときは、ほとんど何も言わなかったわよ。あなたたち二人がお互いの合意のもとに別れることにしたってこと以外」

「で、俺のほうから別れ話を持ちだしたと思ったのか？」

「あなたじゃないの？」

「とんでもない、違うよ」

「つまりグレイシーがあなたを捨てたってこと？」

身から出た錆とはいえ、墓穴を掘っていることに気づくのが遅かった。「もちろん違うさ。俺を捨てる女なんかいるもんか」

「グレイシーが捨てたのね、そうなんでしょ？　振られたの!?　びっくりだわ！　ついにボビー・トムに一矢報いるような女傑が出てきたってことね」顔いっぱいに笑みを浮かべながら、テリー・ジョウは天を仰いだ。「神よ、感謝します！」

「おい、やめてくれないか？　あいつに振られてなんかいない。気がついてなかったのかよ、俺たちが実は婚約なんかしてなかったってことを！　あれは俺がテラローザにいる間、女にうるさくつきまとわれるのを防ぐための作戦だったんだ」テリー・ジョウに振られたと指摘され、からかわれたことで、ボビー・トムは言いようもなく傷ついていた。

「何いってんの、婚約してたでしょうよ。あなたたち二人が愛しあってたことぐらい、どんな間抜けでもわかるわよ」

「愛しあってないって！　いや、たぶんあいつは俺に惚れてるだろうけど……俺、確かに彼女は好きだし、気にかけてるよ。彼女を好きにならない奴なんていないだろ？　あいつはちょっとそこらにはいない、いい女だもんな。でも俺が惚れてるかって？　あいつは俺のタイプじゃないんだよ、テリー・ジョウ」

テリー・ジョウはしばらくの間彼をじっと見すえていた。「驚いたわ。あなたの女性に対する理解って、高校のとき私を捨ててシェリー・ホッパーに乗りかえたときから少しも進歩してないのね」彼女は悲しげに彼を見た。「いつになったら大人になるの、ボビー・トム？」

それ以上一言も言わずテリー・ジョウは立ちさった。ボビー・トムは怒りと情けない思いが入り混じった気持ちで彼女の背中を見つめていた。なぜ、今回のことが彼のせいであるかのように責められなくてはならないのか？　いつから彼の人生はこんなふうにめちゃくちゃになってしまったのか？　膝にけがを負った日からだと最近まで思っていたが、もしかすると本当の大惨事が訪れたのは、グレイシーが家に現れてストリップを演じてみせたあの夜ではないだろうか。

ナタリーが、エルヴィスを抱いたアントンと一緒に近づいてきた。ボビー・トムはあいさつを交わしながらあらためて感心した。ナタリーは美しい。性格もいい。彼はナタリーの全裸を見たことがあるし、二人は合計すると何時間もキスした。彼女はお乳をボビー・トムの体に垂らし、彼と取っ組み合いをし、彼に向かって発砲した。昨日は二人で川に飛びこまなければならなかった。ナタリーとは一緒にいろんなことをやらされた。しかしボビー・トムは彼女に心から親しみを感じなかった。グレイシーに感じている親しみの半分もない。

ボビー・トムはナタリーとアントンの夫妻と数分間雑談を交わしたが、気がついてみるとエルヴィスを抱かされていた。その間両親はダンスを楽しんでいる。エルヴィスは彼のカウボーイハットのつばをつかもうと手を伸ばしたが、それに届かないとわかると、彼が首に巻いていた黒のシルクスカーフの端で妥協してそれをしゃぶった。彼は服装に気を使うたちだったが、今はスカーフを取りかえす気力もなかった。赤ん坊は甘くていい香りがし、彼は心の奥底が妙にうずいた。

セックスの生きた戦利品《トロフィー》のような美女たちが近づいてくるのが見えたが、ボビー・トムは気づかないふりをして近くの離れの裏に隠れた。一人になって心を落ちつける時間がほしかったのだ。エルヴィスが彼のシャツの襟をしゃぶりはじめた。食事が並べられたテーブルの近くに再び出ていった彼は、自分の母親が一〇ヤード（約九・一メートル）ぐらい離れたところに立っているのを見つけた。濃い色のロングスカートに上品な女性教師風のブラウスを着て、襟元には彼の祖母のカメオブローチをつけている。ウェイ・ソーヤーが母親に近づくのを見て彼は警戒した。ソーヤーは色あせたジーンズにくたびれたカウボーイハット、古いブーツ、フランネルのシャツといった格好で、まさに開拓時代の男そのものに見えた。

母親はソーヤーを見て気が動転しているようだった。ソーヤーは母親の肩に手をおいた。

ボビー・トムはいつでも助けにいけるよう身構えたが、そのとき母親の体全体から力が抜けた。彼は一瞬、母親がソーヤーにしなだれかかるのではないかという不快感を覚えたが、そのあと母親は元どおり姿勢をまっすぐにして立ちさっていった。

ソーヤーはその場にじっと立ちつくしていた。彼がようやくこちらに顔を向けたときボビー・トムが見たものは、生々しい絶望の表情だった。ソーヤーのその顔は決して忘れられないだろうと彼は思った。腕の中の赤ん坊をしっかりと抱きしめた。自分が汗をかいているのがわかる。俺はいったいどうしちまったんだろう？　急に自分がソーヤーと同類のような気がしだしたのはなぜだろう？

「あなたのせいでボビー・トムは打ちひしがれてるわよ」テリー・ジョウはテーブルでくじ引き抽選券を売っていたグレイシーを引っぱって連れだすと、怒りをこめたささやき声で言い、先ほどからのお説教の続きをはじめた。「よくもこんな形で彼を捨てられるわね」

グレイシーは皮肉屋ではなかったが、しなやかなブロンド美女三人がまたもボビー・トムの腕にぶらさがっているのを見て、つい言葉が出てしまった。「確かに打ちひしがれてるように見えるわね」

「彼、あんな尻軽女のことは気にかけてないのよ、わかってるでしょう。彼が気にかけてるのはあなたのことよ」

「気にかけることと愛することは全然違うわ」美女の一人が手に持ったコップを傾けて彼に

ビールを飲ませている。グレイシーは、さっきのようにエルヴィスを抱いている彼を見るのと、今のようにセクシーな美女に囲まれている彼を見るのとでは、どちらがつらいのだろうと考えてみたが、わからなかった。「もうこれ以上彼のそばにいるのはつらくてたまらないの」

テリー・ジョウはそんなことで同情したりはしなかった。「持つことに価値があるものはどんなものでも、戦って勝ちとる価値があるはずよ。あなたってもっと根性のある人かと思ってた。つい忘れちゃうのよね、あなたが北部人《ヤンキー》だってこと」

「どうしてそんなに怒られるのかわからないわ。この町に来たその日から、会う人ごとに言われたのよ、私は彼のタイプじゃないって」

「それは確かにそうよ。でもボビー・トムが言ってたように、『人間の心の神秘はわからない』んだから」

「彼はああ言って人をかついでたのよ、あなただって知ってるでしょ、あの人の口から出ることのほとんどは、まったくの作りごとなんだから」

テリー・ジョウはぷりぷりして言った。「そんなことない。ボビー・トム・デントンは私が会った中でも一番誠実な人間の一人よ」

「へえ！」

「彼に惚れてるわりにはずいぶん批判的ね」

「愛してるからって、現実を見失ってるわけじゃないわ」グレイシーはその場を離れようとした。「テーブルのところに戻らないと」

「あら、戻らなくてもいいわよ。あそこはこれからスージーのブリッジクラブが引き継ぐことになってるから。あなたはパーティを楽しんでなさい。ボビー・トムに見せつけてやればいいじゃない、あなたの心を操ろうとしても無駄だって。みんな、彼が何をたくらんでるかぐらいわかってるけどね」

そこへテリー・ジョウがあらかじめ指示を与えていたかのように、『ブラッド・ムーン』のカメラマンの一人、レイ・べヴィンズがグレイシーの隣に現れた。「グレイシー、今晩君の仕事が終わるのをずっと待ってたんだよ、一緒にダンスしようと思って」

グレイシーはテリー・ジョウのけしかけるような笑みを無視して言った。「ごめんなさい、レイ。今晩は踊る気分になれないの」

「ああ、ボビー・トムと別れたって聞いたよ。彼、君を嫉妬させるつもりで必死でやってるようだな」

「彼らしいことをしてるだけよ」

「あんなふうに君の心を操るようなまねをさせちゃだめだよ。撮影スタッフの男は全員、ボビー・トムに好意はもってるけどね。だけど僕たちの中には、君と友だち以上の関係になりたいと願ってる男もいるんだ、わかってるだろう。誰が君と最初に踊るかコインを投げて決めて、僕が勝ったんだよ」

グレイシーはレイに感謝の笑みをみせた。「それは嬉しいわ。でも正直言って、今はそういうこと何も考えられないの」レイやテリー・ジョウにそれ以上無理強いされる前に、グレイシーはその場を離れて人ごみの中に逃れた。スタッフの中に彼女の魅力を認めてくれる男性がいるとわかって嬉しかったが、今夜のグレイシーは、愛想よくふるまうことなどとうていできそうになかった。

グレイシーは木製のピクニックテーブルのところに倒れこむように座った。そこにはナタリーとアントンがエルヴィスの赤ちゃんグッズを一式置いていた。気が落ちついてくると、そこが美女の群れの中にいるボビー・トムがはっきりと見える位置であるのに気づいた。彼はさかんに笑ったりいちゃついたりしていて、これほど愉快なことはないといったようすだ。自由の身になったことを楽しんでいるのは明らかだった。美女の一人がタコチップスを食べさせてやっているかと思うと、もう一人は彼の腕に体をこすりつけている。グレイシーの視線を感じたようで彼は顔を上げて、彼女のいるあたりへ視線をめぐらせた。二人の目が合い、一瞬の間どちらも動かなかった。次の瞬間、彼はそばに立っている美女に笑いかけた。グレイシーが見守る中、彼は頭を低くし、たっぷり時間をかけて彼女と濃厚なキスを交わした。

彼がグレイシーにさらなる苦痛を与えようと意図していたのだったら、これ以上に効果的な方法はなかった。彼はその美女の後頭部を手のひらで支えながら、ますます情熱的なキスをしている。グレイシーは彼とのキスの感触を思い出した。大声で叫んでやりたかった——あの唇は私のものよ！　と。

昨夜のディナーにも出席していたスポーツ選手の数人がボビー・トムに近づいていく。まもなく彼は選手たちを相手に面白い話でも始めたようだ。彼らの反応からすると相当におかしな冗談でも言っているのだろう。彼は二人の美女の体に腕を回しながらしゃべっている。ボビー・トムがいかに魅力的か、グレイシーは誰よりもよく知っていた。そのうち、彼の話を聞こうと何人もの人がまわりに集まった。

「くじ引き抽選券を一〇枚買ったら、君とのダンスがついてくるってトゥーリー・チャンドラーに聞いたんだけど」グレイシーがはっとして頭を上げると、隣にウェイ・ソーヤーが立っていた。抽選券を扇形に広げて手に持っている。

グレイシーはほほえんだ。「そんなに買ってくださってありがとうございます。でも踊る気になれないんです」

ソーヤーは彼女の手をとって立たせた。「踊ろう、グレイシー。君、しょげかえった子犬みたいじゃないか」

「感情を隠すのがあまりうまくないんです」

「そう聞いても別に驚かないけどね」ソーヤーはグレイシーの肩に腕を回すと、なんと彼女の唇にいきなりキスをした。彼女はあまりの驚きに言葉も出ない。

ソーヤーはにっこり笑った。「今のでボビー・トム・デントンは発狂するだろうよ」

しっかりとリードを取って、彼はグレイシーをダンスフロアまで連れていった。バンドはバラードを演奏している。グレイシーは彼の胸に引きよせられて何ともいえない心地よさを感じ、目をつぶって頭をもたせかけた。

「ソーヤーさんって本当にいい人」彼女は言った。「最初からわかってました」

「私がロザテック存続の発表をする前から？」

「あなたがあの工場を閉鎖するなんて、私は一瞬だって信じなかったわ。町の人たちだってあなた本人を見れば、それだけで噂が嘘だってわかったはずよ」

ソーヤーの胸が含み笑いで小さく揺れた。二人は無言で踊ったが、しばらくしてグレイシーは彼の筋肉がわずかに緊張するのを感じた。ソーヤーの視線を追うと、スージーがバディ・ベインズと踊りながらそばを通りすぎるところだった。ソーヤーを見あげると、その悲しそうな表情が目に入った。

「ボビー・トムは故意にあなたに邪険にしてるわけじゃないんですよ」彼女は優しく言った。「お母さんを守りたいという気持ちがすごく強いんです。遅かれ早かれ、目が覚めると思います」

「君は人間の性質について本当に楽観的な考え方をするんだね」ソーヤーは踊りながらダンスフロアの別のコーナーに彼女を導き、話題を変えた。「町の人たちは君がいなくなるのを残念に思うだろうね。君はこの町のために、短い間に多くのことをしてくれた。住民たちがこれまでしてきたことをはるかに上回るくらい大きな貢献だと思うよ」

グレイシーは心から驚いて言った。「私、何もしてませんよ」

「そうかな？　私の認識が正しいかどうか確認してみようか。君はアーバー・ヒルズの施設を改良するためのボランティア組織を発足させた。レクリエーションプログラムも企画したしね。高齢者センターを開設することは君のアイデアだったろう。それから、アーバー・ヒルズに入居している孤独なお年寄りを何度も訪問してるって聞いたな。そういうことができる人間は、フットボールの試合に勝つことだけで人生を過ごしてきた人間なんかよりずっと貢献度が高いよ。私はそう思う」

グレイシーは異議を唱えようとした。ボビー・トムは他人に対し、金銭面でも時間の面でもはかりしれないほど尽してきたではないか。だがそこではたと思いとどまった。ソーヤーが話しているのはボビー・トムのことではない。グレイシーのことだ。彼の言うことは確かに的を射ている。

いつごろから、自分のやることをいちいち他人と比べ、それほど重要でないと思う癖がついてしまったのか？　老人たちの世話をして安らぎが得られるようにすることが、美しい容貌や生まれながらの魅力に恵まれていることより価値がないというのか？　グレイシーはとまどった。それまで意識していなかった扉が突如として開き、自分自身を新鮮な目で見られるようになった気がした。これまで渦巻いていたあらゆる感情が突然、わかりやすい形に整理されたかのようだ。グレイシーには、彼女のことを気にかけてくれる友人がいた。そして彼女は、自分の信条に従って生きようと努力してきた。

しかし彼女はささやかなことで満足することに慣れてしまっていた。ボビー・トムに初めて会ったその日から、彼が快く投げてくれる愛情なら、たったひとかけらでも感謝して受けとってきた。しかし本来そうであってはいけない。彼女は愛情の余り物なんかで満足していてはいけない。それ以上のものに値する人間のはずだ。ダンスが終わり、深い悲しみがグレイシーを襲った。私はどこも悪くない。私は、私がなれる最高の人間だ。ボビー・トム・デントンの愛より価値のあるものにふさわしい。しかし彼には決してそれがわからないだろう。自分が捨てようとしているものの価値がわからないのと同じように。

ボビー・トムは美女たちをフェニックス・サンズの選手二、三人に押しつけて、母親と話をしに行った。「このダンスは俺のためにとっておいてくれたんだよね」

「ダンス予定表のどこかに名前が書いてあったのは確かよ」息子に手を取られたスージーはにっこり笑った。母と息子は板張りのダンスフロアに出ていった。

二人ともダンスは得意だった——ボビー・トムは母親に教わったのだ——しばらくの間、二人は無言でツーステップのリズムに合わせて踊りつづけた。しかしボビー・トムはいつものようには楽しめなかった。ウェイ・ソーヤーが彼女にキスしてからというもの、グレイシーはいろんな男とノンストップで踊り続けている。その場面を思い出して彼は歯をくいしばった。

ボビー・トムにとっては難しいことだったが、ようやくのことで決心した。グレイシーとのことはおいておこう。そして今はサンアントニオから戻ってきてすぐにやるべきだったことと、昨夜カントリークラブでお互いを見つめていた母親とソーヤーを見たときにやらなければならないと心ひそかに感じていたことをやろう。

「お母さん、俺たち話しあう必要があると思うんだ。お母さんに起こったことについてだけど、今度はもう、ガーデニングのコツとかクルーズのパンフレットなんかではぐらかさないでくれよ」

母親の背中が彼の手の下で固くこわばった。「話すことなんて何もないわ」

「知ってるだろ、俺だってお父さんがいなくなって寂しく思ってるってこと」

「わかってるわ。お父さんはあなたのことを心から愛していたものね」

「すばらしい父親だったよ」

母親は息子を見あげ、片方の眉だけを上げて言った。「お父さんがあなたの年になるころにはもう一四歳の息子がいたのよ、考えてみたことある?」

「うーん」

スージーは額にしわを寄せた。「あなたとグレイシーはどうしちゃったの? どうして今夜あんないやらしい女の人たちを連れてきたの?」

「どうもしてないよ。お母さん、婚約が嘘だったたって知ってるんだから、俺たちが別れたことを悲劇みたいに大げさに言わないでくれよ」

「あなたたち二人をカップルとして見ることにもう慣れてしまったからよ。二人が本当に結婚するんじゃないかって思いはじめてたのよ」

ボビー・トムは不快感を隠すために鼻先でせせら笑った。「グレイシーと俺が結婚するところなんて本当に想像できるわけ？」

「ええ、とても自然にね。確かに始めはそうは思えなかったけれど、グレイシーのことをよく知ってからは、あなたにぴったりの女性だと思うようになったの。彼女といるときのあなたは幸せそうだったから、よけいね」

「別に幸せだったわけじゃないよ。俺はただあいつを笑ってただけだ。しょっちゅうばかげたことをしてるからさ」

スージーは息子を見てゆっくりと頭を振ると、頬を彼の胸に少しの間埋めた。「あなたのことが心配なのよ、スイーティ・パイ。本当に」

「そりゃ、俺だってお母さんのことが心配だよ。だから五分五分だね」ダンスフロアの反対側を、グレイシーがダン・ケイルボーと踊りながらゆっくりと通るのを彼は見ていた。彼のチームの元ヘッドコーチであるダンは非常に楽しいひとときを過ごしているようだった。一方ダンの妻のフィービーはルーサー・ベインズ町長と踊っていて、町長は彼女のバストから目をそらそうと懸命だった。「お母さん、ソーヤーとのこと、話し合うべきだと思うんだ」

「彼の名前はウェイランドよ。それに話す『こと』なんて一つもないわ」

「彼の話と違うね」

スージーの目が光った。「彼があなたに何か話したの？　どうしてそんなことを」

「俺がキューピッドになって、二人を結びつけてほしいんだって」

「彼があなたと話をしたなんて信じられないわ」

「お互い神経を逆なでしてしまうから、あまり愉快な会話とはいえなかったけどね。まあ、彼に恋しているのは俺じゃないんだから、どうでもいいんだけどさ」

ボビー・トムは母親が、私だって彼に恋なんかしていない、と反論してくれるのを待った。額にしわを寄せ、憤慨してくれることを祈った。しかしそうはせずにスージーは顔をそむけた。「彼にあなたを巻きこむ権利はないのに」

母親はほかの人を愛している。父親以外の人を。ボビー・トムはそれを確認したことで、自分の心に怒りがこみあげてくるだろうと思って待った。しかし驚いたことに、予想していたほどショックではない。

ボビー・トムは慎重に言葉を選びながら言った。「お母さん、もし先に死んだのがお母さんだったら、どうだったと思う？　死んでから四年たって、お父さんが大切に思える女性と、寂しさを埋めてくれる人と、出会ったとしたら？」この会話を長い間避けてきた彼は、ようやく納得して話しあえるようになっていた。グレイシーが手を握って励ましてくれているような奇妙な感じがした。「そしてお父さんが、今のお母さんと同じような状況にあったとしよう。死んだ妻を思うあまり、お父さんが交際相手の女性を無理に遠ざけているとしたら。お母さんとしては息子の俺に、父親に何を言ってほしい？」

「それとこれとは同じじゃないわ」

ボビー・トムは母親の声に動揺を感じ、気持ちを乱していることを知りつつも続けた。「いや、まったく同じことだよ」

「あなたは自分で経験していないからわからないのよ」

「確かにそうだよ。想像して言ってるだけだ。俺が息子として父親に何て言うだろうかとね。お母さんはたぶん、残りの人生を孤独なまま過ごしなさい、って言ってほしいんだろ。今お母さんがやっているように、大切な交際相手に背を向けなさい。残りの人生を亡くなった妻の思い出に浸りながら、ろうそくに火をともして過ごしなさいってね」

「あなたがどうして私にそんな考えを押しつけようとしてるのか理解できないわ。ウェイランドのことを好きでもないくせに。自分でそう認めたじゃない」

「そう、好きじゃない。でも俺に言えるのは――あんちくしょうを尊敬してるってことだ」

「そんな下品な言葉を使うもんじゃありません」スージーは思わず言った。そのあと、彼女の目は涙でいっぱいになった。「ボビー・トム、無理よ。お父さんと私は……」

「お父さんとお母さんがお互いにどれだけ愛しあってたかは知ってるよ。毎日見てたんだもの。だから俺、結婚に興味が持てなかったのかもしれない。お母さんたちと同じものを求めてしまうから」

踊りながら通りすぎるグレイシーが彼の視野の端に入った。その瞬間、両親が長年抱いていたのと同じ感情を自分も持てるのではないかという思いが沸きおこった。あまりの衝撃にがんと頭を殴られたような気がして、つまずきそうになった。なんてことだ。母親を腕の中に抱いて父親の存在を感じながら、それと同じ親密な愛が、ここで、このダンスフロアの反対側で、彼を待っていることがわかったのだ。彼女を愛していた。自覚して膝ががくがくした。彼はグレイシー・スノーを愛していた——あのおかしな服装、威張った態度、すべてを。グレイシーは彼を笑わせ、彼の心を洗い、鏡のように彼の心を映し出してくれた。彼のいこいの場所だった。どうして何週間も前にこのことに気づかなかったのか？

ボビー・トムは人生をある一定の視点から考えることに慣れてしまって、自分の本当に求めているものが見えなくなっていた。グレイシーとセックスの生きた戦利品《トロフィー》のような女たちを比べて、グレイシーの胸が大きくないから「負け」と決めつけてしまっていた。パーティに連れていくのに見栄えがいいだけの女性に、自分が何年も前から飽き飽きしている、という否定できない事実を無視していた。グレイシーのきれいなグレーの瞳と風になびく巻き毛を見つめると欲しくてたまらなくなったくせに、それを見すごしていた。彼はどうして、グラマーなだけの彼女たちが自分の求める女性であるという考えにあれほど固執したのか？グレイシーは正しかった。彼の年齢になれば、自分が人生で必要としているものについてとっくに学んでいてもいいはずだ。なのに彼は、ホルモン分泌のさかんな少年期と同じ、うわべだけのものさしで女性を判断しつづけた。彼は恥ずかしくなった。グレイシーの美しさは最初から彼の目を楽しませてくれた。それは持って生まれた美しい心からにじみでてくる、本物の、心の底の部分にある魅力だ。魂によってつちかわれたこの美しさは、彼女が年とっても消えないだろう。

彼はグレイシー・スノーを愛していた。結婚しようと思った。そう、本当に結婚するのだ！残りの人生をグレイシーとともに過ごし、彼女のお腹を彼の赤ん坊で満たし、二人の家を愛で満たす。残りの人生を彼女とともに過ごすという考えは彼をおびえさせるどころか、湧きたつような喜びで体を満たした。まるで自分がダンスフロアから浮きあがっているかのような感じさえした。ダン・ケイルボーの腕から今すぐ彼女を引きはなし、愛していると告げたかった。自分の目の前で溶けてしまう彼女を見たかった。しかし母親と話の決着をつけないかぎり、それはできない。

ボビー・トムは母親を見おろした。胸が苦しい。声もうわずっていた。「俺はずっと、ウェイ・ソーヤーに反感を抱いたのは、相手が彼だからだと思ってるみたいにふるまってきた。でも本当は、お母さんが親しくなった相手が誰であろうと頭にきてただろうと思うよ。心のどこかで、お母さんを誰にも触れさせたくなくて、一生お父さんだけを想いつづけてほしいと思ってたんだ。なにしろ自分の父親だったし、大好きだったから」

「まあ、ボビー・トム……」

「お母さん、聞いてくれ」彼はせっぱつまったような表情で母親を見た。「一つ、自分の名前と同じぐらい確かなことがある――お父さんは、俺にそんな気持ちを持ってほしいなんて少しも思わなかったはずだよ。それにお母さんにも、今みたいに苦しんでほしいとは思わなかったはずだ、絶対に。お父さんとお母さんがお互いに抱いていた愛は大きく、寛大だった。だけどお母さんが未来に背を向けるというなら、その愛もちっぽけなものに見えてしまうよ」

短く息を吸いこむ音が聞こえた。「私が未来に背を向けてるって思うの？」

「うん」

「そういうつもりじゃなかったの」母親は弱々しい声で言った。

「わかってるよ。お母さんのソーヤーに対する気持ちのために、お父さんに対する気持ちが変わることはあると思う？」

「いいえ、ないわ、絶対に」

「じゃあ、もう自分の人生で大切なものを見つけてもいいころだと思わないか？」

スージーの背筋が伸び、まるで背が高くなったように思えた。「ええ、ええ。思うわ」彼女は少しの間ぼうっとしていたが、すぐに息子を強く抱きしめた。

ボビー・トムは周囲を見まわし、ダンスフロア上の二人の位置を変えた。スージーは彼の肩をぎゅっとつかんで言った。「あなたのようなすばらしい息子を持てて、母親として本当に幸せだわ」

「さあ、いつまで言ってられるかな。俺が死ぬほど恥ずかしい思いをさせたあとでも同じこと言うかな」母親の手を放すと、ボビー・トムはちょうど踊りながらそばを通ったウェイ・ソーヤーの肩をぽんと叩いた。ソーヤーは踊るのをやめ、いぶかしそうに彼を見た。

ボビー・トムが言った。「ベインズ夫人を一晩中独占するつもりですか、ソーヤーさん？私も夫人と少し話したいことがあるもんですから。ですよね、ベインズ夫人？パートナーを交換するのはいかがでしょう？」

ソーヤーはあぜんとしていた。一瞬、彼がこの絶好の機会を逃してしまうのではないかと思ったほど、驚いて口がきけないようすだった。しかしすぐに立ち直り、一刻も早くスージーと踊りたさに、哀れなジュディ・ベインズ夫人を張りたおさんばかりの勢いで進みでた。スージーを腕の中に抱きとる一瞬前に、ソーヤーとボビー・トムの視線が合った。これほどの感謝をこめた男のまなざしを見たことが今までにあったろうか——ボビー・トムは思った。一方スージーは、興奮とパニックの入りまじった表情をしていた。

ボビー・トムはベインズ夫人の手をとった。グレイシーを愛していると気づいたことで彼の世界はひっくり返っていたが、驚いたことに彼はそれを楽しんでいた。彼は無法者のように目を細めてみせながらソーヤーに言った。「うちの母は尊敬すべき立派な女性ですから、地域社会での評判も大切なんですよ。ですからそれなりの敬意をもって扱ってくださいね。式をあげる前に少しでもよからぬ行為があるようなら、相当の代償を支払っていただきますから」

ソーヤーは頭をのけぞらせて笑った。同時に彼はスージーの肩に腕を回し、すばやくダンスフロアを離れた。

ベインズ夫人は首を伸ばして二人が視界から消えていくのを見守った。ボビー・トムのほうに向きなおると彼女は舌打ちをした。「彼、スージーを納屋の裏に連れていくつもりだわね」

「よからぬ行為だなあ、確実に」

「お仕置きでもするつもり？」

「花嫁を花婿に引渡したら、あとはうまくいくようにと願うしかありませんね、ベインズ夫人」

ウェイ・ソーヤーとスージーは激しくキスしあって、とどまるところをしらなかった。ソーヤーは納屋の壁にスージーをもたれかからせながら、彼女の上品な白いブラウスのすそをスカートから引きだし、上のほうまで手をもぐりこませた。二人の息づかいが荒くなった。二人はボビー・トムのばかげた警告を思い出し、陰でいけないことをしているような気がして興奮した。

「スージー、愛してるよ。君をずっと待ってたんだ」

「ウェイ……」

「言ってくれ、スイートハート。俺に言ってくれ。言葉で聞きたいんだ」

「私もあなたのこと愛してるわ。わかってたでしょ。ずっと前から本当に好きだったの。あなたがすごく欲しかったの」

ソーヤーは彼女にまたキスし、どうしても訊いておかなくてはならない質問を口にした。

「ホイトのことはどうなんだい？　君にとって何よりも大事な結婚のことは？」

スージーは彼の首に回していた片手をずらして、あごを包んだ。「ホイトのことはこれからも愛しつづけるわ、わかってるでしょ。でもボビー・トムが今夜、私がずっと前に気づいているべきだったことをわからせてくれたの。ホイトなら、このことを私のために喜んでくれるでしょう。私のために、あなたの存在が必要だと思ってくれるはずよ。今夜ホイトは息子を通じて私を祝福してくれたの。そう信じるわ、これからもずっと」

ソーヤーは彼女の頬をなでた。「今回のことはボビー・トムにはつらかったろうと思う。彼のお父さんに対する気持ちが私にはわかるから」彼は、彼女にキスの雨を降らせてからはじめて顔を曇らせた。「ボビー・トムが私を好きでないのは明らかだ。でもスージー、約束するよ、なんとかそれを変えられるようせいいっぱい努力するって」

彼女はほほえんだ。「あの子はあなたが好きなのよ。ただそれにまだ気づいていないだけ。本当よ、あなたたち二人、きっとうまくいくわ。うまくいくよう努力すると心を決めていなかったら、絶対に私をあなたに渡したりしなかったはずですもの」

それを聞いてソーヤーは安心したのか、彼女の下唇を少しずつ噛むようにキスしはじめた。同時に、親指が彼女の乳首を見つけた。「スイートハート、ここを出て二人でどこかへ行こうよ」

スージーは身を引いて、いたずらっぽい笑いを浮かべた。「ボビー・トムが言ってたわね、ちゃんと敬意をもって私を扱うようにって」

「そうするさ。まず、君を裸にして、それから敬意をもって扱う」

彼女はそれについてじっくりと考えるふりをした。「それはちょっといけないんじゃないかしら。あの子、すごく怖い顔で威嚇してたもの」

彼はうなった。「結婚式の準備には二、三週間はかかるだろう。それまで君に触れないでいるなんて我慢できないよ。ボビー・トムに今すぐ、年長者の欲求を尊重することを学んでもらえばいいのさ」

「大賛成よ」

ソーヤーは再びスージーにキスした。しばらくして二人が別れたあと、彼は頭を後ろに大きくそらせて高笑いした。テラローザ高校一番の不良がついに、二年生で一番きれいな女の子のハートを射とめたのだ。


演壇の上でゴルフトーナメントの入賞者を表彰しながら、ボビー・トムは気分が高揚して半分夢見心地になっていた。愛にめざめ、フットボール以外の人生もあることを悟った彼は、すべてが変わったという事実をグレイシーにうまく伝える方法をたった今決めたばかりだ。プロポーズをするときは凝った演出をしたいとずっと思っていたから、未来の妻に対する申し出を、彼女が一生忘れないようなものにするつもりだった。

一方グレイシーは、苦痛に満ちた夜が一刻も早く終わるのを願っていた。彼女は自分にふさわしくないもので満足することは絶対にやめようと心に決め、それに多少の慰めを見いだそうとした。しかし恋を失って傷ついた心をやわらげてくれるものは何もなかった。

グレイシーは、テリー・ジョウにパッチワークキルトのくじ引き抽選を頼んだが断られたのでしかたなく演壇に上り、ボビー・トムからできるだけ離れた場所に立った。ベインズ町長がスポーツ選手たちの参加に対して謝意を述べている間、グレイシーは集まった人々を見わたした。ウィロウ・クレイグ以下『ブラッド・ムーン』制作スタッフはひとかたまりになっている。エルヴィスはナタリーに抱かれて眠っている。バディとテリー・ジョウは、ボビー・トムの元チームメートであるジム・ビーデロットとケイルボー夫妻のそばに立っている。

今夜、ボビー・トムの友人のスポーツ選手が何人もグレイシーと踊った。そのほとんどは、彼女が彼らの名前さえ知らないことについて怒るよりむしろ面白がっていた。困ったことに彼らは、ボビー・トムでなくグレイシーのほうから婚約解消を申し出たということをなぜか知っているのだった。女性たちなら彼が捨てられたことを聞いて同情するだろうが、男性の友人たちにしてみれば最高に笑える話のようで、きっと今夜はずっと彼のことをからかっていたのだろう。彼のプライドがどれだけ傷ついたかは想像に難くない。グレイシーの心の痛みのまわりに漠然とした不安が広がりはじめた。

ベインズ町長は、グレイシーが先ほど渡しておいたくじ引き抽選券の入ったガラスの金魚鉢を取りあげ、彼女に近くへ来るよう身ぶりで示した。「ボビー・トムによるゴルフトーナメント入賞者の表彰の前に、アーバー・ヒルズの方々が出品してくださいました、美しいパッチワークキルトの抽選を行います。会場におられる皆さんのほとんどはグレイシー・スノーをご存知かと思います。この町から彼女がいなくなると寂しくなるでしょう。彼女の今までのすばらしい貢献に、皆さん拍手をお願いいたします」

割れんばかりの拍手が巻きおこり、口笛が響いた。グレイシーは金魚鉢に手を入れ、当選者の抽選券を選びだした。

「当選者の番号は一一・三・七」

その当たりくじは、撮影スタッフの一人がエルヴィスに買ってやった抽選券のうちの一枚だった。ナタリーがエルヴィスを抱いて前に進みでると、赤ん坊は目を覚ました。グレイシーはナタリーに賞品のキルトを手渡し、特別心をこめて小さな当選者を抱きしめ、キスをした――この気の優しい赤ん坊がいないとどんなに寂しくなるだろう、と思いながら。抽選が終わり、グレイシーは演壇を下りようとしたが、ベインズ町長が前をふさいでいて下りられなかった。

ボビー・トムはマイクに近づき、コメディアン顔負けのお決まりのギャグを飛ばしはじめた。友人のゲーム運びをからかい、自分のひどいスコアをネタにしてジョークを連発する。これほど愉快な彼を見たことがないとグレイシーは思った。幸せに輝く瞳、歯磨き粉のモデル並みの歯並びのよさを見せた笑顔。自分が失恋して悲嘆にくれていないことを聴衆に知らしめるのに、これ以上効果的な方法はないだろう。そう考えてグレイシーは憂鬱になった。

入賞者の表彰が終わり、グレイシーは彼がマイクから離れて後ろに下がってくれるのを待った。その間にこっそり立ちさろうと思ったのだ。しかしボビー・トムはその場を動かず、彼女のほうを見ながら言った。「ダンスを再開する前に、私から一つ発表があります……」

グレイシーの背筋を不安が走った。

「皆さん方の中には、グレイシーと私が婚約を解消したとお聞きおよびの方もいらっしゃるかと思います。また、彼女が私に対して、かなり怒っているということにお気づきの方もいるでしょう」再び彼の口元が上がり、人をたちまち引きつけるあの笑顔が輝く。その魅力は圧倒的で、彼に対して怒るような人は世界一理性のないわからずや以外にはいないだろうと思わせるものがあった。

グレイシーは彼がこれ以上何か言うのをやめてくれるように祈った。誰にも知られたくない自分の不幸が彼によって聴衆の前にさらされるなどということには、とても耐えられなかった。しかし彼は続けた。

「実は、婚約はずっと生きていて、グレイシーと私は、婚約するために婚約していたとしか思えないぐらい婚約していたのです。しかし今、物事をちゃんとすべきときがやってきました。町長、グレイシーをこちらに連れてきてください。まだ私のことを怒っているでしょうから、人に連れてこられないと来ないと思いますので。お願いします」

ベインズ町長が高らかに笑いながらグレイシーを前に引っぱりだした。彼女はボビー・トムを絶対赦してなるものかと思った。彼女は、前列に立っているテリー・ジョウ、ナタリー、トゥーリー・チャンドラーを見た。誰か私を助けて、と無言で頼んだが、三人ともにこにこ笑っているだけだ。ボビー・トムの友人たちもこの光景を楽しんでいるようだ。

ボビー・トムは腕を彼女の体に回し、その打ちひしがれた表情を見おろした。「グレイシー、今私はこの場で、神の御前で、町の人々の前で、そしてスポーツジムに入りびたりの、私が友人と呼んでいる人たちの前で申しこみます――あなたを妻とする栄誉を私にお与えください」彼はマイクを手のひらで覆い、上体をかがめて彼女の耳にささやいた。「愛してるよ、ハニー。今度は本気だからね」

激しい震えがグレイシーの心を引きさいた。これほどひどく傷つけられるとは想像もしていなかった。聴衆は笑い、拍手喝采している。ここにいるのは彼と子供時代を一緒に過ごした人々や友人たちばかりだ。この人たちに敗者だと思われることに彼が耐えられるわけがない。だから彼がグレイシーを愛しているといったのは嘘だ。嘘をつくのはお手のもののこの男は、自分の面目を保つためなら、グレイシーの心を踏みにじっても平気なのだ。

彼女はボビー・トムに向かって、くぐもった弱々しい声で言った。「あなたとは結婚できないわ、ボビー・トム。私にふさわしいのはもっとすばらしい人よ」

その声はスピーカーで拡声されて響きわたった。彼はグレイシーが話す前にマイクにかぶせた手をはずしていて、それでマイクが音をひろってしまったのだ。聴衆の笑い声が急に止まった。ぎこちない低い笑い声が少し聞こえたが、彼女が本気であることがわかると、会場はしんと静まりかえった。

ボビー・トムの顔は真っ青だった。悲しみに打ちのめされてグレイシーは彼の目をのぞきこんだ。彼を辱めるつもりはなかったが、言葉はもう口から出てしまったし、取りけすつもりはなかった。なぜならあの言葉は真実だからだ。

彼がこの場を取りつくろうために何か気のきいた皮肉でも言ってくれるのをグレイシーは待ったが、彼は何も言わない。

「ごめんなさい」グレイシーは後ろに下がりながらささやいた。「本当にごめんなさい」そしてくるりと向きを変え、演壇を駆けおりていった。

ぼうぜんと沈黙している人々の群れをかきわけて進みながら、彼女は母音を長く伸ばしてゆっくり話すボビー・トムの声を待った。あの親しみを感じさせるくすくす笑いが故郷の人々のためにマイクで増幅されて聞こえてくるのを待った。どんな言葉が出てくるのか、頭に浮かぶようだった。

ほおぉ！　さーて皆さん、あれが、怒りくるったうちの奴です。あれを落ちつかせるにはシャンパン一本と、町に出て一晩楽しむぐらいじゃあ、ぜえーったい、すまないでしょうねえ。

グレイシーはどんどん前に進んだ。一度、長いドレスのすそにつまずきそうになったが、そのとき予想どおりボビー・トムの声が聞こえてきた。しかしそれは彼女の想像とは違って、拡声器を揺るがすような怒りと敵意に満ちた叫び声だった。

「行けよグレイシー、出ていけ！　俺たちはお互いわかってたよな、俺が君の頼みを聞いてやろうとしただけだって。くそお！　何が悲しくて、お前みたいな奴と結婚しなきゃならないんだ？　今すぐ出ていけ！　俺の人生から出ていけよ！　二度と、二度と俺の前に顔を出すんじゃないぞ！」

グレイシーは屈辱にまみれてすすり泣いていた。どこに向かって歩いているのかもわからないままに、やみくもに突きすすんだ。どこへ向かっていてもかまわなかった。わかっているのはここから逃げだしたいということだけだった。

誰かの手が彼女の腕をつかんだ。『ブラッド・ムーン』のカメラマン、レイ・べヴィンズだ。「グレイシー、おいで。車で送っていってあげるよ」

彼女の背後で拡声器が金属音を立てた。マイクからの耳をつんざくような大音響はまだ続いている。

グレイシーは逃げた。

24

その夜、ボビー・トム・デントンが酒癖の悪い男であることが証明された。彼は「ワゴン・ホィール」の店内をほぼ破壊しつくし、ポンティアックの新車の窓を全部蹴りやぶり、レン・ブラウンの腕を折った。今までにもけんかをしたことはあったが、レン・ブラウンやバディ・ベインズとやりあったのは初めてだ。バディはボビー・トムに飲酒運転をさせないように、彼のピックアップトラックのキーをこっそり取って隠しておいた。テラローザの人々が町の人気者ボビー・トムを恥ずかしく思う日が来るとは誰も想像できなかったが、その夜、町の人々は一様に頭を振って嘆いた。

ボビー・トムが目を覚ますと、そこは留置場だった。寝返りを打とうとしたが、痛くて体が動かない。頭がガンガンし、体中の筋肉が痛んだ。目を開けようとしてみるが、まぶたが腫れあがって片目が開かない。さらに、胃は悪性のインフルエンザにでもかかったようにむかついていた。

彼は簡易ベッドから脚をゆっくりと下ろし、座る姿勢に何とかもっていこうとして苦痛に顔をしかめた。大荒れのフットボールの試合のあとでさえ、こんなにひどい気分になったことはない。うなだれた頭を手で抱えながら、彼は絶望が全身を支配するにまかせた。酔っぱらったときに何をしたかを覚えていない人は多いものだが、彼は昨夜のみじめな一瞬一瞬をすべて覚えていた。さらに悪いことには、何があってこの事態に至ったかもちゃんと覚えていた。

彼女にプロポーズを断られ、ひどい屈辱を味わったからとはいえ、どうしてステージのマイクに向かってグレイシーにあんなことを言ってしまったのだろう？　彼女が会場から逃げかえったときの顔を、ボビー・トムは一生忘れることがないだろう。彼が発した破滅的な言葉の一つ一つを彼女は信じたに違いない。恥ずかしくてたまらなかった。同時に、グレイシーの言葉が頭の中でずきずきと鳴っていた。

あなたとは結婚できないわ、ボビー・トム。私にふさわしいのはもっとすばらしい人よ。

そのとおりだった。神よ、助けたまえ。グレイシーにふさわしいのは大人の男で、体だけが大きい子供ではなかった。自分の伝説なんかより、彼女を愛してくれる男だった。伝説だなんてばかばかしい。彼は生まれて初めて、そんなことを大事にしていた自分に対し嫌悪感を覚えた。彼にまつわるどんな伝説があったにしろ、それは昨夜の行動で破壊されてしまった。しかし彼にとってそんなものはもうどうでもよかった。大切なのはグレイシーを取りもどすことだ。

ボビー・トムは突如として胸騒ぎを覚えた。グレイシーがすでに町を出ていたらどうしよう？　彼女は道徳心の強い人間だった。その面では妥協を許さない。遅まきながら彼にも、グレイシーの信念が彼女にとっていかに大事なものであるかがわかっていた。グレイシーの言うことはいつも本音だ。これが正しいと自分でいったん決めたら、絶対に変えることがない。

グレイシーは言った、彼を愛していると。その愛は彼女にとって大きな意味をもっていた。なのにボビー・トムはその愛情を軽くあしらい、気持ちを尊重しなかった。それで彼女は後へ引くことができなくなってしまった。昨夜の彼女のあの表情。あの言葉。「あなたとは結婚できない」という言葉の一つ一つが、すべて本気だった。そして、彼が皆の前で宣言した愛の言葉でさえも、彼女をひきとめるには不十分だった。

今まで感じたことのないさまざまな感情が彼を襲った。中でも特になじみがなかったのは絶望だった。長年いとも簡単に女性を征服してきたボビー・トムも自信を失い、その事実を認識していた。その認識がなければ、彼女がいったん去ったら二度と戻ってこないということに、これほど確信はもてなかっただろう。しかし今や彼にはわかっていた。これで永遠にグレイシーを失うことになるだろう。自分の「本拠地」で彼女の愛を得られなかったら、それ以外の場所で愛を得られる見込みがどれほどあるというのか？

「これはこれは。故郷の英雄も、ゆうべはちょっとトラブルに巻きこまれたようだねえ」

ボビー・トムが顔を上げてぼんやりした目をこらすと、彼の入れられた独房の外には警察署長のジンボ・サッカリーが、意地の悪いにやにや笑いを浮かべて立っていた。

「今はお前に憎まれ口をたたいてる場合じゃないんだ、ジンボ」彼はつぶやいた。「ここから出るためには、俺は何をすればいい？」

「名前はジンボじゃなくてジムだよ」

「だったら、ジムだ」彼はうつろな声で言った。もしかしたらまだ間に合うかもしれない。グレイシーはもう一度じっくり考えてくれたかもしれない。彼女の考えをなんとか変えさせるチャンスがあるかもしれない。彼は全能の神に誓って言うことができる。もしグレイシーと結婚できたら、最初の結婚記念日には老人ホームを買ってあげるつもりだ。しかしその前に彼女を見つけなくてはならない。見つけたら、彼女を納得させなくてはならない。愛している、今まで出会ったほかのどの女性よりも愛していると。ボビー・トムは彼女に赦してもらうためならどんなことでもするつもりだった。

　彼は簡易ベッドの端に腰かけ、姿勢を正して言った。「俺をここから出してくれ」

「ゲイツ判事が保釈金の額を決定してないんだ」ジンボが言った。ボビー・トムの不幸が愉快でたまらないといった表情だ。

　ボビー・トムは体中に痛みを覚えながら立ちあがった。胸やけはひどく、痛めた膝がうずく。しかしそんなことは気にしていられなかった。

「いつごろ決まるんだ？」

「まあ、そのうちな」ジンボはシャツのポケットから爪楊枝を取りだし、口の端にくわえた。「判事は朝早く電話すると機嫌が悪いんでね」

　ボビー・トムは一生懸命目をこらして、鉄格子の向こうにある壁かけ時計を見た。「もうすぐ九時だぜ」

「暇があったら電話しておくよ。しかしお前、金持ちでよかったよ、なにしろ重大な容疑がかかってるから。暴行、治安紊乱行為、器物破損、逮捕に抵抗と。判事も眉をひそめられるだろうねえ」

ボビー・トムは秒を追うごとに絶望的になっていった。こうやって留置場にいるうちにグレイシーはますます遠くへ行ってしまう。俺はゆうべ、なぜあんな愚かなことをしたのだろう？　なぜあのときプライドを捨ててすぐに彼女のあとを追い、必要とあればひざまずいてでも悪かったと謝らなかったのか。それどころか、仲間うちで面目を失うまいと虚勢を張って、愚にもつかない話ばかりして大切な時間を無駄にしてしまった。マイクの前であれだけの大失態をやらかしてみんなを不愉快にしたあとで、あんなふうに取りつくろってみても何にもならなかったのに。どうして仲間の意見をそんなに気にしなければならないのか、その理由を考えても今は思い出せなかった。友達づきあいは楽しかった。しかし友達は、彼がともに人生を過ごしたり子供をもうけたりする相手ではない。

ボビー・トムは足を引きずりながら鉄格子のところまで行った。もう心の動揺を隠せない。

「何でも言うとおりにする、今はできないけど。二、三時間だけでいい、時間をくれ。グレイシーが町を出る前に見つけなくちゃならないんだ」

「お前が女のことで物笑いの種になる日が来るとは思ってもみなかったよ」ジンボはあざ笑った。「だけどゆうべはまさにそういう日だったたな。彼女はな、お前なんか必要としてないんだよ、B・T。もう町中のみんなが知ってるぜ。お前のスーパーボウル・リングごときに、彼女はなびかないってことさ」

ボビー・トムは鉄格子をつかんだ。「いいからここから出してくれ、ジンボ！　彼女を探しださなくちゃならないんだ」

「もう遅いよ」ジンボはうすら笑いを浮かべた。ボビー・トムの胸に向かって爪楊枝を弾きとばすと硬質タイルの床に靴音を響かせながらドアに向かい、その向こうに姿を消した。

「戻ってこい、このクソったれのちくしょうめ！」ボビー・トムは鉄格子の間に顔を押しつけた。「俺には憲法で保障された権利があるはずだぞ！　弁護士を呼んでくれ！　今すぐ呼ぶんだ！」

ドアは固く閉ざされたままだ。

彼は壁かけ時計に視線を戻した。もしかするとグレイシーは今日出発しないかもしれない。まだ遠くへは行っていないかもしれない。しかしそんなことがあるはずもなかった。昨夜あれだけ傷つけてしまったのだ。少しでも早く町を出ようとするにきまっている。

「電話をさせてくれ！」彼はわめいた。

「おい、うるさいぞ、黙れ」

ボビー・トムはそこで初めて、ここにいるのが自分一人でないことに気づいた。町の留置場には小さな独房が二つしかない。隣の房の簡易ベッドには、赤い目をしてもじゃもじゃのあごひげを生やした怪しげな感じの人物がいた。

ボビー・トムは彼を無視して叫びつづけた。「電話を一本かけることは許されてるはずだぞ！ 今すぐかけたいんだ！」

誰も答えない。

彼は半狂乱になって、足を引きずりながら独房の中を歩きまわった。悪いほうの膝がジーンズの破れ目から突きでている。シャツのボタンはもうほとんど残っていない。袖の一部も破れてなくなっている。指の関節はまるで肉挽き器にでもかけられたみたいだ。彼は鉄格子のところに戻ってわめきはじめたが、答えてくれるのは隣の房の酔っぱらいだけだった。

時計の針は進んでいく。彼のこの状態をジンボがどれほど楽しみ、溜飲を下げているか、ボビー・トムにはよくわかっていた。でもそんなことはどうだっていい。彼の声はしゃがれきって、しぼり出すようにしないと出てこなかったが、静かにしていることなどできなかった。俺は愚かなことをしている。理性を失っている。こんなに必死になって騒いでもどうなるものでもない。そう自分に言いきかせようとしたが、心の動揺はおさまらなかった。今すぐグレイシーをつかまえなければ、彼女を永遠に失ってしまうじゃないか。

それから三〇分近く経って、警察署の執務室につながるドアが再び開いた。今度入ってきたのは、ジンボの右腕として働くハンサムな黒人副署長、デル・ブレイディだった。ボビー・トムは人に会ってこれほど嬉しいと思ったことはなかった。彼は学生の頃デルの兄と一緒にプレーしたことがあり、デルともウマが合っていた。

「B・T、あんまり大声でわめきちらすもんだからこの建物が壊れそうですよ。もっと早く来られればよかったんだけど、すみませんでした。署長が外に出るまで待たなくちゃいけなかったもので」

「デル！　俺、電話をかけたいんだ。電話を一本かける権利はあるはずだろ」

「電話は昨夜かけたじゃないですか、B・T。ダラス・カウボーイズのオーナーのジェリー・ジョーンズに直接電話して、彼のチームではプレーしない、地球上で最後に残ったチームだったとしても絶対にプレーしないぞって、宣言してましたよね」

「くそっ！」ボビー・トムは鉄格子に両のこぶしを叩きつけた。両腕に刺すような痛みが走った。

デルは続けた。「あなたがあんなに酔っぱらった姿は見たことがないとみんな言ってました。ワゴン・ホィールの店をもう少しで完全に破壊するところだったんですよ。レン・ブラウンにもあれだけのけがをさせて」

「そういうのはあとでちゃんと対処するから。レンとも話をつけるって約束するから。それより今は、電話させてもらいたいんだ」

「それはちょっとできかねますね、B・T。署長はあなたを逆恨みしてるから。シェリー・ホッパーとのこと以来――」

「一五年前のことじゃないか！」彼は怒鳴った。「お願いだよ。電話一本だけだから」

デルが制服のベルトにつけた鍵束に手を伸ばしたので、ボビー・トムはほっとした。「わかりました。ただし署長がコーヒーショップから戻る前にまた房に戻ってもらいますからね。

署長の知らないところでやるぶんには問題ないでしょう」

デルが鍵束から鍵を取りだせないでぐずぐずしているので、ボビー・トムは彼の首をつかんで早くしろと怒鳴ってやりたかった。ようやく独房から出されて警察署の執務室に通じるドアまで歩いていくと、そこで仕事をしていたローズ・コリンズが顔を上げた。彼女はボビー・トムが物心ついたころからずっと警察署で働いている。彼は昔、彼女の家の芝刈りをよくやったものだ。ローズは電話機を差しだした。

「ボビー・トム、電話よ。テリー・ジョウから」

ボビー・トムは彼女の手から受話器をひったくった。「テリー・ジョウ！　グレイシーが今どこにいるかわかるか？」

「今、バディの店でレンタカーを借りようとしてるところ。サンアントニオまで車で行くつもりらしいの。私今、事務所の裏の部屋にいて、彼女のいるところからは見えないんだけど。グレイシー、午後早い便に乗るつもりだって今さっきバディに言ってたわ。バディがあなたに連絡しろって言ったの。私、あなたとは一生口をきかないってゆうべ彼に誓ったばっかりなのに。まったく、あなたがこんなろくでなしだとは知らなかった。グレイシーにしたことだけじゃないわよ──サングラスをかけてるわ、一晩中泣いてたのね──もう、バディの顔を見せてやりたいわよ。あごが腫れて倍に膨れあがっちゃってるし、それに──」

「バディに言ってくれ、グレイシーに車を貸すなって」

「貸さなければレンタカーのフランチャイズの権利を失っちゃうもの。バディも引きとめようと時間かせぎしてるけど、ご存じのとおり、彼女ってああいう人だから。あ、今バディが車のキーを渡してる」

ボビー・トムは悪態をついて髪の中に手を突っこみ、こめかみのそばの傷に触れて顔をしかめた。「今すぐゲイツ判事に電話してここへ呼んでくれ。彼に言って――」

「もう時間がないわ。車に乗りこもうとしてる。青いポンティアック・グランダムよ。B・T、彼女はかなり慎重に運転するほうだから、今すぐそこを出れば簡単に追いつけるわ」

「留置場にいるんだぜ、俺！」

「だったら早く出てきなさい！」

「今出ようとしてるところだ！　その間になんとか引きとめといてくれよ」

「もう遅いわ。出ちゃったもの。幹線道路で追いつくしかないわね」

ボビー・トムは受話器を叩きつけて置き、興味津々で聞き耳をたてていたローズとデルのほうを向いた。「グレイシーが今バディのところを出たんだそうだ。サンアントニオに向かってる。州間高速道路にのる前になんとかつかまえなくちゃ」

「おい、こいつは房の外に出ていったい何やってるんだ？」ジンボ・サッカリーがドアから飛びこんできた。シャツにはドーナツの粉をつけたままだ。怒りで浅黒い顔がまだらに見える。

「グレイシーが町を出ようとしてるんだそうです」デルが説明しはじめた。「ボビー・トムは一刻も早く彼女のところへ――」

「逮捕されて拘禁中の身だぞ！」ジンボが怒鳴った。「閉じこめとけ！　今すぐだ」

デルはしかたなくボビー・トムのほうを向いて言った。「気の毒ですが、ボビー・トム。房に戻ってもらわなけりゃなりません」

ボビー・トムは両手を前に出し、低い声で警告した。「それ以上近づくな、デル。グレイシーと話すまでは俺は房に戻らないからな。君を殴りたくはないが、必要ならしかたない」

デルは少しの間ボビー・トムを見つめていたが、ジンボのほうに向きなおって彼をにらんだ。「恋人のことなんですから、一時間ぐらい自由にしてやったらいいじゃありませんか、署長？　逮捕以来ずっと彼の公民権をないがしろにしてきたんですから」

ジンボは唇をゆがめた。もじゃもじゃの眉毛が額の真ん中で一本につながった。「いいから閉じこめるんだ、ばか！　でなきゃお前はクビだぞ！」

誇り高いブレイディ家の人々はあごで使われるのに耐えられる人たちではない。デルも例外ではなかった。「私をクビにすることなんてできませんよ。ベインズ町長がそんなことを許すはずがないでしょう！　そんなにボビー・トムを閉じこめたいんなら、ご自分でされたらいかがですか！」

真っ赤になったジンボは、怒りのおたけびを上げながら突進した。ボビー・トムは一番近くの机の後ろにあったいすをつかんで投げつけた。いすは膝に命中し、ジンボは床に大の字にのびた。

ボビー・トムはジンボが起きあがって追いかけてこないうちにとドアのほうへ急いだ。走りながらローズに叫んだ。「車を貸してくれ！」

ローズは机から鍵束を取りあげると彼に向かって投げた。「ジンボの車を使いなさい。玄関のすぐそばに停めてあるから」

外に走り出たボビー・トムは、一番先に目についた車に飛びのった。ジンボ・サッカリー署長専用の、ぴかぴかの白いパトカーだ。タイヤをきしませながら急発進し、警察署の駐車場からメインストリートへ出る。サイレンと赤色回転灯を制御するスイッチを見つけるのにほんの数秒しかかからなかった。

警察署内ではローズ・コリンズが電話に手を伸ばし、ボビー・トム・デントン脱獄のニュースを町中に伝えようとしていた。

テキサス州ヘヴン
心のふるさと

町境に掲げられた色あざやかな横断幕が、グレイシーの運転する車のバックミラーの中で遠ざかっていく。それもそのうち見えなくなった。彼女は膝の上にいくつもある丸まったティッシュを一枚取ると鼻をかんだ。サンアントニオに着くまでこうしてずっと泣き続けることになるのだろうか。昨夜、涙も出ずに打ちひしがれていたグレイシーをレイ・ベヴィンズが車でまずアパートまで送ってくれた。彼女は荷物をまとめてからその日泊まる予定だったモーテルまで送ってもらった。モーテルの一室で彼女は一睡もできずにベッドに横たわり、ボビー・トムの痛烈な言葉を何度も何度も思い出していた。

俺たちはお互いわかってたよな、俺が君の頼みを聞いてやろうとしただけだって……何が悲しくて、お前みたいな奴と結婚しなきゃならないんだ？……二度と、二度と俺の前に顔を出すんじゃないぞ！

グレイシーはいったい何を期待していたのか。ボビー・トムにとって大切な人々の前で彼をあれだけ辱めたのだ。手ひどく反撃されて当たり前ではないか。

彼女はティッシュをサングラスの下に押しこんで腫れあがった目を押さえた。シェイディ・エイカーズの新しい経営者がコロンバスの空港まで人を迎えに寄こしてくれるという。そこから車でニュー・グランディまで彼女を連れていってくれることになっていた。シェイディ・エイカーズこそ彼女に一番ふさわしい場所だ。明日の朝の今ごろには、彼女はその老人ホームで、くよくよ考えているひまもないぐらいに忙しく働いていることだろう。

ボビー・トムとの関係がいずれ終わることはわかっていた。しかしこんなふうにひどい終わり方をするとは思ってもみなかった。彼から何も奪わなかった唯一の女性として、グレイシーは彼の心の中にいい思い出を残したかったのだ。だが、昨夜起きたことでその可能性はすべて消えた。彼女はボビー・トムからお金を奪っただけでなく、たとえ意図していなかったにせよ、彼にとってお金よりずっと大切なものである名声をも奪ってしまったのだ。こういう事態を招いたのは彼自身の傲慢さであると考えて、自分のせいばかりじゃない。グレイシーはそう思おうとしていた。しかし彼女はまだ彼を愛していたし、彼が傷つくのを見て楽しむことは決してないだろう。

後ろでサイレンの音が聞こえる。バックミラー越しに見ると、警察の車が赤色回転灯を点滅させながら片側二車線の道路を急速に近づいてくる。グレイシーは速度計にちらっと目をやり、制限速度内で走っていることを確かめて安心した。車を右側に寄せてパトカーを先に行かせようとしたが、その車は左のほうに進むどころか近づいてきて、彼女の車の後ろにぴったりとついた。

サイレンが大きな音を立てて止まれと命じている。困惑してバックミラーをのぞきこんだ彼女は目を疑った。車を運転しているのはボビー・トムだった！　彼女はサングラスをはずした。これまで意志の強さでなんとか正気を保ってきたが、彼とまた顔を合わせるのは耐えられない。意を決して彼女はスピードを上げた。彼も同じようにスピードを上げてついてくる。

前を走っていたおんぼろのピックアップトラックが急速に目の前に迫ってきて、彼女はハンドルを固く握りしめながら左の車線に移って追いこした。速度計は時速六〇マイル（約九六キロ）を示している。ボビー・トムの車はぴったりと後ろについている。

どうして彼にこんなことができたのだろう？　一般市民に警察の車を使わせたうえ、何の罪もない善良な人間を追跡させるなんて、いったいぜんたいどういう町なのか。速度は六五マイル（約一〇四キロ）に上がった。スピードを出すのがきらいなグレイシーの体は汗ばんでいた。ボビー・トムは再びサイレンを鳴らし、彼女をさらに追いこんだ。彼の車が後ろにどんどん迫ってきて、彼女は恐怖の小さな叫びを上げた。追突されそうだ。神様、この人は私を道路から突き落とそうとしています！

グレイシーはなすすべがなかった。生まれつき無鉄砲なボビー・トムにとっては、時速七〇マイル（約一一二キロ）でぎりぎりまで車間距離をつめて運転するなどお茶の子さいさいだろうが、グレイシーにはそんなことはできない。アクセルをゆるめて徐々にスピードを落とし、路肩に車を寄せながら彼女は怒りで震えた。車を止めるやいなや、彼女はドアを勢いよく開けた。

グレイシーが車を降りて四、五歩も歩かないうちに、ボビー・トムはパトカーから降りた。彼女は思わず立ちどまった。彼はいったいどうしたのか？　片目はまぶたが大きく腫れてふさがり、もう片方は尋常でない目つきでギラギラしている。服はあちこち破れ、いつもかぶっているステットソンのカウボーイハットもなくなっていた。こめかみのあたりの醜く裂けた深い傷のせいで、粗野で危険きわまりない男に見える。グレイシーは自分が彼にしたことを思い出し、出会って以来初めて彼のことが怖くなった。

ボビー・トムはグレイシーに向かって歩いてくる。慌てふためいて車のほうを振りかえった彼女は、車に戻ってドアをロックしようかどうしようか一瞬迷い、行動が遅れた。

「グレイシー！」

視野の端に見えるボビー・トムが彼女をつかまえようとしている。彼女はあやういところでその手を逃れた。本能の命じるままに走りだす。滑らかなサンダルの底が路肩の砂利ですべり、もう少しで膝をつきそうになる。つまずきながらもなんとか姿勢を立てなおして前に進み、路肩の白線の上を全力で走った。いつ彼に追いつかれるかわからない。走りながら思いきって肩越しに後ろを見てみた。

ボビー・トムは最初、次第に追いついてきていたが、足を引きずっているためスピードが目に見えて落ちはじめた。ここぞとばかりにグレイシーはますます早く走る。走りながら脳裏をよぎったのは、スージーが以前話してくれた、女の子を殴って罰を受けた九歳の男の子のことだった。長年女性に対して礼儀正しくふるまってきたあとで、彼の中の何かがプツンと切れたに違いない。

アスファルトの端をはずれたグレイシーの足が路肩の砂利に着地してすべり、彼女はよろめいて草むらに足を踏みいれた。じゃりじゃりした砂がサンダルに流れこむ。ボビー・トムの声がすぐ後ろから聞こえ、彼女の心に恐怖が押しよせた。

「グレイシー！」

骨がきしむほど激烈なボビー・トムのタックルをくらって草むらに倒れこみながら、彼女は叫び声を上げた。倒れるときに体がねじれたのか、気がつくと仰向けで彼を見あげる形になっている。一瞬、痛みと恐怖以外の何も感じられなくなり、彼女は空気を求めてぜいぜいとあえぎはじめた。

彼にのしかかられたことはそれまでに何度もあったが、それはいつもセックスのときで、こんな思いを味わわされたことは一度もなかった。残忍で容赦のない体の重みが、彼女を地面に縛りつけて動けなくした。彼の体からはいつもと違うビール臭さと汗臭さが入りまじった匂いがし、伸びたひげが彼女の頰をこすった。

「くそ！　なんてこった！」彼はそう叫ぶと、草むらに手をついて体を起こした。彼はグレイシーの両肩をつかんで地面から引きあげ、人形のように揺さぶった。「なんで俺から逃げるんだ？」

その顔をかつて覆っていた親しみやすい笑顔と愛想のよさが消え、そこには凶暴な、煮えたぎる怒りをあらわにした、正気を失った男がいた。

「やめて！」彼女はすすり泣いた。「お願いだから――」

ボビー・トムは彼女を腕の中に引きよせ、しっかりと抱きしめた。あまりに強く胸に押しつけられた彼女は息ができない。もうろうとした意識の中で、けたたましいサイレンの音が聞こえる。ボビー・トムの胸が上下し、荒く乱れた息づかいが彼女の耳を打った。

「だめだ……行かないで……くれ」彼はグレイシーのこめかみに唇を押しあてて言った。そして突然、彼女の体は自由になった。

太陽の光に目がくらみ、一瞬彼女は何が起きたのかわからなかった。少しすると、ジンボ・サッカリー警察署長に手荒に引っぱりあげられて立つボビー・トムの姿が目に入った。グレイシーがようやく体を起こすと、警察署長は彼の腕を容赦なく後ろにひねりあげ、手錠をかけた。

「お前を逮捕する！　こんちくしょうめ！」

ボビー・トムは警察署長に目もくれず、グレイシーを一心に見つめている。彼女は哀れなまでにやられた彼の顔を手のひらで包んであげたい衝動にかられた。

「行かないでくれ、グレイシー！　行っちゃだめだ。お願いだ！　話しあおう」

ボビー・トムの顔はやつれきっている。グレイシーの目に涙があふれた。近くでタイヤのきしる音や車のドアがばたんと閉まる音が聞こえたが、彼女は振りむきもしなかった。首を横に振りながら、自分の弱さに屈するまいと後じさった。

「ごめんなさい、ボビー・トム。こんなことになるなんて思いもよらなかったの」泣きそうになって喉がつまる。「私、行かなくちゃ。これ以上耐えられないの」

サッカリー警察署長があざ笑うように言った。「お嬢さんはお前なんかに用はないってよ」

彼はボビー・トムの体をひねり、こづき回しながらパトカーへ向かった。ボビー・トムの悪いほうの膝ががくりと折れ、彼は地面にへたりこんだ。グレイシーは息をのんで駆けよったが、サッカリー警察署長が彼の腕をわしづかみにして引きあげ、まっすぐ立たせようとするのを恐れをなして見守るしかなかった。

苦痛でうなっていたボビー・トムは次の瞬間、警察署長のわき腹に肩で突きをくらわせてバランスを失わせ、そのすきにくるりとグレイシーのほうを向いた。

「俺から何も奪うつもりはないって、言ったじゃないか！」彼は叫んだ。

警察署長は怒りのあまりわめきながらボビー・トムにつかみかかり、彼の曲げた腕を思いきり背中のほうにねじり上げた、腕を引きぬかんばかりの勢いだ。

ボビー・トムは絶望のうめき声を上げた。心の奥からしぼり出された声だった。「愛してる！　俺を捨てないでくれ！」

グレイシーは呆然として立ちつくし、ボビー・トムが荒々しい動きで抵抗しはじめるのを眺めていた。警察署長はうなり声を上げながら警棒を取りだした。

グレイシーはもう躊躇しなかった。激怒にかられて叫びながら、警察署長に向かって飛びかかった。「やめて！　彼を殴るのはやめて！」警察署長は彼女の頭突きをくらい、げんこつでしたたかに殴られて、防御のために思わずボビー・トムをつかんでいた手を放した。

「おい、やめろ！　今すぐに」サンダルで向こうずねを蹴られた警察署長は「やめなさい！やめなければあんたも逮捕するぞ！」と叫んだ。

「ここでいったい何をやってるのかね!?」ルーサー・ベインズ町長の怒号が響いた。

三人が振りむくと、町長がずんぐりした足でもたつきながらも、デル・ブレイディ副署長を横にしたがえて走ってくるのが見えた。副署長のパトカーは道路を横切るような形で停まっている。町長と副署長の後ろに車が次々と音を立てて急停車する。テリー・ジョウとバディがフォード・エクスプローラーから転がりでてきた。唇が裂け、あごが腫れあがったバディが妻より先を走っている。コニー・キャメロンがポンティアック・サンバードから飛びだしてきた。

ベインズ町長がジンボ・サッカリーの腕を激しく叩き、その勢いでサッカリーはまた一歩下がった。「気でも狂ったのか？　自分が何をやってるかわかってるのか？」

「ボビー・トム！」スージーが息子の名前を絶叫しながらアスファルトの道路を走ってくる。ウェイ・ソーヤーも一緒だ。

サッカリーは町長をにらみつけた。「彼は留置場から脱走しました。彼女は私に飛びかかって攻撃しました。ですから二人を逮捕しようとしているところですよ！」

「そうはさせるものか！」バディが激怒して叫んだ。

町長は人さし指をサッカリーの胸に突きつけた。「たいした仕事もできないくせに、私を相手に何をつっぱってるんだ！」

サッカリーの顔は赤くなった。彼は口を開けたかと思うとすぐに閉じ、また一歩後ろに下がった。スージーが駆けよろうとしたがソーヤーはそれを止めた。自分の未来の義理の息子ボビー・トムを守るように、グレイシーが彼の体に腕を回しているのを見たからだ。

「みんな、彼に近よらないで！」グレイシーが叫んだ。赤茶色の髪を太陽の光にきらめかせ、表情はアマゾネスの女戦士のように獰猛ですさまじかった。「彼には誰にも手を触れさせないわよ、わかった？　誰にもよ！」

背中に回された手に手錠をかけられたままのボビー・トムはとまどった表情で彼女を見おろした。

ボビー・トムの目前に迫った危険がなくなったあとも、グレイシーは警戒心を解かなかった——彼に手を出そうというなら、まずは私にかかってきなさい、と言わんばかりだ。

グレイシーは、ボビー・トムの頬が彼女の頭のてっぺんに置かれているのを感じた。彼は近くにいる者だけがようやく聞きとれるほどの低い声で、すばらしい言葉をつぶやきはじめた。

「心から愛してるよ、スイートハート。昨夜のことを赦してくれるって言ってくれ。俺のことについて君が言ったことはすべて正しいってわかったんだ。俺は無神経で、自分勝手で、わがままで、ほかにもいろいろある、全部君の言ったとおりだ。でも俺は変わるつもりだ。誓って言うよ。君が俺と結婚してくれたら、俺は変わる。お願いだから俺を捨てないでくれ、本当に愛してるんだ」

誰かが手錠を解いてくれたのだろう、いつのまにかボビー・トムの腕はグレイシーを抱きしめていた。彼女が見あげると、腫れてつぶれた目にも涙が光っている。彼の言葉は一つひとつが真実だった——彼女は驚嘆とともにそれらの言葉をかみしめた。ほとばしるその愛情は、傷ついたプライドや仕返しとは無縁だった。ボビー・トムは真摯に彼女と向きあい、告白したのだ。

「もう一回チャンスをくれ」彼はグレイシーの頬を手のひらではさみながらささやいた。「言ってくれ、いろいろあったけど、それでも俺のことを愛してるって」

こみあげてくる感情で喉がつまりそうになりながら、彼女は言った。「これが私の弱点なのよね」

「何が？」

「あなたを愛してしまうこと。愛してるわ、ボビー・トム・デントン。これからもずっと」

彼女はボビー・トムの胸が激しく震えるのを感じた。「……君には絶対にわからないだろうな、俺が、それを聞いてどんなに嬉しいか」少しの間彼は目をつぶっていた。勇気がわいてくるのを待っているかのように。再び目を開けたときにはまつ毛が濡れていた。「結婚してくれるよね、スイートハート？　結婚するって言ってくれ」

ボビー・トムの声には確信のなさが感じられ、グレイシーはよけいに彼がいとおしくなった。彼女の目にも涙が盛りあがった。「ええ、あなたと結婚する。大丈夫よ、賭けてもいいわ」

二人はしばらくの間、周囲の人々のことを完全に忘れていた。テキサスの幹線道路わきで二人きり、明るく輝く太陽の光が降りそそぐ中、さらに明るい未来を思いえがきながら抱きあっていた。未来が見えていた——笑い声と、子供と、豊かな愛に満ちた未来が。ボビー・トムはみじめに腫れあがった唇でグレイシーにキスした。彼女はその唇を優しく受けとめた。スージーがようやく二人の抱擁を解き、凄惨な息子の顔に触れてけがの具合を確かめた。ボビー・トムがグレイシーを放すと、ウェイ・ソーヤーが近づいて彼女を抱きしめた。何台もの車のドアが閉まる音を聞いて、彼らはしだいに周囲の状況に気づきはじめた。ボビー・トム脱獄のてんまつを見とどけようと、次々に車で駆けつけてきたテラローザ中の住民たちの車が道路にあふれ、交通を遮断している。トゥーリー・チャンドラーとジュディ・ベインズの姿もあった。フランク牧師やスージーのブリッジクラブのメンバーもいる。

ジンボ・サッカリーはすでに道路わきに退散していた。そこへコニー・キャメロンがやってきて、お小言を言っているように見える。ベインズ町長は、再びグレイシーと抱きあっているボビー・トムを見つめながら、どうも大変にご満悦のようすだ。

「それでは君に二、三時間の猶予をやろう。その間にグレイシーとよく話しあって、せいぜい改心するんだな。そのあと君と私とで、ゲイツ判事との面談だ。じっくり話しあおう。『絞首刑好きの裁判官』の異名をとるゲイツ判事だが、このあだ名にもいわれがないわけじゃないんだよ、B・T。そしてこの事件の片がつく前から予測できることだが、君は高額の罰金と、長時間に及ぶ地域社会への奉仕活動を科されることになるのはほぼ間違いないな。今回の大脱出は相当な出費になるぞ」

グレイシーはボビー・トムの腕の中から顔を出して自分の意見を述べずにはいられなかった。「高齢者センターに、車椅子用の自動昇降装置付きバスが一台あるといいわね」

ベインズ町長はグレイシーに誇らしげに笑いかけた。「すばらしいアイデアじゃないか、グレイシー。ゲイツ判事との面談に君も一緒に来ないか。判事と私が、独創的なアドバイスを求めたいときに君にいてもらうと助かるからね」

「喜んでおともします」

ボビー・トムは憤然として眉毛をつり上げた。「君は誰の味方なんだよ？」

グレイシーが答えるまでに少し時間がかかった。彼女は、ボビー・トム・デントン財団の今後の慈善事業についていろいろと思いえがくのに忙しかったのだ。「私はテラローザの町の住民になるわけだから、地域社会に対する義務がありますものね」

　ボビー・トムはこの発言を聞いてさらに憤然としたように見えた。「俺たちがここに住むことになるなんて誰が言った？」

　グレイシーは愛情をこめて彼に笑いかけた。そして思った。彼は知性のある人間にしてはどうも鈍感なところがあるようだ。彼はどこへ住もうと、ここ以外の町では心から幸せになることはないだろう。でもこの人、そのことを理解するのにどのぐらい時間がかかるかしら？

「君たち二人、私たちの車に乗って帰らないか？」ウェイ・ソーヤーが言った。

　ボビー・トムがその申し出を受けようと口を開きかけたとたん、テリー・ジョウが皆の前に進みでて言った。「帰るのはまだ早いわ！」彼女の顔には断固とした決意が表れており、夫に対して暴力をふるったボビー・トムをまだ赦していないことが明らかにわかった。「私のバディに対してこんなにひどいしうちをしたんだから、それなりの責任をとってもらいますからね。責任をとるといったってそう簡単には勘弁しないから、覚悟なさいよ」

「お手やわらかに頼むよ！」ボビー・トムは、グレイシーがまた逃げてしまうのではないかと恐れるように彼女を抱きよせながら、大声で言った。「俺は今日、もう少しで殺されるとこだったんだぜ」

「あらそう、そりゃ気の毒だったわね。でもゆうべは、バディをもう少しで殺すとこだったんだからね、あなた」

「そんなことないよ、テリー・ジョウ」バディはすっかり当惑したようすだ。「俺もボビー・トムもけんか好きだからさ」

「あなたはお黙りなさい。それに、バディのことだけじゃないわ。私の友だちであるグレイシーのこともよ。おわかりのように、彼女はあまりに恋わずらいがひどくて、自分自身の利益を主張することができなさそうだから、私が代わりにちょっと言ってあげたいの」

グレイシーはテリー・ジョウの目の輝きを見ていやな予感がした。そして思い出した。テキサス州テラローザの町の住民のほとんどは、もしこの町以外のところに住んだとしたら、絶対に頭がいかれていると判断されるだろうということを。それからもう一つ思い出した。この町の人々は何を楽しいと感じるかの感覚が、世間一般とはだいぶずれているのだということを。

「私のことはいいのよ、テリー・ジョウ」彼女は急いで言った。「本当に」

「いいえ、よくないわ。グレイシー、気づいてないかもしれないけど、ボビー・トムとの婚約が最初に発表されたとき、町の人たちはあなたのいないところでずいぶん噂したのよ。そして結婚が現実となりそうな今、噂はますますひどくなるわ。実はね、あなたがフットボールのことについてよく知らないみたいだって、多くの人が勘づいてるわけ。彼らの意見では、ボビー・トムがあなたにフットボールクイズを出題したことがないんじゃないかっていうのよ」

ああ、なんてことだろう。

「中にはボビー・トムが、ずるをさせたに違いないっていう人さえいるんだから。ね、そうよね、スージー？」

スージーはおつにすまして腕組みをした。「本当にあの子がずるをさせたりするかどうかは疑わしいけど、でもそういう話が飛びかってることは事実ね」

グレイシーは呆れてスージーを見た。今この瞬間まで、スージーほど良識のある人はいないと思っていたのに。

テリー・ジョウは腰に手をあてて言った。「グレイシー、あのね。あなたが本当にフットボールクイズに合格したっていう証拠がないと、結婚式に出席する人たちでさえ、二人の間にできた子供がボビー・トムの正式な子供だと認めるわけにはいかないのよ。ほらボビー・トム、あなたからも彼女に言ってあげて」

グレイシーは顔を上げてボビー・トムを見た。なんと驚いたことに、彼は指で眉毛をこすりながら考えているのだ。「うん、テリー・ジョウ、確かに君の言うことも一理あるな」

グレイシーは確信した。ここにいる人たちは全員、本来は精神病院に入院しているべきなんだわ。彼女の未来の夫はその代表格だ。

ボビー・トムは決意を顔に表わして言った。「だけどフットボールクイズは、彼女の場合五問だけでいいだろう。テキサス州出身じゃないし、君たちのようにフットボールを観戦しながら育ったというわけでもないからね」彼はしだいにまわりに集まりはじめた人々を見わたしてひとにらみをきかせた。「異論のある人は？」

コニー・キャメロンを含む数人の女性がいかにも異論がありそうな表情を見せたが、誰も声に出して抗議する者はいなかった。

ボビー・トムは満足そうにうなずいた。彼はグレイシーの体を放して少し後ろに下がり、彼女が完全に一人でこのクイズに挑戦しなければならないことを示した。「じゃあいくよ。第一問。NFLのイニシャルは何の略語か?」

ばかばかしいほどに簡単なこの問題に聴衆から不満のうめき声が上がったが、ボビー・トムは目で制止して彼らを黙らせた。

「ええと、ナショナル・フットボール・リーグ」彼女は答えた。このクイズをやって何になるのだろうか? このばかげたクイズに合格しようとしまいと、自分は彼と結婚するつもりなのに。

「そう、よくできた。次、第二問」彼は額にしわを寄せて精神を集中させた。「毎年一月、二つのリーグ、それぞれで最高の成績をおさめたチーム同士が戦う、一年のうちでもっとも重要なフットボールの試合がある」彼は念のために、とヒントを与えた。「この試合の勝者は大きくて豪華なリングをもらう。さて、この試合は何と呼ばれるか?」

聴衆からさらに多くのうめき声。

グレイシーは彼らを無視して言った。「スーパーボウルよ」

「すばらしい。いい線いってるよ、スイートハート」ボビー・トムは小休憩をとってグレイシーの鼻の頭にキスし、再び彼女から離れて立った。「さて、次の問題は今までのより少し難しいぞ。準備はできてるかな。正規のフットボール場の両端には、ゴールポスト――アップライトと呼ばれることもあるが――が何本あるか？」

「二本よ！」グレイシーは叫びながら、ふしぎな自己満足を覚えていた。「そしてそれぞれのポストの上には、リボンがついてるわ。長さはどのぐらいだったか覚えてないけど」

ボビー・トムは称賛のあまり舌を鳴らして言った。「長さはどうでもいいんだよ。リボンのことを知っていたご褒美に、第四問は免除しよう。誰もが知ってることじゃないからね。さてそうすると、あと一問ということになる。さあ、集中してくれよ、スイートハート」

「集中してるわ」

「グレイシー・スノー－デントン夫人になるために……」彼はそこで黙った。「もしさしつかえなかったら、お互いの苗字をハイフンでつなぐ件、考えなおしてもらえるとありがたいんだけど」

「私、ハイフンを使いたいなんて一度も言ってないわよ！　言いだしたのはあなたで――」

「議論してる場合じゃないよ、ハニー。ハイフンなし、それで決まりだね。さて、第五問、最後の問題です……」彼はためらった。ここへきて初めて不安を覚えたようだ。「クォーターバックについてどの程度知ってる？」

「トロイ・エイクマンなら知ってるわ」

「そんなのずるいわよ、ボビー・トム」トゥーリーが大声で割って入った。「グレイシーはゆうべ、エイクマン本人と話してたじゃないの」

「ジョー・ネイマスの名前も聞いたことあるわ」グレイシーは勝ちほこって宣言した。

「そうか？」ボビー・トムはにっこりと微笑んだ。「ようし、スイートハート。これが最後の問題だ。本当に難問だから、嫉妬に燃えた女性陣には気をとられないように。俺たちがこれから作る一二人の子供たちが全員、正式な子供になることを確約するために――ジョー・ネイマスがプレーした、ニューヨーク市に拠点をおくフットボールチームはどこか？」

グレイシーの表情が暗く沈んだ。どんな間抜けでも答えられるはずの問題なのだ。ニューヨーク……ニューヨーク市のフットボールチームは？　彼女の顔がにわかに明るく輝いた。

「ニューヨーク・ヤンキース！」

聴衆の中から雷のような大爆笑が巻きおこった。多くのうめき声も上がった。ボビー・トムはひとにらみで皆を黙らせた。同時にその輝く瞳が、グレイシーに文句をつけようとする人々を威圧した。

その場にいる人々全員が彼の無言のメッセージを理解したことを確認すると、ボビー・トムはグレイシーのほうに向きなおり、彼女を腕の中に抱きしめた。まなざしにせいいっぱいの優しさをこめ、唇で真心を表わして。「まさに大正解だよ、スイートハート。君にこんなにフットボールの知識があったなんて、俺は全然知らなかったよ」

というわけで、テキサス州テラローザの人々みんなが理解した。あのボビー・トム・デントンがついに、頭のてっぺんからつま先まで、永遠の愛にとらわれてしまったことを。

訳者あとがき

ロマンス小説はどうも苦手、と敬遠していた人。

ユーモアのセンスがある、と自負している人。

男には女心がわからない、と感じている人。

以上の質問に当てはまる人すべてに読んでほしい小説である。そして、当てはまらないという人にもやはり読んでほしい、心の中で暖かい光を放つ宝石のような愛の物語である。

本書『ロマンティック・ヘヴン』では、原題の“Heaven, Texas”にもあるとおり、アメリカのテキサス州が重要な役割を果たしている。テキサスといえば頭に浮かぶのはカウボーイと牧場。母音を長く伸ばして発音する独特のなまり、南部人としての北部人（ヤンキー）への対抗意識。デイビー・クロケットらがメキシコ軍相手にくりひろげた、テキサス独立のきっかけを作ったアラモ砦の戦い。そんな独自の文化とテキサス人の世界観をうかがわせる場面が、そこここに登場する。

主人公のグレイシー・スノーは三〇歳の独身女性。小柄でやせっぽち、胸は小さく、平凡な顔立ちに、やぼったいヘアスタイルと趣味の悪い服装。外見では女としての魅力に欠けているように見えるグレイシーだが、読みすすむうちに、読者はこの主人公の高潔さと不屈の精神に深い共感をおぼえ、声援を送りたくなるだろう。そして彼女が恋したテキサス出身の元プロフットボール選手、ボビー・トム・デントンの男尊女卑的なものの考え方に反感をいだきつつも、皮肉がきいて軽妙な二人のやりとりと、ユーモラスでありながらロマンを感じさせる、予測しがたい展開の面白さに引きこまれていくにちがいない。

グレイシーは両親が経営するオハイオの老人ホームで暮らしてきたが、ひょんなことからハリウッドの映画制作会社に雇われた。初仕事は、映画の主演なのになかなか撮影現場に現れないボビー・トムの付添い人として、シカゴからロケ地のテキサス州テラローザまで随行することだ。なぜかテラローザ行きを遅らせようとする男と、その企てを阻止しようとする女の戦いが始まる。グレイシーはボビー・トムに恋こがれながらも彼の欠点をびしびし指摘し、あくまでも任務を果たすつもりだ。ボビー・トムはグレイシーを排除しようと試みるがことごとく失敗し、しだいに彼女の人間性に惹かれるようになる。争いをくりかえしながら二人は奇妙な友情を、そして愛を育んでいく。

この本の著者スーザン・エリザベス・フィリップスは、ロマンス小説界でもっとも権威あるRITA賞（全米ロマンス作家協会賞）を四度受賞した作家で、一九九八年度には『あの夢の果てに』で、二〇〇一年度には『ファースト・レディ』（共に二見書房刊）で栄冠に輝いた。本書も一九九五年度のRITA賞候補となっている。「ニューヨーク・タイムズ」のベストセラーリストの常連で、女性心理の巧みな描写とウィットに富んだ会話、読みはじめたらとまらなくなるほどに読者をぐいぐい引きこんでいくストーリーテラーとしての力量にはめざましいものがある。

本書を語るうえでもう一つ忘れてはならないのがアメリカンフットボールである。日本では野球やサッカーに比べなじみは薄いが、アメリカでは国技といえるほどのメジャースポーツだ。プロフットボールリーグであるNFLの試合は毎年八月のプレシーズンゲームから始まり、九月から一二月まで公式戦が行われる。その中でも特に注目の試合がNFLの王者を決める年初のスーパーボウル。テレビ中継は四〇％以上という高視聴率で、視聴者数では全米で一億三〇〇〇万人を超えるといわれ、国民の二人に一人が見ている計算になる。

この物語では、シカゴ・スターズという架空のチームがスーパーボウルで二度チャンピオンに輝いたときの立役者がボビー・トムという設定だ。著者にはシカゴ・スターズに関わる人物を描いたシリーズ作品がほかにもあり、邦訳されている『湖に映る影』（二見書房刊）に主人公の姉として登場するシカゴ・スターズのオーナー、フィービー・ケイルボーが、本書でもちらっと顔を見せている。

フットボールの知識も本書のストーリーに彩りをそえる一つの柱となっている。ボビー・トムが彼と結婚したがっている女性にフットボールに関するクイズを出題し、全問正解の女性と結婚するというお遊びのような話だが、物語の最後でグレイシーはこのクイズに挑戦する。ところが彼女は前代未聞のスポーツ音痴。女性にはスポーツとなるとお手上げという人も多いようだが、読者の皆さんはどうだろう。フットボールはともかく、日本で人気の高いプロ野球の世界ならよくご存知ではないだろうか。大リーグで何人もの日本人選手が活躍している現在、シアトル・マリナーズやニューヨーク・ヤンキースのような有名チームの名を知らない人はほとんどいないはずだ。

さてアメリカ人であるグレイシー・スノーは、自国の代表的なスポーツ、フットボールの有名チームの名をはたして答えられるだろうか？

ライムブックス

ロマンティック・ヘヴン

著　者　スーザン・エリザベス・フィリップス
訳　者　数佐尚美《かずさなおみ》

2005年11月24日　初版第一刷発行

発行人　成瀬雅人
発行所　株式会社原書房
〒160-0022東京都新宿区新宿1-25-13
電話・代表03-3354-0685　http://www.harashobo.co.jp
振替・00150-6-151594
ブックデザイン　川島進（スタジオ・ギブ）
印刷所　中央精版印刷株式会社

 ISBN4-562-04300-8　Printed in Japan